负暄围炉

生活启示录

赵伟——著

中国文史出版社

图书在版编目（CIP）数据

负暄围炉：生活启示录 / 赵伟著. -- 北京：中国
文史出版社，2023.12

ISBN 978-7-5205-4410-8

Ⅰ.①负… Ⅱ.①赵… Ⅲ.①中国文学—当代文学—
作品综合集Ⅳ.①I217.2

中国国家版本馆CIP数据核字（2023）第196934号

责任编辑：刘　夏　卜伟欣

出版发行：中国文史出版社

社　　址：北京市海淀区西八里庄路69号院　　　邮编：100142

电　　话：010—81136606　81136602　81136603（发行部）

传　　真：010—81136655

印　　装：廊坊市海涛印刷有限公司

经　　销：全国新华书店

开　　本：16开

印　　张：28

字　　数：310千

版　　次：2024年7月北京第1版

印　　次：2024年7月第1次印刷

定　　价：78.00元

自序

苏珊·桑塔格在《重生》中说："写作是一种美的行为。它是在创造某种日后将带给别人愉悦的东西。"苏珊·桑塔格说出了所有作者的心声，真诚地希望您能耐心地读完这本《负暄围炉》，且希望我这个"孩子"可以给您带来精神上的愉悦感。借用博尔赫斯《口述》里的话："书里可能充满印刷错误，我们可以不赞同作者的观点，但是，书里仍然保持着某种神圣的东西，奇妙的东西。这不是提倡迷信，而确是出于寻求幸福、寻求智慧的愿望。"

"负暄篇"是百感交集，'围炉篇'是日积月累。"负暄"，晒太阳也。"围炉"，烤火也。晒太阳也好，烤火也好，都是闲暇惬意之事，三五熟友聚拢一起，东拉葫芦西扯瓢地摆摆龙门阵，拉拉家常呱，其间或谈古说今，或啼笑怒骂，或感慨人生，总之是百感交集。本书之所以取《负暄围炉》，取的就是这个意象。但意象不等于意淫，俗话说，"三句话不离本行"，本书的内容总离不开生活国学。何谓生活国学？生活国学不仅是概念，更是一种理念。为生活的需要而研究国学，以国学的智慧来滋润生活！

百感交集的"负暄篇"，是我平时写的一些小文集合而成，用《文心雕龙·章句》里的话来表示就是："夫人之立言，因字而生句，积句而为章，积章而成篇。"这些小文有的是上课时形成的观点，有的是外出时写的游记，有的是一些经过修改的文章。1888年5月15日，纪德在日记中说："多少事在我心中翻滚，但求凝结在纸上。""负暄篇"里的诸多文章，虽说写得东拉西扯，但确是翻滚在心中诸多观点的凝结。

"围炉篇"真可谓是日积月累，一段段文字的形成，或是读书一时之感想，或是对生活中一些现象的感触，或是讲课时的灵光乍现，不一而足，总之，一切是自然而然，很率性。我很愿意引用作家凸凹的一则小品《率性之思》中的一段话来阐释我的"围炉篇"，实在是凸凹的这段文字和我所表达的想法太恰了："所谓率性之思，就是瞬间的想法。那一刻如流萤，如不及时收入囊中，就远去了。有时在梦中也有奇想，赶紧醒来，用笔记下，如果放任睡，第二天早晨追忆，总不得。所以，思想者的特征，是要有时时捕捉的准备，捕捉所得，积累下来，就成气象了。散碎文字编辑成册出版之后，再回头翻阅，自己也有大惊叹：自己居然这么宏富、这么深刻！便感到，所谓宏富，一如穷人攒钱；所谓深刻，一如笨人挖井，一点一点掘进——都是有心积累的结果。"

真心感谢所有热爱生活国学的人所给予我的所有的爱和支持，你们的爱和支持就是我传播生活国学的动力。最后也恳请诸位读者对这本小书的不足甚至讹误之处不吝赐教，我会不断精进，继续勇敢前行，努力地为大家贡献更好的作品，正如蒙田所说："世上只要墨、纸犹存，我会沿着此路走下去。"

于处州鸡鸣斋

2024年1月1日

目 录

负暄篇：百感交集

四大不可靠

古人讲，世界上有四样东西是最不可靠的，哪四样？即"春寒、秋暖、老健、君宠"。

第一样"春寒"不可靠。在我生活的浙江这种感觉比较明显，春天，春寒料峭、乍暖还寒的时候，好像很冷，突然一下子就进入夏天的炎热。第二样不可靠是"秋暖"，秋老虎热得不得了，一场秋雨一场寒，几场秋雨下来，就要穿羽绒服了。第三样不可靠是"老健"，老年人体检显示身体指标很好，越老越健，你说好不好？也未必。很多年轻人在练肌肉，过三十岁，我就劝他不要再练了。什么叫作"肌"？肉比较紧张就叫作"肌"。什么叫作"肉"？肌比较轻松就叫作"肉"。我们外面的肌肉练得很发达，体内却很虚弱。我读大学的时候有一个同学，个头很高，肌肉很发达，结果有一次去篮球场打球摔了一跤，就没起来，走了，因为他太壮了，里面太脆弱了。大家从这种现象得到一个启发，外面很强壮的人其实体内常常是很脆弱的。你看夏天外面很热，但是体内是寒的，为什么夏天要吃姜，不可以吃冰的东西，有人就完全不解，其实夏天吃冰激凌是不对的，真正喜欢吃冰激凌要冬天吃。我在东北读博士，那时高铁还没有，坐着绿皮火车去辽宁读书，火车外面那些冰溜子看得清清楚楚，列车服务员就在车内叫卖：哈根达斯，哈根达斯。因为冬天身体里头是热的，阳气都收在体内，你吃点冰激凌、冻柿子没关系。夏天阳气外走，外面热，体内反而是寒的，你不要自己跟自己过不去，不可吃冷东西。所以老健，老年人很健壮也未必是好事。我遇到一个老同事，他十分喜欢运动，打乒乓球可以几十个来回不歇息，大冬天洗澡都用冷水，结果有一天突然感到身上有点不对劲，到医院一查，癌症晚期，三个月就走了。《诗经·角弓》里有句话："老马反为驹，不顾其后。如食宜饇，如酌孔取。"大意是人老了，还学年轻人那一套，吃饭吃到吐，喝酒喝到呕，简直是不顾死活。佛教经典《法句譬喻经》里讲佛告诉莲华，人生有四件事靠不住，哪四件事？"一者少壮会当归老；二者强健会当归死；三者六亲聚欢娱乐会当别离；四者财宝积聚要当分散。"

什么人最厉害？就是你小时候他就在那里病病歪歪，等你都开始病病歪歪的时候他还在病病歪歪，这个最厉害。所以写两句话给大家作参考：留点病养身体，留点烦恼养智慧。

过去有句话叫带疾延年，有点病你才活得久，这样大家得到一个启发，什么人活得最久？养生的秘诀是什么？很简单，只要三个字：我有病。有人晚上出去喝酒，他说不好意思，我有病不能喝酒，天气一冷他马上加衣服，别人笑话他，他就以"我有病"回复。大家都会以他有病也就不计较了。夏天空调温度开得低，他穿上了长袖长裤预防关节炎，冬天天还未冷，他已裹上了羽绒服。这三有病两有病，他活得最久。这就是"留点病养身体"。讲到这里，我就很感慨，何止养生的秘诀是"我有病"，其实做人的道理也是"我有病"。可是在社会上，我们眼睛都盯着别人的缺点看，骂人最难听的一句话就是："你有病。"其实骂别人这句话的人才有最大的病。"人病（患）舍其田，而芸（耕耘）人之田。所求于人者重，而所以自任者轻"（《孟子·尽心下》），人最大的问题就是尽对别人说三道四，在别人身上下功夫，自己的一亩三分地从不过问，以致杂草丛生。典型的严以对人，宽以待己。喜欢掩己过揭人短的人请记住唐人陆贽的一句提醒："掩己过而过弥著，损彼名而名益彰。"米歇尔·福柯在一次对他的访谈中曾说："真奇怪人们怎么那么喜欢评判。到处都有评判，什么时候都有评判。也许这是给人类的一件最容易的工作。"(《权力的眼睛：福柯访谈录》)作家王小波曾说："在人类的一切智能活动里，没有比做价值判断更简单的事了。假如你是只公兔子，就有做出价值判断的能力——大灰狼坏，母兔子好。然而兔子就不知道九九表。此种事实说明，一些缺乏其他能力的人，为什么特别热爱价值的领域。倘若对自己做价值判断，还要付出一些代价；对别人做价值判断，那就太简单、太舒服了。讲出这样粗暴的话来，我的确感到羞愧，但我并不感到抱歉。因为这种人士带给我们的痛苦实在太多了。"诚哉斯言，没有指点能力的人，只剩下指指点点了！元人有诗《裁缝》曰："手携刀尺走诸方，线去针来日日忙。量尽别人长与短，自家长短几时量？"我们一天到晚看别人长短，自己却从来没有反观、审视过自己。常常反思自己的人、挑自己毛病的人往往到最后才是真的没病的人，一个拥有健康心理的、道德近乎完善的人，正如《道德经》所说的那样，"圣人不病，以其病病"。圣人之所以没有病，生理、心理上也好，道德上也好，是因为圣人天天自己挑自己的毛病。圣人尚且如此，我们更应该常常反省，挑挑自己的毛病。"王省惟岁，卿士惟月，师尹惟日"(《尚书·洪范》)，"王者"，每年要省察自己；"卿士"，每月要省察自己；"师尹"，每天要省察自己。按照古人的标准，我们大多数人是庶民，要时刻省察自己。

我在课堂上常常写"悔字如春"四个字送给我的听众，这里的"悔"不是后悔，而是忏悔，是"不二过"的意思，用马丁·路德的话说就是："金盆洗手是真正的忏悔！"我们每个人都是非常普通的人，人毕竟是人，都会犯错误，但是如果能像颜回那样"不二过"，反省自己的过错，下次不再犯，那么就走在成贤成圣的道路上了，正所谓："过而能知，可以谓明；知而能改，可以即圣。"意思就是自己有过错，自己可以察知，这样的人是明智的。知道过错能立刻就改，这样的人就是圣贤。古希腊哲人苏格拉底说过："未经反省的生活是没有意义的。"《史记·商君列传》有几句话讲得好："反听之谓聪，内视之谓明，自胜之谓强。"《坛经》里有句话讲得好："常见自己过，与道即相当！"清朝有位名为施愚山的学者曾经对他的亲朋讲过这样一段话："终日不见己过，便绝圣贤之路；终日喜言人过，便伤天地之和。""悔字如春"这四个字其实用佛家《法句经》里的几句话来阐释更妥帖，即"深观善恶，心知畏忌。畏而不犯，终吉无忧"。再说说"留点烦恼养智慧"。人生的真相其实是苦的，是烦恼不断的，"百年三万六千日，不在愁中即病中"。虽然我们大家长得都不一样，但是实际上每个人脸上生下来就带有一个字，哪个字？两个眉毛是什么？是草。下面两只眼睛，一个竖起来的鼻子，再加上一个嘴巴（口），活脱脱一个"苦"字，所以人生苦啊，生下来就哭。所以有人说人生太苦，不要来到这个婆婆世界，还是待在娘胎里最舒服，结果被神仙一脚踹出来，我们身上不是屁股青一块就是腰上青一块，为什么？被踹出来的。这样大家才会发现，当你遇到烦恼的时候不要去抱怨，要去解决它，我们要认识到人生的真相就是苦恼的。所以佛家说烦恼即菩提。明朝唐伯虎是个才子，唐伯虎是一个悲剧式人物，写过很多悲情的诗，其中一首是这样写的：

> 人生七十古来少，前除幼年后除老。
> 中间光阴不多时，又有炎霜与烦恼。

"人生七十古来少"化自杜甫的"人生七十古来稀"，"前除幼年后除老"，把前几年裹在襁褓中的时间去掉，把后面几年躺在病床上不能动的时间去掉，剩下的就是"中间光阴不多时"，不过"还有炎霜与烦恼"。面对人生的炎霜与烦恼，我们当要有保持一个平和心态的智慧。围棋高手吴清源说在日本围棋水平比他高的人很多，为什么下不过他呢？他说主要是心态好。吴清源的性格比较和缓，当年有人给他介绍对象，名叫中原和子。吴清源一听女方叫"和子"，"和"最好，连面都不见就说娶了，下棋就重一个"和"字，而不是输赢，输赢简单，"和"最难。人生也是如此，输赢容易，做到平和最难。

吴清源每次下棋下到最紧张最焦灼的时候，他都会念白居易《对酒五首》中的诗句：

> 蜗牛角上争何事？石火光中寄此身。
> 随富随贫且欢乐，不开口笑是痴人。

如果从太空看，我们就好像是生活在蜗牛角里一样，但是我们就在这蜗牛角里斗啊，搞啊。不要争啦，大家都是在蜗牛角上居住的。"石火光中寄此身"，他说人生就像电光石火一样，啪的一声就没了。人生真的很短，但人又是一种很奇怪的动物，你活着的时候好像从来不会死，但是死了之后又好像从来没活过。人生要珍惜当下，有时间学习的时候就好好学习，自强不息。有钱吃肉也好，没钱吃豆也罢，不要每天板着一张脸，要笑口常开，莫做傻瓜。南怀瑾先生有一首诗写得很有意思，他把这些烦恼比喻成秋天的落叶：

> 秋风落叶乱为堆，扫尽还来千百回。
> 一笑罢休闲处坐，任他着地自成灰。

第四样不可靠是"君宠"。什么是君宠？领导对你太好也未必是好事。领导喜欢你的时候有一万个理由，讨厌你的时候也有一万个理由。你去读历史，唐太宗喜欢一个人叫唐俭，开始时喜欢得不得了，喜欢到什么程度？举个例子来说，机关食堂中午吃饭，只要唐俭不来，唐太宗是不吃饭的。唐太宗不吃饭，哪个敢吃饭？大家拿着饭卡站在食堂里不敢刷卡。唐太宗喜欢唐俭喜欢到这样的程度，后来却想杀他，因为两个人走得太近了，没了君臣之分，下棋时唐俭多走了一步，抢占有利位置，唐太宗大怒，把他贬到潭州。贬到潭州之后仍然无法消气，还想杀他，还要尉迟敬德去搜集唐俭的罪状，只要找到一条马上就下令诛杀。尉迟公故意拖延了三个月，最后这件事也就不了了之。回到现实生活中，我们凡事都不要那么极端，和领导相处不要搞得水火不容，也不要处得如胶似漆。古人有这么两句话："婴儿之病伤于饱，贵人之病伤于宠。"小孩子为什么会得病，吃得太饱，穿得太暖。研究中医的同志都知道这两句话：要想小孩安，常带三分饥和寒。小孩儿不要把他喂得太饱，也不要把他裹得太暖。"贵人之祸伤于宠"，就像韩非子在《说难》中所言："有爱于主，则知当而加亲；见憎于主，则罪当而加疏。"翻译成白话是，领导喜欢你的时候，做啥都对，越对越亲，说你行你就行，不行也行。领导讨厌你的时候，做啥都错，越错越远，说不行就不行，行也不行。

还是那句话，宠你就是辱你，一个人很宠你实际上是对你的侮辱，为什么？把你当宠物，根本瞧不起你。你真的有能力他敢宠你吗？一定是磨炼你，不断地磨炼你，你越有本事他越来磨炼你。我常提醒年轻的男孩子，年纪轻轻，不要玩心机，别指望只要跟某个领导搞好关系就可以在单位一马平川、青云直上。万一有一天他（领导）出问题了，连带着你跟着一起遭殃。可是这个话谁会听呢，有的年轻人每天就钻营，考虑领导在想什么东西，考虑怎样让领导高兴。有时我看到那些小青年陪着领导喝酒，出口就是官话套话，我想这孩子真可怜，没有了自己。"狂风拔大树，树倒根已露。上有数枝藤，青青沈未悟。"年轻人自家一身的宝贝，自己一身的本事不把它培养出来做独特的自己，偏偏跟着别人混饭吃，最后的结局大多不会好。每个人都不要指望别人宠，不要在别人屁股后面跟着走，自己要有独特的人格，尤其是年轻人，要有这个志向！不然一辈子出不来。这里举一首清代学者纪钜维的诗，诗的名字叫《鹤》：

> 鸡鹜群争尽日忙，一声清唳晚风长。
> 怪渠本具凌霄翮，苦傍人家觅稻粱。

"鸡鹜群争尽日忙"，鹜是什么？唐朝的王勃在《滕王阁序》里面有这么两句很有名的话："落霞与孤鹜齐飞，秋水共长天一色。"鹜是指野鸭子。鸡鸭每天在一起为这点粮食争啊抢啊。好比一家单位一样，一些宵小之辈，每天为一些鸡零狗碎的利益或者名誉在争。"一声清唳晚风长"，这个鹤，在鸡鸭群中喊了一声，声音随着那个晚风飘得很远很远。意思是说，这个人其实是有本事的！但是有本事的人为什么在"家禽"中呢？"怪渠本具凌霄翮"，"渠"是什么意思？他。我问过很多人"问渠那得清如许，为有源头活水来"，这里的"渠"是什么意思？多少人翻译成"问那个渠道哪来的清水"，你看要不要命？渠是他的意思。"怪渠"就是怪他的意思，怪他什么？本来具备凌霄翮，"翮"是什么？翅膀。怪他本来有一双可以飞到凌霄上的翅膀。结果呢，"苦傍人家觅稻粱！"好好的一个年轻人苦苦地依傍着别人混饭吃，当年的理想也丢掉了，在大学里学的那些专业全部还给老师了，专门学如何跟着领导溜须拍马，最后变成像鸡鸭一样抢食吃了，一辈子没用。

还有一些女孩子心机更重，自认为长得漂亮，每天精心化妆，寻"大树"去傍，其实这些做法都是不可取的。李白写过这么一首诗："昔日芙蓉花，今成断根草。以色事他人，能得几时好？""芙蓉"是什么？是荷花，昔日像荷花一样漂亮，今天像断根草一样丑陋。靠着美色去猎宠，这些都是不长久的。

三句老话

过去有三句老话："风和日丽不出游，有负于天时；窗明几净不读书，有负于地利；高朋满座不喝酒，有负于人和。"

"风和日丽不出游，有负于天时"，假如在春风送暖或者是秋风送爽的日子里，不出去走一走，不来个春游或者秋游，还在家里窝着，那对不起老天爷。譬如我虽然喜欢读书，但是遇到天气好的时候，还是喜欢带着孩子们出去玩一玩，或者独自到河堤上散散步。朱熹有一首诗《出山道中口占》这样写道："川原红绿一时新，暮雨朝晴更可人。书册埋头无了日，不如抛却去寻春。"大意是说，红花绿草焕然新，早雨晚晴爱死人。读书没完又没了，丢掉一边去探春。

我常常提醒大家，一个人养生也好，做事业也好，跟着太阳的节奏。一个人想身体好，早上脑袋对着天光，早早起来，迎着朝阳去上班。中午脊梁背着阳光，人的后背是阳，要多晒太阳，提高免疫力。晚上眼睛避着灯光，晚上要早点关灯睡觉。但是现代人很可怜，连晒太阳这个最简单的生活方式都做不到，早上太阳没出来，就急匆匆地吃早点，然后开车去上班。白天都待在办公室里，等到下班了，太阳已经落下去了。我们现代人其实都很可怜，都在"有负于天时"，即使是外面春光明媚，也没有时间出去走走，晒晒太阳。这就恰恰应了北宋易学大师邵康节的一首诗：

> 造化从来不负人，万般红紫见天真。
>
> 满城车马空撩乱，未必逢春便得春。

"造化从来不负人"，老天爷从来不辜负人类，"万般红紫见天真"他都把最好的风景给我们准备好了，但是"满城车马空撩乱"，大家都太忙了，所以"未必逢春便得春"，就是春天到了，风和日丽，大家也未必能享受到春天的好处！

"窗明几净不读书，有负于地利"，你家搞精装修，把房子修得那么好，在这么好的环境当中不读书，不静下心来提升精神上的修养，你对不起这个房间。有些人的房子装修得真的很好，有书房也有书桌，但讲得难听点，酒柜里放的是真酒，书柜里放的是假书，是塑料壳，是装饰品。很多人家书橱里的真书都让书虫吃光了，就如清代袁枚在《蠹鱼叹》一诗中感慨：

> 蠹鱼蠹罢发长叹，如此琳琅满架摊。
>
> 富不爱看贫不暇，世间唯有读书难。

"蠹鱼蠹罢发长叹"，"蠹鱼"就是书虫的意思。书虫把书都蠹完了，人们还是没有翻书，于是发出一声长叹。当然这是袁枚借助蠹鱼之口做个比喻来说话。"如此琳琅满架摊"，书架子上堆满了书。写到这里使我想起了南宋温州第一状元王十朋的一首《书架》："君富端不俗，有钱长买书。家藏三万轴，不怕腹空虚。"但现实常常是"富不爱看贫不暇"，富人不爱读书，家里有钱，不需要读书了，只是把书当装饰品，甚至是前人买书，后人卖书。正如袁枚在另一首诗《阅历》中所言："久居轩盖无佳士，不读诗书有俊人。""贫不暇"，穷人饭都吃不饱，还读什么书啊。"世间唯有读书难"，世界上最难的事情就是读书了，这是袁枚的一声叹息。

"高朋满座不喝酒，有负于人和"，那么多朋友来看你，一滴酒都不喝，自然很扫兴。我也不大会喝酒，但是有时候主办方会说你大老远来无论如何得喝一点，盛情难却，我就端着酒杯意思一下，这样主办方的面子也过得去。但是有一些人不喝就是不喝，上来就捂住杯子，其实捂杯子是非常不礼貌的。你给他倒酒他就是不喝，问他理由，既不是因为生小孩也不是因为过敏，不喝就是不喝，没有理由。"一人向隅，举座不欢"，一个人不开心，整个聚餐氛围被他破坏掉了。但是亲爱的读者不要误解，在此没有劝人喝酒的意思。只是说人要根据具体环境对自己的行为做出适当的调整，仅此而已。

两个动作不要有

人，两个动作不要有：一是不要抖腿，一是不要低头。

先说不要抖腿。过去有句民谚："男抖穷，女抖贱。"有一次我在东莞上课，东莞的一个听众还跟我说：人抖财落。我说对，有这么一句话。末代皇帝溥仪有抖腿的毛病，他的老师陈宝琛就用《论语》里的话提醒他："君子不正则不威"，意思说，一个人不庄重就显不出威严，结果溥仪也用《论语》里的话回了一句："学则不固。"意思是学习不能不动。溥仪依然还是继续抖腿，陈宝琛就指指外面的树说："皇上，树摇叶落，人摇福薄啊。"意思是告诉溥仪，树摇叶子就落下来，人摇福气会很薄。溥仪就是不听，后来很多老师提醒他不要抖腿，最终溥仪也没有改掉抖腿的毛病。提醒大家，抖腿往往意味着一个人肾精不足。这里教给大家两个护肾的小方法，男女都一样。一个是小便的时候要闭紧牙关，也就是咬牙切齿。一个是撮谷道，所谓撮谷道就是提肛，行走坐卧都可以做。

长期抖腿的人还容易得一种病，就是高血压。什么叫"高血压"？就是你的气无法下行就叫作"高血压"。本来气在下面，人比较稳，走路脚不沾地的人第一个寿命不长，第二个也不会大有前途，太飘了。大的领导走路脚都是一步一步稳稳地往前走，坐在那里四平八稳。一个坐在那里，本来气要抱住你两条腿的，气在下面，气沉丹田，结果你拼命抖、抖、抖，结果就抖出高血压了。这里教给大家两个预防高血压的小方法，第一个动作：两只手放在叫肾门的位置，肾门在土话里叫腰眼子，冬天把两手搓热，放在腰眼子上很舒服。大家有没有发现，我们伟大的毛主席就有这么一个动作，周总理也有这个动作，毛主席可是养生专家。你看他那么辛苦，活了八十几岁，高寿。手在腰眼子上放妥后就小腿甩起来交替踢屁股。要踢到屁股，每次你能踢到一百下的时候你的气血就通了。问题是我们现在很多人根本踢不到自己的屁股，我们踢别人的屁股很容易，踢自己的屁股很难。另外再教给大家一个预防和治疗高血压的动作，因为我父亲就有高血压，我说老爷子你每天就做这么一个动作，自然站好，先伸出你的左手，握拳不要攥拳，有个拳头的样子就好了，从前往后甩，多少下？大概24下，你说我甩25下可以吗？当然可以，你甩去就好了。再伸出你的右手，从前往后甩24下。然后两只手同时甩24下，总共加起来72下。为什么要甩？其实道理很简单，高血压就是气机无法下行，甩手就是让气血下行。道理很简单就是大家能不能做得到，你要坚持去做。这两个小动作很简单、很实用，大家没有事情就做。顺便也提醒大家，不可以跷二郎腿。男人跷二郎腿首先对你的生殖器官不好，女人跷二郎腿容易诱发一些妇科病。右腿跷在左腿上对你的肠胃不好，左腿跷在右腿上，对你的心肺不好。

再说不要低头。一个人总低着头，拉动后脑神经其实对身体伤害很大。有个成语叫"垂头丧气"，一个人总低着头，运气都丢光了。不过反过来讲，一个人丧气也垂头。明代吴承恩在《西游记》第三十五回中讲："人逢喜事精神爽，闷上心来瞌睡多。"一个人遇到喜事的时候，或者发财或者被提拔，你让他低头都低不下去，走路总是抬起头，行行如也。一个人倒霉了，也不用教，总是低着头打盹，困吗？不是。就是一副倒霉相，一副不如意的样子。就如明末清初诗人宋琬在《舟中见猎犬有感而作》中所言："秋水芦花一片明，难同鹰隼共功名。墙边饱饭垂头睡，也似英雄髀肉生。"一条有本事的猎犬，因为被困舟上，无法像老鹰那样自由翱翔做一番事业，吃饱饭自然垂头丧气地打瞌睡。就像刘备当年寄居在荆州刘表处，四十几岁的人了，大腿都养出赘肉了，还是一无所成。这样的状况，怎么会让人不垂头沮丧呢？

话又说回来，人可以倒霉，但不要现倒霉相。南开大学的创办者张伯苓校长在训导学生时常提到四十字格言，内容是："面必净，发必理，衣必整，纽必结。头容正，肩容平，胸容宽，背容直。气象勿傲勿暴勿怠，颜色宜和宜敬宜壮。"此格言乃是南开学校的创始人严范孙先生撰写。张伯苓先生还常讲一句口头语："勤洗头、勤洗脸，就是倒霉也不显。"一个人越是倒霉，越是把自己拾掇得利索一点，理理发，泡泡脚，剪剪手指甲。抬头走，面带笑容，自然运气就慢慢回来了。汉代老百姓有两句话讲得好："无忧而戚，忧必及之；无庆而欢，乐必从之。"意思很简单，一个人本来没什么烦恼事，但偏偏就现一副倒霉相，天天挂一张猪肠苦脸，结果倒霉事就真的来了。相反一个人本来没什么值得庆祝的，但每天就是乐呵呵的，结果好运真的就来了。其实这个并不是迷信，一个人要招什么样的气，就要看您释放出怎样的磁场。释放倒霉的磁场就招来霉气，释放快乐的磁场就招来运气。

诗与人生

这么多年四处讲学，我常常提醒听众，多读一些古诗词。这样做的原因，并不是现在央视有个诗词大赛，我也让大家来蹭热度，而是古诗词的确有一种说不出来的力量和意蕴。

首先，诗是一枝梅花。

南宋诗人杜耒有一首《寒夜》，恰恰可以用来表达古诗词的这种意蕴和力量。诗曰：

> 寒夜客来茶当酒，竹炉汤沸火初红。
>
> 寻常一样窗前月，才有梅花便不同。

"寒夜客来茶当酒"，半夜家里来了一个老朋友，不好意思，酒没了，那怎么办？以茶代酒。"竹炉汤沸火初红"，什么叫"竹炉"？我给湖南常德的老师上课，常德的老师告诉我湖南还有竹炉，里面是泥的，外面套层竹子。"汤"就是开水，日本现在还叫"茶汤"。"火初红"，火苗子刚起来。下面两句话最重要，"寻常一样窗前月，才有梅花便不同"。窗前月本来很平常，但是瓶子里装上几枝梅花往窗前一放，味道就不一样了，手机拍出来的感觉和意境就不一样了。这个梅花到底有什么用？不能当吃不能当喝，但就是有一种说不出来的意蕴和境界。我常常开玩笑说，大家来听我的国学课有啥用？就是讲死了也讲不出一片面包，也不能对你的专业技能提升有任何帮助，但是，好多人为什么赶远路来听？国学虽然不能生产面包，但是能改变吃面包的味道。国学虽然不会指导你怎么做，但是可以提升你的境界，让你学会怎么看。

举个例子，有一位物理老师给学生讲力学，力学难讲得不得了，本来讲清楚也可以。但是假如引用朱熹的一首诗，那个味道就大不一样了。诗曰：

> 昨夜江边春水生，蒙冲巨舰一毛轻。
>
> 向来枉费推移力，此日中流自在行。

昨夜江边春水大涨，水的浮力增加了，蒙冲巨舰像一根羽毛一样轻，可以在讲浮力作用的时候用到这句诗。"向来枉费推移力"，平时使劲推推不动，"此日中流自在行"，浮力的作用就出来了。大家一听这是朱熹的诗，我们物理老师居然懂得朱熹，"才有梅花便不同"，那给人的感觉真是妙，物理老师了不起，居然可以把古诗词和物理学结合起来，这堂课一定特别有味道！

讲授天文的老师讲到月亮，念一首月亮的诗："月宫秋冷桂团团，岁岁花开只自攀。共在人间说天上，不知天上忆人间。"这些都是"才有梅花便不同"，我们都不要太实用了，增加点有味道、有境界的东西。

另外关于梅花有两句诗美得不得了。宋朝有一个人叫林逋，梅妻鹤子。这位老兄不讨老婆，把梅花当老婆，把白鹤当孩子，人称"梅妻鹤子"。他有两句诗专门写梅花的，被誉为千古绝唱："疏影横斜水清浅，暗香浮动月黄昏。"多美，令人回味无穷，这就是"才有梅花便不同"。古诗词就是暗香浮动的梅花，蕴藏着一种美的力量，让人生变得更有意趣！

宋代的卢钺有一首《雪梅》，诗曰：

> 有梅无雪不精神，有雪无诗俗了人。
> 日暮诗成天又雪，与梅并作十分春。

我们的生活怎么能缺少诗呢，谁愿意过庸俗的生活呢，虽然生活有时很艰难，但有了诗，就会让生活高雅起来，就会让人高贵起来。没有诗的生活，那就只有柴米油盐了。写到这里，我想起了清代张璨的《戏题》："书画琴棋诗酒花，当年件件不离他。而今七事都更变，柴米油盐酱醋茶。"

其次，诗是一股力量。

诗，是我们表达真善美的一种方式。任何一首好诗都具备传达真善美的力量。诗要"真"。

金朝末年的大诗人元好问曾经写过《论诗三十首》，本书仅采撷两首来说写诗要有"真情""真行"。首先是《论诗三十首·其十一》，诗曰：

> 眼处心生句自神，暗中摸索总非真。
> 画图临出秦川景，亲到长安有几人？

"眼处心生句自神"，亲眼看到的事物，亲身经历过的事情，心（脑子）里面自然会有一种印象，写出来的诗句自然是活泼的，有神韵有灵魂。"暗中摸索总非真"，靠自己拍大腿想出来的东西，靠百度、知网下载的资料凑成的文章也好，诗词也好，总给人很假的感觉，因为没有真实的体验。"画图临出秦川景"，就好比画画，能把八百里秦川这样的景致临摹出来的画匠很多，但是亲自到达长安（今西安）的人没有几个。好比我们现在好多人写诗，都是无病呻吟，没有真的人生经验，只是一味地讲究平仄韵律，这样写出来的诗再漂亮也是没有任何力量的。就如辛弃疾《丑奴儿·书博山道中壁》所说的："少年不识愁滋味，爱上层楼，爱上层楼，为赋新词强说愁。"少年根本不知道愁为何物，写出来的词自然毫无力量和动人之处。

我本人非常喜欢清代龚自珍的诗，他的诗常常会打动我，因为他的诗是用真情实感写出来的，龚自珍本身为人就很真，略举他的《己亥杂诗》中的一首：

> 少年哀乐过于人，歌泣无端字字真。
> 既壮周旋杂痴黠，童心来复梦中身。

其实写诗就该有"歌泣无端字字真"的不需要任何加工的自然流淌的真感情，需要有一颗童心。

元好问的《论诗三十首·其六》，诗曰：

> 心画心声总失真，文章宁复见为人。
> 高情千古《闲居赋》，争信安仁拜路尘！

"心画心声总失真"，"心画"指的是书，"心声"是言语。首句是说，书里面讲的话很多是不实的。"文章宁复见为人"，有时候写的文章和作者本身做人是不匹配的，好比常常写大侠的人，自己却不会武功。常常把醉酒写得惟妙惟肖的人，自己却不会喝酒。常常写婚姻幸福的人，自己却单身。"高情千古《闲居赋》"，美男子潘岳（字安仁）写的《闲居赋》调子定得好高，说什么一辈子不愿意出来做官，一辈子愿意做隐士。

"争信安仁拜路尘"，哪里知道这个潘安仁一见到权贵贾谧的车子过来，赶紧立正作揖，车子过去好远了，还站在那里翘首不动。

诗要"善"。我常常说，你井学也好，写文章也好，甚至是写一首小诗也好，一定要记住三给，即给人希望、给人道德、给人智慧。

我们喜欢刘禹锡的诗就是因为他的诗常常给人希望，譬如他的《秋词》："自古逢秋悲寂寥，我言秋日胜春朝。晴空一鹤排云上，便引诗情到碧霄。"又如他的《酬乐天扬州初逢席上见赠》中的"沉舟侧畔千帆过，病树前头万木春"。我们喜欢陆游，就是因为他的"山重水复疑无路，柳暗花明又一村"。不过，就我本人来说，我最喜欢的一首给人无尽希望的诗词是宋朝间丘次杲写的一首《朝中措·横江一抹是平沙》，词曰：

> 横江一抹是平沙。沙上几千家。到得人家尽处，依然水接天涯。危栏送目，翩翩去鹢，点点归鸦。渔唱不知何处，多应只在芦花。

可能作者的本意并不是表达给人无尽希望的意思，可是这并不妨碍我对这首诗的解读，意大利学者墨尔加利就曾提出"创造性背离"这样一个术语，就是说我们对一个作品的阐释可以有自己的创造，这个创造很有可能和作者的原意不同甚至背离。譬如这首诗可能作者的本意单单就是写景，但在我看来真是前景无限。本来平沙已经是横江一抹了，很遥远了，直到尽头。结果还有几千家，这下够瞧了吧？可是到了人家尽处，按理讲接下来没有戏唱了，但依然还有一望无际的天涯，飞去的鹢鸟也好（古代在船首上画鹢鸟的像，故称船为"画鹢"），归家的乌鸦也罢，生活充满了希望，充满了憧憬。按理讲这里总该结束了，结果还有在芦花里的渔舟唱晚，多美的图景，多美的人生。

写诗要给人道德。有些诗虽然也符合诗的要求，但是没有道德。譬如"月黑杀人夜，风高放火天"。譬如"持刀哄寡妇，下海劫人船"。这个不能说不是诗，可是表达的意思除了让人惊怖，其他毫无意义。

当然写诗最好还要给人智慧，近年来，不少学者开始挖掘、整理哲理诗，就是在诗里面找智慧。简单举个小例子，清代袁枚写的一首小诗《小心坡》，诗曰："险极坡难过，小心各自持。劝君平地上，还似过坡时。"这首诗提醒人们要有居安思危的智慧。

当然，诗除了真善之外，还要美。有的人常常会在厕所墙上题写歪诗，这种厕所诗不仅不美，还给人一种臭味熏天的恶心感。当然，那些肮脏的厕所诗就不在本书列出，不过有人曾写诗骂这些厕所诗人，如"此墙上面文字多，非文非诗亦非歌。吃完大粪放狗屁，有才何不早登科"，又如"生平不见诗人面，一见诗人丈八长。不是诗人长丈八，如何放屁在高墙"。这里再举一首好玩的诗，前几句都很美，就是最后一句，把整个诗的美感都破坏掉了。第一句是"把酒登高楼"，美！接着是"凭栏一色秋"，美！第三句是"江天一色秋"，美！最后一句要命了，"两个渔翁揪"，这个场景让人感到滑稽可笑，好像周星驰电影里的镜头，背后看是个美女，结果美女一转头，却是个抠鼻屎的络腮大叔，让人大跌眼镜！这首诗就有点这个味道，本来把酒登楼，观看一色秋江，画面极具美感，结果看到的是两个渔翁在扯胳膊揪斗，实在是让人感到又好笑又好气！

再次，诗是一生志向。

西汉《毛诗序》云："诗者，志之所之也。"诗，是人生志向的表达。诗，不仅是写出来的，更是活出来的。一个人如果一生矢志不渝地做一件事，那么他就把人生活成了一首诗，甚至活成了史诗，虽然他有可能一辈子都不认识字，也没有写过一首诗。诗人，首先应该是有志向的人。一个有志向的人，某种程度上就是一个诗人，因为他可以活出一首诗来，他的人生本身就可以入诗。举一个历史上的例子，大家都知道，所谓"苏门四学士"，就是苏东坡有四个特别优秀的学生，其中有一个人叫张耒。张耒做过什么？太常少卿，相当于中纪委书记和党组书记这个位置，官已经很大了。他家隔壁有个卖烧饼的，五更鼓一敲完，这个卖烧饼的吆喝声准时就出来了。大家都知道五更天是几点钟？一更天是19点到21点，二更天是21点到23点，三更天是23点到第二天1点，四更天是凌晨1点到3点。五更天是3点到5点。不过打五更的时候，是3点打。古人都是凌晨3点到5点之间起床的，因为睡得早，所以起得也早。闻鸡起舞其实已经不算早了，过去有这么一个说法："一日之计在于寅，一年之计在于春，一生之计在于勤。"寅时就是凌晨3点到5点，就是五更这个时间段。我们现在起得比古人晚多了，庙里的和尚大概会早一点起来做功课，平常人起不了那么早。五更鼓一敲，凌晨三点钟，这个卖饼的准时出来吆喝卖饼。这个张耒一开始没有注意，后来就习惯了，五更鼓的声音一落，这个卖饼的吆喝声准时出现。后来张耒深有感触，就写了一首诗给他的儿子，诗曰：

> 城头月落霜如雪，楼头五更声欲绝。
> 捧盘出户歌一声，市楼东西人未行。
> 北风吹衣射我饼，不忧衣单忧饼冷。
> 业无高卑志当坚，男儿有求安得闲。

"城头月落霜如雪"，城头上的月亮落下来了，"霜如雪"，什么时候有霜啊？初冬嘛。说明天气很冷。那个银色的月光，一照那个霜啊就好像地面下了雪一样。"楼头五更声欲绝"，那个钟楼敲了五更鼓的声音刚刚结束，这是指的是凌晨3点，这个卖饼的就出来吆喝了，就"捧盘出户歌一声"，他3点钟准时出来卖早点。虽说古人是3点钟到5点钟起床，即使是3点钟准时起床，也不可能立刻就出来买饼，总要洗漱，当然是"市楼东西人未行"，街上没有人，还没有人出来。"北风吹衣射我饼"，北风就是冬风，就是寒风的意思。这个同样的北风，吹到衣服上叫"吹"，吹到饼上，他要用"射"这个词。感情程度就不一样。为什么用词不同，一个用"吹"一个用"射"呢？因为他"不忧衣单忧饼冷"，不担心衣服穿得薄，而担心不能为顾客提供热饼，这里可以看出一个卖饼者的心思。最后两句话很重要，"业无高卑志当坚"，业就是工作。工作没有高低贵贱，关键要有持之以恒的志气和决心。"男儿有求安得闲。"怎么可以说我有什么清闲的时间？我现在听到一些人说，这个时间要怎么打发？我就冒出一个念头，你活得不耐烦了。时间是可以来打发的吗？时间是可以来消磨的吗？我们时间都不够用，他居然要打发时间，活得不耐烦了。回头来看这个饼师，谁敢说他一辈子活得不是一首诗呢？他的一生比那些碌碌无为、浪费光阴、行尸走肉的人要高贵得多，要有诗意得多！

　　讲到卖饼，我又想到了另外一个故事，这个故事真假不必深究，重点是说这个一生卖饼的老翁。话说张勋复辟失败以后，准备回江西老家隐居，因为小的时候寄居在武昌的亲戚家读书，所以路过武昌的时候，便打算在武昌逗留几日，当天晚上就住进了儿时住的老房子里。复辟失败的烦恼使得张勋晚上睡不着，半夜的时候，突然听到巷子里传来油酥饼的叫卖声，这叫卖声是他小时候就听惯了的，他小时候，常有一个满脸褶子的卖饼师傅深夜在巷子里叫卖油酥饼，张勋对这声音感到既熟悉又亲切，但又怀疑，那么多年过去了，还是当年那个卖饼的师傅吗？于是赶紧披衣而起，下床开门去招呼卖饼师傅，结果师傅挑着担子往张勋面前一站，果然还是原来的卖饼师傅，张勋不禁鼻子一酸，为自己酸，也为卖饼老翁酸。于是写了一首诗，诗曰：

　　　　华表峥嵘不住尘，望门呼旧只酸辛。
　　　　霜街一担油酥饼，犹是当年皱面人。

"华表峥嵘不住尘"，"华表"指的是清廷，意思是说，伟大的清廷已经不存在了。"望门呼旧只酸辛"，倚着门呼喊旧人，只感到无尽的辛酸和悲凉，日月如梭，恍如隔世。"霜街一担油酥饼"，外面都下霜了，天气很冷，老翁为了生活还挑着担子在卖油酥饼。"犹是当年皱面人"，还是当年那个满脸褶子的卖饼翁！

怕满的人生

近年来，由于国家经济实力的增强，国民在精神层面也趋向于回归自己的文化传统。直观表现就是中国味越来越浓，不少人开始喜欢穿传统服装。但是不知各位读者留心过传统服装上面的扣子数目没有，细心的读者或许会发现传统服装上面的扣子数都是奇数。因为古人认为一三五七九这些奇数通通表示阳，二四六八这些偶数通通表示阴，而古人认为活着的人穿的衣服一定是阳服，所以活人身上扣子的数目一定不是设计成一颗就是三颗、五颗、七颗、九颗，绝对没有两颗扣子、四颗扣子，因为那是死人穿的衣服，只有寿衣才是四颗扣子。另外，大家有没有发现，我们中国传统的建筑里面的房间数，都是设计成单间的，你看有三间、五间，但不存在两间、四间。不过在这里我要提醒大家一下，大家不必因为我刚才的讲法而紧张，这不代表说我穿五颗扣子就走运，你穿两颗扣子的服装就倒霉，没有那回事，这个只是一种价值观，我们只是在这把它提出来而已。另外各位有没有发现，我们会插花的人是怎么插的，你看真正懂得插花的人，他不是插一枝花就是三枝花、五枝花，绝对没有说两枝花、四枝花、六枝花，没有。为什么？因为你插两枝花、四枝花就把这个花搞得成双成对，你就把这件事情做得比较满，一件事情一旦做得比较满就意味着它没有弹性，一样东西一旦没有弹性就意味着走向死亡。你能得到什么启发？

我们做人不可以做得太全，讲话不可以讲得太满，做事也不可以做得太绝。稍微留那么一点余地对别人对自己都有好处。所以著名的美学家朱光潜老先生他讲过一句话，世界之所以是完美的就是因为它的不完美。季羡林老先生也写过一本书，书的名字就叫作《不完满才是人生》。因为人生不完满才要去修，以至于修到最后的圆满，这是我们的目标。

其实中国人是很怕满的。中国二十四节气里面它只有小满没有大满，意思是说你想满，你小小的满一下，差不多就好了，你只要敢大满，那不好意思，我就要把你搞掉。我举几个例子，你看我们现在家里的小孩子都有存钱罐，现在的存钱罐有进口和出口，但过去的存钱罐是陶土烧的或者石膏做的，它只有进口没有出口，可是只有进口没有出口，我要用钱怎么办？只有一个办法，就是把它摔碎，所以过去存钱罐有一个别称叫"扑满"。扑是什么意思？扑就是摔、就是打、就是砸的意思，意思是说老兄你不要满哦。你不满我还照顾照顾你，还往你肚子里投钱，你只要一敢满我就要把你敲碎。这样大家就能理解"峣峣者易缺，皎皎者易污""木秀于林，风必摧之"的道理。这种现象在社会当中有的时候也是存在的。比如说两个好朋友，一个比较强，一个比较弱，强者就很愿意帮助弱者，但是强者一旦发现弱者有超过他的势头的时候，强者怎么办？就把弱者干掉。

还有，中国人过生日也很有意思，真正会过生日的是怎么过的，八十岁的生日什么时候过？九十岁的生日什么时候过？原来八十岁的生日没有八十那一年过的，都是七十九岁过。九十岁的生日也没有九十那一年过，是八十九岁过，为什么？因为中国人很怕十。十就是满，满就是没有希望。插花亦如是，你插一枝花、三枝花、五枝花，它不圆满，不圆满才有发展的余地，不圆满才有生存的空间，不圆满才有存在的希望。中国过去有几个比较特别的寿，第一个叫"喜寿"，你看我们经常说，这家老爷子要过喜寿，那喜寿到底是多大？喜寿是七十七。为什么？因为草书那个喜字写起来很像七十七，所以我们就把七十七叫作"喜寿"，另外，我们大家都很熟的米寿。米寿是多大？米寿是八十八。还有一个叫"茶寿"，茶寿是多大？一百零八。你看茶上面两个十，它就是二十，二十加上下面八十八就是一百零八。这个还不是我讲的重点，我想讲的是什么？就是一个人过一百岁生日的时候那个寿叫什么寿？我们很多人就说这个还用问吗？一百岁的寿当然就叫"百寿"喽。不对，你看百是十个十，也很满，中国人就很怕，所以中国人很聪明，他为了不满，他就把百上边的那一横去掉，这样各位才知道，一个人九十九岁过一百岁寿的时候那个寿不叫百寿，叫什么寿？叫白寿。我在这里顺便提醒各位，你父母健在的时候最好不要过生日，为什么？你有什么资格过生日？你看有的人一年居然过两次（生日），这不是很奇怪吗？你的生日就是母亲的受难日，其实那一天才是真正的"母亲节"，你应该好好为母亲过节才是，节者劫也，那是母亲蒙难受苦的日子。另外我也经常讲笑话，你看你不过生日还好，你一过生日就惊动老天爷了，老天爷就讲险些把你忘掉，又过生日，就把你收回去了。那各位说我实在想过生日怎么办？你七十岁之后再过生日，这个才比较合理。为什么要七十岁就可以过生日了？孔子讲自己的人生体验，"七十而从心所欲不逾矩"。杜甫也有句诗写得好："人生七十古来稀。"所以过去"七十岁"也叫"古稀之年"。其实七十岁还有个说法叫"悬车之年"，过去古人打仗，白天在战车上打仗，晚上睡在车子底下。但是人到七十，没有办法打仗了，就把车轮子卸下来，把车架子悬挂到墙上，表示退休了。一个古稀退休之人，过过生日，自然无可厚非。

　　讲到这里，我再絮叨几句，我是个教书的，我对自己的要求，一个老师没有到七十岁，讲课最好站着讲，一则表示自己还没有老，二则也表示对听众的尊重。好像我记得央视十套《百家讲坛》栏目就有这个规定，一个讲师除非身体原因，不然七十岁以下的年龄都得站着讲。我也常常提醒我的听众，一个人没有到七十岁，千万不要称自己"老"。但是有些单位的人，四十几岁、五十几岁，就一天到晚装老资格，很多工作推给"00后""90后"去干，已经开始暮气沉沉了。所以我常讲，人干工作应该有曹操的那种精神，"老骥伏枥，志在千里。烈士暮年，壮心不已"。那个"壮心"很重要，什么时候心最壮？刚刚参加工作的时候，那时候是血脉偾张、激情四射，那就是初心。初心就是壮心。清代郑板桥有一副对联写得好："富于笔墨穷于命，老在须眉壮在心。""富于笔墨"表示我很有能力，"穷于命"，但是我工资不高、职务一般；即使如此，虽然我"老在须眉"，眉毛胡子全白了，但还是"壮在心"，依然保持着当年那颗刚刚参加工作的壮烈的初心。

读书是清福

中国人有四大发明，造纸术、印刷术、指南针、火药。两种发明跟书有关系，一个是造纸术，一个是印刷术。书是什么？装订起来印刷的纸。按道理讲，印刷术、造纸术是中国人发明的，中国人应该是读书最多的民族，但是我不客气地讲，依我看来，我们现在读书的氛围很淡。我坐高铁到外地去讲学，车厢里极少有人会读书，一路上都在玩手机的比较多。

据说，中国平均每人每年读书只有0.7本，难怪有人形容我们现在的文化变成了什么？"三搓文化，四大文明。"哪"三搓"？搓脚、搓背、搓麻将。"四大文明"是大碗喝酒、大块吃肉、大声吼歌、大把花钱。韩国人平均每人每年读书7本，日本人平均每人每年读书40本。举一个简单的例子，1842年到1843年，魏源受林则徐的嘱托编了一套很有名的书叫《海国图志》，结果这本书当年在国内出版的时候，很少有人问津，为什么？考试不考。但是这套书传到日本后，短短几年之内，翻印了二十几次，上千万日本人受益。由于这本书的影响，1868年日本人开始明治维新，国力日益强盛。中国人不读书吗？读。为了什么读？考试才读，不考试坚决不读。我也在大学里兼过课，平时大学生状态如何？我描述给各位读者听，我所描述的所教所见的大学生并不代表全体大学生。大多数的大学生是很优秀的，不过话说回来，确实有一部分大学生不像话。我在大学兼课的时候，两个班一起上，共97个学生。我一般提前坐在讲台前面等他们来，上课时间是早上8点钟，地点是阶梯教室。进来一个同学我就往前指，意思是让他们往前坐，告诉他我讲课很好玩。但没人理你，都挤在后面，前三排永远是空的，挤在后面干什么？吃肉包子、喝牛奶、谈恋爱、玩手机、睡觉，他们把我的课变成了玩手机的背景、谈恋爱的背景、吃肉包子的背景、睡觉的背景。你讲课他睡得很香，你不讲话，他突然抬起头，什么事？发现没事后他接着睡。最后一节课，大家拼命往前挤，手里拿支笔，赵老师，快，不要啰唆。干什么？划重点，重点划完了就开始不理你了。我常常笑他们，University，由你玩四年就是university。他们在大学玩了四年，回家告诉父母，我在学校好辛苦。手上的大学文凭，不代表身上的大学水平。我现在讲句不客气的话，很多学校是"油锅"学校，培养出来的学生是"油条"学生，什么叫"油锅"学校？学校搞得好热闹，每天这个评比、那个比赛，这个会社、那个社团，但是培养出来的学生就像油条，外面很大，里面很空，没有内涵。这就是部分大学生的现状，只考试不读书的大学算大学吗？

很多人每次一反对日本的时候，就开始砸日本货，那叫暴力爱国。我在电视台录节目，电视台的小伙子跟我说，如果真的砸日本货，中国的很多家电视台是要倒闭的，我问为什么？他说您往机器上看，现在录节目的这台机器，是日本货SONY。每次电视台换设备的时候，我们是集体去日本采购的。我们平时爱国砸日本货，并不是恨日本人，也并不是恨日本货，恨的是拥有日本货的中国人，于是借着爱国的名义去砸同胞的东西。日本人最开心，中国人买我的东西，中国人自己去砸，到最后还是买我的东西。我讲这句话的意思是什么？真的爱国不是砸人家的东西，日本人均年读书40本，我们人均年读书41本，我们最终的科技水平超过日本，这才叫爱国，做得到吗？

俄罗斯每五家有一套《普希金全集》，平均每人每年读书63本。以色列平均每人每年读书68本，550万的以色列人口，平均每七个人身上有一张图书馆的借书卡。我经常问听众身上有没有图书馆的借书卡，（他们）脸都红了。我们有美容美发卡、汽车加油卡、超市购物卡，就是没有图书馆的借书卡。很多人跟我讲，赵老师，我们不是不读书，实在是因为太忙了。尼采有句话讲得好："无法主宰自己三分之二的时间者，与奴隶无异。"每当听人说"我太忙了"的时候，我就想起我们伟大的领袖毛泽东，大家知道毛主席是公认爱读书的人，有人做过统计，毛主席一辈子到底读了多少书？据说是97600本，这个数据或许没有那么精准，但我们绝对不要怀疑毛主席的读书精神。97600本是个什么概念？大家都知道毛主席一辈子活了83岁，1893年12月26日到1976年9月9日，83年的光景读了97600本书，我们书院有一个小朋友做过一个数学运算，平均除下来，毛主席每天读书大概3.2本。对比一下，我们每天读书多少？当年还在延安的时候，毛主席曾经对一个记者讲过这么一段话，他说"如果让我再多活10年，我要读9年359天的书"（那时候旧历的年是360天算一年）。老人家是这样说的，也真的是这样做的。毛主席什么时候过世的？1976年9月9日0时10分过世的，毛主席最后读的一本书是南宋洪迈写的《容斋随笔》，这本书什么时候读的呢？1976年9月8日17时50分读的，读了多长时间呢？读了半个小时，也就是说，毛主席在离开世界的6个小时之前还在读书。扪心自问，我们难道比毛主席还忙吗？记住，读书不是时间问题，是习惯问题。我们好多时间其实都是被我们平时在不经意间浪费掉了。宋人席振起在《守岁》一诗中写得好："相邀守岁阿咸家，蜡炬传红映碧纱。三十六旬都浪过，偏从此夜惜年华。"过年了，才知道要来守住岁月，平时的美好时光都被浪费掉了，多可惜啊！当年胡适讲过这么一段话，（大意是）看一个国家的文明程度怎么样？看三个方面即可。一看怎么对待小孩，二看怎么对待女人，三看怎么利用闲暇时间。

　　谈到毛主席，我们又想到我们伟大的教育家孔子，大家都知道孔子晚年读《易经》，痴迷到韦编三绝的程度，编竹简的熟牛皮断了多次。某一日，孔子大概预感到今天自己要走，但是不知道几点走，就让专门跟他学《易经》的商瞿占一卦，看看今天什么时候走？商瞿一占，老师，你中午走。孔子说，中午才走啊，拿书来。他旁边有一个学生说，老师，你都要走了，你还读书干什么？孔子说现在是早上，我中午才走，不读书干什么呢？史书上对孔子临终的描述就是"宣尼临没，手不释卷"。

我们回头再看看毛主席，毛主席在中南海的菊香书屋里常年挂一副对联："万里风云三尺剑，一庭花草半床书。"这副对联怎么来的？当年毛主席在江西的时候，带领部队驻扎在一个小祠堂里面做短暂休息，休息完开步要走了，毛主席殿后。毛主席比较恋旧，感情很丰富，走的时候毛主席转头想看一下这个祠堂，结具一看不得了，祠堂上有一副上述对联，因为这副对联，毛主席说，不要走了，我们今天晚上就住在这个祠堂里面。"万里风云三尺剑"告诉人们想在社会上站得住脚，起码得有两把刷子。怎么把这两把刷子要得好呢？那就要"一庭花草半床书"了，"半床书"表示思想、学问。

当年拿破仑滑铁卢战役失败之后被流放到圣赫勒拿岛上，拿破仑每天坚持读书、写日记，拿破仑在一篇日记里写过这么一段话："世界上只存在两种力量，一种叫利剑，一种叫思想，但是最终思想会战胜利剑。"也就是说文化软实力的力量，一定会超过硬件的力量。图书馆建得再好，没有好的书，大家也不会聚拢来。思想战胜利剑。

法国思想家帕斯卡写的一本书叫《思想录》，里面一句话相信大家都耳熟能详，他说人很脆弱，就像一根苇草，人之所以了不起，是因为他有思想。帕斯卡讲，一个人所有的尊严在于他有思想。一个人的尊严不是官做得有多大，也不是长得多漂亮，也不是开奔驰、住别墅，而是他有思想，我们尊重一个人，是因为他有思想、有学问。犹太人为什么后来拼命提倡读书，犹太人到中世纪的时候还是被人瞧不起的。一直以来，犹太人给人的印象是什么？第一个是不信仰基督教，这个民族没有信仰。第二个是放高利贷，眼里除了钱就是钱。后来犹太人说我们有钱了，别人却瞧不起我们，于是拼命建图书馆，拼命读书。后来才出来马克思、爱因斯坦这些名人。今天我们国人的生活可以说是丰衣足食，我们到国外去，别人真的瞧得起我们？不一定！我们常常把很有钱又没有文化的人叫什么？土豪。大家看这两个字怎么解释？土很好解释，就是土里面。豪是什么头？高字头，下面"豕"是什么？是猪，什么叫土豪？在土里面打滚的高级猪。很多人很有钱，但是过的日子，我讲句不客气的话，可能这句话有点刻薄，像猪一样的生活方式，每天怎么把猪毛梳得更漂亮一点，哪里有漂亮的母猪就去找了，动不动这里又有盛宴，那里又有盛宴，一群猪在那里做下流的事情，却称自己是上流社会，你算什么上流？都是下流的猪。你说你开法拉利到那个名人俱乐部去，人家都笑话你，为什么？你穿着最好牌子的衣服，开着最好的车，喷着最高级的香水，到人家那里，人家闻你身上的味道，你不是我圈里的人。你说香水味道跟他一样，也喷这种牌子的香水总可以吧？不可以，因为人家一开口聊的就是孔子、老子、西方哲学，你一开口就是今天股市跌了、房价涨了，人家一听就知道你是土豪，骨子里就瞧不起你，一身的铜臭味，再多的香水也掩盖不了。

闻一多曾讲过："人可以无师自通，但不能无书自通。"这里讲一个小故事，传说吕洞宾有一次在一个老先生家喝酒，人家也不知道他是神仙，喝完酒吕洞宾就拿石榴皮在墙上写了一首诗，写完诗之后，人家的儿子一看这个诗写得真好，想上去再请教一下这位老先生，结果老先生上了拱桥三步两步人没影了，后来才知道他是吕洞宾，吕神仙写的诗曰：

西邻已富忧不足，东老虽贫乐有余。

白酒酿来缘好客，黄金散尽为收书。

"西邻已富忧不足"，就是说西边的这个邻居已经很有钱了，还每天忧愁不已。"东老虽贫乐有余"，东边这家姓沈的老先生虽然很穷，但是他很快乐。"白酒酿成缘好客"，酿出琼液待嘉客，"黄金散尽为收书"，千金散尽收奇书。过去还有这么一副对联："黄金非宝书为宝，万事皆空善不空。"上联的意思简单地说就是，有钱不算什么，智慧是真谛。下联"万事皆空善不空"，我想到了一首诗，插进来：

> 不结良因与善缘，苦贪名利日忧煎。
> 岂知住世金银宝，借汝权看数十年。

意思是说，活着的时候不多做点善事，每天贪名贪利，晚上睡不着觉，因为什么？他比我有钱，他比我有名，他地位比我高。明朝一个人说人生为什么那么苦，人类的痛苦来自哪里，是被"要好看"三个字害死。你这辈子攒了那么多钱干什么，最后是借给你看看几十年算了。正所谓"由来富贵原如梦，未有神仙不读书"。翻译成白话，富贵就像一场梦一样，你就是变神仙了，你还是要读书的，为什么？因为神仙也有级别，一级神仙、二级神仙、三级神仙，有地仙、鬼仙、神仙，你要升级，不读书考试怎么办？这里虽然是玩笑话，但是学无止境，永远不要停止读书。末代皇帝爱新觉罗·溥仪的父亲爱新觉罗·载沣，他的书房里有一副对联："有书真富贵，无事小神仙。"什么叫富贵？有书是真富贵，这样各位读者才知道，当官的、有钱的、长得漂亮的，外面穿着名牌的，都不是尊严。一个人真正要赢得别人的尊重，你非得读书不可。最终一个人有学问，大家才从内心尊重他。"无事小神仙"，正如一首诗说得好："春有百花秋有月，夏有凉风冬有雪。若无闲事挂心头，便是人间好时节。"所以我常常说读书是一种清福，但是很多人就是静不下心来享受这种清福，清福都享受不了，哪里会有洪福呢？

"石韫玉而山辉，水怀珠而川媚。"这两句话出自晋朝陆机的《文赋》。稍微解释一下，这座山为什么显得那么有光辉？因为石头里面有玉。这个河川为什么显得那么秀媚？因为水里面有珍珠。后来苏东坡就发挥出来了，"粗缯大布裹生涯，腹有诗书气自华"。再说得土一点，"秀才不怕衣服破，就怕肚里没有货"，就这个意思。所以女孩子要漂亮，要显得气质好，里面要有"宝玉"，"宝玉"是什么？是内涵，是思想。内涵也好，思想也好，都得从读书中来，正所谓"若有诗书藏于心，岁月从不败美人"。北宋邵雍有一首《善赏花吟》，诗曰：

> 人不善赏花，只爱花之貌。
> 人或善赏花，只爱花之妙。
> 花貌在颜色，颜色人可效。
> 花妙在精神，精神人莫造。

这首诗表达意思其实很简单，一个女孩子真正的美是内在的气质、精神，不是外在的做作。而内在精神气质是靠读书习得的。就如曾国藩所言，一个人的气质唯有靠读书方能改变。

我讲一个很严重的问题，很多人没有反对读书，但是大家玩的都是概念。好比一个记者问农民，老兄，你家有两千头牛、两千头羊要捐给这个国家，你捐不捐？捐，没问题，国家兴亡，匹夫有责。那如果你们家有两百头牛、两百头羊你捐不捐？没问题，两千头都捐，两百头一定捐了。老兄，你家有一头牛、一头羊，捐不捐？（农民说）那不捐。（记者问）为什么？（农民说）因为那是真有。什么意思？你让我捐概念、喊口号是可以的，让我玩真的，不干。读书也是如此，很多人一提读书都热血沸腾，都说好，真读书，没人干了。

也有读者跟我反馈说不读书还好，玩手机很精神，一读书就犯困直迷糊。我告诉他这是体内阴气太重，也就是负能量太多了。一个人读书就是正能量吸进来，把负能量逼出去。这个过程当然犯困。但是等有一天读书开始不困了，而且越读越有精神了，那就是正能量开始向上累积了。我常常对学员开玩笑，书本身就是有能量的。讲句迷信的话，晚上睡觉，放本经典在枕头边，《圣经》也好，佛经也好，《易经》也罢，鬼神都不敢接近你。《雪漠智慧课程》里转述了广钦老和尚讲过的一个故事，大意是说万历皇帝的母亲过世之后，想请一位高僧来超度自己母亲的亡灵。为了测试谁是高僧，就在皇宫的正大门下面悄悄地埋下了一本装帧精美的《金刚经》。接着让请来的这些高僧鱼贯而入，结果这些高僧前门进，就被太监从后门领出去了，一人一个大红包，算是辛苦费了。结果只有一个和尚是翻着跟斗进来的。小太监就把这个情况报告给了皇上，万历就招来这个和尚问原因，问他为何不老实走路，要翻跟斗进来。和尚如实回答，宫门下面有一股金刚之气，小僧不敢冒犯，故而翻着跟斗进来。

或许有人说读书记不住，读了就忘了，还不如不读。其实读了就忘这个情况是正常现象，现在大家读书和我不同，我本身是教书的，也会写书，所以非读书不可，很多东西也会刻意去记。平时大家读书，其实就是竹篮打水一场空，读了就忘了。但请各位读者记住一句话，竹篮打水虽然是一场空，但是竹篮打水打多了，篮子最终会变干净。一个人读书亦复如是，读书读多了，境界、气质、心胸都会悄悄地发生改变。德国一个诗人叫黑塞，他讲过这么一句话，大概意思是，他说读书不会给你带来任何好运，但是它会让你慢慢地成为你自己。你从书当中会慢慢发现，你想要过什么样的人生，你想走什么样的道路，书有时还是你的精神支柱。王安石有一首诗叫《孟子》，他读了《孟子》之后有感而发写了这首诗。诗曰：

沉魄浮魂不可招，遗编一读想风标。
何妨举世嫌迂阔，故有斯人慰寂寥。

第一句叫"沉魄浮魂不可招"。魄属阴。人死了之后，魄是往下走的，魂是往上升的，魂属阳。总而言之，这句话的意思是说，一个人死了之后，你让他复活是不可能的。第二句"遗编一读想风标"，意思是说孟子虽然本人死了，但是《孟子》这本书却留下来了。我读《孟子》这本书的时候，我就想"风标"，"风标"是什么？孟子的风骨，孟子的榜样。意思就是说我读了孟子的书，就把孟子当作精神偶像，当作人生榜样。第三句是"何妨举世嫌迂阔"，何谓迂阔？就是不切实际。也就是说我读了《孟子》，我想像孟子一样做伟大的事业，所有的人都笑话我是傻瓜，认为我是不可能实现理想的。每当此时，只有《孟子》安慰着我孤独的灵魂。

最后以一首美国隐居女诗人艾米莉·狄金森的一首小诗结束本文：

> 没有一艘船能像一本书
> 也没有一匹骏马能像
> 一页跳跃着的诗行那样——
> 把人带往远方。
> 这渠道最穷的人也能走
> 不必为通行税伤神
> 这是何等节俭的车——
> 承载着人的灵魂。

苏东坡的养生秘诀

北宋大文豪苏东坡不仅是文学家，其实还是养生家。据说好友张鹗有一次向苏东坡问道养生。苏东坡向好友说出了他养生的四句秘诀："一曰无事以当贵，二曰早寝以当富，三曰安步以当车，四曰晚食以当肉。"其实苏东坡的养生秘诀也不是无本的，部分来自《战国策·齐策四》中的一篇文章《齐宣王见颜斶》，文章记载了隐士颜斶对齐宣王讲的话，其中有这么几句："斶愿得归，晚食以当肉，安步以当车，无罪以当贵，清静贞正以自虞。"我们按下颜斶不表，咱们就来表一表苏东坡的四句养生秘诀。

第一句话，无事以当贵。什么样的生活最高贵？换句话说，什么生活最享受？就是没有事，心无挂碍。什么叫没有事？用刘禹锡在《陋室铭》里的话说就是："无丝竹之乱耳，无案牍之劳形。"那首诗怎么说的？

春有百花秋有月，夏有凉风冬有雪。

若无闲事在心头，便是人间好时节。

身体健康、内心清闲是人生最大的享受。好比王安石在《北山》里所说："细数落花因坐久，缓寻芳草得归迟。"爱新觉罗·载沣有两句话很有味道："有书真富贵，无事小神仙。"什么叫富贵？有书就是富贵。如果你能够安心在家读书，你这个人绝对是富贵，现在大家都很可怜，没有时间读书，因为工作一大堆。我常常讲，一个人能一个下午一杯茶在房间里静静地读书，那不知是多少世修来的福气，这种福气叫"清福"，很多人连这种清福都受不住，手里捧着书，要么是打盹，要么就过一会儿手机拿过来看看有没有什么业务，熊培云在诗集《未来的雨都已落在未来》中写道："等日子好起来了，我们一起把手机扔进地中海。"要么就是根本坐不住，干脆出去玩，清福都享受不了，何况是洪福呢？还有人说喝酒是热闹的，读书是寂寞的。这话我完全不赞同，恰恰相反，喝酒是寂寞的，读书是热闹的。你看一桌人，特别是不太熟悉的人，围在那里喝酒，彼此推杯换盏，称兄道弟，根本就是酒后忘。喝酒的时候，彼此都不能真正地交心，每个人的内心都是孤独的，真是各怀心腹事，尽在不言中。而读书看似一个人坐在那里，书里面不知多少的大人物、小人物会过来陪着你，这个不叫富贵叫什么。"无事小神仙"，没有事真的是神仙。看我们现在都是事情多得很。吕洞宾有首诗说得好：

> 一日清闲自在仙，六神和合报平安。
> 丹田有宝休寻道，对境无心莫问禅。

宋朝有个和尚有一首偈子写得好，恰恰就写出了这种"无事"的状态，偈曰："万里无寸草，衲僧何处讨。蘸雪吃冬瓜，谁知滋味好。""万里无寸草"，意思是说内心了无牵挂，一点烦恼杂事都没有。"衲僧何处讨"，我这个老和尚空空明明，一点事都没有。就如另一首偈子所言："南台静坐一炉香，终日凝然万虑亡。不是息心除妄想，都像无事可思量。""蘸雪吃冬瓜，谁知滋味好"，雪是清凉的，冬瓜是清白的，清白加清凉，自然一片清明境界。

当然，要达到这样"无事"的状态，需要把功名富贵看淡，甚至放下，借用《红楼梦》里贾宝玉的话说，就是不要做"禄蠹"。明朝张瀚一辈子在朝廷做官，后来在吏部尚书任上退休，退休后写了一副对联，联曰："功名身外事，大就何妨，小就何妨？富贵眼前花，早开也得，迟开也得。"意思很简单，功名也好，富贵也罢，都是眼前花、水上露、身外事，大小早晚都无妨。正如过去有一副集宋之问、白居易诗句合一的对联，"松间明月常如此，身外浮云何足论"。就好像我到衢州讲学，在江山大陈村的汪氏祠堂后面的戏台上看到那副对联写的："得意无非俄顷事，下场还是普通人。"人生功名富贵得意一时，到老了，大官小官，有钱没钱，都差不多，大家都很普通，很多事情别太在意，所谓"居官无官官之事，处事无事事之心"。

中国历史上有三个梦很重要，第一个梦叫黄粱梦。第二个梦叫南柯梦。第三个梦叫蝴蝶梦。所谓蝴蝶梦，就是庄周梦蝶，庄子做梦梦见自己变成蝴蝶，醒来后不知道是庄子做梦变成了蝴蝶，还是蝴蝶做梦变成了庄子。清代学者洪亮吉在《北江诗话》中提到有一个人放荡不羁，家有三子，皆不让读书，娇生惯养，这位老兄在家里的楹柱上写了两句话："酒酣或化庄生蝶，饭饱甘为孺子牛。"后来鲁迅的"俯首甘为孺子牛"或许就是从他这句话里借来的。

我们不讲蝴蝶梦，也不兑南柯梦，我们就单讲黄粱梦。关于黄粱美梦的故事，大家都很熟，一个姓卢的书生，名字叫什么不知道。所以在这书上称卢生，像我要放到过去就是赵生。这个卢生到京城去考试，路过邯郸，结果眼瞅着马上就要天黑了，路旁恰好有个茅草屋，这个卢生一推柴门就进屋了，屋里面一个老头正在蒸黄粱饭。那老头是谁？八仙之一的吕洞宾。吕洞宾就说，先生，你干吗到京城赶考去！谋功名富贵简单，我这里有个枕头，你睡一下，功名富贵都在里面。枕头两边各有一个小口，卢生就趴在小孔上往里面看。结果这个孔远看很小，一近看就好像人整个进去一样，卢生迷迷糊糊就睡着了，开始做梦了。梦见自己四十年间，如何得到功名，又是如何获得富贵，后来又是如何被贬，再后来又是如何被大赦回来了，再后来很光荣地退休了，最后梦醒了。结果醒来一看，锅里面的黄粱饭还没有熟呢。这就是黄粱美梦，但是即使大家都知道人生就是一场梦，我们还是要追它。有人就根据黄粱梦的故事写过这么一首诗：

> 四十年来公与侯，纵然是梦也风流。
> 如今落魄邯郸道，要向先生借枕头。

我重点要讲的是，河北邯郸的吕仙祠里有个黄粱亭，黄粱亭上有副对联也写得很好，联曰："睡至二三更时，凡功名都成幻境；想到一百年后，无少长俱是古人。"我常常说，一个人参透这两句话，绝对不会得抑郁症。讲到邯郸道上的黄粱美梦，我又想到了钱钟书先生写过一首诗，诗曰：

> 弈棋转烛事多端，饮水差知等暖寒。
> 如膜妄心应褪净，夜来无梦过邯郸。

"弈棋转烛事多端"，世事如棋局一样，繁复变化，乱杂无绪，没完没了。就如元朝苍雪禅师的一首诗："松下无人一局残，空山松子落棋盘。神仙更有神仙著，千古输赢下不完。"下棋的时候很热闹，你杀我吃。胜也好，败也好，最终大家都还是回归平静，都到棋盒里了。蜡烛一圈圈地燃烧，看到这个世界纷纷扰扰，好不热闹，但是最后蜡炬成灰烧完了，大家都同归于寂，一片黑暗。"饮水差知等暖寒"，最后大家都是彼此彼此，如人饮水，冷暖自知。用宁波人的一句俗话，"寒天饮冰水，点滴在心头"。"如膜妄心应褪净"，把被蒙蔽的妄心都褪去吧，不要妄想了。"夜来无梦过邯郸"，也不要做过邯郸的黄粱美梦了。正如一副对联所言："富贵三更枕上蝶，功名两字酒中蛇。"

第二句话，早寝以当富。早寝就是早睡的意思。记住一句话，你养生也好，你做事业也好，跟着太阳的节奏。太阳升得起来，你爬得起来，太阳落下去，你睡得着，身体绝对好，事业绝对顺。用《庄子》的话说就是："日出东方而入于西极，万物莫不比方，有目有趾者，待是而后成功。"先秦时还有一首《击壤歌》："日出而作，日入而息。凿井而饮，耕田而食。帝力何有于我哉！"现在有些人整个就是黑白颠倒，太阳升起来死活起不来，太阳落下去，玩命睡不着，这就出问题了。甚至有的年轻人是"九三学社"，晚上玩通宵，第二天上午九点钟才睡，下午三点钟起床吃早餐，这样的生活节奏早晚会把身体搞垮。西方人讲早起的鸟儿有虫吃，中国人俗语也讲"三天早起，一天工"的道理。但是要起早，一定要早睡。告诉大家养生的一个大秘密，那就是守好子午时，午时指的是中午十一点到下午一点。子时是晚上十一点到凌晨一点，换句话说，晚上十一点之前一定要休息了。子、午时也是打坐的最好时间。苏东坡所谓的"早寝"，估计也差不多在晚上九点到十一点之间。理由是古人把一天一夜的时间分为十二格，也就是十二段，每个格起一个名字，分别为夜半（23点—1点）、鸡鸣（1点—3点）、平旦（3点—5点）、日出（5点—7点）、食时（7点—9点，这个时候古人吃早餐，这个早餐又叫"饔"，一天最正规的菜，炒菜煮饭。古人一天只吃两餐，直到清朝依然还有人保持这个习惯）、隅中（9点—11点）、日中（11点—13点）、日昳（13点—15点）、晡时（15点—17点，这个时候吃晚饭，这顿饭又叫"飧"，吃得简单，把早上的剩饭剩菜用热水泡一下）、日入（17点—19点）、黄昏（19点—21点）、人定（21点—23点）。人定就是睡觉的时候，所以说估计苏东坡差不多也就是晚上九点到十一点之间睡觉。这个时候大家基本上安定不语了，用《孔雀东南飞》里的两句话就是："奄奄黄昏后，寂寂人定初。"我常说，现在生物钟调整最好的就是寺庙，寺庙里依旧是晨钟暮鼓。早上四点钟，也就是平旦之时，敲钟起床。晚上九点钟，人定之时，打鼓睡觉。美国学者威廉·德门特说："睡眠是抵御疾病的第一道防线。"美国科研人员新近的一项调查也表明，每晚平均睡七八个小时的人，寿命最长；每晚平均睡不到4小时的人，死亡率比前者高80%；而每晚睡10小时以上的人短命的亦比每晚睡8小时者高2倍。有一次我到理发店理发，理发师悄悄告诉我，他说以后去理发，记住那些理发师推荐的增发剂都是骗人的，你记住这两条头发就不容易掉，第一是千万别熬夜；第二是头发不要太油腻。这是一个理发师的忠告。另外，大家一定要养成午休的习惯，即便是睡不着，躺在那里静静地闭目十几分钟也是好的。在这里我特别提醒下大家，晚上失眠的大人和小孩子，鸡这类东西最好少吃。鸡是完全跟着太阳的节奏来起居的，所以阳气极旺。失眠的人本来就睡不着，晚上吃鸡，阳气更旺，本来晚上应该阳气往里收的，结果又补充阳气进来，那自然睡不着。这和晚上吃姜一个道理，过去中医有句话叫："晚上吃姜赛砒霜。"并不是晚上的姜有毒，而是说姜是阳气旺的东西，晚上吃姜，阳气收不回来，睡不着。而小孩子本来就是纯阳之体，如果吃鸡尤其是肯德基，那就容易造成多动症。所以中国人会吃鸡，小鸡一定炖蘑菇，这样阴阳中和比较好。

第三句话，安步以当车。瞧苏东坡的"竹杖芒鞋轻胜马"多从容！其实最好的养生方式是走路不是跑步，千万别跑。你去读《黄帝内经》，你把整部《黄帝内经》翻个底朝天，黄帝的老师岐伯没有让你跑步的，都是要你散步。"披发缓行"，慢慢地散步，所以大家要养成散步的习惯，过去有句俗语："每天三千步，不进医药铺。"走路要稳，不要跑，不要急，后面也没有人追你，你跑干什么？现在人很奇怪，一点点路也要开车，然后晚上要去那个健身房，进行无氧运动，拼命在那个跑步机上跑，跟自己过不去。那么在这里再讲一点点，冬天千万不要出大汗。《黄帝内经》有一句话叫："冬不藏精，春必温病。"冬天要收敛藏精，冬天出大汗，春天这个人一定会生病。所以冬天晚餐后我跟父亲到公园散步，看到一群老太太在拼命地跳广场舞，我说这些人到春天一定生病，冬天适当地微微出一点点汗是可以的，不宜出大汗。有些子女孝顺父母，怕父母冬天冷，就送二老到海南三亚去度假，其实这样往往会好心办坏事。

第四句话，晚食以当肉。苏东坡喜欢吃肉不错，东坡肉就是他的一大创举，但这句话绝对不是晚上吃饭要加肉的意思。"晚食以当肉"的意思就是，饿了再吃饭，比肉还要香。饿了吃饭甜如蜜，饱了吃蜜也不甜。正如一句俗谚所说："饥饿是最好的厨子。"波斯诗人萨迪在《蔷薇园》里写道："先知说：'我的助手们不到十分想吃东西时，不随便进食。进食也留有余地，不吃得过饱。'医生听了说道：'这正是他们不得病的原因。'"一代哲学宗师方东美先生曾经告诉他的学生们一个保持年轻的秘密，一个人若想要五十岁的年龄看起来像三十几岁，秘密就是，只有当肚子咕噜直叫的时候再去吃饭，不饿不吃。

周敦颐的儒酸味

　　《爱莲说》这篇文章各位读者一定耳熟能详，里面有两句话很有名："出淤泥而不染，濯清涟而不妖。"《爱莲说》的作者是北宋思想家周敦颐，周敦颐还有一本书叫《通书》，《通书》里面有这么一句话："君子以道充为贵，身安为富。故常泰，无不足。"什么叫道充为贵？读书读多了，你那个气质自然出来了。一个真正高贵的人，一定是有思想的人。什么叫身安为富？晚上睡得着觉。每个人都可以富贵的，"故常泰，无不足"，所以内心常常很泰然，没有感到不足。周敦颐是这样说的，他自己也做得到。周敦颐是湖南道州（今湖南省永州市道县）人，他有一段时间在湖南永州做通判，本来老家就是永州，到永州做通判。我们用现在的话说，他到市里面做纪检工作，而且他这个通判跟我们现在的纪检还不一样，他可以监察他的顶头上司，权力很大。所以同村的老乡都想巴结他，但是大家都知道他的脾气不太好，性格刚直，不敢直接给他送礼，不敢直接讨好，怕挨骂。周敦颐有个侄子，从乡下要到永州城里面去看叔叔周敦颐，老乡们就让这个侄子捎了很多礼物，土鸡蛋、土鸡，没有使用化肥农药的青菜、无污染的水果都给他带去。周敦颐当然知道老乡是什么意思，想在瓦高凳短的时候请他出手帮忙。周敦颐写了封信让侄子回去带给老乡，信上面附了一首诗，后来这首诗流传开来，很有名。我们把这首诗介绍给大家：

> 老子生来骨性寒，宦情不改旧儒酸。
> 停杯厌饮香醪味，举箸常餐淡菜盘。
> 事冗不知筋力倦，官清赢得梦魂安。
> 故人欲问吾何况，为道春陵只一般。

第一句"老子生来骨性寒"，现在湖南四川那边，还是格老子格老子这样讲话，没有骂人的意思。翻译成土话，我天生就是个冷脸子的人，我就是个没有感情的人，我就是个不给大家面子的人，他上来就讲这句话。"宦情不改旧儒酸"，当官当那么多年，没有改变当年读书时候的那个气节，换句话说，我还是个臭知识分子，我还有读书人的酸气。大家听到这句话很简单，一般人做不到。一般人在读书的时候比较单纯，出来几年就变了。我来党校工作的第二年，有一次中青班小组讨论，我是指导老师。小组讨论结束后大家都走完了，就剩一个年轻的法官留下来和我聊天。他跟我说，赵老师，当年我刚刚做法官的时候，正式上班的头一天晚上，我穿上那个法官的制服，自己在家照镜子对自己讲，我一定要做一个公义正直的为人民服务的好法官，绝对凭良心办事。不过六年过去了，我现在不敢照镜子了。我说为什么？他说我被污染了，我已经不认识自己了，不敢面对自己了。我现在的转述没有办法描述他当时的那个表情，但是他跟我说的时候很痛心，甚至有点绝望，他说他没有办法认识自己，找不回当初的自己了。所以周敦颐说"宦情不改旧儒酸"这句话是相当有底气，是相当自信的。我在乡镇挂职的时候，有一个也算比较年轻的干部跟我说，他说当年我刚刚来乡镇工作的时候，热情好高，要做一番事业，后来才发现多说多错，多做多错，不做没错。那干脆我也不干了，就这样混吧，多说了领导还不高兴。他跟我说他慢慢就改变了。这位老兄当年那个酸的味道就没有了，都变成甜的了，见谁都说甜话，不敢说酸话。就是这句"宦情不改旧儒酸"，你看起来很简单，一般人做不到。接着后面两句话大家做得到吗？"停杯厌饮香醪味，举箸常餐淡菜盘。"换成白话讲，你们请我到大酒店吃山珍海味，我不去。现在有几个能做得到？我就在家吃自己简简单单的粗茶淡饭，日常吃得很清淡，吃得很简单。你们邀请我，我不去，对不起，没有时间。后面还有两句："事冗不知筋力倦"，他说行政事务很多，我每天加班不知道累，因为都是为了服务百姓大众。"官清赢得梦魂安"，一辈子清廉，一辈子不贪，晚上睡觉睡得安，就是他说的身安为富。用清朝林则徐的两句名言来说就是："当官期于物有济，凡事求其心所安。"最后答复老乡两句话："故人欲问吾何况"，翻译成现代话，老家的人都让侄子带好，你们想问我近来状况怎么样，"为道春陵只一般"，春陵是什么？永州城内有一座山叫春陵山，他就拿这个来代表永州了，意思是我在永州都很好，各个方面都很好，不要挂念都很好，就是这个意思。你看他写得多好。这个话表面上很软，里面都是骨头，任何人读了这首诗之后相信都不敢再找他办私事了，因为他老兄说得很清楚了。

　　说完了北宋的周敦颐，我们"买一赠一"，顺便提一下南宋的陆游。陆游的诗大家都知道很多，有两句话很有名："王师北定中原日，家祭无忘告乃翁。"现在我们都在讲家风家训，陆游给子孙留下的家风是什么？也相当于一首诗了，陆游说：

> 为贫出仕退为农，二百年来世世同。
>
> 富贵苟求终近祸，汝曹切勿坠家风。

　　"为贫出仕"，我们当年当官目的是什么？为老百姓服务的，目的是让广大人民群众脱贫。"退为农"，现在大家都生活富足了，人民群众也脱贫了，我也回到家乡继续当我的农民，过一下田园生活。"二百年来世世同"，我们陆家世世代代，几百年来都是这个家风，出来做官都是为贫苦百姓服务的，都是为人民服务旳，而不是为了升官发财。"苟求富贵终近祸"，"苟求"是什么意思？贪污受贿，蝇营狗苟，一时享乐。以为能躲得过纪检，一时得到的富贵，到最后还是倒霉，你看我们身边的例子，某人动不动又被调查了，又出问题了，这些都是苟求富贵终近祸，躲不掉的。"汝曹切勿坠家风"，最后一句话，陆游说得就不客气了，你们这些小子，这些后生，不要把我陆家的家风破坏掉。

比较是暴力

先讲一个故事，朱元璋有一次带着几个随从微服私访，当时是盛夏，朱元璋热得要命，渴得要死，到处找水找不到。他们到了一个村庄里面，有两户人家，一家门关得死死的，一家门大开。朱元璋就直接进了开门的人家。屋里面出来个农民，上眼一看就是个泥腿子、土包子，没有文化。这个农民一看突然外面来了好几个人，就说，你们要干什么？朱元璋说，不要啰唆，赶紧找水喝，格老子渴得要死！那农民找了半天，也没有江西景德镇的陶瓷，也没有龙泉青瓷，最后找到一个破瓢，舀了半瓢水给朱元璋喝，朱元璋到底要过饭，不在乎了，拿过来就喝，解渴了，冰凉顺气，龙颜大悦，说："也没有什么好犒赏你的，这样吧，做个县令吧。"结果由于半瓢茶水，这个人由农民变成县令了。这个农民隔壁是个秀才，为了考试，怕人打扰，把门关得死死的。这个秀才读书读了十年，每次都是落榜，半个功名没捞到。后来听说隔壁的老农因为给皇上喝了半瓢茶水就变县令了，他气得要死。俗话说："物不平则鸣。"他要发脾气，于是就在村口的墙上面用粗毛笔写了大大的两行字："十年寒窗苦，不及半瓢茶。"朱元璋后来回来了，又路过这个村，不过这次不渴了，打算直接从村口转到官道上就回去了，结果走到村口，远远就看到村口墙头上的两句话："十年寒窗苦，不及半瓢茶。"朱元璋心里说话，这小子还不服气呢，拿笔在后面又补了两句："他才不如你，你命不如他。"意思是说，他的学问是不如你，但是你的命不如他好。当时你门关得死死的，所以我就到他家去了，他就改运了。

讲完故事之后，我们回到现实。有一次我受邀到W市一所中学去讲演，校长亲自开车到高铁站来接我。那天校长开的车是什么牌子我已记不得，只记得车子里外都是旧旧的。上车后，校长一脸惭愧，说："赵博士，开这种车来接您这样的学者实在不好意思。"我其实并不在意什么车子来接，顺口幽默地答了句："这有啥关系，别说是轿车来接，就是手扶拖拉机来接也没关系。"校长笑了一下，沉默了一会，突然开口说："赵老师，我有个问题憋在心里好久了，再不讲出来我怕会憋出病来。"我问："怎么了？"他说："教育到底有没有用啊？"他这个问题使我很左右为难，说无用，我也是搞教育的，他是校长，更是搞教育的。我可以否定自己，但不能否定他啊。说有用吧，我看着他老兄的表情，好像表现出一种教育无用论的味道。我就很尴尬，不知道怎么答复他。就问他："老兄，你这个问题到底是啥意思？"他叹了口气，给我讲了一件事。这件事的大意是说，他有个小学同学，是邻居，也是发小，这个同学一路从一年级抄作业抄他到四年级，校长是"70后"的人，他那时候上学只有五年级，没有六年级，那时候上学还要交学杂费。结果校长同学到了四年级连个阿拉伯数字8都写不周全，校长同学的家长觉得上学是浪费钱，就让这个同学退学了。结果这个同学一退学，我这个校长朋友当时高兴得不得了，庆幸这笨蛋、捣蛋虫退学了，没人抄自己作业了。后来校长的同学在社会上做了好多事，学过做鞋、修汽车，也在工地上干过，结果不久前和校长偶遇了，他告诉校长，现在在上海开连锁超市，发了大财，在W市江边买了套别墅，车库里停着一排名车。校长接着告诉我，他说他读书倒是好，后来在Z市读了中师，毕业分配做了一名人民教师，后来做了副校长，现在做了校长。每天早上，领带扎起来，在校门口欢迎学生，欢迎家长，一天到晚，应付各种各样的检查，解决层出不穷的问题，参加没完没了的会议，一个月拿个六七千，有个什么味道啊！这个时候我坐在副驾驶的位置上很尴尬，不晓得该如何回应或者安慰他。唉，这就是读书的好处，我突然想到上面提到的朱元璋的故事，于是就安慰他说："老兄啊，不要难过了，他才不如你，你命不如他啊！"他听了后不作声，开了一段后，突然冒出了一句："有道理！"他的语气就好像把体内的闷气都顺着这三个字都带出来一样。

这件事也为我对社会上一些贪污腐败现象进行思考提供了一个新的路径。其实我们中国人的金钱观很朴素，够吃够花就行，生不带来死不带去。既然如此，为何又有那么多的"老虎""苍蝇"呢？其实就是源自和我们这位校长差不多的心态，不平衡的心态。活干那么多，钱拿那么少，自然心理不平衡，为了达到心理平衡，于是就贪污受贿。有的时候贪那么多钱，并不是为了享受，仅仅就是为了心理平衡。电视剧《人民的名义》里，侯亮平把赵德汉带到他从未住过的别墅里，冰箱打开是钱，床底下也是钱。但赵德汉却哭诉，一分没敢花。

这种不平衡的心态从哪里来的？比较来的。印度哲人克里希那穆提有句话讲得好，大意是说，某种程度上来讲，比较是一种暴力。记得某次讲座课间，一个女同志走到讲台来向我诉苦，说别人嫁的丈夫如何发财如何优秀，自己的丈夫如何普通，一天到晚上个班，回到家里窝囊兮兮的，看着就生气。我就劝她，每家锅里的菜不一样，这是事实，你家吃鸡，我家吃豆腐，不一样就是不一样，但有一条，锅底都是黑的。什么意思？家家有本难念的经。你以为她家过得好就没有烦恼吗？也有烦恼，她的丈夫很优秀，她每天睡不着觉，因为丈夫外面有女朋友。你家这个丈夫差是差了点，不过老实，没有女朋友，每天与你在一起，不是蛮好的吗？锅底都是黑的，不过你那个烦恼是什么？是没有钱。她那个烦恼是什么？是丈夫外面有女人。大家都有各自的烦恼，不要比嘛，你嫁给他就好好过日子，你要帮他，不要骂他。

还有一次，我记得也是讲座课间，一个老先生跟我说，还是"文革"时候好。我说我虽然没有经过"文革"，但读了不少关于"文革"的资料，别说每天的阶级斗争受不了，那时的生活状况和今天相比也是泥云之别，卖个鸡蛋被抓到就变成了走资派，到底哪里好呢？他老人家的回答彻底震惊了我，他说："都穷啊！大家都穷啊！"他的意思是说，大家都一样，共同贫困，没比较，当然心理平衡了。有时候人心就是这样阴暗，为了平衡，宁可大家一起什么都没有。记得《圣经·旧约》里有个所罗门王劈儿断母的故事，两个女人争一个孩子，都说孩子是自己的。所罗门王为了试真假，就下令将孩子一劈两半。假母亲宁可均分一个死去的孩子，也不愿真母亲拥有一个鲜活的生命。

这里我又想起了另一个故事，这个故事虽然是虚构的，但深刻地揭示了一些阴暗的心理。故事梗概如下，有个人穷得要命，用陶渊明在《五柳先生传》中的说法就是"环堵萧然，不蔽风日。短褐穿结，箪瓢屡空"，几乎到了身无一丝、顶无片瓦的程度。上帝看他这样穷，就动了恻隐之心。上帝告诉这位穷老兄："我今天给你一次机会，不过只有一次机会，你想要啥，我就满足你啥。你没有房子，想要房子，而且普通房子还不要，想要别墅，好，给你！你没有车子，想要车子，而且还想要名车，好，给你！你没有老婆，想要美女甚至想要明星做老婆，好，给你！"不过上帝又开了个附加条件，就是这位穷老兄无论要什么，隔壁的邻居都会得到他所要东西的两倍。他要一辆车，隔壁马上有两辆；他要一套别墅，隔壁马上有两套；他要美女，隔壁马上有两个。上帝把条件开好之后，问这位穷老兄想要什么。本来这位穷老兄什么都想要，因为一无所有。结果一想到隔壁邻居能得到自己的两倍，心理上就失衡，受不了。最后下了决心，对上帝说："上帝，你把我眼睛搞瞎一只，这样隔壁就瞎两只。我起码还有一只眼睛可以看，而他什么都看不到了。"

　　读到上面这个故事，大家会看到，有时候"比较"引起的往往不仅仅是普通的心理失衡，更深层次还会引起嫉妒。什么是嫉妒？德国一个心理学家给出了一个比较精准的定义，所谓嫉妒就是对自己无能的愤怒。嫉妒心理不仅仅害己，甚至有时还会害人，就如上面那个穷老兄的故事，为了让对方瞎掉双眼，自己也宁愿瞎掉一只。真如唐代卢仝在《掩关铭》中所言："蛇毒毒有形，药毒毒有名，人毒毒在心。" "一桩桩事实摆在眼前，使思想家们（如霍布斯）得出这样的结论：homo homini lupus（人与人互为狼）。"（[美]艾里希·弗洛姆《人心：向善行恶之秉赋》）其实中西方都对嫉妒很排斥，譬如说西方人讲七宗罪，其中一宗罪就是"嫉妒"，七宗罪分别是：傲慢、妒忌、暴怒、懒惰、贪婪、暴食和色欲。中国过去对妻子也有"七出"的说法，就是说妻子犯了七条当中的任何一条，丈夫就有权休了她。而"七出"当中有一条也是"妒忌"，"七出"指的是："无子，一也；淫佚，二也；不事舅姑，三也；口舌，四也；盗窃，五也；妒忌，六也；恶疾，七也。"

　　反观我们当下社会，我们大家基本实现了共同富裕，生活条件好，家家不缺吃不少穿，结果很少看到有人会心地笑。我常常开玩笑说，真的是穷开心，穷才开心，富都不开心了。我常常苦思其因，或许是我们太市场化的缘故，市场就是需要狼性、需要竞争、需要丛林法则，市场要优胜劣汰，要三六九等，甚至要尔虞我诈。而这一切，都需要有意无意地比较，甚至是较量，都需要是骡子是马拉出来遛遛。这里我又想到一个小故事，有个人找禅师来给他解脱，禅师问他："谁在捆着你？"答："无人捆！"禅师说："无人捆，你还要解脱什么？你本来就已经解脱了。是你自己捆自己啊！"是的，我们平时其实都是自己在拿各种绳索来捆自己。本来一套房子够住了，很好了，结果看到别人有两套，于是比较让自己失衡，开始拿两套房子的绳索来捆自己。本来已经是副科级干部，很好了，结果看到同龄人居然已经是副处级了，于是开始拿副处级的绳子来捆自己。诸如此类，不一而足。人永远在比较当中找绳子来捆自己。其实天生我材必有用，何必与人争长短？巴尔扎克说过：一个天才是不会嫉妒另一个天才的。这个世界上常常有两种人，一种人是活出个样子来，另一种人是活出个味道来。活出样子来的人，为了让别人看，每天起早贪黑，你争我赶，甚至废寝忘食，但活得像一架没有发动机，只有"争气"机的机器！而活出味道来的人，每天很从容，只踏实地做好自己，耕耘好自己的一亩三分地，不比较，不嫉妒，拥有"人之有技，若己有之；人之彦圣，其心好之"的心态，追求"各美其美，美人之美；美美与共，天下大同"的世界。总之，比较得越厉害，这个世界就越不安宁，有心理疾病的人就越多。19世纪是肺病占主导的世纪，20世纪是癌症占主导的世纪，21世纪是精神病占主导的世纪，而且精神病患者的年龄会越来越轻。尤其是有嫉妒心理的人，心理疾病、精神问题就会更严重，因为心理太阴暗了。一句话，这个世界上几乎所有的疾病都是阴气太重引起的。

我是研究教育学出身，每次当我听到"教育不要输在起跑线上"这句话时，就浑身起鸡皮疙瘩。社会上很多人把起跑线定在了幼儿园，甚至托管班。换句话说，孩子们从小就被拖进了赛跑的跑道上，大家从小就开始比赛，这个比"比较"更升级。我也是两个孩子的家长，但是说实话，我很讨厌开家长会，或许是我太敏感了，每次开家长会的那个氛围让我感到很不舒服，在那个氛围当中我总感觉是"杀气腾腾"。家长们互相询问对方孩子的学习情况，暗中较劲，个个面上是观世音，掌中持斩妖剑。对方孩子差劲，回到家里给孩子一个好脸色。对方孩子高明，回家就开始训导别人家的孩子怎么样。我常常感叹，这个世界上最恐怖的一句话就是"别人家的孩子"。"要以天性而不要以别人的例子来指导你。"维特根斯坦《文化与价值》中的这句话是不是给身为父母的你如何来教导孩子一些启发？

现在孩子因为学业压力而跳楼的案例难道还不足以引起我们的重视

和警醒吗？这里我讲一个真实的例子，有一次，我去接我家老大放学，坐在我对面的一个妈妈也在等她孩子放学。一会她的女儿低着头，手里面提溜着试卷从学校里出来了。显然是考试分数不如意（估计是不如她爸妈的意），她妈妈老远就问考多少分，孩子过来把试卷递给她，嘴里嘟囔了一句："95分。"其实在我看来，95分已经很高了，记得我小学考试，基本上是在六七十分徘徊，考到80分都很难。结果这位妈妈手指点着试卷，歇斯底里地问："那5分呢？那5分跑哪去了？给我找出来呀！回家看你爸爸怎么收拾你！"我在旁边既愤怒又无语，不知该不该上去理论几句。等我准备想上前说几句的时候，这位妈妈已经推搡着女儿走开了。分数真的那么重要吗？我当年不也是高考落榜在家种地，后来还不是一样读了博士吗？我们当年高中的一班同学在一起聚会，我看到前十名的同学活得是精神焕发，后十名同学也活得是满脸春风。我在这里特别讲一句话，教育的本质不是分数，是习惯。教育就是培养孩子几个好习惯而已。关于这方面的内容，我在其他文章中已经讲得很多了，这里就不赘述了。

文章写到这里，我想起了李商隐的《有感》诗，诗曰：

> 中路因循我所长，古来才命两相妨。
> 劝君莫强安蛇足，一盏芳醪不得尝。

"中路因循我所长"意思就是说，每个人根据自己的特长、特点选择一条适合自己发展的道路。"古来才命两相妨"，从古至今，都是有才的人命不好，命好的人没有才。这里顺便讲一个笑话，有一个县太爷没文化，是个饭桶加草包。但是生的家庭很好，他父亲也是京城的一个大官，托关系走门子，帮他找了个县官的职位。写到这里，我想到法国哲学家帕斯卡（Blaise Pascal，1623—1662）曾说过，好的出身能给一个人省30年时间。接着讲故事，这个草包做了县官，位置高了，毛病就暴露出来了，就像钱钟书在《围城》里说的，位置低的时候，猴子的红屁股还看不到。位置高了，猴子的红屁股就露出来了。他老兄没文化到连个字都不会写，"七"字的竖弯钩本来是往右钩的，结果他是往左钩的。他有个幕僚，是举人出身，换句话说他的秘书长是研究生毕业。幕僚就给县令指出来说："老爷呀，'七'字写错了，你这'七'字不对。这个'七'写出来，人家会笑话的。"那老爷怼了一句："妈了个巴子的，谁敢笑话！我县太爷放个屁，谁敢说臭？格老子'七'字是不对，可是格老子'八'字对，老子的背景好，家庭好，你是举人，'七'字倒是对，还不是当我的秘书？你是'七'字对'八'字不对。"

"劝君莫强安蛇足"，老兄不要再画蛇添足了，自己的工作踏实干好就是了。别看到别人买股票、彩票发财，你也去买。看别人搞房地产发财，你也去搞。别人搞会发财，你搞就不一定。搞到最后，自己的工作没有做好，甚至丢了饭碗，财也没有发成，那就真是"一盏芳醪不得尝"了。

鸡鸣与马蹄

　　清朝康熙年间，有一位进士叫王九龄，官至都御史，相当于中央纪检的领导。他有一首《题旅店》很得我的心，诗曰：

　　　　晓觉茅檐片月低，依稀乡国梦中迷。

　　　　世间何物催人老，半是鸡声半马蹄。

　　"晓觉茅檐片月低"，天蒙蒙亮，醒了，还躺在床上，歪着脑袋，抬眼往窗外一看，看到茅舍的屋檐和快要消失的薄月。"依稀乡国梦中迷"，刚才做梦梦到家乡，现在虽然醒了，好像还在家乡的田间地头，浓浓的乡愁依然萦绕不去。"世间何物催人老"，世上什么东西让人在不知不觉中老去？"半是鸡声半马蹄"，一半是鸡声，一半是马蹄。这里的"鸡声"表示时间，"马蹄"表示空间，就是不断在空间里快速移动，也就是忙碌。

　　关于鸡声，清代魏源有一首《晓窗》写得好，诗曰："少闻鸡声眠，老听鸡声起。千古万代人，消磨数声里。"年轻的时候，精神旺盛，喜欢玩通宵、熬夜，听到鸡声了，才上床睡觉。等到年纪大了，早早地就睡了，不过睡眠很浅，一听到鸡声，马上就醒了。历史上千秋万代的人，就是这样在声声鸡鸣当中消磨掉一生的。写到这里，我想到元朝陈草庵在元曲《山坡羊·叹世》里说的话："晨鸡初叫，昏鸦争噪，那个不去红尘闹？路遥遥，水迢迢，功名尽在长安道，今日少年明日老。山，依旧好；人，憔悴了。"

司马光也曾把自己的政见比喻成鸡声，把整个朝廷比喻成鸡笼。但是由于政见难行，没有人听他啰唆，故而不免发点牢骚。他就通过《鸡》这首诗来表达，诗曰："羽短笼深不得飞，久留宁为稻粱肥。胶胶风雨鸣何苦，满室高眠正掩扉。"俗话说，装睡的人是叫不醒的。何况大家已经在"胶胶风雨"的乱局中麻木了，得过且过，谁还在乎鸡声不鸡声呢？

"马蹄"表示空间，也表示人的忙碌。南宋抗金名将岳飞在《池州翠微亭》一诗中就用"马蹄"表示过自己的忙碌。诗曰："经年尘土满征衣，特特寻芳上翠微。好山好水看不足，马蹄催趁月明归。"多少年来，为了抗金，军务繁忙。这次趁着一点空闲，特别到翠微山上走走，看看美景。但是祖国的大好河山看不够，还有半壁河山没有收回啊，"马蹄"又催着我趁着月色好，赶紧回去办公吧！明代大将军戚继光也有一首类似的诗，诗曰："南北驱驰报主情，江花边月笑平生。一年三百六十日，多是横戈马上行。"意思是说，为了报效祖国，一切江花边月的浪漫都摒弃了，不敢辜负美好的人生。

宋朝还有一位诗人叫裘万顷，也在朝廷里做过官，他也在《入京道中风雨因赋此遂退休》一诗中用"马蹄"表示过自己的忙碌，诗曰："新筑书堂壁未干，马蹄催我上长安。儿时只道为官好，老去方知行路难。千里关山千里梦，一番风雨一番寒。何如静坐茅斋下，翠竹苍梧仔细看。"

"希望"是个长羽毛的东西

近年来，我写文章也好，讲课也好，都喜欢用一些古诗词来说明一些想讲的道理。有一次，一位学员问我最喜欢哪一位诗人，老实说，我没有特别的偶像，但是我喜欢给人希望、给人启发、给人力量的诗句，很喜欢师永刚先生在《无国界病人》里的一句话："传递悲伤这件事本身，就是一种暴力，悲伤不该特地说给别人听。"

譬如关于写秋天，大多数诗人会把秋天写得很萧条且常伴有失落的情绪。较有代表性的是北宋词人柳永的《八声甘州·对潇潇暮雨洒江天》，词曰："对潇潇暮雨洒江天，一番洗清秋。渐霜风凄紧，关河冷落，残照当楼。是处红衰翠减，苒苒物华休。惟有长江水，无语东流。"然而唐朝诗人刘禹锡眼中的秋天却是完全另一番气象，他的《秋词》一诗就特别给人一种鼓舞和向上的力量，诗曰："自古逢秋悲寂寥，我言秋日胜春朝。晴空一鹤排云上，便引诗情到碧霄。"另外刘禹锡的"沉舟侧畔千帆过，病树前头万木春"，不知给了多少人在困境当中以希望。刘禹锡鼓励年轻人："芳林新叶催陈叶，流水前波让后波。"但刘禹锡同时也安慰老年人："莫道桑榆晚，为霞尚满天。"当然不只是刘禹锡，南宋陆游的"山重水复疑无路，柳暗花明又一村"，唐代韦应物的"寒雨暗深更，流萤度高阁"等诗句，都给人在黑暗和无助的时候以力量和鼓励！

但如果让我选择古诗中表达"希望"最好的诗词，我本人倒是偏爱宋朝诗人间丘次杲的《朝中措》，词曰：

> 横江一抹是平沙
>
> 沙上几千家
>
> 到得人家尽处
>
> 依然水接天涯
>
> 危栏送目
>
> 翩翩去鹭
>
> 点点归鸦
>
> 渔唱不知何处
>
> 多应只在芦花

这首词仔细玩味，真是给人无尽的希望，无限的欣喜！前头还有前头，风景接着风景。这首词真的不愿意解释，一解释就会破坏词呈现的画面感，破坏了读者的想象力。本文在此就单单呈现，留下空间和余地让读者诸君自家品味吧！

其实我除了喜欢古诗词中关于"希望"的句子外，西方的关于"希望"的诗句我也同样钟爱，如果要我在诸多西方诗句中挑一首的话，我个人更喜欢被视为20世纪现代主义诗歌的先驱之一的美国女诗人艾米莉·狄金森的一首关于"希望"的诗，她把"希望"比喻成一只小鸟。这首诗很感人，给人一种力量。笔者将诗抄录如下：

> "希望"是个长羽毛的东西
>
> 它在灵魂里栖息
>
> 唱着没有歌词的曲子

> 最美的歌——
>
> 在狂风中——
>
> 听到——
>
> 那场风雨一定凶猛
>
> 那温暖可人的小鸟
>
> 能被它吹打得发愣
>
> 在最严寒的陆地
>
> 在最陌生的海洋——
>
> 我都听到过它的声音——
>
> 但就是在饥寒交迫的绝境
>
> 它从未向我讨要过——
>
> 一点食品

　　我之所以那么喜欢和"希望"有关的诗句，不仅是因为"希望"是个长羽毛的东西，可以排空而上，也是因为"希望"是个有力量的东西，可以迎难而上。人生其实最大的困难不是困难本身，而是没了希望，就如《歌德的格言和感想集》所言："希望是不幸者的第二灵魂。"作家E.B.怀特曾这样写道："在大风中紧紧抓住你的帽子，紧紧抓住你的希望，别忘了给你的钟上发条。明天是新的一天。"《红楼梦》中的大观园有一处景点题作"杏帘在望"，化自杜牧《清明》中的"借问酒家何处有？牧童遥指杏花村"两句，"在望"，多有力量！望梅止渴，曹操用的就是"在望"的力量！周文王被困囚羑里七年，甚至吃了长子伯邑考的肉做的包子，还依然演易图存，是因为他还有东山再起、重整山河的希望，孔子之所以在陈蔡绝粮之时还依然弦歌不断，因为他还有斯文在兹的希望，司马迁在残酷的腐刑之后还依然忍辱负重地著写《史记》，是因为他还有藏之名山的希望……漫长的中国史蕴藏太多了类似的因为有希望而成功的故事，就不一一列举了。我这里讲一个希望破灭的小故事，这个故事曾使我潸然泪下。这个故事发生在1929年陕西大饥荒的时候，连续的大旱让整个陕西省几乎颗粒无收，饿殍遍野，用几句诗可以来形容这种惨状："李四早上埋张三，中午李四升了天；刘二王五去送葬，月落双赴鬼门关。"有个孩子天天缠着母亲喊着要吃的，为了让孩子安静下来，也为了给孩子一点希望，母亲就骗他房梁上的挂篮里还有吃的东西，不过要等到最饿的时候才能取下挂篮。本来已经非常饥饿的孩子顿时有了力量，于是就一天天地盯着梁上看，希望母亲有一天可以取下挂篮。终于有一天，篮子的诱惑使得孩子无法再等，央求着母亲取下挂篮，母亲也知道谎话无法再瞒。结果孩子眼睁睁地看到母亲取下的原来是空篮，唯一的念想顿时烟消云散，孩子当时就断了气。其实，最终导致孩子死亡的根本原因，并不是肚中无粮，而是心中没有了希望！

不晓得大家留心过钟表广告没有，时间基本上定格在十点十分左右。据说这个时间构图是西方的诸多心理学家共同研究出来的，一者它呈现的是西方胜利的象征"V"字形。二者它像一只奋飞小鸟的双翅，给人鼓舞的力量，也给人一种向上的希望。可以说十点十分是人一天中最清净、最清醒、最有希望的时刻，难怪很多单位选择在十点钟开会，或许这个时间做出的决定是最理性也是最理想的。我突然想到自己的父亲，或许是肝火旺的缘故，他早起总是不自觉地发脾气，但是在十点左右，是他最和颜悦色的时候，或许这时他看到了生活当中一些美好的希望！

吃亏是福

曾经有人问我："赵老师，都说吃亏是福。吃亏就是吃亏，怎么是福呢？"其实郑板桥有一段经典的话早就给出了答案："吃亏是福。满者，损之机；亏者，盈之渐。损于己则益于彼，外得人情之平，内得我心之安，既平且安，福即在是矣。"

"满者，损之机"，用《道德经》的话说就是"金玉盈室，莫之能守"，一个人即使赚得盆满钵满，最终也是守不住的。发财之时，也是损钱之始，很多事情就会找上门来。按照佛家的说法，钱乃五共之物，也就是说，钱是五种东西共有的，即官府、盗贼、水、火、败家子。一个人一旦有钱冒尖了，管你是老板还是明星，官府立刻会找上门来，大量收你的税。敢偷税漏税，那就来个更加损钱的，罚你个倾家荡产。黑社会也会惦记你，或者敲诈或者绑票。偶尔水火之灾也使你遭受损失。假使上面的情况都没有，最后也逃不过败家子这一关，成家犹如针挑土，败家好似水推沙。"子弟钱如粪土，粉头情若鬼神"，儿孙把你一辈子的基业视作粪土，吃喝嫖赌很快把你败完。唐朝李播的一首《见志》诗，可以说把败家子的形象描述得淋漓尽致，诗曰：

去岁买琴不与价，今年沽酒未还钱。

门前债主雁行立，屋里醉人鱼贯眠。

意思是说，去年买把上好的琴，连个价都不还。今年却连买瓶散酒的钱都付不起。家门口的债主像南飞的大雁一样，一排排地找上门来，屋里面的酒肉朋友却像一串串的烤鱼靽躺在那里。

所以中国人向来不喜欢太满，很多东西都喜欢留点余地。南宋王幼学的《四留铭》云："留有余不尽之巧以还造化；留有余不尽之禄以还朝廷；留有余不尽之财以还百姓；留有余不尽之福以还子孙。"

"亏者，盈之渐"，表面上吃亏，其实是慢慢盈余的开始。"三八二十三，人人说我憨。我的卖完了，你的往回担。"说的是一个聪明的小贩在城里卖青菜，一斤八毛，二斤一块六，三斤两块三，让这一毛钱的利，表面上是吃亏，实际上每天的生意却非常好。用郑板桥的话说就是因为他"损于己则益于彼"，卖菜的人吃点小亏，良心安宁，买菜的人得点便宜，心情好，大家一片和谐，生意当然会越来越好，福气自然就来了，这就是"外得人情之平，内得我心之安，既平且安，福即在是矣"。正所谓："快乐每从辛苦得，便宜多自吃亏来。"

清朝学者梁同书有副对联写得好："能受苦方为志士；肯吃亏不是痴人。"清朝还有一位叫林退斋的官员，临终时，子孙们跪请遗训，他只讲了一句："无他言！尔等只要学吃亏！"

儒释道的生命观

儒释道三家可以说都非常热爱和珍惜生命，但是对生命的态度侧重点有所不同，简要地讲，道家的生命观是保全生命，儒家的生命观是实现生命，佛家的生命观是超越生命。

道家的保全生命观，主要体现在对个体生命的无限爱护上。也可以说，道家的生命观是非常"自私"的，他不会考虑人民生活得怎么样，也不考虑怎么出来为天下做事贡献生命，只考虑如何保全自己。战国时期的庄周可以说是这方面的典范，有个"濮水垂钓"的故事，非常生动地体现了庄周的这种保生思想。这个故事取自《庄子·秋水》，原文我先摘录以下，后面再慢慢解释。

　　庄子钓于濮水，楚王使大夫二人往先焉，曰："愿以境内累矣！"

　　庄子持竿不顾，曰："吾闻楚有神龟，死已三千岁矣，王以巾笥而藏之庙堂之上。此龟者，宁其死为留骨而贵乎？宁其生而曳尾于涂中乎？"

　　二大夫曰："宁生而曳尾涂中。"

　　庄子曰："往矣！吾将曳尾于涂中。"

　　庄子在山东境内的濮水边上钓鱼，看来这个芝麻粒大的漆园小吏活得很逍遥。楚国那时候的国土疆域已经从汉江流域拓展到了淮北地区，也就是接近我老家连云港那边了。东北边境已经和山东，也就是齐国、鲁国接壤了。楚王为了表示诚意，还特别派了两个大夫来请庄子这个乡巴佬，"大夫"打个不大恰当的比方，就好比现在市委书记。这两个市委书记也很会讲话，"愿以境内累矣"，意思是楚国的整个国土要交给您打理了，让您老受累了。换句话说，就是请他做相国。当然这件事是庄子做梦臆说出来的，历史上根本没有楚国礼聘庄子的记载，而且这个楚王是谁也说不清楚，在《史记·老子韩非列传》里，司马迁把这件事安到了楚威王头上。"庄子持竿不顾"，看看这个乡巴佬多拽，人家大老远跑来请他，不但茉莉花茶不泡一杯，烧饼点心不准备几个，他老兄居然手持钓竿，看都不看这两位厅级干部一眼。还发表一番高论，"吾闻楚有神龟，死已三千岁矣，王以巾笥而藏之庙堂之上。此龟者，宁其死为留骨而贵乎？宁其生而曳尾于涂中乎？"我听说楚国有一只神龟，整整活了三千年才死掉。你们大王用顶级的绸缎把它包裹起来放在庙堂之上礼拜。祭祀大典的时候，把这个龟壳取出来，前面摆上牛头、羊头、猪头，大家一起恭敬一番。遇到军国大事，犹疑不决之时，就在龟甲上钻几个窟窿来占卜下吉凶。接着这个乡巴佬话锋一转，等于给这两个市委书记出了个脑筋急转弯，这只老乌龟愿意死了之后把龟甲留下来享受这种高级别的礼遇呢，还是宁愿在泥沼当中拖着尾巴活着呢？"二大夫曰：宁生而曳尾涂中。"这两位大夫想都没想，当然是愿意拖着尾巴在泥沼中活着了。"庄子曰：往矣！吾将曳尾于涂中。"庄子一看这两位掉进圈子里了，就像大人轰孩子一样，赶紧走吧，别啰唆了，我宁愿活在泥沼里做一只孤独的老龟！讲到这里，顺便插进来一个小故事，南北朝时期的道士陶弘景隐居茅山，整理道经，梁武帝礼聘不出，但是朝廷遇到踌躇之事，还是要到茅山请教，故而陶弘景得了个"山中宰相"的雅称。据说，陶弘景曾画一放蹄牛在悠闲吃草，一穿鼻牛被人所执。梁武帝见到画，笑曰："此人无所不作，欲学曳尾之龟，岂有可致之理。"意思就是说，这个人学庄子里面的摇尾乌龟，哪里会出来做事呢？

或许有人会批评庄子或者陶弘景不作为，假如人人都像庄子、陶弘景一样，那社会还怎么发展？人民的幸福生活如何保障？不过大家冷静下来想想看，社会发展，经济发达了，军事强大了，就真的能保障人民幸福吗？幸福到底是一种精神状态还是一种经济指标？反过来说，假如每个人都能按照道家的理念去保护各自的生命，也不去伤害别人，能做到"鱼相忘乎江湖，人相忘乎道术"，人人都能安住于自己当下的状态，那最终这个天下不就太平了吗？不也就"各美其美，美美与共"了吗？这样自然不仅不会想到羡慕邻居，更不会考虑欺负邻邦，用《道德经》的话说就是："小国寡民，使民有什伯之器而不用，使民重死而不远徙。虽有舟舆，无所乘之。虽有甲兵，无所陈之。使民复结绳而用之。甘其食，美其服，安其居，乐其俗。邻国相望，鸡犬之声相闻，民至老死不相往来。"道家的理想可以说是安住于当下，没有比较，不求心机，只求心境，一个热爱生命的心境就是食无不香，服无不美，俗无不乐，居无不安。《黄帝内经》也有类似的表述："美其食，任其服，乐其俗，高下不相慕，其民故曰朴。"一切都是那么自然和美好，既没有机事也没有机心，当然舟舆、甲兵都用不上了，哪里还会有阿富汗战争、哪里还会有9·11事件呢？道家的美好境界最后在陶渊明的《桃花源记》中得到了集中和经典的表达！这样看来，表面道家是无为，相反最后是大为。表面是自私，最后却是无私。

如果说道家的避世是为了保全生命，那么到了儒家就要积极入世，从而实现生命的价值，就如李商隐那两句诗所言："春蚕到死丝方尽，蜡炬成灰泪始干。"儒家很实在，不谈空说有，也不谈妙说玄。正如一首诗所说：

僧言佛子在西空，道说蓬莱在海东。

惟有孔门真实事，眼前无日不春风。

儒家的入世也很大气，都是为了天下苍生。孔子在《周易·系辞传》里对儒家的事业做了一个定义："举而措之天下之民，谓之事业。"杜甫所以伟大，并不是因为"七龄思即壮，开口咏凤凰"，也不是"会当凌绝顶，一览众山小"，而是"大庇天下寒士俱欢颜，风雨不动安如山"。记得有一年，我受邀到成都讲学，除了看武侯祠、逛宽窄巷外，我还特别打车去参观了杜甫草堂，草堂在显眼处的一块石头上特别刻写了我上面提到的杜甫的两句诗："大庇天下寒士俱欢颜，风雨不动安如山。"杜甫的理想是儒家在物质层面的天下观，希望人人都过好日子，大家共同富裕。儒家在物质层面的天下观的集中表达就体现在《礼记·礼运大同》里："大道之行也，天下为公。选贤与能，讲信修睦，故人不独亲其亲，不独子其子，使老有所终，壮有所用，幼有所长，矜寡孤独废疾者皆有所养，男有分，女有归。货恶其弃于地也，不必藏于己；力恶其不出于身也，不必为己。是故谋闭而不兴，盗窃乱贼而不作，故外户而不闭，是谓大同。"我们稍微解释一下，"大道之行也，天下为公"儒家讲的大道就是"天下为公"，这四个字可以说是中国历代知识分子或者是革命者的共同价值观，甚至也可以说是生命观，为了这个理想，不惜抛头颅洒热血。知识分子如范仲淹，他在《岳阳楼记》里有两句话："先天下之忧而忧，后天下之乐而乐"，不论是"居庙堂之高"，还是"处江湖之远"，这种价值观始终没有改变！我的私淑先生南怀瑾大师在临终前不久，也曾手书"天下为公"四个字。大家都说他老人家没有遗嘱，其实这四个字就是遗嘱。革命者如孙中山，一辈子以"天下为公"为价值圭臬。"选贤与能，讲信修睦"，公开、民主推选贤才能人，大家和谐友好，"故人不独亲其亲，不独子其子，使老有所终，壮有所用，幼有所长"，老人都是父母，小孩都是儿女，老年人可以养老送终，中年人可以安居乐业，年轻人可以学有所长。"矜寡孤独废疾者皆有所养"，《孟子·梁惠王下》里面解释："老而无妻曰鳏；老而无夫曰寡；老而无子曰独；幼而无父曰孤。此四者，天下之穷民而无告者。"除了这四类人，还有"废疾者"也就是残疾人，这些人都会得到社会的照顾。"男有分，女有归"，男人干活赚钱，女人嫁汉吃饭。"货恶其弃于地也，不必藏于己"，没有私产观念，但是讨厌浪费。"力恶其不出于身也，不必为己"，没有自我的观念，就怕干活没份。"是故谋闭而不兴，盗窃乱贼而不作，故外户而不闭，是谓大同。"结果就是，人们没心机，不动歪脑筋，天下无贼，夜不闭户，这就是大同社会。

《毓老师说管子》中讲："中国以'天下'为量，耻功名不显于天下也。中国无际界观，独立并非中国思想。""圣人贵通天下志，贵除天下之患"，儒家不仅在物质层面有天下观，在文化、价值观的传播层面也有天下观。儒家经典《中庸》里有一段话，特别能够表达儒家的这种文化传统遍天下的理想，原文是："舟车所至，人力所通，天之所覆，地之所载，日月所照，霜露所坠，凡有血气者，莫不尊亲，故曰配天。"这个理想真的很伟大，只要邮轮高铁能通的地方，只要有人的地方，只要是有天有地有王法的地方，只要是太阳能照到，霜露能沾到的地方，甚至凡是有动物的地方，都尊重圣贤文化，这个可以说是天功了！

如果说道家是避世，儒家是入世，那么佛家就是出世，佛家出世修行的目的则是超越生命。这种超越集中体现在佛家的四弘愿上。"四弘愿"即众生无边誓愿度，烦恼无尽誓愿断，法门无量誓愿学，佛道无上誓愿成。

佛家的四弘愿，可以说是"知其不可为而为之"，"众生无边誓愿度"，佛家讲的"众生"不仅仅指的是人，动物、昆虫也是众生。正如《西游记》中所说："扫地怕伤蝼蚁命，爱惜飞蛾纱罩灯，池中有鱼钩不钓，笼中买鸟常放生。"如何度得来？"烦恼无尽誓愿断"，佛家讲弹指间就有八万四千个烦恼，人活一生的状态就是"百年三万六千日，不在愁中即病中"。如何断得尽？"法门无量誓愿学"，佛家讲佛法有八万四千法门，我们为了学好一个专业，里面设置了几十门课程学起来都觉得头疼，何况是上万门课？如何学得完？再说"佛道无上誓愿成"，宋朝释原妙的一首偈子曾讥讽佛教徒："谈玄谈妙，说性说心。攒花簇锦，巧妙尖新。如麻似粟，从古至今。莫不皆是乘虚接响底汉，倚草附木精灵。山僧虽是他家种草，决定不向遮里藏身。"释原妙这首偈子可以说把天下的僧人都骂了，骂他们整天就知道故弄玄虚，捣鼓新奇，从古至今学佛的人多如芝麻稻谷，可是个个都是空心大萝卜，靠着寺庙混饭吃，如何成佛？

不过话再说回来，即使成佛进道之路如此之难，还是有无数高僧舍命求法。唐朝有无名氏《题取经诗》，诗曰：

> 晋宋齐梁唐代间，高僧求法离长安。
> 去人成百归无十，后者安知前者难。
> 路远碧天唯冷结，沙河遮日力疲殚。
> 后贤如未谙斯旨，往往将经容易看。

从魏晋南北朝到唐代这段时间，无数高僧离开长安去西域天竺求法，成百上千的去，回来的人还不到十分之一。一路上，天寒地冻，过沙漠，渡长河，可谓精疲力竭。虽然后人未必知道里面的艰辛，把舍命换回来的经典不当回事，但并不能掩盖这些求法高僧超越生命的伟大灵魂！

儒、释、道三家的生命观看似迥异，实际上最终对生命的体认都可以体现在一个"惜"字上，过去讲"荷花荷叶莲蓬藕，糯米糯谷醪糟酒"，外见不同，实质一样。动不动就有自杀念头的人，甚至对这个世界充满仇恨想杀人的人，在儒、释、道三家生命观的观照下不是显得很龌龊和愚蠢吗？三家的生命观不仅不龃龉，恰恰给我们的人生提供了修养的次第和方向，成了我们人生在不同阶段的三个明亮而温暖的灯塔！

回归母亲

近年来，我常常受邀到一些机关单位开讲清廉公开课，课上我常常劝大家要保持初心也好，保持清廉也罢，多多回到母亲身边，我称之为回归母亲，重新再听听母亲的唠叨，给自己一些警醒和反思。因为母亲不仅仅给了我们生命，也可以说是我们人生的第一位老师。母亲可能是全家最没有文化的人，母亲的教导往往也都是些最简单、最朴实的话，但母亲的教导往往也是最直指人心的。本文就撷取几个历史上关于母亲教导儿子清廉的小故事，以飨读者。

《左传》里面有这么一个故事，鲁国有一个大夫叫公父文伯，有一天他回家发现老娘敬姜正在织布，过去织布没有机械，都是手工织布，他说老娘你这么辛苦干什么？我在中央工作，我的妈妈却在家里织布，这讲出去我脸上也无光，完全没有面子，其他人笑话不笑话？他的母亲敬姜就讲："劳则思，思则善心生；逸则淫，淫则忘善，忘善则恶心生。""劳则思"，一个人很劳累了，"劳"就是付出，他会反思，他看到别人辛苦，便有一种同情心在。比如一个小孩子从来没有洗过碗，突然有一天你让他洗碗，他才意识到妈妈洗碗是多么不容易。孩子从来没有拖过地，你让他拖几回，他每次看妈妈拖地的时候就心疼妈妈，他会想，妈妈好辛苦，我拖一次就受不了，妈妈每天要拖，"劳则思"是这个意思。"思则善心生"，一个人看到老娘、父亲那么辛苦，一个人的善心就发出来了，我不要父母那么辛苦，我要努力读书。"逸则淫"，"逸"就是安逸，生活条件太好，淫是什么？淫不一定是淫荡，而是这个人太放荡、太过分了。所以我们经常说淫雨霏霏，就是这个雨下得太多了。这个人生活条件太好、太安逸，就会显得比较放荡，家里条件太好了，家里有的是钱，有那么多时间，又不要赚钱，不思进取，把他的善心就掩盖掉了。"淫则忘善"，人的本质都是好的，一开始孩子都是好的，你让他太安逸、太放荡了，他最后就忘善了。"忘善则恶心生"，一个人最后变坏从哪里变坏的？就是从最开始太安闲开始变坏的，所以梁启超才讲，万恶懒为首。敬姜的这一番话，就是让儿子不要忘本，要保持勤政的作风。

晋代的陶侃在踏上仕途赴任之际，母亲湛氏送给陶侃三件"土物"。一抔土块，一只土碗和一块白色土布。土块，表示记住乡愁，莫忘故土；土碗，表示保持本色，莫贪荣华；白色土布，表示清白做人，莫忘本心。《世说新语补》记载："陶侃贫时，冬日著敝葛。及贵，母恒于公服袖口内缝一片，曰：'汝当作佳官，勿忘著葛衫时也。'"意思就是说，陶侃穷的时候，冬天穿材质很差的葛布做的衣服，不保暖不说，还透风。等到陶侃后来做了大官，母亲就会给陶侃的袖口里缝一块葛布，提醒他："做个好官，别忘记穿葛衫的时候！"

陶侃在寻阳做县吏的时候，恰好监管渔业。有一次让下属带一坛腌鱼给母亲。湛氏却原封不动地将这一坛腌鱼退了回来，并附信道："尔为吏，以官物遗我，非唯不能益吾，乃以增吾忧矣。"意思是说，你拿公家的东西给我，不仅对我没任何益处，还平添了我许多担忧！后人赞曰："世之为母者如湛氏之能教其子，则国何患无人材之用？"意思是说，世上做母亲的都能像湛氏这样教育子女，国家哪里会担心没有栋梁之材可用呢？

众所周知，北宋宰相寇准从小就是个天才，七岁的时候跟父亲、老师登华山，结果寇准到山顶一看景色壮观，立刻作了一首诗，一个七岁的小孩写了这么一首诗，内容是这样旳：

> 只有天在上，更无山与齐。
> 举头红日近，回首白云低。

他的老师一看寇准作这首诗，不得了，这个小孩有宰相的气象。为什么？"只有天在上"，"天"表示皇上。"更无山与齐"，只有皇上比我高一点，没有别人比我再高了。"举头红日近，回首白云低。"我是最高的，我离皇上是最近的，宰相的气度被七岁寇准的这首诗表达得淋漓尽致。

后来寇准果然十九岁就考上了进士，做了翰林。但寇准生性非常奢侈，他在京城做官的时候，他的母亲留在老家。寇母过世的时候，身边只有一个老仆人，寇准的母亲就对老仆人讲，说寇准这个孩子从小生活太奢靡，如果有一天他做了大官，生活很奢靡的时候，你把这幅画拿给他看。这个老仆人接了这幅画就到京城投奔了寇准。有一年寇准二十八九岁时过生日，一般人过生日请戏班子一班就够了，寇准三班戏同时开，前面一班，两边两个戏班一起开，寇准端坐在当中很得意，用现在的话讲，他十九岁就是博士后了，二十九岁就是副部级了。这个老仆人一看，时机到了，就把这幅画拿给寇准看，说大人，这是老太太临走的时候嘱咐我把这幅画拿给你看。结果寇准把这幅画一打开眼泪就掉下来了。原来是一幅《寒窗课子图》，画的是一个小孩在寒窗下刻苦读书，旁边题了一首诗，这首诗的内容如下：

> 孤灯课读苦寒心，望尔修身为万民。
> 勤俭家风慈母训，他年富贵莫忘贫。

　　"孤灯课读苦寒心"，你年轻的时候也苦过，你在寒窗下读书很辛苦。读书的目的是什么？"望尔修身为万民"，读书的目的是为老百姓服务的，是为人民服务的。"勤俭家风慈母训"，老母亲我就一个要求，你要保持寇家勤俭的家风，"他日富贵莫忘贫"，有一天你做官掌权了，家里有钱了，千万不要忘记贫困时的样子。

　　宋朝学者陈元靓在《岁时广记》里记载了这样一个故事，陈元靓有个同乡叫耿华平（字庭柏），官至都御史，相当于今天的中央纪检干部。他的母亲徐氏很有贤行，并且写得一手好文章。耿华平出外为官，徐氏给儿子寄了一首诗，诗曰：

> 家内平安报尔知，田园岁入有余资。
>
> 丝毫不用南中物，好做清官答圣时。

　　"家内平安报尔知"，家里面都很好，平平安安都没事，跟你说一声，要你放心。"田园岁入有余资"，今年年景不错，打了不少粮食，菜园里的菜也长势喜人，多余的粮菜还拿到街上换了油盐钱。"丝毫不用南中物"，过去皇帝上朝都是面南背北，所以这里"南中"代表公家。公家的便宜一点不要占。"好做清官答圣时"，好好做官，为人民服务，回馈这个美好的时代！

漫谈科举

从隋炀帝大业二年（606）开始，到清光绪三十一年（1905）结束，被外国人称为"中国第五大发明"的抡才大典科举制度经历了差不多1300年的时光。"朝为田舍郎，暮登天子堂"，多么浪漫，多么诱人，然而这一朝一暮之间，又沉淀了多少读书人的欢喜和叹息！

我们关于科举的漫谈就从考前准备开始。比较正规的科举或者说科举制度化，应该是从唐朝开始，那时才有状元的说法。唐朝科举有一个行卷制度，说是制度也不准确，行卷就是考生为了让上层知道自己，增加自身的影响力，提高考试的命中率，在考试之前往往会把自己的诗词想办法传递到高层传阅，让大家先对自己有个印象。换句话说，行卷是一种推销手段。权贵高层会通过一种通榜的形式来举荐考生，这个通榜相当于举荐信，通榜的力量很大，有极强的参考价值。但是一个举子想上通榜，必须先行卷，所以很多人为了推销自己，不惜通过各种方式来炒作，正所谓："不要文章中天下，只要文章中试官。"

这里讲几个小故事给各位读者解颐。譬如说大家都熟悉的一首诗《登幽州台歌》："前不见古人，后不见来者。念天地之悠悠，独怆然而涕下。"作者是陈子昂，他为了吸众人眼球，不惜花百万钱买一把胡琴，并邀请众人第二天来长安最大的酒店欣赏他的个人胡琴独奏会。结果第二天在演奏会现场，陈子昂却当众摔碎了新买的高价胡琴，众人还没回过神来，手里竟被塞进陈子昂的诗。自然陈子昂一时家喻户晓，后来也真的成了进士，这个就有点儿今天的名人效应或网红的味道了。

另外有"诗佛"之称的王维也曾经靠假扮乐师中了状元。王维因为弹得一手好琵琶，故而得到了岐王李隆范的欣赏，两人也成了莫逆之交。为了帮助王维中状元，岐王特别让王维假扮乐师跟着自己去参加唐玄宗的妹妹玉真公主的生日宴会，王维因为在生日宴会上出色的琵琶独奏，获得了玉真公主的好感，加上岐王居中美誉，玉真公主当场就许了王维的状元桂冠，后来，王维的确也由于假扮乐师一事而高中状元。

读者可能会问，如果不行卷，不靠权贵扬名，就直接靠本事去考，可不可以？当然可以，不过考中的机会可能不大。晚唐诗人杜荀鹤就是因为没有上行卷，虽然才华横溢，但就是屡试不中，最后只是发了两句牢骚："空有篇章传海内，更无亲族在朝中。"再譬如唐朝有一位叫卢延让的人连续考了二十五次都名落孙山。最后他意识到没有高层帮忙，名声打不开，考上的概率非常小。于是卢延让就开始琢磨怎么才能让高层注意到自己。结果有一天，卢延让突然来了灵感，他注意到长安城里的贵族都喜欢养个猫狗，干脆格老子专门写跟猫狗有关的诗词，说不定能投人所好。比如"饿猫临鼠穴，馋犬舐鱼砧"，比如"狐冲官道过，狗触店门开"，比如"栗爆烧毡破，猫跳触鼎翻"，等等。实际上，这些诗词根本谈不上多高明，但就是触动了长安高层的神经，大家偏偏就喜欢这些猫狗诗，后来卢延让真的也中了进士，人送绰号"猫狗进士"。

这里再讲一个章孝标独特的行卷故事。唐笔记小说《云溪有议》记载，唐元和十三年（818）科举下第的举子，大多写诗来讽刺主考官，只有章孝标写了一首《归燕词辞工部侍郎》诗献给了权知礼部侍郎的庾承宣，诗曰：

> 旧垒危巢泥已落，今年故向社前归。
>
> 连云大厦无栖处，更望谁家门户飞。

这首诗把自己比喻成一只无家可归的燕子，没有门户可以依靠。庾承宣得到这首诗后，反复吟诵，悔恨自己痛失了一个人才。决定等到明年春闱之时一定好好引荐章孝标。章孝标运气很好，第二年果然又是礼部侍郎庾承宣做主考官，章孝标自然得第。

上面是行卷成功的案例，有行卷成功的，自然就有行卷失败的。唐朝江西有个叫刘鲁风的书生，为了行卷当时的文坛领袖张又新，千里迢迢来到京城长安，多次登门拜访。可是因为身上带的盘缠基本花光了，没有钱打点张宅的韩知客，这里的"知客"，其实就是小门子，结果名片递了多少遍，都磨出毛边来了，这位韩知客因为没有得到好处，就找各种理由来搪塞，最终刘鲁风也没有成功地把自己的诗集递到张又新手里。这里顺便讲几句，在古代中国，遇到官府方面的麻烦，常常要托关系，一般叫作"走门子"。"门子"这个名称，就始于唐代。"门子"虽然身份低下，但没人敢对他们有毫厘怠慢，他们的传话很重要。"门子"没有薪水，他们的收入全靠"门包"。"孝敬"他们的银钱，用一个红包包好，上面再写上"门敬"二字，这样的红包也叫"门礼"。刘鲁风由于没包"门敬"，不懂规矩，所以韩知客自然不帮忙通报。后来刘鲁风悲愤地写了一首《江西投谒所知为典客所阻因赋》，诗曰：

> 万卷书生刘鲁风，烟波万里谒文翁。
>
> 无钱岂与韩知客，名纸毛生不肯通。

在中唐时期，虽然行卷是推销自己，但很多人的确是货真价实，可是到了晚唐，好多世家子弟找枪手来替自己写行卷，再加上"世路难行钱作马"，也能得个进士。本来好好的行卷，最终变成了污染社会风气的恶俗。像前面提到的韩知客，塞个红包，请喝一顿花酒，分分钟就搞定了，哪里会像穷书生刘鲁风那样费劲。可是这样一来，真正有才的寒门子弟却没了机会。所以后来为了避免这种行卷恶俗，干脆采取糊名和誊录。糊名，就是把考生的名字糊起来，考官不知道考生的姓名，再者把试卷找专人用朱笔誊抄一遍，因为卷子字体都一样，主考官也就辨认不出来是谁的卷子了。譬如北宋时期欧阳修做主考官的时候，看到一张卷子写得好，但因为字体都一样，欧阳修就猜测一定是自己学生曾巩的作品，但为了避嫌，就特别把这张卷子降为第二名，谁知道最后开卷，才知道是苏东坡。但就是有糊名和誊录，还是有人考试送关节，什么叫"关节"？讲得土一点，就是考生和考官约定考卷暗号，这种关节也叫"关目"。这在大小考试中都有，比如院试、乡试、会试，京城里更厉害。这种暗号五花八门，有的写很多个虚字，譬如说"也与""也哉""也矣"。甚至有个人的暗号是将"水烟袋"三个字散见在考卷中，句子是："烟水潇湘地，人才夹袋储。"这个关节可谓高明到极点。

以上是考试前的外围工作，但是无论如何打关节，考场还是要亲自去的。进场之前，先是出示浮票。因为唐朝的枪替（枪手）盛行，譬如大家熟知的词人温庭筠就是枪替高手，加之科场松弛，因此高中进士的往往不是真正的人才。因此到宋朝，建立了浮票制度。所谓浮票，其实就相当于现在的准考证，古人没有人脸比对、指纹识别等高科技，因此考生必须有浮票，浮票上记录着考生的身高胖瘦、有无胡须、胎记、痣等明显体征，入场前，负责辨识的官员必须仔细照对，确认无误后，方可放行。另外，宋朝还设立了一个防范枪手的厉害手段，就是结保报考制度，考生必须有若干人担保后才能报考，这样就起到了互相监督的作用，一人舞弊被抓，担保人就跟着倒霉。另外，科考还有一项锁院制度，就是考生和考官必须一直住在贡院里面，和外界断绝一切联系，防止主考官考前泄露考题和考后被人说情的可能。考生自然不可中途离场，就是上厕所也有人看着，防止跳墙逃跑。

出示过浮票后，接着就是要搜检，因为怕夹带小抄。虽然这些考生念书都是"诚意""正心"，现实并非如此，我见过一个手抄版的四书，大概只有火柴盒那么大。除了笔、墨、砚、考篮、试卷外，其他东西一律截留。其实就是笔和砚台也会检查，防止空心笔管和空心砚台里面塞上夹带。甚至考生穿的衣服，戴的帽子一律规定单层，鞋子也规定是薄底，乃至装蜡烛、饭食的考篮都要求带格眼，考生自带的烧饼馒头都要切开看。一度还要求脱衣解袜来检查。清朝时，绍兴有个以画梅花著称于世的童二树，他有两句名言讲得好："所欲不求大，得欢常有余。"据说，他一辈子画了一万多幅梅花，每幅画都题写一首诗。不过他一辈子没有功名，连个秀才都不是。他不是不想考，而是受不了那种考前搜检的侮辱。童二树曾经也参加过道试，道试就是院试，考取了就是秀才。但因为了防止考生夹带，要搜身，童二树一气之下，拂袖归去，走时还撂下一句话："朝廷竟以盗贼待士子乎？"童二树从此之后再也没有参加过科举考试，后来他还在一幅梅花图上题写了一首诗，表示自己跳出了科举的圈子。诗曰：

> 左圈右圈圈不了，不知圈了有多少。
> 而今跳出圈圈外，恐被圈圈圈到老。

但就是这样严格的搜检，还是有"漏网之鱼"。1892年，一个十八岁的年轻人因为目睹了科场舞弊的恶劣风气，激愤地留下一副对联，然后拂袖而去。联曰："欲乘长风破万里浪，懒与俗士论八股文。"这位年轻人就是后来大名鼎鼎的民主革命家张难先先生！

搜检之后，监门官登记造册，考生穿过栅栏门，正式进入贡院，贡院也就是我们所说的考场，到了贡院内，考生开始找自己的位置，也就是开始进"号"了，号又叫"号舍"，考生所进的号都是之前分配好的，这些号舍按照《千字文》来命名，"天地玄黄，宇宙洪荒……"第一个号是"天"，所以过去有"天字第一号"的说法。时辰一到，贡院钟鼓楼里便传出钟鼓之声，宣布考试开始。贡院的大门这时早已关上，贡院四角都有瞭望台，有荷戈的士兵把守，以防内外传递信息，这样的环境使人感到严肃庄重。这里顺便讲一下，在宋朝之前，科考还没有设置专门考场，贡院设置始于宋朝。元朝科考一度中断七十余年。到了明朝，为了童试（取得秀才资格）和乡试（取得举人资格）的需要，各个州府县设置考棚或者试舍，上面提到的贡院主要是京城和各省城用来会试（取得进士资格）用的。

贡院内，考生所在的号舍极其简单，三面矮墙，上面盖个薄斜顶，一面是没有门的。号舍很小，深四尺，宽三尺，高八尺，也就是一平方米多一点的矮屋子，这样的矮屋子，是砖地砖墙，两边砖墙上离地一尺半高和两尺半高的地方分别留出一条砖缝，这四条砖缝是用来托号板的，所谓号板也就是两块木板，大约一寸八分厚，两块木板晚上拼在一起，就成了床，上下放就是板凳和桌子。考生要在这样的环境里待上三天，吃喝睡觉考试都在里面。当然上厕所例外，这里顺便插一句，如果哪个考生的号舍离厕所近，那可真是倒了八辈子霉了，因为乡试一般是在八月份，有民谚曰："槐花黄，举士忙。"唐人翁承赞《咏槐花》云："雨中妆点望中黄，句引蝉声送夕阳。忆昔当年随计吏，马蹄终日为君忙。"这里多讲一点，古代城市地理专著《三辅黄图》记载："元始四年，起明堂辟雍，为博士舍，三十区为会市，但列槐树数百行，诸生朔望会此市，各持其郡所出物及经书，相与买卖，雍雍揖让，论议槐下。"就是说，西汉平帝元始四年，国家专门为读书人开辟一个跳蚤市场，大家平时不用的物品、书籍或者老家特产都可以在这里出售，每月初一和十五开市。因为这地方有几百行槐树，所以后世就把文人的会聚之地称为"槐市"，从唐朝开始就以

"槐秋"来指代科举考试，举子考试称为"踏槐"或"踏槐花"。所以过去乡试也叫秋闱。秋老虎热得厉害，厕所的臭味都把人熏晕，一会都受不了，何况还要在旁边待上三天。大约从明朝后期开始，乡试的时间较为固定，八月初八为进场，八月初九的黎明前发卷子，八月初十交卷子，起码要在这个矮屋子里待上两夜三天。所以有考生考死加"烤死"在号舍里面并不奇怪。这些活下来的并且通过乡试的考生，也就是举人，第二年的春天再集中到京城里参加礼部举行的会试，所以会试又叫"春闱"，再来一次类似的遭罪。这里顺便说一句，乡试的第一名叫"解元"，会试的第一名叫"会元"，皇上亲自主持的殿试的第一名叫"状元"，三场考试都是第一的，就叫"连中三元"。这里顺便讲一下殿试，这里的"殿"在明清时一般指保和殿，对外宣传是皇帝亲自莅临考场，实际上基本上是皇上派一些王公来监考。其实这样的监考也并不是我们想象的那么严格，只是看着那些贡士"开卷"考试，公开抄书，殿试主要是排名次用的。清朝时，市场上已经有商人出售一些专门针对殿试策考的小号字体的石印书了，这些可以说是准进士们只要把这些"老三篇"凑起来就可以了。这些考生在殿试的时候，不是我们想象的，四平八稳地端坐太师椅上考试，而是坐在地上考，矮桌子也是自己租来或者买来的，因为是自己背来的，所以桌子不可能太大、太好或太沉，只要方便考试，轻便一点就可以，考完有的人就把桌子扔了。后来市场上也有商家卖一种轻便的折叠桌，方便考生背着去考试。殿试一般考一天，自己带吃的，要是小便的话，有的为了节约时间，就跑下台阶，在殿基那块解决。

艰苦的考试之后，除了考生焦虑地等待考试结果之外，阅卷老师的压力一定也不小。考生都不容易，虽然不排除有些阅卷老师被走了关节，但基本上阅卷老师是凭良心的，并且会非常认真仔细。譬如大家都熟知的《红楼梦》的后四十回作者是清代的高鹗，曾任顺天乡试同考官，他有一首诗反映了他阅卷的心情：

> 品花深恐太匆匆，摘艳寻香午夜中。
>
> 二十四番辛苦后，有人墙外怨东风。

"品花深恐太匆匆"，我阅卷生怕太匆忙了，就怕自己大意马虎。"摘艳寻香午夜中"，深更半夜，我还在寻找优秀的考卷，为国家选拔优秀人才。"二十四番辛苦后"，虽然这些举子付出了那么多辛苦，或者也可以说，虽然我这个阅卷官批改得已经够认真够辛苦的了，但是"有人墙外怨东风"，意思是说还是有人落榜，还是有人会对我产生抱怨，这个是没有办法的事情。

当然有认真的主考官，也就有不太负责的主考官。譬如清朝光绪年间的军机大臣、文华殿大学士穆彰阿，也经常担任主考官，他阅卷可就没有高鹗这么紧张了。他每次阅卷之前，先把考生的卷子放在几案之上，焚香一炉，望空遥拜。衣袋中常常放置两个鼻烟壶，一个琥珀的，一个白玉的，款式大小都一样。每次拿出一张八股试卷，然后就向衣袋中摸鼻烟壶，摸到琥珀的则中，摸到白玉的则落榜。等到名额摸满了，就把剩下的卷子一块扔了。

不管主考老师阅卷认真也好，马虎也罢，总之会有个结果。考中的自然是春风得意。这种得意唐朝诗人孟郊在《登科后》一诗中表达得淋漓尽致，诗曰："昔日龌龊不足夸，今朝放荡思无涯。春风得意马蹄疾，一日看尽长安花。"但是大家只看到孟郊得意的时候，没有看到孟郊落榜的时候，孟郊在第二次落榜时写下《再下第》："一夕九起嗟，梦短不到家。两度长安陌，空将泪见花。"一个晚上起来九次，起来就唉声叹气。两次来到长安，眼睁睁看着新科进士游街赏花，自己却在那里眼泪巴巴。清代蒋士铨有一首诗表达了中进士后的复杂心情："老母焚香一展眉，九原吾父可闻知？旁人怪落看花泪，不见番番下第时！"但是孟郊也好，蒋士铨也罢，毕竟最后他们还是高中进士。然而，大部分考生却无缘进士。过去讲人生有四大悲，"寡妇携儿泣，将军被敌擒。失宠宫女面，落第举人心"。其实能做个举人老爷已经很不错了，有的甚至一辈子连个生员的资格都没有，换句话，一辈子连个秀才都不是，八十岁了还只是个童生。过去有一个笑话，说有个老童生，从年轻时就开始科考，一直到七十三岁那年才取得了秀才的资格。一辈子只顾着考试了，连个媳妇也没有。结果刚刚取得秀才资格，就有媒人上门说和亲事，媒人问他年龄多大，他写了首诗答复："读尽诗书五六担，老来方得一青衫。佳人问我年多少，五十年前二十三。"古代的"青"指的是黑色，"青衫"就是黑领的衫，所谓"青青子衿"，青衫指的就是穿黑色领子的学子，明清特指秀才。这个故事看起来是笑话，其实历史上这样的事例屡见不鲜，七十几岁还算年轻的，还有的到了九十几岁依然在科考。

话再说回来，在清朝，就算考中了秀才，那也是震动全村的大事，就算"进了学"，也算有了功名，可以戴有三寸顶子的官帽了，可以穿绸子缝制的"蓝衫"了。倘若见了县太爷，普通百姓要称县官叫"大老爷"，自称"小的"。秀才则称县太爷为"老父台"，自称"生员"。打官司见个官可以不跪的，当官的也是读圣贤书得功名的，都是孔门的学生，算是同学了。即使打输了官司，也不能像打普通百姓那样打腚盘子，顶多打手掌心。而且中了秀才，门框可以提高三寸，这就是我们通常说的改换门庭。据说明末读书人科考一旦得第，吃上了皇粮，常常要做四件大事：备他一顶轿，起他一个号，刻他一部稿，娶他一个小。

明朝江浙一带，为了给参加科考的生员或者举子提气，很多人家会在家门口竖一个旗杆，这个旗杆的名字叫作"楣"，意思就是希望考生能够光耀门楣，改换门庭。放榜后，考中的学子，自家的"楣"依然竖着，等于也告诉别人这家出了人才。但如果要是名落孙山，那就会把"楣"放倒，简称"倒楣"。后来"倒楣"就成了坏运气的代名词，因为"楣"和江浙梅雨季节东西发霉的"霉"同音，故而就把坏运气说成"倒霉"了，直到今天，我们一直还这么说。谁曾想到，原来这个口头语居然和科举考试有关。

过去科举考试特别讲口彩，有个秀才连考三场皆不第，就特别忌讳"落第"两个字。某年，秀才又去省城参加乡试，后面跟着个挑行李的老仆。突然一阵大风吹来，吹落了行李上的帽子，老仆惊呼："倒霉，帽落地了。"秀才心里觉得膈应，为了讨口彩，就提醒老仆："以后东西掉了不准说落地，要说及地（第）！"老仆卸下担子，对行李又进行了二次"包扎"，冲着秀才打包票："相公擎好吧，咱行李这辈子也不会及地（第）了。"宋代周密在《癸辛杂识》中讲，除夕之夜，太学生用枣子、荔枝、蓼花三种干果来祭拜神灵，取"早离了"的谐音。这些太学生去西湖游玩，一般不去三贤堂，因为白乐天、苏东坡和林和靖这三个名字里有"落酥林"的谐音。明朝张岱在《夜航船》里也有一个笑话：书生柳冕对考试有很多忌讳。因为"乐"和"落"的音很近，他就称"安乐"为"安康"。张榜之后，柳生让仆人去看榜，仆人回来报告："秀才康了也！"（"秀才落了也！"）后人就用"康了"来指代落第。

中了秀才的人一般做个教书先生，混几个制钱来生活，或者人家有红白喜事，给人家做"礼生"。落第后的举子，则有的到地方上做个下级官吏，有的去给高官做幕僚，做师爷。当然历史上也有因为落第而采取极端行为的例子，例如唐朝的黄巢，祖上好几辈都是私盐贩子，因此家境很是殷实。但就是考运不佳，屡次参加科考，最终与进士无缘，加之晚唐朝廷昏聩，因此愤而造反。他曾在《不第后赋菊》中写道："待到秋来九月八，我花开后百花杀。冲天香阵透长安，满城尽带黄金甲。"又如清朝的秀才洪秀全，也是屡次落榜，曾经愤怒地写下一首诗来"明志"，诗曰"龙潜海角恐惊天，暂且偷闲跃在渊。等待风云齐聚会，飞腾六合定乾坤"，继而萌生了反叛大清的念头，最终发动了太平天国起义。

这里顺便提一下，科举不仅有文科考试，还有武科考试。唐长安二年，也就是公元702年，由武则天首开武科考试，由兵部主持，考试内容包括策问、兵法，当然主要还是考武艺。考试主要对象是军人，当然一些非军人武术好的人也可以参加武科考试，这等于给文辞不佳者提供了一个上升的通道。所以从女皇武则天时期开始也有武举人和武进士，但是由于从宋太祖赵匡胤开始重文轻武，因此，武科举的待遇就比文科举的待遇逊了不少。单从称呼上就能看得出来，文秀才称作"生员"，武秀才则只能称作"武生"。文人在乡试中考中的称作"举人"，武人在乡试中考中的只能称作"武举"。招待举人的宴会叫"鹿鸣宴"，招待武举的宴会称作"鹰扬宴"，招待文进士的宴会称作"恩荣宴"，而招待武进士的宴会则只能称作"会武宴"。这里有个故事，讲的是文科瞧不起武科的笑话。过去有个武人乡试没有考中，回来之后，开始到学堂里学文科。到学堂上学，当然要祭拜孔子，需要作揖行礼。结果刚一行礼，一个文科同学就大唱道："武生入文庙，夫子吓一跳。子路一打躬，咱的门生到。"总之，武举人也好，武进士也好甚至是武状元也罢，弓石之力、刀马之勇那一套在文人官场上是不好使的，最终的出路，大多数还是给人家做保镖。这里赘述一点，白崇禧曾分析中日战争，认为中国在宋朝就输了，因为宋朝开始取消之前的征兵制，明确实行募兵制。征兵制是养兵于民，一旦有战争就开始从民间征兵，因此民间习武之风盛行。而募兵制则是设置职业军营，实行军事集中化和专业化，禁止民间习武，这种募兵制大概就和前面提到的宋初就重文轻武的总基调有极大的关系。

康熙曾经对他的内阁大臣讲："天下黎民皆朕赤子，朕最悯念者有三等人：一读书寒士，一饥寒穷民，一无知犯法之人。"因为康熙怜悯读书人，当然也是为了政权稳固的需要，曾经设置过"博学鸿词科"，前明的遗老遗少，凡是有学问的，可以经过简单的面试，然后授官发俸禄，结果不少读书人被笼络过来。科举制度到了清朝嘉庆的时候，还出现了一个比较有人情味的制度，那就是"大挑"。科考是三年一次，只要连续三次会试没有考取的，也就是九年没有中的举子，就到京城来进行大挑选，也就是面试。这种大面试每六年举行一次。面试大概情况如下，每届大挑，地点是在紫禁城内阁，面试官是皇帝的钦差大臣。这些各省来的举子，每二十人为一班，整齐有序地站好之后，面试人员先唱三人名，然后被唱名的三人出列，这三个人出任地方上知县。接着再唱八个人的名字，被唱到人名的，就是不用的，也就是没有被挑中的，这八个人被人称作"八仙"。其余的九个人不用唱名了，出任地方"教育局"的"局长"。等这一班二十人挑完了，换下一班二十人再进来。

　　大挑到底依据的是什么呢？换句话，大家都是连续三次没中的，"笨蛋"程度都差不多，靠什么来确定用人呢？其实讲起来很俗，就是靠相貌，以"同田贯日身甲气由"八个字为衡量标准。"同"字体形的人，面方长，体态匀称。"田"字体形的人，面方短，个头虽然不高，但给人沉稳之感。"贯"字体形的人则是头也大，身材也魁梧高大。"日"字体形的人，则是肥瘦长短刚好，个头不高也不矮，胖瘦刚好，站在那里端庄且笔管条直。以上四种体形，都可以被选中。"身"字体形的人，体斜不正。"甲"字体形的人，则是头大身小。"气"字体形的人则是单肩高耸。"由"字体形的人，则头小身大。"身甲气由"四种体形的人，都不中选。所以说身材魁梧、相貌方正者就占便宜，往往就被挑上做官了。当然凡事都有例外，评审虽有标准，但也是萝卜青菜，各有所爱。主试官有时也未必完全按照"同田贯日身甲气由"八个字来定。譬如清人陈恒庆在笔记《归里清潭》中记载了这样一个事：某年大挑，山东某举子身材魁梧，天庭饱满，地格方圆，眉分八采，目若朗星，可谓仪表出众，却没有被挑中。山东大汉是怒从心中起，锉碎口中牙，半道上拦了主试官的轿子，厉声质问："大挑，到底挑什么？"轿中主考官满不在乎地斜了他一眼，冷笑道："俺挑的是命！"山东大汉被呛得直翻白眼珠，悻悻而回。

为什么要举行大挑呢？其实不仅是嘉庆皇帝知道，这些历代的皇帝也都知道，这些各个省来京城考试的举子太不容易了，一路上的车马费、住宿费，还有打尖伙食费本来就是一笔不小的开支，有的人家为了到京城考试，把房产地产都卖了。过去有一首诗说的就是这种情况："旧里已悲无产业，故山犹恋有烟霞。自从为客归时少，旅馆僧房却是家。"这首是晚唐雍陶的诗，虽然说的是晚唐，实际上一直到清朝，这种卖房读书的情况依然有。记得我读书的时候，家里很困难，但是我父亲就常常跟我说，只要你愿意读，我砸锅卖铁都供你。真是可怜天下父母心！就算费用都凑齐了，勉强够了。赶往京城的路上还有一个安全问题，尤其是离京城较远的偏远省份，过山怕遇虎，过河怕遇风，关键有时还会遇到路霸土匪，钱财被洗劫，身首异处的举子也不在少数。但即使如此，读书人还是愿意冒着各种风险来拼命一搏，或许清朝学者邓廷桢的一副对联说出了举子们的心声，邓廷桢是江宁人，也就是现在的南京人，年轻时在瓦官寺读书，没有钱，只有蹭寺庙了，读书很用功，他就曾在房间里写过这样一副对联来激励自己，有点类似于现在的高考生喜欢写一些诸如"只要学不死，就往死里学"的豪言壮语来激励自己一样，上联是："满盘打算，绝无半点生机，饿死不如读死。"下联是："仔细思量，仍有一条出路，文通即是运通。"反正都是死，还不如读死。宋代发明了纸币交子的张咏在《劝学示弟诙》中讲："玄门非有闭，苦读当自开。"一旦考中了，一辈子的运气就来了，这就是宋真宗在《劝学诗》中所言的"书中自有黄金屋，书中自有颜如玉"的社会价值取向。

最后再讲讲考中进士之后的任官情况。从唐代开始，考中进士者首先要通过吏部的释褐试才能任官。由于在宋末元初才引进棉花，所以中国在宋之前穿的布料主要就是麻和丝绸，普通平民穿褐色的麻布衣服，做官的才有穿绸裹缎的资格。考中进士只是具备了做官的基本条件，释褐试却决定一个人释掉麻布换穿丝绸还是继续套麻布。"释褐试"以"身、言、书、判"为标准。"身"是"身正"。一是出身清白，不是出身于皂隶、罪犯、倡优、奴仆之家。二是相貌周正，身体健康。"言"是"言简"。口齿流利，表达简约，优雅清楚。"书"是"书写"，一是书法好，二是书写好，也就是文笔好。"判"是"判准"，对时事问题理解深刻，能精准做出对策。

科举制度作为封建王朝选拔人才的工具，在维护社会正常发展的同时，也给天下寒苦士子提供了公平上升的机会，对稳定人心起到了不可估量的作用。然而科考制度所培养的人才终因无法适应世界发展的大潮流，终究只能被关进博物馆里来供现代人回味。但科举制度毕竟运行了1300年，科举制度可以说在政治、文化、经济、思想诸多方面都对中国人产生了广泛而深刻的影响，直至今天，我们也不敢说完全摆脱了科举的余荫。科举的影响其实并不仅仅局限于中国，还辐射到了亚洲的其他国家，譬如朝鲜、日本和越南等，甚至西方近代文官制度的建立也受到了科举制度的启发，可以说科举制度作为一种古老的文化遗产，不仅是属于中国的，也是属于世界的！

惧内

惧内，就是怕老婆的意思。记得好多年前在某书上读到这样一则有关惧内的故事，印象非常深刻。话说有一个县太爷，很惧内。有一天他想了解下手底下有几个人不惧内的，于是就在衙门的院子里插了两杆旗子，一杆黄旗，一杆蓝旗。县太爷命令怕老婆的到蓝旗这边站着，不惧内的到黄旗这边站着。结果除了一位皂隶站在黄旗这边，其他的小吏都跑到了蓝旗底下。县太爷大喜，居然真的有人不怕老婆。就问这位皂隶为什么不怕老婆？皂隶回答道："老婆说了，人多的地方不许去。"

孟老夫子讲"不孝有三，无后为大"。这里的"后"指的是儿子，不是女儿。在唐朝规定，男子到了四十岁，如果妻子还没有为其生儿，就可以名正言顺地休妻。这里讲一个小故事，唐太宗为了让开国将领任瓌后继有人，就打算赐给任瓌两个小妾，为他生儿子。结果任瓌只是嘴上谢主隆恩，就是不敢要。唐太宗觉得奇怪，经过调查，才知道任瓌之妻刘氏嫉妒之心比较强，于是把刘氏宣上殿来，对刘氏讲："刘氏，你一直以来没有帮我任爱卿生儿子，朕打算赐给我任爱卿两个小妾来生儿子，不知你意下如何？如果答应，还则罢了。如果不答应，把你眼前的一坛子毒酒吃了。"没想到，刘氏二话不说，端起酒坛就吃，吃完了，才知道吃的是一坛子醋，不是酒。唐太宗看了也大吃一惊，没想到此女子居然如此刚烈，于是对任環讲，"爱卿啊，算了吧，朕尚且怕她三分，又何况是你呢。"于是此事只好作罢。退朝之后，朝中有位同殿大臣就开始拿任環开玩笑，说任環怕老婆，惧内没出息。任環说，男人天生就怕女人，这个有什么丢人的。大臣不解，请问其详。任環说："女人在未出嫁之前，端庄安详，矜持宁静，就像一尊菩萨，你不怕菩萨吗？怕！女人出嫁了，生了孩子了，爱护自己的小孩就像母老虎爱护小老虎一样，你不怕母老虎吗？怕！等到女人年纪很大了，皮肤发皱，佝偻驼背，看起来就像鬼，你不怕鬼吗？怕！"

苏东坡有个好朋友叫陈季常，自号龙丘先生。有一次正在和苏东坡喝酒讲笑话，陈的老婆柳氏突然出现，吓得这位龙丘先生手里的竹杖都掉到了地上，苏东坡因此写诗讽笑道："龙丘居士亦可怜，谈空说有夜不眠。忽闻河东狮子吼，拄杖落手心茫然。"

清朝的徐珂在《清稗类钞》中记载了这样一个故事，有个人惧内，因为吃了花酒，晚上给老婆下跪。他的一个朋友就改了《千家诗》里面的一首诗来嘲讽他。这首诗本来是北宋大儒程颢的《偶成》，诗曰："云淡风轻近午天，傍花随柳过前川。旁人不识予心乐，将谓偷闲学少年。"改了之后变成："云淡风轻近夜天，傍花随柳跪床前。时人不识余心怕，将谓偷闲学拜年。"

广东有句谚语："上等人怕老婆，中等人爱老婆，下等人打老婆。"民国时期的胡适博士是个"上等人"的榜样，胡适先生是属兔子的，他的夫人江冬秀是属老虎的，当时就流传有胡适怕老婆的笑话，胡适常开玩笑说："兔子怕老虎。"胡博士在台湾时，曾创造一首"新三从四德诗"："太太出门要跟从，太太命令要服从，太太说错要盲从；太太化妆要等得，太太生日要记得，太太打骂要忍得，太太花钱要舍得。"有一次，巴黎的朋友寄给胡适十几个法国的古铜币，因钱上有"PTT"三个字母，读起来谐音正巧为"怕太太"。胡适与几个怕太太的朋友开玩笑说："如果成立一个怕太太协会，这些铜币正好用来做会员的证章。"在《胡适之先生晚年谈话录》里有胡适之先生对护士徐秋皎说的一段话："我在四十岁的生日，我的太太给我戴上一个'止酒'的戒指。那时我在北平，酒吃得太厉害了。我写了'止酒'两个字。'止'就是停止的'止'字，'酒'字的水旁不写，看起来是'止酉'两字，戴在手指上。朋友们劝我吃酒时，我把手指一抬，说：'太太的命令！'朋友们就不劝我再吃了。"

学者梁实秋说辜鸿铭平生很怕老婆，辜鸿铭言："老婆不怕，还有王法吗？"

"上等人"赵元任也非常惧内。清华大学罗家伦校长卸任的时候，有人提议由时任留美学生监督的赵元任来接任，蒋介石打算批准。刚好国民党大佬吴稚晖在蒋侧，笑说："那不如让杨步伟做校长好了，反正两个礼拜后，校长大权就会落到赵太太手里。"最终改圈梅贻琦做清华校长。

宣永光在其著作《疯话》里不无诙谐地说："怕老婆与怕神、怕鬼、怕强盗、怕流氓、怕毒蛇、怕猛兽不同。——对这几种东西，你虽怕，然而不爱；怕老婆是又怕又爱，愈爱愈怕！"

其实，男人哪里会真的怕老婆呢？都是因为爱才怕，假如说男人真的开始怕女人了，那就离婚不远了。那个时候，男人就不单单是怕了，估计要开始打了，或者就是不理了，打也好，不理也好，那都是暴力！女人要让男人因爱而怕，这样夫妻才长久。不要让男人因暴而怕，那样夫妻关系就快到头了。换句话，女人也有家庭暴力。男人之家庭暴力主要体现在手上，女人之家庭暴力主要体现在口上。譬如"你个窝囊废，挣钱这么少""你还好意思吃饭，你看隔壁老李又升了，老王又提了"，等等，这些都是对男人自尊的伤害，这些也是家庭暴力，这种语言上的暴力往往比肢体的暴力伤害得更深。徐复观先生在《偶思与随笔》中幽默地说道："据我的经验，老婆之可怕，并不在于她的动手，而在于她的川流不息的动口。"所罗门也说过："与其同爱吵闹的妻子住一起，不如住在沙漠里。"有句话讲得好："不称霸的男人，会制造和谐；不唠叨的女人，会创造温馨。"总之，当"怕老婆"成为男人的座右铭，而"爱先生"成为女人口头禅的时候，这样的家庭一定和谐！

人生良言

人生大体分为少年、壮年（中年）、老年三个阶段，孔子他老人家就是这样分的，并且还对这三类人都提出了警告。孔子讲："少之时，血气未定，戒之在色；及其壮也，血气方刚，戒之在斗；及其老也，血气既衰，戒之在得。"关于人生，我非常欣赏南宋词人蒋捷的那首《虞美人·听雨》，词曰："少年听雨歌楼上。红烛昏罗帐。壮年听雨客舟中。江阔云低、断雁叫西风。而今听雨僧庐下。鬓已星星也。悲欢离合总无情。一任阶前、点滴到天明。"蒋捷这首词把少年时的放荡，中年时的拼搏和老年时的落寞都描述得很到位。本篇小文，分为年轻人、中年人和老年人，主要根据读书、工作和退休三个阶段来划分。每个阶段都贡献三句宝贵的建议，所以文章起个名字叫"人生良言"。

给年轻人的三条宝贵建议是：第一，不弄乖巧；第二，莫纵口腹；第三，莫任脾性。

第一，不弄乖巧。换句话说，年轻人做事情，千万不要投机取巧。有的年轻人老梦想一夜成名，一夜暴富，一夜在网上红起来，搞各种各样的噱头，弄一些乖巧的吸人眼球的东西，这些做法都是不能长久的。记住"巧诈不如拙诚"，做人做事要踏实。

第二，莫纵口腹。年轻人肠胃好，拼命吃，还要吃夜宵喝啤酒，喝完啤酒还要去唱歌，唱歌的时候继续喝啤酒，跟自己过不去，那是玩命，不要想吃什么就吃什么。

第三，莫任脾性。年轻人火气比较大，我的青春我做主。干什么事都多任性，少理性。这里送给年轻朋友一句郑板桥的名联。上联是："世道不同，话到嘴边留半句"，下联是："人心难测，事当行处再三思。"

给中年人的三条宝贵建议是：第一，高不成，先低就；第二，名不正，事先顺；第三，先有为，再有位。

第一，高不成，先低就。汉高祖的左膀右臂张良和韩信，当年就属于"高不成，先低就"的样板。唐代李白在《猛虎行》一诗中就写道："张良未遇韩信贫，刘项存亡在两臣。暂到下邳受兵略，来投漂母作主人。"张良没有做智囊，韩信没有做将军的时候，张良是"暂到下邳受兵略"，先读黄石公送的《太公兵法》，先打好基础，然后再帮刘邦。韩信则是穷到"来投漂母作主人"的地步，韩信低下的时候，甚至蹭过洗衣服老太太的饭团，后来也是从下级军官慢慢干，再由萧何推荐给刘邦，做了大将军。

第二，名不正，事先顺。很多工作是先做起来，让社会上看得到效果，慢慢社会就会给予认可。就好比我当年创办书院，并不是先到民政局注册书院，然后再招贤纳士，开办讲座的。而是恰恰相反，几个热心的朋友找我办公益讲座，结果给大家讲了一年的《易经》课程，慢慢听众越来越多，热心做公益的朋友越来越多的时候，我们才去注册书院。这就是"名不正，事先顺"。

第三，先有为，再有位。有句话说，幸福是奋斗出来的。实际上，自己的社会声望乃至社会地位，也是自己一点点奋斗出来的。我想起了唐代杜荀鹤的一首《小松》，诗曰："自小刺头深草里，而今渐觉出蓬蒿。时人不识凌云木，直待凌云始道高。"一个小松，当年在深草当中，无人识。但是自己踏踏实实地成长，有一天直到凌云高的时候，人们自然都会仰视。

给老年退休者三条宝贵建议是：第一，教训子孙；第二，劝人为善；第三，随分安足。

第一，教训子孙。年龄大了，一辈子的人生经验很丰富，所以每一个老年人都是教育家。西方有一句谚语，大概意思是说，每一个老年人走了之后，就是一座图书馆被毁的时候。一个老年人走了，一辈子的学问经验都带走了，所以老年人一辈子的经验要拿出来教训子孙，要薪火相传。

第二，劝人为善。评价老年人最不好听的四个字叫什么？老奸巨猾。过去有句话叫："少不读水浒，老不读三国。"年轻人不要读《水浒传》，一天到晚"该出手时就出手"，天天惹事。《三国演义》里面全是计谋，一个个都在玩鬼。老年人本来计谋就够多的，再读那些东西更加理论化了，那实践更加得心应手，这就不行。老年人应该利用自己的"老奸巨猾"的智慧来劝导社会向善，引发社会的正能量。

第三，随分安足。老年人要懂得知足。北宋诗人黄庭坚隔壁有个邻居，此人也是黄庭坚的诗友，名叫孙昉，是个太医。孙太医自号"四休居士"。黄庭坚不懂孙太医为何叫"四休居士"，就问其原因。孙太医讲了四句话："粗茶淡饭饱即休，补破遮寒暖即休。三平二满过即休，不贪不妒老即休。"第一句是"粗茶淡饭饱即休"。饭吃饱就好，不要拼命地一天到晚吃山珍海味，过了三寸喉咙还不是一样？不要太计较。第二句"补破遮寒暖即休"。放在现在，想穿个破衣服都难。这句话给现代人的启发是穿衣服未必追求名牌，穿得出去，能保暖遮寒就行了。像我放假回到乡下老家都是穿破军大衣，里面棉花都露出来。村里人都说你好歹是博士，在外面那么多年，回家还穿破军大衣。我说自己是实用主义者，我暖和就好。穿那么漂亮，其实也没有人多看一眼。第三句是"三平二满过即休"。什么叫"三平二满"？宋朝时老百姓的生活用语，譬如宋代爱国诗人辛弃疾的《稼轩词》里有两句诗："百年雨打风吹却，万事三平二满休。""三平二满"犹言平稳过得去，老人老婆孩子身体都健康，家里的钱也够用，邻里关系都不错，这样就很好了。最后一句话是"不贪不妒老即休"。孔子讲："血气既衰，戒之在得。""得"是什么？就是贪，越老越贪。最后快退休的时候，有权不用，过期作废，拼命来（贪）一把。这个要不得。

　　上面是为了行文方便，特别把人生划为三个阶段，然后每个阶段给出"三宝"，其实人生三个阶段的宝贵建议合起来就是"九宝"，这"九宝"可以拿来贯穿一生，"九宝"可以在人生的每个阶段有所侧重、相互发明。

趣谈教书先生

本文的教书先生，特指古代私塾里的塾师。老实讲，过去教书先生在社会上地位不高，甚至就是到了"文革"时期，教师都被人叫臭老九，被人瞧不起。"文革"期间，梁漱溟先生还写过一首"反动"诗《吟"臭老九"》，其中有两句："九儒十丐古已有，而今又名臭老九。"再往前看，教书工作用清代郑板桥的话怎么说？他说：

教读从来是下流，傍人门户度春秋。

半饥半饱清闲客，无家无所自在求。

据说乾隆年间，郑板桥在山东潍县做县令的时候，还判过一个塾师的案子。某日，一位塾师来县衙鸣冤："俺在丁家教一年，说俺不行把俺撵；一个铜子没见着，这个叫俺可咋办？"述后呈上年初和东家的契约。契约写得明白：教书一年，束脩八吊。郑板桥为了勘验教书先生的水平，当场以衙门大堂上的灯笼为题，出了个上联："四面灯，单层纸，辉辉煌煌，照遍东西南北。"教书先生立刻对曰："一年学，八吊钱，辛辛苦苦，历尽春夏秋冬。"郑板桥认可了教书先生的学问，勒令东家照契付钱。

蒲松龄也当过老师，也写过一首这样的诗：

> 墨染一身黑，风吹胡子黄。
>
> 但有一线路，不当孩子王。

"墨染一身黑"，就是整天写毛笔字，教小孩子写字，身上都被墨汁染黑了。风吹得胡子都黄了，但有一线路我也不去教书，当个孩子头。所以乡下也有"宁当泥瓦匠，不当孩子王"的说法。大家读钱钟书先生的《围城》，《围城》里面引用了一句西班牙的谚语：这个人不是死了，就是教书去了。看来中外都一样，教书都不大好，这大概和教育条件以及教师待遇有极大的关系。

先说说教书的条件。袁枚写过这么一首诗：

> 漆黑茅柴屋半间，猪窝牛圈浴锅连。
>
> 牧童八九纵横坐，天地玄黄喊一年。

学堂是半间乌漆墨黑的茅草屋，旁边连到的就是猪窝和牛圈，倘若是夏秋季节，那个味道之"好"可想而知。八九个放牛的小娃娃，随便往那里一坐，跟着老师念《三字经》《百家姓》《千字文》等蒙学书籍。

教书环境如此，教书先生的收入自然也是很低了，有诗为证：

> 今年馆事太清平，新旧生徒只数人。
>
> 寄语贤妻休盼望，想钱还账莫劳神。

因为学生少，束脩（收入）自然就少，还账之事也就遥遥无期了。这里面提到"馆事"，也就是书馆教书的事。所以过去教书也叫"处馆"。

还有一首诗：

> 我命从来实可怜，一双赤手砚为田。
> 今年恰似逢干旱，只半收成莫怨天。

这里再讲几个关于教书先生的小故事，通过这些小故事，各位读者可以一窥过去教书先生的辛酸。

明朝有个老塾师，家徒四壁。用宋朝刘克庄的两句诗来讲就是："短衣穿结半瓢空，所住茅檐仅蔽风。"一个数九隆冬的寒夜，一个梁上君子光顾老塾师家，结果走了空，没找到任何值钱的东西。因被单屋寒，冻得清醒的老塾师蜷在墙角开口道："兄弟，对不住了，家里太寒酸，辛苦你白跑了一趟，俗话说贼不走空，老哥我送你一首诗作为见面礼吧！"接着就口占一诗道："风寒月黑夜沉沉，辜负劳心走一遭。架上破书三四册，只管拿去教儿曹。"小偷听了之后，也无可奈何，只好自任倒霉误到了一个塾师家里，悻悻而去。

某夜，某偷光顾郑板桥家。郑板桥被惊醒，也是靠念诗来打发小偷。教书先生穷，甜面酱没有，酸诗很多。只听板桥念道："大风起兮月正昏，有劳君子到寒门。诗书腹内藏千卷，钱串床头没半根。"小偷一听，偷到了穷鬼家，赶紧开溜。

还有一个蛮好玩的笑话，在这里也一并写出，供读者解颐。话说某穷秀才被一大户人家延聘做塾师，子弟们长进很快，户主也很高兴。某日塾师因事要还乡处理，户主就封了一大包束脩（工资），另外打包了不少特产、衣物，特派一个仆人担着，陪同塾师一起回乡。塾师春风得意，路上看到一户人家院内的桃花开出了墙外，于是摇头晃脑地念道："墙内桃花墙外红。"跟在后面的挑担仆人看他这个得意的样子就很不舒服，于是就絮叨了一句："长工挑担送长工。"结果塾师听了很不痛快，心里想：

"你是长工，我是受主人尊重的先生，我怎么和你这个打工的一样？"不过因为要回乡办事，且需仆人挑担，因此隐忍没发作。等到事情办完，再回到大户家的时候，塾师就向户主报告了这件事，痛斥仆人目中无师，很无礼。户主找来仆人，当然要批评一顿，不过嘱咐他，倘若能把后面两句续出来，变成一首完整的诗，这事就既往不咎了。只见仆人不紧不慢地从容对道："虽然伙食分高下，打发工钱一样同。"主人听了这位仆人讲了老实话，哈哈一笑，摆摆手让他退下。这虽然是个笑话，但某种程度上也说明了塾师的待遇和普通的仆人没有区别，是很低的。过去有个教书先生，晚年时，贫病交加，临终前作了一首自挽联，总结自己的一生。上联曰："想吾生竭力经营，无非是之乎者也。"下联是："问此去何等快乐，不管它柴米油盐。"可以想象，教书先生的伙食其实比长工也好不到哪里去。过去有个秀才在人家做塾师，吃住当然在都在东家，由于伙食不好，写诗发泄：

> 主人之刀利且锋，主母之手轻且松。
>
> 肉片切来如纸同，轻轻装来无二重。
>
> 忽然窗下起微风，飘飘吹入九霄中。
>
> 急忙使人觅其踪，已过巫山十二峰。

文字表达虽然夸张，但也不难想象主人之刻薄吝啬。同样还有一位苏州的塾师也发过差不多内容的牢骚：

> 薄薄切来浅浅铺，厨头娘子费工夫。
>
> 等闲不敢开窗看，恐被风吹入太湖。

讲到塾师的伙食，我又想到另外一则笑话：有个大财主请塾师教子弟，怕怠慢先生，于是顿顿红烧肉。过了几日，塾师在吃饭时直晃脑袋，并说"无竹使人俗"。财主意会，转天就把红烧肉换成了素炒笋。吃了几天塾师又晃脑袋，说"无肉使人瘦"。财主不知所措，于是直接问塾师要怎么烧菜才满意，塾师徐徐地说："若要不俗也不瘦，除非顿顿笋炒肉。"写到这里，我想到清末学者俞樾曾作有《竹箸铭》曰："不可无竹，亦不可无肉。吾以竹食肉。"

过去教书先生还有一个称呼叫"西席"。有一副对联："西席桃李满桑梓，东坦龙蛇尽楷模。"为何叫"西席"？古人规定，主席在东，宾席在西。过去为了尊重老师，吃饭的时候，特别让教书先生坐西面东，所以老师叫"西席"。清朝的大将军年羹尧家里请了个教书先生，年羹尧对这位先生很尊重，第一次见面请先生吃饭，自然也是让先生坐西面东，不敢有丝毫马虎。厨房里新做的盐卤豆腐，烧了一盘端上来。结果大概是因为教书先生平时生活太苦，好长时间没有吃上像样的饭菜了，见豆腐端上来，吃得着急了点，结果把嘴烫着了。年羹尧一看，居然烧豆腐把先生的嘴给烫着了，就怪罪厨师，结果把厨师的手剁了下来。当然这个故事可能为了说明年羹尧对先生的尊重有点夸张的成分。不过尊重归尊重，年羹尧对先生也不客气，据说年羹尧在孩子读书的房间门外贴了一副对联，上联是："不敬师尊，天诛地灭。"下联是："误人子弟，男盗女娼。"讲到"误人子弟"，这里再讲一个《尧山堂外纪》记的一个关于宋代某老塾师的故事：《论语·八佾》里有"郁郁乎文哉"五个字，本来是孔子赞叹周朝典章制度完美的意思。结果一个老塾师教学童的时候，把"郁郁乎文哉"念成了"都都平丈我"，这个糊涂的老塾师居然没念对一个字。绝的是："一日，宿儒到社中，为正其讹，学童皆骇散。时人为之语云：'都都平丈我，学生满堂坐；郁郁乎文哉，学生都不来。'"这是典型的"劣币驱逐良币"，真正的有学问的老师来纠错，学生们反而都跑开了。可见，开蒙老师对初开蒙的学童有巨大而深刻的影响，一开始一旦教错了，并且学生也接受了，后面再改就极其困难。所以后来有人也用诗表达了对不负责任塾师的愤慨，诗曰："此言真与我心同，择傅宁能忽训蒙。今日非无村塾老，'都都平丈'教儿童!"看完这个故事，大家就能理解，年羹尧为何要把对联的下联写得那么不客气了，这是有原因的。给小孩选择开蒙老师必须谨慎。"东坦"指的是王羲之，这个故事大家都很熟悉了，就是东晋时，太尉郗鉴要到丞相王导家里选女婿，王导的其他子侄都紧张得要命，只有王羲之不在乎，祖胸露乳，东床高卧，具有潜龙气象，后来反而成为郗鉴的女婿。这副对联的意思很简单，就是老师的学生满家乡，羲之的气象是榜样!

　　当然在日常生活中，人们不称呼教书先生为西席，那样就太书面了，普通都叫先生。这里讲个笑话，有个教书先生有牛皮癣，常常奇痒难忍，于是就抓，结果越抓越痒。有一天这个先生故意整学生，出了个上联："抓而痒，痒而抓，不抓不痒，不痒不抓，抓抓痒痒，痒痒抓抓，越抓越痒，越痒越抓。"有个调皮的童生对了下联："生了死，死了生，有生有死，有死有生，生生死死，死死生生，先生先死，先死先生。"其实过去真正的教书先生没有称呼"老师"的，像我读研究生的时候有个山东德州的同学，他就告诉我，在德州不管对方是什么行业，都叫老师。譬如说你到餐馆吃饭，哪怕你是个泥瓦匠，服务员都会问你："老师，你要点啥菜?"

　　上面介绍了过去教书先生大致的生存状况，不过即使如此，教书先生依然有自己的尊严。这里讲一个关于陆游与塾师的故事。某年一个秋日的下午，陆游在午睡，隔壁书馆的小孩子们吵得要命。陆游火了，大喊：吵什么吵? 这个教书的有骨气，扶着他教书的桌案，也怼回：老陆你有什么了不起的，你不就是个当官的吗，不要瞧不起教书的，我吃饭又不求你，你嚷嚷啥……骂得陆游一点脾气都没有，反而觉得这个教书先生蛮有意思。于是陆游就写了一首诗，这首诗流传下来很有名：

儿童冬学闹比邻，据案愚儒却自珍。

授罢村书闭门睡，终年不著面看人。

第一句是"儿童冬学闹比邻"，我爷爷跟我讲说他念过冬学。什么叫"冬学"？不是晚上点灯学习，而是冬天农闲了，小孩子们没有事干，四五家，五六家请一个先生来教孩子们读写，冬天农闲上学那个叫"冬学"。"闹比邻"，比如说寒假培训班，几个参加培训的小朋友闹得要命，搞得陆游睡不着觉。然后陆游就骂了嘛，没有想到这个老师跟他对骂。"据案愚儒却自珍"，意思就是这个臭教书的还把孩子们当个宝贝，还护犊子呢。"授罢村书闭门睡，终年不著面看人"，翻译成土话，格老子教完书，拿个红包回家睡觉，不需要看谁的脸色。

回顾历史，我们不得不为自己生在这样一个伟大的时代而感到庆幸。现在的教师，待遇上参考了公务员的标准，在社会上也受到广泛的尊重。百年大计，教育为本。教师有尊严，待遇有保障，是一个国家高度文明的标志之一。

知足者富

《老子》说："知足者富。"伟大的物理学家爱因斯坦，当年在美国的普林斯顿大学教书时，年薪是一万六千美元，可是爱因斯坦却要求把薪水减至三千美元，在"有钱就是爷"的美国，大家不理解他为何要这样做。爱因斯坦解释说："每件多余的财产，都是人生的绊脚石；唯有简单的生活，才能给我以创造的原动力！""简单的生活，无论对身体还是精神，都大有裨益。"其实爱因斯坦讲的简单的生活就是知足的生活，知足就是富有，知足就是幸福。

列夫·托尔斯泰在1886年写了一个《一个人究竟需要多少土地》的故事，这个故事大概情节是：有一位名字叫帕霍姆的富有农民，曾听人说在伏尔加河对岸的巴什基尔有大片富饶的土地，那时候的人考虑事情还非常单纯，这位农民以为获得这些富饶的土地并非一件难事，而当他最终到达巴什基尔的时候，当地的人们告诉他，只要他付1000卢布，就可以拥有一天的时间，尽情地在这片富饶的土地上环绕行走，而那些他所环绕经过的土地，都将完全属于他。帕霍姆暗自窃喜，他认为这些人真是愚蠢至极。于是他兴高采烈地开始了自己的"圈地运动"，他坚信自己可以得到广阔如海的土地。他边走边做记号，他希望所圈的地中包括一个池塘，或者一片种满亚麻的土地。随着太阳的渐渐下落，他感到，如果再不往回走，那他将什么都得不到，于是他奋力往回跑。"我必须得到我所想要的一切，"在跑的过程中，他不断地告诫自己，"为此，我已经倾家荡产了。"可是这个奋力的回跑却杀死了他，当他跑回起点的时候，累得一头倒下，就再也没有起来——于是人们就将他埋葬在了这个起点。"从头到脚只有六英尺，这就是他所需要的全部土地。"托尔斯泰在故事的结尾做了这样的总结。

有个小故事，游鬼与阎王对话，说非一家不去："良田千顷傍山河，父居高官子登科；妻妾美女八九个，长生不老二十多。"道尽了人们无穷的欲望，真可谓欲壑难填。曾有个小故事，一对农民夫妻，很穷，在普陀山下种地，只有一间破茅草房，里边仅一张破床，家徒四壁。过去有一副对联说："三间草屋，坐也由我，躺也由我；一个老妻，左看是她，右看是她。"这位农民的境况大概就是这个味道。大概是老天爷可怜他们，有一天两夫妻犁地的时候，挖出个金罗汉，从此他们住别墅，开奔驰，所有家具都是一流的。按照我们正常的想法，是不是这对夫妻从此就过上了美满幸福的生活？但是实际经验告诉我们，生活条件越好，心理问题越多。有位哲学家说过这样一句话："一个人饥饿的时候只有一个烦恼，一个人吃饱了之后就会生出无数个烦恼。"这个农民自从住进了别墅就得了抑郁症，最后抑郁得快死时，他的妻子就问他："先生啊，有一个问题我一定要问问你，原来我们很穷但是我们很快乐，为什么自从得到那个金罗汉你反而抑郁了？"这位农民讲了一句话："我也后悔，早知道有这个金罗汉，钱多到这辈子下辈子我们都用不完，但自从得到这个金罗汉，我脑子里就开始思索另外一个问题，罗汉总共有十八罗汉，到现在我才挖出来一个，那十七个跑哪去了？到现在也没有挖到，所以活活地郁闷死了。"这个小故事给我们最大的启发是什么？实际上我们现在的生活已经够好，你为什么还有烦恼，就是还想要那十七个罗汉。讲到这里，我又想起了另外一个故事，古时候有个有钱人，家里有一个密室专门存储他的金银珠宝。

他的穷朋友对他说："你的密室能不能让我参观一下，让我也开开眼，饱饱眼福！"富人犹豫了半天，说："看看可以，不过不能动！"穷朋友答应绝对不碰，富人就带他的穷朋友进密室参观。出来之后穷朋友很满意地对他说："我现在跟你一样有钱了。"富人吓了一跳："乱讲，你什么都没拿，只是看看，怎么会和我一样有钱呢？"穷朋友说："你也是看的嘛，你又不花，不过也是看看而已嘛！"就像一首诗所说的那样："不结良因与善缘，苦贪名利日忧煎；岂知住世金银宝，借汝闲看几十年。"

人性中的贪婪用叔本华的一句话来说就是"我们很少想我们已经拥有的，而总是想到我们所没有的"。世上有一种被称为"99一族"的人们，他们在生活上其实已经非常富足，已经拥有了"99%"，可谓生活在人间天堂中。但是他们总觉得自己拥有的还不够100%，于是总是心有不甘，无法抑制要凑足"100"的欲望。于是一方面要殚精竭虑、费尽周章地去争取那尚未得到的"1"，永不满足；另一方面又提心吊胆、小心翼翼地为保护那已经得到的"99"而惴惴不安，因此虽然富有但无论如何都快乐不起来，更谈不上什么幸福。

古希腊哲学家彼翁在谈到一个富有的守财奴时说："他并没有得到财富，而是财富得到了他。"西方经济学家加尔布雷斯有句名言耐人寻味，值得我们大家仔细玩味：钱够用和钱不够用之间的差别很大，但是钱够花和钱花不完之间的差别就很小。

和珅的绝命诗

乾隆死后，嘉庆赐死巨贪和珅。据说和珅在自尽之前，写了一首绝命诗，诗曰："五十年来梦幻真，今朝撒手谢红尘。他日水泛含龙日，认取香烟是后身。"

"五十年来梦幻真，今朝撒手谢红尘。"两句的意思很好理解，我和珅活了近五十岁，人生真的像一场梦，今天我就要撒手人寰了。"他日水泛含龙日，认取香烟是后身。""水泛含龙"这里面有个典故，大家如果读过司马迁的《史记·周本纪》对这个典故就不会陌生。传说在夏朝末期，夏朝快衰亡的时候，有两条神龙落在了夏王的宫廷中，并且这两条神龙还会说话，他们宣称是褒国的两位先君。夏王不知所措，不知对这两条神龙是该杀该退还是该留，结果占卜一看，杀也好赶也好留也罢，都不吉利。只有把这两条龙的龙漦也就是龙的唾液恭敬地请下来，然后密封在匣子里，这样才能保平安。于是夏王摆出祭物供品，宣读敬辞，跪地向二龙祈求唾液。结果祷告祈愿结束后，二龙就消失不见了，并留下了唾涎。夏王赶紧令人取来最结实、密封性最好的木匣子把龙涎藏于其中。后来夏朝亡了之后，这个匣子又传到了殷朝。殷朝亡了，又传到了周朝，连续三个王朝，没有一个帝王敢开此匣。到了周厉王晚年的时候——周厉王真厉害，要不怎么叫厉王呢——周厉王就把匣子封条拆掉，打开看了。结果一打开，一股腥臭味扑鼻而来，龙涎像发大水一样从匣子里流出来，流得满庭满院到处都是龙涎，怎么也清除不掉。结果书上说："厉王使妇人裸而噪之。"意思就是让宫里面所有的女人脱光了对着这些腥臊的唾涎大吼大叫。其实有点类似于我们小时候在乡下走夜路怕鬼，当觉得后面好像有鬼魂跟着的时候，就撒尿，一边撒一边嘴里边大声喊："呸呸呸！"认为这样就会把鬼赶跑。大概是因为这些女人的喊叫起了作用，这些龙漦突然集中到了一起变成了一个巨大的玄鼋闯进了周厉王的后宫。所谓的"玄鼋"就是青黑色的大鳖。上次我到无锡讲学，他们还建议我到无锡著名的景点，有"太湖第一名胜"之称的鼋头渚去走一走。"渚"就是岛的意思，所以叫"鼋头渚"，也就说太湖北部的这处半岛有点像大鳖的头。接着上面说，这个龙漦化成的大鳖往后宫跑，刚好撞着一个小宫女，这个小宫女也就六七岁，刚刚换过牙。后来大鳖去哪里了没人知道，这个小宫女也没有受伤。结果等这个宫女到了既笄之年，也就是十四五岁刚成年的时候，还不懂男女关系是什么的年龄，居然莫名其妙地怀孕了，《史记》上说是"无夫而生子"，没有丈夫居然生了孩子，而且生的还是个漂亮的小女孩。这个宫女惊恐万分，不知如何处理，干脆一扔了之。这个女婴被扔不久，民间好多女孩子突然传唱一首童谣："檿弧箕服，实亡周国。"所谓"檿弧"就是用山桑木做成的弓，"箕服"就是用箕木制成的箭囊。这个歌谣非常不吉利，意思就是说亡掉周朝的人是拥有"檿弧箕服"的人。这个时候周朝的王已经是周宣王了，周宣王派密探去打听何人有"檿弧箕服"，结果密探报告有一对夫妻开了个"檿弧箕服"的"专卖店"，周宣王立刻下发逮捕证，要求立刻把这两夫妻抓捕归案并立即执行死刑。两夫妻也命不该绝，不知从哪里得到了风声，脚底下抹油，开溜了。用评书的话说就是，两夫妻饥餐渴饮，昼伏夜奔。话说一天深夜两夫妻正在赶路，突然听到一个婴孩啼哭的声音，两夫妻循声找去，借着月色，发现是个漂亮的女婴，身上裹的包被一看就知道是宫廷的东西。两夫妻那么多年专营

"檿弧箕服"，也没个一男半女。加上对这个弃婴起了恻隐之心，两夫妻是"哀而收之"，有"同是天涯沦落人"的味道。就这样一家三口消失在夜幕当中，一直逃亡到了褒国。若干年后，褒国因一些事情得罪了周王，为了赎罪，打算把本国最美的女孩子献给周王赎罪。而这个最美的女孩子恰恰就是若干年前被宫女扔掉的女婴，现在已经出落得楚楚动人了。由于这个女孩是来自褒国，所以干脆就叫褒姒，就是褒小姐的意思。这个时候周朝已经是周幽王主政了，周幽王看到褒姒的第一眼，那两条腿就迈不动步了，眼睛都直了，可谓虎视眈眈、垂涎三尺。周幽王搞烽火戏诸侯就是因为要博褒姒一笑。后来周幽王由于和褒姒生了儿子伯服，竟然废掉了王后和太子，让褒姒做了王后，让伯服做了太子。太史伯阳看到这种情况，讲了七个字："祸成矣，无可奈何！"换句话说就是，死定了，没办法！总而言之，由于周幽王迷恋褒姒，最后断送了西周的江山。

讲完了"水泛含龙"的典故，和珅这首绝命诗的后两句就很好理解了，意思就是说，将来他后身也要投胎成一个像褒姒一样的女子，最后把大清王朝终结掉。后人于是就根据这两句话，把和珅和慈禧给联系起来了，认为慈禧太后就是和珅投胎转世来的，无形当中给和珅增加了很多神秘色彩。据说和珅死后，刑部把他的遗诗奏给嘉庆，御批云："小有才，未闻君子之大道也。"

勿自欺

——绍兴图书馆讲学实录

大家好，很荣幸受邀来到绍兴开展讲座，跟各位分享我关于人生国学的一些理念。今天我们首先来讲如何解决"傲慢"这个问题：一个人怎么才能戒除自己的傲慢呢？我认为就三个字——"勿自欺"，你只要自己不骗自己，没有人傲慢得起来，也没有人傲气得起来。

先说"自欺"，一个人自己不要骗自己。我自欺最严重的一次，就是我挂职乡镇党委副书记那一次，这是我人生中第一次挂职。组织部红头文件让我到某县某乡镇挂职一年乡镇党委副书记。看到这个文件放在办公桌上，当时我的真实感受是心静如水。大家不要认为我修养高，不动心，其实我是没概念，我不知道一个党校的博士挂职乡镇副书记能做什么。有人提醒我，挂职好，赶紧去。

坐大巴到那个乡镇需要三小时。到了刚好是中午，一桌丰盛的饭菜已摆好等着。新来个挂职的书记，饭菜得丰盛一点，这时我是什么心态呢？做客的心态，没有把自己当书记，因为我一直读书，没有这个概念。就在我专心吃饭的时候，一个小伙子突然说了一句："赵书记，欢迎来我们乡镇考察指导。"我冷不丁地被他叫了一句赵书记，你知道那是什么感觉吗？感觉很突然，很奇怪。人真的很奇怪，名不正、言不顺，本来一个当老师的坐在那里默默吃饭，突然被叫一声书记，顿时感到自己高大了很多，腰也自然地挺起来了。那种反应是不用教的，是第一瞬间自然而然的。第二感觉是什么？好痛快、好舒服。为什么大家都不愿意当老师，要当书记，这称呼叫起来感觉都不一样。第三个感觉就是心里想好好干，离市委书记不远了，他是书记，我也是书记，说不定能干到他们的位置。人就是这个心态，你说是不是自欺呢？我不知道，总而言之很痛快，我的样子先摆起来。

吃完饭，乡里面的组织委员说：赵书记，中午没什么事，我们到附近各个部门看一下。乡镇是麻雀虽小，五脏俱全，我们把银行、邮政、派出所等都看了一遍。我们一到前台，人家就介绍这是我们新来的赵书记，没介绍是挂职的。这些年轻"90后"站起来，一声声"赵书记好"，还有的忙着泡茶。后来我一个人了解情况，就自己到镇里走。整个下午我都沉浸在书记的光芒当中，甚至忘记了自己姓赵，忘记了自己只是副书记，忘记了自己只是挂职锻炼的。然后走到农户人家，问他们生活怎么样？有没有什么困难？我可以协调给你解决。这些都不用教，马上官样十足。晚上，我回到自己的房间，里面有一张床、一把椅子、一个脸盆，别无他物。我有点清醒了，书记就这个待遇？

晚上我一个人静静地坐在床上读书，当一个人安静下来的时候，好多事情就浮现出来了，我就想到自己下午这个心态、这个表现，我就坐在那里拍着床沿笑：哎呀哎呀，险些上当，这个世界上多少人被这些虚名假利欺骗，而且是欺骗一辈子啊！

但是各位，我不是说名利不对，并不是让大家清高，不是说大家不要这些名头，没有这些名头无法做事。《论语》说"名不正，则言不顺，言不顺则事不成"。功名在本质上是个工具，它是拿来做事的，所以我们要把这个东西当作工具来使用，但是千万不要被它套牢，不要被这个工具锁住，否则就糟糕了。名头这个东西是个把手，是个把柄。别人准备跟你打招呼，他脑子里先想一下，叫赵老师没有叫赵书记高明，那就叫赵书记吧，他就这个心态。实际上他叫你赵书记的时候，心里很崇拜你吗？大概没有，就是一个招呼，它是空的。但是我们往往很愚蠢，竟然把这个空的当成真的了。就像有人夸你一句，可能仅仅因为那天他心情好，见到什么都会夸，跟你好不好看没有关系。它是虚的，他讲过之后这个东西就不存在了，你却把它抓得死死的，是不是自欺？是不是被人欺？有人骂你是个笨蛋，也是虚的。但是人往往把它变成实的，你骂我笨蛋，我有一天要报复。其实他已经忘了，你还当真。这是个修养，你真能做到这一步就很不错了。但是我们往往是人家得罪你一句，你就恨之入骨；别人夸你一句，你就高兴得要命，这都是修养不够。有时候，我们要像弥勒佛一样坦然淡定、处变不惊，你夸我，我只是哈哈一笑；你骂我，我也只是哈哈一笑，那样你就成佛了。

　　历史上有个人叫罗隐，他有首诗："斜阳澹澹柳阴阴，风袅寒丝映水深。莫向他人夸素白，也知常有羡鱼心。"鹭鸶即白鹭，他表面上写的是鹭鸶，实际上是写人。第一句"斜阳澹澹柳阴阴"，这描述的是环境，"斜阳"表示太阳快落山了。"柳阴阴"，柳树由青色变成黑色，因为天色暗下来了。第二句"风袅寒丝映水深"，风吹到白鹭的羽毛，照在水里面很漂亮。第三句"莫向他人夸素白"，不要向别人夸你多么清高，你看我多么不爱这个，不爱那个，不要名，不要利，什么都不要，多清高。第四句"也知常有羡鱼心"，你也想要，只是你没有机会。很多人虽然讨厌当官的，但是喜欢官位，做梦都想当官；很多人虽然讨厌有钱人，但是喜欢金钱，做梦都想发财，他们往往只是没有机会、没有能力而已。所以过去讲"今日朱门者，曾恨朱门深"，今天有钱的人，过去是恨有钱人的。他没有钱的时候恨有钱的，没有当官的时候讨厌当官的。有些老百姓一听到贪官，直骂贪官混蛋，你以为他是法律意识强吗？不是，他是想贪但没有机会，他心里不平衡，并不是因为他遵纪守法。真给他当了官，他也贪，甚至更贪。比如我在杭州曾经遇到过一个出租车司机，东北人，骂他老家那边的贪官污吏，可最后他说：不过要给我做，我比他们还凶。就这两句"莫向他人夸素白，也知常有羡鱼心"，你要知道，你自己常常也想吃那个鱼，你只是得不到而已，所以不要装清高。

还有一首诗中描写白鹭云："水浅鱼稀白鹭饥，劳心瞪目待鱼时。外容闲暇中心苦，似是而非谁得知。""水浅鱼稀白鹭饥"，水很浅，鱼就少，抓不到鱼的白鹭饿得要命。"劳心瞪目待鱼时"，一天到晚操心，眼珠子都快要瞪出来了，一天到晚等着这个鱼出现。"外容闲暇中心苦"，外貌看起来没有事，我很清高，我无所谓，功名利禄都是浮云。"似是而非谁得知"，你心里面到底在想什么谁知道？

清代有个人叫赵翼，曾经写过一首类似的诗："觅食终朝傍水湄，晚来戢羽静无为。始知鸥鹭闲眠处，也在谋生既饱时。""觅食终朝傍水湄"，"水湄"就是水边，一天到晚在水边干什么？找吃的。但是到晚年了，"晚来戢羽静无为"，"戢"就是把翅膀合起来。好像很多人年轻的时候在外面奔波，到老年的时候不跑了，开始学佛"静无为"，修无为法了。"始知鸥鹭闲眠处，也在谋生既饱时"说得很老实，翻译成俗语，才知道鸥鹭那么休闲，表面上好像我无所谓，实际上它已经"也在谋生既饱时"，它吃饱饭才表现出"闲眠"的样子。就像现在的某些富人，后面别墅住着，前面工夫茶摆着，大谈无欲无求。我说你把别墅送给我再说无欲无求。所以很多人什么都有了，开始宣传自己的清高，视功名富贵如浮云，一天到晚念佛经。其实他读佛经是对佛的不尊重。为什么？他家里摆着《金刚经》《心经》《法华经》，实际上并不是出于虔诚，他只是把佛经当装饰品，拿来显摆的，这是对佛的侮辱。

有一本书叫《小窗幽记》，作者是陈继儒。但他活着时就有人说他是假清高。这个陈老兄对外宣称"山人"，却极力结交权贵。有一次有人在京城某大官家里碰见陈继儒，就故意讥讽地问他："先生自称山人，为何不在山中？"后来有人就专门写了一首诗来嘲讽陈继儒这样的人，诗写得也很好玩：

> 装点山林大架子，附庸风雅小名家。
> 终南捷径无心走，处士虚声尽力夸。
> 獭祭诗书称著作，蝇营钟鼎润烟霞。
> 翩然一只云中鹤，飞去飞来宰相衙。

"装点山林大架子，附庸风雅小名家"，有些人躲在山林里学佛修道装作高人，摆出一副不易亲近的架子，慢慢地自然有些名声，大家都知道在某座山里面有个高人在隐居，这个高人不仅诗写得好，书法也写得好，还会弹古琴。"终南捷径无心走，处士虚声尽力夸"，对外宣称绝对不做卢藏用那样走终南捷径的人，我就好好做一个修道的隐士。"獭祭诗书称著作"，水獭抓到鱼后，不会立刻吃掉，而是把鱼像祭祀一样一排摆好，慢慢玩弄，等玩弄累了再慢慢吃掉。这句话的意思就是这些人的著作就像水獭祭鱼一样，东抓一句西抄一段，整整齐齐地码在一起编辑起来。明明这些都是偷来的东西，自己的脑袋是别人思想的跑马场，却恬不知耻地宣称这是自己的力作。"蝇营钟鼎润烟霞"，钟鼎，就是钟鸣鼎食，过去权贵大家族吃饭是击钟为号，列鼎而食。"鼎"就是大饭锅。饭锅一打开，自然有苍蝇闻香围来。过去有这么两句话："尺幅含烟霞，妙手绘丹青。"这里的"润烟霞"指的是书画。整句话的意思就是这些人像苍蝇一样盯着钟鸣鼎食的权贵之家，还收藏这些权贵的手迹字画作为炫耀自己的政治资本，有点类似于有些人喜欢通过和政治人物合影来提高自己的社会影响力。"獭祭诗书称著作，蝇营钟鼎润烟霞。"简单点讲，就是靠着抄袭名家著作出书，靠着收集权贵字画出名。"翩然一只云中鹤，飞去飞来宰相衙。"鹤本来是云水清高之物，不食人间烟火，不着俗世红尘，现在却出现在宰相府邸。这里讥讽有些人外示清高脱俗是假，追求功名富贵是真。

生活当中的确有这种人，为了名把真正要做的事丢掉了，自欺欺人。我讲一个真实的故事，有一次我给县处班的领导上课，课间休息的时候，有个领导走过来跟我打招呼，这个领导头发都白了，收拾得干净利索。他说，赵老师，早些年听你的课，我不至于到今天。我问他，这个话怎么说？他说，我学的是骨科专业，后来到医院成了骨科专家。他说：我在四十岁的时候，该得的荣誉我都得到了，自从我得到这些荣誉之后，鬼迷心窍，那几年一天到晚想弄个官儿当当。他说：赵老师，你看我头发都白了，过两年退休了。接着，他讲了一句悲凉的话：我在县处班一个月了，反思我的人生，还有不到两年退休了，我感到一阵恐慌。我说，你恐慌什么？你的退休工资又高。他说，赵老师，我不缺钱，我老家有好几套房子，本地也有好几套房子，我恐慌退休之后干什么。我说，你搞本行，你不是骨科专家吗？他说，赵老师，自从搞了行政，没完没了的会议，没完没了的应付，没完没了的检查，我的青春、我的时间好多都耗在这些事情上面，专业早已经丢光了。然后他叹息，好多东西现在回头看没有意义，浪费时间，浪费生命。他劝我，你就这条路一直走下去，千万不要改行当官，否则你会后悔的，我现在就很后悔。他说，我看你在上面讲课，我就在想当年我当医生要干到现在，退休了，多少人找我？现在没有了，专业丢了，退休之后真的是《道德经》讲的"名可名，非常名"。你在位置上的时候人家叫你一句院长、局长，退休之后呢？品德高一点的人家叫你李老，品德普通的人家叫老李。

总而言之，这位领导以过来人的身份让我做事，不要做官，所以我讲的目的就是告诉大家，做人不要假清高，不要为了虚名而搞一些奇怪的事情，要踏实做事。如果有机会当官，能为人民服务，这当然是好事。大家的心态，做官的目的是做事，如果说我就是为了弄个名头，让人家叫一句赵书记，那真是自己骗自己，自己把自己一辈子骗掉，自己废掉自己的青春，废掉自己的人生，多可惜呀！

　　明代万历年间，有一个吏部尚书叫张瀚，做了一辈子的官，也看了一辈子的官，退休在家写了一本书叫《松窗梦语》，里面讲了一个故事。有一个部下找他：大人，我是你提拔的，我要当官了，你老人家有没有什么指示？张瀚没有直说，只是简单地说了句没有什么指示，接着就讲了个故事，他说昨天出去办一件事，刚下过雨，看见轿夫穿一双新鞋子，很干净。他抬着我的时候很小心，刻意避开泥，避开水，结果不小心踩到一个水坑，新鞋子脏了。然后这个轿夫就不管了，脏就脏了，继续赶路，准备回家再洗。张瀚就跟他的部下说，做官就是这样，你不要像他一样，鞋子一开始干干净净的，踩一点脏你就不管了，就脏到底了，那就完了。张瀚晚年写过一副对联，上联是："功名身外事，大就何妨，小就何妨。"功名是身外物，做个大官又怎么样？做个普通的官又能怎么样？大家退休了都一样，"得意无非俄顷事，下场还是普通人"。像我到老干部局上课，有些老干部甚至在省里做过厅长，原来多威风，最后拄着拐杖在那里颤颤巍巍，就是这个味道。下联是："富贵眼前花，早开也得，迟开也得。"富贵好比眼前花，早开迟开，都是昙花一现，靠不住的。

　　这里讲一个关于苏东坡的故事。苏东坡可以说是非常不走运，他年轻的时候走在街上，一个算命的青衣相士看了他一眼，说了十个字："一双学士眼，半个配军头。""学士眼"，你看他的眼睛，是一个学士，很有文化。但是一看他的身骨，"半个配军头"，一辈子是个配军，被发配来，发配去。苏东坡晚年的时候用一首诗总结了自己的一生："心似已灰之木，身如不系之舟。问汝平生功业，黄州惠州儋州。"苏东坡有一个朋友，做官要被提拔了。提拔当然高兴，他就请苏东坡喝酒。苏东坡一辈子对官场、功名这些东西看得多了，也看得淡了。苏东坡赴约了，还写了一首诗相赠。诗曰：

> 莫笑官居如传舍，故应人世等浮云。
>
> 百年父老知谁在，惟有双松识使君。

"莫笑官居如传舍"，"官居"指的是官位，"传舍"就是旅馆。中国人用词是非常细密的，我们现在生活很粗糙，现在的生活如果在古人看来，那质量太差了。我们现在说话用词都不分，古人分得很清楚，永久性的居所叫什么？叫"宅"，宅基地。花钱租的叫"寓"，人才公寓就是廉租房。暂时的，就住一两个晚上，三五个晚上的叫"舍"。"传舍"是什么意思？传着来的，今天你住，明天我住。他说官位就像传舍一样，像旅馆一样，今天你坐一下，明天我坐一下。我很有感慨，有时候我到一个单位讲课，我问到王局长，得知王局长退了，现在换成李局长了，位置永远是这个位置，官员却像流水一样。

"故应人世等浮云"，人世间的事像浮云一样。苏东坡有一首很有名的诗："人生到处知何似，应似飞鸿踏雪泥。泥上偶然留指爪，鸿飞那复计东西。老僧已死成新塔，坏壁无由见旧题。往日崎岖还记否，路上人困蹇驴嘶。"总而言之，人世间的事就像浮云一样，不要把它抓得太死，很多东西对精神世界追求高一点，对外在的功名富贵追求淡一点。

"百年父老知谁在"，"百年"有两个解释，我们经常说"百年之后"，直接翻译也对的，百年之后大家都没有了，就是说本地的老百姓哪个还知道你的存在，谁知道你在这做过官？

"惟有双松识使君"，大概只有衙门口的那两棵松树知道你吧，因为树总是活得比人要长久。

过去有一首诗这么说的："梁园日暮乱飞鸦，极目萧条三两家。庭树不知人去尽，春来还发旧时花。""梁园日暮乱飞鸦"，"梁园"是哪里？西汉的时候梁孝王刘武，在河南商丘建了一个皇家园林，里面有很多奇珍异兽。过去那么气派的一个皇家园林，现在却是"乱飞鸦"，日暮时分，乌鸦在里面飞来飞去，给人一种瘆人的感觉。"极目萧条两三家"，当年豪华的宫殿早不见踪迹，方圆三百里的园子，现在只有两三家农户住在里面。"庭树不知人去尽"，这个梁家大花园里面的树不知道人已经死了一茬又一茬了。"春来还发旧时花"，春天它依然开花。

譬如说我现在是在绍兴，绍兴过去叫"越州"，李白有一首诗叫《越中览古》，它怎么说的？"越王勾践破吴归，义士还家尽锦衣。宫女如花满春殿，只今惟有鹧鸪飞。""越王勾践破吴归"，越王勾践把吴国灭了之后回到越国。"义士还家尽锦衣"，这些跟着他一起打拼的兄弟们回来都是穿得很漂亮。"宫女如花满春殿"，宫殿里都是如花的美女。最后一句"只今惟有鹧鸪飞"，现在就剩鹧鸪在飞了，越王、宫女、春殿都没有了。每当读到这些语句，我都会不禁感慨万分，我时常思考人生的价值到底在哪。梁园、宫殿、豪车、别墅，其实到最后都是"只今惟有鹧鸪飞"，什么都没留下，人生的价值要永久还是在精神上。

关于这方面的诗词太多了，不再多举。这就叫"功名身外事，大就何妨？小就何妨？富贵眼前花，早开也得，迟开也得"。很多人好像把功名富贵看得跟浮云一样，但实际上有几个真正做得到呢？人心都是不大知足的。过去有一首诗，"世无百年人，常作千年调。打铁作门槛，鬼见拍手笑"。世界上真正活过百岁的人没有几个，做事情却常常作一千年的打算。历史上一个比较了不起、得善终的人叫郭子仪郭令公，"权倾天下而朝不忌，功高盖世而主不疑，侈穷人欲而君子不罪"，历史对他是这三句话的评价。郭子仪为什么能善终？他家的仆人进出办事彼此都不认识，因为宅子太大了，仆人太多了。有一天他要出去办事，看到泥瓦匠正在修一堵墙，他就跟修墙的人说，好好修，修得结实一点。结果夯墙的这位师傅不高兴了。他说：我干活你还不放心，京城里达官贵人家的墙大部分都是我修的，我只见过主人换了，没见过墙换了的。很普通的一句话，结果郭子仪悟出来了，第二天就辞职了，回家安度晚年。

过去还有一首蛮长、蛮有名气的诗，那就是贾岛的《叹世》："多置庄田广修宅，四邻买尽犹嫌窄。雕墙峻宇无歇时，几日能为宅中客。问舍求田犹未已，堂上哭声人已死。哭人尽是分钱人，口哭原来心里喜！""多置庄田广修宅"，到处置庄田，买田买地，买宅基地。"四邻买尽犹嫌窄"，周围的邻居的土地都被你买光了，心里还在想那个鉴湖要是我家的就好了。"雕墙峻宇无歇时"，到处都是房子，天天搞装修，没有一天休息的。后面一句"几日能为宅中客"，你真正住进这个房子有几天？我挂职的时候到乡下去看，农村的房子修得真好，不过房子一打开一股霉味就出来了。我就问，他们家主人呢？到国外打工了。到国外打工为什么修那么好呢？过年会回来。人活一张皮，房子修得这么好无非就是告诉邻居在国外赚到钱了。人都是自欺。后面两句话很要命，"问舍求田犹未已"，换句话说，那边那块地上的房子还没有盖好。"堂上哭声身已死"，人死了。最后两句话是最残酷的，"哭人尽是分钱人，口哭原来心里喜！"哭你的人都是分你钱的人，嘴上哭，心里却开心得要命。

我之所以讲那么多，就是从"功名身外事，大就何妨？小就何妨？富贵眼前花，早开也得，迟开也得"中发出来的，总之，一个人做事也好，做人也好，从勿自欺开始！

今天就讲到这里，耽误大家时间了，谢谢！

人生的节奏

　　记得一位老先生曾对我讲过："人生其实很简单，就是把握好节奏。"那时候还很年轻，虽然觉得老人家讲得有道理，但一时也并未能深入理解，随着年龄的增长，再加上这么多年来研习中国文化，越发觉得老人家讲得对。下面我就结合各位读者日常生活中比较熟悉的事物来简单地做个报告。

太阳的节奏

　　明代杰出医学家，温补学派的代表人物张介宾在《类经附翼·大宝论》中说：

　　　　天之大宝，只此一丸红日；人之大宝，只此一息真阳。

　　我常告诉大家，一个人养生也好，做事也好，记住一句话："跟着太阳的节奏！"《庄子·外篇·田子方》言：

　　　　日出东方而入于西极，万物莫不比方，有目有趾者，待是而后成功。

意思是说，万物的生长都离不开太阳，但凡生物，都是根据太阳东升西落的节奏来生长生活的。

中国人将每天的二十四小时分为十二个时辰，对应十二地支，23：00—01：00为子时，又名"夜半""子夜"，此时胆气始生，是骨髓造血、胆经运作、胆汁推陈出新的时间，中国人懂得这个时候要睡觉来保护刚刚生起的阳气。其实西方人也懂这个道理，美国人阿尔科特在《美国家训：阿尔科特给年轻人的五十条处世箴言》中说："这里有一条古老的格言，午夜之前睡一个小时顶得上午夜后的两个小时。"《黄帝内经·素问·上古天真论》指出：

> 起居有常，尽终其天年……起居无节，故半百而衰也。

《黄帝内经》认为，人的睡眠节律和营卫之气的运行有关，其中与卫气的关系最为密切，《黄帝内经·灵枢·营卫生会》指出：

> 卫气行于阴二十五度，行于阳二十五度，分为昼夜，故气至
> 阳而起，至阴而止。

起、止也就是寤、寐。意思是说，卫气白昼运行于体表，所以人的精力充沛，要工作劳动。到了夜晚，卫气运行于体内，人的精神就得到抑制，所以人就应上床休息，正如《庄子·天道》说的那样：

> 静而与阴同德，动而与阳同波。

　　如此这般，工作劳动与睡眠休息相互更替，人体内的阴阳和谐得以维持，所以人就健康平和。若起居无常，破坏了睡眠节奏，这就会使得阴阳失调，气血不和，神气紊乱，从而会进一步影响脏腑功能而产生诸多疾病。美国科研人员新近的一项调查表明，每晚平均睡七八个小时的人，寿命最长；每晚平均睡不到4小时的人，死亡率比前者高80%；而每晚睡10小时以上的人短命概率亦比每晚睡8小时者高2倍。所以，美国教授威廉·德门特说："睡眠是抵御疾病的第一道防线。"另外，睡眠不好的人忌食鸡肉。鸡睡得早、起得早，跟着太阳的节奏，阳性特别足，故而中国人喜欢小鸡炖蘑菇，因为蘑菇是阴性的，可以中和小鸡的阳气。现在小孩的一些多发病症大多与食鸡肉有关，比如高烧、扁桃体发炎、多动症（如挤眉弄眼、吐舌头、咬指甲），鸡的阳气容易在人体内煽风点火，引发血气上行，对小儿纯阳之体影响特别大。

　　01：00—03：00为丑时，又称"鸡鸣"，这个时候是肝造血、解毒的时间，俗话说："肝胆相照。"这个时候中国人懂得要保持熟睡。

　　03：00—05：00为寅时，又名"平旦""黎明""日旦""早晨"。寅时是气血流注肺经之时，阴阳开始交班，由阴转阳。换句话说，这个时候人体的阳气慢慢强盛，此时肝脏把血液推陈出新后，将新鲜的血液供给肺，通过肺运送到全身。所以这个时间也是人由静变动的开始，古人其实一般就是在寅时就起床了。过去有"一日之计在于寅，一年之计在于春，一生之计在于勤"的说法。寅时过去又称"五更"，过去把早起叫作"起五更"。

　　05：00—07：00为卯时，又名"日出""日始""破晓""旭日"。"卯"字猛一看像两扇门微微开启的样子，"卯"一者表示天门，天门一开，旭日就升起来了。"卯"也表示地门，就是肛门，这个时候是大肠排便的时候，所以聪明的中国人这个时候起床后第一件事就是空腹喝温水，冲洗、排除浊物。因曾为周恩来总理治愈急腹症而闻名天下的吴咸中教授指出，注意卯时养生是一个很好的选择，吴老认为，卯时呈现出阴消阳长的趋势，阴主静、阳主动，阳一生发，人就会从睡梦中醒来。这时要注意助阳气，起床后在嘴里含一片生姜是一个很好的方法。因为姜味辛性温，可辅助、滋生阳气。而且生姜入口能生津，晨起吞津有益于养生。过去养生还有一句俗语说："男人头上三把刀，早酒晚茶黎明色。"其中"黎明色"就是提醒人们卯时要避免房事。

07：00—09：00为辰时，又名"食时""早食"，顾名思义，既然叫"早食"，就是早餐时间。中国人特别懂得养好胃气，一个人只要胃气在，身体就不会有大恙。所以中国人的早餐就特别讲究营养，老百姓也常说早餐吃得好，中餐吃得饱，晚餐吃得少。古代早餐有个专用词叫"饔"，就是早上的饭比较拥挤，也就是早餐一定要丰盛。辰时太阳已经升得老高了，此时人体的阳气也比较旺盛，胃在辰时活动能力也比较强，这个时候吃早餐很容易消化，所以早餐吃得好甚至多吃点并不会使人变得肥胖。

09：00—11：00为巳时，又称"隅中"。这个时候是脾经当令的时段，辰时吃过的早餐经过脾经的运化变成精血供养给五脏，可以说这个时候正是人体活力四射的时候，中国人懂得这个时间段是最好的工作、学习时间，一般极为重要的会议会安排在这个时间段，会上会把最重要的问题拿出来讨论，因为这个时候人们的头脑最清醒。学校里也会把非常重要的课程安排在这个时间段。

11：00—13：00为午时，又名"日中""日正""中午"。午时是阳气最旺的时候，这时候阴气初生绞弱，为了保护好刚刚初生的阴气，中午应该稍微休息一下。另外，午时是心经当令的时候，适当午睡最能养心。不过午睡时间不宜过长，一般二十到三十分钟就可以了，不然午睡时间过长，醒来反而觉得昏沉，因为人的阳气被抑制住了。南宋大诗人陆游不只会作诗，还是一个养生专家，他就有午睡的好习惯，他的《午梦》一诗曰：

　　　　　苦爱幽窗午梦长，此中与世暂相忘。

　　　　　华山处士如容见，不觅仙方觅睡方。

　　岭南大学首任华人校长、教育家钟荣光以其饱学多才、风骨铮然受人敬仰。钟有午休的习惯，午睡时，不论皇亲国戚一律挡驾，并对侍者说："我梦周公去也。"他还在门口写一诗曰：

　　　　　有客敲门不起身，食饱须眠十五分。

　　　　　莫怪老师无礼貌，先见周公后见人。

　　往访者尚其品德喜其风趣，只好"立雪程门"候其睡醒。或问："先生为何如此看重午睡？"钟对曰："《论语》有云，'宰予昼寝'，就是杀了我，也要午睡。"闻者忍俊不禁。"宰予"是孔子一学生名。钟故意随口曲解为"宰杀了我"，其捷才滑稽可见一斑。

　　现代研究发现，夜间零点到一点，人体各器官的机能降到最低，中午十二点到下午一点，是人体交感神经最疲惫的时候，因此子午时休息是符合天地阴阳之道的。相关研究表明，老年人睡子午觉可降低心、脑血管疾病的发病率，有防病的保健意义。此外，有高血压病的人，在午时千万不要生气，不可暴饮暴食，以免中风；午休后一般人懂得要喝一杯白开水，以稀释血液保持心脉通畅。

　　13：00—15：00为未时，又名"日昳"，这是小肠经当令的时候。小肠分清浊，把水液归于膀胱，糟粕归入大肠，精华输送给脾，再加上刚刚午休好，所以人体在这个时候出现第二个黄金期，这个时候也是工作、学习的好时候。因为未时是小肠对一天的营养进行调整的时候，所以中国人懂得午餐在13：00之前完成，这样有助于营养吸收。另外爱喝茶的中国人在这个时候会泡杯下午茶来享受美好的午后时光。

15：00—17：00为申时，又名"晡时""日晡""夕时"，此时是膀胱经当令之时，所以这个时候中国人懂得空腹喝水来洗刷膀胱，帮助身体排毒。另外，膀胱经是一条可以亖到脑部的经脉，所以在申时，气血很容易借助膀胱经当令的时机上输到脑部，所以此时的学习效率极高，应该是记忆力极佳的时候。古人说："朝而授业，夕而习复。"就是说早上学到的东西，到下午夕时也就是三点到五点这个时间段要好好地复习、记忆。

17：00—19：00为酉时，又名"日入""日落""日沉""傍晚"。中国人理想的工作就是朝九晚五，晚上五点结束一天紧张的工作，这个时候大概是咱们中国人下班回家、吃晚餐的时间。这个时间段是肾经工作的时候，中国人此时回家调整正是为了养精蓄锐。

19：00—21：00为戌时，又名"黄昏""日夕""日晚""日暮"，这个时候晚餐结束了，适当地消化之后人们需要适度地活动。这个时候是心包经当令，何谓心包？就是心脏的外膜组织，主要保护心脏正常工作的。心包经又主喜乐，所以中国人在这个时候最懂得享受人生了，一家人或是开开心心地散散步，或者是出去逛超市。过去在乡下，左邻右舍都搬着小凳子出来摆龙门阵、侃大山。

21：00—23：00为亥时，又名"人定"，这个时候是三焦大军汇集的时候。所谓三焦是指包覆、保护各腑脏的外膜。这个时候身体需要全面休整。另外，这个时候也是生子的时候，现代医学认为，做爱的最佳时间是夜里十点，亥时生子成全了一个"孩"字。大家留心下，《说文解字》中起始的字是"一"，最后一个字是"亥"，我们一天的十二时辰，最后一个时辰也是"亥"，为什么这个时候叫"亥"呢？"亥"字有什么说法吗？各位读者先看看"亥"的写法："亥"字上面是一阴一阳，下面像一个男人抱着一个女人在睡觉，而这个女人又怀孕了。这是生命开始进入新的轮回的标志，这是"亥"的原意。文字和时间到了"亥"就都终结了，再次回到"一"。"一"表示初始，"亥"代表进入新的轮回。

总之，我们的身体的节奏包括心脏、血压的节奏一定要配合太阳的节奏，这样才能天人合一。

月亮的节奏

其实不仅太阳的节奏影响我们的人生，月亮的圆缺变化也与人体的某些生理变化有着节奏一致的现象。《黄帝内经》把女性的月经称作"月事"，其实有一定的道理。现代生理卫生常识告诉我们，月经的周期是28天左右，这与朔望月的周期29.53059日很接近。德国的妇女专家团队曾对一万多名女性的月经周期进行过调查统计，结果显示，在望月的夜晚，女性月经出血量成倍增加，而在月亏的夜晚刚好相反。顺便提一下，每个月的第一天称作"朔"，最后一天叫"晦"；大月十六、小月十五叫"望"。

我们中国有个传统节日叫"中秋节"，其实也和月亮有非常密切的关系。八月十五中秋节这天晚上月亮有什么特点？很圆很亮，月亮在这天晚上就很像太阳，阳气比较旺，就有点焦躁不安的感觉。有句歌词叫"月亮代表我的心"，这里的"我"主要指女人，因为月亮是阴的，女人也是阴的，所以月亮对女人的影响很大，最明显的表现是女人每月都有的"月经"（过去叫月信，也是前面提到《黄帝内经》里说的月事）。月亮今晚有点"焦躁不安"，女孩子受月亮的影响，自然也有点焦躁不安，就很想找一个男朋友。过去中秋节，南京夫子庙流行一种叫"走月亮"的习俗，一个妇女总是不怀孕，结果晚上月亮出来，走过一座桥就怀孕了，其中原因，相信大家定能理会。女孩子在中秋节晚上阳气有点旺，很想找男朋友。那万一未婚先孕可如何得了？于是我们的老祖宗就发明一个叫"团圆节"的东西，大家不要忘记，中秋节又叫"团圆节"。意思就是说，今天晚上，有一个算一个，统统给我回家来团圆。回来之后也不能光吃月饼，光顾着赏月，还要喝酒。总不能让女孩子喝二锅头，于是"吴刚捧出桂花酒"，桂花酒绵柔清香，于是一杯接一杯，女孩子就喝醉了，醉了之后倒床大睡，一觉到天亮就没事了。其实这才是我们过中秋节背后隐藏的真意。

农历的八月十五还是壮族的传统歌节，为了纪念刘三姐。为什么要纪念刘三姐呢？壮族流传这么几句话：

> 撒下苦籽结苦菜，种下甜籽结甜瓜。
> 三姐撒下山歌种，山歌不败万年发。

壮族民间普遍认为，歌圩是刘三姐传歌时形成的，歌圩的歌就是刘三姐的歌，壮族山歌中唱道：

> 三姐骑鱼上青天，留下山歌万万千。
> 如今广西成歌海，都是三姐亲口传。

刘三姐就是大家心目中的"歌仙"。每到中秋之夜，歌手们从四乡八镇赶过来，云集在鱼峰山下，举行山歌盛会。其实唱歌的目的也是让人把阳气宣泄出去，让情绪稳定下来。

更有趣的是，据说人的情绪也是以28天为一个节奏周期。巴黎消防队在每个望月的夜晚，都进入超级警戒状态。根据他们的经验，每当望月之时，纵火犯的活动概率会大大增加。一位警察署的处长声称："纵火犯、盗贼、心不在焉的驾驶员和醉生梦死的酗酒者，好像在望月初期更倾向于惹事，而满月渐渐退却期间，上面所说的情况又会逐渐平静下来。"

还有人指出："当望月时，月亮向地球投射它耀眼的银光，夜里很多人睡不着。第二天，四分之一的女性，九分之一的男性会抱怨说：我一夜没合眼。即使是那些睡着的，夜半也往往会因噩梦而醒来。"

气候的节奏

大家都知道我们中国是古老的农业国家，农业是靠天吃饭的，因此必须根据气候的节奏也就是节气配合温度、降水来安排农业生产和生活。过去五天为一个"候"，三"候"为一气，也就是十五天算一个气节，我们通常反过来说叫"节气"，一年就分为二十四节气，一年四季，每一个节气都不同，每到换节改季的时候，人们的衣食甚至住行都会随着节气的变化而进行合理的调整。直到今天，二十四节气的气候节奏依然在影响着我们的日常生活。

作家余则存在《时间之书》中说，节气是中国人生存的背景和时间，是生产和生活的指南；二十四节气是中国文明的独特贡献，是千百年来实证的"存在和时间"。我在东北读博士的时候，我们宿舍有个黑龙江佳木斯的同学就对二十四节气很熟悉，元旦会演的时候，还用地道的东北腔给同学们唱了东北版本的二十四节气歌，

> 立春阳气转，雨水沿河边，
> 惊蛰乌鸦叫，春分地皮干，
> 清明忙种麦，谷雨种大田；
> 立夏鹅毛住，小满雀来全，
> 芒种开了铲，夏至不拿棉，
> 小暑不算热，大暑三伏天；
> 立秋忙打靛，处暑动刀镰，

白露烟上架，秋分不生田，

寒露不算冷，霜降变了天；

立冬交十月，小雪地封严，

大雪江荏上，冬至不行船，

小寒近腊月，大寒整一年。

记得有一次电视台要做端午节的节目，主持人就问我，中国人的节日和西方人的节日有什么不同？我说，西方人的节日几乎都和宗教脱不了干系，中国人的节日几乎和宗教没有什么关系，都是和自然有关系的，我们过的节都是阳气生发的日子。我们大家都知道，在我们古人眼中，奇数表示阳，偶数表示阴，所以从农历来看，我们过的节有一月一，是春节，也叫"元日""元正"；有三月三，是清明；有五月五，是端午；有七月七，是七夕；有九月九，是重阳。九为阳数中最大的，所以我们过完九月九，也就是一年所有节日的终了。另外我们过的中秋节、冬至和元宵节等节日，都是阳气生发的日子。

劳作的节奏

无论中国是多么现代化，但是一听到"日出而作，日落而息"的时候，依然感到很美好，也很向往，因为这样的劳作节奏很合理。生活在今天的人们不是还依然希望自己能得到一份朝九晚五的工作吗？一个人在一天紧张的劳作之后，需要充分休息。有一件事情在我们时间不算充裕的人生之中，平均占据了26年左右的时间，不是工作，更不是你的某项爱好，而是在我们看来最缺少人生价值的事情——睡眠。实际上睡觉这一生理活动的意义绝非只是休息这么简单。你的身体需要在固定的时间进行固定的活动，而其中一些活动需要身体保持在一种不亢奋并且稳定的状态下进行，比如修补记忆，检查神经元的连接状态，当然还有完成最重要的新陈代谢。这些事情都十分"识时务"地选择在睡眠的时间进行。不过，人类直到20世纪90年代才确定认识到了这些"工作"是在睡觉时完成的。我们也终于懂得了我们躺在床上度过的这26年并不能算是一种浪费。

另外在一周时间里，我们总会在第七天休息。其实我们古人也有休假制度，古人将休假称作"休沐"，休假的时间称作是"沐日"。为何叫"休沐"呢？过去在正常的情况下，大概古人要隔几天洗一次头，古人洗头没有我们今天这些琳琅满目的洗发水，用的是淘米水，所以淘米水也叫"沐"。在外做官吏的人当然也要隔几天回家借着洗头的机会调整下工作节奏，久而久之，就形成了固定的休假制度，人们就把这种休假制度称作"休沐"。从史料上来看，固定休假制度的形成大概是在西汉时期。《汉书·万石君传》："每五日洗沐归谒亲。"《汉书·郑当时传》："孝景时为太子舍人，每五日洗沐。"古代官吏生病，若不是大病不起，是不许随便请假的，估计还得带病工作。若是实在吃不消，不能上班了，也可以用沐日来调换，这个和我们今天的"调休"差不多。

列宁有句名言："不会休息的人，就不会工作！"所以在苏联时代，苏联公民有一项神圣不可侵犯的权利就是每个公民每年都会有两周时间去疗养院休息。另一位伟人说过：人之所以长个屁股，就是因为屁股可以坐，可以让人休息，屁股还可以提供能量存储。人不能像个永动机一样整天工作，整天急行军，累了就要坐下来休息，不休息，不恢复体力，拿什么去做事情？有人列出过一个数学公式，蛮有意思：人=吃饭+睡觉+上班+玩；猪=吃饭+睡觉；代入公式：人=猪+上班+玩；转换公式：人-玩=猪+上班；结论：不会玩的人=会上班的猪。

我们要学会掌控劳作的节奏，除了睡眠和玩以外，还需要时常停下来整理一下自己的思绪。停下来思考，并不是偷懒，而是整理思路，以便让以后走路更加顺遂。尤其在现代生活快节奏的情况下，偶尔让生活慢下来，不仅于身心有利，更是充实自我的好办法。不要急着前行，即使不是停下来思考，看看周围的风景也是好的。1986年，意大利记者卡罗·佩奇尼在意大利发出了"即使在最繁忙的时候，也不要忘记享受家乡的美食"的呼吁，倡议成立"保护享受权利国际运动"，并通过了"慢餐宣言"："城市的快节奏生活正以生产力的名义扭曲我们的生命和环境，我们要以慢慢吃为开始，反抗快节奏的生活。"之后，"慢餐国际组织""慢学校""放慢时间协会"一一出现，并由此发展出一系列的"慢生活"方式，以提醒生活在高速发展时代的人们"慢下来，留心身边的美好"。"慢发展"实际上是一种更稳妥、更持久的发展方式，"慢"才能品味出生活的真谛。

清代著名戏曲家、大文人李渔在家乡浙江兰溪建了一座亭子，取名"且停亭"，还特地为这个"亭名"配了一副对联：

名乎利乎道路奔波休碌碌；
来者往者溪山清静且停停。

杭州的一个寺里有副对联：

是命也是运也，缓缓而行；
为名乎为利乎，坐坐再去。

《阎锡山日记》中写道："处人当以热热的心，冷淡处之；作事当以急急的心，缓慢为之。"西方宗教改革家马丁·路德每天早晨都要在肃静的教堂里长跪三个小时。当助手劝他少跪一会儿去做事时，他说："正是由于有那么多的事等着我去做，我就需要再跪一会儿。"马丁·路德的"静跪"是为即将开始的工作积蓄智慧和体力。西方有一位成功的企业家，每天都要进入一间寂静、黑暗的密室中静坐一小时。其间，他什么都不去想，将滚滚红尘抛之九霄云外，进入"无我"的心灵境界，在宁静中回归到无智无欲的自然本性，以修复憔悴的心灵，激发出无穷的潜能和智慧。

香港超级富豪李嘉诚的"快生活"是不言而喻的，但是他是该快的快，该慢的慢，把"快生活"与"慢生活"有机地结合起来。他虽年逾八旬，但总是神采奕奕、思维敏捷，各项健康指标都属于"优等生"。在"快生活"节奏中，"闭目养神"的静功是不能侵犯的。李嘉诚有一个"闭目养神"的静功：不管工作多忙，一旦坐下来，就闭上眼睛，脑子里什么都不想，直到呼吸平稳、全身放松为止。每天至少保证三次，每次大约十分钟。现代医学研究证明，人脑是"元神之府"，主管思维。眼睛则是"心灵的窗口"。在小小的视网膜上，布满数量上亿的神经元，人脑近一半信息来自视觉。十分钟的闭目养神，就几乎阻断了视觉信息对大脑思维的干扰，使人顿觉精神焕发。所以，李嘉诚称它为提神醒脑的"绝招"，是李嘉诚身心健康的根本保证。

生命的节奏

按照《黄帝内经》的说法，男人的生命节奏和八有关，女人的生命节奏和七有关。男性是八个月长牙，八岁换牙，十六岁逐渐成熟，三十二岁身体开始走下坡路，六十四岁还能生孩子。女性是七个月长牙，七岁换牙，十四岁来月经，二十八岁身体走下坡路，四十九岁就不能生孩子了。各位读者请注意，一个人过了三十岁之后，不管男女，都不要做剧烈运动了，散步是最好的运动方式。此外，我们知道七乘以八是五十六，所以五十六岁是男女的交会点，五十六岁之后，女人的阳气越来越旺，男人的阴气却越来越重。所以大家会看到，一到晚上，华灯初上，很多城市的一些广场空地上都是五十六岁上下的大妈在那里伴随着劲爆的音乐跳舞，而大爷基本是在家看看电视，然后睡觉。中国有句老话叫作"越老越爱花"，还有句话叫"老来俏"，这两句话特指的是女人，不是男人。女人过了五十六岁，阳气越来越旺，为了配合那颗躁动不安的心，为了配合那股令人蠢蠢欲动的阳气，于是大妈们便大红的衣服穿起来，大紫的衣服穿起来，大绿的衣服穿起来等等。而老年的男性朋友，则大多穿得越来越素。虽然女性的衰老期来得比男性要早一些，但是阳是主生的，阴是主死的，所以一般女性活得比男性要长久。同时，年龄对男女的影响恰好相反，男人的年龄越大，越不管女人的事；女人的年龄越大，越爱管男人的事。男人的好斗心会随着年龄的增加而减少；女人的好斗心会随着年龄的增加而增加。年轻时靠撒娇来吸引丈夫，年龄大了靠撒野来控制男人。这些或许也应算作人生的变奏曲吧。

围炉篇：日积月累

1. 我们究竟是因为忙于生计而迷失了自己的路，还是因为迷失了自己的路而忙于生计？

2. 有一部小说叫《平凡的世界》，但是人都不愿意活在平凡的世界里，都想活成小说里的样子，虚构，不平凡，个性鲜明！

3. 听课的三种境界：上学时听课是儒家，克己复礼，所有的特点、所有的个性、所有的张扬都收起来，老老实实听课，做笔记，背答案，守规矩，因为要毕业文凭。工作后听课是道家，道法自然，上课的时候优哉加游哉，水杯往面前一放，两手往胸前一插，仰着头，似听非听，听的是自然而来的一句感悟。退休了再听课是佛家，色即是空。一辈子什么都经历过，无论听到什么道理，都看成转瞬即逝的云烟！

4. 父亲问我，为什么那些活下来的老红军都那么长寿？我说，因为他们在年轻的时候就看过太多的生死，他们的底线是活着，只要活着，其他都不是事，他们把车轮大的事情看得比鸡毛还轻，当然他们也不惧怕死亡，因为比起战友，多活一天都是赚的，他们一切都看空了，是"色即空"。我们现代人没有经历过什么磨难，也没有吃过什么苦头，心理比较脆弱，稍微经历一点事情就睡不着，我们把鸡毛大的事情看得比车轮还大，没有的事情都可以想象得很复杂，我们是"空即色"。

5. 随便有时带来的反而是不便。看着办往往是不好办。

6. 什么是慈悲？就是觉悟了这个世界原来一切都如梦如幻之后，还能真诚地投入热情陪着别人玩。

7. 我想活明白点，不想放明白点。

8. 梦想不是梦，它是有分量的，需要有足够的智慧和汗水才托举得起来！梦想也不是想，它是需要落实的，它是一部个人行走的史诗，它是属于自己的远方！

9. 出门在外的人儿啊，请记住，得意时，你脚踩的是他乡。失意时，你背靠的是故乡。

10. 死人，曾经活过的人！经典，一直活着的魂！

11. 文化不能救国，救国需要拳头！文化是用来强国的！

12. 开悟？就是从"没有找到"到"找到没有"！

13. 佛？就是从"我是众生"到"众生是我"！

14. "朝闻道，夕死可矣！"闻了道，马上死有何不可？因为"君子疾没世而名不称焉""豹死留皮，人死留名"，故而留一天来行道！

15. 古联曰："无事此静坐，有福方读书。"所以，读书是福气。读书，人人可行。所以，读书是清福。但这样的清福，未必人人受得了，正如东坡居士所言："安劳苦易，安闲散难。"清福都享不了，还享洪福？享福，是一种本事。

16. 吃肉，没有肉味。闻菜，没有菜香。满大街美女，像模特在走场。许多工作，让人拍照作样。噫！我是否生活在电影片场，像《楚门的世界》那样？个个都是老戏骨，演样板戏，没有一点走样。

17. 从心所欲不逾矩，有了限制才有自由。庖丁解牛所以自由，游刃有余，是因为限制在牛的身体中。超越了限制，热情就无法集中投放，那就是妄！

18. 智慧的人有三种表现：一是知行合一，二是顺其自然，三是宽容大度。

19. 一眼就指出别人缺点的人，往往自己也有这个缺点，因为他对这个缺点很熟悉。

20. 什么是天真？直来直去。"人之生也直"，直人就是真人。人什么时候开始失真？看到油条口水直流，然后说："妈妈，我不喜欢吃油条！"

21. 侍者问弘一法师在想什么？答曰：忏悔！内心越清净，心地越善良的人，反而会忏悔！一个越想变好的人，就越能感觉内在的坏！好比只有追求美的人，才能发现自己的丑！

22. 上帝所以完美，因为接触过魔鬼。就好比"白衣"若要变成"天使"，一定要接触"病魔"！

23. 生命，人都希望自己永远保持年轻！生活，有的时候倒希望自己老一点！

24. 读书的趣味在于把书当剧本，自己找个角色好好充当，立刻穿越时空，进入另一个世界。

25. 礼节，一种被固化了的行为。说白了，就是久而久之。懂礼节的人往往被称为文明人，文明就是久而久之的心安理得。

26. 有人算命喜欢问五行（金木水火土）缺什么，其实只要不缺德，就什么都不缺。也有人替孩子算命将来可以做什么。其实只要不做恶，做什么都行。

27. 礼多人不怪。人们真正恼火的往往不是礼物本身，而是送礼的方式和时间不对。就好像我们对某些人的意见不认可，其实意见本身没问题，而是讨厌他表达意见时的态度！

28. 一个失败者可以狂妄，这样不仅不会招来反感，反而有时会得到同情，因为失败本身会给别人带来一种莫名的快感。一个成功者却不可以张扬，因为成功这件事本身就让很多人感到不自在，虽然大家嘴上都说着"祝贺"。祝贺，一种有礼貌的嫉妒！"我们会因为优点而被人惩罚，但我们的过错却又会被真诚地原谅。"尼采不也这样说过吗。学会示弱甚至故意犯错有时是一种智慧。"有时候如果人们不做点蠢事，任何聪明的事都不会做成。"维特根斯坦在《文化与价值》一书中说的这句话可作为对"大智若愚"的经典诠释。

29. "喜欢做某件事"，说这样话的人一定是得到了人们的反响和回馈。譬如我说喜欢讲学，因为讲学得到了人们的回馈和反响，这种回馈和反响不只让我养活了家人，也让我得到了尊重，满足了一种虚荣。假设失去这些回馈和反响，我怀疑自己还会不会说我喜欢讲学。所以我在想，讲学可能只是我在这个世界上找到的喜欢自己的一个最恰当的道具，最终我喜欢的可能只是我自己。

30. 当你听到一句话立刻表示认可，并欢欣鼓舞的时候，其实这句话恰恰就体现了你思想的深度！

31. 中国人做人做事讲究一个"诚"字，"闲邪存其诚""修辞立其诚"。

32. 交际舞？一对男女在昏黄的灯光下，伴随着听不懂的音乐的节奏，焦躁不安地把对方搬来搬去，又好像放哪都不合适的一种舞蹈。

33. 人常说："艺多不压身。"其实，艺多也不养身，要懂得一门深入才会有所成就。否则，艺多拖累身。

34. 玩物丧志？其实玩物也可以寄志，玩物也可以养志。沈从文80岁寿辰，汪曾祺写贺寿诗，其中有一联："玩物从来非丧志，著书老去为抒情。"玩物，关键要看玩的什么物。

35. 皇帝的女儿不愁嫁？我的看法相反，皇帝的女儿最愁嫁，因为她根本就没有"嫁"的概念，无论在哪，她都高高在上，所有人在她眼里都是奴仆！即使出嫁也不是上嫁，永远都是下嫁！

36. 孟夫子说："人之所以异于禽兽者几希！"这句话给禽兽以肯定，给人以鼓励！让人再往前一点点就可以达到禽兽的境界。禽兽都懂趋利避害，但是人却常常为了趋利，不懂得避害，常常是利令智昏，"因名为利苦奔驰"的结果是"换得身疼气似丝"。

37. 记住一句话："在顺境中，要笑里藏刀；在逆境中，要忍无可忍。"笑里藏刀是禅语，一个人在成功时或顺境中，微笑的同时，不要失去锋芒和锐气。在逆境中，要忍受常人无法忍受的痛苦，才有通达光明的希望！

38. "本"字怎么写呢？一个人背起一个十字架，下面那一横就是他这辈子的舞台，就是一个人所以成为他自己的本因。李白讲"天生我材必有用"，每个人来到这个世界都要背起自己的十字架，意思是每个人来到这个世界上都要肩负起对这个世界的责任和担当，但是不能背错十字架，首先要找到自己的舞台，才能找准自己的十字架，因为那个十字架的分量对你来讲是刚刚合适。正如古希腊著名的哲学家亚里士多德所说的那样："幸福属于那些能够自得其乐的人。"

39. 幽默大师林语堂说："凡是真正的教育，都是风气教育。"中华民族是个最讲究风气的民族，这一点是和喜讲潮流的西方国家很不相同的地方。我们常讲中国老百姓仇官仇富，其实这是个很奇怪的说法。很多老百姓连当官的名字都不知道，怎么去仇他呢？其实在老百姓眼里，谁当官都无所谓，那只是个符号而已，老百姓只关心官员有没有为老百姓办事，只关心官员有没有贪污腐败，只要官员一贪污腐败，老百姓得知后立即破口大骂。为什么？这样腐败的官员破坏了社会的风气。老百姓也不仇富，因为人家富有也是通过辛勤劳动得来的，但是老百姓恨的是一个人富有之后，过着奢侈糜烂的生活，带坏了社会的风气。

40. 好的风水需要三理，即天理、地理和人理。天理是良心，俗话说："好心肠才有好住场！"地理是方便、安全、舒适的居住环境。人理是守望相助、和谐共处的邻里关系，正所谓"百金买宅，千金买邻"。

41. 命就是局限性，也就是无可奈何。我们说改命无非就是改变我们的局限性而已，就是改变无可奈何的现状而已。当我们做一件事情实在做不下去的时候，也就是说实在无法突破那种局限性的时候，我们最后只有说一句："唉，这就是命啊！"命好就是有福，福就是幅，幅度大，范围大，局限小，自然有福。

42. 宗教这种东西，饿了不能当饭吃，渴了不能当水喝，为什么人类就偏爱它呢？原来宗教会给人们三样"宝贝"：一是希望，一是道德，一是智慧。任何个人也好，抑或是民族也好，之所以能兴致勃勃地生活和发展，全靠着希望来指引和维持。基督教的希望在天堂、佛教的希望在西方净土、道教的希望在神岛仙境。然而仅仅靠希望是不够的，生活当中还要有智慧和道德，无论是何种宗教，基督教也好、佛教也好还是道教也好，都会告诉人们生活中的智慧和道德。

43. 我们平时喜欢把知识、学问、文化、智慧混为一谈，其实它们之间有很大的区别。知识来自书本，它是可以被淘汰的，在知识大爆炸的年代，平均五年知识就更新一次，我们需要不断地读新书来获取最新的知识，所以知识也是常常会被人遗忘的。学问来自经验，一旦获得，就终身受益。文化来自生活。文化其实就是生活的花样而已，它的主要目的就是防止生活的枯燥和单调。如果说知识是头脑的事、学问是体验的事、文化是身体的事的话，那么智慧就是灵魂的事，智慧就是找回你自己。知道事物应该是什么样，说明你是个有知识的人；知道事物实际上是什么样，说明你是个有学问的人；知道事物为什么是这样，说明你是个有文化的人；知道怎样使事物变得更好，说明你是个有智慧的人。

44. 理论联系实际就是"正在怎么做"结合"应该怎么做"，进而"可能怎么做"。

45. 中国人骂人，常说"不是人""畜生""禽兽不如"，这样骂是以道德良心为背景的，所以中国人讲自求多福！西方人骂人，爱说"天杀的""魔鬼""下地狱吧"，这样骂是以上帝信仰为背景的，故而西方人求上帝保佑。

46. 善没有对立面，如果善有对立面的话，那就不是善了。就是所谓"仁者无敌"的意思。怎样描述一个善人呢？就是你对他来真的一套，他相信你；你对他来假的一套，他还是相信你。他没有人心换人心的想法，他的心没有分别，这种人有时候会纯真、干净得让你流泪。恶才有对立面，恶的对立面是恶，所谓"贼证贼，证倒贼；奴使奴，使死奴！"《毓老师说诗书礼》中说："社会上最重要的事是'以毒攻毒'，不是以善攻恶。不要'以德报怨'，要'以毒攻毒'才可。"

47. 有时候想想意识这个东西真是个祸害，本来很快乐，当你突然意识到自己快乐的时候，快乐立刻就消失了，因为你意识到快乐的同时，还会意识到烦恼、焦虑、不安等。本来很安静的，当你意识到这种静态时，这种美好的静态已经消失了，因为已经有一个不静的意识掺和进来了。本来很谦卑，一意识到自己谦卑，其实已经开始傲慢了。有意识就有比较，而比较有时候是一种暴力。老百姓夸一个快乐的人"没心没肺"，是有道理的！

48. 习惯会使身体变得敏捷，但也会使心灵变得迟钝！

49. 我们虽然没有过上想象中的那种美好日子，但我们同样也没有遭受过想象中的那种不幸生活。人生既没有我们想象得那么好，也没有我们想象得那么差。

50. 其实已做的坏事本身并不会使我们感到多么懊悔，我们懊悔的是这件坏事万一东窗事发，我们承担不起做坏事引发的后果。

51. 人无完人这条真理大家都懂！因此在自我批评的时候，人们往往很慷慨主动地承认自己的小缺点，这些小缺点不会动摇一个人的事业基础和影响一个人的道德形象。但是这样的慷慨主动，某种程度上又是一种心虚的体现，这样做往往是为了掩盖一个致命的大错！

52. 我们在如何使自己过得好的时候是真诚的，麻烦的是，我们在如何让别人相信我们过得好的时候却常常是虚伪的，这种虚伪是一切烦恼的根源！

53. 据说中国人和犹太人是世界上最聪明的两种人。中国人看人有三个标准，即孔子所说的"视其所以，观其所由，察其所安"，是指了解一个人就要从其成长的经历、做的营生、兴趣爱好三个方面来下手。犹太人看人也有三个标准：基索、科索、卡索。基索，就是用钱的方法；科索，就是喝酒的状态；卡索，就是愤怒时的表现。

54. 狼来了的故事大家都耳熟能详，这个故事告诉我们，撒谎者所受到的最严厉的惩罚就是说真话时也没人相信！

55. 成熟的人有三个标志。第一，有忧患意识；第二，善于反省；第三，知道一切来之不易！

56. 我们中常常活出两种人：一种人活出个样子来，这种人是在使用生命，把自己当手段；一种人活出了味道来，这种人是在享受生命，把自己当目的！

57. 诗人将土地比成母亲，农民却把土地看成母亲。因为诗人是把土地当作生命的背景，而农民却把土地当成生命的水井！离开土地，诗人可以别景换乡！离开土地，农民只能背井离乡！

58. 当人的生命还在母体的时候，只是个像小蝌蚪的逗号，毕竟还有一个尾巴和母体相连。人一旦出生，生命形式就变成了一个大大的句号，每天周而复始，随着太阳一轮一轮地过。当生命结束的时候，则是一个感叹号！或是一声叹息，或是一声惊叹！

59. 人生要"三实"而立：诚实的心，踏实的脚，结实的身体！

60. 都说人生如戏。其实最好的戏就是你捧捧我，我帮帮你，最后大家皆大欢喜。

61. "人历长途倦老眼，事多失意怕深谈"告诉人们一个道理，年轻时做的事情，最好是晚年时愿意提的事情。

62. 英国散文家威廉·哈兹里特说："死亡是最大的祸害，因为它断绝了希望。"法国文豪大仲马也说过："人类的一切智慧是包含在这四个字里面的：'等待'和'希望'。"这两句话给我的启发是，人可能怕的不是死，而是怕死后没有希望，人是靠希望活着的。

63. 相当一部分人从小学一直读到大学，他们接受大量的教学内容其实是教育的手段，并不是教育本身。这些手段本来是使他们变成自己的目的，结果他们却变成了考试的工具，可怜他们到最后反而没有受到真正的教育！

64. 千万不要过一种摇椅人生。什么叫"摇椅人生"？就是每天摇来摇去，好像很忙，但其实没有前进一步！

65. 东方有圣人，西方有圣人。孔子说："君子居之，何陋之有？"柏拉图也有类似的话："胸中有黄金的人不需要住黄金屋。"

66. 如果我们每天花大量的时间关注手机里报道的过眼云烟的人、发生的过眼云烟的事，那么最终我们的一生也就过眼云烟了。

67. 中国人包饺子时是一圈一圈地摆，这样做有个说法叫"圈福"，是把福圈住的意思。而圈福的手往往是妈妈的手，所以有妈就有福！

68. 婚姻假如能像吃饭那样，先上冷盘后上热炒，一定幸福。可惜，很多婚姻恰恰和上菜顺序相反。

69. 能做到"尽其在我"四个字，就无怨无悔了！

70. 了解一个人最好的方式不是对话，是和他开玩笑！

71. 不做事并不等于休息，真正的休息是做自己喜欢做的事！

72. 最沉重的东西？空钱袋！

73. 儒家十六字心传："人心惟危，道心惟微，惟精惟一，允执厥中。""人心惟危"，好多人解释成人心险恶，大错特错。这里的"危"指的是不牢靠，人心容易受到外面的引诱而改变道心。过去有"宁动千江水，不动道人心"的说法。道心很微弱，要有"难易不改其志，成败不易其衷"的精神，精诚专一地走在适合自己的路上，这就是"允执厥中"，这样才能保任好道心，就如梁启超先生在《新民说·论自由》中的四句话："狂澜滔滔，一柱屹立。醉乡梦梦，灵台昭然。"人心一定下来，立刻变道心。

74. "敬鬼神而远之"，把对鬼神的这种敬畏推远，远到生活中的各个方面。

75. 历来文人似乎偏爱女儿，别人面前叫自己儿子是"犬子"，却称呼女儿为"小女"。直到今天,某个学者的新书要出版了,还会说自己的"女儿"要诞生了!

76. 政客关心自己的位置,政治家关心人民的福祉!

77. 现在通信方便,但似乎人与人之间的关系更远了,人似乎变得更孤独了,更封闭了。过去是"天涯若比邻",现在是"比邻若天涯",同学聚餐,彼此不讲话,都在低头用手机和千里之外的人发消息。

78. "禽虽一目罗中得,岂可空张一目罗。"虽然鸟是被一个网眼逮住的,但这张只有一个眼的罗网是抓不到鸟的。运用到讲学上来说,如果把"禽"比作人心,虽然我们的某句话能打动某人心,但是单单靠一句话,哪能打动所有听众的心呢?作为教师,必须有丰富的知识,这样才能网罗听众的心!

79. 善能产生纯净、温暖、均匀的气场!

80. "德"字,左边"彳"表示道路,右边表示十目一心!"十目"是十双眼睛,五个人,五个人就是一个核心团队,就是队伍。"一心"就是一条心。五个人一条心,走在同一条道上,就一定会出成绩,就有所得,这就是"德"!

81. 《中庸》里面讲:"天命之谓性,率性之谓道,修道之谓教。"所谓"性"就是老天爷给的本钱,拿着老天爷给的本钱去做事就上道了,教育就是教人怎么好好用这个本钱。

82. 从无到有是造,从有到无是化。学校是造出来的,教育是化出来的!

83. 佛家讲的"忍辱",指的是责任感!

84. "百尺竿头更进一步",意思是说,百尺已经到了竿头,再进一步就到地上了。提醒人们成功了别忘记脚踏实地，"青云上了无多路，却要徐驱稳著鞭"。古人常把鞋子作为礼物送人，就有让人脚踏实地，一步一个脚印的意思！

85. 屈原说："众人皆醉我独醒。"这话我只认可一半，众人皆醉是真的，他未必真醒。真醒就不跳江了！自杀是不对的！

86. 清代朝廷，皇帝前面，汉人自称臣，臣者，伏也，趴在地上。满人才有资格称奴才！不过"奴才"这个词来自古代蒙古语"nokai"，意思是"狗"，其发音和汉语"奴才"的中古音相同，故而，"奴才"其实就是狗的意思，而且是御狗！

87. 大清入关，善收买人心。先做两件事：罚门和罚树！先把崇祯逃出的东华门上去掉一排门钉，81颗变成了72颗；给煤山上吊死崇祯的树绑上了铁链，诏令此树有罪。

88. 人体三分之二都是水。只不过有的人肚子里是墨水，有的人肚子里是油水，有的人肚子里是酸水，还有的人肚子里是苦水，要命的是，有的人肚子里是坏水！

89. 《孟子》讲："不孝有三，无后为大。"有人解释说没有后代就是最大的不孝，也有人进一步解释说没有儿子就是最大的不孝。其实这两种解释都错了，这句话真正的意思是说，一个人活一辈子，如果不能为后代做出榜样，这是最大的不孝。很多人的父母所以被人追溯，就是因为本人做了影响后代的楷模，按照《孝经》的说法，孝的最终目标就是："立身行道，扬名于后世，以显父母。"

90. 父母要孩子为自己争口气，目的是自己要出口气！就是为了这口气，常常逼得大家都无法呼吸！"自古以来，不知有多少父母说过这样一句话啊：'我这辈子是没出息了，但无论如何一定会让我的孩子成才的。'"芥川龙之介说这句话的时候,心情一定和我一样沉痛吧!

91. 夫妻,夫者扶也,相互扶持。妻者齐也,齐心协力。夫妻就如筷子,一阴一阳,互相配合,方向一致,酸甜苦辣一起尝!如诗云:"雪压霜欺气质刚,我俩相爱配成双。不论日子穷与富,酸甜苦辣一起尝。"

92. 眉毛上的汗水和眉毛下的泪水,虽然化学成分基本一样,但汗水换来的东西是泪水永远乞怜不到的!

93. "寻常一样窗前月,才有梅花便不同。""梅花"是我们内在的文学素养。人虽然还是那个人,稍具文学素养,就马上显得不同了。有了"梅花",就不会说"我爱你,就像老鼠爱大米",而会说"执子之手,与子偕老"。有了"梅花",就不会说"你是我的最爱",而会说"曾经沧海难为水,除却巫山不是云"。有了"梅花",就不会说"格老子拼了",而是说"虽千万人吾往矣"。文学的表达就像一杯酸奶,酸酸的,甜甜的,有营养,可回味!

94. 纯洁的爱真的很有力量,它可以使人变得非常干净!

95. 从"五四"打倒孔家店到"文革"时的扫除"四旧",这段时期的中华传统文化可以说是"零落成泥碾作尘,只有香如故"。从改革开放到今天的走向共同富裕,这段时间的中华传统文化可以说是"待到山花烂漫时,她在丛中笑"。

96. 我们其实都生活在想象当中,想象建构出来的世界是安全的、稳定的。我们其实有时候并不想了解真相,相反会故意躲着真相!

97. 20世纪30年代美国经济大萧条期间,罗斯福新政用以工代赈的方式,解决了百万人的吃饭问题。这个是政府行为。其实"以工代赈"这种方式并不新，比经济危机早五十几年的清光绪三年（1877），山西大旱，史称"丁丑奇荒"。晋内饿殍遍野，晋商富贾纷纷修祠堂、建戏台、盖房子，让周围的老乡过来帮忙，以这样的形式来给老乡们一碗饭吃，度过饥荒。这体现了中国人骨子里的厚道！

98. "一个有所追求的人已经就是一个有道德的人"，非常认同萨特的这句话！

99. 面朝黄土背朝天，天上有太阳，所以人的脊梁是阳，人的前胸是阴。所谓"人心向背"，意思是人心向阳，人心还是追求正能量的！

100. 马克思说："跳舞是人类求爱最原始的方法。"我似乎还听过这样一句话："做爱是人类最原始的舞蹈！"

101. "民以食为天"，你有钱可大吃海参，我没钱就来份海带，吃的东西可以不同，但碗不能空。

102. 德国哲学家康德说过，世界上有两个王国：一个是权力王国，一个是智慧王国！地位和学问、能力不能画等号，就如梁漱溟曾劝一位高级领导那样："人格上不轻易怀疑别人，见识上不过于相信自己。"诗人臧克家有首诗写得好："万类人间重与轻，难凭高下作权衡。凌霄羽毛原无力，坠地金石自有声。"

103. 当一个人树立了价值观之后，利益观就会让步。对任何事情的判断，会先从符合不符合自己的价值观判断，而不会看这件事的利害如何。孔子如果从利益考虑，就不会放弃鲁国司寇的肥腴待遇而周游列国十四载，是"斯文在兹"的价值观使他"知其不可为而为之"！文天祥如果考虑吉凶利害，点个头立刻就荣富加身，何苦要坐在地窖里受蚊虫折磨，是"孔曰成仁，孟曰取义"的价值观使他"留取丹心照汗青"！

104. 佛说："烦恼即菩提。"烦恼就是苦难，菩提就是觉醒，说得明白一点，苦难使人清醒！

105. 太阳之下无新事！我们总想听些新道理，其实所谓的新道理不是我们没有听过的，而是我们听了很多遍没有悟出来的东西！

106. 第一流的教师是教化，第二流的教师是教育，第三流的教师是教学！

107. 大巧若拙，大辩若讷，大智若愚，大直若屈，一个人最大的功夫体现在一个"若"字上，不过大家看"若"多么像"苦"啊，下不了"苦"功，就达不到"若"态！

108. 据说有四句德国谚语就可以浓缩整部人类历史。其一，上帝要谁灭亡，必先让其疯狂！其二，时间如筛，终会淘洗掉所有沉渣！其三，蜜蜂盗花，花开愈茂！其四，黑极了，星光更清楚！

109. 怕黑，人之常情！可悲的是，有的人怕亮！

110. 根本不存在所谓的物质享受，享受是精神层面的东西，有的人物质丰富，但并没有享受能力！

111. 求人不如求己！儒家讲自强不息，道家讲自本自根，佛家讲自以为灯！

112. 中国人讲"学"，其实就是知行合一的意思。"学"就是觉，表知；"学"也是教，表行！"学问"就是知行合一，不懂就问！

113. 读书就是吸功大法，用李白的话说就是："揽彼造化力，持为我神通。"

114. 老一辈的科学家不但学问做得好，诗也写得好。譬如数学家华罗庚有诗曰："妙算还从拙中来，愚公智叟两分开。积久方显愚公智，发白才知智叟呆。埋头苦干是第一，熟能生出百巧来。勤能补拙是良训，一分辛苦一分才。"数学家苏步青《七绝》诗云："草草杯盘共一欢，莫因柴米话辛酸。春风已绿门前草，且耐余寒放眼看。"地质学家丁文江《麻姑桥晚眺》："红黄树草留秋色，碧绿琉璃照晚晴。为语麻姑桥下水，出山要比在山清。"

115. 君子报仇十年不晚，其实君子报恩十年也不晚，不要立刻还人情债，这样往往是无情的表现！

116. 诅咒别人"天打五雷轰"，不是天上打五声雷把人轰死的意思。"五"指的是五行，金木水火土。金雷指刀剑砍，木雷指棍棒打，水雷指溺水淹，火雷指烈火烧，土雷指土墙砸！

117. 整部《易经》浓缩成一个字就是"生"！文学的表达就是："不除庭草留生意，爱养盆鱼识化机。"

118. 西方人的节日跟上帝有关，中国人的节日与自然一致！中国人以违背阴阳与否判吉凶，西方人以违背上帝与否看祸福！

119. 人生就是酸甜苦辣咸。酸是心酸，要有慈悲心；甜是嘴甜，讲话要和气。苦是身苦，要劳其筋骨。辣是事辣，做事要出彩！咸是志咸，要做世上盐！

120. 中国人讲话委婉含蓄，把身体不好叫"采薪之忧"；把腿脚不好，叫"不良于行"；就是提醒别人外出注意安全都被隐晦地说成"六六大顺"，"安"是六画，"全"也是六画。

121. 父母要做家长，不要做大人。家长是你看我怎么做，大人是我要你怎么做！

122. 我们长时间地跪在神佛前，双手合十，闭目祷告，祈求健康平安，诸事顺利！后来果然如愿，于是宣传神佛有灵！其实真正的神佛是你自己。合十双手恰好在负责心神安宁的膻中穴（两乳之间）的位置，心神宁，自然眼神收，精神内敛。而长期的下跪，大腿和小腿的前侧都得到了充分的拉伸，中医讲以形领气，这个动作恰恰锻炼的是胃经，一个人脾胃运化好，自然身体就好。总之，一个脾胃好、心情好、精神集中的人，当然身体健康，诸事顺利了！

123. 有人为因犯错被曝光的公众人物辩护时说，公众人物也是人，也会犯错。这种说法没错。但别忘记，公众人物是大家仰望的人，应该起到榜样作用，公众一抬头看到的就是他的道德底线，而这样的道德底线是公众对他信任的天花板！

124. 乡村的生活是具体的，春种、夏长、秋收、冬藏！城市的生活是抽象的，日历、月薪、上班、退休！

125. 生活节奏变快的结果是，节奏变快了，生活没了！

126. "教育不要输在起跑线上！"是一句非常奇怪的话。首先，教育没有输赢的说法，教育不是一场比赛，是自我成长的过程！其次，一个人只要愿意进步，此时、此地、此身就是教育的起点！记得某书封面上写着这样一句话："只要有明天，今天就是起跑线。"

127. 中国人讲"三人行，必有我师"，而西方人却是"三人行，我必为师"，所以英文中的"我"永远是大写的，突出自我的地位！

128. 在人生的道路上，不自欺的人永远不做选择题！

129. 喜欢向日葵，道理很简单，因为向日葵始终向着太阳生长，不是向着人生长！

130. 不要让你的灵魂成为你工作的打工仔！

131. 人在专心致志的时候最美！影评人徐皓峰在一次对导演田壮壮的访谈中讲了这么个故事，说红学家周汝昌与一帮老友探讨何为知识分子的最高境界，结论是：旧时代少女待字闺中，清清爽爽，一心一意学针线活的状态，就是知识分子的最高境界。

132. 很多人喜欢讨论气功。其实专心致志地做一件事就是在练气功，专心致志地读一本书是在练气功，全神贯注地做一筐豆腐也是在练气功。丹田不在有些人说的肚脐下一寸三寸的地方，而在我们专注的对象上，专注读书，书就是丹田，书中的内容是仙丹，书中的思想可以滋润我们的心田。专注做豆腐，豆腐就是丹田，用心做出来的豆腐最香，那样的豆腐最有营养，那不是仙丹是什么？好豆腐，人家自然会争着要，那不是福田是什么？所谓的"意守丹田"，就是专心致志、集中精力地做一件事。心属火，凡是专心之处，就是火力集中之处，那个地方（精力集中之处）就是太上老君的炼丹炉。一辈子专注做一件事，事情做成了，仙丹也练成了。

133. "学究"一词来自《庄子》里面的"学鸠"，形容一个学者见识小、境界小且孤芳自赏。"学究"前面再加上一个"老"字，更是顽固得无可救药。

134. 佛家讲"开光"，实际上就是《大学》里讲的"明明德"。第一个"明"就是"开"的意思，第二个"明"表示智慧之光，"德"表示道德之光。"开光"就是开智慧之光、道德之光的意思，它与智慧、道德有关，和鬼神迷信无涉！

135. "育"字上半部分不是"亡"，也不是"云"，而是一个倒过来的"子"，下面的"月"表示产道。"育"的意思，小孩子顶着个大脑袋倒着从妈妈窄窄的产道里挤出来。可知，母亲多么伟大，多么痛苦！后来，等"子"字正过来了，父母也"老"了，这个时候就要懂得"孝"了，不懂"孝"的人就要手拿"攴"来训了，"攴"就是鞭子，这就是"教"，"教育"的本义就是，手里拿着鞭子，使孩子懂得孝，答报父母的养育之恩！

136. 孔子的"素王"的"素"不是无位的意思。而是"素其位而行"的"素"，依据环境时势的变化来调整自身行为。所以孔子被称为"圣之时者也"。

137. 从行商到坐贾的过程。何意？行商，打一枪换一个地方，可以昧着良心做一锤子买卖。坐贾，店就在那里，做生意全靠人品好和东西好！

138. 做事要有成就，不要心猿意马，要降龙伏虎。"龙"代表变动，"虎"代表冲动。"降龙伏虎"就是要专一、踏实地做事。

139. 有人说："大隐隐于朝，中隐隐于市，小隐隐于野。"我始终不能理解这句话，"隐"就隐了，还分"大中小"？还讲"朝市野"？难道隐士还要讲社会等级，还有行政区域划分？难怪鲁迅先生说："中国是隐士和官僚最接近的。"

140. 一个人自大也好，自卑也好，都是自我！

141. 很欣赏钱穆先生的一句名言："忘不了的人和事才是我们的真生命。"得到的启发是，忘不掉的学问才是真学问！

142. 记住，做自己喜欢做的事，这个过程本身就是报酬！

143. 最大的失败是差一点就成功了！

144. 佛家讲空！现代人成佛比过去人成佛容易多了，因为现代人的脑袋都是空空的！

145. 说同一种语言和有共同语言是两码事，前者容易制造矛盾，后者才能达到和谐！

146. 老百姓把活干得漂亮的人叫"把式"，这个词给人美感，也给人动感，总感觉比"专家"要有深度，"把式"似乎含有道在里面，"专家"好像只是留在术的层面。

147. 中国人和西方人都注意养生。中国人养生"贵柔"，体现在气息上；西方人养生"贵刚"，体现在肌肉上！

148. 年纪小，元炁足，身体轻快，做事发飘，叫"年轻"！正当年，干活是一把好手，头发还乌青，这是年青！

149. 结婚不是爱情的坟墓，而是一个人童年的坟墓。婚姻沦落为两个成人的游戏，令人厌倦的无奈的游戏。而爱情只能到这个游戏之外去寻找。然而维系婚姻依然需要有单纯的东西，所以需要一个孩子！

150. 今人做学问强调科学、强调逻辑、强调理性，使人变得"铁石心肠"！古人做学问注重人文、注重体验、注重感悟，使人变得"侠骨柔肠"！

151. 儒家追求"死不老"的精神，儒家逝去的典范总是给人一种年轻向上、自强不息的形象！文天祥、岳飞这些人物，虽然最后结局都很惨，但是给人的形象却永远留在壮年时的样子！道家却追求"老不死"的精神，道家的人物总是给人一种须发皆白、仙风道骨的形象！这些人永远不死，要么骑鹤升天，要么骑牛出关！

152. 穷与富有时是一种心态！

153. 每个人的灵魂里其实都住着一个没有玩够的孩子！

154. 就拥有物质来说，有的人希望多多益善，成了一个"侈"货！有的人则损之又损，于是就有了"禅"味。"活得简单最像神。"苏格拉底如是说。

155. 耶稣说："神不是死人的神，乃是活人的神。"孔子说："未知生，焉知死？"任何一个正派的教义最终都是指向生的！

156. 一切伟大的成就必要靠实行才能得到，不要纸上谈兵，地图并不等于版图！

157. 年轻人出来工作，首先看这份工作能不能学到东西，要前途，不要图钱！

158. 骄傲其实是封闭，是自我孤立！谦虚即开放，是自我成全！

159. 权力是一种成就别人的力量！权力不是我说了算，而是我不说，你看着办。权力永远是别人赋予的，别人不佩服，大家不认可，你所谓的权力就是空架子、臭架子，没有人会真当回事。"花花轿子人抬人"，我们的权力、地位都是别人抬起来的。

160. 勤俭是美德，也是智慧！勤就是人尽其才，俭就是物尽其用！

161. 享有不等于享受！享有，物质占有了你，物质成了人的尺度！享受，你占有了物质，人成为物质的尺度！

162. 大多数事业失败之根本原因在于四个字："心不在焉！"

163. 生，人和土构成，有人斯有土，有土斯有财。命，人一辈子要叩问、追求的东西。生命，不仅离不开物质，更离不开精神！可惜，有的人有生无命，有的人有命少生！

164. 祈祷就是在神佛面前发愿把自己铸造成一个有用的器物。所谓还愿只是对自己进一步督促。而神佛只是一个道具而已。

165. 中国人选房子喜欢看风水，其实住的地方"安"是第一要义，"安"是房子下面一个女，意思就是说，夫妻关系好是第一大风水，女人安了，家就安了！

166. 照课件按部就班上课是"计划经济"，这种课以教师为主！照课堂氛围随时变化上课内容的是"市场经济"，这种课以学生为主！

167. 民间有水土不服的说法。可知，我们身上的"水土"来自父精母血，孝敬父母就是保持"水土"，不孝，就会造成水土流失，就会"水土不服"。

168. 有三样东西使我感到世界的美好：坐在窗边静静读书的孩子、抚爱肚子低头微笑的孕妇、迎着朝阳扬帆远行的船只！

169. 处级干部的职责体现在"三处"：对上，指出谬处；工作，干在实处；对下，帮在难处！

170. "罪行只有一种，那就是盗窃。其他罪行都是盗窃的变种。"小说《追风筝的人》里的这句话何等深刻。我们的经典《阴符经》里也有类似的说法："天地，万物之盗。万物，人之盗。人，万物之盗。"

171. 中国知识分子的精神，用孟子的话说就是"所过者化，所存者神"。走到哪里都在意教化、榜样的作用，存养浩然精神。不是现在有些学术贩子的"所过者抄，所存者钱"。

172. 佛家的因果，其实曾子解释得最好："戒之戒之！出乎尔者，反乎尔者！"

173. 《孟子·公孙丑上》："孟子曰：'子路，人告之以有过，则喜；禹闻善言则拜。大舜有大焉，善与人同，舍己从人，乐取于人以为善。自耕、稼、陶、渔，以至为帝，无非取于人者。取诸人以为善，是与人为善者也。故君子莫大乎与人为善。'"孟子的这段话揭示了一个人修善的三个境界，闻过则喜，营造善宅，此士之境界也；见善则拜，让善充盈，此君子之境界也；自善善人，人人皆善，此大人之境界也。

174. 人总说社会太复杂，其实是人自己复杂，干干净净、踏踏实实地去做一件事，不是很简单吗？

175. 自由，由者，路也。找到自己人生之路的人才配谈自由。自由不同于散漫和放肆。就如诗人顾城说的那样，自由意味着体现自身的戒律。

176. 当今社会上文人很多，但是文化人却很少。换句话说，社会上持有各种文凭的人很多，但是真正以文化立身的人极少，多数人是知识是知识，行为是行为，所学的东西并未真正化成滋养自我身心的营养。

177. 中国人常爱说"君子报仇，十年不晚"，其实要我说，君子报恩，也十年不晚。急着报恩，赶紧还清人情债某种程度上说也是无情的一种表现，因为不愿再与对方有什么瓜葛和纠缠。记得马基雅维利好像说过类似的话，坏事要一次做完，好事要慢慢做。恩可以慢慢报，是可以报一辈子的。所以中国人还有一句话叫作"滴水之恩，涌泉相报"。

178. 西方人讲求"知不知道"，中国人在意"明不明白"。所以西方人重视思想家，中国人看重明白人。

179. 国学虽然不能为人们生产面包，但可以改变人们吃面包的味道。面包满足的是人的生命，而国学观照的是人的慧命。正所谓"寻常一样窗前月，才有梅花便不同"。还有一句唐诗也表达了这样的意思："世间何处无风月，才到僧房分外清。""梅花""僧房"形成了一种智慧的磁场。

180. 俗话说："天下文章一大抄。"许多人写文章只是把别人"横看成岭"的东西改成了"侧成峰"，结果只是表达形式不同、内容一样。

181. 爱一个人往往爱的是自我意象中的人，换句话说，人们常常爱的是经过自己美化的人，是一种抽象的概念，而不是具体的生命个体。美化的爱人不能长久生活在一起，因为对方具体的形象会破坏这种意象中的美，随着这种意象美在具体生活中的消磨，爱情也就不复存在了，为了维持爱情，他或者她就会寻找另一个意象中的人。讲到底，爱情只和自己有关，对方只是提供了一个供自己美化的素材而已。

182. 譬如人咬狗！法国诗人波德莱尔（Charles Pierre Baudelaire，1821—1867）在19世纪60年代初的日记中写道："浏览任何报纸，不管是哪天、哪月或哪年，根本不可能不在每一行里看到人类反常的可怕踪迹……每一份报纸、从第一行到最后一行，除了一系列恐怖，什么也没有。战争、犯罪、盗窃、纵欲、酷刑、王子、国家和个人的邪恶行为，全世界性的暴行的狂欢。文明人每天正是以这种可憎的开胃菜来帮助消化他的早餐。"卡夫卡说："'葬身于报纸之中。'这句话反映了真实情况。报纸报道了世界上发生的事情，一块石头挨一块，一个脏疙瘩挨一个。那是一堆土，一堆沙。意义在哪里？看见历史是事件的堆砌，这毫无意义。而重要的是事件的意义。这意义我们在报纸上是找不到的，只能在信仰里，在表面的、偶然的东西的客观化中得到。"（《卡夫卡谈话录》）芥川龙之介在《侏儒呓语》一书中说："公众热衷于丑闻。""然而，杂七杂八的琐事却往往被民众所喜爱。他们最关心的问题，并不是'爱为何物'，而是'基督是不是私生子'。"波德莱尔、卡夫卡、芥川龙之介说的这些情况今天依然如此，只不过过去的新闻载体主要是报纸，现在主要是手机、电视，特别是手机。套用卡夫卡的话，现代人葬身于手机之中。

183. 真正的幸福其实就在于你能不能从容把握自己的生活节奏，活出一种似音乐般的生命状态来！

184. 冤案的制造者常会说"我和你无恨无仇"来表示自己公正，但其实心里却说"虽然无恨无仇，但有任务"。

185. 管子说："仓廪实而知礼节。"但现实却是，很多生活条件好的家庭教育出来的孩子表现得完全没有教养，更别说礼节。相反，我的很多礼节，尤其是餐桌礼节反而是曾经挨过饿的父亲教的。

186. 何谓贫穷？"老子当年也富过。"说这句话的时候，不但物质贫了，精神也穷了。

187. 儿童读经本来是好事，它可以帮助儿童夯实古文根基、熏染传统底色。但倘若认为儿童读经可以"包治百病"，甚至把它上升到救国救教育的高度，那未免就有点迷信了。这使我想起当年的义和团，似乎会念几句咒语，就可以刀枪不入、抵御外寇了。刘梦溪在《八十梦忆》中讲得好："把国学奉为救国救人类的法宝，这是很糊涂的看法。"

188. 不要把别人太当回事。那样会增长他的傲气！也不要把别人不当回事，那样会增长自己的傲气！

189. 人生如棋，棋如人生！似乎中西方都喜欢用这个比喻来开导人。一个意大利谚语说："棋局一旦结束，国王和卒子都要回到同一个盒子里去。"宋朝的王安石有一首《棋》，其中有两句："战罢两奁分白黑，一枰何处有亏成。"清朝的尤侗在《与一乘上人弈偶成》中说："一着错成千遍悔，收枰尤喜是空盘。"

190. 每到节假日，看到各种媒体发布满街都是人的图片，我总会想起泰戈尔在《飞鸟集》中的一句话："道路虽然拥挤，却是寂寞的，因为它是不被爱的。"其实何止是道路，人如果不被爱，就是活得再热闹，内心终究也是寂寞的，而且外面越热闹，内心越寂寞。就如卡夫卡所言："尽管人群拥挤，每个人都是沉默的，孤独的。"（《卡夫卡谈话录》）我是不是可以这样说，幸福的人生，其实就是被爱，而不是被用。

191. 我最喜欢的一副对联是清代经学大师阎若璩（世称"百诗先生"）的一副集语联，这副集语联几乎可以作为所有行业从业人员的座右铭。上联是南朝陶弘景语："一物不知，以为深耻。"这句话的意思倒不是说要样样事情都通，而是鼓励人要博学，这句话化自汉代扬雄《法言·君子》里的一句话："圣人之于天下，耻一物之不知。"记住蒙田那句名言："我知道什么？"下联是西晋皇甫谧语："遭人而问，少有宁日。"一个人自认为高明，人家一问问题，结果答不上来，那晚上就睡不着觉了，因为还是不行嘛。

192. 日本演员树木希林在晚年接受的一次采访中，记者问她："你对现在的年轻人有什么忠告？"树木希林回答道："请不要问我这么难的问题。如果我是年轻人，老年人说什么我都不会听的。"诚哉斯言，虽说不听老人言，吃亏在眼前。可是年轻人非要吃亏不可，因为只有吃一亏才能长一智。换句话讲，年轻人非得吃亏之后，才能真正去听老人言。就如一副对联所说的："气傲皆因经历少，心平只为折磨多。"一个人之所以不知天高地厚，连自己是谁都搞不清楚，是因为经历太少，没吃过亏。等到苦头吃多了，自然就心平气和了。这个时候大概可以听进去前辈的忠告了。日本时装浪潮新掌门人山本耀司有段话说得好："什么是自己？'自己'这个东西是看不见的，只有撞上一些别的什么，反弹回来，才会了解'自己'。所以，跟很强的东西、可怕的东西、水准很高的东西相碰撞，然后才知道'自己'是什么。"

193. 老百姓有句土话叫"光脚的不怕穿鞋的"。为什么不怕？因为光脚的人已经没有什么好失去的了，而穿鞋子的人起码还有双鞋在牵挂着。在现实生活中，我们也会发现穷人常常很大方，就是所谓的穷大方，而越有钱的人往往越小气。为什么穷大方？因为穷惯了，偶尔大方一次，再穷点也没有关系。就如《加缪笔记》所言："贫穷是一种以慷慨为美德的状态。"而富人之所以显得小气，是因为富惯了，生怕受穷，因此锱铢必较。由此我们是不是可以得出这样一个结论：财富和安全感成反比。也就是说，拥有财富越多的人反而越没有安全感。难怪18世纪英国的经济学家亚当·斯密劝大家别羡慕富人，而要看到生活的本质。他说："一个要饭的在桥墩下享受日光浴的时候，王室却在为他打仗。"乞丐一无所有，也一无所争，更一无所惧，所以他可以在桥下负暄扪虱。而拥有"普天之下莫非王土"的王室却极无安全感，时刻要提防着虎视眈眈的邻国对自己国土的觊觎。

194. 这个世界什么人最美、最年轻？自己！我常常让人们去找一个自己认为最丑陋的人去看，盯着丑人看两分钟，就会发现他（她）其实蛮好看的。盯着一个最丑的人看两分钟都能看出美来，自己看自己那么多年，自然是越看越美。美的标准姑且不管，起码自己看自己习惯了，习惯的东西最顺眼。每个人都对自己的美最自信，就如一个女孩子写的那首诗："芙蓉花发满江红，尽道芙蓉胜姜容。昨日姜从堤上过，如何人不看芙蓉？""芙蓉花发满江红"，"芙蓉"就是荷花，江上的荷花一开，粉红一片。"尽道芙蓉胜姜容"，所有人都说芙蓉花比本姑娘我要美多了。当然姑奶奶我不服气，于是就盛装一番，故意从堤坝上走一下，"昨日姜从堤上过"，结果所有人都眼睛直勾勾地盯着这个美女看，最后这个女孩子调皮地来了一句："如何人不看芙蓉？"你们不是说芙蓉花比我漂亮吗？为什么本姑奶奶一出现，你们就不看芙蓉花了？此外，每个人都相信自己不会老。人过中年，几十年的同学不见，一聚会最喜欢听的一句话就是："一点没变。"明知道这是句哄人的话，但也乐得被哄，因为自己的确觉得自己没老。其实这不过是自欺欺人被人欺而已，大家早已不是恰同学少年，女同学落成了无可奈何花，男同学飞成了似曾相识燕。我曾问过六十岁的父亲觉得自己多大了？他说感觉自己才三十岁。其实我觉得这是他保守的说法，不好意思把自己说得太小，估计他内心自认为二十岁也不一定。我曾经看过一个资料，说一个人最大的精神年龄是二十六岁，所以其实每个人都会装嫩，只是有时候碍于身份、年龄、场合等因素的限制而故作深沉而已。我曾见过两个喝醉的老者在一起唱："一闪一闪亮晶晶，满天都是小星星。"写到这里我想到了一首诗："形骸憔悴不堪描，还自心头火未消；自分不知年老大，也随儿女闹元宵。"老得满脸褶子了，还觉得自己像二十岁的小伙子。不知道自己年龄已经很大了，还装嫩，和孩子们蹦蹦跳跳闹元宵呢。清朝赵翼也有一首诗："明镜未照久生尘，只道神疲面未皱；出遇故人俱老丑，始知我亦丑中人。"一个人自信自己年轻，长时间不照镜子，镜子上面都落灰了。坐在那里打盹，只说自己大概是最近太累了，却不知道自己已经老了，已经皱纹满面了。出门遇到的朋友是又老又丑，这时候才发现自己也老了，变丑了！

195. 曾经读到过这样一副对联："可怜女子皆求美，何讽东施独效颦。"对联意思是说，天下的女人都爱美，这很正常。东施也是个女人，她爱美没有什么不对，为什么要单单讽刺她效颦西施呢？说老实话，原来我看到浓妆艳抹的女人很不习惯，自从读了这副对联之后我的想法就改变了，女人爱美没有错，浓妆艳抹起码证明她热爱生活。也就是在几年前，我才突然发现我的母亲原来是个女人。记得那是快过年的时候，妈妈说要上街买件衣服穿，因为好多年没有买新衣服了。当我听到"上街"两个字的时候，我才突然意识到妈妈也是个女人，也爱上街，也爱美。可是那么多年，她为了照顾我和我的家庭，把女人的一切特质都给消磨掉了。在我眼里，她就是穿着一件又油又旧的围裙给我做饭、给我盛汤、给我洗衣服、给我收被子的人，偶尔在路边十几元买件廉价的裙子像捡到宝一样回到家要我猜价钱，还问好不好看，其实我都没有正眼看过，都是表面应付说好看，母亲总是憨厚地笑着，小心翼翼地把廉价货收起来，留着她认为重要的场合穿。想想我们这些做儿女的真是不孝。对外看起来，我这个博士，在一个陌生的城市经过奋斗买了大房子，接父母来住，是个孝子。其实不是那么回事，母亲有一次对我说："儿子，你要是真的孝顺，就把我和你大（'大'在北方语言中是爸的意思）放回老家吧！"我说老家有甚好的，别的不说，光是旱厕就让人受不了，路边人粪、猪粪、牛粪堆在那里，黑黑的一堆，夏天青蝇覆满、臭气熏天，就等着秋天拉到地里面当肥料用。老家水质也不好，电茶壶烧上几天，里面就是一层硬硬的碱垢，所以我们那边的人得结石的很多。我跟母亲说，你看南方多好，绿水青山，空气又好。但是父母亲，还是恋着老家，每年寒暑假要回老家暂时过一阵子，在此之前的前一周就把行李都收拾好了，然后开始倒计时。这使我想起了《古诗十九首》里面的两句话："胡马依北风，越鸟巢南枝。""胡马"就是北方的马，北方的马在南方，当北风吹来的时候，胡马还特别嗅一嗅北风的味道，因为这是故乡的风。正是"朔风动秋草，边马有归心"。"越鸟"就是南方的鸟，南方的鸟在北方，故意在向南的枝头上筑巢，因为这样似乎离老家近一点。唉，动物尚且如此，何况是人呢！正如魏晋王赞在

《杂诗》中所言："人情怀旧乡，客鸟思故林。"讲到这里，我又想起了唐代韦应物的一首《调笑令》，说是调笑，其实一点都不好笑，词曰："胡马，胡马，远放燕支山下。跑沙跑雪独嘶，东望西望路迷。迷路，迷路，边草无穷日暮。"我们都是为了自己工作方便，才把父母困在自己家里。父母年龄大，又没有文化，车票也不会买，每次都是乞求一样，跟我们商量买车票回老家的时间。他们在我家，真的是"远放燕支山下"，想回家也无可奈何，不知我何时放行，真的是"边草无穷日暮"。

196. 现在单位或集体评选出一个成绩突出者常冠以"优秀""先进""模范""先锋"等称号。作为一个土老帽，我最喜欢的词还是"把式"，当年我落榜在家当农民的时候，就常听村里人把农活干得漂亮的人称作"好把式"，有时候称呼都不叫名字，直接叫"李把式""刘把式"。其实这里的"把式"就有点敬畏的意思在，有点类似于师傅或者榜样的味道在里面，和长沙人说的"里手"差不多，"里手"在长沙方言里就是在行、行家的意思，但是我本人还是喜欢用"把式"这个说法。当然村里面不仅把干活好的人叫"把式"，把牛车驾得好的人也叫"把式"，俗称"车把式"。"把式"这个词现在回想起来是用得真带劲儿，又把握方向，又做大家的"式样"。"把式"又可以说是"把势"，一个人可以有把握势头的本事，那肯定是这个行当里的精英，甚至可以说是圣人了。刚才说到把握方向，我想到现在很多机关把自己单位里的司机叫书记，开始我不明白是什么意思，后来办公室的同事告诉我，书记是把握方向的，司机也是把握方向的，所以把司机就调侃为"书记"了。不过，调侃归调侃，司机师傅倒是真的愿意大家"书记书记"称呼他，感觉很受用。我常想，如果现在单位里不把司机调侃成书记，而称呼他为"把式"，他愿意接受吗？估计有点困难。这并不奇怪，因为我们现在还常常把"打把式"和"卖艺"联系在一起。不过"把式"这个词的确很江湖，最初来自武术这一行，过去在市场庙会上常有跑江湖练武卖艺的，江湖人就调侃他们为"挂子行"，后来武术一行，就总称"挂子行"，俗称"把式"。真把式叫"尖挂子"，挂子里面的尖子、佼佼者。假把式叫"腥挂子"，假惺惺的，过去北京天桥一带练把式卖艺的很多，但大多没有真功夫，都是腥挂子，以致后来把假货、假本事都称作"天桥把式"。

197. 道家有句话叫："日出千言，非死即伤。"说的是讲话多会损伤元气真神，所以道家有三句养生的话，即"口中少言，心中少事，腹中少食"。但其实比"日出千言"更伤神耗津的是争辩，换句话，争辩不但伤身还伤心。英国社会学家齐格蒙特·鲍曼（Zygmunt Bauman，1925—2017）在《个体化社会》一书中写道："语言上的争锋一般都以理性的凯旋和爱心的遍体鳞伤而告终。"遇到一些不涉及原则的小事莫要争辩，送给各位读者南宋杰出诗人陈与义的两句名言："微波喜摇人，小立待其定。"点点小事或者别人的一句话，不要动不动就"吹皱一池春水"，卡夫卡说，所有人类的错误无非无耐心。有时候一点点事，莫放心头，不要争论，不理它，过一会自然平定。学者钱钟书先生曾根据陈与义这两句诗写了一副对联："不定微波宜小立，多歧前路且迟徊。""佛书引语：停囚长智"（《全唐书》卷八七六），"囚"当是"留"的讹音，意思是说，遇到事情稍微停留一会，平复一下心态，这样时间久了可以增长智慧。然而说之容易做之难，明代张大复在《梅花草堂笔谈下·扯淡》中记载："东坡见悍妇争言，笑曰：'一点灵性，都搅入猪嘶狗咬中。'"别笑，我等凡夫在心头火方炽，喉下痰未消之时，也常常和悍妇无异，不自觉地搅入猪嘶狗咬中。尼采曾讲过：

"不懂得冷却思绪的人不应与人争辩。"古人有两句话讲得好："退一步行安乐法，道三个好欢喜缘。"何苦为一点鸡毛蒜皮争个你强我弱，你对我错？清朝褚人获在《坚瓠续集》中讲了这样一个故事：明代宣德、正统年间，松江知府赵豫，很有智慧。只要有人来衙门打官司，几乎令其明日再来。就如一句日本谚语所说："今日欲说之语，留待明日。"刚开始，人们不理解他，都觉得这个赵知府很怠政，甚至街上都在传唱"松江太守明日来"的童谣。那些来打官司的人，几乎都是一时激愤，头脑发热，一夜之后，心平静下来，很多事情就想通了，再加上朋友、邻居一劝，也就打消了诉讼的念头。

198. 天下最秘密的东西常常是最公开的，人人都知道，但又几乎人人做不到。这里讲两个关于传授秘诀的故事：一个是为官的秘诀，一个是为学的秘方。先讲一个为官的秘诀，南宋爱国诗人陆游的书斋名字叫"可斋"，很多人不明其义，于是陆游写诗答复："得福常廉祸自轻，坦然无愧亦无惊。平生秘诀今相付，只向君心可处行。"一个做官的人有俸禄有地位应该知足了，廉洁奉公自然无祸，纪检不会找你，检察院也不会找你，自然吃也香甜，睡也安然。我把一辈子做官的秘诀告诉大家，做人做事只要要向良心认可的地方去做就好了。比陆游出生早十来年的南宋温州第一状元王十朋给自己书斋起名"不欺"，他有《不欺诗》曰："室明室暗两奚疑，方寸常存不可欺。莫问天高鬼神远，要须先畏自家知。"不管是明处还是暗处，都不要有疑惑。不要欺骗自己的"方寸"，方寸指的是心。换句话，任何处境下做人都不要昧良心。不要说老天爷鬼神都很遥远，首先自己不要骗自己，做人要有敬畏心。后来王阳明的"致良知"思想和陆游的"可斋"思想、王十朋的"不欺"思想都是高度一致的。再讲一个为学的秘方，陈寅恪先生曾在1929年为北京大学历史学系的毕业生题赠过两首诗，其中的第二首我本人尤其喜欢，诗曰："天赋迂儒自圣狂，读书不肯为人忙。平生所学宁堪赠，独此区区是秘方。"我天生就是个迂腐的、自认为高明的酸书生，我读书只为提升自己的修养和境界，不是为了沽名钓誉获得他人赞扬，也不是为了"学成文武艺，货卖帝王家"。我一辈子做人的学问没什么好送给大家的，就是这种"古之学者为己"的精神是我的秘方！赘一句，陈先生这首诗恰恰是他提倡的"独立之精神，自由之思想"的最好诠释！

199. 中国有钱人很多，但贵族很少。判定一个有钱人的指标很简单，只要看薪资指标、财产指标就可以了。换句话，只要看他的经济资本就够了。然而判定一个人是不是贵族，经济资本是次要的，主要看他的社会资本和文化资本。所谓社会资本，过去叫"血统"，当然当今社会早已不谈血统，现在我们说的社会资本，讲得土一点就是朋友圈，看一个人的品位如何，很重要的一个观察视角就是看他交往了具备何等涵养的朋友。譬如《世说新语》里记载这样一则故事：山涛和阮籍、嵇康是金兰之交，山涛也对自己的妻子韩氏讲，这辈子能做我朋友的就是这两个人。有一天嵇康和阮籍来山涛家做客，韩氏让山涛留他们两位住下来，并准备了充足的酒肉。夜里，韩氏在墙上打个洞偷偷看他们三个喝酒聊天，一直看到天亮，都忘记回房间休息了。后来山涛问韩氏对阮籍和嵇康的看法，韩氏回答道："君才致殊不如，正当以识度相友耳。"翻译成土话，就是先生你的文凭、水平、职务、职称根本没法和他们比，你和他们能成为好朋友，恰恰就是先生你的见识、气质、内涵和他们相当。从这个故事我们可以看出，贵族本身是一种内涵、是一种气质。一个暴发户虽然开着豪车，喷着法国香水，有时候甚至不用开口，人家看气质就知道是个土豪。有钱没有错，但谁愿意被人看作土豪呢，于是为了表现得有气质、有内涵，就装。社会上于是出现了所谓的四大俗：听昆曲、喝普洱、弹古琴、学密宗。这些本来极雅的东西，被一帮土豪一搅和，结果变得俗不可耐。一个人的气质、内涵不是一蹴而就的，而是通过长期的文化熏染和学习来获得的。所谓的文化资本，重要指标不是文凭，而是阅读量。南宋温州第一状元王十朋有诗云："君富端不俗，有钱长买书。家藏三万轴，不怕腹空虚。"这首诗里，王十朋描述"不俗"的"有钱"人是真正的贵族。然而，现实往往是清代袁枚在《蠹鱼叹》这首诗里所描述的情形，诗曰："蠹鱼蠹罢发长叹，如此琳琅满架摊。富不爱看贫不暇，世间唯有读书难。""蠹鱼"就是我们说的书虫。满架子的书都被书虫咬完了，但是依然没有人翻阅。富人整日"锦衣鲜华手擎鹘"，哪里晓得读书，哪里晓得"五帝三皇是何物"。穷人连肚皮都填不饱，哪有时间和心思去读书呢。所以袁枚最后一句感慨："世间唯有读书难。"袁枚的这一句感慨，在两百多年后的当代中国社会依然没有过时，我们可能离一个富裕的国家越来越近，但我们离一个贵族社会依然有相当长的路要走！

200. 有时候，与其说我们喜欢被表扬，倒不如老实承认，其实我们仅仅喜欢被某些人表扬！契诃夫说得明白："与其受到混蛋的称赞，还不如被他们揍死的好。"

201. 中国人历来有一种不服老的精神。东汉末年的曹操在《龟虽寿》里说："老骥伏枥，志在千里；烈士暮年，壮心不已。"一个人到了垂暮之年，依然壮心不已，或者说依然雄心万丈，这种精神真是令人钦佩。为什么说令人钦佩？一个人的心最壮的时候其实就是初入职场的时候，壮心就是初心，初心亦是壮心。一个人如果一生都是不忘初心，那真的可以用伟大来形容。就如清代郑板桥在晚年写的那副对联："富于笔墨穷于命，老在须眉壮在心。""富于笔墨"

表示能力强，"穷于命"表示地位不高、待遇不高。但即使如此，心依然在眉毛胡子都白的时候还是那么壮。正所谓："形容变尽头如雪，不改当时一寸心。"但现实生活中，我们有些人干工作往往是"学佛一年，佛在眼前；学佛两年，佛在大殿；学佛三年，佛在西天"。他们在工作中变得越来越油，离初心越来越远。南宋温州第一状元王十朋有一首《秃笔》写得很感人："管城人已老，后辈颇相侵。问汝中书否？犹言欲尽心。"后来明朝顾炎武的"苍龙日暮还行雨，老树春深更著花"表达的就是这种"欲尽心"的精神。时至今日，我国社会已经逐渐进入老龄化阶段，但老龄化并不就意味着暮气沉沉，"不服老"的精神不仅不该老龄化而且需要大力弘扬和传承，我们的社会依然可以焕发无穷的活力！

202. 《浮生六记》中谈养生之道："口中言少，心头事少，腹里食少，有此三少，神仙可到。""口中言少""腹里食少"已经谈了好多，此处单表"心中事少"。无锡东林书院的依庸堂里有一副大家耳熟能详的名联："风声雨声读书声，声声入耳；家事国事天下事，事事关心。"如果撇开对联中爱国忧民的原意，单单就从养生的视角来看，"声声入耳""事事关心"是绝对要不得的，这种人是劳碌命，注意力不集中，一定活不长，太操心了。譬如诸葛亮，《晋书·宣帝纪》记载，当蜀国来使把诸葛亮每顿半碗饭，"二十罚已上皆自省览"（打二十军棍以上的罪罚都亲自过问）的情况告诉司马懿时，司马懿立刻断定诸葛亮活不久，操心的事多，营养跟不上，当然不是长生久视之道。相反，"两耳不闻窗外事，一心只读圣贤书"反而是最佳的养生之道。猴子掰玉米的故事我们从小就听，从做事的角度来讲，这个猴子真是可笑，忙活了半天几乎就是一场空！可是从养生的角度来讲，这只猴子实在高明，做了就丢掉，不执着。再说，一辈子掰的玉米再多，最后临了还不是如陆机在《吊魏武帝文》中所说的那样："格乎上下者藏于区区之木，光于四表者翳乎蕞尔之土。"如此看来，这只懂得丢掉的小猴岂不是养生高手？东晋明帝的驸马刘恢（也叫刘惔），字道生，又字真长，看他的取字就知道他是个懂得养生的道家人物。刘恢过世后，孙绰为他写悼文，对其评价是："居官无官官之事，处事无事事之心。"这句诔文的意思简单点说就是以出世的心态，做入世的事情，无论做官还是做事，恬淡的心境不会受到俗务的干扰。刘恢的这种心态的确符合养生之道。

203. 好的教育是让你越来越自尊；坏的教育是让你越来越自卑！

204. 上海话里有个词叫"白相"，其实就是黑道的意思。黑就是白，白就是黑，黑白有时候真的很难分！

205. "人固有一死，或重于泰山，或轻于鸿毛。"这句我们耳熟能详的对死亡态度的话来自西汉史家司马迁所作的《史记·报任少卿书》。我读到的另一句令人拍案的关于死亡的态度的话来自《安持人物琐记·后记》，作者是著名的篆刻家陈巨来。陈巨来说："人要死在别人的脚底下，而不要死在别人手掌中。"他对这句话的解释也堪称绝妙："如果某人死后，大家跺脚感叹，大呼可惜！可惜！说明此人是好人。如果此人死后，大家鼓掌叫好，那此人肯定生前令大家讨厌。所以说要死在别人的脚底下，而不要死在别人手掌中。"

206. 南朝时期经历了宋、齐、梁三个朝代的道家人物陶弘景，是个药物学家，且擅长书法，他有首题为《诏问山中何所有》的诗我本人蛮喜欢，诗曰："山中何所有，岭上多白云。只可自怡悦，不堪持寄君。"这首诗用于当下一些只知道写文章空谈的学者挺合适，写文章做课题自娱自乐，纯属是为了评职称混名头，一点实用价值都没有，真的是文中何所有，纸上多空话，只可自娱乐，不能送读者。

207. 清初反宋儒最激烈的思想家颜习斋曾讲过："无事袖手谈心性，临危一死报君王。"这两句诗是讽刺南宋以后信奉朱熹的腐儒们，平时不干实事，只会唾沫星子满天飞地来讲虚无缥缈的心性之学，"弃日用而语心，遗伦理而语道"（陆九龄语），在大难临头的时候，只能用以死报国的方式来求得解脱，其实这样的做法是一种逃避，简直是愚不可及。以死报国还算有点血性，更有甚者是国难当头，直接开溜，甚至连个乞丐都不如。明朝末年，住在秦淮河百川桥下的一个乞丐，听说南京被清军攻克，立刻在桥墩上留下了一首表达他拳拳爱国之心的诗："三百年来养士朝，如何文武尽皆逃。纲常留在卑田院，乞丐羞存命一条。"写完就投河殉国，羞于苟活于世。"仗义每多屠狗辈，负心总是读书人。"家国破灭，位高权重的贵族官僚们贪生怕死，纷纷屈膝投降，倒是乞儿花子自杀殉国，真是绝妙的讽刺！明末清初还有一个乞丐也写过一首"硬"诗，其实这些乞丐本身可能都是骨头硬的读书人，宁愿要饭也不愿意做汉奸奴才，这首诗是这么说的："赋性生来本野流，手提竹杖过通州。饭篮向晓迎残月，歌板临风唱晚秋。两脚踏翻尘世路，一肩担尽古今愁。而今不受嗟来食，村犬何须吠未休。"

208. 俗话说："事不关己，高高挂起。"汉朝王符在《潜夫论·救边》里面讲："痛不著身言忍之，钱不出家言与之。"痛苦不在自家身上，所以劝人忍耐。不用自己掏腰包，所以劝人要大方。这句话告诉人们，没有实际的体验永远也不会有那种真切的感受。西方也有一句类似的谚语："铡刀落在自己的脖子上最重，落在别人的脖子上最轻。"明朝开国功臣刘基在《郁离子·牧犌》中说："过瞿塘而不栗者，未尝惊于水者也；视猹犴而不惴者，未尝中于法者也。"过瞿塘峡而不哆嗦的人，是因为他未曾经历过江涛的惊险；

见监狱而不恐慌的人，是因为他不曾尝过失去自由的滋味和见识过法律的威严。清代大诗人袁枚在《春日偶吟》中说："拢袖观棋有所思，分明楚汉两军持。非常欢喜非常恼，不着棋人总不知。"袖手旁观看两个人在那里下象棋，无非就是楚河汉界杀棋吃子，似乎没有什么稀奇，但是两个下棋人却神经病一样，一会高兴抢先将了一军，一会懊恼错走了一步马，表面上是小题大做，但实际上其中的味道是旁观者无法体会的。上面这些例子都说明实践的重要。一个经历过沧桑的人往往更具有同情心，一个受过生活折磨的人，常常更有爱。莎士比亚在《李尔王》里有句话："一个非常穷苦的人，受惯命运的打击：因为自己是从忧患中间过来的，所以对于不幸的人很容易抱同情。"为什么年龄大的人看到孩子的米饭掉在桌子上会捡起来吃掉，因为他挨过饿。一个非常敬业的警察有可能最不希望自己的儿子做警察，并不是因为他不爱警察岗位，而是因为他太爱警察岗位，因为爱所以投入，因为投入，所以才知个中艰辛。无论是2008年的四川汶川大地震，还是2010年的青海玉树地震，大家一定会看到唐山人的影子，因为唐山人民对地震的感受比一般地方的群众要刻骨铭心得多，有人说唐山人冲到地震第一线是因为报恩，因为当年唐山地震的时候，全国人民支援了唐山。这种报恩的说法固然不错，但我觉得还是浅了些，我更愿意相信唐山人民冲到地震第一线是出于内心真诚的爱，因为他们对地震造成的痛苦有过深刻的体验。

209. 中国人自古就有一种自强不息的精神。《列子·天瑞》讲：子贡倦于学，告仲尼曰："愿有所息。"仲尼曰："生无所息。"意思就是说，子贡厌学了，想向孔老师请假，休息一段时间。孔子不但不批请假条，还直接告诉子贡，只要活着就要学习不止，奋斗不息。要"苟日新，日日新，又日新"，不过孔子不仅是这么说的，也真是这么做的。《吕氏春秋·季春纪·尊师》中记载：子贡问孔子曰："后代将何以称夫子？"孔子曰："吾何足以称哉？勿已者，则好学而不厌，好教而不倦，其惟此邪。"这次的主角还是子贡，子贡问孔老师后代将以什么来标榜您老人家啊？孔子说，我有什么好标榜的，一辈子没有停止过的两件事就是学习不厌倦，教书无抱怨，仅此而已。古人有两句诗曰："寒雨暗深更，流萤度高阁。"这两句诗可以用来概况孔子的一生。这两句话有《诗经》里"风雨如晦，鸡鸣不已"的意思，言君子虽身处衰世，光如流萤，仍是自强不息，未敢一日稍懈，如流萤飞度高阁然。春秋时期齐国的著名政治家晏婴，当听到大臣梁丘据说："吾至死不及夫子矣！"晏婴答道："婴闻之，为者常成，行者常至。婴非有异于人也，常为而不置，常行而不休者。故难及也？"意思就是说，做了才能有收获，行了才能出路程。晏婴也是凡夫子，只是常做又常行。清代诗人袁枚有一首七绝说："重理残书喜不支，一言拟告世人知。莫嫌海角天涯远，但肯摇鞭有到时。"晏婴和袁枚讲的都是健行不息的精神。

210. 还想说读书，先抄录两首我最喜欢的关于读书的现代诗以飨各位读者，第一首不知出处，是从一本小书的扉页上读到的，内容是：

> 坐着站着，
> 只要一本书就能到另一个世界。
> 笑着哭着，
> 哪一页有你的笑容或泪水，你都记得。
> 醒着想着，即便是远行，
> 也要沉甸甸地带在身边陪着。
> 总是能够点一盏灯亮着，读着读着，心就暖了。

第二首是美国隐居女诗人狄金森的诗：

> 没有一艘船能像一本书
> 也没有一匹骏马能像
> 一页跳跃着的诗行那样——
> 把人带往远方。
> 这渠道最穷的人也能走
> 不必为通行税伤神
> 这是何等节俭的车——
> 承载着人的灵魂。

有位国家领导人曾严肃地指出："读书关系到一个人的思想境界和修养，关系到一个民族的素质，关系到一个国家的兴旺发达。一个不读书的人是没有前途的，一个不读书的民族是没有前途的。"

211. 有个国王临终前问他的宰相人生的价值到底是什么？他的宰相念了一首诗："乾坤一戏场，人生一悲剧。自家受的苦，他人莫继续。"我常常讲人生最大的价值就是为人民服务。翻译家傅雷先生在1961年7月7日给儿子傅聪的信中这样写道："人的伟大是在于帮助别人，受教育的目的只是培养和积聚更大的力量去帮助别人，而绝对不是盲目的自我扩张。"古罗马哲学家塞涅卡说得好："我不是为了某个特别的角落而生，整个世界就是我的家园。"莎士比亚说得好："上天生下我们，是要把我们当作火炬，不是照亮自己，而是普照世界。"苏联作家奥斯特洛夫斯基也说过："人生最美好的，就是在你停止生存时，还能以你所创造的一切为人们服务。"英国小说家毛姆也说："人生的大悲剧不是人们死灭，而是他们不再爱人。"在《凡言书》中，杰里米·边沁（1748—1832）坚定地说，道德的基础是"最大多数人的最大幸福"。这句非常著名的话，实际上是来自稍早一点的弗朗西斯·哈奇森（1694—1746），后者说的是："最好的行动，是为最大多数人创造出了最大快乐的行动。"被誉为"积极思考的救星"、"美国人宗教价值的引路人"和"奠定当代企业价值观的商业思想家"诺曼·文森特·皮尔牧师在《受苦的人没有悲观的权利》中说："做真正可以满足别人需要的事，你就会发现你的许多需要都将得到满足。"这段话讲的是付出、抛弃自我中心论，转而利他。总想着自己便会产生寂寞，若是想着别人或者其他事情便会解除寂寞。雪漠在《光明大手印：当代妙用》中说："什么是价值？这个世界上有你比没你好，这就是你的价值。"世界轮椅基金会创始人、主席肯尼斯·尤金·贝林先生，20世纪90年代三次上榜《财富福布斯》全球首富前400位。我曾经在余秋雨先生的某本书上读到他讲的一段话，相信会引发各位读者对人生价值的思考。贝林先生说："我现在年纪老了，我经历了三个阶段的人生目标。第一个阶段是求多，我实现了；第二个阶段是求好，我的飞机是最好的，我的住宅是最好的，我的享受是最好的，我也做到了；第三个阶段是求异，就是谁都没有经历的，我要经历，比如我自己开飞机。所有这些，都在我六十岁时得到了满足。于是，我感受到了一种深刻的无聊。直到2000年3月，一个越南的残疾女孩出现在我的眼前。我轻轻地把一张轮椅推过去，她坐上去时很慌张，但是几分钟之后，她觉得获得了自由，她的眼里绽放出前所未有的光彩。在非洲津巴布韦，一位男青年背着一位中年妇女来到我眼前。'这是你母亲吗？是你朋友吗？'我问他。'都不是，我在路边看到这个人需要背，就把她背到你这儿来了。'我从这个小女孩和男青年的身上知道了我需要做什么。其实这些事情早就可以做，为什么没有文化来提醒我？"

212. 《孟子》说："人之患在好为人师。"《阎锡山日记》也说："好为人师，人之通病。"我参加过不少演讲会，有的演讲者一旦手里拿到话筒，就好像拿到了尚方宝剑，一副大义凛然、不可一世的样子，似乎占领了道德的制高点，讲话的语气咄咄逼人，眼睛也是凶光四射。每次看到这样的演讲者，我都是直摇头，且不论他讲的内容如何，单单那个态度就令人生厌！借用王朔在小说《一半是火焰，一半是海水》里方方骂陈伟玲的话就是："胶鞋脑袋，长得跟教育似的。"顾随先生说："诗人可以给读者一种暗示，而不能给人教训。诗是美的，岂可以教训破坏之？"（《驼庵诗话》）诗人当如此，演讲者亦当如此，不要用冰冷的教训来破坏一场本来有温度的演讲！

213. 曾读过这样一个小故事，很有启发。数百年前，一位国王召集了天下最有名、最有学问的学者，交代他们一个任务："编一本集大智慧的巨著流传给子孙。"结果，这本书编得好厚，有好几百卷。国王下令，让这些学者把这些智慧浓缩成一句精华的话。最后这句千锤百炼的话是："天下没有免费的午餐。"

214. 英裔加拿大作家格拉德威尔在《异类》一书中提出："人们眼中的天才之所以卓越非凡，并非天资超人一等，而是付出了持续不断的努力。10000小时的锤炼是任何人从平凡变成超凡的必要条件。"一般来说，一个人要成为某个领域的专家，需要投入10000小时，按比例计算就是：倘若每天投入8小时工作，一周工作按照5天来计算，那么成为一个领域的专家至少需要专心致志地努力5年。格拉德威尔将此称为"10000小时定律"。

215. 世界上多数民族都将早晨作为一天的开始，而犹太人的一天则是从太阳落山开始的。将黑暗作为开始的人，他们的最后才是光明。

而将光明作为开始，最后将是黑暗。他们这样教育孩子先吃苦后享受。

216. 我读过一篇报道，据说比利时的《老人》杂志曾经对全国六十岁以上的老人进行过一项调查，问他们这辈子最后悔的事情是什么？结果72%的老人回答是年轻时没有努力！意大利文艺复兴运动代表薄伽丘曾讲："人生最大的悲痛莫过于辜负青春。"年轻时的快乐不是真正的快乐，老而不悔方是真快乐！美国前总统吉米·卡特在其著作《晚年的优势》中说："当后悔取代梦想的时候，人才会变老。"

217. 《世说新语》里还记载了这么个典故：晋元帝司马睿的皇后生了个儿子，晋元帝很高兴，于是大摆酒宴，赏赐群臣。其中有个叫殷羡的大臣，借机讨好皇上，站起来向皇帝致谢说："皇子诞生，普天同庆。我们做大臣的，无功受赏，心里不安。"晋元帝笑着说："这叫什么话，皇后生儿子，怎能允许你们有功劳？"大臣们一听，笑得前仰后合、东倒西歪，殷羡的马屁没有拍成，拍在了马腿上，恨不得找个地缝钻进去。北宋宰相寇准在中书省会餐时，胡须不小心沾上了汤水，寇准的部属丁谓是个喜欢逢迎的小人，连忙上前给寇大人擦拂胡须。寇准当场加以责备，弄得丁谓羞愧万分。后世称逢迎讨好为"拂须"，就是由此而来。清代的大学者袁枚有一首《造假山》，把有些人的这种仰人鼻息、揣摩上意的情态描述得淋漓尽致，诗曰："半倚青松半掩苔，一峰横竖一峰回。高低曲折随人意，好处多从假字来。"虽然拍马屁可恶，明知道对方为了自身利益说的是假话，做的是假事，但是有时候人是甘愿被拍马屁的，正如俗语所说："千穿万穿，马屁不穿。"大概王安石在苏东坡眼里就属于这类甘愿被拍的人，苏东坡曾做过《假山》一诗来嘲讽王安石，诗曰："安石作假山，其中多诡怪。虽然知是假，争奈主人爱。"

218. 《易经》里有个词叫"童观"，就是像小孩子一样观察学习，很肤浅。南宋诗人范成大有首《丑家》，诗云："昼出耘田夜绩麻，村庄儿女各当家。童孙未解供耕织，也傍桑阴学种瓜。""童孙未解供耕织，也傍桑阴学种瓜"就是童观，小孩子并不会耕田织布，也在桑树的荫凉下面学着大人的样子种菜种瓜。孩子过家家的游戏而已。还有好比小孩子看画一样，只看像不像，不会考虑内涵。譬如苏东坡有诗云："论画以形似，见与儿童邻；赋诗必此诗，定知非诗人。"就如现在的小孩子看电视，总问谁是好人谁是坏人，其实好人坏人哪里分得清，坏人常常伪装成好人，好人也常常被怀疑成坏人。

219. 《素书》里面讲："足寒伤心。""足寒伤心"讲的是养生，人的身体是从下往上衰退的，所以一个健康人的脚一定是暖的有活力的。俗语也说："人暖腿，狗暖嘴。""上捂不如下捂，戴帽不如穿裤。"

220. 我们的古人讲水能载舟，亦能覆舟！匈牙利民族文学的奠基人裴多菲也曾说过类似的话，他说："虽然船在上面，水在下面，然而水仍是主人翁！"意思都差不多，就是警告统治者要爱护人民。当年丘处机见元太祖时，以不嗜杀人、敬天爱民、清心寡欲三事为言。清朝学者纪昀的《阅微草堂笔记·卷十五》记载："有州牧以贪横伏诛。既死之后，州民喧传其种种冥报，至不可殚书。余谓此怨毒未平，造作讹言耳。先兄晴湖则说：'天地无心，视听在民；民言如是，是亦可危也已。'"一个贪官即使是死了，老百姓还是不放过他，还要杜撰种种恶报来诅咒他，当民怨积累太久的时候，一旦爆发，那个力量是阻挡不住的。《晏子春秋·内篇·杂上》中记载："景公游于纪，得金壶，乃发视之，中有丹书，曰：'食鱼无反，勿乘驽马。'公曰：'善哉，如若言!食鱼无反，则恶其鲢也；勿乘驽马，恶其取道不远也。'晏子对曰：'不然。食鱼无反，毋尽民力乎!勿乘驽马，则无置不肖于侧乎!'"齐景公巡视纪国，得到一个密封的金壶，打开一看，里面有朱砂写的帛书，上写八个大字："食鱼无反，勿乘驽马。"齐景公一看高兴了："太好了，是这么回事! 不吃鱼反面，味道太腥了! 不要乘驽马，跑得太近了！"丞相晏婴说："哎呦，我的主公唉，不是这么八宗子事呀，食鱼无反是说不要榨干百姓血汗! 勿乘驽马，是说身边不要留小人！"

221. 《圣经·创世记》里说上帝造万物只用了六天时间，第七天上帝休息以恢复体力。所以西方人特别重视周末，有些西方国家的工资就是一周发一次，因为大家要拿着钱周末好好地潇洒放松一下。当年日本人偷袭珍珠港就特别选在了星期天。对犹太人而言，数字"七"是非常重要且意义深远的。首先每隔七天就有安息日的来临，安息日是犹太生活的焦点核心，因为它每周固定提醒犹太子民要记得宇宙与人类被创造，以及上帝和犹太人之间的立约。每周一次的安息日不是要"做什么"（to do），而是"存在"（to be）。每逢第七年，要让田地休耕，不播种、插秧；第四十九年是值得恭贺的一年，这一年不但田地休耕，向他人借的债也可一笔勾销。犹太人每年有两个很大的祭典：一是"出埃及记"；一是丰年祭，都各连续庆祝七天。其实中国人自古就懂得用"七"来恢复精神，今称"星期日"，古称"来复日"，来复日吃肉增补脂肪和蛋白质，称"打牙祭"。

222. 清代诗人龚自珍在《己亥杂诗·一百七十》中写道："少年哀乐过于人，歌泣无端字字真。即壮周旋杂痴黠，童心来复梦中身。"年少的时候很单纯，想哭就哭，想笑就笑。年龄大了，到了社会学会戴假面具了，只有做梦才能恢复那本真的人性。讲到"童心"，这里讲个故事。晋惠帝司马衷除了"何不食肉糜"，还有一个笑话，在华林园听到青蛙叫时问左右"青蛙叫为公还是为私？"周作人咏诗曰："满野蛙声叫吱吱，累他郑重问官私。童心自有天真处，莫道官家便是痴。"人们都笑话司马衷愚痴呆傻，但周作人却认为这种天真的童心很难得，因为官场上大家都是"表演系"毕业的，个个都是演员。就像龚自珍在另一首《歌哭》中所说的："阅历名场万态更，原非感慨为苍生。西邻吊罢东邻贺，歌哭前贤较有情。"意思就是说，官场完全成了不问"苍生"，只知道追名逐利、逢场作戏，变成"覆性"人了。官员们在相互往来的红白喜事中发出的"歌哭"声，一听就是从喉咙里挤出来的，煞似职业哭丧工发出的号啕声，而非像前贤那样出自真性情。《圣经》里讲了这样一个小故事："当时，门徒进前来，问耶稣说：'天国里谁是最大的？'耶稣便叫一个小孩子来，使他站在他们当中，说：'我实在告诉你们，你们若不回转，变成小孩子的样式，断不得进天国。所以凡自己谦卑像这小孩子的，他在天国里就是最大的。'耶稣为小孩祝福。那时，有人带着小孩子来见耶稣，要耶稣给他们按手祷告，门徒就责备那些人。耶稣说：'让小孩子到我这里来，不要禁止他们：因为在天国的，正是这样的人。'"《圣经》里讲的小孩就是天真无邪本性的代表。周国平在《人生哲思录》中讲得好："智慧是达于成熟因而不会失去的童心。一个人在精神上足够成熟，能够正视和承受人生的苦难，同时心灵依然单纯，对世界仍然怀着儿童般的兴致，他就是一个智慧的人。""成熟了，却不世故，依然一颗童心。成功了，却不虚荣，依然一颗平常心。兼此二心者，我称之为慧心。"

223. 为人做事最忌讳的就是投机取巧。战国时期的屈原就曾在他的名篇《离骚》里批评过一些投机分子："固时俗之工巧兮，偭规矩而改措。背绳墨以追曲兮，竞周容以为度。"意思就是贪利小人会投巧，方圆规矩云霄抛。法度规则全不要，邪门歪道跟着跑。厚颜无耻自己炒，吹嘘符合先王道。

224. 犹太人有个小故事说，有位智者被人问道："为何你能成为智者？"智者闻言答道："因为直到目前为止，我在灯油方面所花的钱，比起食用油方面还要多得多。"这个和孔子所说的"好学近乎知"的意思相当。孔子好学是出了名的，北齐刘昼在《刘子·崇学》中说："宣尼临没，手不释卷。"孔子临走的时候，手里面还拿着书。

225. 林针在《西海纪游自序》中写过这么一副对联："去日之观天坐井，语判齐东；来年只测海窥蠡，气吞泰岱。"这副对联用来表达学习真是太合适不过了。"去日之观天坐井，语判齐东"意思是说过去自以为是，认为自己的学问够大了，老子天下第一，但实际上自己是坐井观天，讲出来的话就像"齐东野语"那样粗俗，"齐东野语"出自《孟子·万章上》，原文是："此非君子之言，齐东野人之语"，意思是齐国东部没受过教育的粗野之人讲的话。就如王安石有一首《鱼儿》诗所说："绕岸车鸣水欲乾，鱼儿相逐尚相欢。无人挈入沧江去，汝死哪知天地宽。"水塘的水都要被水车抽干了，就剩下那么一点水，但是鱼儿还认为水量很大了。如果这辈子没有机会看过大海的话，到死也不知道天地的宽广。"来年只测海窥蠡，气吞泰岱"，现在由于经过一段时间的学习，感觉有进步了，虽然像"以蠡测海"那样少，但是眼光和气概便已经和过去大不相同。"蠡"就是贝壳，用小小的贝壳去测量大海，当然无法知道海的广大，但是比起没有接触甚至没有见过大海的人来说，却要知道的多了一些。

226. 有副对联我很喜欢，"麟角凤毛期造诣，寸金尺璧惜光阴"。意思是说一个人要想达到麟角凤毛的造诣，那就要一寸光阴一寸金地去珍惜时间。明朝的文徵明有首诗叫《除夕》，诗是这样写的："人家除夕正忙时，我自挑灯拣旧诗。莫笑书生太迂阔，一年功课是文词。"我们虽然不能做到像文徵明那样连除夕都不浪过，但最起码平时要充分地把时间利用起来，就如唐代韩愈在《进学解》中所讲的"焚膏油以继晷，恒兀兀以穷年"。我们要懂得《文心雕龙》中所谓"积学以储宝"的道理，就如明代吕坤在《呻吟语》中所言："'有渐无已'，此四字德业之成务。"意思就是说，一个人成德也好，成业也好，都要逐渐积累不要停止。据说，1955年黄宾虹先生离世前几天，口中一直念着挂在家中的长联："何物动人，二月杏花八月桂；有谁催我，三更灯火五更鸡。"教育家蔡元培先生曾讲过："修学之道有二：曰耐久，曰爱时。"记住鲁迅先生在《且介亭杂文·序言》中所说："失掉了现在，也就没有了未来。"美国哈佛大学图书馆的墙上有几句话我特别喜欢："我荒废的今日，正是昨天殒身之人祈求的明日。""觉得为时已晚的时候，恰恰是最早的时候。""即使现在，对手也在不停地翻动书页。"行文至此，突然想起一首20世纪80年代初被人们广泛传唱的劝勉年轻人珍惜时光的歌曲《金梭和银梭》，歌中唱道："太阳太阳像一把金梭，月亮月亮像一把银梭。交给你也交给我，看谁织出最美的生活。金梭和银梭日夜在穿梭，时光如流水督促你和我，年轻人别消磨，珍惜今天好日月好日月。……金梭和银梭匆匆眼前过，光阴快如箭提醒你和我，年轻人快发奋，黄金时代莫错过莫错过……"

227. 父母，是孩子的一面镜子，为此，在玻璃后面一定要涂满水银。日本有一句话说："孩子是看着父母的背影成长的。"父母榜样是一个人成长的底蕴和柱石。所谓"孔子家儿不识骂，曾子家儿不识斗""将门必有将，相门必有相"，这些都说明榜样是极重要的。我很欣赏北京第一实验学校校长李希贵先生讲的一句话："孩子不会成为你希望的样子，而会成为你的样子。"

228. 无论是处于哪个层级的领导者，对待广大的民众，一定要有真感情。就如清朝郑板桥诗中说的那样："衙斋卧听萧萧竹，疑是民间疾苦声。些小吾曹州县吏，一枝一叶总关情。"《孟子·梁惠王下》里面讲："乐民之乐者，民亦乐其乐；忧民之忧者，民亦忧其忧。"明代著名思想家王阳明，正德年间任南赣汀漳巡抚时，曾经把官员出行时的"肃静""回避"牌去掉，另举两牌：一个牌上写"愿闻己过"，一个牌子写"求通民情"。他解释这样做的原因是："肃静欲使无言，闻过则招之使言；回避欲其不见，通情则召之来见。"

229. 河南内乡县一座古县衙有这么一副对联："得一官不荣，失一官不辱，勿道一官无用，地方全靠一官；穿百姓之衣，吃百姓之饭，莫以百姓可欺，自己也是百姓。"上联说的是做官要有一个平和的心态，这个上联使我想起了李鸿章在晚年写的一副对联，这副对联也表达了"拼命做官"的李鸿章晚年对官职的一个态度，联曰："享清福不再为官，只要囊有钱，仓有米，腹有诗书，便是山中宰相；祈寿年无须服药，但愿身无病，心无忧，门无债主，可为地上神仙。""穿百姓之衣，吃百姓之饭，莫以百姓可欺，自己也是百姓。"说明了官民关系其实是鱼水关系，做官不能脱离群众。

230. 做官首先是做人，心术正是首要的。《阎锡山日记》中说得好："为政须有正的存心，知须有善的言词。心不正，言词虽善总是欺民；言不善，心虽正，亦易致疑。"《两般秋雨庵随笔》中记载：

"宋吴伯举守姑苏，蔡京一见大喜，入相首荐其才，三迁中书舍人。后以忤京落职，知扬州。客或有以为言者，京曰：'既做官，又要做好人，两者可得兼耶？'此真丧心病狂之语。"宋徽宗时期的宰相蔡京可谓权重一时，有一次，蔡京到苏州考察，市长吴伯举热情招待。蔡京对吴伯举的印象极佳，回到中央之后对吴伯举大加推荐，结果吴连升三级，一直做到相当于现代中央秘书处秘书长的职务。吴伯举此人心正行端，和蔡京这个官场老泥鳅完全不同，蔡本以为吴是自己人，但后来发现吴常常不顺其命，蔡京自然也不客气，找个理由把吴降职到扬州做"市长助理"。有人替吴说话，结果蔡京却说出了一句丧心病狂的话："想做大官又想做好人，哪有这样的好事？"

231. 过去有这么一个说法："一日之计在于寅，一年之计在于春，一生之计在于勤。"寅时就是凌晨三点到五点，就是五更这个时间段。许仁图先生在《一代大儒爱新觉罗·毓鋆》中说："清朝早期皇子都在上书房读书，宫中制度极严，每日寅时（早上三至五时）起床，卯时（五至七时）授课。其实是三时起床，五时授课；大年三十照常上学，但提早于辰正（八时）下书房。"我们现在起得比古人晚多了，庙里的和尚大概会早一点起来做功课，平常人起不了那么早。肖复兴先生在《咫尺天涯：最后的老北京》里讲了这么个故事，很感人，故事说的是：'民国时期一位姓李的卖报老人，每天清晨穿街走巷卖报，以打更用的梆子之声，代替一般的叫卖声。打更，最多是打五下梆子，因为五更之后，天便亮了。这位李老汉却每一次要打六下，而且，最后一下，敲打梆子最重，发出的声音最响。旁人问他何故，他说：'八国联军进北京欺负咱们，咱们还在睡大觉，五更不醒，六更还不醒吗？我就是要大家快点儿醒来，看看今天的报纸吧！'普通人的爱国之情，令人感动，成为当时北京一景，也成为北京叫卖声绝无仅有的最为别致特殊的一种。"

232. 作家三毛曾讲过："坚持自己该做的固然叫作勇气，坚持自己不该做的，同样也是勇气。"沃伦·巴菲特就曾经说过："比尔·盖茨最高明的地方，不在于他做了什么，而在于他没有做什么。"这些名言警句讲的都是"知止"的道理。

233. 精卫填海的故事大家都很熟悉。希腊神话也有类似于精卫填海的故事，希腊神话中的人物中有一位科林斯王国的建立者叫西西弗斯，他为了让世间没有死亡，把死神骗进石棺里关了起来，后来还胆大包天欺骗冥界之神，最终被冥界之神罚做苦役赎罪。他被罚把一块巨石推上山顶，每次快到山顶时，巨石就会自动滚落下来，以致前功尽弃，于是西西弗斯就不断重复、永无止境地做这件事——诸神认为再也没有比进行这种无效无望的劳动更为严厉的惩罚了。或许人们会认为西西弗斯会后悔当初自己的所作所为，但我认为即使再给西西弗斯一次机会，他一样会为了拯救人类而与死神斗争，虽然他的这颗至诚之心不会像愚公那样会感动天帝，反而会得罪天帝，滚石头是看不到希望的，但我相信他一样会像佛教中的地藏王菩萨那样，抱着"地狱不空，誓不成佛"的至诚精神一直努力下去！

234. 人类的痛苦常常在于追求完美，其实有缺陷的人类，既无力创造，也不配享有一个完美的世界，但是人类的伟大和可爱之处恰恰在于无时无刻不在为一个完美的世界而努力！歌德就曾讲过："十全十美是上天的尺度，而要达到十全十美的愿望，则是人类的尺度。"当年有记者问史铁生"人的残缺证明了神的完美"这句话如何解释？史铁生回答："你用什么证明神的存在？当你觉得自己是残缺的，而有一个不残缺的比照着的时候，神就存在了。"

235. 日本明治维新时代著名政治家西乡隆盛作过的一首七绝："几历

辛酸志始坚，丈夫玉碎愧瓦全。一家遗事人知否，不为儿孙买美田。"比尔·盖茨有很多钱，但是他说一分钱也不留给子女，为什么？对子女没好处。香港最近有一个人捐了四十亿港币，别人说你怎么不给小孩留点儿啊。他说小孩如果有办法，我不给他留钱他也有办法；小孩如果没办法，我给他留钱只能害他，人家谋财害命就找他，可能死得更快。所以不管小孩有本事还是没本事，给他留太多钱都没有好处。

236. 做官的讲爱民如子，其实当将的也讲爱兵如子，历史上的吴起就是爱兵如子的典型。《史记·孙子吴起列传》中记载说："起之为将，与士卒最下者同衣食。卧不设席，行不骑乘，亲裹赢粮与士卒分劳苦。卒有病疽者，起为吮之。卒母闻而哭之。人曰：'子，卒也，而将军自吮其疽，何哭为？'母曰：'非然也。往年吴公吮其父，其父战不旋踵，遂死于敌。吴公今又吮其子，妾不知其死所矣。是以哭之。'"意思说，自从吴起做主将，吃穿与兵无异。睡觉无褥透心凉，出行靠腿无车辆。亲自扛枪背干粮，劳苦与卒来共尝。某兵身上长毒疮，老吴把脓全吸光。兵妈听了直喊娘，我的乖乖活不长。将军吮脓最高奖，有人不解道端详：当年他爹也有疮，将军动作也这样。他爹感动泪直淌，直喊老吴寿无疆。打仗玩命没话讲，战死沙场硬邦邦。待到我儿疤发痒，定思报恩战沙场。刀剑无情寒光凉，我儿不知死何乡！

237. 《涅槃经》中说："雪山有草，名为忍辱，牛若食者，则出醍醐。"希望大家在生活中都能遇到这种忍辱草，好好咀嚼这种忍辱草，从而把我们的生命，把我们的思想，转化成无上的甘露醍醐。美国有专家曾做过下面的实验，专家先让接受实验者用宽容的心态去回忆曾经一个受伤害的场面，然后再用非宽容的心态去回忆同样的场景。结果表明，接受实验者在非宽容期的平均心率增加了，血压也随之升高了。此外，美国斯坦福大学曾经实施过《斯坦福宽容计划》，通过实验发现，所有参加计划的人中，有70%的人受伤害感明显降低，20.3%的人表示因怨恨带来的身体不适症也有所减轻。

238.　俗话说："人怕丢脸，树怕掉皮。"但有的人就是不怕丢脸，我们管这种死不悔改的人叫"老赖"。《圣经》里面有个比喻说得好："愚昧人行愚妄事，行了又行，就如狗转过来吃它所吐的。"加缪在《局外人》里一段刻画人性与处境的话，或许部分揭示了人为什么不愿意改过的内在心理机制："我们很少信任比我们好的人，宁肯避免与他们来往。相反，我们常对与我们相似、和我们有着共同弱点的人吐露心迹。我们并不希望改掉弱点，也不希望变得更好，只是希望在我们的道路上受到怜悯与鼓励。"

239.　"布施"这个词因为佛教的兴起而广为人知，法布施、财布施、无畏布施等词语大家都耳熟能详。其实不仅佛家讲布施，儒家也讲布施，譬如"博施济众"就是典型的布施思想。道家也讲布施，《庄子·外篇·天道》中讲："天道运而无所积，故万物成；帝道运而无所积，故天下归；圣道运而无所积，故海内服。"庄子的这种了不起的"无所积"精神其实就是布施精神。基督教也讲布施，基督教不是也讲"施比受有福"吗？犹太教也讲布施，《塔木德》说："如果赚的钱都揣进自己的腰包，你就不是一个真正的富翁。"犹太人至今恪守着这样一种传统，富人在举行婚礼或其他庆典时，应邀请穷人参加。富人和穷人之间存在着一种近乎共存的关系，更进一步讲，他们彼此互相信赖。穷人企望富人的关怀、照顾，富人希望穷人能使他们的财富更有意义。美国科学家B.富兰克林希望自己在告别这个世界的时刻，能听到人们这样说："他活着对大家有益"，而不是"他死时很富有"。"钢铁大王"卡耐基三十三岁时在日记中写道："对金钱执迷的人，是品格卑贱的人。如果我一直追求能赚钱的事业，有一天自己也一定会堕落下去。假使将来我能够获得某种程度的财富，就要把它用在社会福利上面。"他还认为："一个有钱人如果临终还是很有钱，那就是一件可耻的事情。"当然他也说到做到。布施表明了一种态度：它表明你做了什么，不只是你给了什么。近年来，"布施"转换为大众普遍熟悉的说法叫"慈善"（charity）。记得前几年，有一个企业家高调进行诸多的慈善活动，甚至到美国给乞丐发钱，进行"财布施"，只要求大家与他合影。其实他这样高调做慈善，施而居功只不过是消费的一种，我们称之为炫耀性消费。"炫耀性消费"是社会学家和经济学家托斯丹·范伯伦（Thorstein Veblen）在《有闲阶级论》一书中首先提出的概念。炫耀性消费购买的不一定是高档物质形态奢侈品，而且还可以是另一类奢侈品——高知名度、高姿态、政治或者道德上的高调自我夸耀。可以说这位企业家的炫耀性慈善或者说高调的布施本身隐藏着一种虚伪，虽然报道上说他实实在在地捐出了很多钱，但其行为之核心还是爱自己。因为"慈善"（charity）在拉丁语中（caritas）原意是宝贵、贵重、珍惜，指的是对他人深沉的"无限仁爱"，显然这位企业家对他人并不具备这种深沉的爱，别人只是他慈善表演的道具而已，这种高调的布施表演换来的是什么？如果用达摩的话来说就是"毫无功德"！真正布施的心态应该是"雁过长空，影沉寒水；雁无遗踪之意，水无留影之心"。

240. 有这样一个故事，有位武士犯了重罪，国王把他交给王后处置。王后命他回答一个问题：什么是女人最大的心愿？这位武士当场答不上来，王后给了他一个期限，到期再答不上来，就砍他的脑袋。于是，这位武士走遍天涯去寻求答案。最后终于找到了答案，保住了自己的头；据说这个答案经全体贵妇讨论，一致认为正确，就是："女人最大的心愿就是有人爱她。"潘灯在《悟：开启心灵之门》

中写过这么一段话："成功的男人在外面征服了世界，为了缓解'高处不胜寒'的孤独心理，回到家里心甘情愿地被老婆所征服，他深深地知道这是爱老婆的最高级表现；而失败的男人在外面被世界所征服，为了平衡不服输的压抑心理，回到家里去强行地征服老婆，他在这时才能够感觉到自己渺小中的'伟大'！嫁给成功男人的女人，会享受到征服世界的男人臣服于自己石榴裙下的超级精神满足；嫁给失败男人的女人，要经常忍受一个被世界打败的男人的窝囊发泄和凌辱！这是很多女人要是没有亲身经历过却很难发现的秘密，所以，女人嫁给成功的男人绝对是一种智慧的表现！"

241. 有一位婚龄六年、主持过四年情感专栏的女记者这样说过："所谓幸福，就是家里的那位从来不说伤害你的话。"有句话讲得好："不称霸的男人，会制造和谐；不唠叨的女人，会创造温馨。"根据全国妇女联合会的调查，在2.7亿个中国家庭中，30%存在家庭暴力，每年有大约10万个核心家庭因家暴而解体。家庭暴力现象呈总体上升的发展趋势。调查还显示，20世纪90年代发生的家庭暴力与80年代相比上升了25.4%，而21世纪的前十年，又在20世纪90年代的基础上，上涨了40%。这些数字上涨的原因，除了生活、工作的压力越来越大外，就是越来越多的独生子女，当年的"小皇帝""小公主"开始走向社会，组建家庭。他们中的好多人从小就"独"惯了，不懂得包容、迂回和隐忍，而这些对于夫妻的和谐、恒久之道恰恰又是最宝贵的！

242. 讲两个晒太阳的故事：一个是西方的"太阳"，一个是东方的"太阳"。西方晒太阳的故事发生在古希腊马其顿王国亚历山大大帝统治时期。据说有一次，亚历山大大帝去看望犬儒学派的哲人第欧根尼，结果恰逢这位大哲学家正赤身裸体地在一个木桶里晒太阳。亚氏谦卑地问他有何可以效劳的？这位第欧根尼老兄却说："走开，不要遮住我的阳光！"

东方晒太阳的故事记载在《列子·杨朱》里，原文是："昔者宋国有田夫，常衣缊黂，仅以过冬。暨春东作，自曝于日，不知天下之有广厦隩室，绵纩狐貉。顾谓其妻曰：'负日之暄，人莫知者。以献吾君，将有重赏。'"意思说，宋有农夫穷光光，秋冬衲衣裹身上。熬到春耕晒太阳，便觉人间别无强。扭着脑袋对妻讲：曝日浑身暖洋洋，我将进京献我王。我王晒阳心欢畅，定会重金将我赏。

上面讲的两个虽然都是晒太阳的故事，但所体现的文化态度却迥然不同。西方哲人不许别人侵犯我晒太阳的人权，代表个人主义，这是西方民主自由的基调。而东方老农却希望阳光照在你身上也照在我身上，希望帝王可以与民同乐，这就有一种天下情怀在里面了。虽然这位老兄最终想得到几个酒钱，但并不妨碍他愿意与人共同分享暖阳的本真与善良。

243. 《吠陀经》中说："克制情欲，约束身体的外部器官，多做善事，这就是灵魂接近天神的必经之路。"犹太经典《塔木德》里说："上帝授予摩西的戒律共613条，其中365条是禁止某些行为的，对应着公历年的天数，说明人身上的恶大于善，而且容易犯错误；另248条是鼓励某些行为的，对应着人的肢节数，说明人的灵魂应该向善。""人类最伟大的辩护者是：忏悔和善行。"《塔木德》有一句极为睿智的格言："人类有三个朋友：小孩、财富、善行。"这句格言告诉我们的是犹太人的三个根本关注点：小孩是民族的肉体存在，善行是民族的精神存在，财富是民族的现实存在。英国大哲学家罗素四岁前就失去双亲，由祖母抚养。他的祖母在道德方面要求极严格，精神上无所畏惧，敢于蔑视习俗，曾以经文"勿随众人作恶"题赠给罗素，这句话成为罗素一生道德上的座右铭。富兰克林在《穷理查年鉴：一生必知的智慧箴言》中说："世界上最高尚的问题是：我能做什么善事？"印度哲学家克里希那穆提在《生活的难题》中说："没有善和爱，你就没有得到正确的教育。没有善和爱，就不是一个有教养的人。"

244. 《孔子家语》中记载了孔子这么一段话："与善人居，如入芝兰之室，久而不闻其香，即与之化矣。与不善人居，如入鲍鱼之肆，久而不闻其臭，亦与之化矣。"意思是说，与好人相处，就好像进到了有栀子花、幽兰的房间，时间长了就闻不到香气，因为自己身上被熏染了香气。和坏人交往，就好像进入了咸鱼市场，时间长了也闻不到臭了，因为身上都是咸鱼的臭味。有一次一个学员问我："我们平时为了体现有钱，不都是请人吃鲍鱼鱼翅之类的东西吗？鲍鱼不是很好吃吗？孔子为啥说臭呢？"其实这里面有个误解，我们现在说的鲍鱼是珍品海鲜，结婚宴会上，我们常常会先吃上一盅鲍鱼汤。而孔子所谓的鲍鱼，其实是一种用盐巴腌渍出来的鱼，是一种咸鱼，有的地方管腌渍出来的咸鱼干叫"鲞"，我过去在苏州工作的时候，曾听过苏州本地流传一句歇后语：鼻头上挂咸鱼——嗅鲞（休想）。鲜鱼往往存放时间不久，于是就把鲜鱼变成咸鱼，打包运出去卖，"鲍"字就是把咸鱼包起来。所以孔子说"鲍鱼之肆"里有咸鱼的臭味也就不奇怪了。秦始皇死后，赵高为了掩盖秦始皇的尸臭，以车载鲍鱼，其实利用的就是咸鱼的臭味。

245. 德国幽默治疗中心主席米夏埃尔·蒂策说，一个高兴的儿童每天笑400次，一个有幽默感的成人一天微笑15次。而一般情况下，小孩子一天平均笑170次，发自内心的喜悦，而成人一天平均笑7次，有时还是皮笑肉不笑。难怪耶稣说："让小孩子到我这里来，不要禁止他们，因为在神国的，正是这样的人。我实在告诉你们：凡要承受神国的，若不像小孩子，断不能进去。"实话讲，若真的有天国，当然喜欢笑哈哈的小孩子，谁会喜欢愁眉苦脸的人呢？从风水学的角度来看，孩子的笑声，对调节和清理空间中沉闷的空气是有好处的。孩子声音尖，分贝高，很高的声音，快速的节奏，可以振动死气沉沉的空气，活跃和促进它的流动，就像人的血液一样，必须时刻流动，才会给人以生命的活力。

246. 古希腊哲学家帕拉达斯说："机会就是上帝。"就是我们所说的机不可失、时不再来。明朝文学家李开先《中麓闲居集》卷一《喻意》中说："梦中有客惠佳酒，呼奴抱去热来尝。忽听鸡声惊梦觉，鼻内犹闻酒气香。追悔一时用意错，酒佳凉饮有何妨！"这首诗充分地表达了"时"的重要性，一"时"抓不住，就追悔莫及。

247. 明末清初小说家褚人获在《坚瓠集》中讲了这么个故事："内江有一女子，自矜才色，不轻许人。读汤若士《牡丹亭》而悦之，径造西湖访焉，愿奉箕帚。若士以年老辞，姬不信。订期。一日若士湖上宴客，女往观之，见若士皤然一翁，伛偻扶杖而行。女叹曰：'吾生平慕才子，将托终身，今老丑若此，此固命也。'遂投水而死。"故事说，四川内江有个女子，可谓才色双全，自己对这两点也比较得意，一般人她也看不上。后来因读汤显祖的《牡丹亭》而着迷，就写信给汤显祖说要去西湖去拜访，并愿意以身相许，终身服侍汤显祖。汤显祖回信说自己太老了，劝她死了这条心。可女子非但不死心，还王八吃了秤砣——铁了心。她不信汤显祖说的，还约定拜访日期。等到了日子口，那天汤显祖正在西湖请客，女孩往前观瞧梦中人，结果只是寂寂一病翁，须发满霜风。女孩子失望到极点，一辈子想嫁个风流倜傥的才子，结果眼前却是个糟老头，感慨命运捉弄，于是投湖而亡。这个故事使我想起了苏东坡的一首名诗："庐山烟雨浙江潮，未到千般恨不消。到得还来别无事，庐山烟雨浙江潮。"都听人家说烟雨庐山美不胜收，这辈子如果没去过庐山我就好像没有活过一样。浙江潮，钱塘江的潮非常壮观，如果你这辈子不看就太遗憾了。"未到千般恨未消",只要没看过我死都不瞑目。但是真正到了又怎样?"到得还来别无事",真正到了一看也就是这么一回事,然后最后一句话"庐山烟雨浙江潮",原来这就是庐山烟雨,这就是浙江潮,不过如此。所以有些人名气大,见了也不过如此。十六个字表达:"久闻大名,如雷贯耳。今幸得见,不过如此。"过去有两句话说得好:"凡所难求皆绝好,及至如愿又平常!"这个跳水的女子见到汤显祖的时候想必就是这种失望的心态,所以自尽,是因为白白浪费了自己的青春,失去了好多机会!

248. 唐宋时期,过年的时候家家都要喝一种驱邪退病的屠苏酒。相传屠苏是一种草的名字,也有人说屠苏是古代的一种屋舍,因在屠苏屋中酿酒,因此取名屠苏酒。屠苏酒传说是东汉末年名医华佗发明的,其主要成分有白术、大黄、乌头、桂枝等中草药,入酒后,具有祛风散寒、益气补阳之功效。后来经过唐代名医孙思邈的推广,才逐渐在民间流行开来。一般来说,饮酒当以长者为先,然而喝屠苏酒的规矩却是从年龄最小的开始喝,年龄大的最后才能喝,因为年轻人过年叫"得岁",年龄大过年叫"失岁"。唐人顾况有《岁日作》云:"不觉老将春共至,更悲携手几人全。还丹寂寞羞明镜,手把屠苏让少年。"宋人苏辙《除日》也有两句诗曰:"年年最后饮屠苏,不觉年来七十余。"还是哥哥苏东坡阔达,诗曰:"但把穷愁博长健,不辞最后饮屠苏。"宋朝诗人郑望之有《除夕》诗云:"可是今年老也无,儿孙次第饮屠苏。一门骨肉知多少,日出高时到老夫。"这位郑老兄家里人口多,到大年初一太阳升得老高的时候才能喝上屠苏酒。

249. 曾国藩一辈子有两件事他真的是持之以恒,一件是从来不说别人的闲话,第二件是从来不会睡懒觉,起得很早。中世纪波斯(今伊朗）诗人萨迪在其代表作《果园》中讲："只能针对三种人进行议论，除此之外，再不能对任何人背后乱加指责。其一，欺压百姓的暴君。对这种人应揭露其恶行暴虐，除非百姓愿意对他进行宽恕。其二，不知羞耻者。这种人自轻自贱，不顾脸面。其三，巧取豪夺、坑害百姓的商人。对这三种人的丑行可以张扬。"《古兰经》里把背后议论人比喻成"吃兄弟的肉"，对于信士来说，背后谈论别人是一种罪过。

250. 窦应泰先生编著的《破译蒋介石养生密码》中有这样一段话："宋美龄早在美国韦尔斯利女子大学读书的时候，就开了饮食营养课。深知饮食与养生知识的她始终认为：'少吃多得，多吃少得。越在可以尽情大吃大喝的时候，越要严格控制自己的食欲，因为吃得多，吃得好，往往并不是一件好事。好多疾病都是从吃上得来的。'"《蒙田的极简智慧》一书中有这样一段资料："埃及人在宴席进行到一半时，会将一副死人骷髅摆在美味佳肴中间，以此警醒人们不要暴饮暴食。"印度瑜伽大师萨古鲁则在《内在工程》一书中说："如果你不到三十岁，一日三餐就很合适。如果你超过了三十岁，最好就减为一日两餐。只有在空腹时，我们身体和大脑才会最佳地运作。"他在书中还提醒人们："大多数人都可以将食量降到目前的三分之一，同时还能保持更充沛的精力，保持体重不降低。"

251. 明朝冯梦龙所著《古今谭概》中的一个笑话："俗传三月三为浴佛日，六月六为浴猫狗日。有客谒杨南峰循吉，值三月三日，杨以浴辞。客不解，谓其傲也，思以报之。杨乃于六月六日往拜，客亦辞以浴。杨戏题其壁曰：君昔访我我洗浴，我今访君君洗浴。君访我时三月三，我访君时六月六。"过去骂人都很文雅的，不直接骂人家猪狗，而是骂人家："你过六月六啊！"和骂人家是猪狗是一个意思。

252. 从五四运动打倒孔家店到"文革"中的"破四旧"，从改革开放"两手都要硬"到今天大力提倡优秀传统文化，这两段历史恰好可以用两首《卜算子·咏梅》来形容。前半段历史可以用南宋陆游的《卜算子·咏梅》来形容，词曰："驿外断桥边，寂寞开无主。已是黄昏独自愁，更著风和雨。无意苦争春，一任群芳妒。零落成泥碾作尘，只有香如故。"后半段的历史恰好可用毛泽东的《卜算子·咏梅》来表达，词曰："风雨送春归，飞雪迎春到。已是悬崖百丈冰，犹有花枝俏。俏也不争春，只把春来报。待到山花烂漫时，她在丛中笑。"

253. 温州雁荡山风景区有个著名的景点就是大龙湫，我和南宋温州第一状元王十朋的后人在观看大龙湫瀑布的时候，想到王十朋的一生恰好可以用他自己三首关于大龙湫的诗来总结。公元1147年（绍兴十七年丁卯年），王十朋这一年是三十六岁，这一年的冬天他第三次到京城应考，途经雁荡山，一写《大龙湫》，表达了自己此次应考必胜的信心，也表达了自己对壮美未来的憧憬。诗曰："龙大那容在此湫，银河得得为飞流。好乘风雨昂头角，直到天池最上头。""直到天池最上头"，似有志在必得、势不可当之势！但其实一直等到十年之后，即绍兴二十七年丁丑年，公元1157年，王十朋才高中进士并被高宗皇帝钦点状元，这一年王十朋四十六岁，这一年王十朋再游雁荡山，二写《游大龙湫和前韵》，诗曰："十年重到大龙湫，千尺新流胜旧流。会见四方霖雨足，老龙还向此藏头。"前两句无限地感慨，十多年来的艰苦太学生活和艰辛的科考经历，而今终于旧貌换新颜。后两句是表达了自己为国效忠的意愿，意思是说等我为国家为人民贡献完了自己的全部精力，晚年的时候我就来雁荡山隐居了。但是理想很丰满，现实却骨感，仅仅五年之后，绍兴三十二年壬午年，1162年，官场上的失意使五十一岁的王十朋第一次辞官。正如清代廉吏于成龙《有感》写的那样："书生终日苦求官，及做官时步步难。窗下许多怀抱事，何曾行得与人看。"所以王十朋在晚年的时候三写《撒水岩》，诗曰："龙卧灵湫志未伸，时时喷水撒行人。虽然未救苍生旱，聊欲澄清世上尘。"他在最后临终也未能"会见四方霖雨足"，晚年的王十朋由于身体、精力、政治环境等诸多原因，只得认命，承认"龙卧灵湫志未伸"，但是王十朋一生为官清廉，做人平正，对得起自己的良心，虽未"澄清世上尘"，但是最终也无怨无悔。

254. 如果谈涵养的话，笔者最欣赏北宋诗人秦观在《临江仙》里的两句诗："微波澄不动，冷浸一天星。"所谓"微波澄不动"，就是无论外在环境如何变化，我依然从容，用和秦观同时代的易学大师邵康节的两句诗来形容这种状态最合适："水流任急境常静，花落虽频意自闲。""冷浸一天星"，"一天星"，表示所有的情绪和烦恼，包括喜怒哀乐悲愁苦。"冷浸"即理性地处理，放在心中，而不是感性地表达或爆发，即《中庸》所谓的"喜怒哀乐之未发谓之中，发而皆中节谓之和"。归根结底，真正的涵养其实就是中和！这种涵养的功夫修炼到一定的境界大概就是"世道剧颓波，我心如砥柱"（刘禹锡语）了！

255. 得罪了一个孩子，他（她）会说：不跟你玩了！得罪了一个大人，他（她）会说：跟你玩到底！有时候，真的，孩子比大人还大人，而大人却比孩子还孩子！成人并不等于成熟，幼儿也并不意味着幼稚！

256. 晏几道在《玉楼春·雕鞍好为莺花住》里有两句词："古来多被虚名误，宁负虚名身莫负。""被虚名误"的人是想活出个样子，虽然外面名头好听，但内心常常感到痛苦甚至孤单！"宁负虚名身莫负"的人是想活出个味道，虽然没名气，或者说牌子不响，但内心却很充实，活得很滋润！

257. 曾经读到一则关于松下幸之助的故事，故事说，有人问松下做电器成功的秘诀在哪？松下指了指对面的面馆，他说企业成功的秘诀都在对面的面馆里，面好吃，上面快，态度好！

258. "化"是两个人，左边的人是站着的人，右边的人是倒下的人，站着的人扶起倒下的人，这就要感化、教化。

259. 历史不会重演，但人性会再现。而相近的人性又使历史有时惊人地相似。前车之鉴，难。前车之践，易。汉文帝因为邓通长得像在梦中救驾的恩人，便使邓通富贵荣华、坐拥金山。然而文帝死后，其子景帝便撵走邓通，结局是邓通饿死；乾隆因为和珅长得像自己曾经喜欢的妃子，便同样让和珅尊荣无比、富可敌国。百姓将和珅府邸所在的胡同称"补子胡同"，因为放眼望去，胡同里都是穿着绣着补子的官员。有无名氏曾写《咏补子胡同》："绣衣成巷接公衙，曲曲弯弯路不差。莫笑此间街道窄，有门能达相公家。"可见和珅当时权势之大。可是，乾隆一死，其子嘉庆便把和珅投入大牢，赐自尽。忽必烈患足疾，其兄长蒙哥便以此为由于1258年兴师伐宋之时不予其军权，迫使其赋闲在家。650年后，清摄政王载沣也以袁世凯"现患足疾，步履维艰，难胜职任"为由，开缺这位军机大臣回老家项城养病。然而，历史却给了这两位足疾者相似的机会，很快他们就东山再起了。

260. 我不知道这个属不属于心理学范畴的东西，就是我在某地碰见一个陌生人，发现他（她）长得像我某个熟悉的人，我就会按照和某个熟人的交往方式来和这个陌生人进行交流，交流结果常常是很成功，彼此很快熟络。我读《泥土就在我身旁：苇岸日记》，居然发现苇岸的书里面有这样一段话："在旅途中我发现这样一种现象，它是人们平时常遇到的。这种现象便是在无数陌生的面孔中，我总看到某个熟人的影子，那面孔使我想到一个人，他们相像的程度使我吃惊。我看到了有像诗评家吴敬思的人，有像《青年文学》诗编赵日升的人，有像《中国交通报》记者苗木的人。这使我想到一种类似的事情：在生产无数的锁中，总有钥匙完全相同的。人类仿佛是上帝造出的，上帝造人时，使用了模子，他的模子各异，但当需要造出的人非常之多，超出了模子的数量时，上帝便不得不使用相同的模子造出多人，这些出自同一模子的人分散在各地，当人们来往时，便会相遇。"当然，"他乡遇故知"，我们遇到的"故知"可能会像我们熟悉的喜欢的人，也有可能长得像我们熟悉的不喜欢的人。朱建军先生的《成为自己的解梦师：朱建军解梦30讲》一书中有这样一段话："这种相似律的思维方式，虽然不总是准确，但是在很多时候能够帮人适应周围的环境。比如，我们看到一个人，发现他的长相跟自己以前知道的一个人品不佳的人有点像，那么从相似律的角度我们就需要提防他。当然，这种以貌取人的判断标准，从逻辑思维角度看不一定对，但是从原始认知角度上讲，往往是有效的。因为人的性格、心理等特点，或多或少会反映在自己的长相上。用长相作为一个参考，可以让人有一个大体归类，虽然归类不一定准确，但是通过归类我们至少可以给自己一个提醒，避免遭受损失或伤害。从这个角度讲，原始认知是有意义的。"俗话说，"人生如戏，戏如人生"，"戏剧里的角色引起了我们的共鸣，他们像我们认识的人，时常像我们所爱或所恨的人。《浮士德》第二部中的角色丝毫没有引起我们的共鸣！我们并不觉得好像我们认识他们似的。他们排队一行从我们身边经过，像观念，而不像人类"。维特根斯坦在《文化与价值》一书中如是说。

261. 我们现在退休年龄是六十岁到六十五岁，而古人的退休年龄是七十，因为七十已经古稀，就如杜甫所说的"人生七十古来稀"。宋真宗年间，苏州知州孙冕在年届退休之时于府厅的墙壁上题诗一首："人生七十鬼为邻，已觉风光属别人。莫待朝廷差致仕，早谋泉石养闲身。"七十岁也叫"悬车"，开始是用于军人，军人白天在车子上打仗，晚上睡觉睡在车子底下。《诗经·豳风·东山》："敦彼独宿，亦在车下。"说的是在战车下蜷成一团睡觉。等到七十，没有力气打仗了，就把车轮子卸下来，把车架子悬挂到墙上，表示解甲归田了。后来，做官的七十岁退休了也叫"悬车"，所以七十岁也叫"悬车之年"。到了汉朝，皇帝推崇尊老，一个官员七十岁退休的时候，朝廷还发一个鸠杖，所谓鸠杖就是铜鸠头拐杖，据说鸠这种鸟吃任何东西都不卡脖子，《后汉书·礼仪志》中解释"鸠"为"不噎之鸟"。发鸠杖给退休人员除了帮助他方便走路外，还有一种美好的祝愿在里面。有诗曰："二八佳人九九郎，萧萧白发配红妆。扶鸠笑入鸳鸯帐，一树梨花压海棠。"这位先生已经八十一了，已经扶鸠十一年了，当然是退休官员了，而且退休工资肯定高，不然哪个二八佳人愿意嫁给这么一个糟老头！

262. 很喜欢明朝无名氏《赠书记》中的两句诗："莫道故乡生处好，受恩深处便为家。"19世纪俄国诗人莱蒙托夫也讲过类似的话："哪里爱我们，哪里就是我们的故乡。"还有几句诗也深得我心，即韩熙载在《感怀诗二章奉使中原署馆壁》中的几句诗："仆本江北人，今作江南客。再去江北游，举目无相识。金风吹我寒，秋月为谁白。不如归去来，江南有人忆。"我本人是苏北人，博士毕业后就来到江南的一座小山城工作，现在已经超过十个年头，每次回家，总感觉和旧时的伙伴有一种莫名的隔阂，不是冷漠，是隔阂，就如英国人兰姆散文诗写的那样："童年的友伴，像童年的衣衫，长大后，就穿不着了。"这时我才发现，这么多年交往的朋友都在南方，我在北方过年的时候，他们时常问候并关心我何时回来。作为一个在南方工作且扎根的北方人，我同样也喜欢田地先生的诗歌《南方北方》："到南方的风中流浪是我的向往，养育我的北方便成了思念的地方。我以南方的荔枝思念北方的高粱，我以南方的热烈思念北方的苍凉。学会了南方人说话像鸟一样的歌唱，便想听听父老乡亲马鞭甩出的粗犷。在没有寒冷没有季节的城市奔走，更想在下雪的时候回一趟故乡。觅过莺飞草长的江南再读北国的风光，缺少色彩的故乡呵！让我喜悦也让我忧伤。尽管北方有我童年的土炕，南方却是我一生奋斗的疆场。我的青春已化作南方的山水，我的爱已在南方生长。我的家在南方，北方却住着我的爹娘。也曾千里万里地回到故乡，可再也回不到出发的那个晚上。我像一只候鸟既栖息南方也栖息北方，心如风筝般地系着思念也系着梦想。也许我的后人会像我来南方一样回北方闯荡，可我的灵魂却只能在南北之间来来往往。我的熟悉而陌生的南方，我那亲切而遥远的北方。"

263. 好友来访的喜悦之情，我最喜宋朝谢景初（字师厚）的两句诗："倒着衣裳迎户外，尽呼儿女拜灯前。"

264. 屈原说："众人皆醉我独醒。"这种"独醒"的人过去叫"醍"。周朝礼仪，聚餐饮酒，座中必有一人须滴酒不进，被称作"醍"。此人负责维持酒桌秩序，防止大家醉后闹事。

265. 机会、灵感之类的东西往往稍纵即逝。明代文学家李开先有一首《喻意》写得好："梦中有客惠佳酒，呼奴抱去热来尝。忽听鸡声惊梦觉，鼻内犹闻酒气香。追悔一时用意错，酒佳凉饮又何妨？"

酒被这么一拿去热，梦就醒了。我有时散步会突发某种灵感，想着回家把它记录下来，可是回到家中早已把灵感忘得一干二净，正如宋朝陈与义在《春日》里那两句诗所写的："忽有好诗生眼底，安排句法已难寻。"就如苏东坡所说，作诗就是"兔起鹘落"，像鹰抓兔子那样，速度要快，稍一迟疑，灵感就此消失！

266. 有些城市搞生态文明城市创建，以创促建，通过创建生态文明的系列活动来提升市民的整体素养，这是件好事，无可厚非。但有个别城市却让老师、医生等职业人群，身穿红马甲，手持上面印有"文明劝导"的小旗子在交通路口像稻草人一样一站就是一个半小时，恕我直言，我实在看不出这种"各人不扫门前雪，专管他人瓦上霜"的意义在哪。一个半小时，一个老师可以用来读书或者辅导学生或者写教案。一个医生在一个半小时的时间里可以抢救一条垂危的生命。这件事使我想起了《中吴纪闻》里记载的一个故事，方腊叛乱，某郡守让书生们在夜间出来巡逻。范仲淹的后人范周于是就率领学校的学生们，穿着正规的衣服，冠带齐全。特别在一个大号的灯笼上题诗一首："自古轻儒莫若秦，山河社稷付他人。而今重士如周室，忍使书生作夜巡。"后来郡守得知此事，便取消了书生夜巡活动。专业的人做专业的事，没必要让一个人拿着一个小红旗站在路口待一个半小时，这件事稻草人就可以胜任。教书的人好好教书，医生好好治病，警察好好打黑，卖包子的好好卖包子，各司其职，各尽所能，"各人自扫门前雪，莫管他人瓦上霜"，这样的城市不是文明城市吗？这样的生态不是最好的生态吗？

267. 俗谚讲："世路难行钱作马。"北宋时期毗陵郡（今属无锡）有个女孩李氏，才十六岁就作诗《拾得破钱》一首，诗云："半轮残月掩埃尘，依稀犹有开元字。想见清光未破时，买尽人间不平事。""半轮残月掩埃尘"是说钱在尘土里被锈得只剩下一小半了。"依稀犹有开元字"，是唐朝时的钱，上面有"开元通宝"的字号。"想见清光未破时，买尽人间不平事"，这个钱还是新钱的时候，不知道摆平了人间多少不平之事。

268. 道家讲"道生一，一生二，二生三，三生万物"，用李白的《月下独酌》恰好表达。"花间一壶酒，独酌无相亲"，一也！"举杯邀明月"，二也。"对影成三人"，三也。有花、有人、有月、有酒，还有影，不就构成一个完整的世界吗？李白是唐人，唐人崇道，这首诗颇具道家味道！

269. 作家的最高理想，用王船山的话讲就是："以追光蹑影之笔，写通天尽人之怀！"

270. 艺术家的特质可以用两句话来概括，即"登山则情满于山，观海则意溢于海"。没有感情投入的作品成不了经典，就如白居易所言："古人唱歌兼唱情，今人唱歌唯唱声。"

271. 《易经》中的"乾"卦把人的成功大致分为潜龙勿用、见龙在田、终日乾乾、飞龙在天。苏东坡有几句诗颇能表达这四个阶段："萦林络石隐复见，下赴谷口为奔川。川平山开林麓断，小桥野店依山前。""萦林络石隐复见"，似见非见，是一种"犹抱琵琶半遮面"的积累，潜龙勿用也！"下赴谷口为奔川"，大展拳脚，见龙在田也！"川平山开林麓断"，天长日久，终见其功，终日乾乾也！"小桥野店依山前"，一种成功后的宁静与从容，飞龙在天也！

272. 李商隐讲："夕阳无限好，只是近黄昏。"这话让人感到失望和无奈。这也不符合中国人的性格，中国人是永远乐观的。还是朱自清改得好："但得夕阳无限好，何须惆怅近黄昏。"顾随先生也有两句诗说得好："为是黄昏灯上早，蓦然又觉斜阳好。"（《蝶

恋花》)

273. 俗语说："人非有品不能闲！"规矩是为无聊的人定的，有时候我们制定出各种毫无价值的"忙"仅是让无聊的人有事做而已，仅此而已！

274. 佛家讲不要执着，其实就是教人但要耕耘，莫问收获！

275. 幽默的背后是苦难！尼采就曾讲过："欢笑是因人在这世上受尽折磨而被迫发明出来的。"

276. 当你明白只有你可以打败你自己的时候，你就自由了！

277. 《礼记》里讲"选贤与能"，贤人是道德标杆，但摆平具体事务不行，需要靠能人。能人办事常用不道德的手段，他晓得"黄钟毁弃，瓦釜雷鸣"的道理，但目标却是为了维护贤人的道德。人皆可为尧舜之类的贤人，但人不能皆为管仲之类的能人！

278. 有人常拿"人生如戏"来作为虚度光阴的借口。岂不知演戏是严肃而紧张的，化妆、道具、服饰、镁光、剧本、台词、动作、阵容等一样都不能马虎，想要演好的话，还需台上一分钟，台下十年功。演戏的时候，还有看戏的人在众目睽睽，正所谓"十目所视"。如果演砸了，还会受到"十手所指"。真正懂得"人生如戏"的人，一定会每天精进，过一个充实而精彩的人生！

279. 古人说："逢人只说三分话，切莫全抛一片心。"但是记住，既然只说了"三分话"，抛了部分心，那必须是真话真心，这才算是智慧，不然就是狡诈。

280. 小时候，小伙伴们看到飞机在天空飞过，会拼命招手喊："飞机下来！飞机下来！"那时候车子少，村子里路过一辆吉普车，我们会跟着吉普车追好远好远，直到追不上！为什么小时候会这样？现在回想起来，那不是正是人类童年的梦吗？走向远方和飞往高处！

281. 总觉得现在孩子比我们那时候要可怜要可惜！现在孩子吃精面细粮，超市里也有水果玉米，可是他们却从来没有闻过麦香去过菜地！现在孩子衣服整洁、皮肤白皙，生怕感染病毒沾上细菌，却不知在泥土里撒野才能把天性释放，增强免疫力和抵抗力！现在孩子只能在大卖场里听到聒噪的喇叭声，却听不到乡间小贩那悠长而有历史感的叫卖声，苍凉的声音才能让人永远记忆！现在孩子每天只关注升学的分数线，在急匆匆地赶往学校或培训班的路上，却来不及看一眼天边的地平线，有的孩子甚至因为一次考试不利，竟再也见不到第二天的太阳升起！我们那时候不关心分数，就害怕留级，只要考试及格，管它一百还是六十一！现在孩子买来各种玩具，三天就腻，他们哪里知道自己做的弹弓、刻的手枪，连睡觉都握在手里！现在孩子到动物园里是为了满足好奇，我们那时候割草喂猪是为了生计，觉得那样的劳动很有意义！现在孩子几乎不做家务，似乎他只是个学习而已。稍微干一点活，就要奖励。我们那时候，早早知道要分担家务，不能干重的，就干轻的，我们很早意识到自己也是家中一员，为了这个家，父母起早摸黑地干活不惜力气，我们自然不会在一旁娇生惯气！现在孩子过年，压岁红包一收就是成百上千，然后由家长统一收去。我们那时候过年的压岁钱几乎可以忽略不计，平时捡废铁、拾玻璃，攒钱一分一厘，等到家里突然缺钱，我们把钱拿出来救济，那种喜悦胜过赚了一个亿。现在孩子个个都会用手机，手机里的垃圾信息铺天盖地，奶奶喊吃饭理都不理。我们那时候，躺在奶奶的身边，她那些古老的故事令人向往又着迷，不知不觉中就尝到了梦乡的甜蜜！现在孩子只敢对自己的长辈撒娇发脾气，在外三脚踹不出一个屁。我们那时候不敢对长辈顶半句嘴，在外面对人对事却充满勇气！现在孩子要什么有什么，好像一切都天经地义，感恩的心是个什么玩意？我们那时候想啥没啥，知道今天的一切来之不易，所以更加乐观，更加珍惜，也更有个性，更加坚毅！

282. 表盘上时针和分针组成的形象就像一把剪刀，而且是把魔剪，从凌晨十二点开始剪，一天一夜之后，就把众生的生命剪掉了二十四小时，真正的杀人不见血！

283. 做人，身正不怕影子斜！做鬼，影正不怕身子斜！

284. 我读书只读真理，真正和我内心有感应的道理！阅读《泥土就在我身旁：苇岸日记》，苇岸在1989年10月31日的日记中有这样一段话："但我总觉得我之所以在某一时刻读这本书而不是另一本书，能读得下这本书而读不下另一本书，这一定是有原因的，说明只有这本书响应了我体内不断变化的呼声。"

285. 我不太主张"学以致用"，好多人学东西、读书就是为了用，为了好找一个饭碗。找到饭碗之后，就表示"用"上了，也就不用再学习再读书了！我主张"学以致志"，一生立下一个志向，为了实现志向，为了提升自我，一辈子都要不断地读书、不停地学习，因为有个志向在那里仰望。即使志向实现不了，也无怨无悔，志向有时候并不是为了实现的，它只是人生的坐标和灯塔！

286. 汉语里的很多词本来是好词或者是中性词，一旦前面加个"老"就立刻变味，譬如"好人"本来是个好词，可是加个"老"字就变成了"老好人"，立刻就变成了乡愿的意思了。"油条"本来是让人垂涎的早点，可是一旦变成"老油条"，不但不能吃，还得防着点，因为"老油条"已经变成了老奸巨猾的意思了。"江湖"本来是个中性词，可是一旦变成"老江湖"，就有点姜还是老的辣的味道了，让人敬而远之！

287. 爱因斯坦曾打过一个比方，他画一个大圆圈表示我们学到的知识，但是圈外就是我们未知的部分。圆圈越大，它与外界空白面接触的周长就越大，未知的范围就越大。意思就是说，读书越少，我们常常会觉得自己无所不知。相反，我们往往读书越多，反而会越觉得自己无知。正如袁枚诗中所言："掩卷吾已足，开卷吾乃忧。书长白日短，如蚁观山丘。"意思就是说，不读书的时候，觉得自己很有学问，很满足的样子。等到读书了，发现书中有好多自己原来不知道的东西，才意识到自己读书不够。书太多了，人生太短了，一辈子读的书也不过就像蚂蚁看山丘那样，微不足道。清人张月楼在《自忏》里也写道："自家谩诩便便腹，开卷方知未读书。最羡两堤杨柳树，看它越老越心虚。"

288. 中国的月亮与嫦娥、玉兔、吴刚有关，西方人的月亮却与蝙蝠、嚎狼、吸血鬼有关。中国人眼里的月亮是美好的，可以寄托良愿，所以中国人过中秋节。西方人眼里的月亮是邪恶的，唯恐避之不及，所以外国人视之寻常。黄遵宪有诗曰："大千世界共此月，世人不共中秋节。泰西纪历二千年，只作寻常数圆缺。"

289. 孔子晚年学《易》很精进，卷不离身，韦编三绝。甚至对学生说："加我数年，五十以学易，可以无大过矣。"意思是说，若天假以年，再活一百年的话，就要用五十年来学《易》。孔子这么努力地学《易》之目的既不是为了占卜算命谋生活，也不是为了评定职称加工资，而只是为了"可以无大过矣"！单就这样一个学习目的，他就有资格做万世师表！

290. 老话说："学成文武艺，货卖帝王家。"文人卖的是："致君尧舜上，再使风俗淳。"（杜甫语）武人卖的是："归来报明主，恢复旧神州。"（岳飞语）

291. 过去有一句骂老师很严重的话叫："教书三年成白丁。"意思是，一个人教了三年书就成文盲了。学生一届届地毕业，教师本人自身的学问却毫无长进。过去教育界流传这样一句话："要给学生一碗水，自己就要有一桶水。"但是现实中，我却看到有些老师那桶水十年、二十年都没有换过，都臭了。用同一桶水来"灌"一届届的学生，同一个教案可以重复用上十几年乃至是几十年，我称这种教学为录音式的教学。真正好的教师不是固守着那一桶死水，而是把自己变成一泓明澈甘美的清泉，不断地用新水来涤荡学生的灵魂。正如朱熹那两句诗所言："问渠那得清如许，为有源头活水来。"而要有"源头活水"，就需要教师不断地学习、大量地读书、不停地进步！

292. 在温州洞头讲学，晚上打车到东岙渔村去散步。村里面有条漂亮的七夕古街。当地人告诉我，每年七夕节，东岙都会把村里面当年满十六岁的男孩女孩召集起来，在七夕古街上聚餐、祭祖。而有满十六岁孩子的家庭还要做各种糕点分发给亲戚朋友、左邻右舍。这种活动我个人觉得很有意义，大概是为了提醒这些孩子自己已经长大，要继承祖先遗志，趁着年轻，奋发有为，不可数典忘祖。另外活动也教育他们，学会团结和布施！

293. 年轻人常抱怨社会上的坏人多，稍不如其意者就称之为坏人，这都是他的社会阅历不足，对社会所知甚少的缘故。在无知的社会经验为零的小朋友眼里，甚至有时候亲爹亲妈都是坏人。就如我读《泥土就在我身旁：苇岸日记》，里面有这样一段话："在一所小学的教室里，我看到墙壁上贴着孩子们的作文，孩子们写自己的家庭。一个孩子写到，他的父亲是工厂干部，母亲是小学教师，他的父亲很爱自己的孩子，星期天常常带他去山边玩，他有许多玩具，有自己的小人书库，他很幸福。但是他母亲对他管教很严，叫他放学后必须直接回家，回家第一件事是要用肥皂洗手，他为此感到不幸，为此恨他的妈妈。每一匹新驹都不会喜欢给它戴上笼头的人。"然而，随着年龄的增长，他会发现从前认为的"坏人"非但不坏甚至非常好。所以人到老年的时候，反而认为这个世界上坏人很少，无知的人多！自己无知，别人就坏！

294. 有这样一个关于林肯的小故事，林肯总统在擦自己皮靴的时候，被一位议员看到了，于是这位议员就提醒林肯："亲爱的总统先生，我不得不善意地提醒您，一位真正的绅士是从来不擦自己的靴子的！"林肯扭过头问他："那么请问先生，真正的绅士应该擦谁的靴子呢？"这个故事或许是虚构的，可是我很喜欢，因为他赞美了劳动，也赞美了劳动者！我在《泥土就在我身旁：苇岸日记》一书中看到这样一段话："燕子在喂雏时，每天要飞出去二百多次找食，非常辛苦，但你如为它代劳，将抓来的昆虫放在它的巢边，它飞回后，会将昆虫叼走抛在外面，一切都自己劳动。"

295. 《尚书》里面有句话："取法乎上，仅得其中；取法乎中，仅得其下。"这句话告诉我们，人做事应该把目标定得高一点，把标准定得高一点。俄罗斯有一句谚语："朝星星瞄准总比朝树梢瞄准打得高些！"

296. 外国人睡觉前数羊，是因为"sheep"（羊）和"sleep"（睡觉）发音相近。而中国人睡不着却真的数羊，结果越数越精神。其实中国人应该数"水饺"，因为"水饺"和"睡觉"谐音。我们不需要连"数羊"也进口。

297. 苇岸在《泥土就在我身旁：苇岸日记》中描述了20世纪80年代末期中国社会的一些不好的现象："今日中国的道德生活，人们的心态和行为在背离了传统的轨道之后，并未朝向健康的商品经济所需要的合理秩序的方向发展。人们在今日生活的各个方面都品尝了非道德主义的苦果。是非颠倒：如果你因未送礼而不能如愿，人们不仅不愤恨，反而嘲笑你的吝啬，你的小气，你的不通人情，不懂世故，不会打点。无廉耻感：如果他损人利己，投机取巧，人们赞美他'能干'。如果他奉公守法，秉性正直，人们挖苦他'窝囊'。父母为不吃亏竟纵容子女贪婪、吝啬、霸道、自私。当今中国的'痞子运动'：爱哭的孩子有奶吃的闹腾效应；有权不用过期作废的权力效应；三个公章不如一个老乡的人情效应；一个好汉三个帮的团伙效应；搞导弹不如搞鸡蛋的倒爷效应；谁活得最好的熬年头效应。"苇岸写这段话的时候是1989年2月11日，到今天已经过去了三十三个年头。我特别把他这段文字记在这里，为了让今天的读者有个对比，证明今天社会的和谐太平、海晏河清！

298. 读教育学博士的时候，我认识一位英国朋友，他汉语讲得很好，是个中国通。我问他，中英教育有何差别？他告诉我，英国家长把孩子当作绅士来看，是平等的对话。中国大人把孩子当作宠物对待，用中国人自己的话说就是："含在嘴里怕化了，拿在手里怕摔了。"用《诗经》的话讲就是："父兮生我，母兮鞠我。抚我畜我，长我育我，顾我复我，出入腹我。"纵然如此，中国孩子依然没有资格和家长平等对话。虽然中国孩子可以享受到父母无微不至的关怀，可是孩子享受这种"关怀"的代价就是要听话、要乖！在家要听父母的话，在校要听老师的话，以至于到社会上要听领导的话！

299. 《瓦尔登湖》是美国作家梭罗的成名作。梭罗在书中描述了他在瓦尔登湖边上用斧头自建的小木屋，屋子宽十英尺，深十五英尺，也就是说，木屋大概有14平方米。一室一厅，卧室和餐厅。屋内有一个砖砌火炉、一张书桌、一张饭桌、三把椅子和一面镜子，当然，这些都是自己动手做的。锅碗瓢盆是朋友送的。梭罗自己种菜卖钱维持基本生活，当然也会打点小零工。他在这座住了两年的小木屋里，接待过上流名人，也接纳过赤贫奴隶。房门从不上锁，也没有丢过东西，唯一丢的一次就是一个访客顺走了他的一本希腊文诗集。这件事大概让梭罗很不痛快，他发牢骚道："人类中唯一不能信任的人，就是那些喜欢书籍的人。"当然，这只是梭罗的一面之词，拿他书的人可不这么想，他大概和孔乙己是同一套说辞："窃书不能算偷……窃书！……读书人的事，能算偷么？"记得读高中时，学校造了一间新图书馆，班主任让我们班级同学帮忙把书从旧馆搬到新馆，结果在搬运途中，好多同学当然包括本人在内，就私下"扣留"了不少自己喜欢的书，如果今天有人追问我们为何要"偷"书，我们的说辞大概和孔乙己也是一样的吧！

300. 中国人的童年期很长，母亲去世才是童年结束的时候。只要母亲在堂，儿子在外就是做再大的官、当再大的将军、发再大的财，回到家里，在母亲面前永远是长不大的孩子！有袁枚写给母亲的诗为证："手制汤羹强我餐，略听风响怪衣单。分明儿鬓白如许，阿母还当襁褓看！"

301. 中国人讲究"和为贵"，两个人闹矛盾，总会有第三方出来做"和事佬"，"和事佬"常用譬如"算了，都不容易""本乡本土的，低头不见抬头见""多大点事啊"等这样一类大而化之的词来对双方进行劝和。

302. 文章分为三种类型，第一种是闭门造车型，这样的文章是闻着书橱味写出来的；第二种是深入生活型，这样的文章是闻着泥土味写出来的；第三种是生命萃取型，这样的文章是闻着血汗味写出来的。

303. 只要一个人对自己的工作充满了爱，他的工作就自然会富有艺术性！爱即艺术！

304. 我在某沿海城市的轻轨入口处看到一个大的宣传牌（宣传牌足有4米宽、6米高），牌上写了如下十三个词：暴富、千杯不醉、马甲线、吃不胖、脱单、高富帅、桃花运、百毒不侵、心想事成、逢考必过、锦鲤附体、升职加薪、白富美，在这些词的左下方有八个字：从心（"心"设计成了红色图形，也是个按钮）启程，为爱护航。在这八个字的右边还有几行小字："游戏规则，按下心（前面提到的红色图形），实现幸福心愿！"看到这里我才明白，原来上面写的十三个词都是幸福的代名词。可是我看了几遍，却发现这十三个幸福的代名词几乎都和欲望或肉体有关，似乎和心灵、精神没有一点瓜葛。于是我想到了作家苇岸说过的一段话："这是一个被剥夺了精神的年代，一个不需要品德、良心和理想的时代，一个人变得更聪明而不是更美好的年代。仿佛一夜之间，天下只剩下了金钱。对积累财富落伍的恐惧，对物质享受不尽的倾心，使生命变成了一种纯粹的功能，一切追求都仅止于肉体。"我又想到罗曼·罗兰曾说："幸福是灵魂的一种香味。"我想一个人倘若灵魂不安，精神世界萎靡，即使宣传牌的十三个所谓的幸福心愿全部实现，就真的会幸福吗？如果有人给出的答案是肯定的，那么这种幸福借用苇岸先生的话来讲，也是一种猥琐、苟且、污泥的欢，瓦全的幸福！

305. 有些文章是有机的，因为那是作者靠大量阅读和生命体验写出来的。有些文章是无机的，因为那是作者靠搜索引擎从网上查到的资料拼凑出来的。有些文章是转基因的，因为那是作者抄袭来的！

306. 读古希腊色诺芬著的《回忆苏格拉底》，里面有这样一段有关苏格拉底的话："任何收取金钱的人，无形中给自己设置了一个主人，让自己屈服于奴隶的地位，比世间的任何人都要低贱。"不知道那些"老虎"（大贪官）、'苍蝇'（小污吏）如果看到这段话会有何反应？是面色凝重，还是麻木不仁，抑或是笑话苏氏不识时务？纯属书生之见，岂不知社会笑贫不笑娼？

307. 去某局讲学，接我的司机在路上给我讲了一个故事：冰箱里有块肉，到冰箱取东西的人都要把肉拿出来过过手，然后再把肉放回冰箱去。结果，肉还是那块肉，不同的是，每个人手上都有油了！

308. 王阳明讲："贤圣可期先立志，尘凡未脱漫言心。"做人若想要有一番成就首先就是要立志，要"龙含海珠，游鱼不顾"，每天注视着目标前进，不要被生活中的鸡零狗碎所干扰，如王夫之在《读通鉴论》中所言："士苟贞志砥行以自尚，于物无徇焉，于物无侮焉，则虎狼失其暴，蝮蛇失其毒。天下之穰穰而计祸福者，皆足付一笑而已。"一个人只要坚定自己的志向，砥砺前行，就会"不以物喜，不以己悲"，社会上设置的种种极具诱惑又毒辣阴森的陷阱就与己无涉，那些每天汲汲于功名、麻缠于福祸的人们，也只付之一笑而已。或许立下的志、许下的梦想未必就能实现，但是可以让一个人的生活有坐标，有奔头，活得简单又有劲。中国学校教育战略咨询专家沈祖芸有句话说得好："儿童的每一个梦想都不是用来实现的，而是用来让每一个今天变得有意义的。"

309. 在苏格拉底之前，古希腊的哲学家们偏重于思考这个宇宙的本源问题，是水、火抑或是土？苏格拉底认为他们在白白浪费时间，在自欺。大家都在猜，由于猜的结果不同，大家就争论不休、聒噪不止。苏格拉底由此提出"认识你自己"，苏氏认为，回到生活本身，关注自己才是最关键最务实的。他曾经对一个叫欧西德莫斯的年轻人讲过这样一段话："人们认识了自己，从而收获了大量的好处；而自我欺骗的后果就是众多不幸。因为，那些认识自己的人，知道什么事适合自己，能够分辨自己能做和不能做的事；他们的行为和自己的能力相符，得到了自己需要的东西，相当成功；他们避免去做自己不懂的事，不会受到责备，远离灾祸。"（古希腊色诺芬著《回忆苏格拉底》）由此我想到今天的学术界，今天我们的学术似乎已经沉溺于各种图表、数据、理论建构、新词创造，并开各种论坛来交换意见，发出来的文章只对自己评职称加奖金有用，对社会毫无帮助。他们似乎忘记了学术本该就是为现实生活服务的，要"取之于民，用之于民"，学术应该也到了"认识你自己"的时候了，应该从象牙塔走向菜市场，应该从精英化转向平民化，应该由封闭式的自娱自乐走向开放式的活学活用！

310. 北宋理学家程颢、程颐是亲兄弟，一日两兄弟一同到友人家赴宴。宴中有歌妓陪酒助兴。程颐见妓，拂袖而去；程颢见妓，把酒临欢。次日，程颐余怒未消，来找程颢论理，觉得昨日兄长不该和歌妓拉扯，有辱斯文。程颢却从容答道："昨日'座中有妓'，我'心中无妓'。今日'座中无妓'，弟却'心中有妓'。"这个故事使我想起了另一个故事，老和尚和小和尚下山，道中遇河，河边有一妙龄女子受阻。老和尚背少女过河。小和尚质问老和尚为何犯色戒？老和尚答，我早就把女孩子放下了，你怎么心里还没放下？真正犯戒的是小和尚。古希腊也同样有类似的故事，阿里斯提珀斯是一位哲学家，是苏格拉底的学生。有一次他带一个年轻人逛妓院，结果到了妓女屋子里的时候，这个年轻人感到很难为情，于是阿里斯提珀斯说了一句富有哲理的话："最困难的不是走进来，而是走不出去。" 顺便多讲一个关于阿里斯提珀斯的故事，有人把儿子送到他那里学习，他学费开价500德拉克马（德拉克马是古希腊的货币单位）。那人发怒道："拿这笔钱我都可以买一个奴仆了。"阿里斯提珀斯说："麻利地去买吧，这样的话，你就有两个奴仆了！"

311. 古希腊的哲学家中，我最喜欢的是犬儒派的哲学家第欧根尼，他和先秦的庄子很像，他们一样喜欢逍遥，当然他们也一样穷困潦倒，庄子是家徒四壁，第欧根尼干脆住在一个木桶里，据说有一次一个年轻人恶作剧砸了第欧根尼的木桶，结果喜欢第欧根尼的雅典人用鞭子把这个年轻人暴揍了一顿，还送了一只新木桶给第欧根尼，似乎有意让第欧根尼住的木桶变成雅典的网红打卡点。庄子见魏王的时候穿破衣草鞋，第欧根尼也讨厌衣冠楚楚，他就曾指责一个衣着考究的年轻人："你这样穿若是为了男人，那就是蠢货；你这样穿若是为了女人，你就是在干坏事。"庄子借过粮，第欧根尼也要过饭，他要饭的时候嘴里还嘟囔着："如果你施舍过别人东西，也请施舍点给我吧；如果你从来没施舍过，那么请从我开始吧！"不过到底他是哲学家，有时候要饭要得不顺利，他也会骂人。有一回，他碰到一个悭吝鬼，那人有点抠抠搜搜的，第欧根尼不耐烦地骂道："老兄啊，我只是向你讨口吃的，不是要你的棺材本！"可是当真的有人来帮忙的时候，他又表现出不可理喻的傲慢！有一次，马其顿国王亚历山大来到木桶前问他有何需要帮忙的？没想到第欧根尼却嫌亚氏遮住了他的太阳，让他走开。这个故事也说明第欧根尼和愿意做泥中龟的庄子一样，都有"天子呼来不上船"的智慧。也说明第欧根尼和庄子在人格上都是高贵的，世间的一切在他们眼里都是"齐物"的。他曾经被劫匪当作奴仆卖掉，买主问他会做什么事的时候，他却说："主人！"接着他就指着旁边的一个富翁说："这个家伙需要一个主人，把我卖给他吧！"庄子死的时候告诉弟子不要土埋，直接就以天地做棺椁，万物做陪葬，让天上的老鹰吃和地下的蚂蚁吃是一回事。第欧根尼也一样，死前反复叮嘱学生，死后直接把他扔到荒郊野岭，让野外的动物们也打打牙祭！我无意在这里把第欧根尼和庄子做比较，就此打住。不过既然讲到这里，那就顺便讲几个关于第欧根尼其他有趣的故事来给诸位读者解颐。有一天，第欧根尼突然大喊大叫："来人哪！快来人哪！"人们闻声而至，结果他又用棍子来驱赶来人，边赶边骂："我喊的是人，不是垃圾！"一位负责管理神庙的官员将一位偷了庙里面神器的保管员带走了。听到这件事后，第欧根尼说："大偷把小偷带走了！"第欧根尼也很会黑色幽默，有一回，一个手脚笨拙的家伙正在练习射箭，第欧根尼赶紧坐到靶子下方，嘴里还振振有词："省得被他射到了！"

312. 钱钟书先生早年游历欧洲，不但国学底子深厚，西学修养亦深高。他在《谈艺录》中讲道："东海西海，心理攸同；南学北学，道术未裂。"意思就是说，天下的道理讲到最后都是通的，道都是一样的。当年孙中山先生曾手书"海天一色"四个字给许倬云的父亲许凤藻先生，其实表达的也是天下同道的意思。譬如古希腊哲学家伊壁鸠鲁在其所著的《首要原理》中有这么一句话："正义之人心如止水，不正义之人惶惶不可终日。"当我看到这句话时，第一反应，这不就是先秦孔子所说的"君子坦荡荡，小人长戚戚"嘛！再如蒙田说："就算做好事，也该有个限度。"这个和《庄子》说的"为善无近名"是一个意思！

313. 整部《道德经》其实可以浓缩成五个字——"柔弱胜刚强"。整部《论语》可以压缩成九个字——"居处恭，执事敬，与人忠"。整部《金刚经》的关键词是"善护念"。

314. 《世说新语·伤逝》里记载了这样一个故事，王戎的儿子死了，王戎悲不自胜。朋友山简安慰他："孩抱中物，何至于此。"意思是，一个小孩子而已，不至于这样伤心。王戎答了一句千古名言：

"圣人忘情，最下不及情，情之所钟，正在我辈。"王戎的话很真诚，也很朴实，他说，我们既没有达到物我两忘的圣人境界，也不是没心没肺的愣头青，我们是普通人，也是正常人，是正常人就有正常的感情。正如欧阳修在《玉楼春·尊前拟把归期说》所说的那两句名言："人生自是有情痴，此恨不关风和月。"还有一副名联也讲得好："无情何必生斯世，有好终须累此身。" 颇喜晚明的一句流行语："情之一字，可以维持世界。"

315. 经过我手里的每一本书，我都抱着"雁过拔毛，贼不走空"的态度去读！写作的时候对收集到的资料则抱着"竭泽而渔，敲骨吸髓"的态度来用！

316. 李白是个天才诗人，适合搞文学创作，不适合搞政治，李白太白，政治太黑，他一辈子应该坚持"天子呼来不上船"。可是他天天想"上船"，一辈子想搞政治，天天梦想像郦食其那样"高阳酒徒起草中""指挥楚汉如旋蓬"。一度，他的确上了天子唐玄宗的船，本想坐上为卿相准备的"一等舱"，无奈一介平民却仅能坐"大统舱"，他只是个翰林供奉，也就是个伺候皇上舞文弄墨的骚客，在政治人物身边，做的事却跟政治毫不沾边。由于离自己的预期太远，李白最后只能"下船"。不过他并不甘心，最后大概是因为时间不等人，还是搭上了永王李璘的这艘"破船"，结果李璘造反，自己也差点被杀，险些就跟着这艘"破船"一起命丧海底。船上错了，只好换舟，"轻舟已过万重山"之后，李白就再也没有"上船"，而是上山了，修道喝酒，吟诗交友，虽然"自言臣是酒中仙"，内心估计还做着"上船"的梦，无奈，梦醒了，只好照旧喝酒写诗，最后只能自欺欺人地讲了句："安能摧眉折腰事权贵，使我不得开心颜。"李白这句话完全是"此地无银三百两"。

317. 《阴符经》讲："绝利一源，用师十倍。"这句话简单来讲就是，能量集中到一点，威力是巨大的。这也符合物理学上所讲的能量守恒定律。在生活中几近白痴的人往往是某个领域的天才，而有些人虽然在生活中是"万金油"，什么东西都是样样都通，样样稀松，结果常常是一无所成，甚至是一无是处。

318. 埃利亚斯·卡内蒂（Elias Canetti）在《另一种审判：关于卡夫卡》中说："忏悔是最深的虚伪。"卢梭、伏尔泰、奥古斯丁等诸多思想家都写过忏悔录，但真正忏悔的到底有几人？就如元好问诗中所言："画图临出秦川景，亲到长安有几人？"

319. 美国社会学家阿莉·拉塞尔·霍赫希尔德（Arlie Russell Hochschild）在20世纪80年代首先提出了"情感劳动"（emotional labor）或称"情绪劳动"这个概念，意思是说，付出情感也是一种劳动，这样的劳动也应得到相应的报酬。有一件事我一直耿耿于怀，那是很久以前的某一年春节，我回老家过年，拿着一部索尼的旧相机拍故乡风景。小叔家有个儿子，跑来让我给他拍照。我无意给他拍，为了打发他，我让他站好，他咧开嘴开心地笑着，我却没有真的按动快门，只是装了个拍照的样子，就告诉他拍好了。单纯的孩子并没有要求看一下（或许他以为要等洗出照片才能看）拍的效果如何，高兴地走开了。当时我还颇感得意，认为自己手法高明。但这么多年过去了，这事却时时会浮现出脑海，我对此事感到内疚，孩子站在那里咧嘴笑，本身就是一种劳动，并且他让我拍对我笑本身就是对我的信任，我却骗了他，不仅骗了他，还欠了他！

320. 人只要出门，就不可能原路返回。即使你沿着旧路回来，你出外所有的生活已悄悄地使你走在了另一条路上。这和古希腊哲学家赫拉克利特所说的"人不能两次踏进同一条河流"是类似的。

321. 高铁向前疾行，看到向后飞驰的风景，我感觉自己一半在追赶，追赶自己的梦！一半在逃离，逃离现实中的烦琐！

322. 以赛亚·伯林说过，乡愁是所有痛苦中"最高尚的一种痛苦"。乡愁的痛苦有两种：一种是回不到故乡，一种是去不了异乡！

323. 儒家讲"恕"道，元代袁桷有诗曰"宽恕可成天下事"，"恕"道讲"己所不欲，勿施于人"的设身处地，讲"己欲立而立人，己欲达而达人"的将心比心。但谈何容易？《诗经·王风·黍离》说："知我者谓我心忧，不知我者谓我何求。"汉代王符《潜夫论·救边》讲："痛不著身言忍之，钱不出家言与之。"清人蒋士铨诗曰："旁人怪落看花泪，不见番番下第时。"维特根斯坦说："一个透过关着的窗户朝外看的人，他无法解释路人奇怪的运动；他没有注意到在外狂作的暴风雨，也不知道这个人也许正很艰难地站着。"维特根斯坦还说过，只有我知道我是否真的疼，别人只是推测。如此说来，恕道难，难于上青天。人终归是孤独的，不被理解的，孤独是人生这本大书上的水印，每一页上都有，若隐若现。你可以在它上面涂抹或写字，但它永远在那里，它只能被掩盖，无法被消除！就如马尔克斯在《百年孤独》中所言："生命从来不曾离开过孤独而独立存在。无论是我们出生、成长，我们相爱还是我们成功与失败。直到最后的最后，孤独如影子一样存在于生命一隅。"

324. 曹丕说："客子常畏人。"行走在陌生的地方会使人觉得渺小，变得谦卑！

325. 如果人真的是照全能上帝的样子造的，那么我宁愿相信人是完美的。所谓缺点只是不被理解的那部分而已。

326. 有时候，哭穷的往往是有钱人。因为他们越有钱欲望就越大。何为欲望？穷坑填不满！

327. 太阳东升西落，每天如此，为何没有"职业倦怠"？因为它找到了其中的意义，可以耀养万物！

328. 当一个城市的权力思维代替商业思维的时候，之前这个城市的开放的、敢闯敢干的精神就会很明显地萎缩，变得封闭和畏首畏尾，有时候稍微有一点风吹草动，都会神经质地做出反应！

329. 张承志在其所著的《敬重与惜别：致日本》一书中讲了这么句话："日本学到的阳明儒学，是简化和偏激的知行合一。"是的，张先生这句话讲得精练又到位。日本人在欺弱崇强、弱肉强食上真的是知行合一，没有良知的知行合一是可怖又可恶的！

330. 一人对某名酒专卖店的老板说："你专卖店里的茅台不一定是真的，我在贵州待了十几年，对茅台酒很有研究。"店老板似真似假地笑道："就是真的，人家未必喝得了。"正所谓："假作真时真亦假。"人们喝惯了市场上的假酒，等喝到真酒的时候，反而认为是假的了。

331. 《易经》这本经典真有意思，看到乾卦，就会让人想到手机板上显示充足电的状态，能量满满，真有自强不息的味道！看到坤卦，就会想到女性的坤包上拉链的形象，拉链一开，什么东西都可以往里塞，真是厚德载物！

332. 古人表示不自满有个词叫"欿（坎音）然"。真妙，一个人遇到陷阱坎险多了，自然不会自满了。

333. 电影《隐入尘烟》有几段台词我很喜欢。场景一，回家的路上，男主对女主说他们村里原来有个疯子常常嘴里会念叨一段话："对镰刀，麦子它能说个啥；对啄它的麻雀儿，麦子它能说个啥；被当成种子，麦子它能说个啥。"这一段台词简直就是一首诗，这段话使我想到了在"文革"中被折磨的无数的知识分子！场景二，馍掉地上了，男主拾起来吹吹吃，女主看馍跌到土里，让他别吃了。男主却说："怕啥呢，啥不是土里头生的，啥不是土里头长的，土都不嫌弃我们，我们还嫌弃土吗？土就是干净的东西嘛。不管你是有钱有势的人，还是啥人，你只要种上一袋麦子，它就能给你长出来十几袋子二十几袋子麦子来嘛！"男主的这段话使我想起了家乡老人说的话：力不白出，汗不白流，人可能会亏人，但土地不会亏人。场景三，男主和女主在地里面种秋菜，女主在前面走，男主和女主开玩笑："像不像把你的脚印种在地里了？过些天，秋菜没出来，再长出好多脚印咋办呢？"女主说："我可不想长，脚长在地里面就哪里都不能去了，不是叫风刮倒，就是叫驴啃掉，麻雀啄的，镰刀割的，只能在地里干挨！"男主低头撒着秋菜籽，说："对着呢，人长着脚总能走来走去的，总比种在地里的庄稼和菜强多了，粮食种在地里就哪儿都去不成了，风吹日晒的，生生死死的，只能在地里干挨着！"女主应着，男主接着说："话说回来，我们长了脚又能跑到哪里去呢？还不是牢牢着拴到地上了，哪里也去不成，你说，农民离开了地咋活呢？"是啊，我全国各地讲学，常有司机指着车外的高楼群告诉我那里曾是一片良田，现在农民拿了拆迁款都到城里的高楼里去住了，田地也租出去了，变成了既不是城里人也不是农村人，身份暧昧不清。我常常担忧，有一天这些农民把拆迁费花完了咋办？难道开着轿车回农村种地吗？

334. 关于旅游，西方人是哪里人少去哪儿，这样感觉释放！中国人是哪里人多去哪儿，这样感觉安全！

335. 看到别人好就嫉妒，尽友"不如己者"，这样的人是标准的"贱骨头"！

336. 在全面发动侵华战争之前，日本在中国派驻了大量的谍报人员对中国社会情况进行侦测，甚至一个村子有多少人口，多少田地，有几口井，甚至有几头猪都侦测得清清楚楚。可是日本人忙乎了半天忽视了一条，中国普通老百姓的毅力和骨气是没法侦测的，日本人忘了中国有两条古训："三军可夺帅也，匹夫不可夺志也"和"天下兴亡，匹夫有责"！

337. 是"严师出高徒"，老师的心思全在徒弟身上，徒弟往往最后的成就超过老师！而非"名师出高徒"，名师的追随者太多，实在是顾不上每一个徒弟，徒弟往往借老师的名气在外面招摇撞骗，本身却并没有从老师那里学到多少真东西！

338. 读书多少不重要，为什么读书才重要，读书首先需要立志，不然读书就是消遣！

339. "劝君莫要镌顽石，路上行人口似碑"，一个人的口碑最重要，把名字印在地上，一步一个脚印地去做事，而不是把名字刻在石头上。好名的人常常是虚伪的人，名心胜者必作伪。

340. 人嘴虽然有两张皮，可是嘴巴一张开只能说一个道理。上嘴唇说"招商"，下嘴唇说"养猪"，道理只有一个，就是为了过个好年！

341. "任凭风吹浪打，胜似闲庭信步"，是稳！"最穷不过要饭，不死总会出头"，是健！

342. 书中读到一句河北谚语："一地千年百易主，十年高下一般同。"这个谚语使我想起了最喜欢的一部电视剧《天下第一楼》里的一个场景，卢孟实离开福聚德烤鸭店前，有人给他送来了一副木制楹联，上联是："好一座危楼，谁是主人谁是客？"下联是："只三间老屋，半宜明月半宜风。"卢孟实给这副楹联加了个横批："天下没有不散的筵席！"

343. 我享受寂寞，尤其享受热闹中的寂寞，高铁站、机场里，周围都是人，一个人捧着书读，好享受。我讨厌孤僻。孤僻的人讨厌人、怕见人，孤芳自赏，冷冰冰，像冰箱里隔夜的蛋炒饭。

344. 我在读书，别人在讲话。他说了个词，我却突然在正读的书中恰好看到这个词，这种情况出现过好多次，这是不是所谓的感应？

345. 真正的"经史合参"是将经典中的内容融入我们个人的现实生活当中去。经典指导生活，经验反证经典。记住，个人的生活经验是最实在的历史！

346. 到绍兴讲学，参观鲁迅故居，故居的德寿堂里有一副楹联，上联是"持其志无暴其气"，下联是"敏于事而讷于言"。这副楹联分别取自《孟子》和《论语》，这副楹联说出了一个人成功的秘诀，坚定志向，毫不泄气，少说多做！

347. 南开大学创办人张伯苓曾说："勤洗头，勤洗脸，就是倒霉也不显。"人可以穷，但不要现穷相！人有时会倒霉，但不要现倒霉相！越是倒霉的时候，越是要把自己收拾得精神一点。东坡诗曰："贫家净扫地，贫女巧梳头。"东坡诗的意思就是俗语所言："穷修门脸富修灶。"

348. 我们往往对很熟悉的东西视而不见，老百姓叫作"灯下黑"，我在陕北出差的时候听老百姓说过这么一句话："提灯的人是瞎子。"木心在《云雀叫了一整天》中写道："德国猪脚闻名全球，几位德国朋友都说，他们半年也不吃一次，这是很好的哲学命题。"我岳丈是金华人，金华火腿驰名全国，可是直到现在，别说是我，连我十岁的大儿子也没有在岳丈家吃到过一回金华火腿，就是在孩子妈妈的金华亲戚家也没有吃到过，即使是过年的时候。这算不算一种灯下黑呢？

349. 中国古典哲学主要关心两个问题：天人合一和知行合一！熊十力先生在《船山学自记》中有两句话概括得好："天在人，不遗人以同天；道在我，赖有我以凝道。"

350. 一个教师只有学而不厌，才能诲人不倦！教师出现职业倦怠，很大一部分原因是教师自身不学习、不读书了，备好的课十几年、几十年地反复讲，谁会不厌倦呢？

351. 孟子自命知言，谈何容易！讲话把握分寸最难，正如熊十力所说的："毁人不当，与人无干，自形其陋；誉人不当，与人无干，自彰其浅。"

352. 王阳明讲"致良知"，一个"致"字凝聚了多少功夫！

353. 读美国作家苏珊·索萨德的《长崎：核劫余生》，书中写到一个原子弹受爆者唐尾在受爆之后，身体开始出现一系列的症状：高热、腹泻、脱发、牙龈发炎，身体出现紫色斑点，为了避免别人看到她受爆后的样子，在自己的房间待了整整八年。又过了两年，她的头发终于长出来了，她决定离开长崎前往东京开始新的生活，她后来对作者说了这样一段话："我觉得我已经死过一次了，所以如果我这次的努力没有成功，我也不会失去什么。"一个在核爆中受到如此创伤的人尚且有如此的毅力，我们健康的人在经历过一些失败之后，怎么可以感到失望，甚至是自杀呢？我们即使什么都失去了，起码还有健康的体魄，一切可以从头再来！书中提到，唐尾在东京奋斗了17年之后，43岁的她成为日本佑天兰公司历史上首位女性高管。在当时庞大的日本化妆品行业中，仅有三位女性高管，除了唐尾外，一位在资生堂，一位在佳丽宝。书中提到唐尾最喜欢一位日本诗人的一句诗："如果你不成为你自己，谁会成为你？"

354. 任何一个朝代都需要树立典型。屈原骂了一句："秦，虎狼之国，不可信"，就被楚君流放了。楚人刘邦、项羽灭了秦，后刘项内斗，结果刘氏坐了天下，建汉立国。为了树立爱国典型，刘氏政府想到了骂秦的屈原，于是赞誉屈原为爱国英雄。大概从汉朝起，人们才开始以各种形式来纪念屈原。清军入关以前，人们都追念"还我河山"的岳飞，清军入关之后，膈应抗金的岳飞，当然更不愿意"还我河山"，为了让汉人忠心大清，于是就找到了"降汉不降曹"的关羽来做精神代言，用"义薄云天"来取代"还我河山"，自此关帝庙遂立各地，香烟日旺！

355. "独在异乡为异客"，"异乡"不仅是一个空间概念，也是一个时间概念。唐朝、宋朝对于我们现代人来讲就是遥远的异乡，有时候读唐诗宋词或者看《清明上河图》，沉浸其中，比到陌生的国外，更具异域风情！

356. 我在日本访学期间，工作人员告诉我，日本在小学教育阶段有两件事特别严格，"不要给别人添麻烦"和"不许说谎"。日本人认为，对于做人而言，这两点是最基本的教育！

357. 池田大作，日本创价大学的创办人，他曾与世界诸多第一流的人物进行过对谈，最后他得出一个结论：伟大的人在逆境中能够发挥真正的价值！

358. 某书中读到某位文学家说过的一句话："向大众献媚的作品并非好作品。"他的这句话使我想起了尼采说过的类似的一句话："唯有戏子才能引起群众巨大的兴奋！"

359. 中国人很重视"让"德！《国语·周语》里讲："动莫若敬，居莫若俭，德莫若让，事莫若恣。"意思就是行为举止没有什么比小心谨慎、严肃行事更重要的了，持家居家时没有什么比勤俭更重要的了，道德修养没有什么比谦让更重要的了，做事情没有什么比征求他人意见更重要的了。看到"德莫若让"，使我想到《论语·学而》里的一段记载，子禽问子贡，孔子到每一个国家都获得很多"高层机密"，不知道是靠特殊手段得到的还是人家主动提供的。子贡答复得妙："夫子温良恭俭让以得之。"《史记·周本纪》记载，西伯姬昌威望大，一些小诸侯有不平之事都来找他做裁决。有一回，虞国和芮国因为一些官司纠缠不清就来找西伯"圣断"。结果，"入界，耕者皆让畔，民俗皆让长"。看到这种情况，两个国家的人都很惭愧，"遂还，俱让而去"。

360. 汉朝有个朱买臣，穷困潦倒，但嗜读书，其妻受不了其穷，坚决和他离婚。后来朱买臣在好友的举荐下，做了会稽郡太守，其妻后悔自杀。后人专门写了一首诗来讽刺朱买臣的前妻没有眼光，诗曰："尽看成败说高低，谁识蛟龙在污泥？莫怪妇人无法眼，普天几个负羁妻。""尽看成败说高低，谁识蛟龙在污泥？"都以成功失败来论断一个人的高低，他们哪里知道这条龙只是暂时被困在污泥之中。"莫怪妇人无法眼"，不要怪这些妇道人家没有眼力见儿，老是贪图眼前的利益。"普天几个负羁妻"，天下有几个妇人能像僖负羁妻那样有眼光呢？这里面又是个典故，与晋文公重耳有关。有一年重耳流亡到曹国，曹国的国君听说重耳的肋巴是一整块的，于是就趁重耳洗澡的时候偷看，结果被重耳发现，当时重耳不好说什么，毕竟在人家的地盘上，自己又是个流亡之人，不过杀心已起，后来重耳回到晋国掌权后，果然第一个灭掉的就是曹国。但是当时曹国有个大夫叫僖负羁，僖负羁的老婆有眼光，大概会看相，她告诉僖负羁要特别善待重耳，这个人将来一定是晋国的国君。僖负羁听从了老婆的主张，对重耳招待得十分周到。后来重耳回到了晋国，掌握了大权。再后来攻打曹国，只有僖负羁这一族得以保全。可见负羁妻很有眼光。其实历史上还有个女人很有眼光，也是间接地拯救了一个国家，这个故事记载在《史记·田齐世家》里。燕国大将军乐毅攻入齐国国都临淄，齐湣王出逃，他大概忘了自己亡国之君的身份，到哪里依然还是一副霸主的德性，结果不论是到卫国、邹国还是鲁国，大家都不欢迎他，最后跑到了莒国。大概因为受不了他的傲慢，本来来救他的楚国使者淖齿把他给结果了。齐湣王死了之后，他的儿子法章改名换姓跑到莒国的太史敫家里面当用人。太史敫的女儿看到法章之后，断定此人不一般，就又怜又爱地偷偷供养他吃穿，并且还把自己的身体也供养给了法章。书中的话是："太史敫女奇法章状貌，以为非恒人，怜而常窃衣食之，而与私通焉。"后来，莒国本地人还有从齐国逃亡来的大臣都在找齐湣王的儿子，打算再立新的齐王。开始法章怕被杀，当然不敢贸然出头，后来时间久了，发现大家都是真诚地在寻找湣王子，便承认自己就是湣王子法章，于是大家一起立他为齐王，即齐襄王。齐襄王即位之后，立刻立太史氏女为王后。"君王后贤"，"襄王在位五年，田单以即墨攻破燕军，迎襄王于莒，入临淄，齐故地尽复属齐"。看来这个太史氏女不但眼光好，还旺夫！

361. 管仲的从政秘诀是："与俗同好恶。"就是和普通的老百姓穿一条裤子。《史记·管晏列传》说他："论卑而易行。俗之所欲，因而予之；俗之所否，因而去之。"讲老百姓听得懂做得到的大土话，喜欢着老百姓之喜欢，讨厌着老百姓之讨厌！

362. 读《史记·管晏列传》，"节俭力行"四个字道尽了晏平仲。读之汗颜，谈何容易！

363. 自家的房子叫"宅"，故用于自建房的土地叫"宅基地"。租的房子叫"寓"，很多地方政府为了让外来人才有暂时栖身之所，提供人才公寓，其实那是美其名，说白了，就是廉租房。临时住的地方叫"舍"，旅舍酒店即属此类。不过舍在古代又分下中上三等，即传舍、幸舍和代舍。《史记·孟尝君列传》中记载，冯谖初来求见孟尝君田文，就是先被安排住在普通的传舍，冯谖唱了十天"长铗归来乎，食无鱼"之后就被安排到了档次稍高的幸舍，看来传舍只能提供素食。但冯谖还不满意，嫌出门无车，于是又弹着破剑唱了五天的"长铗归来乎，出无舆"，孟尝君听了大堂经理的汇报后又把他安排到了档次最高的代舍！

364. 读《史记》，对两个讲究诚信的季姓人物印象深刻：一位是吴国的季札，季札挂剑的故事流传至今，季札不欺心；一位是楚国的季布，"得黄金百，不如得季布一诺"的谚语让人耳熟能详，季布不负口！

365. 司马迁在《史记·游侠列传》中悲愤地写道："窃钩者诛，窃国者侯，侯之门仁义存。"是啊，杀一个人是罪犯，灭一国却成了英雄，历史都是胜利者写就的！

366. 会议分两种：一种是先议后会，一种是先会后议。有时候，名称是会议，实质却是议会。名称是议会，实质却是会议！

367. 古文中的"信"常读作"伸"，也是伸的意思，伸者，舒展开之意也，在社会上伸得开就是吃得开。真妙，一个人让别人信得过，当然吃得开！

368. 做生意的秘诀借用司马迁在《史记·货殖列传》里的十八个字就是"贵出如粪土，贱取如珠玉。人弃我取，人取我与"。

369. 书大致分成三类：一类给开车的人读，属消遣类；一类给坐车的人读，属理论类；一类给造车的人读，属技术类。

370. 儒释道都强调一个"我"，儒家讲"舍我其谁"，佛家讲"唯我独尊"，道家讲"我独异于人"。

371. 在正经的场合常会想不正经的事。在不正经的场合却要装出一副正经相！真糟糕！我说我自己！

372. 无知加无能就是无奈，无奈加无惧就是无耻！

373. 中国人活得顽强，总对将来满怀希望。"天无绝人之路"、"车到山前必有路"、"柳暗花明又一村"（陆游《游山西村》）、"谢朝华于已披，启夕秀于未振"（陆机《文赋》）、"昨日种种昨日死，今日种种今日生"等给人盼头的句子比比皆是，某家却最喜欢《历代名窑释》中的两句诗："雨过天青云破处，这般颜色做将来。"

374. "昨日种种，譬如昨日死"，为何回忆种种"昨日"总是美好的，因为"死者为大"！

375. 人出世是哭着来的，人离世是笑着走的，当中的一生是哭笑不得！

376. 上联：哀莫大于心死；下联：置死地而后生；横批：死去活来！上联的话是庄子说的，下联的话是孙子的意思，人想"活来"，有时候真庄（装）孙子！

377. 做事要讲道理，别讲真理！真理只能辩，不能讲！讲道理是为了吃饱饭，辩真理是吃饱饭撑着之后的事了！

378. 古典主义是"无可奈何花落去，似曾相识燕归来"；浪漫主义是"梨花院落溶溶月，柳絮池塘淡淡风"；唯美主义是"凤阁龙楼连霄汉，玉树琼枝作烟萝"；现实主义是"轴装曲谱金书字，树记花名玉篆牌"。

379. 人分四种：刀子嘴豆腐心，子路是类也；豆腐嘴刀子心，阳货是类也；豆腐嘴豆腐心，颜回是类也；刀子嘴刀子心，盗跖是类也。

380. 《奥德赛》里有句话："众神降灾祸于人类，为让后世有东西可以颂唱。"看一个地方是否曾经多灾多难就看它的喜庆节日多不多！

381. 圣贤们的经典就是后人的精神奶瓶，只要世间尚存经典，我们就不算孤儿！

382. 关于西湖，杭州有俗谚云："晴湖不如雨湖，雨湖不如月湖，月湖不如雪湖。"就我本人来讲，我最喜晴湖。雪湖，"堤边几树老槎枒"（清俞樾语），太惨。月湖，"放棹西湖月满衣"（明董斯张语），太满。雨湖，"山色空濛雨亦奇"（北宋苏轼语），太糊。晴湖，"接天莲叶无穷碧"（南宋杨万里语），无限的希望！

383. "无为而治"，既然"治"了，就不是"无"，是一种高明的"为"！

384. 一分修一分功，一分功一分修，丝毫不爽，马虎不得。颇喜某堂的一副楹联："积累譬为山，得寸则寸，得尺则尺。功修无幸获，种豆是豆，种瓜是瓜。"

385. 清末学者俞樾曾受好友的请求给江苏藩署（布政使的府衙）写过一副楹联："燕息敢忘天下事，和平先养一家春。"这副楹联亦可做普通知识分子之座右铭也。

386. 天地不仁，自然界的一切都不笑，静静地在那里严肃地做着自己。人除外，周武王说："惟人万物之灵。""灵"就灵在会笑，有时候还会装笑！

387. 有的人，你看高他，他看低你，你看低他，他反而看高你，这种人是贱人；有的人，你敬我一尺，我敬你一丈，你给我一拳，我还你一脚，这种人是凡夫；还有一种人，你敬我，也吃两碗饭，你不理我，还是吃两碗饭，这种人是高人！

388. 少年狂是应该的，也是正常的，更是自然的。少年起码会说两句狂话："王侯将相，宁有种乎！""彼可取而代之。"

389. 被一座豪宅或者一块名表震得张大嘴巴的人，他的精神世界也一定是不富裕的！

390. 俗语有云"浪子回头，金不换"。佛家也讲"苦海无边，回头是岸"。儒家里有个复圣叫颜回，复和回差不多一个意思，都是回头、复位的意思。颜回之所以是圣人，就是发现错误，立刻回头、复位，从不二过！

391. 坛，古代用于祭祀的高台。政坛、歌坛、文坛、教坛，做任何事都需要有祭祀般的敬畏！

392. 很多文人写出的文章真的是可有可无、无关痛痒。想起一个故事，从前有个秀才穷得没米下锅了，于是决定把祖传的旧袍拿到代售商行卖掉。商行老板将袍子挂在街边橱窗最显眼的地方。秀才还不太放心，讨来纸笔，写上"出卖旧袍"四个大字，用个木夹夹在袖口。路人甲说："不需要写'出'字，卖旧袍就很清爽。"秀才认为有理，就涂了"出"字。路人乙说："放在代售店的东西当然是卖的，何苦写个'卖'字。"秀才点头，又涂掉了"卖"字。路人丙说："眼就是瞎了也不会把它当成新的，还强调'旧'干吗？"秀才脸一红，赶紧涂掉"旧"字。纸上只剩一个"袍"。路人丁笑道："袍子谁不认识啊，贴张纸做甚。"秀才将纸连木夹一起扔到了纸篓里！

393. 世上没有天机，也无所谓泄露不泄露，老天爷光明磊落，从不藏着掖着，一切摆在那里，天天给你看，你就是看不懂！

394. 能使用自己天赋的人都是天使！

395. 自然是最美的！人每天化妆就是为了反过来凸显动物植物的美，这是人的伟大和悲壮之处！豹子套件风衣，带个假睫毛，在草原上溜达，多丑！

396. 当我们看谁都正常的时候，自己大概是正常的！看谁都不正常的时候，当心自己已经失常了！屈原说"众人皆醉我独醒"，其实他醉得更厉害，不然醒着还会跳江？

397. 什么是平常心？外，见遗金于旷野，视之如土坷；遇艳妇于密室，视之如邻女；闻仇敌于垂毙，视之如途说。内，智极而不欲圣，情极而不欲佛，清极而不欲仙。

398. 油锅学校，油条学生！学校每天像油条店一样热闹，培养出来的学生像油条，个子大大的，里面空空的！就如蒙田谈到从学校里出来的学生时说："他本该让思想满载而归，却只带回来浮肿的心灵，不是变得充实，而是变得虚肿。"

399. 我曾讲过："自己无知，别人就坏！"今天读木心的循环体小说《豹变》，代序里提到了木心的一首现代诗《知与爱》，其表达的意思和我的观点不谋而合。诗曰：

> 我愿他人活在我身上，
>
> 我愿自己活在他人身上，
>
> 这是"知"。
>
> 我曾经活在他人身上，

他人曾经活在我身上，

这是"爱"。

雷奥纳多说：

知得愈多，爱得愈多，

爱得愈多，知得愈多，

知与爱永成正比。

　　博爱！人要先有广博的阅历之后才能可能真懂得爱，一天到晚锁在自己的狭隘世界里，哪里会知道什么是爱呢？"博爱"的主词是博！

400. 一个称谓普遍之后，它的内涵就被稀释掉了。随着它不断地"通货膨胀"，它也越来越低贱，人们生怕这个称谓用在自己身上，不愿受到贬低和侮辱！物以稀为贵，物名以稀释为贱！

401. 道德可以很潇洒！季札挂剑，信之潇洒也！范蠡泛海，智之潇洒也！二疏散金，仁之潇洒也！关羽封印，义之潇洒也！阮籍醉酒，礼之潇洒也！

402. 人品很重要，在社会上，有的人是神品，有的人是必需品，有的人是替代品，有的人是装饰品，有的人是报废品。

403. 《庄子·应帝王》里有个寓言：南海之帝为倏，北海之帝为忽。中央之帝为浑沌。倏和忽来到浑沌家做客，受到热情款待。为了报答浑沌的美意，倏和忽决定一天给浑沌开一个窍，让他可以"视听食息"，结果七天之后，浑沌七窍倒是开了，人也死了。这个寓言使我想到，很多事情一旦做得有鼻子有眼的时候，接下来就是循规蹈矩，时间久了，就是因循守旧，衰亡也就成了必然。好比有些学问，本来是自由开放的，一旦有人把它研究成体系，安上眉眼，它的生命力也慢慢地会枯竭掉。开窍有时等于闭关！

404. 庄子说，外重者内拙。很多东西你越在乎就越做不好。老子不是也说"治大国如烹小鲜"嘛，治理一个国家要怀着像烹炸小鱼小虾那样的轻松心态。放松出智慧！一个眉毛紧锁的人看不出他有明堂，更看不出他有智慧！

405. 古人有联曰："有书真富贵，无事小神仙。"心中万里无云，一尘不染，可以悠游闲读，实在是神仙中事。1955年，阿根廷政府任命时年56岁的博尔赫斯为国立图书馆馆长。"被七十万册图书重重围住"的博尔赫斯感到无比惬意，他在一首诗中这样写道："我心里一直在暗暗设想，天堂应该是图书馆的模样。"

406. "知足常乐"是人们的口头禅！但只有"足"自己知道自己常不乐，因为不知足的人们总是驱使它跑来跑去！

407. 人是经不起诱惑的！东方讲："非礼勿视，非礼勿听。""耳不听淫声，目不见女色。""不见可欲。"西方讲："不叫我们遇见试探。"

408. 木匠的儿子耶稣无不感慨地说道："先知在家乡是不受尊重的！"簸箕匠的儿子马祖因一个漂母揭其老底而写诗道："得道莫还乡，还乡道不香。溪边老婆子，呼我簸箕郎。"

409. "草色遥看近却无"是"距离产生美"的最美写照！

410. 苏东坡说："此心安处是吾乡。"此心不安，跑哪里都照样不安。在木心《哥伦比亚的倒影》一书中读到这样一个故事，故事是一个名为米兰·昆德拉（Milan Kundera）的人写的，故事说，有个捷克人，申请移民签证，官员问："你打算到哪里去？""哪里都行。"官员给了他一个地球仪："自己挑吧！"他看了看，慢慢转了转，对官员道："你还有没有别的地球仪？"

411. 一个不自欺的人堪称伟大！但哲学家维特根斯坦也曾在《文化与价值》一书中失望地说："没有比不欺骗你自己更难的事了。"尼采曾直言不讳地讲："欺骗他人其实是一种微不足道的错误，欺骗自己才会让自己变成怪物。"

412. 不要瞧不起任何人!记住两句话："即使是一块不走了的表，一天也有两次准的时候！""天上的云彩很多，哪一朵会下雨真的不知道！"《卡夫卡日记：1909—1912》："摘自犹太教法典：一名学者若是去相亲，他就该带上一个没有受过教育的人，因为他经常陷入他的学问中而注意不到必要的东西。"《诗经·大雅·板》："先民有言，询于刍荛。"古人常说，问于樵夫。这就是古语所谓的"耕当问奴，织当问婢"。

413. 某名校校长曾经讲过，断定一个小孩子有无前途，就看他能否坐得住。的确，专注力如何的确是影响一个人成功与否的重要因素。我一个忘年交曾告诉我，他说学习其实很简单，就是课堂45分钟全神贯注就够了，课后根本不需要花太多时间复习。可惜，很多人是"青山不碍白云飞"（《祖堂集》句），人在那里，思绪早已飘到了欧洲大教堂的塔顶了！

414. 我真诚地提醒各位读者，吃饭的时候，千万不要看书、看电视、看手机，时间久了，胃容易出问题。我发现现在很多人一边吃饭一边滑手机，你和他打招呼，他也是"嗯"一声应付了事，连头都不抬。真的是"心不在焉，视而不见，听而不闻，食而不知其味"。（《礼记·大学》）

415. "君欲钓鱼须远去，大鱼岂肯居沮洳。"韩愈的这两句诗使我想起了当年到南京读大学的前一天晚上，老母亲对我说了一句："长大了，像鹰一样飞出去吧！"

416. 好的文章不在乎字数多少，在于"一掴一掌血，一鞭一道痕"。木心《琼美卡随想录·但愿》："艺术在于'质'，不在于'量'。……可叹的却是有这样的日记出现在某文豪的精装本全集中：晨起，饮豆浆一碗。晚，温水濯足，入寝。"《卡夫卡日记：1912—1914》："今天烧了很多令人厌恶的旧草稿。"（1912年3月11日）卡夫卡的日记里也有许多无用的东西，且比比皆是。譬如"太累了。""我这个悲惨的人！""和勒维以及我的姐妹散步三个小时。"有的甚至莫名其妙，譬如"列车驶过的时候，旁边的人们愣住了"。"你们想干吗？过来！""——我们不想干吗。别打扰我们！"有些作家真的该向像卡夫卡学习，无用的东西烧掉吧，别充字数拿来浪费纸张了，不然文豪会变成文毫的！

417. 老百姓骂人恶性难改时会说："狗改不了吃屎。"佛典《大智度论》里也有个漂亮的说法："譬如蛇行，本性好曲，若入竹筒则直，出筒还曲。"近年来，一些老人的恶劣做法被曝光：倒地老讹诈扶救郎，六秩翁猥亵豆蔻女，老惯偷赖躺收银台。每次看到这些报道，我都会想到孔子说的那句"老而不死是为贼"。有个说法蛮好："不是老人变坏了，是坏人变老了。"是啊，坏人即使变老了，还是"贼"性难移啊！

418. 宋人陈起有两句诗："吟得诗成无笔写，蘸他春水画船头。"（《夜过西湖》）为了避遇陈起的窘境，某家的皮包里永远会有一本笔记簿（某家不惯拿移动电话记东西，总觉不专业），灵感来的时候，"兔起鹘落"（东坡语），赶紧记下。

419. 在一个混乱的社会，得志的常常是小人，就如元代的散曲作家张鸣善在《水仙子·讥时》中所言："铺眉苫眼早三公，裸袖揎拳享万钟，胡言乱语成时用。"挤眉弄眼装相的人位高权重，装腔作势摆拍的人金玉满堂，废话连篇爱吹的人时来运转！

420. "土豪"之最经典表述："美味以大嚼尽之，奇境以粗游了之，深情以浅语传之，良辰以酒食度之，富贵以骄奢处之。"（张潮《幽梦影》）

421. 夜读，书中记山西霍县观音会一副对联，甚爱。上联："经忏可超生，难道阎王怕和尚？"下联："纸钱能赎命，分明菩萨是赃官。"

422. 真正的知识分子应该有"振衣千仞岗，濯足万里流"（左思语）的气概和"石韫玉而山辉，水怀珠而川媚"（陆机语）的气质，以及"致君尧舜上，再使风俗淳"（杜甫语）的抱负！

423. 读黄恽先生的《茗边怪谈》，里面提到小说家张爱玲做学生的时候曾匿名发表过两首嘲讽某老师的打油诗。第一首是："橙黄眼镜翠蓝袍，步步摆来步步摇。师母裁来衣料省，领头只有一寸高。"这个老师戴着黄眼镜，穿着蓝袍子，走路打摆子，露出大圆脖。还有一首是："夫子善催眠，嘘嘘莫闹喧。笼袖当堂坐，白眼望青天。"老师讲课似催眠，下面学生闹翻天。白眼一翻笼袖坐，一言不发望青天。

424. 曾读过一副对联："穷理于事物始生之际，研幾于心意初动之时。"中国人特别注重这个"幾"字，上面两个"幺"是细微、细小的意思。下面是"戍"，站在人生的底线处防卫。当一样事物或者念头出现一点细小苗头的时候，就要留心存美去恶，防止后面出现不好的状况。所谓"涓涓不塞，将为江河；荧荧不救，炎炎奈何"（《六韬·文韬·守土》）。《易》讲"履霜坚冰至"，脚踩到霜了，就知道再往后发展就是坚冰了！

425. 《论语·颜渊》里记载，子贡问孔子如何搞好政治，孔子答复："足食，足兵。民信之矣。"意思就是粮食充足、国防强大、人民信任。子贡又问："必不得已而去，于斯三者何先？"假设迫不得已非要去掉一样，那么这三项条件要先去掉哪一项呢？孔子直接答复他"去兵"。为何要先去兵？我在陈传席先生所著的《鹤与鹰：中西文化的大碰撞》一书中所读到的一段话或许可以给我们答案："20世纪40年代，一颗炮弹价14两黄金，用100万发炮弹的钱补助农民，足够1亿农民1年生活得很好，但100万发炮弹几次就打完了。"

426. 《庄子》说："道在屎溺。"道生万物，道在万物。每个人都是有道之士，不过是，有的人依道而行，有的人背道而驰！

427. 有个关于读书的比喻很通俗，一个比喻是"竹篮打水"，竹篮打水虽然结果是一场空，但是水打多了，篮子变干净了。读书虽然读过就忘，但人变清净了。一个比喻是"日常饮食"，虽然我们天天饮食，最后好像也没留下什么，但是最终却促进了我们身体的成长。读书亦是如此，每天读书似乎没有留下什么，但是潜移默化地促成了我们灵魂的成长！

428. 《道德经》讲："道生一，一生二，二生三，三生万物。"西湖边上，先是有岳飞庙，后有于谦祠，再后来有张煌言公墓。三个民族英雄的精神将流传后世，在中华民族亿万儿女的心中扎根！

429. 杜甫年轻时写文章追求奇崛："为人性僻耽佳句，语不惊人死不休。"中年时写文章则追求华美："不薄今人爱古人，清词丽句必为邻。"他在晚年写文章则追求内涵："文章千古事，得失寸心知。"

430. "地反物为妖。"（《左传》）古人把作怪离奇的穿着打扮称为"服妖"。现代社会"服妖"很多，好好的牛仔裤非要在膝盖处挖两个破洞，女孩子穿肚脐装以露脐为美，却不知道"妖风"容易从膝盖、肚脐这些地方进入人体，对身体造成很大的伤害。

431. 曾读过这样一副对联："天地庄周马，江湖范蠡船。""天地庄周马"，意思是说，天地间那么复杂的万物在庄周（庄子）眼里就如看一匹马那么清楚，因为一切都是道所生，万物齐，众生平。"江湖范蠡船"，范蠡帮助越王勾践复国成功之后，带着西施泛舟江湖，归隐而去。这一副对联其实讲的是眼光大、胸襟宽的超然境界！

432. 读书的最高境界是"以神遇而不以目视"（《庄子》），"好读书，不求甚解，每有会意，便欣然忘食"（《五柳先生传》）。

433. 学校是教育之地，主责"博我以文"。家庭是教养之所，主责"约我以礼"。

434. 中华文化是"玉石"文化，玉石，含蓄内敛。西方文化是"钻石"文化，钻石，炫光夺目！

435. 牢骚不等于离骚，牢骚是对个人命运的抱怨，离骚是对国家前途的担忧！

436. 德语诗人里尔克写道：有何胜利可言？挺住意味着一切！小说《活着》的作者余华把里氏的这句话改成：有何胜利可言？活着意味着一切！我则把这句话改成：有何胜利可言？放下意味着一切！

437. 会计学里有一个概念叫"机会成本"，也叫"沉没成本"。意思就是说，当你做一件事的时候，就失去了做其他事的机会。人类总喜欢做自己习惯的熟悉的事，对于自己不习惯的事物总是选择"沉没"，这样固然没错，但也失去了很多成长的机会，丢掉了很多新的"增长点"。怪不得法国思想家拉罗什富科在《箴言录》里说：

"每个习惯都是坏习惯。"法国小说家马塞尔·普鲁斯特在《女囚》中也说："习惯的力量与其愚蠢的程度成正比。"

438. 唐代女道士李冶有一首《八至诗》说："至近至远东西，至深至浅清溪。至高至明日月，至亲至疏夫妻。"这首诗想说的是最后一句"至亲至疏夫妻"，这个世界上最亲近的和最疏远的就是夫妻，亲近到每天进同一个房间，疏远到晚上睡在两张床上。于是就出现了那句名言："没有爱情的婚姻，一定会有没有婚姻的爱情。"婚姻中的爱情消失之后，于是就会有婚姻外的爱情弥补进来，于是又出现了法国小说家小仲马的那句名言："婚姻的枷锁太过沉重，以至于有时需要三个人来承担。"难怪人类学家玛格丽特·米德说："一夫一妻是人类所有婚姻关系中最难的一种，也是最少见的关系之一。"

439. 萧伯纳说："想让人印象深刻，就得夸大。"广告大概就是利用了这个原理，正常播放的电视或者广播，突然加进一段广告，室内的分贝就明显提高很多，让昏昏欲睡的人突然惊醒。也怪不得英国小说家乔治·奥威尔非常厌恶地说："广告就是搅屎棍在泔水桶中搅动时的噪声。"

440. 越是把历史说得跟他们自己家的事一样，我反而越怀疑，甚至讨厌那种煞有介事的样子。昨天邻居发生的事你都说不清楚，甚至发生在自己身上的事都越说越离谱，千年前的事怎么那么清楚？很多所谓的历史学家都按照书本来讲历史，岂不知历史都是胜利者写就的，材料真假难辨，"纣之不善，不如是之甚也"（《论语·子张》）。商纣王没有书上说得那么坏吧？

441. 做任何事都讲究"时""中"二字。"时"者，时机也。用邵雍的诗说就是："夏去休言暑，冬来始讲寒。""中"者，恰当也。用邵雍的诗来表达就是："美酒饮教微醉后，好花看到半开时。"

442. "历史要活学活用，不是找例子，也不是保存东西，而是全人类曾经走过的路，都算我走过的路。"许倬云先生这个话应该会让很多所谓的历史学者脸红。

443. 在海上，巨浪来袭时，脱险之道是航船当以直角冲入浪面，这样会减少巨浪对船体的打击面。人生亦如是，遭遇麻烦时，当直视面对，若是逃避，就不单单是麻烦的事了，有可能会麻烦加麻烦，甚至最终会遭受灭顶之灾！还是鲁迅说得好："真的猛士，敢于直面惨淡的人生，敢于正视淋漓的鲜血……"（《记念刘和珍君》）

444. 我平生最爱读两类书：一棍子把我打蒙的书和一棍子把我打醒的书！某最怕一棍子把我打死的书！

445. 若用"吃"的意象来形容四大名著的话，那么《红楼梦》就是"坐吃山空"。《西游记》是"苦尽甘来"。《水浒传》是"鹬蚌相争"。《三国演义》是"问鼎逐鹿"。

446. 无事可做的人最忙！正如尼采所说："懒汉们听着，谁无事可做，'无'就给谁添麻烦。"（《尼采诗集》）

447. 读《尼采诗集》，其中一首诗叫《锈》，诗曰："锈也很必要；单单锋利还不行，人们会喋喋不休：'他还太年轻。'"尼采的这首诗，使我想起了加缪类似的一句话，大意是说，有些事真希望自己老一点！

448. 尼采的诗《世界的智慧》说："不要停在平野！不要登上高山！从半山上看，世界显得最美。"这和北宋邵雍的两句诗一个意思："美酒饮教微醉后，好花看到半开时。"

449. 尼采的诗《勇往直前》说："你站在何处，你就深深地挖掘！下面就是清泉！让愚昧的家伙去怨嗟：'最下面是——地狱！'"《勇往直前》使我想到了法国文豪维克多·雨果给朋友帕维的信中曾写过这样一段话："我对自己的前途看得很清楚，因为我抱有信仰，注视着目标前进。也许，我会在路上倒下，但我是向前倒下的。"

450. 做事最怕样样通、样样松。过去有位禅师曾有一个比喻："恰如载一车宝剑相似，将一柄出了又将一柄出，只要搬尽，那有什么意思。若是本分手段，拈得一柄便杀人去。哪里只管将出来弄？"有的人什么都学，十八般武器样样都会，但是没有真功夫。一车宝剑，只要拿出一把来，把它练得精熟就可以防身御敌了，不必要每一把宝剑都上手摸一下。

451. 工匠精神就是："各人自扫门前雪，莫管他人瓦上霜。"各行各业都需要有一种"各人自扫门前雪"的精神，把全部精力投入自己的工作当中去。"莫管他人瓦上霜"，心无旁骛。干工作最忌讳："各人不扫自家雪，专管别人瓦上霜。"那样是不会成事的，正如明朝文人李日华在《味水轩日记》中所记："自家飞絮犹无定，那有长条解绊人。"

452. "农民的家，几乎不讲话。来了个客人，忽然闹盈盈了。大家都讲话，同时讲同样的话。"读完《木心诗集》里的这首《农家》，使我想到了明代文学家王世贞写的一首《暮秋村景即事》，诗曰："紫蟹黄鸡馋煞侬，醉来头脑任冬烘。农家别有农家语，不在诗书礼乐中。""宇宙，合理庄严，均衡伟美。因为上帝不掷骰子。上帝即骰子，它被掷了。"这首也是木心的诗，诗名为《骰子论》。读完这首诗，使我又想起了王世贞在《艺苑卮言·卷七》中记载的一个故事：正德间有妓女，失其名，於客所分咏，以骰子为题，妓应声曰："一片寒微骨，翻成面面心。自从遭点污，抛掷到如今。"极清切感慨可喜。

453. "人非有品不能闲"，为什么大家都会感觉没事忙？因为怕你闲不住，惹乱子！有的人是清闲，闲的时候，写写字，读读书，喝喝茶。有的人却是浊闲，闲下来五天，有三天在赌博，两天在喝酒！还是法国思想家帕斯卡讲得好："人的一切不幸都来源于唯一的一件事，那就是不懂得安安静静地待在屋里。"

454. 《道德经》里讲的"柔弱胜刚强"其实是告诉人们：要好胜，不要好斗！

455. 木心说："每个人的童年都没有玩够。"此话有理，有时候我出差给孩子买玩具，是抱着自己也能玩一玩的态度去买的。

456. 明代张岱说："人无痴，不可与交，以其无深情也。"不要和一个对一切都感到索然无味的人交朋友，因为这个人对这个世界没有感情。"无审美力者必无情。"木心如是说大概是受了张宗子的启发。

457. 精神王国里没有护城河，没有城隍庙，也没有护卫军，更没有税务所，也不需要交通局和饭庄子，只有一个国王，自由又惬意的国王！

458. 有的人夜生活相当丰富，先是手忙脚乱（手忙是指搓麻将，脚乱是指跳舞），接着就是赴汤蹈火（赴汤是指喝啤酒，蹈火是指吃烤肉）。

459. 仿古建筑、穿汉服、成人背《弟子规》，这些都是文化断层的标志。

460. 封建社会官员的贬谪制度有个好处，就是被谪迁的官员可以把优秀文化带到被贬的荒蛮之地，从而在谪居之地埋下甚至培养文化种子。譬如韩愈因一封《谏迎佛骨表》而被贬潮州，现在潮州韩文公祠还有一副对联："天意起斯文，不是一封书，安得先生到此。人心归正道，只须八个月，至今百姓师之。"再如苏东坡则更是如此，被贬到惠州，则"一自坡公谪南海，天下不敢小惠州"（清人江逢辰诗句）。被贬到儋州，则培养了儋州历史上第一个举人姜唐佐，苏东坡曾给姜唐佐写过两句诗："沧海何曾断地脉，朱涯从此破天荒。""破天荒"这个成语就来自苏东坡的这句诗。破了天荒之后，也就种下了文化种子，在苏东坡北归九年之后，儋州人符确成为儋州历史上第一个进士。

461. 中国人做人讲求"无心"，譬如《易经》里面的咸卦和兑卦，本来是感卦和悦卦，为何偏偏去掉心？因为真正的感情靠的是感应，不是心机。中国人做事也讲求"无心"，《无能子·真修第七》："衡无心而平，镜无心而明。"一个人做事没有任何偏心和心机，才能公正而光明！葡萄牙诗人佩索阿在《不安之书》里感慨道："为什么艺术很美？因为毫无用处。为什么生活丑态百出？因为全是目的、企图和用意。"

462. 富兰克林告诉人们他成功的秘诀，我说所有人的好话，不说任何人的坏话。明代张大复在《梅花草堂笔谈》中引用一位名为吴因之的人的话："造谤者甚忙，受谤者甚闲。忙者不能造闲者之命，闲者则能定忙者之品。"此话堪称警句！

463. 《医经》有言："先富后贫，病自内生。"穷人过富日子还行，富人陡然过穷日子就受不了了。正所谓："由俭入奢易，由奢入俭难。"

464. 司马迁的《史记》里有一篇文章叫《平准书》，"平"是贱买贵卖，"准"是互通有无。"平准"不仅仅是汉武帝时期一项重要的国家财政制度，也是自古至今，商业最本质的运营套路！

465. 骗子的特点用司马迁的话说就是："言不信，行不验，取不当。"

466. 韩愈《师说》讲："师者，所以传道授业解惑也。"韩先生这句话可以理解成教育分三类。"解惑"是普通教育，从幼儿园到高中当属此类。"授业"是专业教育，大学至研究生阶段是也。"解惑""授业"，经师足矣。"传道"是社会教育，需要人师。但"经师易得，人师难求"，可以传道的先生可遇不可求。

467. 南宋张孝祥有句"表里俱澄澈"，唐代杜子美有句"心迹喜双清"，这两句话并在一起可作对联，上联用张，下联用杜。这副集联可以作为所有人追求的境界！

468. 中国人做人有个底线，就是不做亡国奴，不做卖国贼，杀忠臣良将是中国人最不齿的。这方面的典型就是秦桧。秦桧后世子孙秦大士曾有诗曰："人从宋后少名桧，我到坟前愧姓秦。"有一次乾隆皇帝问身为翰林编修的秦大士："汝家果秦桧后人乎？"秦大士很智慧，别的没多说，只说了句："一朝天子一朝臣。"既恭维了乾隆，也表达了自己的志节。20世纪90年代，国外的华人曾兴起一股"寻根热"。有一个加拿大华裔就寻根到无锡老家，结果发现自己是秦桧后裔。他耻于承认，就对外宣布自己是秦观的后代。

469. 读张曼菱女士的《西南联大行思录》，里面提到，当年杨振宁在西南联大读书的时候，为了躲避日本人的飞机轰炸曾到乡下住过。后来有人找到当年杨振宁的房东并告诉她杨振宁得了诺贝尔奖，是世界大名人了。老太太淡然地说："是不是名人，我们不知道，那么他是给中国人做事了？"

470. 过去中国乡下有"秀才吃席不还席"的规矩。大户人家请客，总要请几位读书人来坐席，要借秀才们肚子里的墨水来撑撑场面。读书人也愿意来凑热闹，要揩大户家席面上的油水来改善生活。

471. 中国人对名胜的评价仅一条"风光迤逦"是远远不够的，还要"有仙则名""有龙则灵"。西湖在杭州人眼里不过是个大池塘，但西湖之所以那么有名，是因为周围的"龙"很多，就如清朝袁子才写的那首诗："江山也要伟人扶，神化丹青即画图。赖有岳于双少保，人间才觉重西湖。"

472. "有时去治愈，常常去帮助，总是去安慰。"读到特鲁多医生的墓志铭，尤其是读到"总是去安慰"，使我想到尼采在《朝霞》里讲的一段话："让病人活跃的想象力平静下来，以使他不再因其对疾病的想象受苦，更甚于因疾病本身——这将是一件不无意义的事！这件事将功德无量！你们现在明白我们的使命了吗？"

473. 作恶的人永远不会感到孤独，因为他总觉得背后有双眼睛看着他！嫉妒的人也不会孤独，因为他嫉妒的对象常常会以讨厌的形象出现在脑海里！

474. "不要让孩子输在起跑线上"，这句话简直是胡扯，每个孩子的家庭背景、经济条件和个人情智都不尽相同，因此，每个人都有属于自己的起跑线，只要开始跑，并坚持下去，就不会输，哪怕他很晚才意识到要开始跑，就如《古兰经》所说："神在乎的不是过去的你，而是从现在开始的你。"卡夫卡说："人类的一生不过发生在两个步伐的瞬间。"这句话就是我们熟知的"千里之行，始于足下"所表达的意思。某书的封面上有这样一段话："只要还有明天，今天就永远是起跑线。"我在唐诺《声誉》一书中读到这样一则悲惨的笑话，是某人算命时的笑话——"你的命太糟糕了，四十岁以前一事无成穷困潦倒。""四十岁以后就好了？""不，四十岁以后你就习惯了。"这里的"习惯"就是"麻木"的意思。人活着，穷一点苦一点不要紧，怕的是麻木，失去对人生的希望；怕的是认命，失去对奋斗的向往！

475. 你们拿着手机，摆着姿势，在寻找新的视角的时候，我却捧着书，开拓新的视野！就如法国小说家马塞尔·普鲁斯特（Marcel Proust，1871—1922）说的一句名言："真正的意义不在于探索新的风景，而在于拥有新的视野。"

476. 一个人如果真正地认识了他自己，那么他就会原谅所有的人！

477. 读白居易的《题天竺寺》："一山门作两山门，两寺原从一寺分。东涧水流西涧水，南山云起北山云。前台花发后台见，上界钟清下界闻。遥想吾师行道处，天香桂子落纷纷。"这一首诗给我三个意象，"一山门作两山门，两寺原从一寺分。东涧水流西涧水，南山云起北山云"，前两句使我想起兄弟分家，本来是一家人，现在变成了两个家庭。后两句接着又告诉我们，家虽然分了，但心是一样的，兄弟感情没有变，东涧和西涧流的是一样的水，南山和北山飘的是一样的云。"前台花发后台见，上界钟清下界闻"两句使我想到了父母榜样的重要性，父母的一举一动，孩子都看得清清楚楚。"遥相吾师行道处，天香桂子落纷纷"，似乎使我看到了一位犹如桂子天香般的大师，他所到之处，都有人闻香而至，享受那润物细无声般的教化！

478. 《滕王阁序》乃王勃名作，文中"落霞与孤鹜齐飞，秋水共长天一色"两句尤为大众所熟知。但多少年大家都理解有误，把"落霞"理解为落日晚霞，岂不知落霞乃是一种鸟，和鹦鹉的个头差不多，浑身都是绯色的羽毛。而王勃的这两行奇句其实也是模仿南北朝时期文学家庾信《马射赋》中的"落花与芝盖齐飞，杨柳共春旗一色"。

479. 每次到杭州讲学，只要时间允许，都会到灵隐路上去看看飞来峰。近读明人郎瑛的史料笔记《七修类稿》，里面记有一副写飞来峰的对联，颇喜，记之："飞峰一动不如一静，念佛求人不如求己。"

480. 秦桧在没有发迹的时候也做过塾师，靠一点点束脩来糊口，曾写诗曰："若得水田三百亩，这番不做猢狲王。"秦桧病死后被追赠申王，申属于猴，秦氏最后还是得了个猢狲王的名头！

481. 战争没有输赢，都是杀敌一千，自损八百。我很喜欢宋人的两首诗，一首是郭震的《老卒》，一首是宋无的《老将》。《老卒》曰："老来弓剑喜离身，说着沙场更怆神。任使将军全得胜，归时须少去时人。"《老将》曰："杀气消磨暗铁衣，夜看太白剑无辉。旧时麾下谁相问，半去封侯半不归。"

482. 《尚书·大禹谟》："人心惟危，道心惟微。惟精惟一，允执厥中。"道心也是人心做，只是人心志不坚。人心道心原一体，人心坚定即圣贤！

483. 郑板桥的诗书画是三绝。他的印章很多，但其中有两枚印章让人看了之后油生敬意，一枚刻有"见人百善忘其百非"，一枚刻有"恨不得填漫了普天饥债"。

484. "西北有高楼，上与浮云齐。"（《古诗十九首》）"孔雀东南飞，五里一徘徊。"（《汉乐府·孔雀东南飞》）

485. 争论的本质是拒绝讨论。

486. 思想里的成见妨碍了思想，行动中的习惯限制了行动。

487. 唐朝杜荀鹤有一首《赠僧》，诗曰："利门名路两无凭，百岁风前短焰灯。只恐为僧僧不了，为僧得了尽输僧。"读此诗，使我想

起了清人张岱《夜航船》里讲的一个故事，姚广孝因帮朱棣谋反
（书上称谋反为"靖难"）有功，被封为荣国公。姚广孝去看望姐
姐姚婆，不料却被老姐拒之门外，理由是："做和尚不了，岂是
好人？"

488. 杜甫《贫交行》曰："翻手作云覆手雨，纷纷轻薄何须数。君不见
管鲍贫时交，此道今人弃如土。"清人俞樾借《贫交行》之意，也
做了一首《齐物诗》，我本人更喜欢俞樾的这首诗，诗曰："翻
雨覆云幻蜃楼，人生何处说恩仇。戏场亦有真歌泣，骨肉非无假
应酬。"

489. 唐代张志和《渔歌子》脍炙人口，"西塞山前白鹭飞，桃花流水鳜
鱼肥。青箬笠，绿蓑衣，斜风细雨不须归。"唐肃宗曾赐给张志和
一奴一婢，张志和干脆将这一对奴婢配成夫妻，并为奴起名渔童，
婢取名樵青。有人好奇，问他为何如此取名，志和回答，让渔童拿
钓竿收鱼线划渔船，让樵青采兰花捡桂枝煎香茶。

490. 中国人好像衰老的速度比其他国家的人要快，过了五十，就说他已
经"年过半百"了，似乎这个人就不行了，而本人也似乎就承认已
经精衰力退了。岂不知即使在日本、新加坡这些和中国临近的国
家，七十岁的人还在做司机做门童，难怪日本人说："人生七十岁
才开始！"

491. 宋代陶谷在翰林院多年未得提拔，颇有怨言。有人向宋太宗反映了
这个情况，宋太宗说："翰林学士起草东西无非是把原来的旧文本
换几个词而已，就是俗话说的依样画葫芦。"后来陶谷就在墙上题
诗："官职须有生处有，才能不管用时无。堪笑翰林陶学士，年年
依样画葫芦。"到了清朝，一个军机大臣也依样画葫芦地写了一首
诗来描述自己依样画葫芦的工作："依样葫芦画不难，葫芦变化有

千端。画成依样旧葫芦，要把葫芦仔细看。"

492. 老百姓俗话说："平生不做亏心事，夜半不怕鬼敲门。"一样的意思，我更喜欢明朝张岱《夜航船》里的两句话："不作风波於世上，自无冰炭到胸中。"

493. 鲁国大夫公父文伯退朝，其母季敬姜正在织布。公父文伯就说："以歜之家，而犹绩乎？"我们家这么富有，还需要织布吗？于是敬姜就讲了一段名言："夫民，劳则思，思则善心生。逸则淫，淫则忘善，忘善则恶心生。"敬姜这段话的大意是，劳动产生爱，劳动生慈悲。人懒就变坏，万恶懒为首。鲁国的宰相公仪休退朝，看到他的妻子在织布，非常恼火，一怒之下毁了织布机，训道："吾为相食禄，今尔夺百姓之利，使民安归？"公仪休意思是说，我今天作为宰相，拿高工资，你却织布卖钱，和老百姓争利，你让百姓咋活？季敬姜是贤母，公仪休是良相，两个人的话都有道理，那这个布到底要织还是不要织呢？

494. 更年期的状态："无故寻愁觅恨，有时似傻如狂。"（曹雪芹，《西江月·批宝玉二首》）

495. 古希腊人对诗的要求是：诗如蜜蜂。一要蜜，二要刺，三要小身体。蜜，要有味道，不能枯苦。刺，要主题鲜明，一针见血，不能不痛不痒。小身体，内容精练，不能是王老太的裹脚布——又长又臭。其实古希腊人对诗的要求同样可以用在写文章和演讲方面。

496. 俗语云："忙中不及作草，家贫难办素食。"着急忙慌的时候别写草书，真正好的草书是心平气和时经过足够酝酿之后一笔而就的，忙的时候写字，是顾不了那么多章法的，潦草几笔写下就是。经济条件不好的人家别办素宴，素宴费钱费工夫。真正好的素食是很讲究的，极鲜的时蔬有时候比肉要贵得多，为了成全一个鲜字，配料还要好——冬笋、黑鸡枞、牛肝菌、核桃仁、白果……电视剧《天下第一楼》，克府老太太过八十岁大寿，点了一桌"金玉满堂"的素菜，平常的炒大白菜，到大宅门的寿宴上就不同了，大白菜剥五层，去菜心，取第六、第七、第八片，不老不嫩的帮，片一寸大小扇面片，鲜蘑水泡一刻钟，沥出水汽，滚油炸花椒至煳后淋出，白菜片入滚油，爆火翻折两道，放盐，点醋少许，不等变色即出锅，其特点是，色泽似玉，清淡爽口，又香又脆，余味清新。穷人家哪里架得住这样折腾啊！

497. 苏东坡说："论画以形似，见与儿童邻。赋诗必此诗，定非知诗人。"中国人作画也好，写诗写文章也好，不太欣赏写得太实的，而是欣赏传神！过去有个故事讲，有个皇帝长得很丑，找画师给自己画容。第一个画师画得很像，结果皇帝一看画中人这么丑，一怒之下下令斩了画师。第二个画师怕重蹈覆辙，就把皇帝画得很漂亮。皇帝一看这个家伙还敢用"美颜"来糊弄寡人，结果把第二个画师也给杀了。第三个画师很智慧，把皇帝的外形画得似像非像，但把皇帝英武果断的神情给表达出来了。皇帝对第三个画师的画非常满意，赏了一大笔润笔费。

498. 俗话说："物无美恶，过则为灾。"即使是美德懿行，过度了也会走向反面。《蕉轩随录续录》里有两句话讲得好："谦，美德也，过谦者多诈。默，懿行也，过默者藏奸。"

499. "松下问童子，言师采药去。只在此山中，云深不知处。"唐人贾岛的这首《寻隐者不遇》可谓家喻户晓、脍炙人口。俗话说，自古是天下文章一大抄，苏珊·桑塔格就曾坦诚地对朋友说："别害怕偷东西。我一直从其他作家那儿偷东西。"北宋大儒程颢就曾抄袭过贾岛的《寻隐者不遇》。当然，程颢并不是去寻隐者，而是去拜访一个朋友，刚好他的朋友赏花去了，于是他就作了一首诗，诗曰："下马问老仆，言公赏花去。只在近园中，丛深不知处。"

500. 黑格尔说过，寻求承认的斗争是人类历史的终极动力，这个动力是理解现代世界的钥匙。黑格尔这句话讲得简单点，人活着不仅仅是饮食男女、吃穿住行，还要得到别人"承认"。"承认"用中国人的话说就是"服"，人类历史就是让人服的历史。就个人说，先让老婆孩子服，再让左邻右舍服，慢慢让公社乡镇服，最后最好全国人都服，那就功成名就了。这个过程说是发展也好，说是奋斗也罢，其实就是希望别人承认，让人服的过程，一个人"二十年来尘扑面"，目的就是想得到"如今方得碧纱笼"的承认。个人如是，团体如是，国家亦如是，都是希望得到他者承认，所有的斗争乃至战争也都是希望他者真正的口服心服，达到"把酒问花花点头"的境界和效果。福山为了阐述黑格尔的观点，专门写了一本书《身份政治：对尊严与认同的渴求》。

501. 道法自然，自然最美。审美即欣赏自然，一切模仿自然力求自然的东西永远是二流货色。

502. 自然从没有报复过人类，因为人类本属于自然。人类在地上造满了房子，到最后没有粮食吃，这很自然。遍地的工厂使得空气变臭、河水变黑，导致人类缺水、患病，这很自然。人类不停地从地下抽石油，为了让塞满街道的汽车继续突突冒烟，从而造成能源危机、大气变暖、地震频仍、海啸不断，这很自然。……一切都那么自然，何来报复？自然不会报复自然吧？

503. 做事最忌讳投机取巧，即使一时所取得的成果夺目，岂不知"草萤有耀终非火，荷露虽团岂是珠"，没有花真功夫得到的虚荣很快就会声迹俱销！就如《本事诗》里记载的那首诗："一团茅草乱蓬蓬，蓦地烧天蓦地空。争似满炉煨榾柮，漫腾腾地热烘烘。"做事要扎实，要有"一捆一掌血，一鞭一条痕"的力道！

504. 宁做低矮的向日葵不要做高挂的月亮，月亮是借着太阳，向日葵是向着太阳！

505. 隐士一定胸怀救世济民的抱负，不然就没有资格叫士。"隐"是一种实现抱负的方式，不是他的生活方式，他可以生活得比任何人都张扬。

506. 现代相当一部分大学生放假回到家里，抱着手机就不出门了。他们僵硬的肉体整天缩在家的一角，足不出户，寸步不离家。但精神上却成了无家可归流浪汉，抱着手机就像捧着一个乞讨的饭碗，在虚拟的世界里寻找一口精神食粮。

507. 在地理上，日本是亚洲国家。在心理上，日本却始终认为自己一直以来都是和西方国家共进退。实际上，日本处在了蝙蝠般的尴尬局面，既不是鸟也不是兽。

508. 新冠疫情期间，我被隔离过三次。第一次是因为去杭州萧山接归国华侨，华侨被接回后即被隔离，华侨被隔离了，我们接站员自然也被隔离，在一个街边小旅店被隔离整整14天。第二次隔离是因为所住小区发现了一例新冠阳性，于是全小区集体隔离，又是一个14天。第三次隔离是因为我外出讲学，候车室有一阳性病例，候车室里所有人都被算作密接人员，我也不例外，第二天就被救护车拉到一家作为集中隔离点的养老院进行隔离，美其名曰"医学观察7天"。不知道别人被隔离了是怎样的心态，我在隔离期间很从容，不但没有觉得被束缚，还觉得很自由和充实，不但可以利用钉钉会议偶尔线上讲学，还可将大量的时间用来读书和写作，希望自己讲学和将来要出版的书籍可以惠泽大众。隔离的日子里，我总时不时会想起清末民初王允皙的一首诗《梅花》，王氏是福建人，他的诗风是属于江西派，他做过陈宝箴的幕僚，后来在江西婺源县做过县官，这首《梅花》就是在他为婺源父母官期间所做。诗曰："茆屋苍苔岂有春？翛然曾不步逡巡。自家沦落犹难管，只管吹香与路人。""茆屋苍苔岂有春"，在这个荒凉的地方能有什么作为。这个就有点我被隔离的味道，一个人整天在一个几平方米的小房间能做什么？应该很苦闷，但是诗人接着说："翛然曾不步逡巡。"意思是说，虽然所处境遇很差，但我内心很自在很从容，一点没有乱阵脚。"翛然"就是自由自在，很轻快松弛的意思。"逡巡"就是不知所措、慌乱徘徊的意思。"自家沦落犹难管"，自己都不自由了，都很倒霉的样子。"只管吹香与路人"，还依然给社会传播正能量。正如我被隔离期间，还依然从容读书、写作，心中还想着提升自己，为社会多传播正能量，把生活国学早日传播给不认识的众生"路人"！

509. 一位快退休的处级干部曾无不懊悔地对我说，当初弃专业走行政，绝对是人生的一大败笔。原来他是个骨科专家，后来放弃专业，步入仕途。快退休时，才突觉黄粱梦将醒，后悔当初的做法。他说，假如我现在还继续搞骨科，那退休之后还可以继续搞自己的专业，人生将更有意义，现在退休了，人走茶凉不说，专业也早已丢光。我永远记得当时他说话时的沮丧神情，那时我脑子里突然冒出来清代宋湘的一首诗："等身著作几曾贫，蜗角功名泰岱尘。当日改官先已错，而今何铁铸诗人。""等身著作几曾贫"，搞专业出专著开讲座也不会穷的，也收入颇丰。"蜗角功名泰岱尘"，一辈子再大的功名，从宇宙上看，也不过是蜗牛一角、泰山一尘。"当日改官先已错"，当初改变人生方向就已经错了。"而今何铁铸诗人"，处级干部车载斗量，退了自然有人补上，可是杰出的专家却很少，本可凭精湛技术流芳于医史，而今却丢掉专业混迹于仕途，可悲可叹可怜！

510. 做事要成功，没有捷径，要舍得花笨功夫，一点点积累，投机取巧的人想快速成功，岂不知欲速则不达，越追求快出结果反而进程更慢。清代陈沆有两句诗说得好："拙速输巧迟，真简胜伪繁。"

511. 中国人出门在外，为了避免家人担忧，喜欢报喜不报忧。清朝江湜有一首诗把这种报喜不报忧的心态表达到了极致，诗曰："我向西行风向东，心随风去到家中。凭风莫撼庭前树，恐被家人知阻风。"

512. 现代社会无事忙无心忙的"剩闲"很多，每天浑浑噩噩。就如一个当代诗人所说的："我们是一些空心人，像是制成的标本。我们相互靠在一起，头脑中填满了草梗。"

513. 为了考试为了职级而急功近利地读书，不是真正意义上的读书，只能叫"啃书"，这样的读书是死读书，是耗气！读书应该追求境界，读书是为了养气，养浩然正气！

514. 失败是成功之母这句话怎么看都有点马后炮的味道！其实，常常是，成功是成功之母，失败是失败之母！不然的话，就没有乘胜追击、一败涂地的"马太效应"式的说法了！

515. 法国社会学家迈赫迪·穆萨伊德在其著作《新乌合之众》中提到耶鲁大学大卫·兰德的一个观点，人越是没有时间考虑，他做出的选择就越利他。兰德做过一个简单的实验：找两个人来实验室，完全随机地抽取其中一人，给他一笔钱，另一人分文不给。在实验结束前，拿到钱的被试可以把钱分给另一位被试，并要求不要任何回报。通常，人人在乎钱，到手的钱不易再出。但实验表明，留给被试的决定时间越紧，他给另一个被试的钱越多。说得简单点，他根本来不及权衡利弊。看到这个实验后，我突然想起古人的两句话："慷慨就义易，从容赴死难。"生死关头，一下子啥也不想，为了祖国为了人民，拼了！若是让他考虑考虑，那么父母、儿女、家财等都开始要挂念了，这时候要他献身就难了！

516. 从古至今，认一个同姓名人做祖宗的事屡见不鲜，但常常闹出笑话。宋代有个林可山自认是隐士林逋的七世孙，有人作诗讽曰："和靖当年不娶妻，只留一鹤一童儿。可山认作孤山种，正是瓜皮搭李皮。"民国时，有包姓某人请人刻一枚"孝肃后裔"印，包孝肃就是我们熟知的包拯包青天。后来小说家包天笑看到这枚印章就笑曰："孝肃没有儿子。"印主此后乃弃印不用。

517. 俗谚曰："巧诈不如拙诚。"有两句论诗的诗句我很欣赏："趋巧路者才识浅，走拙途者胆力大。"这两句诗不仅适用于论诗，也通用于治学。

518. 我平时讲学中常会引用古诗词来说明一些现实问题，有学员就会问我写诗否。我常以晚清鄞县（现在宁波鄞州区）诗人童华的一首诗答之："门户词坛几辈争，后来未易擅名声。只应广采前贤句，足我吟哦快一生。"我想说的话，前人早已说过，好词佳句也被用光，采用他们所写的诗句已经够一辈子用的了，无须再画蛇添足了，大有"眼前有景道不得，崔颢题诗在上头"之无可奈何！

519. 苏东坡说："人生有味是清欢。"对这句话诠释最好的是屠隆《娑罗园清语》的一联，联曰："风流得意之事，一过辄生悲凉；清真寂寞之境，愈久转有意味。"

520. 我是个历史怀疑主义者，尤其对正史上记载的事总是将信将疑，坏人真的那么坏，好人真的那么好？正如刘静修那首诗所云："纪录纷纷已失真，语言轻重在词臣。若将字字论心术，恐有无边受屈人。"很多正史无非以为当朝者抹粉，对前朝极尽抹黑以达愚弄民众之目的为主旨。梁启超在《中国史界革命案》中说："二十四史非史也，二十四姓之家谱而已。"鲁迅也有言，中国的二十四史是帝王将相的家谱。国民党大佬于右任也有诗曰："风虎云龙亦偶然，欺人青史话连篇。江山代有英雄出，各苦百姓数十年。"老百姓不仅因为改朝换代在生活上受苦，在思想上也受当朝者的愚弄。

521. "您就把我当个屁给放了吧。"这句话是很多影视剧的台词，原本以为是现代人的幽默，没想到古人早就有此幽默。今读蒋寅先生的《金陵生小言·续编》，里面讲到这样一个故事，明代陈全以善于逗乐子出名，有一回不小心误入禁地，被一个执事太监抓住了。执事太监说，听说你爱开玩笑逗乐子，你写一个能让我笑的字，我就放了你。陈全在纸上写了一个"屁"字。执事太监就问他这个有什么说法，陈全回答："放也日公公，不放也由公公。"执事太监大笑不止，就放了他。

522. 近年来，我在作品里也好，在讲座中也罢，都提倡大家要养成读书的习惯。如果您要问我读书的意义是什么？我想说，读书是为了找到自己！借用日本玄绛禅师在龙泽寺讲经时说的一段话来答复："一切诸经，皆不过是敲门砖，是要敲开门，唤出其中的人来，此人即是你自己。"

523. 《佛遗教经》中讲："制心一处，无事不办。"只要心力集中一处，没有做不成的事。这里讲"棋圣"吴清源的两个逸事。有一回他的日本朋友们带他去舞厅，吴清源放着一个个妖艳的舞女不看，偏盯着一个中年妇女看。身边朋友问他原因，他说，她衣服上的大格子像棋盘，我正在她的衣服上下棋呢。还有一件逸事，说的是朋友带他去看赛马，可他却丝毫没有被周围的狂热的喊叫影响到，眼睛直直地盯着天看。朋友问他在看什么，他却说，满天的星斗像棋子。

524. 西人云："爱情使人盲目，婚姻恢复了他的视力。"英国作家阿兰·德波顿在散文集《身份的焦虑》这本书里写有这样一段话："要想停止注意某件事物，最快的方法就是将它购买到手——就如同要想停止欣赏某个人，最快的方法可能就是与其结婚。"唐代女道士李冶有云："至亲至疏夫妻。"小仲马说得更直白："婚姻的枷锁太沉重，以至于需要三个人来承担。"人类的婚姻世界里，真正的配偶很少，配奇很多。这里对于是配偶好还是配奇好，我不做评价。

525. 年轻人之所以傲慢实在是因为没有谦虚的资本啊！

526. 读吕思勉的《大同释义：中国社会变迁史》，书里面提到了一位学者关于中外婚姻区别的论述，颇有趣，述曰："中国婚姻之礼，是农业社会的习惯。欧人婚姻之礼，则系游牧社会的习惯。农耕之民，大家安土重迁，住处固定。男女两人的性情面貌，是彼此互相知道的。即其家族中人，亦彼此互相知道。觉得年貌等等相当，便挽人出来做个媒妁说合。这全是农村中的风习。欧人则男女接吻，便是从动物之互相嗅学得来的。新婚旅行，其为妻由劫掠而来，怕其母族中人再来抢还，所以急急逃避，更其显而易见了。若非游牧民族，何能如此轻易？"

527. 中国人是最具人间烟火气的，是讲究现实的，"使我有身后名，不如实时一杯酒"。他对佛家的净土、道家的仙山、基督的天堂都持将信将疑态度，中国人最重要的宗教信条其实就是"好人有好报，好心睡得着"。

528. 有三句贤言可以说概括了古今中国知识分子的心胸、境界和抱负。一是曾子语："士不可以不弘毅，任重而道远。仁以为己任，不亦重乎？死而后已，不亦远乎？"一是范仲淹语："先天下之忧而忧，后天下之乐而乐。"一是张载语："为天地立心，为生民立命，为往圣继绝学，为万世开太平。"

529. 有人问我为何中国人要尊老？我答：因为他们是过来人！我们有时候愿意听一位长者讲话并不是因为他的口才好，而是因为他是过来人，过来了就是本事，过来了说明能耐，"过来"高于"口才"！

530. 拈花一笑？开悟者在未拈花时早已笑了，糊涂蛋就是把花拈碎了，他也笑不出来！

531. 陈寅恪先生讲："独立之精神，自由之思想。"思想本是自由的，亦是个性的，"人各有志"，一旦统一了，还有思想吗？统一思想就是泯灭思想，它是一种强迫式的愚民政策，使得芸芸众生变成乌合之众！

532. 对话究其本质就是自说自话，以别人的讲话为背景进行自我反思、自我交流！

533. 哲学、文学、艺术这些人文的东西到底有何用？造不出一栋房子也做不出一片面包。我坐在窗前静静地想了想，发现哲学、文学、艺术还是有用的，它可以改变住房子时的心情，可以改变吃面包时的味道！正如古诗所言"寻常一样窗前月，才有梅花便不同"。哲学、文学、艺术就是那只梅花！《冯骥才艺术谈》一书中收录了《如果没有艺术》一文，文中有一段话可以帮助诸位读者理解何谓"才有梅花便不同"："二十年前，'文革'浩劫扫荡一切艺术。电影院关闭，博物馆被封，书店没书，剧团都在搞批斗会，我被从家中撵出来。在一间七八平方米小屋，我用砖块和借来的铺板架起一张床，把一个躺柜砸坏的一边贴着地立起来，当作立柜放衣服。没有窗帘，玻璃上贴了半透明的拷贝纸，并用白纸糊了一圈一米高的墙围，小桌上放一个玻璃瓶做笔筒，还收集来铁锅、小刀、木板，为炊为生。生计贫寒却可温饱，唯有心里常常充满萧条和空洞。可是一天，当我从破画报剪下一幅希施金的《大树》贴在墙上，再把一只摔断了一只角的瓷牛摆在案头上时，我的小小生存空间立时换了一种氛围。悬在墙上那画中的大树被灿烂的阳光穿过，一些树叶变成黑影，一些几乎被光照透，重叠斑驳，每一片叶子都是一颗生命；光线与阴影交错交融，就是不可捉摸、变幻无穷的人生。桌上那断角的牛，依旧强犟固执，前倾着雄健的身躯。在那苦涩的岁月，这树这牛给我多少安慰与启迪。只要我看它一眼，便不会放弃对生活的爱和追求。多奇妙的艺术！它改变你的眼睛、心境，以及对世界包括你自己的全部感觉，它雄壮你振发，它伤感你柔情。它给你快乐、沉思、激昂和宁静，使你成为一时的哲人或一时的赤子。它使平淡的事物发光，化腐朽为神奇，给任何寻常之物以迷人的生命。在你可感可知的一切领域，都有它的存在。"

534. 王云五在《访英日记》中写道："余两年以来，在渝无法购新刊之外国文书籍。今晨真有过屠门而大嚼之慨。""过屠门而大嚼"的比喻真是妙，妙在我去图书馆借书就是这种感觉！

535. 有时候，与其说我在读书，倒不如说我是在思考，书只是一个引子或者说是一个道具，用药山禅师的话说就是书就是用来遮遮眼睛的。

536. 蒋寅先生的《金陵生小言》里提到桐城许永璋先生曾取《庄子》篇名来论饮酒的三种境界，颇有味道。"一曰养生主，谓少饮足以养生；二曰逍遥游，谓微醺而神王；三曰齐物论，则酩酊而是非皆遣，物我两忘。"

537. 价值是一份工作的着力点。如果一个人不清楚自己所从事的工作之真正价值，那么可以说他对他的工作就无法真正地提起劲来，当然更谈不上全力以赴了。

538. "鸡能警旦，马能代行。犬能守御，牛能力耕。人禀天地，万物之灵。嫉贤妒能，不如不生。"宋人邵雍的这首《诫子吟》使我想到了《回忆、梦、思考：荣格自传》中的一句话："一切嫉妒的核心都是爱的缺乏。"《尚书·泰誓》里讲："人之有技，若己有之；人之彦圣，其心好之。"意思是说，人家有本事和我有是一样的，人家修行高，我欣赏并向往。这是何等的心胸和大爱，若人人能达到如此境界，则天下太平也！

539. 杜甫有诗云："不贪夜识金银气，远害朝看麋鹿游。"一个没有任何杀机的人，动物们都愿意靠近他。反过来说，一个人心存邪念，动物们都会离他远远的。譬如《列子》里面的那个小孩子，从小就喜欢海鸥，每天到海里玩，都有成群的海鸥围着他。当他动念头要抓几只回家给他爸爸玩的时候，海鸥再也不落在他身边了。卡尔·古斯塔夫·荣格在《回忆、梦、思考：荣格自传》里也提到一个让他终生难忘的案例，一个来自上层的女士，出于嫉妒，她毒死了最好的朋友，因为她想嫁给她好友的丈夫。虽然她最终也如愿地嫁给了那个男人，怪事却接二连三地发生，先是那个男人英年早逝，接着是她和这个男人生的女儿一成人就拼命要离开她，女儿很早就结婚，然后走得越来越远，最终和母亲彻底断了联系。这位女士热衷骑马，结果发现马在她的胯下很紧张，就连她最爱的一匹马也像受到惊吓一样想把她甩下来，万般无奈，这位女士只好放弃骑马。后来她又开始养狗，结果她最爱的一头猎狼犬也莫名其妙地瘫痊了。荣格在书中语重心长地说："一个罪犯如果被抓，会受到司法处罚。如果没有被发现，也没有被自己的道德意识到，惩罚仍然会落到他头上，就像这个案例中那样。惩罚最终出现了，有时就连动物和植物似乎也'知道'。"

540. 中国人讲梦是反的。弗洛伊德说，梦是欲望的表达。现实中得不到的，往往梦里会拥有。荣格也说过类似的话，只不过他说："梦是对意识态度的补偿。"（《回忆、梦、思考：荣格自传》）

541. 瑞士心理学家荣格说："哪里有意志，哪里就有方法。"这句话就是我们俗语所说的"只要思想不滑坡，办法总比困难多"。一个人只要心心念念地想做成一件事，一定会找到合适的方法。杨健先生在其所著的《1966—1976的地下文学》一书中讲述了作家李英儒创作长篇小说《女游击队长》的传奇经历。"文革"期间，李英儒蒙冤入狱，写作是作家的生命，为了能够在狱中写作，在无纸张无笔墨的情况下，李英儒居然用牙膏皮当笔，故意划破手，用从医务室讨来的紫药水做墨汁，在三册《资本论》的天地头和行距间写了一部30万字的以革命战争为题材的长篇小说《女游击队长》，最终这部小说在粉碎"四人帮"之后得以出版！

542. 《庄子·齐物论》里面讲了一个寓言："昔者庄周梦为蝴蝶，栩栩然蝴蝶也，自喻适志与！不知周也。俄然觉，则蘧蘧然周也。不知周之梦为蝴蝶与，蝴蝶之梦为周与？"这就是著名的"庄周梦蝶"的故事，庄子梦见自己变成了一只悠然自得的蝴蝶，根本没有意识到自己是庄周。突然梦醒了，才发现自己是庄周。他于是怀疑现在的庄周是蝴蝶做梦变成的。原来我只是把这则寓言当作一个有趣的故事来看，直到我读到荣格在《回忆、梦、思考：荣格自传》中讲述的一个梦，才觉得庄子讲的可能不仅仅是一个梦蝶的寓言，而是一个类似佛家探求自性的问题。荣格在自传中写道："我有一次梦到过自性和自我的问题。梦里，我正在徒步旅行，沿着一条小路穿过一片丘陵，阳光明媚，周围视野开阔。我来到路边的一座小教堂，门半开着，我走了进去。奇怪的是，祭坛上没有圣母像，也没有十字架，只摆了些漂亮的鲜花。但我看见一位瑜伽行者面朝我坐在地板上，是莲花坐姿，正在冥想。我走近看他，发现他和我长得一模一样。我大惊失色，醒了过来，心想：'啊，所以他就是那个把我冥想出来的人。他做了一个梦，而我就是这个梦。'我知道，当他醒来时，我就不存在了。"荣格的这个观点和佛家思想非常接近，佛家认为人世间的一切都是"梦幻泡影"，我们的一生就如《庄子·齐物论》里讲的那个影子，行走坐卧根本就不知后面是谁在操控，有的时候莫名其妙，我们称作命运。人世间的一切转瞬即逝，"如梦如幻，如露如电'，我们一生都是梦，因此佛家认为，人生最大的一件事就是要找到那个"做梦的人"，他是我们的自性，是我们真正的主人公，是永恒的真我。一旦找到了"我"，就立地成佛。不过人们常常认假为真，认为现实的一切都是真的，不是梦，就像我们常常把在梦中所能见到的都当真了一样。有的人醒得早，也就是觉悟得早，一旦觉悟了，他的任务就是叫醒其他人，这种人就是菩萨。只顾着自己醒，让别人继续做梦的，这种人叫罗汉。罗汉为何懒得叫醒别人，因为把人叫醒实在太难，有的人怎么也叫不醒，他需要好多生好多世（佛家称三大阿僧祇劫）才能醒来，在佛家眼里，这些人业力习气太重，很难一下醒悟。醒来的人也就是开悟的人因为找到了真我，每天都活在欢喜的境界里，因为他知道他看到的一切都如海上浮沤，因此会放下一切，只随缘不执着，当然他们并不怕死亡，不仅不怕，反而欢喜，因为死亡意味着暂时休息一段时间，暂停叫醒别人的工作。休息过后，具有菩萨心肠的开悟者不忍世上人在梦中受苦，他们会再来世上，继续做叫醒别人的工作，他会锲而不舍，就如王阳明那首诗所言："起向高楼撞晓钟，尚多昏睡正懵懵。纵令日暮醒犹得，不信人间耳尽聋。"

543. 1946年7月29日，胡适离任驻美大使，出任北京大学校长。在10月10日北大举行的开学典礼上，胡适作了一场演讲。演讲中有这样一段话让我感动："我们有句俗语，越想越有至理，'活到老，学到老；学到老，学不到'。我五十六岁了，我才知道这句话的深刻。我现在要做小学生。"

544. 梁启超与前后两任夫人李蕙仙、王桂荃共育有九个子女，人人成才，各有所长。我想大概是梁启超骨子里坚韧不拔的性格对他的儿女们产生了深远的影响。我本人一直很欣赏梁启超的四句诗，这四句诗可以充分体现任公骨子里的韧性，诗曰："平生最恶牢骚语，作态呻吟苦恨谁。万事祸为福所倚，百年力与命相持。"

545. 有人说："性格决定命运。"我说："念头决定命运。"《金刚经》里面"善护念"三个字最重要，我理解"善护念"就是"护善念"，护好了善念，也就护好了一生！一念即一生，一生即一念！

546. 曾读过一则逸闻：画家齐白石刚到北京，生活困顿，穷极无奈，欲以一张白菜换一车白菜，遂被菜贩讥为痴癫。这则逸闻使我想起画家朱新建先生在《打回原形》一书中讲的一个故事："我认识的德国人跟我说，他们家里曾经有过两张凡·高作品，他的外祖母和凡·高是朋友。我说那你们家还需要工作吗？一张凡·高作品就好几千万美元。他说当时两张凡·高作品就换了两个煤油炉子。我说你傻不傻？他说，二战后，一个煤油炉子就是一家人的性命，什么叫傻？"再说回齐白石，齐白石人虽穷，志却不短，据说有人曾推荐他去做内廷供奉，给慈禧老佛爷代笔当御用画师，享受六品俸禄，他坚辞不受。画菊花并题诗明志："穷到无边犹自豪，清闲还比做官高。归来尚有黄花在，幸喜生平未折腰。"要齐白石"折腰"作画，给再多的钱都不干。不过话再说回来，要是挺着腰杆做自己，谁想要他的画，少给一个子也不行。曾在某书上看到这样一则关于齐白石的趣闻。1957年，一位朋友请齐白石给画幅画，不过只给两块钱。齐白石嫌钱太少，但又不能驳朋友的面子，于是就给他画了三个鸭蛋，其中一个还是个鸭蛋壳。朋友一看，这算怎么回事，就说再加五块钱，请齐白石再给画一只蝈蝈。齐白石说画蝈蝈得十块钱，还老大不愿意地给这位朋友在画上加上了一只苍蝇。

547. 古罗马诗人尤维纳利斯的一首讽刺诗中有这么一句名言："愤怒出诗作。"其实不仅愤怒会出诗作，悲伤也出诗作，君不见农村老太太伤心时哭泣的调子极像一首悲哀的抒情诗歌吗？听到最后，你甚至会专注于欣赏她诗歌般的表达，而忘记了她的悲苦和遭遇。其实困苦也出诗作，杜甫有诗曰："文章憎命达，魑魅喜人过。"被称作扬州八怪之首的金农就曾赠给画友一副对联："恶衣恶食诗更好，非佛非仙人出奇。"

548. 北宋邵康节有两句名诗："美酒饮教微醉后，好花看到半开时。"比邵康节稍微晚一点的宋代诗人汪藻也有两句诗："桃花嫣然出篱笑，似开未开最有情。"同治二年（1863）正月十八日的曾国藩家书里有这么一句话："平日最好昔人'花未全开月未圆'七字，以为惜福之道、保泰之法莫精于此。"中国人最忌讳凡事做得太满，相信物极必反，曾国藩深谙此理，他早在同治元年（1862）五月十五日的家书里就说过："斗斛满则人概之，人满则天概之。"后来曾国藩在同治二年十二月十四日给侄子曾纪瑞的信中又写道："有福不可享尽，有势不可使尽。"翌年六月初四，在给弟弟曾国潢的家书中又写了这句话。彼时的曾国藩已官至两江总督，手握军事重权，位极人臣。

549. 美籍华人学者陈荣捷教授是当代研究王阳明的权威。他指出王阳明的心学短于逻辑，长于行事之果决。以行动替代知识，用不着首鼠两端，左思右想，常能打开一个新的局面。这种干了再说的冲勇精神最对日本人的胃口。日本明治维新时期的海军元帅东乡平八郎即有一枚镌有"一生伏首拜阳明"的印章。后来蒋介石在日本看到海陆军军官都读《传习录》，于是也受熏染，国民党退败台湾，蒋介石即把其所住之草山更名为阳明山。

550. 作品即作者之人品。代表作即代表作者全部人格之作品。木心说得好："没有品性上的丰满，知识就是伪装。"（《文学回忆录》）

551. 张爱玲说："一个人在恋爱时最能表现出天性中崇高的品质。"诚哉斯言，人在恋爱的时候最干净最伟大，这个时候只考虑对方，完全无我。若把恋爱的精神贯穿其一生，此人便是圣人！

552. 陆游句："文章本天成，妙手偶得之。"放翁讲的"梅花扑鼻香"，背后却是"一番寒彻骨"。练就一双"妙手"谈何容易？先是得生手练到熟手，熟手再练到巧手，巧手再下大功夫方能练到妙手，即使练习到妙手，也不是随时就能写就天成之文章，还只能是偶得。"工欲善其事，必先利其器。""利其器"是"妙手"，是"十年一剑"；"善其事"是"偶得"，是"水到渠成"。

553. 庖丁解牛之成功不是因他的刀有多锋利，而是庖丁看准了牛骨之间的空隙。某种程度来讲，是空隙成就了庖丁解牛时的游刃有余。

554. 古希腊哲人赫拉克利特有句名言："人不能两次踏进同一条河流。"我要说："逝者如斯，方死方生，永远都是新脚踏新河！"端的是，"纵使归来花满树。新枝不是旧时枝。且逐水流迟"

（《全清词钞·屈大均·梦江南》）。

555. 我有怀旧情结。每隔一段时间，我都会从书柜里取出家庭相册，好好端详里面的老照片，看一回便沉浸一回。大有"当时只道是寻常，过后思量倍有情"之感，这种感觉恰恰又印证了美国艺术评论家苏珊·桑塔格那句话："所有的照片，都会由于年代足够久远而变得有意味和感人。"

556. 政治学者冯克利说过："你可以认为我没有价值，我也可以认为自己没有价值，但是当一种制度认为个人没有价值时，那是很可怕的。"个人常常被制度不断地裹挟甚至是挤压，在这个过程中，个人"原汁原味"的鲜活价值消失殆尽，剩下的只有一具具被制度处理过的"活僵尸"！

557. 每次读清代李渔的《如梦令·祝子山居》，脑海里总是会浮现出一个开拓者的形象。这首词的内容是："远望山卑屋小。行到林深水渺。幽径少人行。黄叶多年未扫。休恼、休恼。今日苍苔破了。""远望山卑屋小"，说明开拓者站得高看得远，志向远大。"行到林深水渺"，说明这个开拓者在这个领域已经研究得很深了，有相当高的造诣了。只不过涉足这个领域的人很少，这个领域几乎都要荒废了，就如《圣经·马太福音》中所说："那门是窄的，路是小的，找着的人也少。"用李渔的话就是"幽径少人行。黄叶多年未扫"。但是开拓者却很自信，就在大家都为这个快荒废的领域扼腕叹息的时候，开拓者却告诉大家"休恼、休恼"，"今日苍苔破了"，今天我来了，打破了荒废已久的局面。

558. 在李修文的《致江东父老》一书中读到这样一首诗："在那大海上淡蓝色的云雾里，有一片孤帆儿在闪耀着白光！它寻求什么，在遥远的异地？它抛下什么，在可爱的故乡？"初读就很喜欢，我到网上查了这首诗，才知道这首诗的作者是19世纪俄国诗人莱蒙托夫，诗名是《帆》，它给读者带来了一种非常柔美的画面感，它和李白的"长风破浪会有时，直挂云帆济沧海"所带给人的冲击感是两种完全不同的"质地"，一个是阴，一个是阳。这首诗也给读者留出了足够的想象空间，这个空间蕴藉着希望和惆怅。

559. 有两副戏联我很喜欢，印象深刻。一副是在江山市大陈村戏台上，上联是"得意无非俄顷事"，下联是"下场还是普通人"。另一副是在汉江边上的一座戏台上，上联是"君为袖手旁观客"，下联是"我亦逢场作戏人"。

560. 读《汤一介散文集》，汤先生在书中提到了他的祖训、家风是"素位而行，随遇而安""毋戚戚于功名，毋孜孜于逸乐"。这两句话几乎可以作为所有人尤其是知识分子立身行事的座右铭。

561. 算来离开苏北老家也近二十五年光景了，由当初的一个乌发青年变成了如今的鬓白中年。十一年前就在江南安了家，如今忙于传播自己首倡的生活国学，其间虽偶回家乡讲学，但也是来去匆忙。这种境况用清代王映薇《丑奴儿令》来形容最妥帖不过。词曰："不情最是天边月。却也凄凉。圆也凄凉。照得离人两鬓霜。低头恼问身边影。才到家乡。又到他乡。到处随侬有底忙。"

562. 英国戏剧家莎士比亚在《哈姆雷特》中说："生或者死，这是个问题。"法国哲学家加缪说："哲学的根本问题是自杀问题，决定是否值得活着是首要问题。世界究竟是否三维或思想究竟有九个还是十二个范畴等等，都是次要的。"我佩服陶渊明，主要是因为他生得恬淡死得洒脱。对于生死的态度，陶潜有两段话我最激赏，一是："纵浪大化中，不喜亦不惧。应尽便须尽，无复独多虑。"（《形影神三首》）一是："匪贵前誉，孰重后歌；人生实难，死

如之何。"（《自祭文》）

563. 战争常在两个正义者之间发生！就如黑格尔早已说过的，冲突双方都有合理性方构成悲剧。

564. 我们平常用的东西不值钱，可是一旦变成了古董，变得"不平常"了，那就身价倍增。譬如我们只有在正式场合才穿显得尊贵的礼服，其实往往就是上一朝普通老百姓穿的便服。举个例子，在唐朝，绚如霞色的"霞帔"是被老百姓当作普通的披肩来用的，但是到了宋朝，普通的"霞帔"却成了身份的象征，在宋宫，一个普通宫女若是被提拔，就会得到一个代表最低等级封号的"紫霞帔"，如果再提升，就会得到一个红霞帔。同样的道理，晚唐五代时期老百姓平常穿的大袖和袍衫，在宋朝民间却成了礼服。晚明老百姓穿的对襟长外套，在清朝却成了汉族妇女的礼服。

565. 现代社会学习弹古琴的朋友越来越多，其实古琴的"古"并不是指古老，和时代久远没有关系。古老的乐器很多，箫、埙、鼓、笙等都历史悠久，但前面都未加一个"古"字。其实"古琴"的"古"字讲的是一种孤清遗世、恬淡超举的不食人间烟火的幽洁高古的风格！

566. 活了105岁的日本国宝医师日野原重明，曾多年来以宣传生命尊严为己任，以"生命学习"为主题，与日本各地十几岁的孩子们进行交流。他曾对孩子们讲："生命存在于我们能够支配的时间里。……人有限的生命中，用于别人的时间多还是留给自己的时间多？算下来，那些把更多时间奉献他人的人，就能去往天堂哦！"另外，日野原老人还对记者讲过这样的话："所谓的'使命'，就是你如何使用生命。对我来说，实现使命就是活着的意义所在。"（《我这样活到105岁》，[日]日野原重明）日野原老人的这些话，道出了人生真正的价值和意义！

567. 金子美玲是活跃于20世纪20年代的日本女诗人，第一次在某本书的扉页上读到她的《积雪》就非常喜欢，诗曰："上层的雪，很冷吧。冰冷的月光照着它。下层的雪，很重吧。上百的人压着它。中间的雪，很孤单吧。看不见天也看不见地。"人类社会就如这上中下层的积雪一般，各自活着不容易，彼此又难以真正地理解！清人朱彝尊有一首《桂殿秋》也表达了这个意思，清末大词学家况周颐认为，有清一朝，最好的一首词是朱彝尊这首仅有二十七个字的小词《桂殿秋》，词曰："思往事，渡江干，青娥低映越山看。共眠一舸听秋雨，小簟轻衾各自寒。"词中说，回忆往事，曾和一个女孩子到江边渡船。女孩子很美，青黛扫眉似远山。晚上住在船上，江上飘起了秋雨，但我们每人只有一张小竹席和一床薄被子，虽然我和女孩子彼此爱慕，却不能抱团取暖，只好忍受各自的孤寒。这首小词本写的是爱情，但人世间的事又何尝不是如此？虽然大家共同生活在这个世界上，但每个人实际上都很孤独，只能独自幸福着自己的幸福，孤寒着自己的孤寒。可以说"共眠一舸听秋雨，小簟轻衾各自寒"这两句词是"如人饮水，冷暖自知"最诗意的表达！

568. 好多年前，我到上海虹桥机场去接凌晨抵国的朋友。无意中，我看到一个信伊斯兰教的年轻学生在机场的一处僻静地铺上小地毯，面向祖国的方向诵读《古兰经》。当时我就在想，假如有一天我到了国外，我会以怎样的一种方式来认识到自己是中国人呢？

569. 处理小事可以凭恩怨是非，处理大事则要按轻重缓急！袁子才的《子不语》卷二"关神断狱"里记载了这么一则故事：清代江苏溧阳有位马秀才，在某村李家做塾师。老李家的隔壁是老王家，王某为人性情粗暴，经常家暴不说，还不给他婆姨吃饭。有一天，王家婆姨实在饿急眼了，就把老李家的鸡给偷吃了。王某知道此事后，气炸连肝肺，锉碎口中牙，提起菜刀就要宰杀他婆姨。王婆姨为了活命，就把脏水泼到了马秀才身上。马秀才百口莫辩，要求到关帝庙求个公正。没想到掷杯珓占卜了几次，都显示他是偷鸡贼。从此马秀才名落千丈，无人再请他做西席。两年后，村子里有人扶乩请神，请来的神自称是关帝爷。马秀才大骂关帝爷不灵，让自己背黑锅。乩神在沙盘上写：马秀才，你将来是父母官，难道不懂事情的轻重缓急吗？你偷鸡，大不了一时丢了饭碗；王婆姨偷鸡，就会被王某宰了。

570. 鲁迅先生熟读《离骚》。鲁迅在北京的书房"老虎尾巴"的墙壁上挂的就是一副《离骚》的集句联："望崦嵫而勿迫，恐鹈鴂之先鸣。"他选用《离骚》中的名句"路漫漫其修远兮，吾将上下而求索"来作为小说集《彷徨》的题词。好友许寿裳曾问鲁迅，最爱《离骚》里的哪几句？鲁迅脱口而出："朝吾将济于白水兮，登阆风而绁马。忽反顾以流涕兮，哀高丘之无女。"

571. 近年来，中央加大反腐力度，打了不少老虎苍蝇。看了很多案例，有些官员贪腐是因为自身的原因，有些官员却是因为妻子贪婪而被硬生生地拖下了水。老百姓讲："家有贤妻，男人不做横事。"以反腐著名的朱元璋早就注意到了官员配偶的素质问题。早在洪武元年（1368）就规定品官婚娶必须严格遵照六礼，即纳采、问名、纳吉、纳征、请期、亲迎。官媒还要参与对官员明媒正娶的女子进行考察，确定是良家女子，有点相当于今天政审的味道。明朝各府州县都设有官媒，大多是妇女，类似于小脚稽查队。她们没有编制也不领工资，但听命于地方官参与地方事务，除了上述的婚姻事务之外，有时也会参与管理女犯等。

572. 明朝276年历史，共有16个皇帝。本人印象最好的是明宪宗朱见深。不为别的，因为他爱惜生命，出台了一个意义重大的禁令：禁止溺毙女子。"自后民家婚嫁装奁，务称家之有无，不许奢侈，所产女子，如仍溺死者，许邻里举首，发戍远方。"（柏桦《明代御批案》）意思是说，往后，女孩子嫁妆的多寡一定要先称量一下自己的家底子，不许奢侈铺张。谁家生了女孩子，倘若还有将其溺死者，邻居可以举报告发，朝廷将会把溺女者发配到边疆充军。汉代有野谚云："盗不过五女之门。"一户人家如果生有五女，光是陪嫁就可以让这个家空如悬磬，连小偷都不会考虑来光顾一下。正是基于女孩子是"赔钱货"等重男轻女观念的作祟，古代社会普遍出现溺毙女婴的现象也就不足为奇了。

573. 违背良知去做，即使收入再高也是最下贱的工作！

574. 《道德经》开篇就讲："道可道，非常道。"为什么道没法说？因为道随时在变。刻舟求剑不是道，唯变所适方为道！

575. 电视广告常常会出现类似于这样的画面：一群年轻人运动之后，满身大汗，然后从冰堆里抽出一瓶饮料，拧开瓶盖，直接把冒着冷气的饮料仰脖喝进肚子里。每次看到这样的广告，我浑身冒鸡皮疙瘩，这个广告商不是坏就是蠢，如果现实生活中真的有人这样做，会把胃和肺都搞坏的，《黄帝内经》就讲过："形寒饮冷则伤肺。"小的时候在乡下，我看过有人饮骡子。干了一天活的骡子浑身冒热气，需要饮水，车把式总会在倒满凉井水的石槽里均匀地撒上一层干草，骡子喝一口水就要仰头把鼻子里吸到的草棍喷出去。把式告诉我，骡子这样慢慢喝水不会闹病，如果让它痛快地喝凉井水，第二天非"炸肺"不可，就得病倒。

576. 人的痛苦常常不是来自满足不了需要，而是来自满足不了想要。印度哲人克利希那穆提说："比较是一种暴力。"攀比刺激了虚幻的想要，忽视了真正的需要。人生分两种：一种是活出个样子来，一种是活出个味道来。爱攀比的人每天努力活出给别人看的样子来，却从来没活出自得其乐的味道来。杨绛先生翻译的英国诗人兰德晚年写的一首小诗《生与死》："我和谁都不争，和谁争我都不屑。我热爱大自然，其次是艺术，我双手烤着生命之火取暖，火萎了，我也准备走了。"佩索阿《惶然录》："纯粹，就是不要一心想成为高贵或者强大的人，而是成为自己……从生活中告退是如此不同于从自我中告退。"我也很喜欢法国作家亨利·拉西莫夫《亲爱的普鲁斯特今夜将要离开》里的一段话："人是独立存在的，是为了自己而存在的。别人怎样对我们来说并没有那么重要，根本就没有必要把他们当作竞争对手，尤其是那些平庸之辈。"据钱穆先生的夫人胡美琦女士回忆，钱穆喜围棋，但只喜独自摆棋，不喜与人对弈，他嫌那样劳神。每当胡女士心绪不佳时，钱先生会说："我为你摆盘棋吧。"胡美琦说："钱穆让我感到，人生也如摆棋，用不着与人比短长、争输赢，只要面对自我，也能自得其乐。"

577. 过去有这么一句俗语叫："贼来如梳，盗来如篦，官来如剃。" 宋代，活动于浙闽沿海的海盗郑广，接受朝廷招安以后，在福建担任军职。但因来路"不正"，文武官员都瞧不起他。当时规定，每月逢初一和十五两天的早上，官员们都要去谒见"路"（相当于省）的安抚使（处理整个地区军民事务的最高长官）。一天，官员们在等候谒见时兴高采烈地谈诗论词，有意疏远郑广，郑广忍不住了，站起来大声说："我也有诗，可以念给各位大人听吗？"海盗也懂得写诗？这真像是晴天的一声霹雳，官员们都愣住了。郑广随即朗诵起来："郑广有诗上众官，文武看来总一般。众官做官却做贼，郑广做贼却做官。"在封建社会中，官员无论文武，大都掠夺民财、草菅人命，实际上都是贼，郑广揭了他们的老底。元顺帝至正年间，一首打油诗与郑广的作品异曲同工。当时，吏治腐败至极，连负责检察官员不法行为的"肃正廉访使"也肆无忌惮地贪污，导致民怨沸腾。按规定，地方官在迎接肃正廉访使时，擂两声鼓、敲一声锣，而起解盗贼时则擂一声鼓、敲一声金。有人因此引发联想而吟道："解贼一金并一鼓，迎官两鼓一声锣。金鼓听来都一样，官人与贼不争多。""不争多"意即"差不多"。在封建社会，官家和强盗几乎是一体两面，大家读历史或许都很清楚，官兵攻下一个城市，常常是三天不封刀，像强盗土匪一样烧杀抢掠。据说，曾国藩曾经亲自为湘军官兵撰写过一首《爱民歌》，让其传唱，歌曰："三军个个仔细听，行军先要爱百姓。贼匪害了百姓们，全靠百姓来救人。官兵不抢贼匪抢，官兵不淫贼匪淫。若是官兵也淫抢，便同贼匪一条心。"

578. 张伍、张明明兄妹所著的《遗珠晶莹：探寻父亲张恨水先生的岁月之痕》一书中提到过一段《孟子见梁惠王》的山西梆子唱词，用纯粹的庄户话来解释《孟子》原文，既自然地道又诙谐老到，为了一飨读者，特把唱词摘抄下来并把《孟子》原文附在唱词后的括弧里。

梁惠王唱：

梁惠王泪巴巴，叫一声孟二哥你上前听咱的话，（梁惠王曰）

老子，当年谁不怕！（晋国，天下莫强焉）

这句话，瞒不过你老人家。（叟之所知也）

到如今，咱当家，（及寡人之身）

东边和那山东老儿打一架，（东败于齐）

丢了咱一个大娃娃！（长子死焉）

西边与那陕西老儿打一架，（西丧地于秦）

丢了咱一个二百二，又一个四百八！（七百里）

南边与那湖广蛮子打一架，他要咱尊他声爸。（南辱于楚）

真羞煞！（寡人耻之）

咱今儿要想一个报仇的方法，（愿比死者一洒之）

孟二哥，你的高才，请你说了吧。（如之何则可）

579. 《易经》讲"自强不息"。有三段话可以作为自强不息的最佳诠释。这三段话分别截取自三首现代诗。一段来自白桦的《船》："只要我还有一根完整的龙骨，绝不驶进避风的港湾；把生命放在征途上，让勇敢来决定道路的宽窄、长短。"一段来自汪国真的《热爱生命》："我不去想是否能够成功，既然选择了远方，便只顾风雨兼程。"一段来自吉卜林的《如果》："如果你能打起精神，鼓起勇气，即使早已筋疲力尽，却还能坚守阵地，坚守，即使你内心已一无所有，只剩下意志在告诫自己：'坚持下去！'"

580. 夜读陈腾飞先生的《青囊散记》，里面有两篇文章令我印象深刻。一篇是"起死回生话童便"，所谓童便就是童子尿，特指十二岁以下健康小男孩的新鲜尿液。文中说童便在跌仆损伤、内伤出血等急救中有重要的作用，还举了许多历史上的医案。陈先生的这篇文章使我想起了若干年前到诸暨的一位朋友家做客，第二天他们家人就请我吃童子尿煮蛋，从小就生活在苏北的我对童子尿煮蛋闻所未闻，当时就是觉得用尿煮蛋甚是荒唐，自然也没有吃。现在读了陈先生的这篇文章，使我对童子尿煮蛋的看法有了改变，或许再有机会的话，我会考虑尝尝童子尿煮出来的鸡蛋到底是个什么味道。另一篇文章是"奇法止衄"，所谓"衄"就是鼻出血。文中除了提到用冷水拍打额头、高举对侧胳膊等止鼻血方法外，还提到了一个简便方法，即用橡皮筋或线扎中指指节，右鼻孔出血扎左中指中节；左鼻孔出血，扎右中指中节；两个鼻孔都出血，则左右手中指中节都扎。

581. 王国维在《人间词话》中讲古今之成大事业大学问者必经三种境界："昨夜西风凋碧树，独上高楼，望尽天涯路"（宋·晏殊《蝶恋花·槛菊愁烟兰泣露》），"衣带渐宽终不悔，为伊消得人憔悴"（宋·柳永《蝶恋花·伫倚危楼风细细》），"众里寻他千百度，蓦然回首，那人却在灯火阑珊处"（宋·辛弃疾《青玉案·元夕》）。这里我想说的是，有可能"那人却在灯火阑珊处"，也有可能那人不在灯火阑珊处。晚唐韦庄的《思帝乡·春日游》可以作为王国维先生第三种境界的补充。词曰："春日游，杏花吹满头。陌上谁家年少，足风流。妾拟将身嫁与，一生休。纵被无情弃，不能羞。"一个人为一桩事业奉献一生，可能会成功，也可能会失败，倘若最终没能得到相应的回报，你会后悔当初的抉择吗？会有"纵被无情弃，不能羞"的勇气和精神吗？

582. 王国维在《人间词话》中讲古今之成大事业大学问者必经三种境界，引用了晏殊、柳永、辛弃疾三个人的词。其实照我看大可不必，南唐词人冯延巳的《鹊踏枝·谁道闲情抛掷久》里面的三句话足可把王国维先生说的三种境界表达出来，第一种境界："独立小桥风满袖。"一个人要实现理想，必须"独"，要耐得住孤独、耐得住寂寞。"小桥"，只够站一个人。就如《圣经·马太福音》所说："那门是窄的，路是小的，找着的人也少。""风满袖"，要耐得住风雨的考验。"满"，各种各样，历尽艰难。第二种境界是："敢辞镜里朱颜瘦。"为了理想，为了志向，瘦掉了十几几十斤不在乎，要有一种"要想人不死，除非死个人"的忘我精神。第三种境界是："平林新月人归后。""平林"即芸芸凡夫，"人归后"，大家都一地鸡毛地过着庸常死气的日子，而奋斗之人就如一轮新月，皓耀太空，为这个世界带来一番光明和希望！（附《鹊踏枝·谁道闲情抛掷久》的原文："谁道闲情抛掷久？每到春来，惆怅还依旧。日日花前常病酒，敢辞镜里朱颜瘦。河畔青芜堤上柳，为问新愁，何事年年有？独立小桥风满袖，平林新月人归后。"）

583. 犹太人爱学习、爱读书是全世界出了名的。正如法国记者洛尔·阿德勒在《漫长的星期六：斯坦纳谈话录》一书中所说："'犹太人'指的不是一个种族，而是一种对学习的欲望。"

584. 天道酬勤。男人"行行重行行"，女人"唧唧复唧唧"，日子一定红火！

585. 早读《漫长的星期六：斯坦纳谈话录》，这本书是当代杰出的知识分子乔治·斯坦纳接受法国记者洛尔·阿德勒的访谈记录，在其中一段访谈中斯坦纳真诚地对中国学生和印度学生做出了评价，这个评价应该引起我们的反思和检讨，我们不该掩耳盗铃、视而不见。

乔治·斯坦纳说："我不相信中国的奇迹，但我的预判也会出错。我相信印度的奇迹，因为印度具有梦幻般的创造敏感度，有着发明的力量和极致的原创性。有几年，我与中国学生、印度学生一起工作和生活。中国人有着极其出色的学习能量，有着让人屏息的自律性，但是他们不敢批评，也不敢创新。而和印度学生围坐在桌边时，我能听到一个又一个敢于提出新观点的声音，敢于猜测，特别是敢于对权威说不。这就是为什么我感觉印度将在人类思想和艺术史上占据浓墨重彩的一章。"

586. 上联：摩西十诫。下联：约法三章。横批：疏而不漏。

587. 东学西学，道理相通。名满全球的中国古代诗人杜甫说"文章憎命达"（《天末怀李白》）。清人赵翼所谓"国家不幸诗家幸，赋到沧桑句便工"。享誉世界的当代阿根廷诗人豪尔赫·路易斯·博尔赫斯也说："一个诗人应当把所有的东西，甚至包括不幸，视为对他的馈赠。不幸、挫折、耻辱、失败，这都是我们的工具。我想你不会在高高兴兴的时候写出任何东西。幸福以其自身为目的。但是我们会犯错误，我们几乎每天夜里都要做噩梦，我们的任务就是把它们变为诗歌。"（《博尔赫斯谈话录》）安德烈·纪德的中篇小说《背德者》中讲："人们最动人心弦的作品，总是痛苦的产物。"

588. 女娲捏人用土，上帝造人用土。人真的是来源于土而归于土，身上的泥怎么搓都会有。养生学也说，人吃土里面的东西最健康！

589. 斗争、争斗常起源于自以为是。不然宰相晏婴仅靠两个鲜桃不可能除掉公孙接、田开疆和古冶子三位勇士，名义很简单，谁功劳大谁吃。（参见《晏子春秋》）女神厄里斯也不会仅仅靠一个上面刻有"献给最美丽的人"的金苹果就挑起赫拉、雅典娜和阿芙洛狄忒三位女神的争斗，最终还引起了长达九年的特洛伊战争。（参见《伊利亚特》）

590. 真心话都是不长的，真正的感谢是"啥也不说了！""我爱你"比"我爱死你了"更有力量，少两个字就多了十二分的力道！

591. 郑板桥说他自己难得糊涂。许多人看到这话应该感到自豪，因为他们一直糊涂，一塌都是糊涂！

592. 教育的目的就是让你"如梦初醒"，但有的人一辈子都是"一帘幽梦"。

593. 《圣经·约翰福音》里说："神爱世人，甚至将他的独生子赐给他们，叫一切信他的，不至灭亡，反得永生。"世上有几人能配得上神的爱？大概只有他的独生子一人吧，就如尼采说的，世界上只有一个基督徒，即耶稣！

594. 中国人的修养讲求分寸，"哀而不伤，乐而不淫""发而皆中节"。

595. 对于是爱情来讲，婚姻是柳暗花明，最后一村！

596. 中国的经典，从《易经》到《离骚》，从《春秋》到《史记》，没有一本是嬉皮笑脸的，也不会无病呻吟，皆是苦口婆心的。这些经典的作者没有一个不是吃足苦头的。

597. 《老子》是写给和他一样水平的人看的，《庄子》是写给水平不如他的人看的，《论语》《孟子》则是给位置高的人看的。

598. 木心说："艺术家仅次于上帝。"（《文学回忆录》）这话实在讲得好，上帝按照自己的模样造人，艺术家按照自己的理解塑造人。上帝不能惹，艺术家不好惹！

599. 和大人、名人、高人见面，要见"人"，不要见"大""名""高"。若是畏其大，慑其名，仰其高，则见面也是惘然，因为根本没有见到他的"人"！

600. 马丁·路德说："金盆洗手是真正的忏悔。"忏悔不需要出声，也不必痛哭流涕来示众，悄悄把手洗干净，扔掉金盆就是，否则，要么是居心不良，至少也是装控作势。

601. 成绩不好的孩子在班级常会作怪出幺蛾子，目的是引起老师和同学的注意，一是由于他孤独，一是由于他自卑。其实整个人类的情形和这个成绩不好的孩子差不多，人类不断的创新发展史其实就是引起别人注意的历史。人类是孤独的，是被上帝流放的孤儿，不作妖不足以引起上帝的注意和愤怒！人类也是自卑的，游不如鱼，跑不如马，飞不如鸟。动物对着镜子，熟视无睹，人类对着镜子，愁眉苦脸！

602. 象牙塔应该是航灯塔，而不是雷峰塔！

603. 年轻的时候是导演，"天上天下，唯我独尊"（《敦煌变文集》）。"天子呼来不上船"（李白语），我就是天子，还是骄子。中年的时候是演员，"既壮周旋杂痴黠"（龚自珍语），逢场就作戏。晚年的时候是观众，"惯看秋月春风"（杨慎语），"一任阶前点滴到天明"（蒋捷语），只管看，不管事。

604. 贪官与虎：先谈虎色变，再骑虎难下，然后为虎作伥，最后虎落平阳！

605. 《道德经》说："大器晚成。"中国人看重压轴戏，相信好戏在后头。俗谚所云："老鼠拖铁锹——大头在后面。" 中国人对姜太公、百里奚的故事至今津津乐道，中国人就如中国酒，后劲大！

606. 托尔斯泰说："少数人需要一个上帝，因为他们除了上帝以外什么东西都有了。多数人也需要上帝，因为他们什么东西都没有。"高尔基的说法却不同，他说："多数人因为他们胆小而信仰上帝，只有少数人信仰上帝是因为他们的灵魂充实。"（高尔基《回忆托尔斯泰》）

607. 耶稣教人做智者，"有人打你的右脸，连左脸也转过来由他打"（《圣经·马太福音》）。我反复玩味这话，总觉得这不是大度能容而是一种报复，一个智者对一个愤怒傻瓜的报复。耶稣教人的话和娄师德教其弟"唾面自干"在本质上是一样的！

608. 上帝照他的形象给了人模样，还要让人活出基督的样子，如何活出？于是把他的独生子流放到世间来做人类的榜样，结果只有耶稣"成了"（耶稣在十字架上最后一喊），成了唯一的基督徒！

609. 高尔基在《回忆托尔斯泰》中有一段话："一个男人爱上一个女人的时候，这个女人便是世界上最好的；每个男人永远爱着那个最好的女人，这已经是信仰了。"这段话使我想到若干年前我到无锡讲学，借机和一位建筑行业的老同学小聚，吃饭的时候，谈到了信仰问题，他说："每当我在外工作累得精疲力竭时，只要想到我的三个孩子在家等我，我就又充满力量，我认为这就是信仰。"是的，真诚地去爱，并坚守下去，这就是信仰！

610. 安德烈·纪德的《人间食粮》中的许多思想似乎是受了《道德经》的影响，至少也是隔时空相应。稍举几例，老子说："以其无私，故能成其私。"纪德则说："个人唯有忘我才能得到确认。只考虑自己的人举步维艰。""我的幸福就在于增添别人的幸福，我有赖于所有人的幸福，才能实现个人的幸福。"老子说："大辩若讷。"纪德则说："真正的雄辩是放弃雄辩。"老子说："吾所以有大患者，为吾有身，及吾无身，吾有何患？"纪德则说："我真想化为草木，在湿润的土壤里长眠。有时我也暗自思忖：也许会苦极生乐；于是我就劳乏肉体，以求精神解脱。"老子说："绝学无忧。"纪德则说："你应该焚毁心中的所有书籍。"老子说："复归婴儿。"纪德则说："但愿你的视觉时刻更新。智者就是见什么都感到新奇的人。"

611. 道德、伦理、法律、规章等，皆是欲望的框框，是人纵欲的庇护所，框内的一切皆称为人之常情。

612. 月亮一片皎洁，月球坑坑洼洼。有的人，远看是月亮，近看是月球。

613. 法国作家埃德蒙·雅贝斯在《腋下夹着一本袖珍书的异乡人》一书中写道："只有在把你变成异乡人后，异乡人才会允许你成为你自己。"这有点类似于一句中国的谚语："得道不还乡，还乡道不香。"

614. "春天，是夏天的曙光！曙光，是每日的春天！"安德烈·纪德在《人间食粮》里如是说。这是法国版的"一日之计在于晨，一年之计在于春"。我模仿说："春天是四季的早晨，早晨是一日的春天。"

615. 纪德在《人间食粮》中说："我相信我走的路是'自己的'路，相信自己走的是正路。保持这种无限的自信，已经成为我的习惯，如果宣过誓，就可以称为信仰了。"纪德的这段话，我个人认为可以作为何为信仰的诠释。

616. 真正幸福的人很容易流泪，因为他懂得什么是真正的悲伤！悟道的人有一个特点，容易哭！

617. 抱着绝望的态度去做事，常可以把事做成绝唱！

618. 王阳明的"知行合一"，用法国作家安德烈·纪德《日记》（1892）中的一段话来诠释最为恰当："不是原原本本地讲述他经历的生活，而是原原本本经历他要讲述的生活。换句话说，将来成为他一生的形象，同他渴望的理想形象合而为一了；再说得直白点儿：成为他要做的人。"

619. 仔细观览了佛山市祖庙博物馆内的叶问堂之后，对叶问的印象变得更加立体。之前只知道他是传授咏春拳的赳赳武夫，今日方知他亦是浸淫于传统文化的循循儒者。叶问堂提供的图片和实物资料中，有两条可以充分地说明叶问深厚的传统文化底蕴。一是叶问一生以

"沉默是金，能屈能伸，守口如瓶，静观其变"为处世格言。二是叶问赠予二儿媳妇（叶正夫人）的手迹，手迹书法娟秀大气，一看便知是常年习书之人。手迹的内容更是体现了传统文化中为人立身的智慧。手迹内容分两段。一段是："尽孝莫辞劳，转眼便为人父母。施恩休望报，回头但看尔儿孙。"一段是："处世树为模，本固任从枝叶动。立身钱作样，内方还要外边圆。"

620. 卢梭晚年作品《一个孤独漫步者的遐想》中有一句话："做善事是人类心灵能体会到的最真实的幸福。"这句话使我想起了一句中国老话："为善最乐，善则生阳。"

621. 卢梭在其晚年的作品《一个孤独漫步者的遐想》中拿植物学研究为例，以一大段文字直言不讳地抨击了当时浮夸又功利的学术氛围，不留情面地揭示了虚假又狭隘的研究本质，并对植物学专家们丑陋的嘴脸和肮脏的心理进行了深刻的描述。卢梭在书中说："植物学是一项给悠闲懒散的孤家寡人的研究：一根钉子和一个放大镜就是他观察植物所需要的一切工具。他一边散着步，自由自在地从一个目标溜达到另一个那里去，他兴趣盎然、好奇心十足地仔细查看着每一朵花，而一旦他开始掌握它们结构上的规律，便能从这些观察中毫不费力地体味到一种鲜活的愉悦，比起那些让他费心费力获得的其他乐趣丝毫也不逊色。人们只有在激情褪去后，心神宁静时，才能感受到这种看似无益的消遣之中自有其魅力存在，而且单单这种魅力便足以让生活幸福平静了；可一旦人们在里面掺杂了一种谋利的或虚荣的目的，也就是说为了谋得某些职位或是为了写几本书之类的，如果人们只是为了教育别人而学习，或为了成为作家、教授而去采集植物标本，那么，这份怡人的魅力便消失殆尽了。在人们眼中，这些植物就仅仅是实现欲望的工具，在研究它们的过程中再也发觉不到任何真正的乐趣，人们想做的不再是去获得知识，而是卖弄自己所知道的东西，这时他们在树丛之中就像置身于俗世的舞台上一般，心心念念的就是获得他人的赞赏；要么他们的植物学研究活动就仅限于在自己的书房里，顶多也就是到花园中去，而不是去到大自然当中观赏各种植物，他们关心的仅仅是体系和方法，光这些内容就足以永远争论下去啦，它们既不能让人多了解一棵植物，也不会对自然史或植物界有任何启迪。由此，植物学家们之间又产生了各种仇恨、嫉妒、权威之间的竞争，激烈程度不亚于甚至更胜于其他领域的学者们。他们不但让这项原本十分可爱的研究变了味道，还把它搬到城市当中、学院里面去进行，于是，就像那些好新鲜的人在花园中种植的异国植物会长变样儿一样，植物学研究的退化情况便要更严重得多了。"孔子说："见不贤而内自省。"毫不客气地说，我所以不辞辛苦地当文抄公把卢梭上述的话录下来，是因为他列举的种种现象，在我们今天诸多的研究领域依然有相当程度的存在，著名的"钱学森三问"（这些人怎么了？人都干什么了？为什么还弄不成？）或许能从卢梭的这段话中找到答案，起码是部分答案。

622. 写给孩子的小说是童话，写给成人的童话是小说！

623. 到了广州，特意去了一趟三元宫，这座道观是岭南地区历史最悠久的道教宫观，位于越秀山南麓。宫观内的几副对联特别引起了我的兴趣。一副是乾隆御撰赞颂元代丘处机道长的对联："万古长生不用餐霞求秘诀；一言止杀始知济世有奇功。" 说的是当年丘处机见元太祖时，以不嗜杀人、敬天爱民、清心寡欲三事为言。另一副是感悟堂门口的楹联："感怀细数十年梦；悟道略无终日闲。"养生斋正门的楹联是："养生精气神；缮性正清和。"侧门的楹联是："无求便是安心法；不饱真为却病方。"最精彩的一副联镌刻在山门内侧，上联是："山门内外分清浊。"下联是："心念正邪定吉凶。"横批是："请君回头。"

624. 参观位于广州越秀区的西汉南越王博物院，特别驻足杨永德伉俪捐
赠的藏枕专题陈列馆。馆内收藏了大量的瓷枕，我尤其对部分瓷枕
上的诗词感兴趣。北宋末期，磁州窑产品大量采用釉下彩工艺，即
在瓷胎上刷一层白色化妆土，在其上书写或者绘画，再罩上一层
透明釉，入窑经高温烧成，称之为白地黑花。白地黑花工艺的成熟
和普及，使诗词曲赋开始大量在瓷器中出现。下面列举部分白地黑
花瓷枕上的诗词以飨读者。一个北宋河北磁州窑烧制的如意形台座
枕上有四句富有人生哲理的话："在处与人和，人生得己何。长修
君子行，由自是非多。"（为了读者阅读方便，标点符号是作者后
加，枕头上没有任何标点符号，下同。）一个北宋河北磁州窑烧
制的腰形枕上刻写有两句很有意境的诗文："风引漏声来枕上，月
移花影到窗前。"一个金代山西中部窑场烧制的白地黑花腰形枕上
刻有："夜静水寒鱼不食，满船空在明月归。"这两句美文出自唐
朝德诚禅师的一首偈子："千尺丝纶直下垂，一波才动万波随。夜
静水寒鱼不食，满船空载月朋归。"瓷枕上的"在"是"载"的误
刻。还有一个白地黑花瓷枕上刻有这样四句诗："钓罢归来不系
船，空江落月正堪眠。自然一夜风吹去，只在芦花浅水边。"这首
诗与唐代诗人司空曙的《江村即事》即"钓罢归来不系船，江村月
落正堪眠。纵然一夜风吹去，只在芦花浅水边"内容相近，估计是
民间艺人记忆错误，稍微变动了一点原诗。一个腰形瓷枕枕面上用
正楷墨书了一首王安石的《题临津驿》："临津艳艳花千树，夹径
斜斜柳数行。却忆金明池上路，红裙争看绿衣郎。"诗人行走在临
津驿的路上，看到满树繁花与斜柳数行，忽而想起昔年在京城金明
池所见盛装出行的女子争看春风得意的绿袍士子。

625. 民国时期，上海三马路上有家著名的小有天闽菜酒楼，日本作家芥

川龙之介在《中国游记》一书种曾对这家酒楼当年的热闹和火爆进行过详细的描述。这家酒楼之所以有名，赖有一位名人的长期光顾和追捧，这位名人甚至为酒楼撰写了一副妙联："道道非常道，天天小有天。"此人姓李名瑞清，是光绪进士，闻名海内外的张大千曾师从他学习书画。这位李瑞清先生不但学问好，胃口也好，据说一次能吃掉七十只螃蟹。

626. 中国人讲读书识字，不讲识字读书，读书是为了识字，"识字"放在"读书"后面，意味着明理，意味着修养。有的人读了很多书，但是不识字。《藤阴杂记》中讲："先儒云：世上人，大都认不得几个字。予初阅之，骇然；继见注云：人惟孝子，方算认得一'孝'字；人惟忠臣，方算认得一'忠'字。必如此，世上认得字的人能有几何？反己自思，通身汗下。"这段话其实就是告诉人们要真正做得到，才算是真学问、真读书！

627. 我们现在生活中的很多日用而不知的习惯或者小动作，其实是过去江湖规矩的遗存。譬如酒要倒满然后才碰杯，杯中酒会溢到对方杯中。其实是告诉对方两个信息，一是咱们感情好，我舍得把酒给你喝。一是让对方放心，杯中酒无毒。又譬如，好朋友经常会勾肩搭背，左拥右抱一起在街上走。其实当年只有江湖人会这么做，身体挨着身体，是告诉对方自己身上没带家伙，尽管放心。

628. 菜市口是清朝刑场的代名词，电影电视剧里常有"绑缚菜市口开刀问斩"的贯口。菜市口是清朝的叫法，明朝叫菜市街，是京城最大的蔬菜集散地，沿街的菜摊、菜店多得让人晕眼。因为有许多平民来此买菜，因此常被政府借做行刑之地，以达示众警醒之目的。因为是临时刑场，品级再高的监斩官也只能暂时借用最近的店铺做监斩棚。官员要是喝茶，那茶叶得自带，落脚的商铺会供开水，官员走的时候，要付点费用给店家表示打扰，店家也不推辞，这个钱一定收，表示行刑这件事和我没关系，我就是做买卖。行刑之后，为了让菜贩菜农接着做买卖，杀人不留痕，立刻清扫刑场。取地下一尺的土，将之筛成"净土"来掩盖地面血，这是自魏晋以来就有的以土除秽的习俗。

629. 人都爱追求完美，说得再直白点，都好面子。实不够，名来补。权势熏天的官宦，每天忙于阳谋阴谋，却雅称自家是"书香门第"，家中汗牛充栋的藏书不过是附庸风雅的道具而已。利欲熏心的富商，囤奇短两、无利不往，反称自己是"积善之家"，过去的乡村就常有这样的大善人，记得张恨水《现代青年》里的孔大善人就属此类。四体不勤、五谷不分的文人则常自我标榜是"耕读传家"，以表明自己不是文胜质，而是文质彬彬。

630. 你一心想做的事就是天意！

631. 电影、电视剧里慈禧常被下人称为老佛爷，很多人听到这个称呼常会把慈禧想象成一个痴心狂，痴心到想成佛。其实这是个误会，由于满蒙通婚，满蒙一家亲，于是就有大批的蒙古喇嘛来到京城生活，普通老百姓一直敬重三宝（佛、法、僧），为了表示对这些蒙古喇嘛的敬重，就尊称他们为佛爷。下人们叫慈禧为老佛爷，实际上就是像敬重老喇嘛一样敬重慈禧，没有什么过头的拔高成分在里面，更不是慈禧逼着他们这么叫的。顺便说一句，率先称呼慈禧为"老佛爷"的是大太监李莲英。当时北京人之间也相互称"爷"，实际上就是称对方为佛爷，也是拿敬重喇嘛的态度来敬重对方，压根和我们日常称祖父为"爷爷"的那个"爷"不是一回事。电视剧《大宅门》里陈宝国饰演的白景琦在大家族中排行老七，因此在社会上就被敬称为"七爷"。这种称呼在今天的北京似乎还有遗存，电影《老炮》里冯小刚扮演的老炮不就被人称为"六爷"嘛，一次访谈节目中，姜文就称呼坐在旁边的马未都为"马爷"！

632. 散步记住三点，一是，脚是向前长的，不要"倒行逆施"。二是，脚跟先着地。这样做有两个益处，一来不易前倾且稳健，二来将动力通过脊椎传到头顶，进而锻炼大脑，真正做到"真人之息以踵"。三是，手里面不要拿任何东西，甩开膀子走。

633. 中国的经典名著大抵到最后都讲一个"空"。《三国演义》讲"浪花淘尽英雄"（《三国演义》开篇词），《说唐全传》讲"繁华消长似浮云"（《说唐全传》第一回），《西游记》讲"六朝一洗繁华尽"（《西游记》第六十四回），《水浒传》讲"自来无事多生事"（《水浒传》第一回），《金瓶梅》讲"豪华去后行人绝"（《金瓶梅》第一回），《红楼梦》讲"白茫茫大地真干净"（《红楼梦》第五回）。

634. 桥在中国传统中似乎是抽象爱情的具象化表达，成了经典的爱情符号。牛郎织女每年七月七在鹊桥相会，"柔情似水，佳期如梦。忍顾鹊桥归路。两情若是久长时，又岂在朝朝暮暮"（宋·秦观《鹊桥仙》）。许仙和白娘子的爱情就是在西湖断桥开始的。我国的很多地方有情人桥，《情人桥》还是一首经典老歌的歌名。国外似乎也喜欢把桥和爱情联系起来，《魂断蓝桥》和《廊桥遗梦》就是美国两部与桥有关的爱情电影。

635. 过去听到这样一个故事，一个渔夫出海捕鱼，老太婆在家中祈祷观音："希望老头子出海处处顺风，向东吹东风，向西吹西风，向南吹南风，向北吹北风。"当时听到这个故事时我捧腹大笑，不过静下来细想，虽然老太婆的祈祷都是反的，但如果真的有观音菩萨，也会让渔夫顺风的，因为老太婆的祈祷是真诚的，不诚无物，诚则灵！

636. 《周易·系辞下》说："古者包栖氏之王天下也，仰则观象于天……"费尔巴哈说："理论是从注视天空开始的，最早的哲学家都是天文学家。"包栖氏是中国最早的哲学家！

637. 读《梁漱溟致夫人的四十九封家书》，发现梁先生给第二任夫人陈树棻的家书末尾常会写"余不尽"三字。《四留铭》云："留有余不尽之巧以还造化；留有余不尽之禄以还朝廷；留有余不尽之财以还百姓；留有余不尽之福以还子孙。"凡事留有余地，福不可享尽，势不可用尽，便宜不可占尽，聪明不可使尽，余地即生地。

638. 朱光潜先生曾撰过一副对联："凡所难求皆绝好，及能如愿便平常。"希望成，绝望生！俗语说："我们能够猜出的谜，我们很快就瞧不起。"距离产生美，距离也产生贵，得不到的才是最好的，可远观而不可亵玩的东西才显珍贵。葡萄牙诗人佩索阿在《惶然录》中写道："如果你触摸到你的梦幻，它就会消逝，而你触摸到的物体，将占据你的感官。看和听，是生活中唯一高尚的事。其他感官则是粗俗和平庸的。真正的贵族意味着从来不触摸任何东西。永远不要靠得太近——这就是高贵。"

639. 列夫·托尔斯泰说："世上唯不含恶意的愚蠢可爱。"佛家有十二因缘的说法，认为世上的一切麻烦皆由无明引起，无明即是托翁说的"不含恶意的愚蠢"。这样说来，"不含恶意的愚蠢"到底还是愚蠢，找来一大堆烦恼，哪有什么可爱可言呢？

640. 自由不是指一个人，而是一群人。人越多越自由，一个人的自由是以一群人的自由为背景的！他人即天堂！

641. 江湖气其实是一种孩子气，稍不同的是，孩子气可爱，江湖气可怕!

642. 人性的弱点:怕吃亏!人性的优点:学吃亏!

643. "兴,百姓苦,亡,百姓苦。"(元·张养浩《山坡羊·潼关怀古》)底层百姓的命运:纵然吃了苦中苦,依旧还是人下人!

644. 有时候恨一个人是因为误会,爱一个人何尝又不是因为误会?都是聪明反被聪明误,爱人不得爱人怜!

645. 贤妻的标准是,出门形而上,在家形而下;在客厅是道可道,在卧室是非常道!

646. "无奈万念俱寂后,偏有绮思绕云山"(瞿秋白语),这话适合失意者,也适合失恋者!

647. 读书者不一定是教师,教师一定是读书者!不读书怎么教书?不读书而教书者,不可能成为教育家,只能是教书匠,是教育界里的卖艺者,是教师队伍中的白丁!有句俗语说:"教书三年成白丁。"一个人教书三年就成了文盲,因为他不断地输出,而且是重复地输出,自己也不读书,不晓得只有"学而不厌"才能"诲人不倦"的道理,完全是一种录音机式的教学,越教书越倦怠,没有新的东西作为教学激情的"燃料",失去了当初刚登讲台的活力。用美国心理学家艾里希·弗洛姆在《人心:向善行恶之秉赋》中的话说就是:"它是一种僵化的重复,而重复本身就是某种变形。"

648. 胡适有一首小诗:"偶有几茎白发,心情微近中年。做了过河卒子,只能拼命向前。"是啊,人生就如象棋中的过河卒子,只能进,不能退,无可奈何也无能为力。《木心遗稿》讲:"弟弟、哥哥、叔叔、伯伯、爷爷、公公,我是被这样地称呼过来的,每进一格就退不回来了。"

649. 哲学家维特根斯坦在《文化与价值》中讲："脸是身体的灵魂。"
化妆，真正的给脸不要脸，硬要在原脸上再画一张脸。法国哲学家
让·波德里亚在《论诱惑》中这样评价化妆："化妆也是一种把脸
废弃的方法，用更美丽的眼睛代替原来的眼睛，用更显眼的嘴唇抹
掉以前的嘴唇。"日本哲学家鹫田清一在《时尚的迷宫》中这样写
道："看着广告里模特化着完美妆容的脸，我不由得想到超市里被
保鲜膜紧紧包裹的蔬菜和水果。在它们身上，收获的地方，生长的
艰辛，阳光的痛楚，风的香气都没有留下任何的痕迹，除了那个光
滑的表面。就像我们现代的皮肤。"

650. 琴瑟和鸣的住所是家，一个家和万事兴和我想有个家的家。夫妻反
目的住所是窝，两个兔子不吃窝边草和兔子动刀窝里斗的窝！

651. 一个人向上走是前途无量，可以无量到三十三天。一个人向下堕，
也是前途无量，能够无量到十八地狱。同样的前途无量，向上或向
下，当初只是一念！

652. 舆论久了变结论，结论久了变定论，"人之多言，亦可畏也"
（《诗经·郑风·将仲子》）。

653. 之前，我因为不懂莎士比亚，不懂雨果，不懂普希金，不懂黑格
尔，不懂很多很多有学问的人而苦恼。后来读《孟子》："万物皆
备于我。"苏格拉底说："认识你自己。"要得要得，彼亦人子，
我亦人子，认识了我就等于认识了彼，认识了自己就认识了世界！
就如元人辛文房《唐才子传》中所言："天下英奇，所见略似，人
心相去，苦亦不多。"

654. 孟子说人生三乐："父母俱存，兄弟无故，一乐也；仰不愧于天，
俯不怍于人，二乐也；得天下英才而教育之，三乐也。" 前两乐，
我与孟夫子同。第三乐，我则改为："得天下明师而学习之"，我

不要做圣人，要做圣徒！

655. 人活一辈子，最委屈的事其实就是得不到承认！像"纵使无人亦自芳"（清·爱新觉罗·玄烨《咏幽兰》），"自吐霜中一段香"（诵帚禅师），那得受多少委屈啊！

656. 人活一口气！喜气洋洋，成也；朝气蓬勃，住也；老气横秋，坏也；死气沉沉，空也。

657. 过去中国上流社会是穿衣裳的，衣指上半部分，裳不是裤子，是下半部分，上衣下裳其实是整体的一件，穿的时候腰中间扎个带子，用精美的带钩扣着。上衣下裤那是下等人的便衣，上流人是不屑穿的。我们现在穿的唐装，跟唐朝没有关系，是清朝下层百姓的短袄过渡来的。

658. "他是什么，远比他实际做了什么，更令人神往。"丹麦文学史家勃兰兑斯评尼采的这句话，适合于我们崇敬的所有人物，并可以作为这些人物一生的结论。

659. 人生是没法追问的。好多事追问到最后是毫无意义的，都是"本来无一物"，却要"时时勤拂拭"。

660. 法国思想家卢梭提倡个性解放，他有名言：上帝造就了我，而我却将这模子打破。卢梭的这种活出独一无二的思想，在法国似乎一直有传承，纪德在《背德者》中借小说人物梅纳尔克之口说："大多数人却认为对他们自己只有强制，否则不会有任何出息。他们醉心于模仿。人人都要尽量不像自己，人人都挑个楷模来效仿，甚至并不选择，而是接受现成的楷模。然而我认为，人的身上还另有可观之处。他们却不敢，不敢翻过页面。模仿法则，我称作畏惧法则。怕自己孤立；根本找不到自我。我十分憎恶这种精神上的广场恐怖症：这是最大的怯懦。殊不知人总是独自进行发明创造的。不过，这里谁又立志发明呢？自身感到的不同于常人之点，恰恰是稀罕的，使其人具有价值的东西。"

661. "中路因循我所长，古来才命两相妨。劝君莫强安蛇足，一盏芳醪不得尝。"我在讲学中，常会提到李商隐的这首《有感》。这首诗借用纪德在小说《背德者》中梅纳尔克对主人公米歇尔讲的一段话来解释简直是天衣无缝，不，是无缝对接。梅纳尔克说："生活有千百种形式，每人只能经历一种。艳羡别人的幸福，那是想入非非，即便得到也不会享那个福。现成的幸福要不得，应当逐步获取。明天我就要启程了。我明白，我是按照自己的身材裁制这种幸福。"

662. 道家有句老话："要想人不死，除非死个人。"耶稣说："凡救自己生命的，必丧掉生命。"两句话，表达不同，意思一样，相得益彰！

663. 想了解萨特的存在主义，偷懒一点的方法是读读他的短篇小说《墙》，主人公帕勃洛·伊比埃塔之所以能平静地等待枪毙，从容地存在，靠的全是"虚无"二字。他相信死亡是绝对的主人，谁也逃不掉，他看到的狱卒只是一堆暂时活动的肉而已！

664. 故乡并不是指一块区域、一方水土、一点口音或一段往事，而是一个塑造原精神的地方！

665. 《中庸》里讲："凡事预则立，不预则废。"做任何事，都得有整体的谋划和设计，不能脚踩西瓜皮。很喜欢杨万里的《下横山滩头》，说的就是这个道理。诗曰："篙师只管信船流，不作前滩水石谋。却被惊湍漩三转，倒将船尾作船头。"

666. 俗话说："人生难得几回醉。"我有一次却醉得很特别。我和朋友到山中散步，饭点的时候，我们到了一家民宿。民宿老板说你们只有两个人就不要点菜了，今天恰有好友来访，坐下来一起喝一杯吧。于是我们俩也不客气就坐了下来，我朋友开车，滴酒不沾。我却和老板的好友兄弟长兄弟短地喝了起来，直至酩酊，临别时我和他，也就是老板的朋友拥抱了好久，被拉开后，他又绕了别门进来，继续抱着我不放，很是舍不得，其实到最后我们连彼此姓甚名谁都不知道，连个电话号码都没有交换，直至今天我还偶尔会想起他。每次想起他的时候，我总会念叨一遍南宋杨万里的《分宜逆旅逢同郡客子》，诗曰："在家儿女亦心轻，行路逢人总弟兄。未问后来相忆否，其如临别不胜情。"

667. 带着孩子们到野生动物园参观，发现动物们严肃得很，个个都是一副"俗人昭昭，我独昏昏；俗人察察，我独闷闷"（《道德经》第二十章）的得道样。黑塞《荒原狼》讲："你仔细看看动物，一只猫，一只狗，一只鸟都行，或者动物园里哪个庞然大物，如美洲狮或长颈鹿！你一定会看到，它们一个个都那样自然，没有一个动物发窘，它们都不会手足无措，它们不想奉承你，吸引你，它们不作戏。它们显露的是本来面貌，就像草木山石，日月星辰，你懂吗？"人把动物们关起来，典型的以无道伐有道！

668. "生活中有些时候，你会想要出去走一走，你在你的风景中漫步。"（菲利普·索莱尔斯《无限颂·谈艺术》）不知道这是一首诗还是一段很有诗意的话，总之，这段文字使我想起唐人岑参的《初授官题高冠草堂》："三十始一命，宦情多欲阑。自怜无旧业，不敢耻微官。涧水吞樵路，山花醉药栏。只缘五斗米，辜负一渔竿。"每个人都有属于自己的独特风景，或是"涧水吞樵路"，或是"山花醉药栏"，多少人多少时没有漫步在自己的风景中，皆是"只缘五斗米"，为了生存，人们常常出卖自己的生活。

669. 有的人平日里不太讲话，埋头做东西，且把那东西做得精美绝伦，岂不知那东西会说话啊，而且口才一流！真正的高手说话是不用口的，"大音希声""大辩若讷"说的就是这类人吧！

670. "中"是中华文化的核心。孔子讲中庸之道，不偏固任何一方，"叩其两端而竭"。庄子讲"得其环中"，讲"缘督以为经"，古人的衣服后背是两片布对称着缝合起来的，当中的那条缝就是"督"，做人要沿着中缝走。佛家讲佛法无边，说的也是佛法不执着于某一边。

671. 亿万富翁不提钱，当了宰相不说权，老将军不谈兵，老和尚不说禅。人世间的高手常常是"败絮其外，金玉其中"。于是，当我看到"金玉其外"者，常怀疑是不是"败絮其中"。

672. 美国小说家拉里·麦克默特里说："将我们的图书业称为'出版业'实在是够简化的了，其实它是一种媒体混合物，其先决条件不是文学价值，而是促销能力。"美国的另一位小说家保罗·福塞尔在《恶俗》里说："割破你手指的浴室笼头是糟糕的，但是把它镀上金，就是恶俗的了。"将这两位小说家的话合起来说，将一本糟糕透顶毫无价值的图书拼命地进行宣传、促销，这就是恶俗！

673. 法国思想家罗兰·巴特说脱衣舞的美学是，女人在脱光衣服的刹那间被剥夺了性感。由此我想到了诗的美学，唐诗一片朦胧，里面蕴藏的道理要你自己去悟，至于悟到什么，悟到多少，全因人而定。到了宋朝，尤其是南宋，哲理诗大量出现，把个道理说得清清楚楚。诗的美感和味道也就被剥夺了！

674. 徐皓峰在《刀与星辰》一书中对中西扔飞刀做了有意思的对比，书

中说，外国人扔飞刀是刀把冲外，局部发力；中国人扔飞刀是刀尖
冲外，全身发力。中国武术常会把一种符合力学的运动方式和天理
对应起来。刀背是天，刀刃是地，刀锷是君，刀柄是亲，刀鞘是
师，刀尖才是刀。刀尖冲着外面，天地君亲师是顺的。刀尖冲里，
天转地倒，欺师灭祖。所以西方人的扔飞刀方式，表明了他们违背
天地、逆反自然，必将天怒人怨，自取灭亡。

675. 庖丁如歌舞般的高技解牛，使我们最终看到的是一个"提刀而立，
为之四顾，为之踌躇满志，善刀而藏之"的行为艺术家，却没有注
意到他身边的那一堆还冒着热气的牛肉，忘记了庖丁本质上是个屠
夫啊！

676. "道"在中国是被艺术化的，繁杂难言且具审美趣味。而"道"在
日本则是被简化的，朴素又原始。譬如茶道，中国茶圣陆羽专门写
了本《茶经》。日本茶圣千利休则只有一段话："先把水烧开，再
加进茶叶，然后用适当的方式喝茶，那就是你所需要知道的一切。
除此之外，茶一无所有。"又譬如说武道，中华武术可谓博大精
深，拳种多，兵器多，招数套路多，法本秘籍多。而日本战国末期
江户初期的兵法家宫本武藏在其兵法理论著作《五轮书》中则只说
了一句话："用两手握住刀柄，来人就砍——除此之外，武道不再
有秘诀。"

677. "谁家过年还不吃顿饺子啊！"这句话是北方老百姓的口语。平时
大家各有各的难念经，但过年吃饺子时的幸福感是一样的。大人物
吃饺子，小人物也吃饺子，一碗饺子的幸福消解了一年中大家各自
的苦楚和彼此的差异，从而众人平等，真正达到了普天同庆。或许
这就是大家过年拼命往家赶的原因吧，为了那碗热气腾腾的饺子，
也为了那份平等的幸福！

678. 关于写作，张爱玲曾抱怨："写了改，抄时还要重改，很不合算。"清朝袁枚《遣兴》诗云："爱好由来落笔难，一诗千改始心安。阿婆还是初笄女，头未梳成不许看。"感之慨之，世上今古之作家大概都有精神洁癖吧，笔耕不辍，精耕细作！

679. 孔子提醒人们，少年戒色，中年戒斗，老年戒贪。印度瑜伽大师萨古鲁·贾吉·瓦殊戴夫在其著作《内在工程》中讲了这样一个有趣的寓言故事，大意是这样的，一个耄耋老人去池塘钓鱼，正当准备收竿的时候，钓上来一只青蛙。老人正准备放青蛙回池塘，结果青蛙突然说："请充满激情地亲我一下，我就会变成一个年轻的美女。"青蛙噘着蛙嘴等着。老钓翁盯着青蛙端详了一阵，就把青蛙放进了鱼篓里。青蛙急眼了："老人家，你只需要亲我一下，我就会变成美女！难道我没说清楚？"老钓翁说："我都一大把年纪了，美女对我没啥用了。现在我需要钱，一只会说话的青蛙可比一篓鱼贵多了。"

680. 责任即能力。责任不是非要去做某事，而是首先要具备做某事的能力。你有能力去解决一个遇到的问题，却没有去，这就是不负责任。换句话，假如你的能力不足以去解决某个问题，你没有去做，也就不必有不负责任的内疚了。邻居的房子起火了，这是消防队的责任，因为消防队有扑灭大火的能力，你大可不必为没有冲进火海而懊悔，不必事事都要有"虽千万人吾往矣"的气概！

681. 古巴革命家切·格瓦拉有句名言："每当不公正发生的时候，如果你都愤怒得发抖，那么你就是我的同志。"印度瑜伽大师萨古鲁在《内在工程》中却说："愤怒的本质是自毁性的。仔细观察你的生命，你会发现你所做过的最愚蠢、最反生命的事，都是在愤怒的时候做出的。说到底，你是在对抗你自己。如果你对抗你自己，如果你毁坏自己的福祉，那么，你显然是在选择不明智的生活方式。"切·格瓦拉，英雄也。萨古鲁，圣人也。你愤怒时，你是英雄，将有一群人和你在一起，你会拥有一支队伍！摆脱了愤怒，你是圣人，你将和自己在一起，你将拥有整个世界！

682. 日本的茶道，讲求一种"一期一会"的心境。"一期一会"本来是日本战国时代流传下来的一句话，意思是用全部的身心来喝眼前的这碗茶，所以叫作"一期一会"。"一期一会"是茶道的重要思想。"一期"表示人的一生；"一会"意味着仅有的唯一的一次聚会。人的一生有无数的聚会，但是每一次相会都不可能重复。所以茶道里面的"一期一会"，是在提醒我们要珍惜我们生命中的每一个瞬间，每一次相会，并且对这可能是我们人生中仅有的一次相会，付出全部的心力。如果你漫不经心，忽略了眼前的一切，那么你可能会留下"当时只道是寻常，过后思量倍有情"的终身遗憾。也就是提醒我们，人生无常，要好好地活在当下，禅门语录中有一句名言，叫作"照顾脚下"。这句话强调足下，即身边眼前的重要。印度瑜伽大师萨古鲁在《内在工程》中讲了这样一个感人的故事，大意是，二战之初，一群纳粹兵闯入了奥地利的一户人家，将大人和两个小孩带到不同的地方。两个小孩，一个是十三岁的姐姐，一个是八岁的弟弟。他们被带到一个火车站。他们在和其他孩子一起等火车的时候，男孩们玩起了游戏。一列货车开进了火车站，纳粹兵将所有人都塞进了车厢。姐弟俩进了车厢后，姐姐发现弟弟忘记了穿鞋，把鞋丢在了站台上。奥地利的冬天非常寒冷，不穿鞋意味着可能会失去双脚。盛怒之下，姐姐打了弟弟一记耳光，还说了很多狠话。到了下一站，所有男孩和女孩都被分开，这是姐弟的最后一面。约三年半之后，女孩离开了集中营，她发现她是家里唯一的幸存者，父母和弟弟都消失了。在她的记忆里，只剩下姐弟最后一次在一起时她对弟弟说的那些狠话和那一记响亮的耳光。就是在那一刻，她决定："今后无论遇到谁，我再也不会对他们说任何日后会让我懊悔的话，因为那有可能是我最后一次和他们在一起。"萨古鲁讲完这个故事，接着说："她大可以在挫败和懊悔中度过余生，可是她做出了这个简单的决定，让她的生命彻底转化，之后活出了一个丰富而又圆满的人生。"

683. 《黄帝内经》讲："五谷为养，五果为助，五畜为益，五菜为充。"意思是说，养身体靠的是五谷，故而被称主食。至于蔬菜、水果、肉蛋等只是助益而已，因此被称为副食。这些年我因为讲学出差多，吃自助餐时，发现越来越多的人只吃菜不吃饭，岂不知五谷是种子，种子代表能量，是高度浓缩的生命！

684. 现在论文审查机构都会用查重软件来检测论文的重复率，超过30%者即被视为剽窃，这样做是为了防止学术不端。其实"自古文章一大抄"，抄袭乃至剽窃者古已有之。北宋司马光的《续诗话》里记有这样一则笑话，宋代有位名诗僧惠崇，常以一联五言律诗自诩，有一句"河分冈势断，春入烧痕青"。实际上这个联诗是偷唐人的成句，前半句偷的是司空曙，后半句偷的是刘长卿。因此惠崇的师弟释文兆就写诗讥讽道："河分岗势司空曙，春入烧痕刘长卿。不是师兄多古句，古人诗句似师兄。"

685. 枪打出头鸟，有可能打得中，也有可能打不中！但如果一个都不出头，可能会被连窝端！戴小华在《忽如归：历史激流中的一个台湾家庭》中讲了这样一件事："姆鲁山洞（位于马来西亚沙捞越）的鹿洞里有着成千上万的蝙蝠。只要不下雨，每天下午5时半至6时15分，就有100万至300万只蝙蝠，由鹿洞口成群结队地飞向天空，捕捉昆虫为食物。不过，因为有老鹰等在洞口伺机捕杀，所以，每次蝙蝠出洞，必有一些愿意牺牲自己去喂饱老鹰的先行者，才能让其他蝙蝠安全出洞。牺牲，本就是一种不得已的非常手段，是弱者在最残酷、血腥的死亡绝境中，被迫选择的，唯一可能制胜的形式。'风萧萧兮易水寒，壮士一去兮不复还'……当蝙蝠出洞时，几十只蝙蝠自洞口冲出来，霎时，守在洞口的一群老鹰擒住了它们各自的猎物。不一会儿，残存的蝙蝠又飞回洞内。我想，它们应是通知同伴，危险已除。没多久，一条条抖动着，聚拢成黑色飞龙形状的成千上万的蝙蝠，不停地自洞内蜂拥而出，在天空中摆动飞跃。 就是因为有这些牺牲者，蝙蝠的香火才得以延续。"有时候为了族类的生命可以延续下去，不至于被"连窝端"，出头是迫不得已的，因为出头常常就意味着牺牲，但这样的牺牲不是为了出风头，而是舍小我为大我，是一种永恒的伟大的精神！

686. 《饶宗颐佛学文集》道出了佛学的精髓："放下，看破。一切随缘，得大自在。"诚哉斯言，饶公万古！

687. 中国人比较忌讳谈"死"，儒家直接告诉你"未知生，焉知死"。庄子也不过"方生方死，方死方生"地一笔带过，重点还是落在"生"上。于是"好死不如赖活着"的中国人会刻意记住一个人的出生时间，不太在意一个人的死亡时间。有些商品楼里甚至不设"4"的按钮，因为"4"的发音与"死"相谐。当然传说死后要去的十八层地狱，中国人就更加忌了，因此十八楼层往往不太好卖。

688. 读到《诗经·周南·汉广》中"汉有游女，不可求思"，使我想到民国时期的金岳霖和林徽因。林徽因是"翘翘错薪，言刈其楚"的大美女，恋之者众多，金岳霖尤甚。无奈林徽因已经"之子于归"梁思成，对于金岳霖，结果就是"江之永矣，不可方思"。虽然娶不到林徽因，但是金岳霖对林徽因的爱是"不可休思"。林徽因故去后的某年，金岳霖在北京饭店宴请老友，众人不解老金设宴所为何事，金岳霖告之："今天是林徽因的生日。"

689. 2023年春晚，喜剧演员沈腾和搭档们表演了一个名为《坑》的小品，沈腾塑造了一个信奉"多干多错，少干少错，不干不错"理念的每天优哉游哉混日子的怠政官员。这个小品使我想起了《诗经·召南·羔羊》里描述的一个养尊处优的官员，诗曰："羔羊之皮，素丝五紽。退食自公，委蛇委蛇。"大意说，穿着羊皮袍，裁剪功夫好。食堂吃得木佬佬，从容回家乐逍遥。羊皮袄软和又保暖，这个自不待言。公家食堂伙食也不错，据《左传·襄公二十八年》记载："公膳，日双鸡。"食堂每天每人供应两只肥鸡，这个待遇就是放在今天，也是相当优渥的，君不见食堂里的打餐阿姨经常把捞到勺子里的鸡块由八块抖到只剩两块吗？当年胡佛在竞选美国总统时，喊出的口号也不过是保证家家锅里一只鸡。周朝官员这么好的待遇，如果再怠政的话，那可真是硕鼠了。

690. 我们偶然会打一个喷嚏，身边的人会提醒我们有人惦记。相信大多数读者有这样的经验。开始我们也不知打喷嚏是因为有人惦记这种说法起自何时有何根据。后来读《诗经》才知道，最迟在西周的时候就有这样的说法了。《诗经·终风》："寤言不寐，愿言则嚏。"意思是说，晚上睡不着，想你让你打喷嚏。那时读到这句话，只是一笑，觉得这是个古老又好玩的迷信。直到有一天我读到了量子纠缠理论，这个理论认为关系亲近的人，想念或者议论对方，可能会使对方打喷嚏，这是一种即时隔时空感应。白居易在《邯郸冬至夜思家》中说："想得家中夜深坐，还应说着远行人。"这个时候，白居易应该打个大大的喷嚏方才应景吧，当然他的家里人也打个喷嚏，那就更有感应了。其实打喷嚏只是彼此感应的其中一种形式，按照量子纠缠理论，想念对方，甚至会出现在对方的梦里。这里讲一个唐朝元稹和白居易的故事。白居易当时在长安做尚书，元稹做御史。有一次元稹要到梓潼，梓潼是哪里？属于现在四川的绵阳地区。他到梓潼去审问犯人，白居易留在长安。这一天，白居易和他几个兄弟游玩慈恩寺，游玩累了，兄弟几个喝酒打赌。这个时候白居易突然想起了好友元稹，计算着日子估计今天应该到梁州了，梁州就是陕西南郑县南边一点的一个地方。于是写了一首诗："花时同醉破春愁，醉折花枝作酒筹。忽忆故人天际去，计程今日到梁州。"他写完这个诗就写成信寄给元稹了。元稹这时候在哪？真的在梁州。真的是心有灵犀，元稹睡觉做了个梦，梦到什么？梦到白居易和兄弟们在慈恩寺里游玩。元稹正做梦呢，突然驿站的站长呼叫让那些小吏准备马匹出发了。结果吵醒了元稹，醒了之后，觉得很奇怪，也写了一首诗寄给白居易。你看有多巧。他这首诗怎么写的？"梦君同绕曲江头，也向慈恩院院游。亭吏呼人排去马，忽惊身在古梁州。"举这个例子是什么意思？人世间是有真实的感应，神重心，朋友之间是可以心领神会的。正所谓"鹤鸣在阴，其子和之；我有好爵，吾与尔靡之"。

691. 我是个"旱鸭子"，偶尔被同事拉去水库游泳，也只能在离岸边近的浅水区过过瘾，且腰间一定要系一个"跟屁虫"双囊游泳包来保障安全。其实早在西周时期甚至更早的时候就有"跟屁虫"了，只不过那时的"跟屁虫"比较原始，用的是葫芦。《诗经·邶风·匏有苦叶》："匏有苦叶，济有深涉。深则厉，浅则揭。"大意说，葫芦已经长大晒干了，河水或深或浅。深的地方就腰间系个葫芦游过来，浅的地方就卷起裤管走过来。《庄子》里面也有一个关于葫芦的寓言故事。魏王送给惠施一个大葫芦籽，结果长成之后，葫芦太大以至于无所用处。庄子却说："今子有五石之匏，何不虑以为大樽，而浮于江湖？"意思是说，老兄啊，你有容六百斤东西的大葫芦，为啥不把它系在腰上作为大号"跟屁虫"而浮游于江湖呢？

692. 达摩初来中国，见梁武帝。结果话不投机，于是一苇渡江，北上嵩山，面壁九年，是为禅宗初祖。历代都认为达摩有神通，一根芦苇就可以过长江。其实，"一苇渡江"的典故来自《诗经》。《诗经·卫风·河广》："谁谓河广？一苇杭之。"谁说黄河宽？哪怕只有一根芦苇我也要过去。这里表达了作者急切过河的心理。后来说达摩一苇渡江，也是描写达摩急切离开梁武帝的心理状态，道不同不相为谋，赶紧过长江，哪怕仅有一支芦苇，也要过江，不想在梁武帝身上多耽误一点工夫。

693. 子曰："不学诗，无以言。"在签名售书时，我常引用《诗经》里的话来给不同年龄段的读者题词。给年轻读者题词，引用的是《诗经·郑风·风雨》："风雨如晦，鸡鸣不已。"勉励年轻人不论在任何境况下，都要不忘初心，坚守自己的理想。给中年读者题词，引用的是《诗经·唐风·蟋蟀》："无已大康，职思其居。"提醒中年人不要光图生活享受，忘记工作职责。给老年读者题词，引用的是《诗经·唐风·山有枢》："且以喜乐，且以永日。"希望老年人终日以喜乐平和的心态过日子。

694. 俗话说："衣是新的好，人是旧的好。"话是如此，但也不尽然。旧衣服有时寄托的是一种情怀，是一种思念，譬如《诗经·唐风·无衣》就是通过一件旧衣服，抒发了丈夫对亡妻的思念。"岂曰无衣，七兮。不如子之衣，安且吉兮。"哪里是没有新衣服，多得很，只是没有爱妻你亲手缝制的衣服舒适、贴身。另外，现实中常常也是"只见新人笑，不见旧人哭"，《讽友》曰："新花枝胜旧花枝，从此无心念别离。肯信秦淮今夜月，有人相对数归期。"这是清人王孟端规劝一位好友回头的诗，他的好友是"之子无良，二三其德"(《诗经·小雅·白华》),好友在京城有了新欢,而忘记了在南京老家等他的旧爱。

695. 《诗经·秦风·黄鸟》是一首反映秦穆公用活人殉葬的诗,整首诗的格调低沉又悲伤,可以读出作者对殉葬制度的无可奈何和厌恶。诗中"临其穴,惴惴其栗"七个字淋漓尽致地表达了殉人被活埋之前的紧张。君王死后,还要有人去地下服侍他、保卫他,当然老弱病残不能要,陪葬的都是"如可赎兮,人百其身"(如果可以换,愿用一百个普通人来换他一人)的"百夫之特"(百里挑一的优秀人才),群众痛心疾呼:"彼苍者天,歼我良人。"(老天爷啊,残杀良才啊)殉葬不单是浪费人才,更是惨绝人寰。大概是群众反对活人殉葬的呼声太高了,后来到了春秋时,就逐渐用陶塑的俑来代替活人殉葬,孔子骂道:"始作俑者,其无后乎。"孔子骂的不是陶俑,骂的是殉葬制度。但是孔子骂归骂,陶俑用来殉葬那是人道多了,到了秦始皇时期,兵马俑达到了陶俑殉葬的顶峰。原以为起码从秦朝之后,殉葬就成了历史。谁知当我在广州越秀区参观西汉南越国第二代王赵眜陵墓时,才知道是自己想当然了,陵墓介绍上说:"墓室内外共有15个婢妾侍从殉葬。"也就是说,起码在汉武帝时期,位于岭南的南越国尚有这种野蛮的殉葬制度。制度往往具有连续性,尤其是这种相对封闭的小诸侯国。南越国一共传了五代共93年(前203—前111),赵眜(第一代王赵佗之孙)只是第二代,后面的三代南越王我个人推测依然会沿用殉葬制度。

696. 我在珠海离澳门只有一湾之隔的横琴码头打车去看港珠澳大桥,路上听到司机讲了一句粤语俗语:"有情饮水饱。"他的这句话使我突然想到《诗经·陈风·衡门》里的两句诗:"衡门之下,可以栖迟。泌水洋洋,可以乐饥。"只要两个相爱的人能在一起,哪怕就是破门框下,也是旅游胜地,喝一瓶泌牌矿泉水也胜满汉全席。

697. 关于地震的文学、影视作品我看了不少，但是最让我震撼的还是《诗经·小雅·十月之交》里对地震的描述，短短十六个字就把地震的惨烈表达得淋漓尽致："百川沸腾，山冢崒崩。高岸为谷，深谷为陵。"《诗经》不愧为中国文学之祖！

698. 明太祖朱元璋在历史上常以暴君的面目出现，到了晚年，尤显变态，动辄杀人，尤其杀文人。有些文人莫名其妙地因为一首诗甚至一个字就丢了性命。当时有个叫张尚礼的监察御史，因为写了一首《宫怨》而被处宫刑而死，诗曰："庭院沉沉昼漏清，闭门春草共愁生。梦中正得君王宠，却被黄鹂叫一声。"这首诗涉及宫禁，有点色情，本身可能是玩笑之作。没想到惹恼了朱元璋他老人家，可怜好端端的一名大明王朝纪检干部，就因为一首诗被割掉了生殖器，最后还丢掉了卿卿性命。有个叫卢熊的读书人，人品文品都很好，朱元璋委任他到山东兖州当知州。卢熊到兖州后要启用官印，发布文告。当他把官印取出一看傻了眼，原来，朱元璋笔下的诏书是授卢熊为山东衮州知州，这官印是根据皇帝的诏书刻制的，这兖州自然就成了衮州。可是山东历来只有兖州而没有衮州。卢熊是做学问的，办事认真，于是他就向皇上写了一份奏章，要求皇上更正，把官印重新刻制过来。朱元璋一见奏章，知道是写错了，但是，就不认错，还大骂卢熊咬文嚼字，这兖和衮就是同一个字，卢熊竟敢将它念成"滚"州，这不是要朕滚蛋吗？即将卢熊斩首。还有一个叫来复的僧人，本来你安分出家做和尚就好了，可他偏要写诗来拍朱元璋的马屁，谁知拍到马腿上了，丢了小命，诗曰："淇园花雨晓吹香，手挽袈裟近御床。阙下彩云移雉尾，座中红芾动龙光。金盘苏合来殊域，玉碗醍醐出上方。稠叠滥承天上赐，自惭无德颂陶唐。"朱元璋看到诗后，似懂非懂，但把那个"殊"字拆开为"歹"和"朱"，这不是骂姓朱的是歹徒吗？结果朱元璋一生气，竟然把这个来复僧给凌迟活剐了。

699. 中国人大概是最懂得是非只因多开口的道理了，《诗经》中就有多处提醒人们要注意管好自己的舌头，譬如《诗经·小雅·小弁》："莫高匪山，莫浚匪泉。君子无易由言，耳属于垣。"山高水深，君子深沉，墙边有耳根。正如古谚所言："墙有耳，伏寇在侧。"《诗经·大雅·抑》："白圭之玷，尚可磨也。斯言之玷，不可为也。无易由言，无曰苟矣。莫扪朕舌，言不可逝矣！"白玉上的瑕疵可以处理掉，言语上有污点，可就无法消磨了。不要轻易说话，话可不是随便说的。虽然没人管我舌头，话轻易不要出口。所以中国人才讲："口是祸之门，舌是斩身刀。闭口深藏舌，安身处处牢。"清人张思孝有诗曰："意当极快处，心有不平时。少忍应无患，欲言宜再思。"东汉初年，严子陵隐迹富春山，司徒侯霸让使者送聘书给他。严子陵自然不接受这个聘书，使者请求严子陵写封信带回去好交代。严子陵回答说："我手不能书。"乃口授之，使者嫌少，希望严子陵多说几句，严子陵不客气地回答："买菜乎？"意思是这又不是买菜，还讨价还价。到了东汉末年，也有个隐士说话比严子陵还少，这个人就是司马徽，字德操，人称"水镜先生"，就是向刘备推荐卧龙凤雏的那位高士。明代文学家冯梦龙的《古今谭概》载：后汉司马徽不谈人短，与人语，美恶皆言好。有人问徽安否，答曰："好。"有人自陈子死，答曰："大好。"妻责之曰："人以君有德，故此相告，何闻人子死，反亦言好？"徽曰："如卿之言亦大好。"司马徽把嘴巴像口袋一样扎起来，惜言如金，无论你问他什么问题，他只答应一个"好"字。时人称之为"好好先生"。南宋诗人陆游在《闲居自述》里也讲："花如解语还多事，石不能言最可人。"还有两首诗说得也是这个道理，一首是："广知世事休开口，纵是人前只点头。假若连头都不点，也无烦恼也无愁。"另一首诗是："独坐清寮绝点尘，也无嘈杂扰闲身。逢人不说人间事，便是人间无事人。"正所谓："知荣知辱牢缄口，谁是谁非暗点头。"同样还有一副对联写得蛮好："人生惟酒色机关，须百炼此身成铁汉；世上有是非门户，要三缄其口学金人。"

700. 我每次走在街上或是广场上，看到地面有字，都会绕着走，没人教也没人叫我这样做，只是脚踩文字，内心不安。我常会想到昔日中国有"敬惜字纸"的传统，张冠生在《纸声远》中说："小时候，见过沿街捡字纸的人，身后背篓上贴着字条，上书'敬惜字纸'四字。初见时，不解其意。慢慢长大了，知道那四个字当中寄托着百姓对文化的敬重与爱惜。老辈人敬惜字纸，有理念，有仪式，有传统。写了字的纸不随意丢弃，集到一起，焚烧成灰。字纸成灰后，依然敬惜，集中入坛，专门存放。隔一段时间，开坛祭祀仓颉后，送到江河。"《纪德日记》讲："文字，这件神圣的东西——可是我们，我们今天是怎么对待的！想想实在心疼：大量的纸张，印刷出来只为一天之用，然后就丢进垃圾箱里……我们不但不再爱惜别人的文字，甚至不再爱惜我们自己的文字……"

701. 西方有一句古老的格言，大意是说："对死者只说好话，要么只字不提。"我倒觉得这话当反过来说更妥帖："对活人只说好话，要么只字不提。"这句话可以使人避免多少麻烦，并且做起来是多么轻而易举！东汉伏波将军马援有两个侄子：一个叫马严，另一个叫马敦。史书记载"援兄子严、敦并喜讥议，而通轻侠客。援前在交趾，还书诫之曰：'吾欲汝曹闻人过失，如闻父母之名：耳可得闻，口不可得言也。好议论人长短，妄是非正法，此吾所大恶也：宁死，不愿闻子孙有此行也。'"这两兄弟喜欢对他人论常道短，马援就写信提醒他们不可如此。有人就问富兰克林，他说你是政治家，你是发明家，你那么有成就，你这样成功，请问你的秘诀是什么？富兰克林说好像没什么秘诀，如果非要问的话，大概就是我从来不在别人面前说第三者的坏话，我不但不说他的坏话，我还要尽我所知他的长处去讲他。安·西格夫里德甚至讲："想败坏某人的名声吗？不必说他坏话，只需把他说得太好。"老百姓也讲："宁要说玄，不要说闲。""说闲"就是说别人坏话，用我们北方人话说就是"上眼药"。曾国藩一辈子有两件事情他真的是持之以恒：一件是从来不说别人的闲话；第二件是从来不睡懒觉，起得很早。中世纪波斯（今伊朗）诗人萨迪在其代表作《果园》中讲："只能针对三种人进行议论，除此之外，再不能对任何人背后乱加指责。其一，欺压百姓的暴君。对这种人应揭露其恶行暴虐，除非百姓愿意对他进行宽恕。其二，不知羞耻者。这种人自轻自贱，不顾脸面。其三，巧取豪夺、坑害百姓的商人。对这三种人的丑行可以张扬。"《古兰经》里把背后议论人比喻成"吃兄弟的肉"，对于信徒来说，背后谈论别人是一种罪过。

702. 《论语》开篇《学而》孔夫子讲的第一句话就是："学而时习之，不亦说乎！"这里的"而"字，根据有些专家的考证其实就是"天"字。"学而时习之"意思就是学习天的精神，时时践行之，人生大乐也。

703. 什么叫吊脚诗呢？就是一首诗后面吊了个脚注。譬如，大家都知道人生有四大喜，哪四大喜？洞房花烛夜，金榜题名时，久旱逢甘霖，他乡遇故知。还有四大悲是什么？寡妇携儿泣，将军被敌擒，失宠宫女面，下第举人心。单讲四大喜。过去有个人很坏很扫兴，在四大喜后面各加了个脚注，这首诗的味道就全变了。洞房花烛夜，很好吧，他加吊一个脚注，是石女。什么叫石女？这个女孩子有生理问题，没有办法过夫妻生活的。第二句话金榜题名时，他吊脚说，是候补。久旱逢甘霖，加了脚注，是光打雷。他乡遇故知，正好在别的城市遇到我们平时自己所在城市很熟的人，本来是快事一件，结果加脚注：是仇敌。原来在一起就干架的，怎么在这地方遇到了？那叫冤家路窄。

704. 清代诗人张维屏在《新雷》中说："造物无言却有情，每于寒尽觉春生。千红万紫安排著，只待新雷第一声。"我常说老天爷只想人活，不会杀人。很多所谓的天灾，其实都是人祸造成的，譬如全球变暖、雾霾加重等。《尚书·太甲》中说："天作孽，犹可违。自作孽，不可活。"意思就是，天灾可躲，人祸必死。我们向老天爷学习好生之德，就是要学习《尚书·大禹谟》中的八个字："正德，利用，厚生，惟和"，这八个字也是我们做人做事的大原则。"正德"，正德行，像天那样无私公正方能树立威信。"利用"，不是我们平时所谓的我利用你，你利用我。我们现在讲"利用"，下意识认为这是个很邪恶的词。真正的"利用"是做任何一件事，都考虑到可以利益到别人，使别人得到好处。"厚生"，讲得通俗一点，就是我们做人做事的宗旨就是要对苍生有益处。"惟和"是结果，大家都和谐生长，各依其道，并行不悖。

705. 张学良先生早年曾与中国最早红十字会组织的创立者余日章先生有过一夕之谈，余先生长张学良十九岁，他告诉张学良三句话：一不要作伪，因为伪来伪去，最后伪到你自己的头上；二要遵从舆论，不要假造舆论；三要牺牲自己，为大众解决痛苦，不要为解决自身的痛苦，而来牺牲大众。

706. 《晋书》中记载了一篇东晋时后秦发生的"罗什吞针"的故事。罗什全名叫鸠摩罗什，是西域高僧，著名的佛经翻译家。后秦弘始三年（401）姚兴攻灭后凉，亲迎鸠摩罗什入长安，并专为鸠摩罗什组织并创建大规模的佛经翻译院。不仅如此，姚兴还强要鸠摩罗什留下佛种，硬要将十余位宫女赐给鸠摩罗什做太太，罗什被逼无奈，娶妻蓄室，行为虽同常人，精神却超越俗事。譬如莲花，身处污泥，念头却丝毫不染。历史上有名的济癫和尚喝酒吃肉疯疯癫癫，似乎是破戒和尚。但印光大师在书中就明确指出："其乃大神通圣人，欲令一切人生正信心，故常显不思议事。其饮酒食肉者，乃遮掩其圣人之德，欲令愚人见其癫狂不法，因之不甚相信。否则彼便不能在世间住矣。"我们再接着讲故事，这下罗什的弟子们可不干了，也想照葫芦画瓢学罗什娶妻生子。罗什一看这还得了，于是有一天召集众僧示法，但见罗什手持银针一碗，一根根地吞到肚中。吞完银针便对众僧讲："你们诸位谁能吞下这碗针，便可学我娶妻生子，不然的话，从此莫动此念。"

707. 我读过一篇报道，据说比利时的《老人》杂志曾经对全国60岁以上的老人进行过一项调查，问他们这辈子最后悔的事情是什么？结果72%的老人回答是年轻时没有努力！意大利文艺复兴运动的代表薄伽丘曾讲："人生最大的悲痛莫过于辜负青春。"年轻时的快乐不是真正的快乐，老而不悔方是真乐！美国前总统吉米·卡特在著作《晚年的优势》中说："当后悔取代梦想的时候，人才会变老。"

708. 《中庸》里讲："人一之，己百之。"人一遍就会的，我很笨，那就做一百遍把它搞懂。萧伯纳说："我年轻时注意到，我每做十件事有九件不成功，于是我就十倍地去努力干下去！"

709. 现代人常抱怨没有时间读书，我认为这是托词。三国曹魏郎中鱼豢所著的《魏略》中记载："董遇好学，人来从学。每曰：'当先读书百遍而义自见。'从学者云：'苦难得暇日。'遇曰：'当以三余：冬，岁之余；夜，日之余；阴雨，时之余。'"东汉末年的时候曹魏有个人叫董遇，非常好学，本身学识非常渊博。好多人想来跟他学习，但不管谁来，他老人家都是一句话："当先读书百遍而义自见。"意思就是说，回去自己先把经典读几百遍，其中的意义自然能体会到。有一次，有个人就抱怨说："苦难得暇日。"意思就是说没有时间啊，工作太忙了。董遇说："当以三余：冬，岁之余；夜，日之余；阴雨，时之余。"翻译成现在大家能理解的话就是，年底单位放假总有读书时间吧，晚上下班总有读书时间吧，"五一""十一"放假总有读书时间吧，大概就是这个意思。香港文化人、传媒人梁文道先生曾在一次电视节目中说道："我并不以为现代人因为生活很忙碌，就没有时间看书。因为现代人再忙，我发现他们还是有时间去洗脚、唱卡拉OK。只不过你没有选择读书，你觉得洗脚带给你的享受比读书还要多。这从来不是一个有没有时间的问题，而是决定怎么用时间的问题。"西方有位哲人曾说："最困难的三件事是保守秘密、忘掉所受的忧伤、充分利用余暇。"哈佛大学有一个著名的理论：人与人之间的差别取决于如何利用业余时间，而一个人的命运决定于晚上八点到十点之间。每天晚上抽出两个小时用来阅读、思考，或者听有意义的讲座、讨论，慢慢就会发现你的人生轨迹正在发生变化，坚持数年之后，成功就会向你招手。

710. 记得小时候，我们教室黑板上面常常会贴八个大字提醒我们："好好学习，天天向上！"我国著名教育家陶行知先生说过几句语重心长的话："每日四问：第一问我的身体有没有进步。第二问我的学问有没有进步。第三问我的工作有没有进步。第四问我的道德有没有进步。"中国著名企业海尔有一个"日高"的文化理念，就是要求员工每天进步一点点。我们也常讲："人生如逆水行舟，不进则退！"

711. 西方有句谚语："推动摇篮的手是推动世界的手。"为人父母，不能只知道疼孩子，不知道教孩子，不然就是父母亲手葬送了孩子的前程。父母教育孩子的最好方式就是要做好孩子的榜样，就像维斯冠所说的："小孩喜欢模仿他人，父母影响小孩的最好方法就是以身作则。"南怀瑾先生在《廿一世纪初的前言后语》中讲了他几十年前在台湾遇到的一件事。南怀瑾先生的一个学生从师范大学毕业后做了老师。有一天这个学生回来向南先生讲教育的困难，他说看到有个孩子在学校里爱骂人，国骂。所谓国骂，台湾当时术语叫"三字经"，"他妈的"，连对老师说话也是"他妈的"，对校长讲话也是"他妈的"。这个老师受不了，跑去访问他父母。他父亲出来，刚开始还非常客气，一坐下来就把大腿裤子一拉，袜子一脱，一边抠脚一边说："老师啊，对不起，他妈的我儿子实在不好。"接着对儿子说："他妈的，你是不是在学校骂人啊？"儿子回答说："他妈的我没有骂人啊！""他妈的现在就骂人了。""他妈的我现在没有骂啊！"这个老师赶快拔腿就跑了。原来他家里就是这样，父子两个，你一句"他妈的"，我一句"他妈的"，都觉得没有骂人。这就是教育。所以大家寄望学校来改进教育影响孩子，很难。因为家长言行对孩子的影响实在是太深了。

712. 《诗经·大雅·思齐》所言："刑于寡妻，至于兄弟，以御于家邦。"一个人先修好自身德行，继而成为家庭榜样，最后方能成为全国甚至是世界的楷模！闻名世界的威斯敏斯特大教堂地下室的碑林中，有一座名扬世界的墓碑。每一个访客都会被其碑文深深地震撼："当我年轻的时候，我的想象力从没有受到过限制，我梦想改变这个世界。当我成熟以后，我发现我不能改变这个世界，我将目光缩短了些，决定只改变我的国家。当我进入暮年后，我发现我不能改变我的国家，我的最后愿望仅仅是改变一下我的家庭。但是，这也不可能。当我躺在床上，行将就木时，我突然意识到：如果一开始我仅仅去改变我自己，然后作为一个榜样，我可能改变我的家庭。在家人的帮助和鼓励下，我可能为国家做一些事情。然后谁知道呢？我甚至可能改变这个世界。"

713. 一个关于包拯的趣闻，大概是后人附会出来的。话说包拯六十大寿时，嘱咐儿子包贵对送礼者一律挡驾，甚至代表仁宗皇帝送寿礼的大太监也被拒之门外，太监无奈写了一首诗交给包拯："德高望重一品卿，日夜操劳似魏徵。今天皇上把礼送，拒礼门外理不应。"包拯于是一首诗回应，诗曰："铁面无私丹心忠，做官最忌念叨功。操劳本是分内事，拒礼为开廉洁风。"

714. 女皇武则天在《臣轨》中写道："大慎者闭心，次慎者闭口，下慎者闭门。"这里我讲两个有关谨慎的小故事。一个是汉代孔光的小故事。孔光是一个被汉武帝托以国家大政之人，对皇帝有废立之权，但终身无祸，活时安然大权在握，死后美名传世。他的成功之处关键不在其才智，而在于他的十分谨密，平时议政连草稿都要毁掉，与家人相处，只字不提朝中事，连有人问他宫中种什么树，他都换个话题避而不答。另一个故事是宋代的王谠在《唐语林》里记载了中书舍人高郢的事迹，可见其谨慎程度：高贞公郢为中书舍人九年，家无制草。或曰："前辈有制集田，焚之何也？"答曰："王言不可存于私家。"高郢，谥号"贞"，故称高贞公，德宗时为刑部郎中，又改授中书舍人，掌侍奉进奏，参议表章，起草诏、旨、敕、制及玺书册命。家无制草：制，指皇帝发布的制诰、制书。据《旧唐书·职官二》，中书舍人"其禁有四：一曰漏泄，二曰稽缓，三曰违失，四曰忘误"。高郢为了防止漏泄，将起草的制稿焚掉，故称"家无制草"。

715. 释迦牟尼说："制心一处，无事不办。"《庄子》讲："用志不纷，乃凝于神。"日本有一位擀面的师傅，自开始擀面以来，他每天做着同样的事情，一做就是30年。他说：我爱擀面，因为"面就是我的命！"在这位擀面师傅看来，水里面煮的不是他的面，而是他的命。这位擀面师傅一辈子的心思和精神都擀到了面里！

716. 喜欢托尔斯泰在《战争与和平》里的一句话："如果每个人都为自己心中的信念而战，这个世界就没有战争了。"是的，托翁的这句话和《庄子》所说的"鱼相忘乎江湖，人相忘乎道术"是一个意思。

717. 古希腊德尔菲神庙上镌刻着一句话："认识你自己，不要太过分。"柏拉图常用这句箴言劝勉人："做你的事和认识你自己。"卡莱尔却主张代之以一个"最新的教义"："认识你要做和能做的工作！"雅斯贝尔斯在《何谓教育》一书中讲："谁能看到伟人的精神，谁就能感知到那种'做自己'的要求。"正如一位学者所言，人生本是各得其所而已。拿破仑曾讲过："我只有一个忠告给你——做你自己的主人。"俄国大文豪托尔斯泰在《生活之路》一书中曾说："为了好好度过一生，必须明白，生活是什么以及在这一生之中应该做什么，不应当做什么。历代贤哲都曾教给人们这些道理，在所有民族中都有人教导如何过善的生活。这些哲人的教导在根本上都归结为一种。这种适于所有人的唯一教导就是，人的生活是什么和应当怎样度过一生，而这也就是真正的信仰。"黎巴嫩作家纪伯伦在《先知·论工作》的结尾说："工作是眼能看见的爱。倘若你不是欢乐地而是厌恶地工作，那还不如撇下工作，坐在大殿的门边，去乞求那些欢乐地工作的人的周济。倘若你无精打采地烤着面包，你烤成的面包是苦的，只能救半个人的饥饿。你若是怨望地压榨着葡萄酒，你的怨望，在酒里滴下了毒液。"

718. 老话讲："儿行千里母担忧。"用明代诗人郭登的"青海四年羁旅客，白头双泪倚门亲"来形容"母担忧"最感人！

719. 过去旅店又叫"逆旅"，人在旅途不会事事像在家里那么顺当，人生漫长的旅途不也是不如意事常八九吗？所以李白在《春夜宴从弟桃花园序》中说："夫天地者，万物之逆旅也；光阴者，百代之过客也。而浮生若梦，为欢几何？"电影《人在囧途》不就是描述了人在旅途中遭遇的种种"囧"况吗？

720. 英国文艺复兴时期戏剧家莎士比亚也曾讲过："仅仅一个人独善其身，那实在是一种浪费。上天生下我们，是要把我们当作火炬，不是照亮自己，而是普照世界；因为我们的德行尚不能推及他人，那就等于没有一样。"莎翁的话正如一句波兰民谚所云："有两种生活，一种是燃烧，一种是腐烂。"爱因斯坦曾讲过："只有为他人而生活才是有价值的生活。"2009年11月16日，美国总统奥巴马在上海对复旦大学的学生演讲时说："我最敬仰的那些成功的人士，他们不但考虑自己，他们同时还考虑超越自己的事情，他们希望对世界作出贡献，他们希望对他们的国家作出贡献，对他们的城市作出贡献，他们希望除了对自己的生活有所影响，同时对别人的生活也带来影响。有时候我们会忙于挣钱、买好车、买大房子，所有的这些都重要。但是那些真正在青史留名的人是因为他们有更大的向往，看如何帮助更多的人能够吃饱饭，能够让更多的儿童受到教育，如何能够以和平方式解决冲突，等等。只有这些人才能在世界上作出贡献。"

721. 翱翔长空的鹰，当活到40岁的时候，喙变得又长又弯而难以啄食，爪子开始老化而难以捕猎，翅膀的羽毛也变得浓密沉重而难以飞翔。为了获得新生，鹰便在悬崖上筑巢而居，先用喙击打岩石使之脱落后重生，然后用新喙把指甲一个个地拔去，等新的指甲长成后又用它把翅膀上的羽毛一根根地拔去……大约150天后，鹰便获得新生，重新振翅飞翔，寿命也得以延续30个春秋。美国一位老人听牧师讲了这个关于鹰的再生故事后，在即将过93岁生日时重返学堂，这位老人有一种革故鼎新的精神，割裂原来旧有的生活方式，开启全新的人生。

722. 据说比利时人最喜欢的一句谚语就是："团结就是力量。"非洲也有一句话说："如果你想走得快，那么你就一个人去；如果你想走得远，那么就一起走。"稻盛和夫在《活法贰：成功激情》中讲："'你在，故我在'这种思维才能带来和谐与和平。日本自古以来就有这样的思想：'因为对方存在，才有自己的存在。'从前的日本人，是把自己作为整体中的一个部分来认识的。"

723. 1862年，石达开大军经过贵州黔西大定一带时，当地苗族百姓以欢迎"最尊贵的客人"的仪式欢迎石达开大军——将用黄豆、毛稗、高粱、小米、玉米和谷子酿贮，埋藏于地下多年的陈年美酒取出，盛在坛子里，放在花场正中央。用通心的吸管插入坛内。石达开和太平军将士，与苗民们一同，载歌载舞，披着月色，照着营火，手扶吸管，低头畅饮。席间，石达开即兴赋诗一首："千颗明珠一瓮收，君王到此也低头；五岳抱住擎天柱，吸尽黄河水倒流。"

724. 唐朝诗人徐凝有一首《古树》，诗曰："古树欹斜临古道，枝不生花腹生草。行人不见树少时，树见行人几番老。"一棵古道边上的歪脖老树，已经被虫子蛀空心了，树洞里面都长草了，树枝也不抽芽开花了。行人大概会笑话树又丑又老，他们哪里见过这棵树茂盛时候的样子，可是树呢，来来回回，不知看过了多少茬行人。唐朝诗人孟郊也有四句诗说："树有百年花，人无一定颜。花送人老尽，人悲花自闲。"历史如树，千秋万代！人生如花，一期一会！

725. 宋朝宰相吕蒙正年轻的时候也是家徒四壁，结了婚之后老婆孩子跟着他挨穷受饿。据说有一副有名的对联就是吕蒙正写的，过年了，家家贴春联，吕蒙正也自然贴了一副对联，上联是"二三四五"，下联是"六七八九"，横批是"缺衣（一）少食（十）"。说到吕蒙正过年写的这副对联，使我想起民国时期萧耀南写的一副对联："如何不着急！着急又如何？姑且黄连树下弹琴，苦中作乐；哪里去逃荒？逃荒去哪里！但愿皇天老爷开眼，绝处逢生。"萧耀南，字珩珊，湖北黄冈人，清末曾经中过秀才，可以见官不跪。但是家境赤贫，一袭褴衫，不挡饥，不挡寒，也无亲戚朋友接济。某年年关，别人家欢喜过年，老萧两夫妻却牛衣对泣。万般无奈，萧夫人就劝老萧外出逃荒，老萧却认为活该穷命，命里只有八斗米，走遍天下不满升，逃荒也无济于事。萧夫人嗔骂："没见过你这般汉子，家里都这般情形了，也不着急。""愤怒出诗人"，一逼二急之下，老萧写下了前面提到的对联。后来科举废除，仕途被堵，出洋无饷，于是老萧当起了大头兵，后来在吴佩孚的提拔下一直做到了湖北督军。这个是插进来讲的一个民国典故。其实，"穷"对联很多，过去还有这么一副穷人写的对联："人过新春，二上八下；我除旧岁，九外一中。"联中的"二上八下""九外一中"，分别指包饺子和捏窝窝头时手指的位置，意思是人家过年吃饺子，俺家过年吃窝窝头。过去老百姓有句俗语讲："宁可穷一年，不可穷一天。"大年三十这般光景，着实让人感到凄凉。还有赤贫者也有联云："半间茅屋栖身，站由我，坐亦由我；几片萝卜度岁，菜是他，饭也是他。"

726. 读《周易》的"无妄卦"，使我想起了丹麦电影《狩猎》，故事讲的是刚刚和妻子离婚的卢卡斯在一家托儿所工作，心地善良、个性温和的他很快就受到了同事赞同和孩子们的喜爱，其中，一个名叫卡拉的早熟女孩对卢卡斯尤为亲近。面对女孩幼稚而单纯的示好，卢卡斯只能婉转地拒绝，可令他没有想到的是，这一举动却将他的生活推向了风口浪尖。卡拉报复性的谎言让卢卡斯背负起了性侵女童的罪名，一时间，这个好好先生成了整个小镇排挤和压迫的对象。当时我看这部电影的时候直为卢卡斯大喊冤枉，本来工作、生活都好好的，却平白无故地遭受了这"无妄之灾"，蒙受了不白之冤。

727. 安·兰德曾讲："每一代人中，只有少数人能完全理解和完全实现人类的才能，而其余的人都背叛了它。不过这并不重要，正是这极少数人将人类推向前进，而且使生命具有了意义。"真理有时真的是掌握在少数人手里，多数服从少数，四两真的可以拨千斤，我相信这话！

728. 《宋名臣言行录·后集》卷十中记载："公在英宗时最被眷遇。一日奏事殿中，上曰：'多士盈庭，孰忠孰邪？'公曰：'大忠大佞，固不可移。中人之性，系上所化。'上敬纳其言。"这里"公"指的是北宋名臣傅尧俞，宋英宗赵曙对傅尧俞尤其眷顾。有一天英宗就问傅尧俞："满朝文武，谁忠谁奸？"傅尧俞回答："大忠大奸的人没有办法教化，大多数的官员还是要靠圣上您自己言行来影响、教化。"日本"经营之神"土光敏夫在《经营管理之道》一书中说："对管理者最大的要求，在管理好他自己，而不是管理别人"；"人们不会由于你的说教而行动，如果你身体力行了，人们就会行动起来"；"部下学习的是上级的行动，上级对工作全力以赴的实际行动，是对下级最好的教育"。

729. 《战国策》里记载这样一个故事：卫人迎新妇，妇上车，问："骖

马，谁马也？"御曰："借之。"新妇谓仆曰："拊骖，无笞
服！"车至门，扶，教送母："灭灶，将失火。"入室，见臼，
曰："徙之牖下，妨往来者。"主人笑之。意思就是说卫国有个人
结婚迎娶新娘子，新娘上车后，就不客气地问车夫："两边拉套的
马是哪家的？"车夫说："充大个，借来的。"新娘对车夫说：
"打借来的马，自家的马可不要碰着磕着。"等马车到了夫家家门
口，新娘又对送她的老太太说："把灶火灭了，别再回禄喽。"等
到进了新房，看见舂米的石臼挡在门口，就对小厮说："把臼子搬
到窗户下面，进门出入碍事绊脚。"这家主人就在那里嘿嘿直笑。
新娘刚刚说的那些话，其实都对，放在平常也很要紧。但为什么都
被大家当笑话讲呢，因为新娘刚刚过门，就说这些，未免失之过
早，太着急表现了。所以我常常告诫那些大学生，刚刚进单位，不
要指手画脚，乱发意见。俗话说："大嚼多噎，大走多蹶。"凡事
要懂得慢慢来，不要大跨步，少安毋躁，等熟悉环境和情况之后再
择机发表自己的意见看法。

730. 《六祖坛经》中讲："常自见己过，与道即相当。"美国培训大
师安东尼·罗宾说："假如你一年中每一个月给自己一次检讨的
机会，你一年有 12 次修正错误的机会；假如你每天给自己检讨的
话，一年你有 365 次检讨的机会；假如你每天早晚各检讨一次，你
一年有七百多次修正的机会。成功概率多了百分之七百以上。"由
此可见，一个人成功概率多少，既在于他是否设立了明确的目标，
也在于他是否采取了行动，更在于他有没有对自己过去的失误进行
检讨，只有检讨才是成功之母。养生最要紧的就是三个字："我有
病！"其实知病即药，一个人真的知道自己得病了，反而懂得如何
应对，结果活得长久。就像德国哲学家格奥尔格·克里斯托夫·利
希滕贝格所说的那样："当我们知道了自己的弱点之后，它们便不

会再危害我们了。"做人的道理也一样，一个人如果常常反省自己发现"我有病"，反而会不断精进，变得谦卑和顺，这个人反而会在社会上站得越来越稳，这就是《道德经》里讲的"圣人不病，以其病病。夫唯病病，是以不病"。

731. 电影《林则徐》让我印象最深的是"制怒"二字。乔叟在《坎特伯雷故事》中说："从心里驱除不利于正确判断的三样东西，就是愤怒、贪婪和急躁。"《坎特伯雷故事》中还讲了这么个故事："曾经有哲人要责打门徒，因为门徒做了大坏事，他大为恼火，拿来棍子准备打。门徒见了，便对师傅说：'你想干什么？'师傅说：'我要打你，让你修正。''说真的，'门徒答道，'你因为年轻人犯错而完全失去耐心，首先就得改正。''不错，'师傅流着泪，'你的话很对，亲爱的孩子，你拿好这棍子，为我这样没耐心而帮我改正吧。'"刘伟见先生的《了凡法》一书里有这样一个故事，说的是年关将近，一个乡下老头带着孙子去卖年货，挣了五块钱回家过年。那时候五块钱可不是小数字，我听父亲说那时候一天的工分折合成钱也就两毛多，那时国家为了照顾人们吃肉，推出三毛五一斤的爱国肉，可就是这个价钱好多人还是吃不起，盐巴是一毛三一斤，火柴才两分钱一盒，鸡蛋是五分钱一个，最贵的牡丹烟不过五毛钱，最便宜的火炬烟八分钱就可以买到……可见那五块钱在当时是怎样的一笔"巨款"。小孩都嘴馋，一年到头难吃到零嘴，看到爷爷手里有点儿钱了，就嚷嚷着要买零嘴吃。爷爷就把包着一毛、二毛、五分等零钱的里三层外三层的手帕钱包打开，拿钱的时候被旁边的小偷给盯上了。小偷一看老头一包有这么多钱，就把这五块钱给偷了。快到家的时候，老头才发现钱包袱不见了，这下老头急眼了，又着急又痛苦又生气，把气一下子撒到了小孙子头上，"都怪你小子要吃零食！"结果一巴掌打在了小孙子的脑门上，这个小孩子当时就死了。打死之后，老头怒气是没有了，可肠子也悔青了，人也吓傻了，一是年没得过了，二是钱也没有了，三是孙子也死了，那还活个什么劲呢，这老头最后也一气二恼，上吊自杀了。我们讲制怒，但是我们常常被怒气所控制，这个东西太可怕了。古罗马哲学家塞涅卡曾就制怒专门写了本书叫《如何保持冷静：关于愤怒管理的古老智慧》，他在书中说："愤怒是一种疯狂，因为你为不值得的东西付出了昂贵的代价。"伊斯兰教里有这么一句话："最好的斗士并非强有力之人；强有力者只是那些在失去理智时能控制自身的人。"英国剧作家萧伯纳也曾讲过："自我控制是最强者的本能。"能制怒的人绝对有智慧。《卡夫卡谈话录》中说："咄咄逼人的进攻只是一种假象，一种诡计，人们常常用它在自己和世界面前遮掩弱点。真正持久的力量存在于忍受中。只有软骨头才急躁粗暴。他通常因此而丧失了人的尊严。"伊斯兰教有这样一个传说：有一次穆罕默德和阿里遇到一个人，对方把阿里错认成欺负过他的某个人，就开始破口大骂。开始的时候，阿里一言不发，忍耐了好久，但由于对方谩骂不停，阿里终于克制不住，与之对骂开来。这时穆罕默德转身离开了他们。等到阿里追上穆罕默德后，对他说："你为何留下我一人，受这恶人的辱骂？"穆罕默德说："当那个人对你开骂，而你缄口不言的时候，我看到有十个天使站在你身边，这些天使都在回击他。但当你和他对骂的时候，天使们就抛下了你，我也就离开了。"最后请记住亚里士多德的一段话吧："每个人都会生气，这没什么难的，但要能对适当的对象、用适当的程度、在适当的时间、因适合的缘由、以适当的方式生气，可就不是一件容易的事了。"

732. 古罗马的哲学家西塞罗说过："每个人都有错，但只有愚者才会执迷不悟。"《论语·卫灵公》中说："过而不改，是谓过矣。"真正的过错不是过错本身，而是知道过错不去改。《论语·学而》说："过则勿惮改。"所以知错不改的人不仅是愚者，还是懦夫。《昌黎先生集》中讲："人患不知其过，既知之，不能改，是无勇也。"五代时期的高僧贯休在《续姚梁公坐右铭·并序》中说："非莫非于饰非，过莫过于文过。"讲到"文过饰非"，我想起曾读过的一个偷酒喝的故事。故事说，一日，老和尚下山办事，临行前特别交代三个徒弟，自己一坛珍藏多年的美酒千万要看好了，当心被人偷喝。等傍晚老和尚办完事回到庙里，发现一坛美酒是一滴不剩，全被偷喝光了。老和尚气得是七窍生烟，把三个徒弟找来质问，结果发现这三位是满身酒气，但却故作镇定。见师父发问，三人依次作答。大师兄说："阿弥陀佛（我没偷喝）。"二师兄说："我佛慈悲（我喝十杯）。"小师弟说："罪过罪过（醉过醉过）。"

733. 清朝陈确在《坐箴》中讲："自知不改，谓之自欺。"老百姓有句谚语说得很实在："有错不改，好比下雨背干柴。"《谥法辨论》中有曰赖者，注谓："不悔前过曰赖。"俗话说："人怕丢脸，树怕掉皮。"这种死皮不要脸、死不悔改的就叫"老赖"。《圣经》里面有个比喻说得好："愚昧人行愚妄事，行了又行，就如狗转过来吃它所吐的。"加缪在《局外人》里一段刻画出人性与处境的话，或许部分地揭示了人为什么不愿意改过的内在心理机制："我们很少信任比我们好的人，宁肯避免与他们来往。相反，我们常对与我们相似、和我们有着共同弱点的人吐露心迹。我们并不希望改掉弱点，也不希望变得更好，只是希望在我们的道路上受到怜悯与鼓励。"这样看来，人不愿被指出缺点或受到批评，原因其实很简单，就是因为人们都不愿意改变现状！拒绝批评某种程度上说就是拒绝改变！

734. 《左传》中说："知错就改，善莫大焉。"《近思录·克治》中说："学问之道无他也，惟知其不善，则速改以从善而已。"明朝王廷相在《慎言·小宗》中有"迁善当如风之速，改过当如雷之决"表示迁善和改过速度很快且果断。一则犹太格言说："人类伟大的辩护者是：忏悔和善行。在忏悔者站立过的地方，连最正直的人也羞于立足于其上。"古希腊哲学家伊壁鸠鲁曾讲："认识错误是拯救自己的第一步。"莎士比亚在《无事生非》中也说："一个人知道了自己的短处，能够改过自新，就是有福的。"儒家的颜回是"不迁怒，不二过"，知过即改，绝不拖延，也绝不会重犯。其实在儒家人物中还有一位著名人物也是改过迁善的典范，这个人就是曾子。《礼记·檀弓上》记载了一则故事，从这个故事可以看出曾子也是知错就改，内容是："曾子寝疾，病。乐正子春坐于床下，曾元、曾申坐于足，童子隅坐而执烛。童子曰：'华而睆，大夫之箦与？'子春曰：'止！'曾子闻之，瞿然曰：'呼！'曰：'华而睆，大夫之箦与？'曰：'然，斯季孙之赐也，我未之能易也。元！起，易箦！'曾元曰：'夫子之病革矣，不可以变。幸而至于旦，请敬易之。'曾子曰：'尔之爱我也，不如彼。君子之爱人也以德，细人之爱人也以姑息。吾何求哉？吾得正而毙焉，斯已矣！'举扶而易之。反席，未安而没。"意思是曾子重病卧床。乐正子春坐在床下，曾元、曾申坐在脚旁，童仆坐在墙角，手执火烛。童仆眼尖口快，突然说了句："花席子滑溜溜，是大夫才能用的哟！"乐正子春说："闭嘴！"曾子听到了，睁开眼睛说："大点声！"童仆又说道："花席子滑溜溜，是大夫才能用的哟！"曾子说："一点不假，这是季孙大夫当年送俺的，俺疏忽了。曾元我儿，快扶爹一把，换张席子。"曾元说："您老人家的病不轻，动不了啊，等明早星天亮我再换。"曾子说："你还不如小童爱我，君子爱人用德行，小人爱人用姑息。我活了一辈子还求个啥？无非就是死得合于正礼罢了。"于是大家一起搭把手扶起曾子，换了张席子，再把他扶回到床上，还没有放安稳，曾子就去世了。

735. 过去有这么两句话讲得好："难易不改其志，成败不易其衷。"是说一个人无论在什么样的境遇下，都不会改变其志向和初衷，就如《吕氏春秋·诚廉》中所言："石可破也，而不可夺坚；丹可磨也，而不可夺赤。"唐玄宗晚年被唐肃宗李亨和宦官李辅国软禁宫内，无佣人，无肉。高力士则被下放到了巫州，巫州相当于现在的湖南省沅、巫两水交汇处的洪江区。高力士有一首《感巫州荠菜》，诗曰："两京作斤卖，五溪无人采。夷夏虽有殊，气味都不改。""夷夏虽有殊，气味都不改"也可以来形容无论在顺境还是困境，都不改变自己的志向。又譬如曼德拉因反对种族隔离制度而被判入狱，整整失去了29年的人身自由。但在这种苦难和困境当中，曼德拉并没有失去志向，反而越挫越勇，这种苦难反而铸就了他伟大的心胸和情怀，出狱后他坚定地奉行宽恕、和解，从而促进了南非非暴力民主的进程，最终造就了一个新生的南非。1942年9月6日出版的《时代》周刊封面人物是吴佩孚，他是中国第一位上周刊的人物，周刊以"中国最强者"来称呼他。日本大特务头子土肥原贤二是个中国通，负责拉拢吴佩孚。1938年底，土肥原贤二采取威逼利诱的手段，企图迫使蛰居在北平的吴佩孚出任北京绥靖军事委员会委员长这一汉奸职位，吴佩孚不理会土肥原贤二，悠悠地说："我的卧室里，挂着一副我亲手写的对联，我每天看上一眼，就是为了提醒自己。阁下知道我写的是什么吗？"说完，就闭目念了起来："得意时，清白乃心，不纳妾，不积金钱，饮酒赋诗，犹是书生本色。失败后，倔强到底，不出洋，不走租界，灌园抱瓮，真个解甲归田。"土肥原贤二听完后只好告辞。吴佩孚生平，颇下希圣、希贤的功夫，嘴里常以"志士不忘在沟壑"，以及"大丈夫行事，论是非不论利害；论顺逆不论利害；论顺逆不论成败；论万世不论一生"等圣哲名言，伯常常挂在嘴边。董必武曾这样评价过吴佩孚："吴佩孚虽然也是一个军阀，但有两点却和其他的军阀截然不同。第一，他生平崇拜我国历史上伟大的人物是关、岳，他在失败时也不出洋，不居租界目失。第二，吴氏做官数十年，统治过几省的地盘，带领过几十万大兵，他没有私蓄，有清廉名，比较他同时的那些军阀腰缠千百万，总算难能可贵。"1939年12月吴佩孚死，他的秘书长杨云史挽句云："本色是书生，未见太平难瞑目；大名垂宇宙，长留正气在人间。"作为给吴佩孚的盖棺定论，这副对联还是肯定得有点过头了。但事实上，北洋军阀中，吴佩孚确实可以算是一个困不失志的人，就冲他抗战期间不屈从日本人的气节这一点，至少也值得我们竖个大拇哥。

736. 孟子说："天将降大任于是人也，必先苦其心志，劳其筋骨，饿其体肤，空乏其身，行拂乱其所为，所以动心忍性，曾益其所不能。"孟子的这段话可谓放之四海而皆准。法国大文豪雨果也有一段类似的话："上天给予人一分困难时，同时也添给人一分智力。"清代大诗人袁枚有两句诗曰："须知极乐神仙境，修炼多从苦处来。"台湾"中央研究院"院士许倬云先生曾讲："大凡入传记的人物总有些可传之处，而他们的共通之点大约往往可归纳为'历尽艰难，锲而不舍'八个大字。"

737. 耶稣在星期五被钉死在十字架上，那是全世界最绝望的一天，可三天后就是复活节。所以，人在困境中应学会至少再等三天。《圣经·罗马书》中讲："就是在患难中，也是欢欢喜喜的；因为知道患难生忍耐，忍耐生老练，老练生盼望。"《圣经·诗篇》里有段话讲："我虽然行过死荫的幽谷，也不怕遭害；因为你与我同在，你的杖，你的竿，都安慰我。"君子在困境中的杖和竿不是上帝，而是自己的志向和信念，就如郑板桥的《竹石》所言："咬定青山不放松，立根原在破岩中。千磨万击还坚劲，任尔东西南北风。""文革"时，一女士被剃了一个阴阳头，公众批斗，当众羞辱，该女士是当时一位有身份的人，虽说学佛多年，仍难忍如此侮辱，当时死的念头都有了。禅门大师贾题韬当时递上一字条，女士即豁然开朗，破涕为笑，安然度过此劫。字条就七个字："此时正当修行时。"我们以后遇困境时，也须谨记此七字真言，此时正是考验我们信念和志向的时候！

738. 孔子在陈蔡绝粮时固守其志，还有的人是为了固守志向故意绝粮，历史上近的譬如1936年6月14日，章太炎病逝，临终遗言是："若有异族入主中夏，世世子孙毋食其官禄。"又譬如朱自清，宁愿饿死也不吃美国的救济粮。远的当数伯夷、叔齐，伯夷、叔齐为了守住忠于前朝的志向，宁愿饿死在首阳山也不食周粟。当然后世也有效仿伯夷、叔齐两兄弟的，但常常以失败而告终。清朝康熙年间，为了收买那些自负才高、标榜孤忠而不愿投降的读书人，在科举中设了"博学鸿词科"，有人经不住诱惑，就前来参加面试，以谋求升斗之禄。当时留了几首讽刺名诗："一队夷齐下首阳，几年观望好凄凉。早知薇蕨终难饱，愧煞无端谏武王。"第二次开科，去的人就真的排队了，考场因之爆满，多有被推出门外者，有人又作诗："失节夷齐下首阳，院门推出好凄凉。从今决计还山去，薇蕨那堪已吃光。"还有一首意思差不多的"打油诗"："圣朝特旨试贤良，一队夷齐下首阳。家里安排新雀领，腹中打点旧文章。当年深悔惭周粟，此日翻思吃国粮。非是一日忽改节，西山蕨薇已精光。"但也有骨头比较硬的，明末一些士大夫宁愿要饭做乞丐也不投降清廷，最后快饿死的时候，还写了一首《绝命诗》："赋性生来是野流，手提竹杖过通州。饭篮向晓迎残月，歌板临风唱晚秋。两脚踏翻尘世路，一肩担尽古今愁。而今不受嗟来食，村犬何须吠未休。"

739. "人固有一死，或轻于鸿毛或重于泰山"，一个人在绝境当中为了正义的事业献出生命就会永垂不朽、流芳百世，一个人倘若在绝境中苟且偷生而失去道义，像历史上的很多汉奸，只能留下恶名、遗臭万年，譬如曾和文天祥同朝为官的留梦炎。文天祥和留梦炎的早期经历很相似，都是自幼熟读孔孟之书，都中过状元，又都做过丞相。可是，在历史上留下的足迹却是天差地别。文天祥是"人生自古谁无死，留取丹心照汗青"，而留梦炎却走的是一条相反的道路。他看到蒙元势力强大，荡平南宋如秋风扫落叶，于是来个一百八十度大转弯，分分钟变龟孙，拜倒在蒙古贵族脚下，誓当犬马。当文天祥困在囹圄中受难之时，正是留梦炎向元朝廷献媚之日。文天祥的被害，他是负有责任的。史书记载，当时曾经有人打算召集十个在宋朝当过大官的人联名上书，要求释放文天祥。留梦炎不肯答应。说："天祥出，复号召江南，置吾辈十人于何地？"留梦炎自以为想得很周到，自己既可以长保爵禄，子孙也可以富贵连绵。不料未及百年之后，全国闹起了红巾军，随之建立的是明朝。在明朝存在的近三百年时间里，留梦炎的后代始终抬不起头来。政府规定，凡是姓留的人赴考，都要先写个具结"并非留梦炎子孙"，才准参加考试。《夏峰先生语录》中记载，有人问做人？孙奇逢先生回答说："饥饿穷愁困不倒，声色货利浸不倒，死生患难考不倒，人之事毕矣。"如果拿孙奇逢先生的标准来考核留梦炎的人格的话，那一定是零分！

740. 明末清初名诗人吴梅村，本来坚持不投降，清廷挟持其老母威胁他，最后只好就范。吴因为名气太大，应召启程时，同乡好友在苏州虎丘的千人石上设宴为其饯行。有人写诗给吴，打开一看，写的是："千人石上千人坐，一半清朝一半明。寄语娄东吴学士，两朝天子一朝臣。"如果说吴梅村困而失节是因顾及老母而被胁迫，那么与他同为"江左三大家"的钱谦益、龚鼎孳，则完全是毫无道德节操的儒中败类。李自成攻陷北京后，龚鼎孳投井自杀未遂，被人救起后投降李自成，任直指使，受吏科给事中，迁太常寺少卿。清顺治元年（1644），睿亲王多尔衮进京，龚鼎孳迎降，至此在一年之内完成了三朝臣子的身份转换，可谓前无古人后无来者。龚鼎孳因失节丧操，不仅为明人所不齿，也为清人所蔑视。在明福王在南京建立政权时，曾制定过查办"从贼者"的制度，龚鼎孳就被列入了治罪名单，而清朝人也讥笑他"惟明朝罪人，流贼御史"，而清朝和硕睿亲王多尔衮更是认为龚鼎孳"此等人只宜缩颈静坐，何得侈口论人""人果自立忠贞然后可以责人"。讽刺他"自比魏徵，而以李贼比唐太宗，可谓无耻"。龚鼎孳自己不守臣节也就算了，还把原因推到小妾顾横波身上，"生平以横波为性命，其不死委之小妾"（据《心史丛刊·横波夫人考》）。顾横波，名媚，与马湘兰、卞玉京、李香君、董小宛、寇白门、柳如是、陈圆圆同称"秦淮八艳"。同龚鼎孳形成鲜明对比的是龚的元配夫人童氏，她曾两次被明朝封为孺人。明亡后，龚鼎孳降清，童氏不仅独自在合肥居住，不随龚进京，而且拒绝接受清王朝的封赏。童氏不受清朝诰封，妾室顾横波就堂而皇之接受诰命，封为"一品夫人"。再说钱谦益。钱谦益在万历三十八年（1610）中进士，此后入仕为官，到崇祯年间之时，已经成为东林党的领袖。清军入关后，钱谦益与马士英等人一起，拥立福王在南京登基，建立弘光小朝廷，任礼部尚书一职。弘光元年（1645），清军大举南下，威逼南京。在城池即将告破之时，妻子柳如是拉着钱谦益，劝他与自己一道投水殉国、保全气节。但是钱谦益却沉默了，最后在柳如是的苦苦相劝之下，走下水池试了下水，然后道："水太冷，不能下。"柳如是却是一心想要坚持气节的，"奋身欲沉池水中"，被钱谦益死死抱住而未能如愿。钱谦益后来入京为官，柳如是拒绝与他同去，选择了留守南京。堂堂江南大儒，连一个青楼出身的女子都不如，这也是钱谦益为明清两朝人所不齿的主要原因。与上述所谓的"江左三大家""名列贰臣传"形成鲜明对比的是年仅十六岁的江南神童夏完淳。夏完淳师从陈子龙——柳如是为青楼女时的"恩客"——是爱国文人，抗清名将，柳如是困不失节的想法估计与陈子龙有很大关系。夏完淳十四岁参与抗清斗争，被俘后，押至南京，由明朝降清官员洪承畴亲自讯问并劝降，洪承畴受到夏完淳的无情嘲弄。夏完淳被捕后，在狱中谈笑自若。自被捕至狱中写下的诗，名《南冠草》。夏完淳就义后，其作品在民间广为传颂。今天如果不是研究历史和明代文学的人，普通人对钱谦益、龚鼎孳、吴梅村的了解，估计也就限于他们和"秦淮八艳"中的柳如是、顾横波、卞玉京的那些风流韵事，恐怕不会清楚什么"江左三大家"，但是对夏完淳这样一个神童，少年爱国者，只要听闻，就无不立刻肃然起敬。

741. 俄国大文豪托尔斯泰在《生活之路》一书中写道："基督的教义指出，在上帝和人之间不可能存在中介者，生活需要的不是给上帝的献礼，而是我们的善行。上帝全部的法则都在于此。"过去有这么一副对联写得好："信佛信儒信道即信善；思名思利思德不思邪。"还有一副是："问神问佛莫如问心；积金积玉不如积德。"佛教是众善奉行；儒家是止于至善；道家讲上善若水，所以有人把"善"归纳为中国传统文化当中儒释道的通性。总之，不管您的信仰是什么，做人的修为都离不开信善积德。

742. 读《庄子·山木》，当中说："君子之交淡如水，小人之交甘若醴。"突然想到早年读过的一个笑话，好像是漫画家方成先生讲的。话说一个读书人开了个小店，当老板。一天，有人来打酒，老板把酒瓶拿到里边去了。老板娘在柜台上向里边小声问："君子之交淡如何？"老板在里边说："北方壬癸已调和。"来打酒的人也是念过书的，听了说："有钱不买金生丽。"要把空瓶子拿回去，到旁边另一家小店去买。老板娘说："哎，回来吧，隔壁青山绿更多。"这三人说那四句诗样的话，都是含蓄的说法，说的就是"水"。"北方壬癸水""青山绿水""金生丽水"。

743. 《资治通鉴·唐纪》记载：上（李世民）谓少师萧瑀曰："朕少得良弓十数，自谓无以加，近以示弓工，乃曰'皆非良材。木心不正则脉理皆邪，弓虽劲而发矢不直'。朕以弓矢定四方，识之犹未能尽，况天下之务乎！"乃命京官五品以上更宿中书内省，数延见，问民疾苦，政事得失。唐太宗，这个玩了一辈子弓箭的人，自认为自己的十几张良弓天下无敌，结果在弓匠的眼里却一文不值。天天把玩的东西尚且"识之犹未能尽"，何况天下的事务呢？唐太宗曾讲过："以铜为鉴，可正衣冠；以史为鉴，可知兴替；以人为鉴，可明得失。"于是命令京中五品以上的官员轮换住在中书省，多次召见他们问民间疾苦和政治得失。

744. 俗话说："爱出者爱返。"犹太人有个小故事说，有个老木匠即将告老还乡，主人对他很有感情，就让他最后造一座木屋再走。老木匠心里抱怨，都要回乡了，还要我干活。于是用的是次品料，干的是粗心活。当木屋建好时，主人说这是送给他的退休礼物，希望他可以住在木屋里安享晚年。老木匠没有想到自己其实一直在给自己造房子，真是羞愧难当、懊悔万分。这个故事告诉我们，人生每一件事都是为自己而做，要做就要做到最好；有些事看似为别人好，实际也是为自己好。"好事是为自己做的"，听起来似乎不太入耳，好像有点儿对做好事者的不敬，但上述这个故事已经说明了道理。

745. 国外一项研究测量了272名员工的初始情绪水平，然后跟踪18个月。在控制了一切无关因素后，得出的结论是，那些一开始就快乐工作的员工最后绩效更好。而另一项研究测试了大学一年级新生的快乐水平，然后跟踪调查，一直跟踪了19年。研究发现，这些大学生一年级时的快乐水平与19年后的收入成正比，当年越快乐的人，收入就越高。

746. 唐朝太和末年，要僧人尼姑考试，浑水摸鱼不通经典的，勒令还俗。当时成都少尹也就是"成都市委书记"是李章武，李章武学识好古，有名于时。于是有个僧人就写信来说："禅观有年，未尝念经，今被追试，前业弃矣，愿长者念之。"意思就是说，我主要修禅宗，专门念阿弥陀佛的，讲明心见性开悟的，从来不读经典。已经修了好多年，今天突然说要考试，一定考不取，前面那么多年的工夫也白费了，请领导慈悲，放我一马。李章武回了一首诗给僧人，诗曰："南宗尚许通方便，何处心中更有经？好去苾蒭云水畔，何山松柏不青青？"意思就是说，南宗讲顿悟，在心中装上一大堆经文岂不是多此一举？"好去苾蒭云水畔"，苾蒭亦作"苾刍"，即比丘。本西域草名，楚语以喻出家的佛门弟子。赶紧走吧，我不追究你了，天地之大，何处山中不是松柏青青。大道千万条，哪种法门不能成佛。

747. 《淮南子·说山训》里也讲："以小见大，见一叶落而知岁之将暮。"唐诗所谓："山僧不解数甲子，一叶落知天下秋。"唐朝许浑有诗曰："溪云初起日沉阁，山雨欲来风满楼。"当箕子看到侄子纣王用象牙筷子吃饭的时候就知道殷商快完了，因此装疯卖傻，赶紧开溜。《古今诗话》云："太祖采听明远，每一边事，纤息必知。有间者自蜀还，上问剑外有何事？间者曰：但闻成都满城诵朱山长《苦热诗》曰：'烦暑郁蒸无处避，凉风清冷几时来？'上曰：此蜀民思吾来伐也。"赵匡胤从两句诗就知道民心思变，可谓智慧君王也。

748. 最近读闲书，偶尔翻阅清人梁章钜所著《浪迹三谈》，在第三卷有"老人十反"一段称："世俗相传老人有十反"，大喜过望，我今做个文抄公把梁氏所说的十反诸条记录如下："一是不记近事记远事；二是不能近视能远视；三是哭无泪而笑有泪；四是夜不睡而日耽睡；五是不肯久坐而多行；六是不爱食软喜嚼硬；七是暖不出冷出；八是少饮酒多饮茶；九是儿子不惜惜孙子；十是大事不问问碎事。"

749. 欧洲有句谚语称"魔鬼存在于细节之中"，大意是说：具有颠覆性的破坏力量常常存在于不起眼的细枝末节之中，说得再细点，就颇有中国成语"千里之堤，溃于蚁穴"的意思。古人云："小鳞可以溃堤，微隙可以伤谊，防微能够杜渐，知错能够弭患。"魏晋时期应璩有一首《杂诗》说得好："细微苟不慎，堤溃自蚁穴。腠理早从事，安复劳针石？哲人睹未形，愚人暗明白。曲突不见宾，焦烂为上客。"这两首诗其实都是告诉人们要懂得防微杜渐的道理。这里讲一个小故事，这个故事相信很多读者尤其是中年读者一定听过，我们就一起回忆下童年吧，就是从前有个小孩，从小就手脚不干净，喜欢偷点小玩意回家，无非针头线脑、瓜果鸡蛋，可是他的母亲不但不批评他，还夸这孩子机灵。古人有句谚语："窃针者窃钟。"所谓三岁看大，七岁看老。还有个谚语叫作："小时偷针，大时偷金。小洞不补，大洞吃苦。小时偷油，大时偷牛。"结果这孩子的胆子就越来越大，也就越偷越大，最后被抓进监狱，在行刑之前，监狱长问他还有什么要求，他要求见自己的母亲最后一眼。母亲到了之后，这孩子要求最后再吃妈妈一口奶。结果吃奶的时候一口把妈妈的奶头咬掉了，说："当初我偷针头线脑的时候，你要是警告我，我也不至于走到今天这个地步。"

750. 元丰二年（1079），苏东坡因为"乌台诗案"在湖州被捕入狱，妻子孩子送苏东坡出门的时候，号啕大哭。苏东坡也不知说什么好，就回头对妻子说："子独不能如杨处士妻作一诗送我乎？"意思就是说，你就不能也像杨朴隐士妻子那样也写首诗送我吗？结果一时惹得苏东坡的妻子笑了起来。东坡后来被贬儋耳的时候，据说当地一农妇有学问。东坡有一天就当着农妇的面出了个上联："头发蓬松两乳粗，朝朝送饭与田夫。"农妇反讥道："是非总因多开口，曾记君王贬你无。"东坡当时语塞。另外刚刚提到的杨朴还有一个有意思的典故，宋真宗在泰山封禅大典之后，遍寻天下隐士，结果就找到了杞人杨朴，据说他的诗写得好。结果杨朴见到了宋真宗之后却说自己不会作诗，宋真宗问他："临行有人作诗送卿否？"杨朴回答说只有我家糟糠在我来的时候口占了一首诗给我："更休落魄耽杯酒，且莫猖狂爱咏诗。今日捉将官里去，这回断送老头皮。"真宗听了之后，捧腹大笑，给杨朴带了几匹上好的丝绸，就让他回家了。据说后来为了杨朴不断酒钱，宋真宗还让杨朴的一个儿子在杞地（现在河南杞县）做了一个小公务员。

751. 道教经典《太平经》里记载这样一段话："酒者，水之王。水王当克火，火者，君德也，急断酒以全火德。"火是什么？火代表光明和智慧。而酒恰恰可以让人无明，变得焦躁而愚蠢。《诗经·小雅·宾之初筵》里讲："宾之初筵，温温其恭。其未醉止，威仪反反。曰既醉止，威仪幡幡。舍其坐迁，屡舞仙仙。"这段话极其传神地描述了一个人酒前酒后的状态。刚开始还没有喝酒的时候，一个个都温温其恭像绵羊，安静、矜持又温和。似醉非醉的时候，像一头威仪反反的狮子，有点"老子天下第一"的味道，觉得自己像个王，张开海口自吹。等到醉的时候，已经像一个威仪幡幡的猪了，轻浮又肮脏，淫词秽语加吐秽满身，甚至在地上打滚。大醉之时，那已经是舍其坐迁的猴子了，离开座位，手舞足蹈，上蹿下跳。

752. 《诗经·大雅·皇矣》："无然畔援（音'换'），无然歆羡，诞先登于岸。"意思是说，不要跋扈，不要嫉妒，抢占先机，上岸独步。《诗经》里天帝提醒周文王的这段话可以作为所有人修养的座右铭！

753. 每次看到有些家长苦口婆心地教育自己昏昏欲睡的孩子，我总会想起《诗经·大雅·抑》里的话："视尔梦梦，我心惨惨。诲尔谆谆，听我藐藐。"孩子糊里糊涂，家长心里拔凉。家长谆谆的教导，孩子却是左耳听右耳出。

754. 《诗经·大雅·桑柔》："听言则对，诵言如醉。"听见中意的话就响应一下，劝诫的话就假装喝醉。装睡的人是叫不醒的。诚哉斯言！

755. 《诗经》是中国文学之祖，是过去读书人的必读书目之一。民国时期不少才子佳人的名字就取自《诗经》。譬如林徽音（后改名林徽因）就取自《大雅·思齐》："大姒嗣徽音，则百斯男。"意思是说，太姒（文王之妻）承美誉，多生贵子。傅斯年取自《大雅·下武》："於万斯年，受天之祜。"意思是，受天保佑一万年。甚至小说中的人物名称也取自《诗经》，譬如钱钟书《围城》里的孙柔嘉，取自《诗经·大雅·烝民》："仲山甫之德，柔嘉维则。"即仲山甫温良和善是楷模。张恨水《现代青年》里的那个孔大小姐孔令仪的名字也来自《诗经·大雅·烝民》："令仪令色，小心翼翼。"即仪表好气色佳，办事小心翼翼。不知张恨水小说里的孔令仪是不是影射现实中的宋霭龄的长女孔令仪。笔者无意要考察这些名字与《诗经》的关系，只是偶尔想到，付诸笔端，供读者一笑，真要索引，恐怕需要一本书的容量。

756. 《诗经·周颂·小毖》中有一句："肇允彼桃虫，拼飞维鸟。"大意是，开始的时候，实在是个被人瞧不上的小鹪鹩，展翅翻飞才让人惊叹是只好鸟。第一次读到《诗经》里这句话的时候，使我想到唐代杜荀鹤的《小松》，诗曰："自小刺头深草里，而今渐觉出蓬蒿。时人不识凌云木，直待凌云始道高。"

757. 创新即对抗，对传统的对抗。完全继承不会有发展，只能像摇椅，很忙乎，但原地不动。真正要发展，一定要有对抗，要有"天变不足畏，祖宗不足法，人言不足恤"的精神。

758. 孔子说："冶容诲淫。"奥地利建筑理论家阿道夫·路斯说："装饰即罪恶。"照这样说，满大街"装饰"得十分妖艳的女子岂不都成了戴罪之身？

759. 俗话说："人要变坏，四十开外。"人到中年，常会出现工作懈怠的状况，"只要老子不犯错，你能拿我怎么样？"的思想占主导。推、拖、拉的功夫日趋到家，许多工作就压到了没有经验的年轻人身上，真是"新官忙碌石呆子，旧官快活石狮子"。如此这般，单位就会"青黄不接"，出现"老刀不磨，新刀不快"的状况。

760. 为了能够把电视里看到的动物在现实中"复习"一遍，假期里带着孩子们去了趟广州长隆野生动物园。看到平时难得一见的"奇珍异兽"们在隔离带或玻璃柜里孤独地活着，总让人感到一种说不出的悲凉。我曾在英国艺术评论家约翰·伯格的《观看之道》一书中读到这样一段话："动物从日常生活中销声匿迹之际，也就是公共动物园诞生之日。人们到那儿去参观、去看动物的动物园，事实上是为了这种不可能的相逢而建造的纪念馆。现代的动物园是为一种与人类历史同样久远的关系所立的墓志铭。"

761. 张爱玲说："出名要趁早。"我不想花精力来了解她说这句话的背景，但就这句话本身来说，我本人并不赞同。我认同"名缰利锁"的说法，"名"会把一个人牢牢捆住，动弹不得。鲁迅曾在致好友章廷谦的信中写道："我想不做'名人'了，玩玩。一变'名人'，'自己'就没有了。"北大李零教授的老师张政烺先生曾对他讲："趁不出名时赶紧读书，人一出名就完蛋了。"19世纪法国画家乔治·鲁奥的老师莫罗也曾教诲他："感谢上帝，你并不是功成名就的画家，至少越晚成名越好，这样你可以毫无限制地尽情地表达自我。"

762. 俗话说："粗柳簸箕细柳斗，世上谁嫌男人丑。"诚哉，男人的外貌长相如何并不是最要紧的，关键是要有"材料"，粗柳做簸箕，细柳做谷斗，不管做什么，总归男人自身要有"材"，不能做小白脸，吃软饭。约翰·伯格在《观看之道》中说得好："男人的风度基于他身上的潜在力量。假如这种潜力大而可信，他的风度便能惹人注目；假如这种潜力微不足道，他就会变得很不起眼。这种潜在的力量可以是道德的、体格的、气质的、经济的、社会的、性的——但其力量的对象，总是外在的物象。男人的风度，使人联想起他有能力对付你或有能力为你效劳。"世人常感叹鲜花插在牛粪上，岂不知那些长得败絮其外的"牛粪"们，所以吸引鲜花，大概是因为"牛粪"们有金玉其内的"潜在的力量"吧！

763. 法国油画家让·弗朗索瓦·米勒于1857年创作的《拾穗者》是我最

喜欢的油画之一，感觉很亲近，因为我读小学时就有过秋收后到田里拾麦穗的经验。《拾穗者》里三个妇女低头拾穗的情形，总会让我想到《诗经·小雅·大田》里说的"彼有遗秉，此有滞穗，伊寡妇之利"。意思就是说，那里有遗留的稻束，这边有落下的谷穗，这些都当作福利留给失去"顶梁柱"的寡妇们。不知道米勒《拾穗者》里的三个妇人是不是寡妇，但显然她们拾捡得很从容，说明整个社会环境也有这样的风气。人同此心，心同此理，中外有别，时代有异，但人性中的良善却毫无二致！

764. 世界上最让人有安全感的一个词：爱！

765. 一个农民从乡下到城市打工，有时并不仅仅是因为贫困，而是想"通过自己的努力，他试图获得他的出生地所缺乏的那种活力"（约翰·伯格《第七人》）。这大概是"人挪活"的真意吧，活乃活力也，非活命也！

766. "天幕"这个词真好啊，天地之间的一切景物构成了一块巨大的幕布，人类的喜怒哀乐、成败得失、世事代谢，都在大幕前热闹地上演着。

767. 宋人吴处厚《青箱杂记》："谚曰：有心无相，相逐心生；有相无心，相随心灭。"这句话大意就是俗语所说的"相由心生"。其实，心也由相来助。尤其是一个人在心智未完全成熟的情况下，应该先把外相料理好。虽然不必每天"威仪三千"，也不一定会让人"望之俨然"，但每天很庄重地"正其衣冠"，心自然也会慢慢地跟着稳重起来。就如曾子所言："动容貌，斯远暴慢矣；正颜色，斯近信矣；出辞气，斯远鄙倍矣。"1904年南开中学成立时，严范孙先生亲笔题写的一段箴言可以说是践行曾子这段话的典范，内容是："面必净，发必理，衣必整，纽必结。头容正，肩容平，胸容宽，背容直。气象勿傲勿暴勿怠，颜色宜和宜敬宜壮。"

768. "《诗》可以兴，可以观，可以群，可以怨"，"兴"，兴人之情志，"好乐无荒，良士瞿瞿"之类是也。"观"，观世之优窳，"天降丧乱，饥馑荐臻"之类是也。"群"，群人之同心，"岂曰无衣，与子同袍"之类是也。"怨"，怨世之不平，"三岁贯汝，莫我肯顾"之类是也。"不学《诗》，无以言"，言什么？言兴、言观、言群、言怨，言人生情志，言世间苦乐。

769. 何为书呆子？用孔子的一段话来阐释最为恰当："诵《诗》三百，授之以政，不达；使于四方，不能专对；虽多，亦奚以为？"（《论语·子路》）平时净"两耳不闻窗外事"，净"躲进小楼成一统"，出了门四六不知，"其犹正墙面而立也与"，正面墙者，一物无所见，寸步不能行。1932年，潘光旦先生说：教育如不能使人安其所，遂其生，那叫"办学"，不叫"教育"。20世纪四五十年代的影坛巨星，享誉上海的"话剧皇帝"石挥也有句话说得好："教育的目的不在知，而在生活。"（《石挥谈艺录》）

770. 大凡有成就者皆能控制情绪，懂得"乐而不淫，哀而不伤"，高兴了不开派对，因为他知道物极必反，乐不可极。难过了不去跳楼，因为他清楚否极泰来、柳暗花明。

771. "窈窕淑女，琴瑟友之"（《诗经·关雎》），"妻子好合，如鼓瑟琴"（《诗经·常棣》），夫妻和谐如琴瑟和鸣，夫妻之道如琴瑟之弦。弦要上得恰到好处，琴瑟方可和鸣。弦上得太紧，会断；弦上得太松，会乱。妻主内，操一家之主弦，故过去称妻死为"断弦"，再娶则为"续弦"。

772. 礼者，理也。今天讲克己复礼，不是恢复古礼的程序，而是要复明古礼的道理，懂得人情世故，进而提升内在修养。至于穿汉服弹古琴之类，那是演员们的事。"礼云礼云，玉帛云乎哉"（《论语·阳货》），玉帛是外在的，是"绘事后素"的东西，礼之真意不在此。"君子以仁存心，以礼存心"（《孟子·离娄下》），存心是内在的，存心正，明事理，会做人，才是真懂礼。拿最懂礼的孔子为例，孔子是教育家，不是表演者，孔子平时所表现出来的礼都是内在修养的自然表现，不是做作出来的。宋人张九成有诗曰："一篇乡党尽威仪，夫子寻常岂自知。若使区区故如此，其劳终亦不胜为。"

773. "台北故宫博物院"的镇院之宝是"翡翠白菜"，是瑾妃的陪嫁品。"翡翠白菜"上青下白，象征出嫁的女子清清白白。白菜的叶子上趴着一只螽斯，寓意多子多孙。明人毛晋《毛诗草木鸟兽虫鱼疏广要》中讲："苏氏谓螽斯一生八十一子，朱氏云一生九十九子。"网上资料显示，一头雌性螽斯一次可产卵300~440粒。《诗经·螽斯》是古人在婚礼上祝愿新婚夫妇子孙众多的祝辞。其中有句曰："螽斯羽，薨薨（群飞）兮。宜尔子孙，绳绳（绵延不绝）兮。"过去，祝福别人家子孙众多，常用"螽斯衍庆"来表达。紫禁城内有螽斯门，有期盼皇室子孙兴旺、国祚永延之意。

774. 在乞求"观音送子"成风之前，祈求"麒麟送子"乃古人祈子风俗。麒麟是"积善之家"的仁兽，不践生草，不踩生虫。也是"必有余庆"的瑞兽，行仁裕后，垂裕后昆。故民间称自家男孩为"麒麟儿""麟儿"，望自家男孩将来成为仁德又富贵的君子，《诗经·麟之趾》是古代祈盼人养育有德子孙的祝福曲，其中有句云："麟之趾（足），振振（仁厚）公子，于（同吁）嗟麟兮！"

775. 昔时，父母过世后留下的遗物，如字画、折扇、手炉等皆不可扔，称"手泽"，不是这些遗物有多值钱，主要是为了睹物思人，不忘先辈。同样，百姓对有恩惠恩泽于地方的父母官所留下的东西亦不忍损毁，悉心爱护、保存，以兹纪念，称"甘棠遗爱"，性质犹如今之纪念馆。"甘棠遗爱"的说法与西周召伯有关。召伯泽被百姓，后人为感其恩德，爱屋及乌，悉心照料昔日召伯所憩之甘棠树，并作《甘棠》美而歌之。《诗经·甘棠》有句云："蔽芾（茂盛）甘棠，勿翦勿伐，召伯所茇（止息）。"

776. 中国人的名字很讲究。在成人礼之前，众人可呼其名，其名多由祖父起。成人礼上，由父亲或族中长者给其取字，因他对你的德行熟悉，起字之目的在于提醒，让其在德行上完善。如韩愈，"愈"字太激进，故字退之，以合中庸之道。王安石，其介如石，字介甫，石头裂开直上直下，比喻其人正直刚毅。成了人取了字之后，除了长辈外，他人不得再对其直呼其名，应以字相称，除非故意找茬儿或准备绝交。中国人除了名、字，还有号，号表理想，由自己来取，到一个境界取一个号，有的人号多达几十个。

777. 教人，不能嬉皮笑脸，对方不怕你，没法教。古人讲易子而教，就是这个道理。在外做再大的官，身份再高，回到家给儿子当马骑。抽烟，老婆瞪眼，不理。女儿喊臭，立刻掐灭。"自古英雄出炼狱"（《增广贤文》），想让孩子成龙成凤，必须让其吃尽苦头，只能靠别人。自己下不去手，教着教着，就"妇子嘻嘻"（《易经》），用的都是养宠物狗的方法。

778. 曾国藩的书房名曰"求阙斋"。阙者，缺也，含义有二。一求名望之缺，呈退姿。人生忌满，"官儿尽大有何荣？字数太多看不清。减去数行重刻过，留教他日作铭旌"。智也。二求德行之缺，呈进姿。每天三思己过写日记，找自己的道德之缺，努力补之。勇也。

779. 任何事就怕久而久之。好事，久而久之，积善之家，必有余庆。坏事，久而久之，恶贯满盈、死有余辜。

780. 孔子的自我评价是十六个字："发愤忘食，乐以忘忧，不知老之将至云尔。"（《论语·述而》）其孙子思对孔子的总结亦十六个字："祖述尧舜，宪章文武。上律天时，下袭水土。"（《礼记·中庸》）

781. "思"，"思无邪"（《论语·为政》），心无邪，方可做良田！"思之思之，又重思之，思之而不通，鬼神将通之"（《管子·内业》），心田善良，鬼神方来通之，鬼神帮良人！

782. "至高至明日月"（李冶《八至》），真正的政治家应该是"日月有明，容光必照焉"（《孟子·尽心上》），只要黑暗之地稍有空隙，光明就要到达。政治家如日月一般，完全发光发热、牺牲自我，是救民水火的活菩萨，非陷民水火的活土匪般的小政客所能望其项背！

783. 孟老夫子讲"不孝有三，无后为大"。这里的"后"指的是儿子，不是女儿。在唐朝规定，男子到了四十岁，如果妻子还没有为其生儿，将可以被作休妻处理。昔没有儿子不可以入祖茔，实在没有儿子，只有过继一个同宗儿子，这叫"肩挑两房"。譬如梅兰芳是两房独苗，过继给伯父梅雨田，就等于有两个家，一肩挑两家。将来可以娶两房太太，一房是伯父伯母家的儿媳妇，一房是自己父母的儿媳妇，这两房太太地位相同。

784. 读《尚书·尧典》得两点启发。启发一，对品行败坏者，宁可养闲，不可赋权。有人推荐丹朱来接唐尧的班，尧骂丹朱"嚚讼"，奸诈又好惹是非，故绝不以一人病天下。启发二，如有所用，必有所试。尧为了考察虞舜，不仅让他担任不同领导岗位，甚至将两个女儿嫁给他，为了"观厥刑于二女"，看看这个钻石王老五在娥皇、女英面前的表现。"圣人贵除天下之患",以小我换大我。

785. "教"字旁边的"攵",音与义同"扑"。《尚书·尧典》:"扑作教刑。"古人为达教育之目的,责罚学生的刑具就用扑。扑开始是榎楚。学生犯错,用榎木荆条来笞打学生。"夏(榎)、楚二物,收其威也"(《礼记·学记》),过去行完拜师礼,父亲就把榎楚交给先生,请先生严加管教。后来人道一点,扑就变成了戒尺,戒尺通常用竹板制成,专用来打犯错学生的手心。鲁迅在《从百草园到三味书屋》一文中就提到他的老师寿镜吾先生手里就有一条戒尺。到如今,扑变成了什么?换句话讲,现在处罚学生的刑具是什么?假如没有了扑,那"教"岂不成了"孝"?

786. "龙生龙,凤生凤""虎父无犬子""有其父必有其子"等话大半是拿来作恭维用的,事实未必如此。伟大的唐尧却生了个不肖的丹朱,顽父嚚母却生了不世出的虞舜,而舜之子商均却是不肖子。四凶之一的鲧却生了"三过家门而不入"的大禹。可见父亲是英雄,儿子未必是好汉。

787. 政治家:"夙夜惟寅,直哉惟清。"(《尚书·尧典》)"夙夜惟寅(敬)",夙兴夜寐,敬慎其事;"直哉惟清",正直清明,无私无欲。政客:"静言庸违,象恭滔天。"(《尚书·尧典》)"精言(巧言)庸(用)违(邪僻)",巧言令色,违法乱纪。"象(似)恭滔(慆,慢也)天(君)",足恭貌顺,阳奉阴违。

788. 中华文化注重"行"。儒家讲"行"。孔子说:"我欲载之空言,不如见之于行事之深切著明也。"(《史记·太史公自序》)子路将之发挥到了极致,"子路有闻,未之能行,惟恐又闻"(《论语·公冶长》)。道家也讲"行"。"上士闻道,勤而行之"(《道德经》第四十一章)。佛家也讲"行"。《心经》:"观自在菩萨，行深般若波罗蜜多时，照见五蕴皆空，度一切苦厄。"欲"照见五蕴皆空，度一切苦厄"，必"行"字当头。其实，西方文化也注重行。《圣经》："只是你们要行道，不要单单听道，自己欺哄自己。"（雅各书1:22）佩索阿《惶然录》："行动，是真正的智慧……成功意味着已经成功，而不仅仅是潜在的成功。任何一大块土地都是宫殿的潜在可能，但是如果还没建起来，宫殿在哪里？"

789. 团队建设最高明的八个字："允（信）迪（行）厥德，谟（谋划）明弼（辅）谐（和）。"（《尚书·皋陶谟》）作为团队的领导人，要一切凭良心去做事。计划公开透明，人人清楚自己的职责，这样方能相互配合，得圆满结果。

790. 每年春季或者秋季，我们都会看到园林师傅对路边的树进行一次修剪，去除冗余而无用的小枝，否则就会长得繁乱臃肿，难成栋梁。树犹如此，何况是人。人生的修身，亦要如修树一样，常把"无用功""无事忙""无厘头"等生活的冗枝去掉，坚持、专注、渐进地去做一件事，自然成材！

791. 社会人大概粗分两种类型：一种是竹石型（取自郑燮《竹石》），一种是假山型（取自袁枚《造假山》）。竹石型的社会人常常是家徒四壁的外出闯荡者。他"立根原在破岩中"，他老家本来穷，不是因为"破岩"，谁愿意背井离乡？"任尔东西南北风"，年轻时东南西北地闯荡，熏过东南风，也喝过西北风。居然能"千磨万击还坚劲"，"自古英雄出炼狱"，千锤百炼出好汉。所以最终能"咬定青山不放松"。假山型社会人常常是家财万贯的本地人。"半倚青松半掩苔"，有倚靠，有背景，起码有一座"半掩苔"的房子。"高低曲折随人意"，不管什么事，高低都听父母安排，这样就会造成躺平或啃老。这种人本事一般，资历一般。父母为了"好处多从假字来"，为了给他找个体面的工作和像样的收入，必须作假。于是就"一峰横竖一峰回"地走关系，翻山越岭地把礼送出去。

792. 孔子在《论语》中多次提到"仁"。孔子讲的"仁"非我们通俗理解的"爱人"之意。虽然"仁者爱人"，但"仁"字本身无爱人之意。"仁"的意思指的是操守，更高一点讲，是气节。孔子一辈子"吾道一以贯之"地讲"仁"，讲的就是一个君子该有的"造次必于是，颠沛必于是"的操守。仅举一例，《论语·微子》："微子去之，箕子为之奴，比干谏而死。孔子曰：'殷有三仁焉。'"孔子极少许人以仁，将微子、箕子、比干合称"三仁"，并不是简单地说这三人有爱心。而是说这三人面临大是大非，即使身处乱世当中，依然固持自己的操守。要么出走，要么装疯，要么殉身。总之，不和恶势力同流合污。整部《论语》，以"操守"义来理解"仁"，全通！

793. 写书实不易，首先要读大量的书，"韦编屡绝铁砚穿，口诵手钞那计年"（宋·陆游《寒夜读书》）。除了要积累大量的材料之外，还要构思、写作，真是殚精竭虑。书于作者真犹如儿女于父母。但奇怪，卖书并无卖儿卖女之痛，相反，很欣慰，觉得"儿女"优秀，有人赏识，还可以养活"父母"。但送书却有点像把儿女送给养父养母的感觉，希望寄养的人家能珍惜她。有一次我看到自己的书被当成坐垫压在一位朋友的电脑下，颇心痛，有一种儿女在别家被虐待的感觉，也决心以后再不送书给这位朋友，内心也不把他当朋友了。《木心遗稿》里有一首诗实获我心："去吧去吧，我的书。你们从今入世，凶多吉少。没有人会像我这样爱你们，我还是为你们祈祷。世人哪，不要弄污我的书，你不喜欢，就送给别人吧。我的书啊，你们是为我而牺牲。"

794. 吃的粗细不要紧，关键是要定时定量。"才过三寸成何物？不用将心细较量。"（五代·慈觉禅师语）住得俗雅没关系，关键是要无忧无虑。"箪瓢陋巷皆真乐，何用多藏郿坞金。"（宋末元初·黄庚《漫述》）

795. 古时君王的工资叫"天禄"。君王的天是人民。"天聪明，自我民聪明；天明畏，自我民明威。"（《尚书·虞书·皋陶谟》）既然天是民，天禄就是民脂民膏，"尔禄尔俸，民脂民膏"（《戒石铭》），君王受了天禄，就要懂得"惟以一人治天下，岂为天下奉一人"的道理，否则"四海穷困，天禄永终"（《论语·尧曰》），民不聊生，就会揭竿而起，天都塌了，哪来的天禄？

796. 自食其力者最美！"吃自己的饭，流自己的汗。自己的事情自己干，靠天靠地靠父母，不算是好汉。"（郑板桥语）仰人鼻息者最丑！一副奴才相，"足将进而趑趄，口将言而嗫嚅"（韩愈《送李愿归盘谷序》）。

797. "人心惟危，道心惟微；惟精惟一，允执厥中。"（《尚书·大禹谟》）"天之历数在尔躬，允执其中。"（《论语·尧曰篇》）"允执厥中""允执其中"之"中"是何意？非中道、中间之意，指的是本心。也就是后来孟子说的"四心"，即恻隐之心、羞恶之心、辞让之心、是非之心。这四心后来被明朝的王阳明称为"良知"。也就是老百姓常说的："良心摆在正中间。"我本人非常赞同熊十力先生的解释，他在《尚书略说》中讲："执中者，执，持义；中，谓心也。心备万理，其通感流行，皆自然有则而不过，故谓之中。如星辰之行，皆有纪律而不过，故准诸天之历数，以察于身，则见夫吾身之动作，实内自有主，其发用皆有则而不可乱者，此即所谓心是也……尧语舜以执中，千古圣学之宗要，盖在乎是。旧解，中谓中道，而不知中即是心。则所谓中道者，茫然不知所据。"

798. 处世三字："智、仁、勇"，即有头脑、有操守、有担当。做事三字："准、稳、狠"，即有目标、有计划、有毅力。

799. 世上有三大怪。一大怪，能为拙之奴。俗谚云："懒人有懒福，泥人住瓦屋。"二大怪，好汉无好妻，赖汉娶仙女。俗谚曰："痴汉长骑骏马走，巧妇常伴拙夫眠。"三大怪，"劳心者治人，劳力者治于人。"（《孟子·滕文公上》）拿破仑名言："世上只有两种力量：利剑和思想。从长而论，思想战胜利剑。"

800. 历史上最善与人交往的有两个人。其一是春秋时期晏平仲（晏婴）。"晏平仲善与人交，久而敬之"（《论语·公冶长》），熟人眼里无伟人，而与晏婴交往，时间越久，反而越敬重，这是什么水平？其二是三国时期的周公瑾（周瑜）。"与周公瑾交，如饮醇醪，不觉自醉"（《三国志·吴书·周瑜传》裴松之注引《江表传》），老朋友交往日深，听其讲话应淡如水，但与周公瑾交往却如饮醇酒，这是什么魅力？

801. "饮食男女，人之大欲存焉。"（《礼记·礼运》）人知饮食先于懂男女，因此中国人的家教从饭桌开始，"饮食而无礼则争"（《春秋繁露·天道施》），小孩子在饭桌上能控制住食欲，能"约之以礼"，守住规矩，家教已成功一半！

802. 人与人之间的关系永远是"你敬我一尺，我敬你一丈""人心换人心，四两换半斤"。只有父母对子女是只赔不赚，做亏本生意。天下父母都是"聪明反被聪明误，爱子不得爱子怜"。

803. 无价才是宝，"黄金非宝书为宝"。无情才不老，"天若有情天亦老"。

804. 终身学习。思想上念兹在兹，"念终始典于学"（《尚书·说命下》），始终心心念念于学而不舍。行动上持之以恒，"日就月将，学有缉熙于光明"（《诗经·周颂·敬之》），日积月累地学习，每天进步一点点。

805. 爱新觉罗·毓鋆在《毓老师说诗书礼》中讲："立身必要养德，儿孙不必管，全靠德行感。"毓老的这句经验谈道出了家风家教的真谛。

806. 昔"学"（知）与"教"（行）是同一个字，真正的知行合一。

807. 损己，小过；损人，大过；损己又损人，罪过！

808. 昔读书人家堂屋皆供奉"天、地、君、亲、师"，所以尊此五者，因有一共同点："不言而信，不怒而威。"

809. 俗谚曰："宁可养子叫人骂，不可养子叫人笑。"宁愿做勇往直前的劣马，不要做摇尾乞怜的走狗。

810. 人与天地参，参什么？无私！"天无私载，地无私覆。"（《礼记·孔子闲居》）人与日月同辉，辉在哪里？无私！"日月无私照。"（《礼记·孔子闲居》）"诚者，天之道也；诚之者，人之道也"（《中庸》），"诚"即无私。"天人合一"，"一"即无私。

811. 中国人做菜的花样虽多，但大致不过煎、炒、烹、炸、蒸、煮。在油上的叫"煎"，如煎鸡蛋。在油中的叫"炸"，如炸油条。锅里无火叫"炒"，锅里有火叫"烹"。在水上的叫"蒸"，在水中的叫"煮"。

812. 《礼记·乐记》讲："水烦则鱼鳖不大"，老百姓有安定的生活环境才能够积极地促进生产。不要"官船来往乱如麻"（明朝·王磐《朝天子·咏喇叭》）地烦扰他们。

813. 为人处世，儒释道三家皆突出一个"和"字。儒家讲"礼之用，和为贵"（《论语·学而》），为了达到"和"，教人"慕贤而容众，毁方而瓦合"（《礼记·儒行》），去掉方棱边角，与众人合拍谐行。和道家讲的"挫其锐，解其纷，和其光，同其尘"（《道德经》第四章）是一个含义。佛家为了僧团有凝聚力，提倡"六和敬"，见和同解、戒和同修、身和同住、口和无诤、意和同悦、利和同均。

814. 人的最高魅力在一个"倾"字，高人"倾心"，美人"倾城"。

815. "天下一统"异于"一统天下"。"天下一统"是"天下平"，靠文治，是"王道"。"一统天下"是"平天下"，靠武功，是霸道。

816. "分人以财谓之惠"（《孟子·滕文公下》，下同），财布施；"教人以善谓之忠"，法布施；"为天下得人者谓之仁"（为天下得人才，为后世谋幸福），无畏布施。"老吾老以及人之老，幼吾幼以及人之幼"（《孟子·梁惠王上》），济众博施。

817. 《孟子·梁惠王上》中有一段孟子对齐宣王讲的话："臣闻之胡龁曰：王坐于堂上，有牵牛而过堂下者，王见之，曰：'牛何之？'对曰：'将以衅钟。'王曰：'舍之！吾不忍其觳觫，若无罪而就死地。'对曰：'然则废衅钟与？'曰：'何可废也，以羊易之。'不识有诸？"孟子的这段话里提到了齐宣王不忍用牛血来衅钟，而换用羊血。何为"衅钟"？古钟极少用铜，大多用铁来作为材质。铁的密度低于铜，因此做出来的铁钟有孔隙。于是就往铁钟里灌满牛血或羊血，使之渗透到钟的孔隙当中，孔隙被填满之后的钟，敲起来声音低沉、洪亮。世人哪里知道这低沉、洪亮的钟声所烘托出来的宁静背后隐藏了多少血腥！

818. 孟子讲"君子远庖厨"，是因为"君子之于禽兽也，见其生，不忍见其死；闻其声，不忍食其肉"（《孟子·梁惠王上》），后来汉地佛家讲的三净肉大概是受了孟子影响。所谓三净肉即不见为我杀，不闻为我杀，不是为我杀。"君子远庖厨""三净肉"，何等自欺欺人，何等虚伪，标准的想当婊子又想立牌坊。"仲尼曰：'始作俑者，其无后乎'为其象人而用也"（《孟子·梁惠王上》），汉地佛家的败坏从素鸡、素鱼开始，为其象鸡而吃也。不是说佛家吃肉不对，汉地佛家吃素是从梁武帝才开始的。只是说，用素鸡素鱼来代替真鸡真鱼，实际上是作伪的开始，心开始不诚了。有的佛教徒为了解馋，还堂而皇之地把酒叫"般若汤"，鸡叫"钻篱菜"，鱼叫"水梭花"。

819. 仓央嘉措曾有句云："自叹神通空具足，不能调伏枕边人。"《毓老师说孟子》："一个男人能叫太太佩服了，才可以当政治家。"但可惜，能让太太满意的丈夫并不多，她们对丈夫的看法大都如谢道韫对王凝之，一种"不意天壤之中，乃有王郎"（《世说新语·贤媛》）式的瞧不上。

820. 孟子曾有一大问："今恩足以及禽兽，而功不至于百姓"（《孟子·梁惠王上》），大哉斯问，多少人宁愿提笼架鸟，养猫抱狗，也不愿孝养自己的父母。

821. 儒家修养重在一个"推"字，推己及人。道家修养重在一个"损"字，为道日损。

822. 原清华大学校长梅贻琦先生有句名言："所谓大学者，非谓有大楼之谓也，有大师之谓也。"梅先生的这句话应该本于《孟子》，"所谓故国者，非谓有乔木（高大的树木）之谓也，有世臣（德才兼备之臣）之谓也"（《孟子·梁惠王下》）。

823. 孟子曰："持其志，无暴其气"，"我善养吾浩然之气"，孟子是气功初祖。文天祥是气功二祖，唱《正气歌》："天地有正气，杂然赋流形。下则为河岳，上则为日星。于人曰浩然，沛乎塞苍冥。"

824. 精足不思淫，气足不思食，神足不思睡。精、气、神，人之三宝。少饮食养精，多读书养气，子午睡养神。

825. "有理言自壮，负屈声必高"（《警世通言》卷十五），理屈则词穷，物不平则鸣。

826. 儒家处世信条是"用之则行，舍之则藏"（《论语·述而》），藏起来做什么？教书。儒家的二圣做了榜样，孔子"有教无类"，孟子"得天下英才而教育之"。

827. "舜何？人也。予何？人也。有为者，亦若是"（《孟子·滕文公上》），这话说得多有刚火，没有一丝自卑。真正的人人平等，鼓励人只要"有为"，皆可达尧舜境界，"六亿神州皆舜尧"。读《孟子》的书真是提气，提浩然之气，孟子是真正的气功大师！

828. 读到《孟子·公孙丑上》中"若火之始然（燃），泉之始达（通）"句，使我想到南宋温州第一位状元王十朋《别周浚》一诗，诗曰："莫恨知书失太迟，妙龄聪子本非奇。好因椎鲁加鞭策，会见火然泉达时。"

829. 过去，人们称电视为"白痴灯笼"，米兰·昆德拉《不能承受的生命之轻》说："电视是对成年人智力的一种侮辱。"电视看多了，注意力会分散，人的思考力会下降。苏珊·桑塔格在《关于他人的痛苦》中说："电视上的影像，按其本质来说，是迟早要被人厌倦的影像。这种麻木感，是有其根源的，这就是电视想方设法要以过量的影像来吸引和满足人们，因而扰乱注意力。"如果说电视是固定的白痴大灯笼，那么手机就是移动的白痴小灯笼。人们沉溺于手机，八卦新闻一条接一条地去翻，娱乐视频一个接一个地去看。这样普遍的情形使我想到了《孟子·告子上》中的一段话："耳目之官（感官），不思而蔽（遮蔽）于物（这个物在今天就是指手机）；物交物（一物交一物），则引（引诱）之而已矣。"手机对人的持续侵害借用林妹妹的话说就是："一年三百六十日，风刀霜剑严相逼。"卡夫卡有句名言："让我们分心的东西是恶的。"难怪有些学员咬牙切齿地对我说："我对手机深恶痛绝！"

830. 破窗理论简单点说就是墙倒众人推，鼓破众人捶。这个理论用在自己身上就是自暴自弃，是死猪不怕开水烫，是死狗扶不上墙。

831. 严师出高徒。但高徒未必是良徒，欺师灭祖者大有人在，后羿教出个逢蒙，耶稣带出个犹大。严师须先练眼力，明察秋毫，看准了再教！

832. 乱世，群魔乱舞；治世，群龙无首。

833. 人心不古，故要复古。但并不是要恢复烦琐的古礼，而是要恢复淳朴的古风。

834. 有仇不报非君子，睚眦必报亦小人。

835. 中国人祭祖的本质是报恩。时令的东西一上市，先要给祖先们"尝新"，故每一季都有祭祀活动。过年的时候，还要给先辈们演上几本大戏，因此，过去的戏台常建在宗祠的后面。

836. 礼的本质不是迎来送往，打躬作揖，这些是礼貌，礼的外貌。礼之本是人与我关系的恰当表达。"恰当"即义，故称礼义。和喜闹的人闹，陪喜静的人静，见人说人话，见鬼说鬼话，这些都是礼。相反，拉着喜静的人喝酒、唱歌，让喜闹的人下棋、读书，见人说鬼话，见鬼说人话，这些都是非礼。

837. 《春秋繁露·盟会要》："盖圣人者，贵除天下之患。"圣人是真正的英雄好汉，今人却把圣人理解成只会坐而论道、焚香烹茶的老汉。三过家门而不入、摩顶放踵利天下的圣人们，天天加班，哪有时间在那里磨磨叽叽地喝茶、耍嘴皮子！今"剩人"以其闲来度古圣人之贤。

838. 塞翁失马齐福祸；丙吉问牛料阴阳。

839. 俗话说："人无千日好，花无百日红。"此话可改为："真人千日好，假花百日红。"真心与人相处，"千日好"算短的。诸葛亮在《论交》文中言："士之相知，温不增华，寒不改叶（弃），贯（能）四时而不衰，历夷险而益固。"

840. 我们每个人每天刹刹那那都在知行合一，每个人的行为都在自己的认知和经验范围之内，当然人人都知行合一，就是精神病人也是知行合一的。王阳明所讲的"知行合一"的"知"特指良知，他要求人人要"一以贯之"地按良知来指导行为。知行合一，人人都在做，愚夫愚妇皆能。良知和行为合一，就需要修养了，时时刻刻要精进，此乃成圣成贤之道！

841. 春秋时代，"人"和"民"有区别，有身份、有官位的，叫"人"，普通的群众叫"民"。敬天爱民，爱普罗大众。不能说敬天爱人，那就是爱做官的了。今天还讲国计民生，不讲国计人生。民如牛羊，"人"乃"民"之牧，故古之为官称为"牧民"。民如婴儿，"人"乃"民"之父母，故昔称官为"父母"。

842. 但得流传不在多。不必著作等身，即使著作等脚，有一部可以裨益后世，足矣！

843. 睡觉守子午时，冬吃萝卜夏吃姜，春捂秋冻，这些才是真正的时尚。以"时"为上。

844. "君子疾没世而名不称焉"（《论语·卫灵公》），活了一辈子，自己实际的本事和所得的名声不对等，名不副实，尽浪得虚名，君子不齿。做人有多少本事吃多少饭，这样才不会撑死，秃子不必往和尚堆里扎，要做就做真和尚，小学生都讨厌滥竽充数！

845. 儒释道三家皆讲人人平等。佛家不仅认为人人平等，还说众生平等。道家更是"以万物为刍狗"，都是刍狗的地位，谁也不要瞧不起谁，绝对的"齐物论"。儒家也讲人人平等，所谓"君君臣臣，父父子子"只是从职分上说的，不是从人格上讲的。所谓"臣者伏也""君叫臣死臣不得不死，父叫子亡子不得不亡"，这些话都是"奴儒"说的话，标准的贱儒。真儒只会说："君之视臣如手足，则臣视君如腹心；君之视臣如犬马，则臣视君如国人；君之视臣如土芥，则臣视君如寇仇。"（《孟子·离娄下》）"父慈子孝"，子孝的前提是父慈。人格上绝对平等，贵贱之分都是后世杜撰的。

846. 历史不是写出来的，是修出来的，不合时宜的材料要修掉，就如修树、修眉一样，修出来很漂亮，故说修史。

847. 《荀子·不苟》："千人万人之情，一人之情是也。"了解你自己，也就了解了整个世界！人皆慨叹，知音难求，人心难测，实是自音难求，自心难测！

848. 《周易》里讲有一种人"不事王侯，高尚其事"。历朝历代都不乏其人，用高雅的说法，这种人是隐逸之士，用土话说，这种人就是"滚刀肉"，极难对付，财富不能动其心，爵禄不能改其志，生死不能阻其行。他们敝帚自珍地做着自己喜爱的事，"回也不改其乐"地一箪食一瓢饮居陋巷，"帝力于我何有哉"地看待统治者堆放在那里的名缰利锁，是真正的"千里一贤，谓之比肩"（《物理论》），无论多了不起的帝王，他们都拒之千里之外，把自己看作和帝王比肩的人，人格上绝对独立。

849. 中国人讲三不朽，立德、立功、立言。立言，必要先立德，"有德者必有言，有言者不必有德，"（《论语·宪问》）立功、立德不必先立言，"天何言哉？四时行焉，百物生焉。"（《论语·阳货》）后世读某人的书，必先看他的德如何，无德之人留下的书立刻变废纸，汉奸的书，谁愿意读？

850. 俗谚云："平时不做亏心事，半夜不怕鬼敲门。"我补一句："若怕恶鬼来敲门，就在门上贴门神。"其实门神不用贴，问心无愧，就是门内无鬼。心安即神安，安心神即贴门神！

851. 矢志不渝即开弓没有回头箭。从弩箭离弦的不忘初心到强弩之末的方得始终。

852. 孔子说："性相近，习相远。"荀子主张性恶，孟子主张性善。狄更斯曾说："我活在这世上，不知人心有多么善良，也不知人心有多么邪恶。"我赞同性善论，否则为什么做了善事之后，心里特别踏实？"为善最乐，善则生阳"，这句话是事实，不是口号。芥川龙之介在《侏儒呓语》一书中写道："天寒地冻时见到小孩溺水，我们也会主动地跳下水里去救人，这是为什么呢？——因为救人是一种快乐。那么，冒着下水之不快而获得救人之快乐，又是根据什么准则呢？——是选择更大的快乐。"反之，做了坏事，良心会不安。傅佩荣先生讲过这样一个故事，在台北，有个竹北人，年轻的时候家境很困难，于是逃票坐火车就成了家常便饭。这个竹北人把每次逃票都记下来，最后统计起来共有六百次之多。二十年后，这个竹北人给铁路局寄去了六万台币，一是弥补铁路局的损失，二是安抚自己良心的不安。

853. 中国式父母是最不知行合一的。嘴上说"莫为儿孙做马牛"，行为上却"俯首甘为孺子牛"。

854. 古人喜用上、中、下来表示等级，如上士、中士、下士，《道德经》第四十一章中说："上士闻道，勤而行之；中士闻道，若存若亡；下士闻道，大笑之，不笑不足以为道。"汉朝的驿马分为三等，高足、中足、下足。这里的"高足"其实就是"上足"的雅说，指的是上等马。"高足"后被用来称呼别人的学生，语出《世说新语·文学》："郑玄在马融门下，三年不得相见，高足弟子传授而已。"古人还喜用上、中、下来表示时间，如上元（正月十五）、中元（七月十五）、下元（十月十五）。《礼记·内则》里规定"三日具沐"，要求人们三天洗一次澡。后来觉得三天太密了，到了汉代规定，吏五日一休。也就是干部五天放一次假，让大家回去洗澡，所以也叫"休澣"（音浣）。再后来觉得五天洗澡一次也太勤了，干脆就十天一洗，后来就把一个月分为上澣、中澣、下澣，即上旬、中旬、下旬。

855. 古人对时间的说法很贵气，特讲究。如春夏秋冬四季，每季三个月，称孟、仲、季或孟、仲、暮。仲秋、孟夏、暮春。周末叫"来复日"，一阳来复，要大家注意休息，吃点好的，用肉祭牙，称"打牙祭"。十一月叫"冬至月"，十二月叫"腊月"，一月叫"正月"。把十天称作"一旬"，十年称作"一袠（音

'秩')"，若在过去，你问人家贵庚，他若是六十，算不定会这样答复你："六袠了。"

856. 我常说："留点病养身体，留点烦恼养智慧。"烦恼即菩提。瑞士作家罗伯特·瓦尔泽说："人的生活中也必须有烦恼，如此，美好的事物才会越发鲜明地彰显。忧虑是最好的教育者。"（[瑞士]卡尔·泽利希《与瓦尔泽一起散步》）

857. 尼采："唯有戏子才能引起群众巨大的兴奋。""这就是为什么二流或者三流作家通常会比一流作家更快地取得成功。天才在本质上就是要引起人的不适，而人们喜欢待在舒适区。"（[瑞士]卡尔·泽利希《与瓦尔泽一起散步》）

858. 自满是一种自我催眠，是将自己置于一种高度危险状态的蠢行，如谚所云："盲人骑瞎马，夜半临深池。"

859. "再没有比一起旅行更好的方法，来检验你到底是喜欢还是恨一个人。"马克·吐温的这段名言使我想起钱钟书小说《围城》里的一段话："旅行最实验得出一个人的品行。旅行时最劳顿麻烦，叫人本性毕现。经过长期苦旅行而彼此不讨厌的人，才可结交做朋友。结婚以后的蜜月旅行是次序颠倒的，应该先旅行一个月，一个月舟车仆仆以后，双方还没有彼此看破，彼此厌恶，还要维持原来的婚约，这种夫妇保证不会离婚。"就我本人来讲，我无意以旅行来作为一种检验旅伴品行的方式，我更喜孤旅天涯的味道，路上邂逅不同的人，以自己的方式来应对各种遭遇，不必同旁人商量，既检验智慧也提升智慧。我赞同被认为是第一个把徒步旅行当作文学主题的作家、《金银岛》的作者史蒂文森说的一段话："真正享受的徒步旅行应该是孤身一人。如果是一群人，哪怕只是两个人，那你的行走就徒有虚名，徒步一变而成了野炊和郊游。"

860. "魏玛不是一座有公园的城市，而是一座有城市的公园。"安徒生的这句话应当作为所有城市的建设目标。

861. 东坡居士有三句名言："处贫贱易，处富贵难；安劳苦易，安闲散难；忍痛易，忍痒难。"分而言之，"处贫贱易，处富贵难"，血压高的人会头昏脑涨、心律失常，"钱压"高的人就会头脑发昏、胡作非为，高血压可以吃降压药，高钱压只有实施"光钱行动"。"安劳苦易，安闲散难"，现代社会有闲人很少，稍微有点闲，就赶紧忙着去喝喝酒、唱唱歌、打打牌地把闲花掉，《大学》说得没错："小人闲居为不善，无所不至。"小闲还忙得过来，突然出现一把大闲，那就麻爪了，根本不知该怎么花销了。"人非有品不能闲"，诚斯言也。帕斯卡就讲过，世界上一切罪恶其实都是因为人们不安静地坐在房间里而造成的。葡萄牙诗人佩索阿在《惶然录》中的《时间表的改变》一文中写道："一个人通常的时间表若有任何改变，会给人的精神注入一种令人悚然的新奇，一种稍感不安的愉快。一个人依照常规在六点钟下班，如果有一天偶尔在五点钟下班，便会立刻体验到一种头脑轻松，但几乎就在同时，他也会感到自己处在痛苦的边缘，完全不知道自己该怎么办。"北宋邵康节有"三惑四喜"之说，"三惑"者，老而不歇是一惑，安而不乐是二惑，闲而不清是三惑。"四喜"者，一喜长年为寿域，二喜丰年为乐国，三喜清闲为福德，四喜安康为福力。但是现代人很可怜，现代人清闲少，浊闲多。没有福德，享受不了清闲。"忍痛易，忍痒难"，短期的痛苦可以忍，长时的诱惑忍不住。正所谓"慷慨赴死易，从容就义难"。就如明朝憨山大师的那两句名言："荆棘丛中下足易，月明帘下转身难。"

862. 古希腊医学家希波克拉底有句名言："行走是最好的药。"古希腊有一个学派叫"逍遥学派"，这个学派就是在行走中进行教学，并因此得名——peripatetic，意思就是"到处走动"。后世的很多思想家也认可行走的价值。法国思想家卢梭说："我只有在行走的时候才能思考。停下脚步，就停止了思考，我的思维只会跟随我的双腿活动。"尼采甚至略带夸张地说："只有通过行走得出的想法才有价值。"梭罗曾写道："我的腿一旦动起来，脑子里的想法也开始涌动，好像朝着低处泄洪，想法在高处源源不断地形成新的水流。涓涓细流从源头冒出，滋润我的大脑……我们只有在运动中才能形成完美循环。长期坐着写出来的文字，必然机械、呆板，读起来如同嚼蜡。"为了鼓励大家起身行走、散步，有些西方学者甚至说："久坐是新型烟草。"就我本人来讲，我是相当认同上述哲学家的说法的，当年写《云行雨施》的时候，每天起身散步的一个小时，是我最重要的反思和构思写作的时间！

863. 中国不少地名很有意思，很熟悉的一个字放到地名里就变了念法，稍举几例以飨读者。有一个消失了的古国，季羡林先生称之为古印度、希腊罗马、波斯、汉唐四大文明在世界上唯一交会之处的龟兹，"龟"音同"丘"，"兹"音同"辞"。龟兹国出了了不起的翻译家鸠摩罗什，鸠摩罗什临终前说："今于众前，发诚实誓：'若所传无谬者，当使焚身之后，舌不焦烂。'"果然，荼毗之后"薪灭形碎，唯舌不灰"。我们俗语所说的"三寸不烂之舌"，便出于此。远的不说，说近的。浙江省丽水市，"丽"音同"离"；台州市，"台"音同"胎"。江西省上饶市的铅山县，"铅"音同"沿"。山东省曲阜市，"曲"音同"区"。河南省郑州市的中牟县，"牟"平常读音同"谋"，在这里就音同"木"。安徽省歙县，平时"歙"音同"吸"，本义是吸气，一旦作为地名，歙县的"歙"就音同"射"了。河北省唐山市的乐亭县，"乐"音同"涝"，乐亭县是李大钊的家乡。位于四川省中部的乐山市，

"乐"音同"勒"。温州市乐清县，"乐"音同"越"。山西省长治市的长子县，"长"音同"掌"。香港有个尖沙咀，"咀"音同"嘴"。

864. 收音机里传来了歌曲《蜗牛与黄鹂鸟》："蜗牛背着那重重的壳呀，一步一步地往上爬。"我突然想起了一句埃及谚语："世上只有两种动物能够到达金字塔的顶端，一种是雄鹰，另一种是蜗牛。"积土成山，积沙成塔，一个人若能像蜗牛那样花笨功夫，每天进步一点点，迟早会到达人生金字塔的顶端。《荀子·宥坐》："孔子曰：'如垤而进，吾与之；如丘而止，吾已矣。'"孔子的名言，我欣赏如土堆般点点进步，看不上如山岳般原地踏步。古人云："巧诈不如拙诚。"人生要取得成功，必得花笨功夫。"笨鸟先飞"，做一个笨人最智慧。另外有关资料显示，笨人的"逆商"比聪明人要高。逆商又称作"逆境商数"（adversity quotient，AQ），即面对逆境（挫折）和克服逆境（挫折）的反弹能力。像蜗牛一样的笨人习惯了逆境和挫折，因此抗打击能力比较强。而聪明人顺风顺水惯了，一旦陷入逆境，遭受挫折，反而容易一蹶不振。很欣赏一句西谚："逆境是上帝考验的良机。"（Man's extremity is God's opportunity）

865. 北朝民歌《木兰辞》："当窗理云鬓，对镜贴花黄。"南朝陈叔宝《采莲曲》："相催暗中起，妆前日已光。随宜巧注口，薄落点花黄。"这些诗句中的"花黄"指的是菊花的黄。古代未出嫁的女孩所以喜在额头贴黄色菊花作为妆饰，因"后先不与时花竞，自吐霜中一段香"的菊花象征着贞洁、素雅和风骨。后来就用"黄花闺女"来称呼未出阁的女孩子。

866. 夜读法国克里斯蒂安·布朗科特《奢侈：爱马仕总裁日记》，书中对奢侈下的定义深得我心："拿出时间来好好做事情，拥有自己当下的时间，分享自己宝贵的时间，或者把时间留给自己，并真实地考虑时间能给一件东西带来的，一如它赋予每个人的命运，那是一种浓度、一种机会、一种价值。如此才能开始为奢侈下定义。"书中提到了路易·威登的第四代孙婿亨利·拉卡米耶在七十八岁时说的一句话："我有的是时间，我会按我的节奏来。""就像爱马仕的调香师让-克劳德·艾雷纳，他也'有的是时间来创作一款香水'。这才是奢侈，真正的奢侈。"了解了作者对奢侈的理解之后，书中的其他内容就可不去读了，每个人都当清楚该如何打造一个独立又自由的奢侈人生了。但即使知道如何去做，又有几人真正奢侈得起来呢？喊"我没有时间"的"穷人""可怜人"太多了，他们把自己的人生变成了普通又廉价的日用品！

867. 有人晕车，有人晕船，我"晕年"。在"今岁今宵尽，明年明日催"周而复始的年轮转动下，"去年花里逢君别，今日花开又一年"地过着"不知天上宫阙，今夕是何年"的日子。

868. 童心不是无知的心，是"嗜欲浅者天机深"的心。成年的心是放出去的心，是"嗜欲深者天机浅"的心。《道德经》讲"复归于婴儿"，就是提醒人们要恢复童心。尼采有句名言："人的成熟在于重拾童年游戏时的认真态度。"安徒生也说过："童话故事是为了让孩子们入睡所写的，但也是为了让大人们清醒所写的。"

869. 法国心理学家古斯塔夫·勒庞《乌合之众：大众心理研究》一书的中心思想是："一犬吠形，百犬吠声。"

870. 平民与世无争式的睡觉叫"躺平"，南宋陆游《秋日郊居》中的"愚儒"便属此类。诗曰："儿童冬学闹比邻，据案愚儒却自珍。授罢村书闭门睡，终年不著面看人。"高人与世无争式的睡觉叫

"高卧"，卧龙诸葛亮则为典型。明朝罗贯中在《三国志通俗演义》中借诸葛亮之口念了一首诗："大梦谁先觉？平生我自知。草堂春睡足，窗外日迟迟。"

871. 俗谚云："惟大英雄能本色，是真名士自风流。"何为名士？《世说新语·任诞》给出了答案："王孝伯言：'名士不必须奇才。但使常得无事，痛饮酒，熟读《离骚》，便可称名士。'"依照王恭（字孝伯）的说法，名士有三个"多"，闲暇多、饮酒多、读书多。

872. 明朝有句俗语："三个性儿，不要惹他。"所谓"三个性儿"，即太监性儿、闺女性儿、秀才性儿。"太监性儿"，阴，阴险。"当面输心背面笑"（杜甫《莫柜疑行》语），你跟他掏心掏肺，他对你狼心狗肺。《诗经·小雅·十月之交》："噂沓背憎，职竟由人。"当面有说有笑，背后动刀动枪。全是阴险鬼把戏。"闺女性儿"即娇，矫情。"无故寻愁觅恨，有时似傻如狂"（曹雪芹《西江月·批宝玉二首》），这种人神经质，和他交往把握不好调门。"秀才性儿"即迂，迂腐。"无事袖手谈心性，临危一死报君王"（《颜元集·学辨一》），一副空架子，无半点用处，正如诸葛亮舌战群儒时骂那帮腐儒的话："寻章摘句，笔下虽有千言，胸中实无一策。"李白曾在《嘲鲁儒》中所讽："鲁叟谈五经，白发死章句。问以经济策，茫如坠烟雾。"

873. "西方医学之父"希波克拉底有句名言："消化不良是万恶之源。"诚哉斯言，肠胃里残渣太多，不仅会产生恶疾，还会产生恶念。相反，一个肠道干净的人，杂念和欲望会少很多。过去道家有一种"杀三尸神"的辟谷训练。所谓"三尸神"就是三种虫子，道家认为人的生命中有三种让人产生诸多贪念的虫子。三尸神食五谷之气，为了饿死三尸神，道家就进行辟谷（绝食），这样人就没有欲望和杂念了。总之，"少吃"，永远是养生的重要法门。

874. 俗话说，抓住了一个人的胃就抓住了一个人的心。某种程度上讲，这句俗语具有相当的科学性。哈佛医学院精神病学家乌玛·奈杜博士的《饮食大脑》一书，就专门探讨了吃到胃里的食物是如何影响心理健康的。单以抑郁症为例，书中写道："2018年，一项针对大学生抑郁症的研究很有代表性。研究发现，这些患有抑郁症的年轻人中，30.3%的人喜欢吃油炸食品，49%的人常喝含糖饮料，51.8%的人每周都要吃2～7次甜食。……摄入大量的糖会导致或加重抑郁症，还会增加抑郁症复发的概率。"讲到这里，我顺便呼吁各位读者少吃糖甚至不吃糖（本身我们平时吃的米、面里面也含有糖），瑞士洛桑大学的生理学家卢克·塔比（Luc Tappy）说过："没有必需的脂肪，你没法维持生命，没有蛋白质也不行，如果不获取某些碳水化合物，就很难获得某些足够的能量，但是没有糖却没有问题。这是一种完全不必要的食物。"

875. 苏东坡有诗云："秋来霜露满东园，芦菔生儿芥有孙。""芦菔"者，萝卜也。俗谚云："冬吃萝卜夏吃姜，不劳医生开药方。"冬天容易积食，萝卜有助于消化。不仅如此，童勉之先生在《中华草木虫鱼文化》中讲，老萝卜煮水还可以治疗痢疾。《清异录》记载，有个叫郑居易的人，将带茎的萝卜挂在屋檐下，有的萝卜甚至悬挂了十几年。每到夏秋季节，人容易患痢疾，就用悬挂多年的老萝卜煮水喝，喝了痢疾就痊愈了，据说萝卜年头越久治疗效果就越好。过去宫中据说有个解酒的秘方，就是把甘蔗萝卜切块放水中煮烂，醉酒之人饮了这个甘蔗萝卜水就可以醒酒。物无美恶，过则为灾，即使被称作"小人参"的萝卜吃多了，也有副作用，据说若是地黄配萝卜一起吃，很容易白发。当年寇准二十多岁的时候，就被宋太宗赵匡义看出有宰相之才，但年龄太小，若是重用的话，朝中大臣不服。寇准知道皇帝的心思，就地黄配萝卜当饭吃，果然日子不长，须发皆白，当上了宰相。

876. 台北《联合文学》杂志在1984年采访了木心。记者问："木心是谁？"木心引用了法国文豪福楼拜的一句话作答："呈现艺术，退隐艺术家。"这个回答真是妙，意思是说，木心是谁不重要，重要的是他所表现出来的东西。就如钱钟书先生曾做过一个比喻，吃了一个不错的鸡蛋，就不必非要认识那只母鸡了。由此我联想到，在国学大师、学术明星满天飞的今天，福楼拜的这句名言可改为："呈现国学（学术），退隐国学大师（学术明星）。"当木心被问及最喜爱哪位作家，他答："我的私爱即博爱。"我愿意把这句话理解成，爱我自己就等于爱了全世界，我活在自己的世界里，世界就是我，我就是世界。这个回答使我想起了《世说新语·品藻》中的一个故事："桓公少与殷侯齐名，常有竞心。桓问殷：'卿何如我？'殷云：'我与我周旋，宁作我'。"桓温常和殷浩较劲，当殷浩被桓温问及两人谁更强时，殷浩的回答也很妙，我只和自己比，谁强我也不羡慕，我只做我自己，活出自己的样子。建筑大师贝聿铭先生曾被人问及："你是否羡慕那些创造了建筑流派的建筑师？"贝聿铭先生答复："我从来没有考虑过这个问题，因为我一直沉浸在如何解决我自己的问题之中。"

877. 俗话说："良药苦口利于病，忠言逆耳利于行。"话虽如此，可真愿听逆耳忠言的人又有几何？人皆喜欢被戴高帽。"事君数，斯辱矣；朋友数，斯疏矣"（《论语·里仁》），给领导意见提多了，结果是倒霉；给朋友意见提多了，结果是疏远。往往社会上是"谄谀者亲，谏争者疏"（《荀子·修身》），亲近捧臭脚的，疏离指鼻子的。陈毅曾有诗云："岂不爱推戴，颂歌盈耳神仙乐。"连恬淡的神仙都爱被歌功颂德、爱被戴高帽，何况芸芸凡夫?

878. 孟子说："养心莫善于寡欲。"(《孟子·尽心章句下》)荀子说："君子养心，莫善于诚。"(《荀子·修身》)孟子讲"寡欲"是教人不贪、知足。荀子讲"诚"，是教人简单、干净。孟子"养心"，养的是心态。荀子"养心"，养的是心境。

879. 提倡人间佛教的星云大师常教导僧众："说好话，做好事，存好心。"诚哉斯言，君子一言，驷马难追。一句话说出去就覆水难收，可以暖人，亦可以伤人。"与人善言，暖于布帛；伤人以言，深于矛戟。"(《荀子·修身》)正所谓："良言一句三冬暖，恶言一句六月寒。"既然说话了，与其恶语伤人，何不良言抚人?

880. 《圣经》里讲的"马太效应"，用老百姓的一句俗语讲得最好："越穷越吃亏，越冷越尿(niào)尿(suī)。"正所谓，树倒猢狲多米诺，鼓破众捶潘多拉。

881. 《易经》里讲："括囊，无咎无誉。"嘴巴扎起来，无好也无坏。庄子提倡"知者不言""不言之教"，但作为教师，我们是"吃开口饭"的，不但不能括囊，不能不言，还得不厌其烦地多言。我最欣赏《荀子·非相》里的一段话："故君子之于言也，志好之，行安之，乐言之，故君子必辩。凡人莫不好言其所善，而君子为甚。"把这段话套在教师讲课上，可解读为，教师对于讲课的态度应当是，乐意讲(志在杏坛)，讲乐意(诲人不倦)，意乐讲(回味无穷)。教师必须练好讲课功夫，以便完成传播知识、文明和正能量的使命。一般人都乐意把擅长的东西讲出来，作为教师更该是知无不言、言无不尽。

882. 一个人刚刚参加工作也好，到了一个新环境也好，或者刚刚接手一项新任务也罢，在没有"顾问""元老"指导的情况下，严格地按照制度或老规矩来办事，总不会出大错，即《诗经·大雅·荡》说的："虽无老成人，尚有典刑。"

883. 关于为官之道的论述很多，最令我击节拍案的来自《荀子》引用的一首逸诗中的几句话，《诗》曰："如霜雪之将将，如日月之光明，为之则存，不为则亡。"像霜雪一般的博爱公平，像日月一样的正大光明，为官之道要做到这样才能福禄绵长，否则就天禄永终。

884. "得众动天，美意延年。诚信如神，夸诞逐魂"，《荀子·致仕》里的这十六字不仅是一副很好的对联，还可以作为所有管理者的座右铭！

885. 《荀子·议兵》："知莫大乎弃疑，行莫大乎无过，事莫大乎无悔。"学问无死角，做人无过错，做事无遗憾。谈何容易！这样的境界大概只有神人能达到，连圣人都只能望洋兴叹！王国维先生说出了大多数人的境界："人生过处唯存悔，知识增时只益疑。"

886. 《荀子·议兵》："故仁人之兵，所存者神，所过者化，若时雨之降，莫不说喜。"本来这段话是来描述"仁人之兵"的，但我觉得完全可以用这段文字来描述一个伟大的教育家的人格魅力。"所存者神"，他所在的地方如神明降临，安宁、祥和，甚至可以说人们对他高山仰止、奉若神明，用荀子自己的话说就是："百姓贵之如帝，高之如天，亲之如父母，畏之如神明。"（《荀子·强国》）用清人黄景仁的《和钱百泉杂感》一诗来诠释"所存者神"最恰当，诗曰："先生执拂谈经处，坐觉凉秋六月生。多少聚器门外客，一声钟后更无声。"到了老师的讲堂，好似伏天吹秋风。尘世间再浮躁的人，只要来到老师身边都会一下子安静下来。这就是"神"了。"所过者化"，他所到之处都会受到他的教化。例如韩愈因写《谏迎佛骨表》而被贬潮州，只待了仅八个月，便振兴了当地的文化，至今潮州的文化事业依然兴盛。有联云："天意起斯文，不是一封书，安得先生到此；人心归正道，只须八个月，至今百世师之。"后世"所过者化"的例子很多，如东坡到儋州，阳明到贵州，他们都对本地的文化教育事业产生过极其巨大的影响。"若时雨之降"，他们的学问如及时雨一般，滋润着人们的心田。"莫不说喜"，个个法喜充满！

887. 孟子讲性善，荀子讲性恶，性的善恶至今尚无定论。但有一点可以肯定，孟子、荀子都是仁人，孟子是扬善弃恶，荀子是弃恶扬善。

888. 孔子和老子都不大注重"言"，只注重实行。孔子说："天何言哉？四时行焉，百物生焉，天何言哉？"（《论语·阳货》）老子说："行不言之教。"（《道德经》第二章）荀子却极力推崇"言"，荀子说："口能言之，身能行之，国宝也。口不能言，身能行之，国器也。口能言之，身不能行，国用也。口言善，身行恶，国妖也。"（《荀子·大略》）荀子是法家的祖师爷，难怪后世的律师口才都那么好！

889. "鲁哀公问于孔子曰：'寡人生于深宫之中，长于妇人之手，寡人未尝知哀也，未尝知忧也，未尝知劳也，未尝知惧也，未尝知危也。'"读到《荀子·哀公》里的这段话，使我想到了《增广贤文》里的几句话："未曾清贫难成人，不经打击老天真。自古英雄出炼狱，由来富贵入凡尘。"现代家庭的孩子们，由来富贵，未见炼狱，既未曾清贫，又不经打击，个个被娇生成"寡人"，惯养成"哀公"！真正好的教育是使孩子接触到真实的生活，而不是真空的生活！

890. 陆游《禽言》写道"人生为农最可愿，得饱正如持左券"，"左券"是何物？《说文解字》："券，契也……券别之书，以刀判契其旁，故曰契券。"所谓契券，其实就是借据、欠条。在无纸化办公的古代，契券的内容常刻写在木片或竹片上，一劈两半，债权人持左券（契），债务人持右券（契）。到日子头了，债权人持"左券（契）"向持有"右券（契）"的债务人要账。陆游诗中所说的"持左券"就给人一种压倒性、稳妥的感觉。《道德经》七十九章："圣人执左契而不责于人，故有德司契，无德司彻。"圣人手拿欠条不逼债，做宽宏大度的债主，不做锱铢必较的税吏！

891. 《庄子·大宗师》："嗜欲深者，其天机浅。""天机"即直觉，是我们通常所说的第六感。一个满是欲念的卑劣之人，心里全是算计，哪来的直觉？古希腊伟大的哲学家柏拉图（Plato，前427—前347）在晚年的一封书信里有这样一段话："依据某种自然法则，最卑劣的人实际上不会有什么思想，而最优秀的人则会万世留名，不会留下什么未竟之业。我自己就是一个明证，人之将死会有某些预感，最高尚的灵魂通过直觉知道这是真理，而最卑劣的灵魂则拒绝真理，神圣的人的直觉比其他人的直觉要有效得多。"（《柏拉图全集（第四卷）·书信》）

892. 古人语："命由我造，福自我求。"自己把握自己的命运和福祸，别人无法替代。故张载说："为生民立道"，学人只能为生民"立道"，无法为生民"立命"。"为生民立命"的说法自明末王船山以来一直误传至今。

893. 学任何东西，都要有天分和慧根，否则事倍功半。化学的天分去学绘画，学死了顶多是个画匠，不会成为画家，清代赵翼《论诗》："少时学语苦难圆，只道工夫半未全。到老始知非力取，三分人事七分天。"据说英国牛津大学有一个"灰人理论"，反对盲目刻苦。什么是"灰人"？就是自己明明没有学某个专业的天赋，用过去梨园行里的一句话就是"祖师爷不赏这碗饭吃"，是典型的裤衩改西服——不够材料，但为了拿到学位，偏偏拼命地读这个专业，此君便被称为"灰人"。写到这里，我想到据说是杨振宁先生说过的一句话："教育就是发现偏好、培养偏好、发展偏好，幸运的话就把偏好变成饭碗。"杨先生说的"偏好"其实说的就是天赋，教育有责任让学生变成自己人生的明白人，不是变成吃力不讨好的"灰人"。借用罗振宇在《启发·师父》一文中举的例子来说："就拿学相声来说，我就听老先生讲过，过去学相声，就是在相声园子里扫地擦桌子，顺便听上几耳朵。一两年后，师父就让你上去自己说。会说的，就直接开始说；不会的，师父就说你吃不了这一行的饭，请你另谋高就。"

894. 不为良相，便为良医；秀才学医，笼中捉鸡。

895. 经史合参，两层含义。一层含义是，把经典的内容"知其然"与当时的历史资料"知其所以然"地结合起来研读。用苏东坡的一副名联来概括就是："斗酒纵观廿一史，炉香静对十三经。"一层含义是，你本身的生活阅历就是一部活生生的历史，结合自己的人生来品读经典，经典生活化，生活经典化。由"我注六经"到"六经注我"。

896. "势"字很重要。俗语："形势比人强。"《孟子·公孙丑》中说："虽有智慧，不如乘势。虽有镃基。不如待时。"佛教有大势至菩萨。俗语："顺风抚小草，借水扬大帆。"顺势而为。有人问吕洞宾，先生从何处来？吕祖答，从来处来。先生到何处去？吕祖答，往去处去。先生遇到风时该如何？东风来了往西跑，西风来了往东跑。学会借势，懂得顺势，天下无敌！

897. 禅宗祖师有言："见于师齐，减师半德；见过于师，方堪传授。"老师的任务就是培养超过自己的学生。不能像俗语说的那样："黄鼠狼下豆雏子，一窝不如一窝。"

898. "狡兔死，走狗烹；飞鸟尽，良弓藏；敌国破，谋臣亡"（《资治通鉴·汉纪三》），呜呼哀哉，何止是运筹帷幄之中的"谋臣亡"，决胜千里之外的将军之命运也常如俗语所言："太平原是将军定，不许将军见太平。"

899. 清纪晓岚："如何如何又如何，如何如何何其多。如何如何如何了，如何如何莫奈何。"清童二树："左圈右圈圈不了，不知圈圈有多少。而今跳出圈圈外，恐被圈圈圈到老。""如何"跳出"圈圈"？

900. 爱幸灾乐祸的人儿啊，请记住契诃夫的警告："别人的罪孽不能使你变成一个圣人。"莫把他人当谈资，当把他人作镜子！

901. 失败不是成功之母。"悔字如春"，忏悔、改过才是成功之母。忏悔，即自我否定。自我否定是走向自我肯定的必要阶段。套用鲁迅的语言模式，不在自我否定中自暴自弃，就在自我否定中自强自立。为了更加美好的人生，"忏悔必须成为新生活的一部分"（维特根斯坦《文化与价值》）。过去有"省身如不及，修辞立其诚"的联语，"省身如不及"，忐怕自己反省晚了。学会忏悔、立即改过既是一种修养也是一种智慧，它会让你付出最小的代价，记住一句印度谚语："穿上拖鞋比给整个世界铺上地毯容易多了。"

902. 有人说"道"是无为的？"无为"哪会生来那么多东西？"道"不是"无为"，而是"为而不恃"而已。

903. 儒家："己所不欲，勿施于人。"（《论语·卫灵公》）道家：

"各从其欲，皆得所愿。"（《黄帝内经·上古天真论》）儒道相通，都是提倡"以人为本"的祖师爷！

904. 儒家的教育观："有教无类。"（《论语·卫灵公》）道家的教育观："非其人勿教，非其人勿授。"（《黄帝内经·金匮真言论》）人文教育用儒家的教育观，科技教育用道家的教育观。

905. 继子荫孙图富贵，何怕阎王就取勾；人为财死，鸟为食亡；牡丹花下死，做鬼也风流……为了权、钱、色，有的人不惜以命相搏，道家把这种愚蠢的舍本逐末的行为叫作"以隋侯之珠弹千仞之雀"（《庄子·让王》）。

906. 《上古天真论》丧，《道德经》兴。《道德经》丧，《礼记》兴。《礼记》丧，《孙子兵法》兴。

907. 佛家有言："不悲过去，非贪未来，心系当下，由此安详。"一个人既不受过去诸事的影响，也不担忧未来的得失，而是"此心安处是吾乡"（苏东坡语）地活在当下，实在是一种相当了不起的能力。拿破仑似乎有这种能力，他说："我的脑子就像个有很多抽屉的小柜子，安放着各种事物和问题。在我想打断一个思绪的时候，我就关上一个抽屉，打开另一个。该睡觉了，我只要关上所有的抽屉，这就睡着了。"大概是受到了拿破仑"抽屉思想"的启发，稍晚一点的叔本华在《人生的智慧》一书中说："我们必须拥有一个存放思想的抽屉柜，在拉出一个抽屉时，其他的抽屉要保持原味。这样，我们就不会因为考虑一个沉重的问题而失去在同一时间的乐趣，我们的宁静也不会因此被剥夺。我们对一件事情的考虑也就不会代替对另一件事情的思考，不会让对重大问题的关注导致了对许多细小问题的忽略，等等。尤其需要注意的是，一个具有深远和高贵思想的人不应该允许自己的精神思想完全被私人琐事和低级烦恼所占据，以至于无法进行深远、高贵的思考，因为这样做确实是'为了生活而毁坏了生活的目的'。"

908. 过去有这样一首打油诗："天下文章在三江，三江文章属我乡。我乡文章属舍弟，舍弟跟我学文章。"我们做教师的人常会犯这个"毛病"，当年教过的某个学生出息了，就四处吹嘘："当年我教过他。"这恰恰应了心理学上的一个结论，人在成绩面前，很容易高估了自己的作用。

909. 孟子说："劳心者治人，劳力者治于人。"孟子的这句话其实是符合科学的，"劳心"的"心"并不是指心脏，而是指大脑。人的大脑重量虽然只占人体重量的2%，却会消耗人体20%的能量。换句话说，劳心者本来就该治劳力者，劳力者的"力"是短期贷款，借出去会马上还回，用俗语说就是："劲是外财，赶使赶来。"而劳心者要恢复甚至是维持高水平的"脑力"，是需要长期蓄积能量的。劳力者干的是"死活"，而劳心者干的是"活活"。曾在某本书里读到"懒蚂蚁效应"，说的是，一个蚂蚁群里有80%的蚂蚁都在出力干活，而20%的蚂蚁则什么也不干，只是四处闲逛。实际上这20%的蚂蚁是在费尽心力地四处寻找新的食物源，它们的工作实际涉及整个蚂蚁群的生存。

910. 《周易·系辞下》："小惩而大诫，此小人之福也。"犯了点错而受到点小惩罚，"一朝被蛇咬，十年怕井绳"，从此不再犯此类错误，这是普通人的福气！弘一法师有言："人生最不幸处，是偶有一失言，而祸不及；偶一失谋，而事幸成；偶一恣行，而获小利。后乃视为故常，而恬不为意。则莫大之患，由此生矣。"一个人犯了小错，没有及时地得到惩罚，反而还得了点小便宜。慢慢地就习以为常，最后就会倒大霉！

911. 一阴一阳之谓道。20世纪美国作家菲茨杰拉德有句名言："能同时拥有两种截然相反的观念，还能正常做事的人，才是有第一流智慧的人。"

912. 日本小说家中岛敦（1909—1942）说过这样一段话："因为害怕自己并非明珠而不敢刻苦琢磨，又因为有几分相信自己是明珠，而不能与瓦砾碌碌为伍。"多少人就这样犹犹豫豫又不上不下地过完了自己平庸的一生！

913. 木心的"生活最佳状态是冷冷清清地风风火火"，可以作为药山禅师的"高高山顶立，深深海底行"的最美注释！

914. 叔本华说："我不曾从外在获得任何鼓励，对所做事情的热爱是我在许许多多的日子里不知疲倦地埋头苦干的唯一支持。"不要总想着这一生会不会有成就，单纯地做自己喜欢做的事，成就就在其中成长。

915. 美国投资家查理·芒格说："你要是想得到某种东西，最可靠的办法是让你自己配得上它。"与其做梦，不如追梦！可悲的是，有的人连梦都不做，佩索阿《惶然录》讲："有些人把他们不能实现的生活，变成一个伟大的梦。另一些人完全没有梦，连梦一下也做不到。"

916. 弗里德里克·迈特兰德有句名言："简单是长期努力工作的结果，而不是起点。"当我们看到一个人把一件复杂的工作变得简单轻松甚至有点艺术化的时候，你就知道他已经在这个工作上付出了大量的心血！譬如大家都知道郑板桥会画竹子，他画的竹子简约又灵动，人们哪里知道他背后花的工夫，他的《题画竹》云："四十年来画竹枝，日间挥写夜间思。冗繁削尽留清瘦，画到生时是熟时。"毕加索曾讲过："我的每一幅画中都装有我的血，这就是我的画的含义。"维特根斯坦在《文化与价值》一书中讲得好："天才并不比任何诚实的人有更多的光——但他有一个将光线聚焦至燃点的特种透镜。""只有在天才磨薄之处，才会看见才能。"

917. 艺术史学家贡布里希说过这样一句话："实际上没有艺术这种东西，只有艺术家而已。"不知道贡布里希这句话说得是气话还是有什么其他深意，但这句话似乎表达了这样一个意思，名气越大的艺术家大概他们的作品就越艺术吧，换句话说，这件东西是不是艺术品，就看制作他的人是不是艺术家。同样一幅裸体画，在农民手里和在艺术家手里的叫法能一样吗？法国艺术家杜尚在1917年玩了个恶作剧，他在一个用过的小便池上签上大名，还给这个签了名的小便池起了个"喷泉"的名字，然后直接送到一个美国独立艺术家展览会上去展出。结果，就这么一个签了杜尚名字的小便池居然在2004年被推选为现代艺术中影响力最大的作品，还被称作"改变了西方现代艺术进程"的大事件。这就不难理解，为什么一些艺术从业者喜欢往各种协会里钻，似乎只要取得了会员的资格，名气就有所提升，他们作品的艺术水平似乎就跟着立刻提升起来！

918. "江声不尽英雄恨，天意无私草木秋"，人生一世，草木一秋，而历史却"江声不尽"。热爱生命的苏东坡在《赤壁赋》中所发"寄蜉蝣于天地，渺沧海之一粟。哀吾生之须臾，羡长江之无穷"之慨叹至今绕梁！

919. "寄身于翰墨，见意于篇籍，不假良史之辞，不托飞驰之势，而声名自传于后"，曹丕在《典论·论文》中的这段话说出了历代写书者的动力和"野心"。一生都献给笔墨，将自己的思想写进书里，一不靠宣传，二不靠权势，自然传名后世。

920. 读《亭林文集》，知顾炎武一生的治学目标乃是"博学于文"和

"行己有耻"。顾先生的这两条治学目标可作为所有知识分子的座右铭！

921. 冯友兰先生一辈子最重要的著作就是他的两卷本的《中国哲学史》，人家问他何为哲学？他告诉人家，哲学是"说出一个道理来的道理"。冯先生的老朋友逻辑学家金岳霖先生却反对他的说法，说哲学是"说出一个道理的偏见"。

922. 康德把他一生的哲学思考归结为三个问题：一是我知道啥？二是我该干啥？三是我盼着啥？一个人若能真诚地面对自己，解决这三个问题，他的人生一定是踏实和幸福的。

923. 意大利历史学家贝奈戴托·克罗齐在其书《历史学的理论和实际》中有一句被广为传播的名言："一切真历史都是当代史。"对于这句话的理解可谓五花八门、众说纷纭，就我个人而言，我最赞同美学家朱光潜先生1947年在《克罗齐的历史学》一文中的解释："没有一个过去史真正是历史，如果它不引起现实的思索，打动现实的兴趣，和现实的心灵生活打成一片，过去史在我的现时思想活动中才能复苏，才获得它的历史性。所以一切历史都必是现时史……着重历史的现时性，其实就是着重历史与生活的联贯。"朱先生所阐释的这段话，完全可以用来阐释我提出的"生活国学"，可以这样表述：国学引起了人们对现实的思索，打动现实的兴趣，和现实的心灵生活打成一片，国学在我的现时思想活动中才能复苏，一切国学都必是生活国学，着重国学的现时性，其实就是着重国学与生活的连贯。

924. 美国史学家威尔·杜兰特曾花费50年时间完成了皇皇巨著《世界文学史》，书中有一段读来非常美好的话，我个人觉得可以作为所有爱好读书者的座右铭："当生活变得苦涩，友谊从身边溜走，孩童也不再相伴我们左右，我们还可以与莎士比亚和歌德一起坐在桌边，和拉伯雷一起嘲笑世界，和济慈一起欣赏秋日的美丽。这是一些向我们奉献了最好事物的忠实朋友，他们从不要求回报，却永远等待我们的召唤。只要我们和他们一起行走片刻，静静聆听他们的讲述，我们的虚弱就可以治愈，我们也就能真正感受到相互理解之后内心的平静。"

925. 俗语："酒壮怂人胆。"何况不怂的人呢，尤其是文人，酒后更是藐视一切，天不怕地不怕。陶渊明喝醉时说："纵浪大化中，不喜亦不惧。应尽便须尽，无复独多虑。"李白喝醉时说："李白斗酒诗百篇，长安市上酒家眠。天子呼来不上船，自称臣是酒中仙。"杜甫喝醉时说："儒术于我何有哉，孔丘盗跖俱尘埃。"苏东坡喝醉时直接说："我欲乘风归去！"

926. 仪式即界限。一件事和另一件事的界限，一段人生和另一段人生的界限。《小王子》里说："仪式感就是使某一天与其他日子不同，使某一刻与其他时刻不同。"生活中确实有时离不开仪式感。如奥地利作曲家海顿（1732—1809）只有戴着撒有扑粉的假发时才作曲。无名如我辈，准备读书、写作时，必要泡上一壶茶，点上一支香。

927. 衣服？欲盖弥彰的物件。日本哲学家鹫田清一在《时尚的迷宫》中说："隐蔽的同时显现，诱惑的同时拒绝，保护的同时破坏，这些反方向的运动，对立的向量在服装的构造里激战。""以封锁肉体为志向的服装构成战略里，衣服对身体进行着物质上的干涉，越是这么坚持下去，越能唤醒身体的各个角落，越能让人联想到肉体。"就如德国历史学家爱德华·福克斯在《欧洲风俗史》中所说："对于放浪的人来说，最贞淑的人妻就是最好的猥亵对象。"

928. 在某书中读到一条瑞典谚语："没有不好的天气，只有不合适的衣服。"这条谚语使我想到蒙田在《随笔集》中讲的一个故事：隆冬的一天，人们用貂皮大衣把自己裹得严严实实的，有一位穿着一件衬衫的乞丐却丝毫无事。有人问他为何穿得如此单薄却毫无问题，乞丐答道："你不是也把脸露出来了吗？我浑身都是脸。"诚哉斯言，我们也曾经浑身都是脸，曾几何时，除了当下的脸之外，其他地方都需要衣服了呢？穿衣戴帽使人们丧失了自身本有的抵抗力，处处要看老天爷的脸色来更换衣服，这样才有了前面提到的瑞典谚语。

929. 中国人的时间是有味道的。"一顿饭的工夫""一袋烟的工夫""一杯茶的时间""一炷香的时间"。

930. 立陶宛哲学家伊曼努尔·列维纳斯在《总体与无限：论外在性》中说："只有当他人爱我时，我的爱才是完满的。这并不是因为我需要他人的承认，而是因为我的快感因他的快感而快乐。"列维纳斯的这段话，使我想到了莎士比亚的叙事长诗《维纳斯与阿多尼斯》中的一段："我要作一座花园，你便是我的小鹿，在这里觅食吧，在幽谷或是在高山。先在我的唇上吃草，若是那丘陵已干，便不妨信步下去，下面有欢乐的流泉。"

931. 关于婚姻，尤其是有交易性质的婚姻，我最喜欢清华大学汪民安教授在《论爱欲》中的一段话："爱，不再有任何风险，爱无处不在，但爱也无处存在。"

932. 亚里士多德在《尼各马可伦理学》中讲："那些因朋友自身之故而希望他好的人才是真正的朋友。"亚里士多德给朋友下了一个清晰的定义：友谊只能发生在好人与好人之间。《论语》中讲："益者三友，损者三友。"按照亚里士多德的说法，当是益者三友，损者无友。亚氏的朋友需要两个条件，一是双方皆是好人，何谓好人？利他之人。二是都是希望对方好，有无私之心。亚氏之后几百年，古罗马哲学家、雄辩家西塞罗继承了亚氏的观点，他在《论友谊》一文中写道："友谊只能存在于好人之间。""首先自己做一个好人，然后再去找和自己品质相仿的人做朋友。正是在这种人之间，我们所说的那种稳固的友谊才能得到保证。""'友谊'（amicitia）这个拉丁词是从'爱'这个词派生出来的；而'爱'无疑是相互之间产生感情的原动力。"加缪在1937年的一则日记中写道，如果他要写一本一百页有关道德的书，那么九十九页将会是空白，"而在最后一页我会写上'我知道只有一种责任，那就是爱'"。

933. 在某书的扉页上看到这样一句话："也许微乎其微，但我们正在改变世界。"每个人都不要忽视自己的力量！

934. 孔老夫子在行政上特别欣赏"举直错诸枉"，主张推荐、使用有真才实学的人才，让那些废物点心一边凉快去。因此，孔夫子也特别欣赏推荐贤才的君子，痛恨嫉贤妒能的小人。读《论语》，大家知道孔子赞赏公叔文子，夸他'文'得名副其实，因为他向国君举荐自己的秘书长大夫僎，让大夫僎升到和自己一个行政级别。（《论语·宪问》："公叔文子之臣大夫僎，与文子同升诸公。子闻之，曰：可以为'文'矣。"）《战国策·楚策三》："人臣莫难于无妒而进贤。"公叔文子是典型的"人臣"。相反，孔子则骂臧文仲是窃位大盗，明知道"坐怀不乱"的柳下惠是贤才，却不向国君举荐，是典型的武大郎开店——进来的人不能比他高。（《论语·卫灵公》："子曰：'臧文仲其窃位者与！知柳下惠之贤而不与立也。'"）臧文仲"文"得名不副实，这使我想到法国思想家卢梭（Jean-Jacques Rousseau，1712—1778）在《社会契约论》中的一段话："在国君制之下，走运的人则每每不过是些卑鄙的诽谤者、卑鄙的骗子和卑鄙的阴谋家；使他们能在朝廷里爬上高位的那点小聪明，当他们一旦爬上去之后，就只能向公众暴露他们的不称职。"

935. 《大学》里讲"止于至善"，可以借用亚里士多德《政治学》中的一段话来阐释："我们大家可以确认人所得幸福的分量，恰好应该相等于他的善德和明哲及他所作善行和所显智慧的分量。"

936. 加拿大游吟诗人莱昂纳德·诺曼·科恩（Leonard Norman Cohen，1934—2016）在《颂歌》中唱道："万物皆有裂痕，那是光照进来的地方。"每个人每天努力寻找自己的"裂痕"，或是缺点，或是错误，或是无知，让智慧之光照进来，让自己变成一个明心、明理、明白之人。

937. 古人言："穷极则呼天，痛极则呼父母。"游吟诗人莱昂纳德·诺曼·科恩在《苏珊娜》（Suzanne）中唱道："上帝是个水手，他曾在水面上行走。从他孤独的木塔里，他曾长久地凝望。直到他终于确信，只有溺水的人才能看到他。"人在顺风顺水的时候，觉得朕即天，朕即上帝。等到穷途末路、求告无门的时候，才发现自己竟是如此无助和渺小！

938. 闲翻《索尔·贝娄散文选1940—2000》，书中引用了威廉·詹姆斯在《战争的道德等价物》一文中关于集体和个人关系的精彩论述："当一个人知道，他隶属的那个集体的事业同时也需要他时，他的所有内在品质都会获得一种尊严。如果他以集体为豪，他的骄傲也会相应增加。"这段话起码给所有的大小组织两点启发，一是要让组织里的每个人都意识到自己很重要。"三条腿的蛤蟆找不到，两条腿的人到处都有"之类的话不能讲。二是组织不但要用人，还要养人，要栽培他，让他成长，给他安全感、归属感和幸福感。要他有"莫道故乡生处好，受恩深处便为家"的感觉！

939. 英国第一位重要的浪漫主义诗人威廉·布莱克（William Blake）有诗曰："好人喜欢的是别人的意见，而不会自己去思考。"布莱克这里的"好人"，指的是我们常说的"老好人"，就是所谓的"乡愿"，自己没有主意，只求苟活，不得罪任何人，脑袋是别人思想的跑马场。所以孔子愤懑地说："乡愿，德之贼。"其实也不尽然，老好人式的乡愿也有好处，就如芥川龙之介在《侏儒呓语》一书中所揶揄的那样："老好人最像天上的神。首先，我们可以向他倾诉欢喜之情；其次，可以向他大发牢骚；第三，有他没他都无所谓。"

940. 在唐诺《声誉》一书中读到法国历史学家托克维尔的一段话，此话深获我心："一旦我认为一件事是真理，我就不想让它卷入辩论的危险里，我觉得那好像一盏灯，来回摇晃就可能熄灭。"所以直接摘录这段话，实在是因为本人也的确有这样的精神经验，用博尔赫斯在《莎士比亚的记忆》一书里的一句话讲就是："所有的言辞都需要一种共同的经验。"有时候言语打动人实在不是因为修辞有多么美，而是因为有共同经验才引起了共鸣！

941. "宏观经济学之父"凯恩斯讲过："人类的需求可能是没有边际的，但大体上能分为两种，一是人们在任何情况下都感到不可或缺的绝对需求；另一是相对意义上的，能使我们超过他人，感到优越自尊的那一类需求，即满足优越感的需求，很可能是永无止境的……"这两种需求实际上就是我们平常讲的刚性需求和弹性需求，我称之为里子需求和面子需求：一种是实在的正常需求，一种是虚荣的过度需求。可以用苏东坡的《撷菜》一诗来说明这个经济学现象："秋来霜露满东园，芦菔生儿芥有孙。我与何曾同一饱，不知何苦食鸡豚。""一饱"是刚需，每个人都需要的。但萝卜芥菜可以一饱，肥猪嫩鸡也可以一饱，一箪食一瓢饮是一顿饭，食不厌精脍不厌细也是一顿饭，这当中的弹性就大了。何曾，是西晋的开国功臣，每顿饭花一万钱还嫌没有下筷的地方，这种就是典型的过度需求！

942. 英国《卫报》的专栏作家蒂莫西·加顿艾什曾说："全世界的记者都有一种可悲的模式，即他们先把名人捧到荒唐的高度，接着又拆自己的台。"读到这段话，颇觉一些一夜爆红的名人其实蛮可怜，他们被充分地利用了两次，登上神坛是一次新闻，跌落神坛又是一次新闻。这既满足了普通人的那一点盼人坏恨人好的难以启齿的阴暗人性，又暗合了心理学上的"峰终效应"。所谓峰终效应，大意就是一个人对某事的整体印象或体验，只取决于峰值（感觉特好或感觉特差）和事情结尾的感觉。

943. 英国的阿克顿爵士有一句大家都耳熟能详的名言："你讲的话我一句也不同意，但我愿意用我的生命来保证你讲话的权利。"美国旅行作家比尔·布莱森把爵士的话改成："你讲的话我一句也听不下去，但我愿意用我的生命来保证你有当个十足混蛋的权利。"我更喜欢布莱森改后的这句话！

944. 自由是一种高度的自律。这种自律有一种内在的自在，是可以"造次必于是，颠沛必于是"地"吾道一以贯之"的。这样的自由既是一种道德，也是一种信仰。

945. 读邓晓芒的《人论三题》，其中提到作家史铁生有一本书叫《昼信基督夜信佛》，史铁生的大多数作品我都读过，这本书却第一次听说。所以提到史铁生的这本书，是因为书名本身就很吸引人，我猜想史铁生起这个书名的目的：一个人白天要像耶稣基督那样背起人生的十字架，背起劳苦愁烦，为荣耀神名而全力奋斗。晚上则要像如来佛祖那样放下人生的万事诸缘，放下贪嗔痴慢，入空无三昧而充分休息！

946. 法国启蒙思想家伏尔泰有句名言："即使没有上帝，我们也要造一个出来。"这句话其实是说，人活着得有奔头，得有希望，得有念想，不然就会失去活下去的动力。其实伏尔泰这句话可改成：即使没有天堂，我们也要造一个出来。史铁生有个短篇小说《命若琴弦》，说的就是这个道理，小说中有句话道出了主旨："一根琴弦需要两个点才能拉紧。心弦也要两个点——一头是追求，一头是目的。"故事说的是，一老一小，两个瞎子，靠着给偏僻大山里的人们弹三弦说故事维持生计，老瞎子是师父，七十岁，弹三弦五十多年。小瞎子是徒弟，十来岁，跟着老瞎子学艺讨生活。老瞎子告诉小瞎子，只要下功夫弹断一千根琴弦，且用这一千根断弦来做药引子，并按照藏在琴箱子里那张药方去抓药，服药之后，眼睛就可以复明了。老瞎子对这点深信不疑。终于有一天，他同时弹断了两根琴弦，凑足了一千根断弦。他离开了偏僻的大山和徒弟，取出了琴箱子里的药方到集市上去抓药。结果人家告诉他手里拿的不过是一张白纸而已，可怜的老瞎子不相信，又问了好多人，结论是一样的。这么多年支撑他活下去的药方居然是一张白纸，该如何给自己交代，该如何给徒弟交代？但为了让小瞎子活下去（小说交代小瞎子失去了自己的心上人兰秀儿，兰秀儿嫁正常人了），回到山里后，他只好骗徒弟说自己记错了，药引子是一千两百根断弦，还得接着弹下去。老瞎子虽然最终撒了谎，但是这个谎言用史铁生的话说是"高贵的谎言"，是让人充满希望、好好活下去的善意的谎言！老瞎子的师父给自己造了一座"天堂"，他又为自己的徒弟造了一座"天堂"！

947. 佛家说无明乃是万恶之源。无明就是没有分辨能力，是个糊涂蛋。苏格拉底说："知识即美德！"这里的"知识"不是指书本上的科技的、文化的、艺术的知识，而是指分辨善恶的能力。12世纪意大利哲学家圣安瑟尔谟（Anselmo St.）有句名言："把书放在无知者的手里，犹如把剑放在儿童的手里一样危险。"

948. 英文live是生命力，字母反过来就是evil，是邪恶。美国心理学家艾里希·弗洛姆在《人心：向善行恶之秉赋》中说："恶是一切扼杀生命、缩减生命、使其支离破碎的事物。"

949. 匈牙利诗人裴多菲的名诗《自由与爱情》："生命诚可贵，爱情价更高。若为自由故，两者皆可抛。"自由于一个人来讲是何等重要，一个人可以失去生命和爱情，但不能没有自由，"不自由，毋宁死"。反过来说，一个人一旦得到了自由，他为了充分地实现自由的价值，当会更加珍惜生命乃至爱情。就如斯宾诺莎在《伦理学》中说的："自由的人绝少想到死；他的智慧，不是死的默念，而是生的沉思。"

950. 开家长会惊讶得知，得抑郁症的孩子越来越多。造成这种结果的原因固然很多，但家庭氛围应该是重要原因之一，其乐融融家庭里出来的孩子，我想得抑郁的概率不会很大，更不会想到自杀。相反，会很开朗，很热爱生命。心理学家弗洛姆在《人心：向善行恶之秉赋》一书中讲："儿童之所以能发展出对生命的热爱，其中最重要的原因，在于他与热爱生命的人生活在一起。对生命的爱与对死亡的爱一样会传染。不需要言语，不需要解释，当然更不需要任何说教，不需要耳提面命地要他热爱生命。比起言传，它更体现在身姿体态；比起言辞，它更体现在语气腔调。它见诸个体或群体所拥有的整体氛围之中，而非见于清晰表述出来、供个体或整体依循遵照以指导其生活的原则或规章制度。"这段话给我们很大启发，做父母的不要整天担心自己的孩子会不会得抑郁症，会不会自杀，而是首先自己要活出一股向上的生命力，要整个家庭都充满具有生命活力的正能量，"邪不侵正"，孩子在这样的家庭氛围里一定会健康积极地成长。相反，如果每天做父母的都在家里释放"死"的信号，或是说累死了、烦死了、气死了、郁闷死了之类的负能量的话，或是整晚躺在那里颓废地玩着手机，或是每天酗酒搓麻，等等，那对成长其中的孩子会是非常不利甚至是负面的！

951. 人或多或少都有点自恋的倾向。只不过有的人表现得明显点，有的人表现得低调点。最极端自恋的例子当属古希腊传说中的美少年纳西索斯（Narcissus），由于他拒绝了森林女神厄科（Echo）的爱情而导致了厄科心碎而死。复仇女神涅墨西斯（Nemesis）为了报复他，让他爱上自己倒映在湖水里的影子，最后在顾影自怜里溺湖而亡。现实中，虽然不至于因为爱自己的影子而落湖溺亡，但是有纳西索斯自恋情结的人却大有人在，一个女人对着镜子梳洗打扮几小时并不奇怪，不过这也无可厚非，"可怜女子皆求美，何讽东施独效颦"。如果说女人顾影自怜地打扮是外在的自恋，那么文人自说自话地炫耀就是内在的自恋。过去有一首打油诗反映的就是这种自恋："天下文章在三江，三江文章属我乡。我乡文章属舍弟，舍弟跟我学文章。"说到文人自恋，还有一个笑话，有一位作家和朋友小聚，没完没了、喋喋不休地谈论他自己的事情，好久之后作家才发现都是他一个人在说，且说的都是自己的事，便很难为情地对他的朋友说："我一直都在说我自己的事，下面你也聊聊吧，你对我最近出的那本新书有何评价？"

952. 画家黄永玉有个习惯，喜欢在画旁题字。黄老曾画过一只黑褐色的小老鼠，旁白文字曰："我丑，我妈喜欢。"《大学》里讲："人莫知其子之恶，莫知其苗之硕。"大意是说，自己家的孩子好，别人家的庄稼好。自己家的孩子好是恋，别人家的庄稼好是贪。类似于一句俗语："孩子是自己的好，老婆是别人的好。"总之，雅言也好俗语也罢，都是想表达自家的孩子是最好的，就如契诃夫所说："我受不了小孩的哭声，却听不见自己孩子的哭声。"这种想法其实在心理学上也是有依据的，按照心理学家弗洛姆在《人心：向善行恶之秉赋》一书中的说法是："很多父母相信，与其他孩子相比，自家的孩子是最漂亮、最聪明的。情况似乎是，孩子越小，这种自恋偏见就越强烈。父母之爱，尤其母亲对婴儿的爱，在很大程度上是把婴儿当成自己的延伸来爱的。"

953. "如果你的宗教是假的，而你认为它是真的，那你不冒任何风险。如果你的宗教是真的，而你认为它是假的，那你要冒一切风险。"法国思想家帕斯卡的这段话可以被所有的传教士拿来用。

954. 人们常说时间不饶人。我说我们不饶时间，一分钟当十分钟用，一辈子做出万辈子的事，让时间成为我们前进的马车!

955. "现今教哲学的人给学生食物，不是由于食物合他们的口味，而是为了改变其口味。"维特根斯坦在《文化和价值》一书中的这句话给教育者们一个启发，教育不是迎合，是改变!

956. 古人有言："地秽多生物，水清常无鱼。"《吕氏春秋·贵公》："处大官者，不欲小察，不欲小智。"做官也好，为人处世也罢，有时候难得糊涂，不要事事清察，耍小聪明，结果反而把自己孤立起来。维特根斯坦在《文化与价值》中提醒人们："我们最大的愚蠢也许就是非常聪明。"

957. "黑的"和"白的"是相互欣赏、相依相存的对立，它们之间只有对立没有矛盾。"黑的"和"不黑的"、"白的"和"不白的"才有矛盾。

958. 德国美学家康拉德·朗格说："艺术就是有意识的自我欺骗，是一种成年人的游戏。"《黑格尔哲学讲演录》中说道："所谓艺术活动、审美活动，本质上就是一个自欺活动。艺术家在创造一个对象的时候，他把自己投入到对象中去了。一个作家在写作的时候，他也把自己融入人物中去了，作家自己痛哭流涕，好像他自己在那个小说中生活。其实他知道他根本不在那个小说里面，他是在进行一种有意识的自欺。艺术创造是一种自由活动，有意识的自欺就是自由和自我意识的本质。"这种艺术创造上的自欺分三个阶段，第一阶段是艺术是艺术，我是我，跟着别人的游戏规则玩。第二阶段是艺术中有我，我中有艺术，和别人共同制定游戏规则玩。第三阶段是自欺的最高阶段，艺术就是我，我就是艺术。我制定我的游戏规则让别人来玩。

959. 黑格尔有句名言："自我意识只有在一个别的自我意识中才获得满足。"换句话说，我的个人价值（或者说存在）需要别人的认可才算真的有价值、有意义，单单是妄自尊大、孤芳自赏则无法实现自我价值。用《庄子·齐物论》的话说就是："非彼无我，非我无所取。"彼此通过对方实现自己人生的价值，彼此都是对方的贵人，人人为我，我为人人，用黑格尔的话就是："我就是我们，我们就是我。"

960. 英国作家约翰·罗斯金（John Ruskin，1819—1900）有一句名言："少女可以歌唱失去的爱情，守财奴却不能歌唱他失去的金钱。"少女失去爱情是悲剧，歌唱出来能引起群众广泛共鸣。守财奴失去金钱坐在那里哭则会引发人们的普遍快感，像一部喜剧，无须歌唱！

961. 孔子、耶稣、释迦牟尼、苏格拉底等历史上的圣人都是充溢喜乐的人，这个"乐"是"一箪食一瓢饮，回也不改其乐"的"乐"，是"饭疏食，饮水，曲肱而枕之，乐亦在其中矣"的"乐"，总之是"孔颜乐处"的"乐"。乐极生悲，"悲"是"悲天悯人""慈悲为怀"的"悲"，他们都希望人们也能像他们一样喜乐，于是他们不约而同地开始了各自悲天悯人的教学生涯！

962. 古时有位商人在临终前讲了一句老实话："天底下所有的人，一辈子只做三件事，自欺、欺人、被人欺。"诚哉斯言，就连贵为九五之尊的皇帝老儿也不过做这三件事。皇帝老儿一言九鼎、自我感觉良好的自欺自不待言，当然也要实行诸多愚民政策来欺骗百姓，但是百姓们也会"铁拐李把眼挤——你糊弄我、我糊弄你"地愚君欺上。鲁迅在杂文《谈皇帝》里很生动形象地讲了一个"愚君"的故事，文中交代这个故事是往昔他家的一个老仆妇告诉他的："皇帝是很可怕的。他坐在龙位上，一不高兴，就要杀人；不容易对付的。所以吃的东西也不能随便给他吃，倘是不容易办到的，他吃了又要，一时办不到；——譬如他冬天想到瓜，秋天要吃桃子，办不到，他就生气，杀人了。现在是一年到头给他吃菠菜，一要就有，毫不为难。但是倘说是菠菜，他又要生气的，因为这是便宜货，所以大家对他就不称为菠菜，另外起一个名字，叫作'红嘴绿鹦哥'。"

963. 叔本华（Schopenhauer）有句名言："无刺的蔷薇是没有的，然而没有蔷薇的刺却很多。"近代上海青帮头目杜月笙曾把人分为三等：头等人，有本事，没脾气；二等人，有本事，有脾气；末等人，没本事，大脾气。按照叔氏的说法，杜月笙说的末等人就属于没有蔷薇的刺。

964. "那么，作文真就毫无秘诀了么？却也并不。我曾经讲过几句做古文的秘诀，是要通篇都有来历，而非古人的成文；也就是通篇是自己做的，而又非自己所做，个人其实并没有说什么；也就是'事出有因'，而又'查无实据'。到这样，便'庶几乎免于大过也矣'了。"读到鲁迅在《南腔北调集·作文秘诀》中写的这段话，我突然想到今天不少所谓的学者写论文用的就是这个秘诀，把别人的成文拿过来，按照把"失眠"改成"睡不着"、把"饱了"改成"不饿"的套路将整个文章一变，查重机器绝对查不出任何抄袭迹象，正经的"查无实据"，真正的"通篇是自己做的，而又非自己所做"。我查了一下鲁迅写这篇文章的时间是1933年，我写这段小文的时候是2023年，整整90年之后，在急着评职称急着发表文章的今天，这个秘诀非但没有失传，还大有"发扬光大"之势。

965. "对于母亲而言，绝望是不存在的。在任何情况下，她都能用行动来鼓舞她的孩子。母亲永远不会缺少勇气，她一生都在激励着我们。无论发生什么事，即使在悲伤的阴影下，母亲都能酝酿出欢乐的情绪。对于她的孩子们而言，母亲的存在是一股巨大的力量，也是最后的庇护。"哲学家卡尔·雅斯贝尔斯在《何谓教育》一书中的这段话使我想到了一首老歌，《世上只有妈妈好》。

966. 有胆量的负责称为"义"，有负责的胆量叫"义气"。

967. 奥地利诗人弗朗茨·格里尔帕泽（Franz Seraphicus Grillparzer，1791—1872）有句名言："从人性，到民族性，再到兽性。"狭隘的民族性，使得人与人之间产生了隔阂，进而生出仇恨，导致冲突甚至是战争，把人变成了兽！

968. "具有哲学思想的医生如同上帝。"希波克拉底的这句名言让我想到特鲁多医生的一句名言：'偶尔去治愈，常常去帮助，总是去安慰。"（To Cure Sometimes，To Relieve Often，To Comfort Always.）一个医生倘懂得用哲学思想去安慰病人，甚至懂得用哲学思想去影响病人树立正确向上的生死观、价值观甚至是宇宙观，那么对于治愈病人将大有裨益。或者说医生用哲学思想对病人影响的过程本身就是一种教育和治愈的过程。难怪雅斯贝尔斯在《何谓教育》一书中说："医生与病人的关系——类似于教育的关系。"

969. 真正的朋友在人格上是平等的，借用一句英文的说法就是Neck to Neck（齐头并进）。阿尔贝·加缪（Albert Camus，1913—1960）曾讲过维持友情的秘诀："不要走在我前头，因为我有可能无法跟上；不要走在我后头，因为我可能无法正确地引导你；就走在我身边，做我的朋友吧。"

970. 《道德经》里讲："不出户，以知天下。"翻译成现代文，不用旅行，就能了解世界。美国当代小说家保罗·奥斯特（Paul Auster）不知是否读过《道德经》，他曾说过："人们都认为必须通过旅行才能认识这个世界，但我觉得就算是停留在同一个地点，只要睁大自己的双眼，你就能看到你所能掌握的所有事物了。""你没有走出屋子的必要。你就坐在你的桌旁倾听吧。甚至倾听也不必，仅仅等待着就行了。甚至等待也不必，保持完全的安静和孤独好了。这世界将会在你面前自愿现出原形，不会是别的，它将如醉如痴地在你面前飘动。"卡夫卡如是说。葡萄牙诗人费尔南多·佩索阿在《惶然录》中的《旅行者本身就是旅行》一文中写道："你想要旅行吗？要旅行的话，你只需要存在就行。在我身体的列车里，在我的命运旅行途中如同一站接一站的一日复一日里，我探出头去看见了街道和广场，看见了姿势和面容，它们总是相同，一如它们总是相异。说到底，命运是穿越所有景观的通道。如果我想什么，我就能看见它。如果我旅行的话，我会看得到更多的什么吗？只有想象的极端贫弱，才能为意在感受的旅行提供辩解。'通向N市的任何一条道路，都会把你引向世界的终点。'（19世纪苏格兰哲学家托马斯·卡莱尔语——译者韩少功注）但是，一旦你把世界完全看了个透，世界的终点就与你出发时的N市没有什么两样。事实上，世界的终点以及世界的起点，只不过是我们有关世界的概念。仅仅是在我们的内心里，景观才成其为景观。这就是为什么说我想像它们，我就是在创造它们。如果我创造它们，它们就存在。如果它们存在，那么我看见它们就像我看见别的景观。所以干吗要旅行呢？在马德里，在柏林，在波斯，在中国，在南极和北极，我在什么地方可以有异于内在的我？可以感受到我特别不同的感受？生活全看我们是如何把它造就。旅行者本身就是旅行。我们看到的，并不是我们所看到的，而是我们自己。"

971. 波德莱尔说："学习就是自我否定。"诚哉斯言，读书越多，学得越深，就越觉得自己无知和渺小！尼采说："人类最难了解的事便是自己的无知。"那么如何了解自己的无知呢？多学习！

972. "不可骄傲，荣誉一旦得到便成历史，要保住荣誉，就要不断努力。"这是我上初中时班主任老师提醒过我的一句话。老师的这句提醒恰如一句美国格言："事情越是改变，越能保持不变。"

973. 卡夫卡有句名言："如果真有永生，明天还会存在吗？"他这句话的意思是说，如果人不死，活着还有意思吗？就如卡夫卡的另一句名言所说："生命有意义是因为有一天会停止。"

974. 《易经》里讲"恐致福"，即恐惧能得福之意。心怀恐惧，则知戒备，有备而无患，故能致福。弗朗茨·卡夫卡（Franz Kafka，1883—1924）曾坦言："我的恐惧就是我的本质，或许也是我最优秀的一点。"美国艾奥瓦州大学神经心理学家贾斯汀·范斯坦（Justin

Feinstein）表示：恐惧能刺激我们求生的本能，从而保护我们。

975. 《卡夫卡谈话录》："不可以说我们缺少信仰。活着这么简单的事，就是信仰源源不断的来源。""不相信明天的青年就是对自己的背叛。人要生活，就一定要有信仰。"好好活着，就是最大的信仰！外国诗歌中，特别令我感动的是捷克诗人基里·福尔克所写的《谦恭》（1920年9月发表于文学刊物《树干》第21期），诗的内容如下："我越长越矮，越长越小，变成人间最矮小的人。清晨我来到阳光下的草地，伸手采撷最小的花朵，脸颊贴着花朵轻声耳语：我的孩子，你无衣无鞋，托着晶莹闪亮的露珠一颗，蓝天把手支撑在你的身上。为了不让它的大厦坍塌。"一朵花尚能靠一颗露珠坚强地活下来，撑起一片天，何况我们是万物之灵的人。我们即使很"矮小"、很平凡，也要顶天立地地好好活着，假如我们倒了，头上的那片天就塌了，这个世界就塌了。很喜欢一部日本电影《有熊谷守一在的地方》，电影快结束的时候，有一段电影对白让人感动。熊谷守一（山崎努饰）问老妻（树木希林饰）："如果人生能重来一遍，你觉得如何？"老妻答："这样啊，我不要，因为太累了。"妻子的回答就如张恨水在《春明外史》中有两句诗所表达的那样："今日饱尝人意味，他生虽有莫重来。"接着妻子反问熊谷守一："你呢？"熊谷守一略微沉思了一下答："我不管重来几次都愿意，现在也是，我想活得更久些，我喜欢活着。"当时作为这部电影女主角的树木希林曾在若干年前被报社记者问及被发现患上乳腺癌后的生活和心境，她答道："作为一个人，即使当你知道明天地球要毁灭了，今天你也必须去种下一棵苹果树。我们就应该抱着这种想法活下去。"

976. 佛家讲人生有八苦，其中有"二苦"是"爱别离苦"和"怨憎会苦"，相爱的人常分别，厌恶的人总照面。英国艺术评论家约翰·伯格（John Berger）大概是受到了佛教的影响，抑或是巧合，他在《简洁的照片》一书中写道："爱的反面不是恨，而是分别。"按照伯格的逻辑，恨的反面不是爱，而是见面。

977. 一个人只要不自欺，听从自己的心声，那么面对自己热爱的事业，他不会瞻前顾后、患得患失，而是会毫不动摇地坚持下去。就如诗人顾城所说，真正诚实的人从不面临选择。

978. 佛家"八苦"中有一苦为"求不得苦"。为了减少此苦，叔本华给出的建议是："避免很不幸福的最保险的办法就是不要要求很幸福。""避免重大祸害的最有效途径就是考虑到我们的能力、条件，尽可能地降低我们对生活的要求。"

979. 叔本华说："在这世上有三类贵族：基于出身和地位的贵族，基于金钱财富的贵族，精神思想方面的贵族。最后一类是真正至为高贵的，只要给予他们时间，他们的尊贵就会得到人们的认可。"法国社会学家布迪厄大概是受到了叔本华的影响，把资本分为三类：与"基于出身和地位的贵族"相对应的社会资本、与"基于金钱财富的贵族"相对应的经济资本和与"精神思想方面的贵族"相对应的文化资本。直到今天，三类资本中，文化资本还是最受人尊重。在中国，社会资本受益者被人讥称为官二代，经济资本的受益者被人讥称为富二代，文化资本的受益者被人尊称为书香门第！

980. "一个古老作家相当确切、中肯地说过，这世上存在三种力：明智、力量和运气。我相信运气至为重要。"叔本华《人生的智慧》中的这句话使我想到了曾国藩的一句名言："不信书，信运气！"

981. 《道德经》说："死而不亡者寿。""亡"者，忘也，死了还不被忘记才是真正的长寿。古人讲"立德、立言、立功"三不朽，就是为了死后不被忘记。俗谚也讲："豹死留皮，人死留名""雁过留声，人过留名"。20世纪法国女画家玛丽·罗兰珊（Marie Laurencin，1883—1956）在《镇静剂》一诗中这样写道："比被抛弃的女人更可悲的，是无依无靠的女人。比无依无靠的女人更可悲的，是被赶走的女人。比被赶走的女人更可悲的，是死去的女人。比死去的女人更可悲的，是被遗忘的女人。"人同此心，心同此理。人不分男女，地不分中西。总之，人是一种怕被忘记的动物！

982. 一个人的气质是其精神内涵自然流露出来的东西，是装不出来的，也掩盖不住的。张大春先生在《小说稗类》一书中讲了这么一个故事，当然这个故事也是张先生从友人作家雷骧那里听到的，故事的主人公是雷骧先生的表叔。这位表叔是安徽省五河县人，经营蚌埠到临淮关的火轮发家。虽说是"乡巴佬"，却也颇有资财，且广交际，算得上见过世面。一日表叔乘火车到上海公干，行前刻意打扮了一番——长袍、呢帽、挂链怀表，外带着金质烟盒；可以称得上派头儿十足，应该不会被误会成寻常的乡下人才是。孰料甫一下车，表叔才掏出烟盒、点上支烟、吞吐了不到三五口，就突然发现：烟盒、怀表、皮夹子全都不翼而飞——他老人家知道：这是着了道儿了；于是立刻透过相熟的商会人士找上了巡捕房。表叔的话摞得漂亮："久闻上海地头儿上的扒手也有所谓青白眼；倘若要下手行窃，必然是看出对方'不够称头'。兄弟自诩格调不算卑下，却不知如何仍然入不了此间道上人物的法眼。是以丢钱事小、丢脸事大。好不好烦请阁下做主，替兄弟打听打听：兄弟初来乍到，究竟做了些什么上不了台盘的事体？居然教人瞧不起。下手的人物自凡说得出一个道理，丢掉的东西兄弟可以不要了。"捕房的包打听慨然允诺。不出一个时辰，人赃俱至。表叔既叹服上海市里黑白道绾结之严密，仍疑惑那扒手何以有眼无珠、胆敢鲁莽冒犯；于是趋前再把方才那番话表过一遍。那扒手应声唯唯，支吾了半天，才壮起胆子说："您老一下火车就露了相了。"表叔自然不服，连声逼问："我怎么露的相？""您老掏出烟来吸，把支烟在那烟盒盖子上打了三下。""那又如何？""您老吸的是'三炮台'，'三炮台'是上好的烟卷儿，烟丝密实，易着耐吸，不须敲打。可您老打了那三下，足见您老平时吸的不是这种好烟卷儿，恐怕都是些丝松质劣的土烟；手底才改不过来。"表叔当下大惭失色，当然也没好意思讨回贼赃，只能认栽作罢。

983. 佛教里讲不轻后学。南怀瑾先生曾在《宗镜录略讲》中讲到他年轻时去拜访马一浮先生，马先生居然更换正装，大开中门，两排学生列队迎接当时尚名不见经传的南先生。近读刘梦溪先生的《八十梦忆》，其中《悼朴老》一文讲述了中国佛教协会原会长赵朴初先生不轻后学的故事。1977年，七十岁的赵朴初赠给三十六岁的刘梦溪一副对联："天道无亲常与善，人才非正不能奇。"对联附题是："十年教训，得此一联。天道作自然法则历史法则解。与犹亲也。无亲而常与，非正则不奇，相反相成之理，不甚然与。"朴老的这副对联主要意思就是鼓励刘梦溪先生做人要善，做事要正。后来这副对联一直挂在刘先生书房里。十年后，刘先生手书一函寄给朴老，感谢十年来这副对联对他的激励，同时坦告，此时的心境更喜欢王国维（字静安）的两句诗："云若无心常淡淡，川如不竞岂潺潺。"仅过几日，刘先生就收到了朴老以娟淡秀美的笔墨写下的静安诗句。

984. 近代学术界有两对我比较钦佩的模范夫妻：一对是钱钟书先生与杨绛女士，一对是陈寅恪先生与唐晓莹女士。钱钟书先生在1994年完成《槐聚诗存》，当杨绛替他誊写完毕后，钱钟书深情地对杨绛说："你是最贤的妻，最才的女。"唐晓莹女士同样也给陈寅恪先生很多事业上的帮助。陈寅恪先生晚年写给唐晓莹一首诗，其中一句是："然脂功状可封侯。"意思是说，你挑灯燃脂，帮我在学问上做了大量的工作，这个功劳可以封侯！

985. 《易经》里讲"小惩大诫""履霜坚冰至"，提醒人们要见坏就收。

986. "大师"本是佛教界对高僧大德的称呼。当年竺可桢聘马一浮到浙大教书，马一浮提出条件若干，其中一条就是不要称他教授，要称他大师。台湾评论家李敖先生也自称大师。如今已是"大师"满天飞的时代，风水大师、国学大师、气功大师、瑜伽大师……随便一个不入流的阿三阿四就可以称"大师"，大师降到了和"小姐""美女""帅哥"等称呼一样的"大甩卖"境地。那么一个人究竟要具备怎样的精神、学问、品德方可堪称"大师"呢？英国史学家托马斯·卡莱尔（Thomas Carlyle，1795—1881）在总结人类历史上不同时代的大师之后，得出一个带有定义性质的结论：他们是人类的领袖，是传奇式的人物，是芸芸众生踵武前贤、竭力效仿的典范和楷模，他们是有益的伙伴，是自身有生命的光源，他们令人敬仰，挨近他们便是幸福和快乐。

987. 法国作家加缪在《西西弗的神话》一书的开篇就写道："真正严肃的哲学问题只有一个：自杀。判断生活是否值得经历，这是回答哲学的根本问题。"自杀分两种：一种是肉体自杀，一种是精神自杀。卡夫卡在《卡夫卡谈话录》里说："今天，一个诚实的、按照公务条例得到丰厚薪水的公务员就是一个刽子手。……他们把活生生的、富于变化的人变成了死的、毫无变化能力的档案号。""束缚人类使其受苦的镣铐是公文纸做的。"我很欣赏现代诗人张枣的一首诗，这首诗对"精神自杀"有非常真实的写照："我对这个时代最大的感受就是丢失。虽然我们获得了机器、速度等。但我们丢失了宇宙。丢失了与大地的触摸。最重要的是丢失了一种表情。我觉得我们人类就像奔跑而不知道怎么停下来的动物。"

988. 《卡夫卡谈话录》："青年充满阳光和爱。青年是幸福的，因为他们能看到美。这种能力一旦失去，毫无慰藉的老年就开始了，衰落和不幸就开始了。……谁保持发现美的能力，谁就不会变老。"按照卡夫卡的说法，一个人变老不是年岁上的增长，而是审美力的减弱。

989. 《孟子》："尽信书不如无书。"《卡夫卡谈话录》："一个人读书就是为了提问。"宋儒朱熹有诗曰："读书无疑须有疑，有疑定要求无疑；无疑本自有疑始，有疑方能达无疑。""读书无疑须有疑"，读书不用说是要有一种怀疑精神，要有问题意识。"有疑定要求无疑"，发现新问题就要去解决问题，不懂的东西必须搞懂。"无疑本自有疑始"，懂都是从不懂开始的。"有疑方能达无疑"，只要有问题意识，把不懂的东西一样样搞通，最后总会通达无惑！

990. 早起读李贺的诗："寻章摘句老雕虫，晓月当帘挂玉弓。不见年年辽海上，文章何处哭秋风。"（《南国十三首·其六》）东拼西凑写文章，天亮还在纸上忙。辽东辽海战事紧，悲秋小文能国防？李贺的诗使我想到《卡夫卡谈话录》里的一句名言："我们比较容易从生活中制造出许多书，而从书里则引不出多少生活。"

991. 海德格尔说："语言是存在的家。"此话何意？我"以经解经"，借用《卡夫卡谈话录》里的话来解释："每一句骂人的话都是对人类最大的发明——语言的破坏。谁骂人，谁就是在骂灵魂。咒骂就是谋杀仁慈，但一个不会正确地斟酌字句的人也会犯这种谋杀行为，因为说话就是斟酌并明确地加以区分。话语是生与死之间的抉

择。""伤害语言向来都是伤害感情，伤害头脑，掩盖世界，冷却
冻结。""语言是行动的开路先锋，是引起大火的火星。"

992. 鲁迅《纪念刘和珍君》："真正的猛士，敢于直面惨淡的人生，敢
于正视淋漓的鲜血。"佩索阿《惶然录》："我要焕然一新，我
要活下去，我要向生活伸出脖子，承担车辄的巨大沉重。"卡夫
卡《卡夫卡谈话录》："人们爬回到所谓的个人小天地里，因为他
们缺乏对付世界的力量。人们逃避奇迹而去约束自我。这是撤退。
生活就是与其他事物共处，是对话。人们不能逃避这种对话。"其
实最大的懦弱还不是"撤退""逃避"地去"约束自我"，而是麻
木、荒唐地结束自我。卡夫卡对此也有高论："我们可以把自杀看
作是过分到荒唐程度的利己主义，一种自以为有权动用上帝权力的
利己主义，而实际上却根本谈不上任何权力，因为这里原本就没有
力量。自杀者只是由于无能而自杀。他什么能力也没有了，他已经
失去了一切，他现在去拿他占有的最后一点东西。要做到这一点，
他不需要任何力量。只要绝望，放弃一切希望就足够了，这不是什
么冒险。延续，献身于生活，表面上看似乎无忧无虑地一天一天过
日子，这才是冒风险的勇敢行为。"

993. 科技，把握世界，开辟新世界。人文，抚摩世界，开阔心境界！

994. 教室+课堂=教堂。我们的教堂，这里当产生我们的信仰！不产生信
仰的课堂，只能是一个灌输知识的加工厂！

995. 《卡夫卡谈话录》："从脑袋到笔的路比从脑袋到舌头的路长得
多、难得多。在诉诸文字时，有些东西就失去了。"说话时的语
气、神态，是文字无法表达的，真是：道可道，非常道！

996. "笔不是作家的工具，而是他的器官。"《卡夫卡谈话录》里的这
句话使我想到当今社会，手机不是人们的工具，而成了很多人的

器官。

997. "我确实羡慕青年。一个人年纪越大，他的视线就越宽。但是他的
生活可能性就越来越小。最后剩下的就只是一次仰视，一次呼气。
在这个时刻，人也许能通观他的一生。第一次，也是最后一次。"
《卡夫卡谈话录》里卡夫卡的这段话使我想到了两首古诗：一首是
清代袁枚的《湖上杂诗》："葛岭花开二月天，游人来往说神仙。
老夫心与游人异，不羡神仙羡少年。"一首是南唐李煜的《赐宫人
庆奴》："风情渐老见春羞，到处消魂感旧游。多谢长条似相识，
强垂烟态拂人头。"

998. "什么是爱？这其实很简单。凡是提高、充实、丰富我们生活的东
西就是爱。通向一切高度和深度的东西就是爱。"《卡夫卡谈话
录》里卡夫卡的这段话和《孟子·尽心下》里的"可欲之谓善，
有诸己之谓信"两句意思很接近。一个人一辈子总要找到自己"可
欲"的东西，这东西是他所挚爱的，于他来讲是善的，通过这个东
西，他能"有诸己"，可以知道自己是谁。就如钟阿城中篇小说
《棋王》的主人公王一生，一生就爱好下象棋："我迷象棋。一下
棋，就什么都忘了。待在棋里舒服。""迷象棋"就是"可欲"，
"待在棋里面舒服"就是"有诸己"，就是卡夫卡说的"爱"。人
的一生总要找到一样可以待在里面很舒服的东西，这个让你舒服的
东西就是你的"道"，就是你的价值所在，棋王一辈子爱棋，下棋
就是人生，在棋里面就是王，人一辈子要找一个称王称霸的领域。
棋王王一生一个人和几个人赛棋，连环大战，赢了之后激动地哭着
说："妈，儿今天明白事儿了。人还要有点儿东西，才叫活着。"
诚哉斯言，人要找到自己的这点东西，这东西会让你一辈子活得很
踏实。最后再絮叨一句，钟阿城给棋王取王一生这个名字很高明，
这使我想到台北"故宫博物院"第一任院长蒋复璁先生的自挽联：

"碌碌无能，一生只做一桩事，尝尽酸甜苦辣；劳劳不惜，终岁难偷半日闲，浑忘喜怒哀乐。"

999. 佩索阿《惶然录》："生活充满着悖论，如同玫瑰也是荆棘。"有时为了获得生活，就得抛弃生活。为了找到故乡，必须远离故乡。

1000. 托尔斯泰说："人是不能用警句交谈的。"信哉斯论。小说家汪曾祺在《汪曾祺谈艺录》里讲他年轻时写人物对话总希望把对话写得美感一点，抒情一点，并带有一定的哲理，觉得若是平常的大白话没有意义。结果他的老师沈从文先生就批评他："你这个不是人物对话，是两个聪明脑壳打架，大家都说聪明话，平常人说话没这么说的。"

1001. 中国哲学最讲人人平等。"人皆可为尧舜"（孟子语）、"人人皆有佛性"（禅宗语）、"我不识一字，亦将堂堂地做一人"（陆象山语）、"满街都是圣人"（王阳明语）。

1002. 父母造成生命，知音造就生命。可以说知音是一个人精神上的父母，甚至有时会由精神父母变成衣食父母。因为知音是人生自我价值的最大认同者和鼓励者。有位哲人讲过："寂寞并不意味着你离群索居，真正的寂寞意味着你说什么别人都不理解。"故曰"士为知己者死，女为悦己者容"，"钟子期死，伯牙终身不复鼓琴"。清人易实甫曾说："人生必备三副热泪：一哭天下大事不可为；二哭文章不遇知己；三哭从来沦落不遇佳人。此三副泪，绝非小儿女惺惺作态可比，唯大英雄方能得其中至味。"秋瑾说："走遍天涯知者稀，手持长剑为知己。"钱穆说得更严重，他说，人生若无知音，"此人虽生如死，除却吃饭穿衣一身饱暖的自我知觉以外，试问其人生尚有何种价值、何种意义之存在？"（钱穆《灵魂与心》）

1003. 中国人喜言"神来之笔"，"读书破万卷，下笔如有神"，这里的"神"即功夫、道力。颇喜钱穆的一副对联："水到渠成看道力，崖枯木落见天心。"守住真心、初心，海枯石烂地努力下去，待道力够了，一切自然水到渠成，"神"就来了！

1004. 唐人薛渔思《幻异志·板桥三娘子》："有顷鸡鸣，诸客欲发，三娘子先起点灯，置新作烧饼于食床上，与客点心。"可见在唐朝就有"点心"之说法。为何叫"点心"？烧饼垫点，心儿莫慌。我们今天还常将早饭说成"早点"，大概就起源于此吧。

1005. 卡夫卡说，人类有两大罪过，其他所有的罪过都由此而来：急躁和懒散。卡夫卡的话使我想到了描述湖南人性格的四句谐语："不怕死、耐得烦、吃得苦、霸得蛮。"湖南人的"耐得烦"和"吃得苦"不但避免了卡夫卡所谓的人类的两大罪过，还有"不怕死"的闯劲和"霸得蛮"的韧劲，湖南人当得起"惟楚有才，于斯为盛"。

1006. 《西游记》中有句名言："与人为奴，怎比自在为王。"老百姓也有句俗谚："宁做鸡头，不当凤尾。"佩索阿《惶然录》中提到，恺撒曾这样定义过雄心："做一个农夫比在罗马当副官更好。"诚哉斯言，做一个"日出而作，日入而息，凿井而饮，耕田而食，帝力于我何有哉"的农夫要比做一个"以不智不愚之身，处不生不死之地，做不文不武之事"的副官，哪怕是罗马皇帝的副官，要强上百倍。农夫是自己土地上的恺撒，而副官则永远是恺撒脚下的副官！《惶然录》里还有一段话说得好："对于有一块园子的农民来说，园子就是他的一切，是他的帝国。恺撒有庞大帝国，仍嫌帝国狭窄，帝国就只是他的园子。小人物有一个帝国。大人物只有一个园子。"

1007. "这也许就是友情的本质，与之如影随形——一个人欢迎它，另一个人对它感到惋惜，第三个人完全没注意到它。"《卡夫卡日记：1909—1912》里的这段话使我想到《周易·损卦》的六三爻："三人行，则损一人；一人行，则得其友。"爱情、友情皆如饺子，都离不开醋！

1008. "乡村里的破晓只不过是存在的事实，而城市中的破晓则充满许诺。前者使你生存，后者则使你思想。我总是相信，思想比存在更好。" "一个人需要的现实世界，作为最为深邃思想的起点，是何等的小：吃中饭晚了一点点，用完了火柴然后把空火柴盒抛向街头，因为中饭吃得太晚以致稍感不适，除了可怜落日的许诺以外空中什么也没有的星期天，还有我既不属于这个世界也不属于其他如此形而上问题的生命。"佩索阿《惶然录》里的这两段话呼应了帕斯卡《思想录》里的那句名言："人的全部尊严，就在于思想。"

1009. 各种信息渠道显示，目前抑郁症的患病人群已出现低龄化趋势，大中小学每年发生学生跳楼事件已屡见不鲜，抑郁症已成为世界第四大疾病。关于抑郁症的临床表现，网上有很多描述，但总体来说，最明显的表现就是郁闷。佩索阿《惶然录》里有一篇《说郁闷》的文章，文中有段文字传神地描述了郁闷的表现："郁闷……是没有思想的思想，却需要人们竭尽全力投入思想；没有感觉的感觉，却搅得正常卷入的感觉痛苦不堪；是无所期待时的期待，并且受害于对这种无所期待的深深厌恶……郁闷……是没有伤害的伤害，没有意向的期待，没有理由的思考……它像是被一种可恶的精灵所占有，被什么也不是的东西所完全蛊惑。"佩索阿在《再说郁闷》中继续说道："郁闷是对世界的乏味，对生存的不适，对活下来的疲乏不堪，事实上，郁闷是人们对万事感到无边空幻的身体感觉。"

1010.《论语·述而》："三人行，必有我师焉；择其善者而从之，其不善者而改之。"人人都有值得学习的地方，好人可以做标杆，坏人可以做镜子。《道德经》："善人者，不善人之师；不善人者，善人之资。"好人是坏人的正面榜样，坏人是好人的反面教材。古人云："耕当问奴，织当问婢。"普通人也有值得学习的地方，即使是一块不走的表，每天也有两次是准的。君请看佩索阿《惶然录》里是怎么说的："生活的一条法则，就是我们能够而且必须向每一个人学习。要弄懂生活中好些重大的事情，就得向骗子和匪徒学习；而哲学是从傻子那里捡来的；真正的坚忍之课是我们碰巧从一些碰巧坚忍过的人那里得到的。"日本著名女演员树木希林曾出演过一个关于北大路鲁山人的专题电视节目，鲁山人以其自学才能著称，因此当树木希林被记者问及"自学一门技艺的长处和短处"时，树木希林谦逊地答道："我的学习没有'基本'方法！要说有呢，那就是你们大家是老师。这个世上的人，人人都是我的老师。"

1011.佩索阿《惶然录》中说："智者从来不去牵肠挂肚地注重一己之感受，而且能把暗淡无光的胜利，提高到这样的高度，即能够以无所谓的态度看待一己之雄心、追求以及欲望；历经喜乐哀愁却无动于衷，兴趣索然，仍然平常自立……"爱默生引用罗马帝国时期的希腊哲学家普鲁塔克的话说："研究哲理而外表不像研究哲理，在嬉笑中做成别人严肃认真地做的事，这是最高的智慧。"说得通俗一点，做事放松，拥有一颗平常心，既是一种能力又是一种智慧。《庄子·达生》："凡外重者内拙。"一个人过分地注重外在的目标实现，失去了平常心，内在的紧张精神就会扰乱做事发挥。树木希林有句名言："不被期待其实是最能出好活的。"

1012."在鸡棚里，公鸡注定了将要被宰杀。它居然啼唱着赞美自由的诗歌，是因为主人提供的两条栖木暂时让它占了个全。"佩索阿《惶然录》里这段话使我想到清人袁枚的一首小诗《鸡》，诗曰："养鸡纵鸡食，鸡肥乃烹之。主人计自佳，不可使鸡知。"这首小诗意思很简单，先让鸡吃木佬佬，待鸡肥了烹炸炒。主人诡计好又妙，这招瞒鸡弗知道！民国诗人刘大白曾于某店壁上见到袁枚的这首《鸡》，评论说："一切资本家豢养劳动者，男性豢养女性，军阀豢养士兵……的阶级豢养的背景，都被这几句诗道破了。不料旧诗中竟有这样的象征文字。"（转引自钱仲联《明清诗精选》）

1013. 住酒店，洗过澡，打开电视，播放《人民的名义》，看到赵德汉别墅里那么多钱，冰箱里塞满了钱，床底下堆满了钱，可一分钱没敢花，还住在筒子楼里吃炸酱面，上班还骑自行车。想起了袁枚的《戏咏箸》："笑君攫取忙，送入他人口。一世酸咸中，能知味也否？"

1014. 清人赵瓯北（赵翼）《论诗》曰："少时学语苦难圆，只道工夫半未全。到老始知非力取，三分人事七分天。"世上的事都如学诗，要成功，努力固然重要，但也要看天分，一点天分就是一点灵光，俗话说："聪明一点就透，影子棒打不回。"有的人学某东西，一学就会，有的人学某东西，把老师都气涅槃了，还是学不会，真是裤衩改西服——不够材料。清人袁子才的《遣兴》恰好可以和赵瓯北的这首《论诗》相互发明，子才诗曰："但肯寻诗便有诗，灵犀一点是吾师。夕阳芳草寻常物，解用都为绝妙词。"传说犀牛角上隐有白纹，感应灵敏。一个人一旦拥有"灵犀"，再平常的事物也能写出个不一样的味道来。"天分"也好，"灵犀"也好，可以有很多种说法，我更愿意用《李尔王》里的几句台词来表达："我干得出这些事情——至于怎么干，我还没想好，不过一旦干出来，它们将会让全世界都吓得发抖。"

1015. 佩索阿《惶然录》："理想不是生活远远不够的一份供认又是什么？艺术不是对生活的否定又是什么？"俗话说："物不平则鸣。"理想、艺术，是对生活中的不平采取的一种高明又高雅的控诉！

1016. 凡事皆有利有弊，《孟子》曰："鱼与熊掌不可兼得"，别总梦想着一箭双雕、好事成双。佩索阿《不安之书》中说得好："人不可能吃掉蛋糕而不失去它。"

1017. 夜读《树木希林人生遗言一百二十则》（陆晚霞译），按照十分之一"抽成"，我再做一回"文抄公"，列出十二则自认为颇具哲理的"老人言"，以飨读者。一、我会打消"不够，还不够"的想法。人有时会想"本不该这样的"，或者说"更应该变成那样才好"，这些念头也全部要排除掉。二、活着不是要过得开心，而是要去寻开心。过得开心是客观描述。你得进到里面，去寻开心。不寻些开心，是过不下去的，做人就是这样。三、不要以为货真价实的东西就能在世间广泛流传，假冒伪劣的更容易被传开来。四、要是不想明白点儿什么的话，岂不是太可惜了？都遭了那么大的罪，如果只是抱怨说"倒霉成这样子了"，那对自己来说是亏大了。五、现在有一种风潮说人要活得长命百岁，我觉得这是有问题的。活那么长，是为了自己的享受吗？这个值得思考了。六、自己筑起一道墙把自己关起来的年轻人很多。明明可以活得自由自在，自己非要把日子搞得不好过。真是浪费可惜了。本来并没有什么墙壁的嘛。七、助长散播风言风语、增强风潮势头的说到底还是我们自己。大家很在意周围的邻居行坊，生怕他们看到什么听到什么。可是，实际上每一个"自己"又成了那看着听着的人。所以说，有时候需要怀疑一下自己，问问自己到底做得怎么样？八、哪怕没有金钱、地位和名声，哪怕在旁人眼里是平淡无奇的人生，但是，人只要能够做自己真正喜欢的事，自己感到"啊，真幸福啊"，那么他的人生就是灿烂辉煌的。九、有人教育孩子总会说：应该这样做，不要这样做，不该那样做。我总觉得这种环境下人是长不大的。十、这社会上的家庭之所以不会崩溃，全靠女人的坚强支撑吧。女人成为台座基础，就是"始"这个汉字。可以说凡事的开始，都是由女人打下基础的。十一、我的体会不是"总有一天会死"，而是"随时随地会死"。十二、我并没想要活得长寿，变老也没让我觉得有一丁点儿的痛苦。我只是想，活着不要着急忙慌的，能淡然地活着淡然地死去就好。

1018. "众人皆醉我独醒"，太刚，非存身之道。"众人皆醉我更醉"，糊涂，不值一提。"众人皆醉我装醉"，明哲，方为保全之策。就如夏目漱石曾写过这样的话："余周围皆疯子。故余不得已装疯。待周围疯人皆痊愈，余停止假装不迟。"（夏目镜子口述《关于漱石的记忆》）

1019. 孔子的独子出生时，鲁昭公送给孔子一尾鲤鱼表示祝贺，孔子因此给儿子取名孔鲤。日本"国民大作家"、头像曾被印在1000元日元上的夏目漱石的长子出生时，他的两个好友送来一条大鲷鱼作为贺礼，夏目漱石便仿照孔子，给儿子取名"鲷一"（后来改名"纯一"）。夏目漱石深谙中国文化，很爱模仿中国文化。他在重病住院期间，曾模仿唐人杜牧的《清明》做了一首诗："菊花时节雨纷纷，重疾病中闲煞人。试问菊色缘何淡，只因尚无赏菊缘。"当然，夏目漱石仿写的古诗不止这一首，这里就不一一列举了。

1020. 梦醒来，常会有两种想法。一种是，可惜是梦，要是真的就好了。另一种是，幸亏是梦，要是真的就糟了。

1021. 老子讲"知足者富"，庄子讲"鹪鹩巢于深林，不过一枝；偃鼠饮河，不过满腹"。芥川龙之介在《侏儒的祈祷》一文中写道："莫让我穷得连一颗米也没有，也莫让我富得连熊掌都吃腻了。莫让采桑农妇都嫌弃我，也莫让后宫佳丽都对我投怀送抱。莫让我愚昧得菽麦不分，也莫让我聪慧得明察天象。"这个侏儒的祈祷可谓知足的，也是务实的。有个故事也讲过一个不知足秀才的祈祷："千亩良田丘丘水，十房妻妾个个美。父为宰相子封侯，我在堂前翘起腿。"

1022. 钱钟书在小说《围城》里有句名言："不受教育的人，因为不识字，上人的当；受教育的人，因为识了字，上印刷品的当。"日本作家芥川龙之介在《神秘主义》一文中也辛辣地讥讽道："古人相信我们人类的祖先是亚当——也就是说，他们相信《创世记》。然而，今天就连中学生也相信人类的祖先是猴子——也就是说，他们相信达尔文的著作。由此可见，古人和今人在'相信书本'这一点上并没有什么区别。而且，古人至少还看《创世记》，而今人除了少数专家外大多没有读过达尔文的著作，却心安理得地相信达尔文学说。其实，相信祖先是猴子，也并不见得比相信'耶和华往尘土吹一口气创造出亚当'之说更体面。然而，今人却大都对此深信不疑。"

1023. 自传等于自欺，立传者会有意无意地夸大或者是隐藏自己。就连喜欢坦诚的卢梭，也并未在《忏悔录》里把自己剥得一丝不挂。为别人立传，等于欺人，常把自己的精神加到别人身上，写别人最后变成了写自己，以达借尸还魂的目的。

1024. 对联是中国传统文化的瑰宝，会对对子是过去读书人应当掌握的基本功。有些对联很有哲理意义，有些对联则纯属是游戏无聊之作，譬如拿"三星白兰地"对"五月黄梅天"，又譬如拿"法国荷兰比利时"对"公门桃李争荣日"。

1025. 拿破仑有句名言："庄严和滑稽只有一步之差。"他的话太实在了，每当从电视上看到西方有些眼露贪嗔痴慢、嘴呼酒色财气的政客穿着笔挺的西装在那里一本正经地宣讲为人民服务的时候，我就觉得很滑稽，滑稽得让人只想笑。

1026. 法国象征派作家古尔蒙（1858—1915）说过："看着名人丑闻，会觉得自己藏着掖着的那些丑闻显得天经地义。"古尔蒙一语道破八卦新闻长盛不衰的原因。人们透过八卦新闻看到名人的诸多倒霉和不堪，暗暗地欣喜着自己的幸福和幸运，既觉得安全又觉得安慰！

1027. 小时候，听过很多贫寒之家的孩子点不起灯、穿不起鞋而刻苦努力成才的故事，当时恨自己出生得不够贫寒，讨厌还有自制煤油台灯和黄面黑底的解放鞋。长大后，发现很多机会明明在那里，却被非富即贵的子弟轻松占去，又恨自己出生得不够富贵，依然讨厌自制煤油台灯和黄面黑底的解放鞋。

1028. "我原来一直以为，武士游学练武是为了与四方剑客切磋，以此磨炼武艺。然而，今天看来，其实他们只是为了发现自己的武功天下第一。"（芥川龙之介《侏儒呓语》）不知怎么了，芥川龙之介的这段《宫本武藏传》的读后感，总让我想到四年一届的奥运会。

1029. 绝对服从意味着丧失理性和不负责任。

1030. 我爱和孩子待在一起，因为我知道他们骗不过我。我爱待在自然里，因为我知道它不会骗我。

1031. 理性理性地告诉我，在欲望面前它是何等软弱。

1032. 愚者所以愚，是因为他认为除他之外，世人皆愚。智者所以智，是因为他认为除他之外，世人皆智。

1033. "有些哲学史教材质量很差，原因是，这些书的作者根本就不是哲学研究者，他不理解怎么样去思考哲学问题，也不知道他人思考这些问题以及被这些问题所困扰的动机和原因，也即他不能真正抓住哲学家们力图去回答、分析或讨论的究竟是什么问题。他的研究只是简单的抄写——他写道，笛卡儿这样说，斯宾诺莎那样说，而休谟认为他们两人都不对。这全是些死气沉沉的东西。对于哲学问题除非你长期为之苦思冥想，否则你根本就不能说清到底是些什么问题。'什么是哲学'本身就是个哲学问题，对这个问题，一般人都回答不清楚。要对哲学史有很好的说明，你必须竭尽所能从其'内部'看清各个哲学问题，设身处地地进入你所讨论的哲学家们的内心世界。你必须弄清那些问题对为之乐此不疲的哲学家意味着什么，弄清哲学家们始终关注的焦点。不如此'艰辛'是不可能写出真正的思想史的。"以赛亚·伯林在《伯林谈话录》中说的这一大段话深触我心，很多人编教材，甚至是编教案，只是把搜集到的材料堆积在一起，本身并没有学问，只是个知识的搬运工，他们只晓得生搬硬套或照本宣科。

1034. 《庄子》里有句经典的话："非彼无我，非我无所取。"没有世界，就没有我。没有我，这个世界的精彩谁来创造和歌颂？就如赫尔岑曾说的那样："人们唱歌之前歌在哪里？人们走路并且量度之前行程在哪里？哪里也不在。我们唱歌之前哪里也没有歌，歌在被创作之前是不存在的。"庄子肯定了人的价值和意义，把人和世界乃至宇宙放到了平等的位置。一个人的分量就是全世界，就是全宇宙。熊培云在诗集《未来的雨都已落在未来》里写道："上帝死了，圣诞老人还在。我死了，整个世界就崩塌啦。"

1035. 法国社会学家皮埃尔·布尔迪厄在《自我分析纲要》一书里有句名言："我把最客观的分析用来为最主观的服务。"这就是我通常说的毫无顾忌之前通常是通盘算计。

1036. 好画是写出来的，它需要内涵和意境；好字是画出来的，它需要胸襟和气度！

1037. 俗话说："一招鲜，吃遍天。"法国哲学家埃德蒙·雅贝斯说："特异性具有颠覆力。""特异性"就是"一招鲜"，看来"一招鲜"不仅能吃遍天，还能翻了天！

1038. 近年来，人们对"专家"这个称呼可谓刮目相看。夏目漱石在《文艺的哲学基础》中曾这样精彩地评价过"专家"："所谓人类的观察活动，越精深就越狭隘。大家应该知道，专家是世上最狭隘的存在。有人可能觉得狭隘不是坏事，无须在意，但其实它会造成麻烦。倘若一位医生醉心专业，是梦是醒都出不了自己这片狭窄领域，那么，他说不定会绞尽脑汁，做出些让妻子服毒以进行实验这样疯狂的事。"

1039. 贵族的一个重要特征是可以说真话！

1040. 规则，普洛克路斯忒斯（Procrustes）之床，不论"凫胫虽短，续之则忧；鹤胫虽长，断之则悲"的道理。它可以使正常人变成残疾人，使艺术变成反艺术，使学术变成反学术。它甚至可以使培养大师的沃土变成埋葬天才的坟场！

1041. 席勒在《我的信仰》中说："我信什么教？你举出的宗教我一概不信。为什么全不信？——因为我有（我的）信仰。"俗话说，心思不定，看相算命。《周易》里的"鼎"卦讲正位凝命，一个人找准了自己的位置，认定了人生的方向，也就有了自己的信仰，"难易不改其志，成败不易其衷"地干下去，还需要算命吗？还需要有其他信仰吗？

1042. 古希腊哲学家伊壁鸠鲁说："在年轻的时候，不要犹豫去进行哲学思考；在年老的时候，也不要犹豫去进行哲学思考。要关注自己的灵魂，从来不会太早，也不会太晚。"诚哉斯言，一直锻炼的身体会衰老，一直思考的灵魂永不老！

1043. 斯蒂文森《安魂曲》："仰望这片寥廓的星空，挖个坟墓让我永眠。我活得如意，死得舒心。我怀个心愿躺下。请把它作为我的墓志铭：躺在这里的人适得其终；水手的家，就在大海上。而猎人的家就在山野里。"有人认为寿终正寝是最好的死法，我却认为死得其所才是最佳的离世方式。爱比克泰德在《谈话录》中说："死亡在种田人劳作时抓住了他，在水手航行途中抓住了他：'那么你呢，你喜欢在做什么的时候被抓住？'"

1044. 米歇尔·福柯在《自我坦白》一书中讲了一个有关斯巴达国王的小故事，斯巴达国王说："我们自己不种地，因为我们必须关注我们自己。"这就好比樊迟向孔子请教种地种菜，孔子用了和斯巴达国王差不多的答复："上好礼，则民莫敢不敬；上好义，则民莫敢不服；上好信，则民莫敢不用情。夫如是，则四方之民襁负其子而至矣，焉用稼？"关注自身的灵魂和修养是一个领导人的首要任务！

1045. 希腊神话里有个类似于姜子牙的人物叫厄庇墨透斯，他负责赋予每一种动物一个能力，可他在授予动物们能力的过程中却独独遗忘了人类，结果，人类跑不如马，力不及牛，游不过鱼，跳不如猴。于是普罗米修斯就偷了天火给人类，还给了人类以理性。就是这点"理性"的灵明，使脆弱如芦苇一样的人类成了"万物之灵"（周武王语），使人成了"万物的尺度"（普罗泰戈拉语）！

1046. 中国人喜欢数九，即冬至那天开始数，数九个九天，八十一天数完了，春天也到了。因此，过去人们会制作消寒图，版本很多，仅举文字版和图画版为例。文字版的消寒图，九字双钩，九个字有的是"庭前垂柳珍重待春风"，有的是"待東春风重染郊亭柳"，等等。图画版的消寒图，一般是素梅，一共八十一瓣，每天朱笔填一瓣，素梅全部变成红梅了，春至矣。图画版九九消寒图上有时还有题诗，我在金寄水先生的《王府生活实录》里读到一首消寒诗，颇喜。诗曰："碎墨零缣写一枝，小斋日日费胭脂。待将九九寒消尽，便是春风得意时。"这首诗蕴藏哲理，一个人把零头碎脑的时间都充分利用起来，持之以恒地每天坚持努力，最后苦尽甘来，取得成就，颇合"不经一番寒彻骨，怎得梅花扑鼻香"之意。

1047. 日本著名导演小津安二郎说："我认为，电影是以余味定输赢。很多人以为动不动就杀人、刺激性强的才是戏剧，但那只是意外事故。"小津的这段话同样适合人生，好的人生不是玩心跳、找刺激，是平凡而有余味！

1048. 日本名导演小津安二郎有句名言："演员最忌讳像什么。"演员应该谁都能演，而不是只能演谁。京剧大师梅兰芳有一副有趣的对联阐释了这个观点："看我非我，我看我，我也非我；装谁像谁，谁装谁，谁就像谁。"

1049. "住牛棚的时候，几只麻雀常在窗口玩，我想变只麻雀；不行，老鹰要吃它。那，变只老鹰吧！不行，猎人要打它。那么变猎人吧！不行，支书管着他。那，变支书吧！唉！造反派要斗他。唉！别变了，老老实实待在牛棚，早请示，晚汇报吧！""文革"时期，知识分子的无奈和无助，被黄永玉的这首现代诗《理想多美丽》描述得淋漓尽致！

1050. 《易经》有一卦叫"无妄"卦，教人勿要妄为，勿要妄求。作家冰心祖父谢子修有自勉联曰："知足知不足，有为有弗为。"被誉为

"报刊补白大王"的郑逸梅先生有句名言："求其所可求，求无不得；求其所不可求，求无一得。"

1051. 闲读郑逸梅先生的《民国老味道：郑逸梅谈吃》一书，才恍然明白《孟子》里面讲的"鱼与熊掌不可兼得"的"鱼"特指龙门鲤鱼。鲤鱼跳龙门化龙是假，但由于黄河流到龙门，水势突变，自高至下，龙门鲤鱼的活跃力变强，烹之异常鲜嫩却是真，过去只有极少数贵族才能享受到。一直以来，我不理解孟子为何把河沟里随时可以抓到的鱼和珍贵的熊掌相提并论，今日总算解惑了！

1052. 关于优雅，我很欣赏两句话。一句是花花公子博·布鲁梅尔说的："优雅不是惹人注目。"一句是时尚女王可可·香奈儿说的："什么是优雅？它是站立、行走、坐着的方式，而不仅仅是着装。你的存在要让周围的人感到愉悦。"

1053. "吝啬的富有、炫耀的奢华、肮脏的慷慨——这些是让财富自杀的绝对武器。"我在想，倘若土豪们读到可可·香奈儿这句话，会不会脸红？

1054. "女人可以带着微笑奉献一切，再用一滴眼泪收回所有。"可可·香奈儿的这句话道出了女人"柔弱胜刚强"的智慧。

1055. 苏格拉底说："我永远只对个人说话。"诚哉，我面对一百人演讲，把听我讲话的一部分看作一个人，不听我讲话的那部分看作另一个人，这两个人中，我只对听我讲话的人讲话！

1056. 元朝末年，一个古董商临终时其言也善地讲了句遗言："天底下所有的人，一辈子只干三件事，自欺、欺人、被人欺。"关于自欺，我想到已逝画家朱新建先生讲的一个故事："一人射箭，先画一只鸟来射，未中；把鸟画大，仍未中；就先射箭，后画鸟，果然百发百中。"

1057. "痛并快乐着"这句话在医学上似乎也讲得通，痛苦会刺激身体产生被称为"青春荷尔蒙""快乐荷尔蒙"的阿片肽，阿片肽会使人变得幽默和乐观，我常说，幽默的背后是苦难。"未曾清贫难成人，不经打击老天真"，不认识苦难怎么能算认识人生呢？学不会幽默怎么能应付人生呢？木心曾对"幽默"有过幽默的看法："有人说：其他的我全懂，就只不懂幽默。我安慰道：不要紧，其他的全不懂也不要紧。"按照木心的说法，学会幽默是顶要紧的了。但要学会幽默，必要经历磨难。王阳明曾对世上的磨难做过一个极为生动的比喻："譬之真金之遇烈焰，愈锻炼愈发光辉。"越大的痛苦，越大的乐观，越深的幽默，越大的本事。尼采说："凡不能毁灭我的，必使我强大。"诚哉斯言！

1058. 养生：早上吃儒餐，丰盛又规矩。中午吃道餐，有酒又有肉。晚上吃佛餐，素净又简单。

1059. 一棵树，被做成了枪托和木鱼，枪托杀了人，木鱼来超度，战争与和平，来自一棵树。一堆土，被做成了茶壶和夜壶，茶壶喝多了，夜壶来接住，傲慢与偏见，来自一堆土。一块布，被裁成了西装和内裤，西装喷香水，内裤沾尿素，文明与野蛮，来自一块布！

1060. 北宋邵康节说："能物物，则我为物之人也；不能物物，则我为物之物也。"从物之人到物之物，从进化到异化，一部人类简史！

1061. 字如其人。其实，画也如其人。很赞同胡冰霜在《与病对话：全科医生手记》中的一段话："人的言语可能迂回曲折或存在套路，表情可能瞬息万变或戴着面具，肢体动作也能刻意修饰，但画笔的表达却简明又直观。画的内容、色彩、构图都能投射出作画者的内心世界。抑郁的人笔力虚弱，容易强迫地画一些重复的线条，画面纷乱不安，笔触僵硬细碎；自恋的人喜欢刻意修饰；分裂的人画得离奇古怪；意识障碍的人常常无法落笔……"我认识的不少能画出优美画面的画家，他们内心干净又天真得像个孩子。

1062. 夜里读到畅销书《南京大屠杀》作者张纯如的一句话："我不去教堂，我去图书馆。我崇拜书本。"（张盈盈著《张纯如：无法忘却历史的女子》）张纯如的这句话使我想到了阿根廷作家博尔赫斯的一句名言："如果世界上有天堂，那一定是图书馆的模样。"还想到了在某书的扉页上读到的一句话："除了野蛮国家，整个世界都被书统治着。"

1063. 到图书馆淘书，书架上摆着一本最新出版的以色列作家阿维·施泰因贝格的小说《监狱里的图书馆》，小说的封面上印着这样一段话："监狱图书馆，一个孤独者和守望者的天堂。若有勇气，即使一个人也可抵得上千军万马。"读到这段话的时候，不知怎么，突然让我想起了《哈姆雷特》中的一句台词："即使把我放在火柴盒里，我也是无限空间的主宰者。"

1064. 上天让人在干事业的年龄生孩子，是想告诉人，在延续后代面前，事业是多么微不足道！

1065. 奥斯维辛集中营的幸存者、诺贝尔文学奖得主艾丽·韦瑟尔（Elie Wiesel）说过，对大屠杀的遗忘等于第二次杀戮。借用韦瑟尔的话，我换个说法，忘记耻辱等于第二次受辱！

1066. 电影《秋菊打官司》的核心就是"讨个说法"。中国人一直让日本就侵华战争道歉，一不是为赔偿，二不是为面子，就是为了公义，讨个说法。中国和日本的关系类似于秋菊和村长的关系，中国如果是秋菊的话，日本就是那个打了人死不认错的无赖村长！

1067. 不带着几分"高山仰止，景行行止"的谦逊，书是读不进去的；不带着几分"彼亦人子，我亦人子"的傲慢，书是读不下去的！

1068. "苏联火箭已经飞抵金星，而在我居住的村子里人们还在用手刨土豆。这不应该被视作滑稽对比，这是一道裂缝，它将深化为一座深渊。此事的关键不在于刨土豆的方式，而在于这样一个事实，即大多数人的思维水平并不高于这动手刨土豆的水平。"《米沃什词典》里引用的历史学家阿马尔里克的这段话使我想起了作家王朔的一句名言："哪有上流？全是下流！"

1069. 我们国家台湾地区有句民谚："吃苦就是吃补！"医学上的说法，苦有助于消化！这种说法在生活上也讲得通，一个人吃苦越多，"消化"能力越强，一般小事不会挂怀，吃得香睡得着，长寿，生活乐观积极，就如卡夫卡所说："受难是这个世界的积极因素，是的，它是这个世界和积极因素之间的唯一联系。"一个没怎么吃过苦的人，一点点小事就会让他消化不良，吃不进睡不着，轻则抑郁，重则自杀！这也就不难解释，为什么生活条件越好的国家自杀率反而越高！

1070. 德国哲学家海德格尔有句名言："语言是存在的家！"波兰作家切斯瓦夫·米沃什在《米沃什词典》中说："语言是我的母亲，不管是从字面上说还是打比方。它也是我的家园，我带着它在世界各地流徙。"确切点说，母语才是存在的家，更确切点说，母亲的语言才是存在的家！

1071. 提倡古文运动（古文即先秦时的文体，是一次散文的文体文风的改革）的古代文豪韩愈在广东潮州仅待了八个月，为潮州带来了先进的中原文化！提倡现代白话文运动的现代文豪鲁迅在广东广州也待了八个月，推动了广州的新文学运动！

1072. 坚定自己的梦想，方能减少对别人的幻想！

1073. "为学日益，为道日损"，成为更多而非拥有更多。

1074. 《以生命的名义：弗洛姆谈话录》里提到的一部波兰作家写的小说。小说大意是，有个富翁，让儿子在只有一台整天开着的电视的房间里长大。富翁死后，儿子走出房子，走入人群，因为对外界一无所知，故而一言不发。他睁大眼睛看这个世界就如看电视节目。因缘际会，他来到了美国一位最有权势的人的家。福祸相依，众人恰因他一言不发而以为他高深莫测，以至于他的名字家喻户晓，直到最后他被提拔为总统。弗洛姆在书中提到的这个故事使我想到了中国的一句俗谚："水深流去慢，贵人话语迟。"同时也让我想到了加缪的话："这个世界是如此的荒诞！"

1075. 西班牙大提琴演奏家帕布罗·卡萨尔斯在离世的前几年曾有过一次电视采访，当被问到，如果他有机会向全世界讲话，他会说些什么。卡萨尔斯回答：我会对人们说，"在你们的内心深处，几乎所有人都希望和平多于战争，希望生多于死，希望光明多于黑暗"。

1076. 演讲和骗术一样，成功全在于信息不对称！

1077. 木心赠陈丹青的诗中有两句我颇喜欢的话："仁智异见鬼见鬼，长短相吃蛇吃蛇。"这两句诗的背景如何，想表达什么，我全然不知，是个谜。但我喜欢谜一点，不然就如艾米莉·狄金森说的那样：一旦知晓谜底，我们立刻瞧不起。留着谜底，慢慢品，有味！

1078. 妄自尊大是自作多情，妄自菲薄是自作无情。情之多寡在乎随缘就分，何必自作？

1079. 书啊，我形而上的朋友！朋友啊，我形而下的书！

1080. 俗谚云："物无美恶，过则为灾。"这个道理，西方人也认可。按

《牛津英语词典》编写者的讲法，"evil"（恶）的词源，指的是"超出（逾越）适当的限度"。再好的东西一旦泛滥了，就不仅仅是边际递减效应的问题，而是变成了一种负担，甚至是痛苦！

1081. 尼采在《论道德的谱系》（*On the Genealogy of Morals*）中指出："真正引起对痛苦的愤慨的，不是痛苦本身，而是痛苦的无意义。"有些事情是吃再多的苦也值得，有些苦则是不值得去吃，没有必要去承受那样的痛苦。释迦牟尼说"苦行非道"和《易经》说"苦节，不可贞"，都在提醒人们莫吃不必要的苦。

1082. 蒙田在《论跛子》（*Of Cripples*）一文中说过这样一句话："我在这世界见过的最畸形怪异而又最不可思议的事物，莫过于我自己。"蒙氏的这句话使我想到史铁生说过的一段话，他说，如果残疾意味着不完美、困难和阻碍的话，我们每个人都是残疾人。

1083. 《圣经》里有一段类似于"天地不仁，以万物为刍狗"的话："上帝让太阳照在好人身上，也照在恶人身上，让雨降在正义之人身上，也降在不义之人身上。"一位19世纪的英国法官，受到这段话的启发，写了一首深刻又略带愠气的诗："雨水降在正义之人身上，也降在不义之人身上；但主要降在正义之人身上，因为不义之人抢走了正义之人的雨伞。"

1084. 西方有句古谚："离教堂越近，离上帝越远。"恰如一句流传于佛教界的谚语："学佛一年，佛在眼前；学佛两年，佛在大殿；学佛三年，佛在西天。"熟视易无睹，距离产生美。

1085. 悲剧作家埃斯库罗斯（Aeschylus，约前525—前455）说："不被嫉妒的人，也没人欣赏。"这正应了中国人的一句老话："能受天磨真铁汉，不遭人嫉是庸才。"

1086. 我常劝年轻人："干工作要看前途，不要图钱。"实业家亨利·福特（Henry Ford，1863—1947）说得好："除了钱一无所获的生意是坏生意。"

1087. 吃饱饭的人谈论哲学，"上穷碧落下黄泉"。饿肚子的人实践哲学，"动手动脚找东西"！

1088. 苏东坡说人"处贫贱易，处富贵难"，有的人在无钱无权的时候，好人一个，见人说话也客气。一旦有钱有权了，就眼睛长在了脑袋上，都用鼻子在讲话，显得不可一世，用鲁迅的话说就是："一阔脸就变。"契诃夫也曾讥讽："戏子有了钱，就用打电报来代替写信。"作家苏珊·屈尔绍（Suzanne Curchod）也有句话说得好："富有不会改变人，只会揭开他们的面具。"对于这类"小人乍富，挺腰洼肚"之辈，我想送一副萨镇冰的名联规劝他们："穷达尽为身外事，升沉不改故人情。"

1089. 西方经济学家加尔布雷斯有句名言耐人寻味，值得我们大家仔细玩味：钱够用和钱不够用之间的差别很大，但是钱够花和钱花不完之间的差别就很小。加尔布雷斯这句话形象地说明了什么是边际递减效应！作家万斯·帕卡德（Vance Packard）有句类似的话："你区分不了百万富翁的孩子和亿万富翁的孩子。"

1090. 美国侦探小说作家雷克斯·斯托特（Rex Stout，1886—1975）有句名言："百万富翁忍受其财富带来的诸多不便的精神是世间最值得钦佩的。"类似的话，长老会牧师马太·亨利（Matthew Henry，1662—1714）也讲过："成为有钱人意味着很多顾虑，藏钱的烦心，花钱的诱惑，丢钱的悔恨，以及最重要的是到了最后不得不放弃对钱财的关心。"这里讲个小故事，清末民初，有一山西商人，生意大，财产多，可是这人一天到晚，必须自己打算盘，亲自管理会计。虽然请了账房先生，但总账还是靠自己计算，每天打算盘打到深夜，睡又睡不着，年纪又大，当然很烦恼痛苦。挨着他的高墙外面，却住了一户很穷的人家，两夫妻做豆腐维生，每天凌晨一早起来磨豆子、煮豆浆、做豆腐，一对夫妻，有说有笑，快快活活。可是这位富商，还睡不着，还在算账，搅得头晕眼花。这位富商的太太说："老爷！看来我们太没意思！还不如隔壁卖豆腐这两口子，他们尽管穷，却活得很快乐。"这位富商听了太太这样讲，便说："那有什么难，我明天就叫他们笑不出来。"于是他就开了抽屉拿了一锭十两重的金元宝，从墙上丢了过去。那两夫妻正在做豆腐，又唱歌，又说笑，听到门前"扑通"一声，掌灯来看，发现地上平白地放着一个金元宝，认为是天赐横财，悄悄地捡了回来，既不敢欢笑，也不想歌唱了，心情为之大变。心里想，天上掉下黄金，这怎么办？这是上天赐给我们的，不能泄露出去给人家知道，可是又没有好地方储藏。那时候当然没有保险柜，放在枕头底下不好睡觉，放在米缸里也不放心，直到天亮豆腐也没有磨好，金元宝也没有藏好。第二天，夫妻俩小组会议，这下发财了，不想再卖豆腐了，打算到哪里买一幢房子，可是一下子发的财，又容易被人家误以为是偷来的，如此商量了三天三夜，这也不好，那也不对，还是得不到最好的方法，夜里睡觉也不安稳，当然再也听不到他们两口子的欢笑声和歌唱声了！到了第三天，这位富商告诉他的太太说："你看！他们不说笑、不唱歌了吧！办法就是这么简单。"

1091. 被称为"最后一个儒家"的梁漱溟先生可谓名副其实。我在张新颖著的《要是沈从文看到黄永玉的文章》一书中读到这样一个故事，有人问梁先生，"文革"的时候抄你家、烧你的东西，你有什么看法？梁答，身外之物，没什么。但有一件事很抱歉，我向北大的一个穷学生借了本词典，被一起烧了，没有办法还给人家，我失信于人，这一点我对不起。

1092. 古罗马的恺撒大帝总结一生经验，就是三条：阅读、思考、交游！

1093. 乔尔·科特金在《全球城市史》中谈到一个城市要成为世界名城必须有三个方面的特质：神圣，安全，繁忙。我对这三个特质的理解是，有信仰，有拳头，有活干！

1094. 钱钟书的幽默，众人皆知。但其实杨绛先生也很幽默，有一次杨绛问铁凝人老了最突出的标志是什么，铁凝答不出，杨绛先生笑着说："人老了就是该鼓的地方都瘪了，该瘪的地方都鼓了。"（铁凝《隐匿的大师》）

1095. 夏衍先生在杨绛先生八十岁生日时赠了一首亲笔短诗："无官无位，活得自在。有才有识，独铸伟词。"我愿意把夏老赠杨先生的祝寿诗作为自己的座右铭，"无官无位，活得自在"是我的现状，"有才有识，独铸伟词"是我的追求！

1096. 睡眠的三个层次：第一层是"不知有汉，无论魏晋"陶渊明式的深睡，第二层是"梦里不知身是客"李煜式的浅睡，第三层是"夜半三更哟——盼天明"潘冬子式的失眠！

1097. "民胞物与"用辛弃疾的两句词来解释最恰当："一松一竹真朋友，山鸟山花好弟兄。"

1098. 清朝俞樾在殿试时写了一句"花落春仍在"，时任礼部侍郎并作为阅卷官的曾国藩认为，"花落春仍在"与北宋宋祁的"将飞更作回风舞，已落犹存半面妆"无旱，该生将来前途不可限量，因此点了俞樾第一名。后来俞樾将自己的书房命名为"春在堂"。俞樾还专门为"春在堂"作了一篇铭，铭曰："归乎休乎，轫吾轮乎。息乎游乎，娱吾文乎。人以为秋，而我曰春乎。"另外俞樾还给"春在堂"自题一联："日有明年之日，年非今日之年，吾祖南庄府君是以垂惜日之训，后人宜敬体此意；事或入世之事，心仍出世之心，先舅平泉老人用此为处事之方，小子窃有味其言。""花落春仍在"给人一种激励，人老心不老，人老志不衰。我读到俞樾的这句诗时，想到了东汉曹操的"老骥伏枥，志在千里。烈士暮年，壮心不已"。想到了南宋温州的第一个状元王十朋的《秃笔》："管城人已老，后辈颇相侵。问汝中书否，犹言欲尽心。"想到了明末顾炎武的"苍龙日暮还行雨，老树春来更著花"。想到了清代郑板桥的"富于笔墨穷于命，老在须眉壮在心"。想到了近代钱穆的"水到渠成看道力，崖枯木落见天心"。

1099. 苏东坡曾言有不如人者三，饮酒、著棋、唱曲也。清末著名学者俞樾在少年读书时崇拜苏东坡，就给书房取名为"三不如人斋"。

1100. 我相信人与人之间有感应这回事。有时彼此仅仅"相视一笑"，就立刻"莫逆于心"。有时明明是"满堂兮美人"，却单单"忽独与余兮目成"（《楚辞·少司命》），俗里说是王八绿豆，雅里说是拈花微笑，目成心许，没有办法的事！

1101. 关于人生境界、人生修养，某最喜清人张惠言《水调歌头》里的两句话："迎得一钩月到，送得三更月去，莺燕不相猜。""月"代表光明、空灵、皎净。"莺燕"代表浮华、嘈杂、算计。一个人假若每天都活在"迎得一钩月到，送得三更月去"的高明境界里，世间一切莺莺燕燕的浮尘繁华和尔我竞逐，都"不想猜"了，都不放在眼里了，心里也没有挂碍了！

1102. 安徽讲学结束后，送我去南京禄口机场的司机师傅和我一路谈吃，说着说着就说到我最喜爱的豆腐。小伙子告诉我淮南的八公山豆腐很有名，说到这，我才想起来淮南王刘安，相传淮南王刘安为求长生不老药，在八公山下用八公山泉水、黄豆和盐卤制作灵丹妙药，结果仙丹未得，却无意中发明了豆腐，称之为"八公山豆腐"。说到豆腐，我最喜欢明代才子苏平写的《咏豆腐》，诗曰："传得淮南术最佳，皮肤褪尽见精华。一轮磨上流琼液，百沸汤中滚雪花。瓦罐浸来蟾有影，金刀剖破玉无瑕。个中滋味谁得知，多在僧家与道家。"淮南王刘安因为学道修仙不仅发明了豆腐，也创造了一个成语，就是我们熟知的"一人得道，鸡犬升天"。王充《论衡·道虚》讲："儒书言：淮南王学道，招会天下有道之人，倾一国之尊，下道术之士。是以道术之士，并会淮南，奇方异术，莫不争出。王遂得道，举家升天，畜产皆仙，犬吠于天上，鸡鸣于云中。此言仙药有余，犬鸡食之，并随王而升天也。"这段话意思大概是说，儒家的书上说，淮南王刘安为了学道，把天下的有道之人都召集起来，组成智囊团。他本人也放下身段，对有道之士很是礼遇。结果天下的术士都会集于淮南，都贡献出各自的奇方异术。结果淮南王吃了仙药得道飞升，家里的鸡犬也都成仙上天，狗在天上叫，鸡在云中鸣。有个说法是，刘安家里的鸡犬吃了剩下的仙药，都随着淮南王一起升天成仙了。我在想，二郎神的哮天犬是不是就是那个时候上的天。

1103. 清人伊秉绶《谈征·名部·和尚》曰："千里相聚曰和，父母反拜曰尚。"一个人出家千里，回到家后父母反过来还要敬拜他，大概是因为和尚是以和为尚（上）吧。佛家讲"六和"，即身和同住、口和无诤、意和同悦、见和同解、戒和同修、利和同均。一个追求天下为公的人回到自私的现实世界当中，怎能不受人尊敬呢？

1104. 有人曾这样问军旅作家王树增先生："《长征》在写什么？"王先生回答："就是四个字——永不言败。"其实，我们生而为人，每个人都当有一场属于自己的长征，众人选众业，选择准了自己的路，就永不言败地走下去！

1105. 古人活得很精致，很多东西分得很细。就拿洗来说吧，古人洗身体的不同部位有不同的称呼，洗脸在古代称为"靧"（音"会"）。清人伊秉绶在《谈徵》一书中记载了一个成语叫"桃李靧面"，说的是北齐有个叫卢士深的人，其妻崔氏有才学。春天时，取红色桃花和白色李花给孩子洗脸，洗脸的时候，崔氏嘴里还念念有词："取红花，取白雪，与儿洗面作光悦；取白雪，取红花，与儿洗面作光华；取雪白，取花红，与儿洗面作华容。"洗头在古代被称为"沐"，古人把放假称作"休沐"。洗身体在古代称为"浴"。洗手在古代被称为"澡"，洗脚则被称为"洗"。所以说在古代，洗澡和沐浴是两回事，洗澡其实是洗脚洗手，沐浴是洗头洗身体。再拿路来说吧，那古人就说得更细了。一条路到底，没有任何岔路口的，叫"道"。有两个岔路口的，叫"歧"。有三个岔路口的，叫"剑"。有四个路口的叫"通"。有五个路口的，叫"衢"。有六个路口的，叫"康"，远在尧舜时代，道路就被称作"康衢"。有七个路口的，叫"庄"。有八个路口的，叫"达"。有九个路口的，叫"逵"。更早时，西周时期，人们把三辆马车可并行通过的路叫"路"，两辆马车可并行通过的路叫"道"，仅能容一辆马车通过的路叫"途"，不能过车，仅能走牛过马的路叫"径"。

1106. 王安石有一首《棋》诗曰："莫将戏事扰真情，且可随缘道我赢。战罢两奁分白黑，一枰何处有亏成。"不仅是下棋，王安石似乎把世事都当作戏看，因此把人生成败得失都看得很平淡，有点"八风吹不动"的味道，就如法国19世纪著名现代派诗人夏尔·波德莱尔所说："生活只有一个真正的迷人之处：就是游戏的魅力。但是赢或输我们无所谓。"王安石拜相，溜须拍马者有之，顺风接屁者有之，抱腿捧脚者有之，那一年元宵，宋神宗赐宴大相国寺，并有很多俳优（相当于现在的明星演员）到场表演助兴。王安石作诗曰："侏优戏场中，一贵复一贱。心知本自同，所以无欣怨。"

1107. 过去有句俗谚说："太太死了压断街，老爷死了无人抬。"意思是说，权势人家的太太过世了，为了讨老爷的欢喜，大家都抱粗腿捧臭脚地忙着去吊唁，把街道都要压塌了。这完全是冲着有权有势的老爷去的，譬如我小时候在乡下，我们队里的一个妇女和队长夫人吵架，就嘶喊："冬瓜有毛，茄子有刺；男人有权，女人有势。"而等到老爷本人死了以后，大厦倾塌，人们不要说去吊唁了，棺材都无人愿意去抬，世态人情薄如纱，不过如此。

1108. 古代婚姻讲究"父母之命，媒妁之言"，"媒妁之言"在古代被称作"冰语"，媒妁之人就被称作"冰人"。这样的说法来自《晋书》里的一个故事，书生令狐策梦见自己立在冰上与冰下的人讲话。解梦人告诉他，冰上人为阳，冰下人为阴，这是"为阳语阴"，即替男（阳）向女（阴）传语，即做媒。因此后人就把媒人叫"冰人"。

1109. 佛家讲修行有八万四千个法门，门门皆可入道成佛。哪怕一辈子好好地卖豆腐，也可以在道上成就。其实修道是这个道理，做人也是这个道理，一个人踏踏实实地做自己的事，本身就是在修行。元人刘埙在《隐居通议》中讲了这样一个故事，南宋末年有个卖豆腐的王老头，一辈子只晓得豆腐不认识字，在八十六岁的时候，一天突然让儿子记下他口占的《豆腐诗》："朝朝只与磨为亲，推转无边大法轮。碾出一团真白玉，将归回向未来人。"言罢就圆寂了。一个普通卖豆腐的老汉，一辈子踏踏实实地坚持做一件事，最后悟出了大道，领悟了人生的价值，这个故事所蕴含的朴素道理，对于当今急于追逐名利、成功的浮躁社会来讲，既是一味良药，又是一记棒喝!

1110. 古人云："一言以兴邦，一言以丧邦。"一句话可以使得家邦兴旺，一句话也可以使家邦毁丧。读历史，"一言以兴邦"最令人印象深刻的是樊哙劝刘邦，刘邦先入咸阳，看到秦宫珍宝、美女无数，眼珠子都要飞出来了。正艳心勃发之时，樊哙提醒刘邦："将欲为富家翁邪？"你打算做个有钱的土豪吗？刘邦闻听此言，赶紧退回灞上。王夫之在《读通鉴论》中对樊哙高度评价："而文、景之治，至于尽免天下田租而国不忧贫，数百年君民交裕之略，定于此矣。""一言以丧邦"要数李斯谀秦二世胡亥："明主灭仁义之涂，绝谏争之辩，荦然行恣睢之心。"主子要活明白，丢掉他的仁义礼信，抛去他的忠告良言，随心所欲是王道，放浪不羁是正途。就凭这句话，对于秦二世的亡国，李斯就"功不可没"。善恶终有报，樊哙的人生结局是善终，李斯的人生结局是腰斩！

1111. 蜀汉丞相诸葛亮事必躬亲，主簿杨颙直言劝谏："为治有体，上下不可相侵。"是说管理要章程清晰，上下级要职责分明，不能越俎代庖。《尚书·仲虺之诰》中说："能自得师者王，谓人莫己若者亡。"意思就是说，善于向人学习者是NO.1，自称天下第一者就完蛋。诸葛亮对杨颙的劝告非但不生气，反而很感激，将杨颙看作一言师。杨颙死后，诸葛亮很是悲痛。大概是处在和诸葛亮差不多的位置上吧，北宋宰相王安石很能理解虽知"宁静而致远"却不得不"鞠躬尽瘁，死而后已"的诸葛亮，就杨颙劝谏诸葛亮一事还写了一首诗，表面是写诸葛亮，实际上是写自己。诗曰："恸哭杨颙为一言，余风今日更谁传。区区庸蜀支吴魏，不是虚心岂得贤。"

1112. 古谚曰："大俭之后，必生奢男。"祖辈勤勤恳恳地劳作一辈子，省吃俭用积累点家业，"前人栽树，后人乘凉"，后辈坐享其成，靠树乘凉，这个本无错，但就怕把树给卖了。"成家好似针挑土，败家好似水推沙"，栽树难，卖树就太容易了！

1113.《尚书·君陈》："必有忍，其乃有济；有容，德乃大。"一个人要成事，必要有容忍的本事。王夫之在《读通鉴论》中说："忍者，至刚之用，以自强而持天下者也。忍可以观物情之变，忍可以挫奸邪之机，忍可以持刑赏之公，忍可以畜德威之固。"胡适晚年反复说，容忍比自由更重要。《明史·刘基传》记载，李善长辞去丞相一职后，朱元璋想让刘基接任丞相一职，刘基称自己是"疾恶太甚，不可为相"，也就是说自己疾恶如仇，容忍度不够，不是做丞相的材料。其实"疾恶太甚"的人，不要说管不好一个国，就是一个家也管不好。《旧唐书·孝友传》记载，唐高宗去泰山封禅，御驾过寿张（今山东阳谷），听说张公艺九世同居且相处和睦，因此慕名过访。他问张何以能让九世融洽同居，张答不过一个"忍"字而已，并请高宗御赐纸笔，连写一百个"忍"字献给高宗。

1114. 老子在历史上的职务是东周"国家图书档案馆"的"馆长"，如果放到今天，他也一定会是一个出色的"文旅局局长"，他懂得如何吸引游客，有言为证："乐与饵，过客止。"（《道德经》第三十五章）丰富的娱乐和诱人的美食（譬如淄博烧烤），能让旅客迈不开腿，停不下嘴！

1115. 过去有一副对联："有子万事足，无官一身轻。"作家冰心在《冰心回忆录》中讲了这么一件事，冰心在1912年离开故乡的时候，她的祖父谢銮恩（字子修）悄悄地将自己写的几副自挽联交给她保管。其中一副上联是："有子万事足，有子有孙又有曾孙，足，足，足。"下联是："无官一身轻，无官无累更无债累，轻，轻，轻。"

1116.《论语·宪问》讲："老而不死是为贼。"冰心在耄耋之年，身体还比较硬朗，一月一次到北京医院去体检，医生对她说："心电图上显示出你的心，和年轻人的一模一样！"于是，谢先生（冰心）就请王世襄先生给她刻一枚"是为贼"的图章！

1117.到图书馆借书，书架上摆着莫言的小说《丰乳肥臀》，这使我想到了塞尔维亚作家米洛拉德·帕维奇（Milorad Pavić）的小说《哈扎尔辞典（阳本）》，书中说，哈扎尔人衡量女人的标准就是："女人若没有肥臀，就像村庄没有教堂。"

1118.俗语讲："花花轿子，人抬人。"我们都是被别人抬起来的，大家彼此帮衬才能做好事情。提到抬轿子，其实就是抬轿子也得两个人团结合作才能抬得好，过去抬轿所谓"远近凭双足，高低稳一肩"的轿夫都是经过专业训练的，他们绝对不会滑跤，因为一滑跤便没有面子。有趣的是，他们在抬轿时还会彼此相呼应，若前面轿夫看见道路很滑，便呼曰："滑得很。"后面轿夫听了即答称："踩得稳。"而前面轿夫若看见积水，便先提醒："前面亮光光。"后面轿夫听了便答道："后面水当当。"当前面轿夫说："两边有（意思是两边有人）。"后面便应："中间走。"遇到有孩子挡路，前面的轿夫可能会喊："地下哇哇叫。"后面的轿夫便应："让他妈来抱。"道上有妇女，领头的轿夫会喊："左边一枝花。"后面答曰："赶紧让开她。"到了拐弯口前面喊："狮子拐。"后面应："两边甩。"路况有危险，前面喊："斜石一片坡。"后面应："踩稳才不梭。"地上有畜粪，前面喊："天上鹞子飞。"后面应："牛屎一大堆。"诸如此类的一问一答，互相提醒、互相配合，这轿子抬得能不稳当吗？

1119.夜读《维特根斯坦谈话录1949—1951》。一个周五的下午，维特根斯坦和好友鲍玛斯谈到生活方式的变化，维特根斯坦动情地说：
"曾有那么一个时代，我们生活简单质朴，一幢房子，一个地方，
些许工具，野兽，以及围绕你的人。人们在这种简单性和稳定性中
依存于一种有限的环境。这给予生命一种特定品质——根。现在不
仅人转瞬即逝，邻居也不再同一……我就是那种更适合旧式环境的
人。"维特根斯坦这段话深刻也解释了为什么一到过年大家就拼命
往家赶的原因，回到故乡，回到老家，不仅仅是为了吃那一碗热气
腾腾的饺子，也为了切切实实地感受一下生命的根。

1120. 我国新文学运动先驱、被后人称为"苏州第一奇人"的黄摩西先生
曾翻译过一部日本小说《银山女王》，在这部小说中，摩西先生用
《西江月》填写的一首词让我印象深刻，一首小词道出了人生的真
谛和文学的价值，词曰："人事若无缺陷，文章便不稀奇。暗中线
索巧提携。离合悲欢如戏。失意依然得意。欺人还被人欺。莫言世
路有高低。只看各人心里。"

1121. 家庭是讲情的地方，不是讲理的地方。但在处理家庭事务上，不能
感情用事，要有三分理性。社会上以理服人，对方服了就行，不能
得理不饶人，要留三分情面。

1122. 当我活得像一个警句，而你却把我看成俗语的时候，我会很恼火！
而当我活得像一句俗语，你却硬要把我变成警句的时候，我同样会
很恼火！

1123. 英国小说家W.S.毛姆有一句名言："对人宽容是对人冷漠的另一种
说法。"毛姆的这句话使我想起父亲常说的一句话："人家批评
你，是因为眼里有你。否则，人家才懒得理你！"毛姆还有一句
名言说："女人的三件要事。一是要漂亮，二是要打扮，三是要听
话。"我想了一会，男人的三件要事：一是要强壮，二是要肯干，

三是要浪漫。

1124. 朋友问我，有无经典名句可以形容我们这个时代的"卷"。我想来想去，觉得还是19世纪英国诗人、教育家马修·阿诺德《多佛海岸》里的一句诗最合适："我们在黑魆魆的平原，夜色中无知的军队在拼杀。"

1125. 波德莱尔说："为自己而成为伟人和圣者，这是唯一重要的事情。"波氏的这个说法和比他早三百年的王阳明的说法是英雄所见略同，王阳明说人生第一等事就是成为圣贤。

1126. 《契诃夫手记》里讲了这么个故事："某官吏把他的儿子打了一顿，因为他儿子在学校里的所有功课都得了五分，他认为这是坏成绩。后来他听到人家告诉他说，五分是顶好的成绩，是他弄错了；他又把儿子打了一顿，这次因为他生自己的气。"故事里的这个官吏和我们生活中的有些家长何其相似，孩子只是这些家长的出气筒而已，出气筒本身的喜怒哀乐不是出气的人所关心的。所谓考试成绩不过是出气筒的第一道阀门而已，孩子拼命考高分，不过是把第一道阀门拧得紧一点而已。假如家长脾气太大，冲破第一道阀门，孩子还是照旧倒霉！

1127. "有些人哪，你比他弱时，他笑死你！你和他一样时，他恨死你！你比他强时，他整死你！"我的老友边说这话的时候手里边转着酒杯。"那该咋整呢？"我伸着脖子问。老友酒杯往桌上一蹾，狡黠地看我一眼，说道："一个字：装。弱的时候装睡，一样的时候装傻，强的时候装怂。"

1128. 俗话说："好吃不如饺子，坐着不如倒着。""倒着"就是睡眠的意思，关于睡眠，我最欣赏埃利亚斯·卡内蒂（Elias Canetti）在《另一种审判：关于卡夫卡》中说的一段话："失眠会使自己清醒地意识到身体受到的危害，睡眠可以让人忘记自己，是最高的救赎。"医学书上说，人每晚都当睡够7小时的觉。倘若一个人每日（24小时）的睡眠少于6小时，那么就比较容易出现健康问题，睡眠不足还会使人变胖。詹姆斯·汉布林在《假如身体会说话》中提到，宾夕法尼亚大学的生物钟研究专家大卫·丁格斯带领团队在实验室里对198名实验者进行了观察。在实验中，实验组连续5晚每晚只能睡4小时，而对照组则可以从容睡足7小时15分。熬夜容易让人有吃油腻食物的欲望，仅仅5天时间里，睡眠不足的实验者每人平均增长了整整1千克的体重。

1129. 嘉兴讲学之余，游南湖。湖边弄堂里有家老店的对联很喜人："百年老店又新开，新开老店再百年。"

1130. 有一位医生曾说："药在哪里，命就在哪里。"中国人有句俗语叫："知病即药。"这两句话合起来说就是，知病即知命！

1131. 汉代王符《潜夫论·救边》讲："痛不著身，言忍之；钱不出家，言与之。"事情发生在别人身上，不过是我们活着的背景。事情发生在自己身上，那可就是实实在在的命运了。发生在别人身上的事情，我们或可说三道四。事情一旦发生在自己身上，也只有颠三倒四的份了。

1132. 到无锡讲学，参观阿炳故居。阿炳有四不穷："人穷志不穷（不怕权势），人穷嘴不穷（不吃白食），人穷名不穷（名声上求正直），人穷艺不穷（艺术上求精进）。"阿炳8岁就出家当道士，入住雷尊殿。殿门口有一副对联写得好："上天无私霹雳一声惊世梦，下民有欲电光万道照人心。"

1133. 1945年8月15日，日本天皇宣布无条件投降，并向本国民众发布《终战诏书》，台湾脱离日本统治。9月19日，《台湾新报》发布陈仪将担任台湾省行政长官。10月23日，陈仪乘飞机抵达台北。在机场面对人山人海的欢迎人群，陈仪发表了著名的"三不"政策，即"不撒谎，不偷懒，不揩油"，同时表态"我到台湾是做事的，不是做官的"。且不论陈仪本身素养良莠如何，也撇开政治不谈，单单就他的"三不一表态"来说，的确是值得欣赏的为官之道！

1134. 孔子说过："大德不逾闲，小德出入可也。"孔夫子的这句话用加缪为自己制定的一条格言来解释再合适不过："把原则放在大事情上，小事情只需要慈悲为怀。"

1135. 马其顿国王亚历山大大帝的枕头下面常放着两样"法宝"：史诗《伊利亚特》和宝剑。拿破仑曾对法国诗人封塔纳说："您知道世界上我最欣赏什么吗？那就是权力之有所不能。世上只有两种力量：刀剑和精神。从长远看，刀剑总要败于精神。"毛泽东在中南海的菊香书屋里常年悬挂一副对联："万里风云三尺剑，一庭花草半床书。"

1136. 现代诗人张枣在《虹》里写道："一个表达别人，只为表达自己的人，是病人；一个表达别人，就像在表达自己的人，是诗人……""病人"使我想到了一首打油诗："天下文章在三江，三江文章属我乡。我乡文章属舍弟，舍弟跟我学文章。""诗人"使我想到诗圣杜甫《戏为六绝句·其二》："王杨卢骆当时体，轻薄为文哂未休。尔曹身与名俱灭，不废江河万古流。"

1137. 俗话说："团结就是力量！"其实，团结也是温度。人们在一个团结的团队里成长感受到的不只是力量，也有温情和宽慰。有资料说，严冬酷寒里，蜜蜂皆抱团取暖，蜂团内温度可维持在24摄氏度左右，接近于空调的最佳温度。

1138. 我上课时时常提醒学员记得把黑板上写的名言警句记下来，俗话说："发财靠命，学问靠碰。"我们做学问很可怜，黑板上写的名句不知读了多少书才碰上，就如蜜蜂采蜜，有资料说，一只蜜蜂纳集一囊花蜜，须采一千到一千五百朵花。

1139. "碗铸黄金何处求，似从海市望蜃楼。书生只道谋生易，毕业方知失业愁。抢饭偏偏逢捷足，求人处处触霉头。四年吃罢平安饭，怕听双亲问报酬。"这首题为《方帽易戴，饭碗难找》的打油诗出自历史学家吴晗之手，写于20世纪30年代初期，虽历境迁，但未过时，似乎依然很时髦，今天大学校园里依然可以听到"毕业即失业"的论调。

1140. 1939年7月20日，陶行知先生在重庆附近的合川县（现在是合川区，隶属重庆）古圣寺创办了育才学校，学校主要招收难童，陶先生专为学校写了校歌。校歌内容令人动容："我们要虚心，虚心，虚心，承认我们一无所知，一无所能。我们要学习，学习，学习，达到人所不知，人所不能。我们要贡献，贡献，贡献，实现文化为公，天下为公。"

1141. 俗谚："授人以鱼不如授人以渔。"留给孩子大量藏书不如培养孩子读书习惯，倘若子孙无读书之习惯，将来把珠玉之值的图书以锱铢之价卖掉来买鱼吃，岂不可惜？这种担忧古已有之，宋人陈亚有诗云："满是图书杂典坟，华亭仙客岱云根；他年若不和花卖，便是我家好子孙。"这话说得还比较客气，有点好话好说的味道。明人毛晋则不客气了，严厉提醒后人："吾家业儒，辛勤置书，以遗子孙，其志何如。后人不读，将至于鬻，颓其家声，不如禽犊。"清人王昶更狠："如不材，敢卖弃；是非人，犬豕类；屏出族，加鞭箠。"卖书，不但被骂成猪狗，不许进祖坟，还得挨一顿揍！

1142. 郁达夫的文章我读得不多，但他有两副对联我很喜欢。一副是：

"曾因酒醉鞭名马，生怕情多累美人。"另一副是："绝交流俗因
耽懒，出卖文章为买书。"

1143. 古有"借书一痴，还书一痴"的说法，借书给别人是傻瓜，书都借
到手了，如果归还也是傻瓜。为了不当傻瓜，古人轻易不借书给
人。明末清初诗坛盟主之一的钱谦益就是典型代表，家中的藏书，
任何人来都不借。我有一忘年好友，嗜书如命，常年紧闭书房，书
房外贴一醒目字条："谢绝参观。"他这样做，大概就是怕客人借
书吧。宁波范氏天一阁于阁下悬一禁牌："擅将书借出者，罚不与
祭三年。"自作主张地借书出去，三年不许祭祖。清史学家钱大昕
规定三种人不可借："不还，一也；污损，二也；妄改，三也。"
明人祁承爜建于山阴（今绍兴）的藏书室澹生堂则人性一点："正
本不得出密园外。"本人比较喜欢清藏书家梁鼎芬的一些做法，很
人性，很科学。譬如"徒手者不借"，借书不能空手来，总要拿点
东西表示诚意。"借书之期，限以十日"，借了书抓紧时间读，提
高效率。"一本读毕，再借第二本"，不要贪多。

1144. 王国维有诗曰："人生过去唯存悔，知识增时只益疑。"顾随先生
有一枚闲章："存悔去病。"何谓"悔"？非独后悔之意，亦有忏
悔之意。何谓忏悔？用马丁·路德·金的话就是："金盆洗手是真
正的忏悔。"用孔子的话就是"不二过"。

1145. 英国作家爱德华·休斯所著《加缪》一书封面上的一句话让人印象
深刻："没有什么命运不可以用藐视来克服。"记得南怀瑾先生曾
告诉别人断除烦恼的无上咒就是一句："去他妈的！"《顾随致周
汝昌书信集》讲到这么一件事，有人指出顾随的弟弟顾谦（字六
吉）胡须太长，结果六吉大不服，气愤之余写诗发泄："管他娘的
些闲事，老子决心不剃胡。"

1146. 人生，少年时是"忽如一夜春风来"，青年时是"接天莲叶无穷碧"，中年时是"月落乌啼霜满天"，晚年时是"窗含西岭千秋雪"！

1147. 有一首描写"老牛吃嫩草"的旧体诗："二八佳人九九郎，萧萧白发佩红妆。扶鸠笑入鸳鸯帐，一树梨花压海棠。"《周易》第二十八卦"大过卦"的第二爻（九二）爻辞："枯杨生稊，老夫得其女妻，无不利。"意思是说，枯木逢春，老夫少妻，样样顺。而且按照野史演义的记载，老夫少妻倘若生子，则日中无影。东汉应劭《风俗通议》中讲了一个西汉时期的故事：陈留有一富翁，年九十，娶一农家女为妾，同房一次便死了。后来农家妾诞下一男，而前妻所生之长男却以人老无再育之理为由不肯与幼男分田产。于是打起了官司，从村里的老娘舅那里一直打到了宰相丙吉那里。丙吉说："曾闻真人无影，老翁之子亦无影，又不耐寒。可共试之。"时值酷暑，寻几位同龄小儿，都光着身子站立于烈日之下，结果唯独此幼男啼哭喊冷，且此幼男身后无影。官司至此终结，母子胜诉，分得了该得的家产。另外唐人张鷟《朝野佥载》记载，陕西彬州有个叫曹泰的人，八十五岁时娶了一位少女为妻，生子名曰曹日中，就是因为这个孩子日中无影，故取此名。曹日中活到七十悬车之年才离世，后世子孙和常人无异。

1148. 到宜兴讲学，在高铁上一口气读完阿城的中篇小说《棋王》，里面有段对话很提气。绰号"脚卵"的倪斌对棋王王一生说："天下是你的。"又问王一生："你的棋跟谁学的？"王一生答："跟天下人。"这话说得多好，一个人要做天下事，必要以天下人为师！

1149. "战士只有疆土，没有故土！"一位老兵对我如是说。

1150. 据说，巴尔扎克的手杖柄上写着："我在粉碎一切障碍。"多大的动力，多大的信仰！我们的手表上却刻着："一切障碍在粉碎我。"时间不是自己的时间，手不是自己的手，整个人成了他人粉碎障碍的手杖！

1151.为了劝未婚妻菲利斯让自己可以在晚间集中注意力写作，卡夫卡在一封信中引用了清代袁枚的一首《寒夜》，诗曰："寒夜读书忘却眠，锦衾香尽炉无烟。美人含怒夺灯去，问郎知是几更天？"卡夫卡想学袁枚，等工作到被子上的香味散尽，炉子里的炭块烧尽才上床去睡觉，估计菲利斯绝不会答应。

1152.尼采说："要体验事物的美好就意味着：用相反的方式去体验。"信哉斯论，中国民间亦有"要想甜加点盐"的说法。电影《甲方乙方》里的老板饿得眼冒绿光，偷吃了全村的鸡之后，相信再也不会说生活没有滋味了！一个从苦难甚至从死亡中走出来的人，看这个世界，每个人都是可爱的，每一件事物都是美好的！

1153."我要说的是，作家总是可怕的抱怨者，作家的作用之一就是抱怨。这就是为什么如果他们不抱怨了情况反而糟糕。所以作家抱怨社会，也抱怨他们自己。"（《苏珊·桑塔格访谈录》）被誉为"美国公众的良心"的苏珊·桑塔格的这段话使我想到了莫言在香港中文大学被授予荣誉文学博士时曾讲过一段意思接近的话："我有一种偏见，我认为文学作品永远不是唱赞歌的工具。文学艺术就是应该暴露黑暗，揭示社会的不公正，也包括揭示人类心灵深处的阴暗面，揭示恶的成分。"犹太裔作家埃利亚斯·卡内蒂（Elias Canetti）在《另一种审判：关于卡夫卡》中说："真正的作家是他那个时代的狗。"作家应该敏感地嗅出他那个时代的"毒气"（问题），应该及时地唤醒他那个时代迷醉的人们。

1154.生活方式有时并不等同于生活。有些人的生活方式使他们赢得了生活，有些人的生活方式却使他矢去了生活。如熊培云在诗集《未来的雨都已落在未来》里写的："太阳照常升起，并不是所有人的太阳都会升起。"

1155. 苏珊·桑塔格曾在一次访谈中说："我希望女人有更多男人的品质，男人有更多女人的品质。我认为这样可以减少暴力。"诚哉斯言，男人不动手，女人不动口，天下太平。男人属阳，一旦动手，阳气冲蓬，会把家打散。女人属阴，唠里唠叨，阴气太重，会把男人赶跑。男人多动口："你真好！"女人动动手："你真坏！"皆大欢喜！

1156. 孩子的语言通常是用来说明什么的，成人的语言通常是用来掩盖什么的！我喜欢用孩子的语言来讲成人的故事，讨厌用成人的语言来讲孩子的故事！

1157. 古人讲："千里不唾井。"意思是说，虽然这个古井你用过了，要离开此地到千里之外的远方，可能再也不会回来喝这口井里的水了，但千万记住不可往井里吐痰，因为后来的过路人还要用。这句训诫至今不过时，有的人厌酒店的热水壶煮袜子，有人把酒店的洗脸毛巾当作擦脚布来用，这些恶劣的行为都是"千里唾井"。

1158. 苏珊·桑塔格说："什么事情以打破规则开始总是好的。"（西格丽德·努涅斯《回忆苏珊·桑塔格》）在苏珊·桑塔格看来，太遵守规则是奴性的表现，她讨厌循规蹈矩，她常劝人别太奴性，她轻视那些不干自己真正想干的事情的人，她喜欢不为社会所接纳的人。这或许是我喜欢苏珊·桑塔格最重要的一点！

1159. 作家张玮从2017年8月起开始出版《历史的温度》系列图书，获得成功。他曾在一次签售会上说，有六个字，可以时刻拿来提醒自己："一切都会过去。"当你失意时，你可以用这六个字提醒自己，而当你得意时，亦然。张玮的话使我想起了一桩往事，初一的时候，我得了一张奖状，具体是什么奖记不起来了，总之很得意。班主任是位老先生，当时已经有超过三十年的教龄且不会说普通话，典型的乡村教师。当他看到我那副得意相，一语棒喝："已经过去了，成为历史了。"老师的这句话让我铭记终生也受益终身！

1160. 日本本田公司创始人本田宗一郎的座右铭是："追求速度是人的权利。"这话当然不错，但一张嘴两张皮地说，追求缓慢也是人的权利。美学家朱光潜先生在《慢慢走，欣赏啊——人生的艺术化》一文中有段话："阿尔卑斯山谷中有一条大汽车路，两旁景物极美，路上插着一个标语牌劝告游人说：'慢慢走，欣赏啊！'许多人在这车如流水马如龙的世界过活，恰如在阿尔卑斯山谷中乘汽车兜风，匆匆忙忙地急驰而过，无暇一回首流连风景，于是这丰富华丽的世界便成为一个了无生趣的囚牢。这是一件多么可惋惜的事啊！"丘吉尔有句名言："我们塑造建筑，它们也塑造我们。"同样，我们改造城市，城市也会改造我们。巴黎有一位市长最遗憾的事情是童年可以悠游散步的塞纳河两岸，后来全部被改造成快速公路了——因为巴黎人口增长，生活节奏加快，开车的人越来越多。他成为市长之后做了一个大胆的决定，利用七八月份很多巴黎人到外面度假，人口和交通压力较轻的时候，把整个塞纳河两岸的快速车道全部封掉，然后铺满从法国南部运来的细沙，摆上舒适的躺椅，安装上淋浴设备，邀请人们到塞纳河边来晒太阳。好多市民觉得这个市长脑袋坏掉了，第一年几乎所有的报纸杂志都在负面报道他，但第二年就有大量企业赞助这个计划，原因是企业家们发现巴黎人忽然不出去度假了，都带着孩子到塞纳河边散步了。这个市长是有远见和智慧的，他从城市规划方面让巴黎市民学会慢下来，学会感受美。蒋勋说得好，所有的生活美学，只是在抵抗一个字——

"忙"。享誉世界的城市规划师杰夫·斯佩克（Jeff Speck）有句名言："对最好的城市最有效的指标是可步行性。"爱尔兰神经科学家沙恩·奥马拉在《我们为什么要行走》中有一段话写得很浪漫："漫步是了解一座城市的最佳方式。在驾驶或乘车过程中，你无法感受城市的情绪，而行走能让你了解城市生活的所有尘埃和荣光：气味、景象、人行道上的脚步声、人与人的摩肩接踵、街灯闪烁，还有行人的只言片语。"

1161. 1999年，历史上最大规模的一项生活节奏调查在全球31个国家的最大城市展开。有三个因素可以用来预测一个城市的生活节奏：第一，经济发展速度。经济增长速度越快，经济活力越强，生活节奏就可能越快。第二，城市炎热程度。城市越炎热，生活节奏会相对减慢。第三，个人主义盛衰。个人主义文化盛行城市的生活节奏相对于集体主义文化盛行城市的生活节奏要快。

1162. 熊十力先生是中国现代哲学史上最具原创力和影响力的哲学家，董必武曾书"宁拙毋巧，宁丑勿媚，宁支离勿轻滑，宁粗率毋安排，此傅青主论书法也"的书法美学警句赠予熊十力，以喻熊十力率真又质朴的个性。熊十力先生一生愿望创办一间"纯是民间意味"的哲学研究所。蒋介石得知熊先生有办哲学研究所的夙愿之后，两次送钱表示支持，均被婉拒。原因是熊先生不想"拿人手短"，"有依人者，始有宰制此依者；有奴于人者，始有鞭笞此奴者"（《十力语要》）。后熊先生到四川五通桥黄海化学社附设哲学研究部教学，并将教学宗旨规定为颇具中国哲学意味的甲乙丙三条："上追孔子内圣外王之规"；"遵守王阳明知行合一之教"；"遵守顾亭林行己有耻之训"，并"以兹三义恭敬奉持，无敢失坠。多士共勉之"（《黄海化学社附设哲学研究部简章》）。

1163. 落魄时穷酸，得志后嚣张，这种小人历朝历代都有，讽刺他们的诗也很多。就本人来讲，我最喜其中两首，一首是宋人徐端崇《为蚊所扰得一绝句》："空堂夜合势如云，沟壑宁知过去身。满腹经营尽膏血，哪知通夕不眠人。"堂上的夜蚊聚拢来，"叫嚣乎东西，隳突乎南北"，它们早就忘了自己的阴沟下水道出身了。为了吸人民身上的膏血，满足私欲，哪里管你睡不睡？就如当年有人讽刺慈禧那两句诗："无线苍生膏与血，可怜只博片时欢。"一首是明人郭登的《萤》："腐朽如何不自量，化形飞起便悠扬。脐间只有些儿火，月下星前少放光。""萤"指的是萤火虫，古人认为萤火虫是腐草烂竹根所化成，所以诗中讽刺萤火虫为腐朽。当然，现在我们知道萤火虫的形成并非古人所认为的那样，萤火虫也分雌雄，它们的腹部为七节或八节，尾部下方有发光器，雄萤发光器在第六节或第七节，雌萤的发光器在第七节。不过这首诗重在讽刺，自然不会对萤火虫做科学研究。

1164. 古人指责某人不廉洁，会说"俎豆不修"，就是没脸见祖宗的意思，这个比骂他贪污腐败、不知廉耻要深切高明多了。

1165. 读宋儒胡宏《知言》，得佳语两条，录此。一、一身之利无谋也，而利天下者则谋之；一时之利无谋也，而利万世者则谋之。二、天下有二难：以道义服人难，难在我也；以势力服人难，难在人也。由道义而不舍，禁势力而不行，则人心服天下安。

1166. 《周易》讲："积善之家，必有余庆。"过去大户人家门口对联常贴："几百年人家无非积善，第一等好事只是读书。"古人临终前多交代子孙要积善修福，文王交代武王："见善勿怠。"刘备交代阿斗："勿以善小而不为。"积善固然是好事，但也要量力而行，"为善无近名"，做善事不要搞得全世界都知道，得了大善人的虚名，那样找你的人就多了，最后人力财力不够，应付不过来。北宋邵雍临终前就很理性地对儿子邵伯温讲："汝固当为善，亦须量力以为之。若不量力，虽善亦不当为也。"为此，邵康节还写过一首《量力吟》："量力动时无悔吝，随宜乐处省营为。须求骐骥方乘马，亦恐终身无马骑。"

1167. 歌曲《在那遥远的地方》里说："我愿做一只小羊，跟在她身旁。"浮想，我愿做《最后的晚餐》中耶稣座前的餐盘，沾了圣津，可以一直免费住在博物馆。我愿做出函谷关老子座下的青牛，受了熏染，死后投胎起码做个"道德精"。

1168. 读弗洛伊德《梦的解析》，其中一句印象深刻，梦是欲望的表达。关于梦，我更喜叔本华的说法，生活和梦都是同一本书上的书页，按顺序去读就是生活，浏览这些书页就是做梦。

1169. 湘军打下天京之后，王闿运劝曾国藩做皇帝，曾国藩不置可否，手蘸茶水不断地在桌上写字。曾国藩离开座位出去，王闿运起身看字，满桌的"妄"字。《圣经·新约·约翰福音》讲了个故事，法利赛人带一个行淫时被抓的妇女让耶稣裁判，耶稣不置可否，弯着腰用指头在地上画字。法利赛人不住地问，耶稣只答话一句："你们中间谁是没有罪的，谁就可以先拿石头打她。"然后接着弯腰用指头在地上画字。耶稣那时候画的是什么字？至今是个谜！

1170. 萧伯纳是世界著名的擅长幽默与讽刺的语言大师，有人问他，是否相信《圣经》是圣灵感动写出来的。萧伯纳回答得漂亮："所有百读不厌的书都是圣灵感动写出来的。"

1171. 圣·奥古斯丁《忏悔录》里有段名言："时间是什么呢？如果别人没问我这个问题的时候，我是知道答案的。不过如果有人问我时间是什么的话，这时我就不知道了。"同样，我对许多东西都有这种

"道可道非常道"的感觉，譬如爱情。

1172. 启功先生不仅是书法家，而且是幽默家，就是写诗用典都很幽默。他曾根据唐代布袋和尚的典故给一个书包写过几句话："手提布袋，总是障碍。有书无书，放下为快。"1973年"文革"期间，北京连日阴雨，启功先生住所的东山墙变形，大有坍塌之势。启功为此写了一首幽默的小诗："东墙受雨朝西鼓，我床正在墙之肚。袒腹多年学右军，而今将作王夷甫。""右军"指的是东晋书法家王羲之，当年太尉郗鉴派人到王家选婿，王家男孩个个锦装靓束，小心翼翼。唯独王羲之坦腹东床，一如平常。王夷甫指的是西晋末年的重臣王衍，好清谈疏实务，嘴皮功夫了得。后石勒命人推倒坏墙把这个只说不做的饭桶给活埋了。启功这里借用这个典故说自己要像王夷甫一样有圮墙之难。

1173. 1982年，马岛战争期间，阿根廷作家博尔赫斯说过一句幽默的话："这是两个秃子为了争夺一把梳子掀起的争斗。"撇开战争不论，就是我们生活中的很多争斗也都是秃子争梳子。

1174. 关于与人交往，《庄子》里面有十六个字最高明："形莫若就，心莫若和。就不欲入，和不欲出。"意思很明确，保持一致节奏，保持一定距离。

1175. 几十年来，我们的教育始终有一个硬伤，那就是只教孩子记答案，不教孩子提问题，会背答案的学生是优秀学生，总提问题的学生是问题学生。记住爱因斯坦那句名言吧："一百个答案，不如一个聪明的问题。"《礼记》："记问之学，不足以为人师。"真正会做学问的人不是死记硬背书本知识，而是善于发现问题。被称作"最后一个儒家"的梁漱溟先生有一次在课堂上讲："我根本没有学问，我会抓问题，我就是从问题中读书，论学。"学界泰斗饶宗颐先生有一次在演讲中说："我最欣赏季羡林讲我的学问时，有一句话：'他（饶宗颐）最能发现问题，最能提出问题。'我觉得他这句话最合我的心意。"

1176. 人和动物最大的区别是人会笑，会笑让人成为万物之灵，笑会使人更像人，但笑也会使人变得更加阴险和狡诈，老虎是兽中之王，可是最让人怕的却是笑面虎。

1177. 真感情无须心机，无心为真，如"咸"卦的本"感""兑"卦本"悦"。称呼别人要走心，有心为尊，如尊"你"为"您"，尊"他"为"怹"（音滩）。

1178. 我读博士第三个月的时候，由于家境困顿，已经五十三岁的老母亲去做了一名泥瓦匠，"泥瓦匠""补鞋匠""剃头匠""教书匠"，带"匠"的工作大抵是苦的，大口张开大半边，一天也只能挣到一斤的口粮。后来问老母亲这么大年龄去做瓦匠，人家怎么会收？老母亲答得妙："先学不生气，后学气死人。"看我一脸蒙，老母亲接着说："万事开头难，干啥事一开始由于生疏难免会出差错，工头骂几句别往心里去，不能生气，下次注意就是，生手哪有不挨骂的。再说瓦匠是力气活，'齐不齐，一把泥'，里面也没什么巧，多磨多练，把活干漂亮了，能让工头挑不出一点毛病，活活'气'死，就成功了。"